《文学文本解读学》

北京大学出版社　2015

《文学文本解读学》

黄山书社　2017

孙绍振文集

文学文本解读学

海峡出版发行集团 | 海峡文艺出版社

图书在版编目(CIP)数据

文学文本解读学/孙绍振著. —福州:海峡文艺出版社,2025.6
(孙绍振文集)
ISBN 978-7-5550-3010-2

Ⅰ.①文… Ⅱ.①孙… Ⅲ.①中国文学—文学研究 Ⅳ.①I206

中国国家版本馆 CIP 数据核字(2023)第 072262 号

文学文本解读学

孙绍振 著

出 版 人 林 滨
丛书统筹 林可莘
责任编辑 罗 玲
出版发行 海峡文艺出版社
经　　销 福建新华发行(集团)有限责任公司
社　　址 福州市东水路 76 号 14 层
发 行 部 0591—87536797
印　　刷 上海盛通时代印刷有限公司
厂　　址 上海市金山工业区广业路 568 号
开　　本 787 毫米×1092 毫米 1/16
字　　数 610 千字
印　　张 30.25 **插页** 1
版　　次 2025 年 6 月第 1 版
印　　次 2025 年 6 月第 1 次印刷
书　　号 ISBN 978-7-5550-3010-2
定　　价 136.00 元

出版说明

孙绍振先生是我国著名的文艺理论家、文学评论家、语文教育理论家、作家，是“闽派批评”的旗帜性人物。

他学贯中西、思通古今，全面梳理中国传统文艺理论中的重要命题，对当代西方文论进行了系统的分析和批判。他的文学研究贯穿着“实践真理论”的世界观和辩证方法论。他以一个“文学教练”的矫健身手，在“文学创作论”和“文学文本解读学”的坚实理论基础上，进行海量的经典文本分析，洞察小说、诗歌、散文等文类的艺术奥秘。由此，他建构了富有原创性的中国特色文学理论话语体系，在理论和实践结合方面发出中国声音。

他以先锋姿态投入“朦胧诗”大论战，业已留下重要的历史文献；以创新思维和精准表达，体现文学批评的力量与高度。

在语文教育改革中，他以犀利的思想拨乱反正，为语文教育的学科建设做出独特的贡献。其成就不仅深刻影响祖国大陆语文教育学界，还辐射至宝岛台湾，有力助推两岸学术、文化与教育交流。

作为一个作家，他钟情于诗歌、散文创作，产出丰硕的成果。其演讲体散文，卓尔成家。

为了全面展示孙绍振先生的研究成果和学术成就，我社组织出版“孙绍振文集”（20 册），汇编其迄今为止的全部代表性学术著述和文学作品，涵盖文学理论建构、文艺评论、演讲、语文教育、文学创作等诸方面内容。希望这套文集能全面展示孙绍振先生的理论成就、评论成果和文学创作的整体风貌，呈现中国学派崛起的绰约风姿及其在世界学术话语体系中日渐突出的自主地位。

海峡文艺出版社

二〇二五年六月

目　录

绪论：

西方文学理论的危机和文学文本解读学的建构

文学理论在文学文本解读上的低效和无效，一直威胁着文学理论的合法性，这种现象不只存在于中国，更是一种世界性的现象。早在 20 世纪中叶，韦勒克和沃伦就在他们著名的《文学理论》中宣告："多数学者在遇到要对文学作品作实际分析和评价时，便会陷入一种令人吃惊的、一筹莫展的境地。"[①] 此后五十年，西方文论走马灯似的更新，形势并未改观，以至李欧梵先生在"全球文艺理论 21 世纪论坛"的演讲中勇敢地提出：西方文论流派纷纭，本为攻打文本而来，其旗号纷飞，各擅其胜，结构主义、解构主义、现象学、读者反应，更有新马、新批评、新历史主义、女性主义，等等，不一而足。各路人马"在城堡前混战起来，各露其招，互相残杀，人仰马翻"，"待尘埃落定后，众英雄（雌）不禁大失惊，文本城堡竟然屹立无恙，理论破而城堡在。"[②] 其实，李先生此言，也似有偏激之处，西方大师也有致力于经典文本分析者，如德里达论乔伊斯的《尤利西斯》、卡夫卡的《在法的门前》，罗兰·巴特论《追忆似水年华》《萨拉辛》，德·曼论卢梭的《忏悔录》，米勒评《德伯家的苔丝》，布鲁姆评博尔赫斯，等等。但他们微观的细读往往旨在从宏观的角度演绎出理论，比如德里达用两万多字的篇幅论卡夫卡仅有八百来字的《在法的门前》，解读象征寓言的同时又从文类、文学与法律等宏观方面做了超验的演绎，进行后结构主义的延异书写，其主旨并不在文学文本个案审美的唯一性。

李先生的意思很清楚，检验理论的根本准则就是解读文本，理论旗号翻新，流派纷纭，文学文本的解读却毫无进展，"理论破而城堡在"，理论已经为解读实践所证伪，但是，文

① 〔美〕勒内·韦勒克、奥斯汀·沃伦著，刘象愚等译：《文学理论》，江苏教育出版社 2005 年版，第 155—156 页。

② 李欧梵：《世纪末的反思》，浙江人民出版社 2002 年版，第 274—275 页。

学理论家们似乎无动于衷，拒绝反思，依旧热衷于理论的轮番更新。其结果是，文学理论越是发达，越是与文学审美阅读之赏心悦目、惊心动魄的经验为敌，文学文本往往被理论弄得语言无味、面目可憎。

文学理论的危机与文学文本解读学的分化

李先生只提出了严峻的问题，并未分析造成此等后果的原因。探究其深层的原因，对于自觉建构文学文本解读学是十分必要的。

正如任何成就辉煌的文论中必然隐含着它走向衰败的内因，西方文论的高度成就中也深深地潜藏着其走向自身反面的隐患。首先，是观念方面的超验倾向与文学的经验性的矛盾；其次，这种超验观念的消极性，因为他们所擅长的逻辑偏重演绎，忽视经验的归纳，未能像自然科学理论中那样保持二者在方法上的“必要的张力”而加剧了；最后，对此等局限缺乏自觉，导致20世纪后期，西方文学理论否定文学存在历史的和逻辑的必然性。

这一切的历史根源乃是西方文学理论长期有美学化、哲学化的倾向。这一点，早在1920年，年轻的宗白华先生就在《美学与艺术略谈》中指出了：“以前的美学大都是附属于一个哲学家的哲学系统内，他里面‘美’的概念是个形而上学的概念，是从那个哲学家的宇宙观念里面分析演绎出来。”①

西方美学作为哲学的一个分支，在其源头上就有柏拉图的超验的最高“理念”（或译“理式”），虽然其后亚里士多德倾向于经验之美，但是，西方文化源远流长的宗教超验（超越世俗、经验、自然）传统使得美学超验性跨越启蒙主义美学贯穿到20世纪。从早期的奥古斯丁到中世纪的托马斯·阿奎那，都将柏拉图超验的理念打上了神学的烙印。“一切经验之美的最大价值就是作为超验之美——上帝的象征。”最高的美就是上帝。当然，中世纪的神学美学也不完全是消极的，而是有其一定积极意义，至少是脱离了自然哲学的束缚，以神学方式完善和展现自己。神学不过是被扭曲和夸大的人学，或以异化形式表现出来的人学，体现在美学上，就是把超越了自然的上帝，或叫人类总体，当作思维总体，由这个主体出发去探求美的起源和归宿。这种美学的许多范畴，如本体意识、创造意识、静观意识、回归意识，大都为近现代美学所继承。②也许正是因为这样，虽然神学美学在文艺复兴

① 宗白华：《美学与艺术略谈》，原载于《时事新报·学灯》1920年3月10日。收入宗白华：《美学与意境》，江苏文艺出版社2008年版，第14页。

② 阎国忠：《超验之美与人的救赎》，《学术月刊》2005年第5期。又见阎国忠：《美是上帝的名字：中世纪神学美学》，上海社会科学出版社2003年版，第79—83页。

强调经验之美的启蒙主义思潮中被冷落，但是在西方近代美学的奠基者康德的学说中，经验性质的情感审美与宗教式的超验之善，仍然在更高层次中结合。德国古典哲学浓郁的超验的神学话语和以审美或艺术代替宗教的倾向，也曾遭到费尔巴哈和施莱尔马赫感性实践理念的批判，还有克尔凯郭尔的论证说以及车尔尼雪夫斯基“美是生活”的反拨，但是，康德式的超验的哲学美学思辨，仍然是西方文学理论的主流形态。虽然超验美学在灵魂的救赎上至今仍有其不可忽视的价值，但是，超验的思辨形而上学的普遍追求，却给文学理论带来了致命的后果。卡西尔曾经对之发出这样的反讽：“思辨的观点是一种非常迷人的解决问题的方法，因为通过这种方法，我们不但有了艺术的形而上学的合法根据，而且还有神化的艺术，艺术成了‘绝对’或者神的最高显现之一。”①

西方文学理论这种美学、形而上学、超验的追求，实际上使得文学文本解读与哲学的矛盾激化了。第一，哲学以高度概括为务，追求涵盖面的最大化，在殊相中求共相；而文学文本却以个案的特殊性、唯一性为生命，解读文本旨在普遍的共同中求不同，普遍中求特殊。文学批评在西方诞生之时就希望文学消失。柏拉图对荷马的最大不满就是荷马的存在。在柏拉图看来，诗歌是欺骗：它提供模仿的模仿，而生活的目的是寻找永恒的真理；诗歌煽动起难以驾驭的情感，向理性原则挑战，使男人像个女人；它诱使我们为取得某种效果而操纵语言，而非追求精确。诗人发送出许多精美的词，可是如果你问他们到底在说些什么，他们只会给你一个幼稚的回答：不知道。②

文学理论的概括和抽象，却以牺牲特殊性为必要代价，其普遍性原理中并不包含文本的特殊性。由于演绎法的局限（特殊的结论已包含在周延的大前提中），不可能推演出文本的特殊性、唯一性。

第二，这种矛盾在当代变得更加尖锐，乃是由于当代西方前卫文论执着于意识形态，追求文学、文化和历史等的共同性，而不是把文学的审美（包括审丑、审智）特性作为探索的目标。解读当然要关注意识形态，但是，意识形态是理性的，而文学文本的核心却在情感的审美，离开了文学个案的审美特征，把文本当作理论的例证，看到的只能是抽象的意识形态。即使是较为强调文学“内部”特殊性的韦勒克、沃伦的《文学理论》和苏珊·朗格的《情感与形式》，也囿于西方学术传统而热衷于往哲学方面发展。苏珊·朗格在《情感与形式》中开宗明义：她的著作“不建立趣味的标准”，也“无助于任何人建立艺术观念”，“不去教会他如何运用艺术中介去实现它”。所有文学的“准则和规律”，在她看

---

① 刘小枫选编：《德语美学文选·上》，华东师范大学出版社2006年版，第400页。

② 〔美〕马克·埃德蒙森（Mark Edmundson）著，王柏华、马晓东译：《文学对抗哲学》，中央编译出版社2000年版，第1页。该书原名 Literature Against Philosophy。

来，“均非哲学家分内之事”。“哲学家的职责在于澄清和形成概念……给出明确的、完整的含义”[①]。而文学文本的有效解读恰恰与此相反，要向形而下方面还原。

第三，长期以来，西方文学理论家似未意识到文学理论的哲学化与文学形象的矛盾，因为哲学在思维结构和范畴上与文学有所差异。不管什么流派，传统哲学都不外是二元对立统一的两极线性思维模式（主观与客观、反映与表现、自由与必然、形式与内容、道与器等），前卫哲学如解构主义，则是一种反向的二元线性思维；文学文本则是主观、客观和规范形式的三维结构。哲学思维中的主观与客观只能统一于理性的真或实用的善，而非审美；而文学文本的主观、客观统一于模范形式的三维结构，其功能大于三者之和，则能保证其统一于审美。[②]二维的两极思维与三维的艺术思维凿枘难通，文学理论与审美阅读经验为敌，遂为顽症。哲学思维是没有形式范畴的；而文学形象的三维结构中的规范形式，不但不是被内容决定的，而且是可以征服、预期、衍生内容的，是可以在千百年反复运用中进化积累的，因而成为主观和客观统一于审美经验积淀的载体（下文详述）。

文本解读的无效和低效不完全是理论家的弱智，也在于人们对文学理论寄予了它所不能承载的期待。文学文本解读和文学理论虽然有联系，但是，也有重大的区别。从某种意义上说，二者乃是一门学科的两个分支。

文学作品的生命，在于其唯一性、独一无二性，但是前卫文学理论对此视而不见。它们所关注的，是文学的哲学意义，其极端者实际上将文学变成了哲学的附庸。在他们看来，与其把文学叫作文学，不如叫作哲学。乔纳森·卡勒说：“对某一哲学作品的最真实的哲学读解，应是把该作品当作文学，当作一种虚构的修辞学构造物，其成分和秩序是由种种本文的强制要求所决定的。反之，对文学作品的最有力的和适宜的读解，或许是把作品看成各种哲学姿态，从作品对待支持着它们的各种哲学对立的方式中抽取出含义来。”[③]以哲学家自豪的倾向，不但在前卫文学理论家中如此，就是在以追求文学艺术特殊性为务的符号学理论家中，也未能免俗。

从方法来说，他们几乎不约而同地从概念（定义）出发，沉迷于从概念到概念的演绎，越是向抽象的高度、广度升华，越是形而上，与文学文本距离越远，越被认为有学术价值。对于这样的文学理论，根本就不该指望其具有文学文本解读的功能。文学文本解读追求对审美的感染力和文本的特殊性、唯一性、不可重复性的阐释。它所需要的与文学理论恰恰

---

① 〔美〕苏珊·朗格著，刘大基等译：《情感与形式》，中国社会科学出版社 1986 年版，第 1—2 页。

② 文学形象的三维结构，最初由笔者在《形象的三维结构和作家的内在自由》中提出，载《文学评论》1985 年第 4 期。

③ 〔美〕乔纳森·卡勒：《论解构：结构主义以后的文学理论和批评》。见〔美〕理查德·罗蒂著，李幼蒸译：《哲学与自然之镜》，商务印书馆 1987 年版，第 376 页。

相反，越是具体、特殊，越是往形而下的特性方面还原，越是具有阐释的有效性。

这只能说明，文学理论和文学解读学是两路功夫，其中的规律与学问不尽相同，文学理论与文学文本解读学应该在这里分化。文学理论与审美阅读经验为敌，成为千年的痼疾，归根到底原因有两个。

第一，文学理论不但脱离了文本解读学，而且脱离了文学创作论。苏联的季莫菲耶夫、美国的韦勒克和沃伦都把文学理论分为三个部分，第一是文学理论，第二是文学批评，第三是文学史，这当然不是没有道理的。但是，这三个部分的基础都应该是文学创作论。文学理论的基础只能是文学创作实践。创作实践不但是文学理论的来源，而且应该是检验文学理论的标准。创作实践，尤其是经典文本的创作实践是一个过程，艺术的深邃奥秘并不存在于经典显性的表层，而是在反复提炼的过程中。过程决定结果，决定性质和功能，高于结果，一切事物的性质在结果中显现的是很表面和片面的，而在其生成的过程中则是很深刻和全面的。最终成果对其生成过程是一种遮蔽，正如水果对其从种子、枝芽到花朵的生长过程具有遮蔽性一样，这在自然、社会、思想、文学中是普遍规律。对于文学来说，文本生成以后，其生成机制，其艺术奥秘蜕化为隐性的、潜在的密码。从隐秘的生成过程中去探寻艺术的奥秘，是进入有效解读之门。正如海德格尔所言："作品的被创作存在只有在创作过程中才能为我们所把握。在这一事实的强迫下，我们不得不深入领会艺术家的活动，以便达到艺术作品的本源。完全根据作品自身来描述作品的作品存在，这种做法业已证明是行不通的。"①如《三国演义》中的"草船借箭"，其原生素材在《三国志》里是孙权之船中箭，到《三国志平话》里是周瑜之船中箭，二者都是孤立地表现孙权和周瑜化险为夷的机智，从范畴上讲还属于实用理性。在《三国演义》中则变成了"孔明借箭"，并增加了三个要素：盟友周瑜对盟友诸葛亮多智的嫉妒；孔明算准三天以后有大雾；孔明拿准曹操多疑，不敢出战，必以箭射稳住阵脚。这就构成了诸葛亮的多智，是被周瑜的多妒逼出来的，而诸葛亮本来有点冒险主义的多智，因为曹操的多疑，取得了伟大的胜利。三者心理的循环错位，把本来理性的斗智，变成了情感争胜的斗气，于是多妒的更多妒、多智的更多智、多疑的更多疑，最后多妒的认识到自己智不如人就不想活了，发出"既生瑜，何生亮"的悲鸣。情感三角的较量，被置于军事三角之上，实用价值由此升华为审美经典。这样的伟大经典，历经一代又一代作者的不断汰洗、提炼，耗费了不下千年的时间。这一切奥秘，全在于文本潜在的特殊性，无论用何种文艺理论的普遍性直接演绎，都只能是缘木求鱼。

文学理论的第二个实践基础，就是读者的文本解读。文学作品的价值和功能最终只有

---

① 〔德〕马丁·海德格尔：《艺术作品的本源》，《海德格尔选集（上）》，上海三联出版社 1996 年版，第 297 页。

在读者阅读过程中实现。文学解读是以个案为前提的，它关注的生成的过程，不是类别的，而是个案的。由于文学作品的感性特征，在阅读中，往往给读者一望而知的感觉，但是，这常常是表层结构，其深层密码并不是一望而知的，而是一望无知，甚至再望仍然无知的。因而是需要解读的，解读就是深层解析、解密。要把潜在的密码由隐性变为显性，化为有序的话语，是需要微观的原创性的，这恰恰是文学文本解读学的核心。这是一种相当艰深的专业，有时个人毕生的精力是不够的，往往要一代又一代的读者把自己的智慧献上经典文本解读的历史祭坛。正是因为这样，才有说不尽的莎士比亚、说不尽的《红楼梦》、说不尽的普希金、说不尽的鲁迅……

理论的基础和检验的准则来自实践。理想的文学理论，应该是在创作实践和阅读实践的基础上，作逻辑的和历史的提升。然而，当前的文学理论，不从创作和解读中寻求建构的基础，而是偏执于把文学理论当作一种知识的谱系，从知识谱系中建立理论，由于知识谱系相对于文学创作和文学阅读经验的不完全性以及它的抽象普遍性与文本的无限丰富和特殊性存在永恒的矛盾，造成了理论的架空。理论家们大都为学院派，缺乏创作才能和起码的创作体验已经是先天不足，对文学创作论的漠视使其基础更加薄弱。本来这种缺失可以通过对文学文本个案的海量解读来弥补，但是，学院派培养理论家的途径，却不是对经典文学文本大量的、系统地解读，而是把最大限度的精力奉献给五花八门的文学理论（知识谱系）的梳理。这些理论家的本钱，恰如苏珊·朗格所说，只有“明晰”和“完整”的概念。他们擅长的方法也就是逻辑的演绎和形而上学的提升。这就造成了一种偏颇：文学理论以脱离文学创作经验、无能解读文本为荣。这种以超验为特点的文学理论在全世界批量生产出所谓文学理论家（学者、教授、博士），这些人对文学审美规律基本上一窍不通是必然的，在不少权威那里，更带有不可救药的性质。

在创作和阅读两个方面脱离了实践经验，就不能不在创作论和解读学的社会和教学的迫切需求面前闭目塞听，就不能不以形而上学的概念到概念的空中盘旋为能事，文学理论因而成为某种神圣的封闭体系。在不得不解读文本之时，以文学理论代替文学解读学，以哲学化的普遍性直接代入文学文本特殊性。这就导致了两种倾向：第一，只看到客观现实、意识形态和文学作品之间的直线联系，抹杀文学的审美价值和作家的特殊个性；第二，以作家论代替文本个案分析，只看到作家个性与作品的线性因果，无视每一个作品只能是作家精神和艺术追求的一个侧面，一个层次，甚至是一次电光石火般的心灵的升华，一种对形式、对艺术语言的探险。

其实，和生活中的自我相比，作家在作品中的形象是艺术化了的，并不等同于日常相对稳定的自我。从这个意义上说，“文如其人、风格就是人”这样的现成说法是片面的。就是黑格尔所说的“这一个”，也是不完全的，因为个案文本只是作家的这一次、这一刻和这一刹那。庞德给意象下的定义是“在一刹那的时间里表现出一个理智和情绪复合物的东西”[①]。不管是我国的绝句，还是日本的俳句，都注重表现情感的刹那。但是，我国绝句更以刹那的情绪转换见长。

朱自清在浙江春晖中学有过一次演讲，讲他的人生观，其实也是讲他的文学创作观：

古尔孟曾以葡萄喻人生，说早晨还酸，傍晚又太熟了，最可口的是下午时摘下的。这正午的一刹那，是最可爱的一刹那，便是现在。事情已过，追想是无用的，事情未来，预想也是无用的；只有在事情正来的时候，我们可以把捉它，发展它，改正它，补充它，使它健全、谐和，成为完满的一段落一历程。[②]

所谓刹那主义就是从生命的每一个刹那中均获得意趣，这种刹那的价值，就是心灵的审美价值。这一点不但对理解朱自清有重要意义，对文学的审美解读也有重大价值。在这一点上掉以轻心，往往会造成大而化之不着边际的所谓“艺术分析”。在文学解读中明确这一点，对于区别文学解读学与作家论极其关键。一位权威教授分析卢纶《塞下曲》“月黑雁飞高，单于夜遁逃。欲将轻骑逐，大雪满弓刀”，认为其好处在于“只写了准备出击，究竟出击了没有，追上了敌人没有，统统略去了”。“艰苦的战斗环境，肃穆的战斗氛围和将士们的英雄气概，都被烘托出来了。神龙见首不见尾，尾在云中，若隐若现，更有不尽的意味和无穷的魅力。”[③]总之，诗的好处，在于只写了前因，没有写结果。但是，该文前面明确说，因果关系的连续性是情感性质的。而这里的有因无果，却不是情感的，而是事件的，只有“准备出击”，省去了的也只是事件的结果（“究竟出击了没有，追上了敌人没有”）。其实，诗的精彩在于由事件引起了双重的情感刹那因果。首先，发现敌人在遁逃，这是个结果，原因是什么呢？深夜，雁是不会飞的，月黑，就是飞也不可能看到，月黑之夜，有高飞的雁，只能是惊雁发出了声音，刹那发觉敌人在遁逃。其次，出发时胜利很有把握，以为只以“轻骑”相逐，胜券在握。但是，情绪突然转换，大雪居然积满了面积不大的兵器。在这样的外部环境下，特别是有了征途上的积雪，轻骑可能就轻松不起来了。从轻松到不轻松，心情刹那的瞬间转换，尽在潜在的意脉之中。就算是“英雄气概”，也是英雄心灵的刹那震颤。表现这种刹那的震颤就是绝句的优势，在这一点上诞生了许多古典诗歌或古典色彩的诗歌的精致之笔。如韩愈的“草色遥看近却无”，李清照的“此情无计可消除，才下眉头，却上心头”，又如郑愁予的“我达达的马蹄是个美丽的错误，我不是归人，是个

① 〔美〕庞德：《意象主义者的几“不”》。见〔英〕彼德·琼斯著，裘小龙译：《意象派诗选》，漓江出版社 1986 年版，第 152 页。

② 朱自清：《刹那》，《春晖》第 13 期，1924 年 5 月 15 日。

③ 袁行霈：《中国诗歌艺术研究》，中国社会科学出版社 2009 年版，第 20 页。

过客”。对于寻常人来说，这些微妙的瞬息即逝的感知是既没有实用价值，又没有认识价值的，然而诗人却把它们紧紧抓住，当作心灵的珍宝，使之成为诗，而解读就是要把这种刹那性从诗人的全部整体性感知中分析出来，揭示其构成诗歌杰作的唯一性。

然而，就是相当重视文本独异性的学者，也往往满足于以作家论代替文本分析。如鲁迅自述的“哀其不幸，怒其不争”“表现病态社会不幸的人们”，只是其作品总体意义上的共性，其每一篇作品的特殊性才是我们应该解读的目标。用之解读《社戏》中对乡民善良、诗意的赞美，就文不对题；用“哀其不幸，怒其不争”解读《阿长与山海经》也不完全贴切，因为文中另有“欣其善良”的抒情，最后还对她有所赞美。因而从文学文本解读学来说，就还要加上“欣其善良”才比较适当。

在文学作品中，作家的自我并不是封闭的、静态的，而是随着时间、地点、条件、文体、流派、风格的变化，以变奏的形式处于动态之中。朱自清在《荷塘月色》中的“我”，并不是“平常的我”，他明白无误地宣言，那是“超出了平常的自己”。这个自我，是超越了伦理的、责任的压力，享受到校园中散心的“独处的妙处”，只有半个小时左右的“自由”的自我。等回到家中，看到熟睡的妻儿，则又恢复了平常的自我。文学作品中的自我，有时还是复合的，既是回忆中当年的自我，又是正在写作时的自我。鲁迅在《阿长与山海经》中的“我”，并不完全是童年的鲁迅，同时也是以宽容的心态看待长妈妈讲说太平军荒诞故事的中年鲁迅，鲁迅以自我调侃，故作蠢言，说她有“伟大的神力”，对她有“空前的敬意”，这种幽默的谐趣是中年的，但又以童年的感知表现。有时，作家完全有自由作自我的虚拟，如刘亮程本是农村的农机员，在《一个人的村庄》中却虚拟自我为一个农民，不管春种秋收，只管对虫子、家畜等作自由的遐想。更不可忽略的是，同样的作家在不同文体中有不同的表现。在追求形而上的诗歌中，李白是藐视权贵的；而在形而下的散文中，李白恰恰是以“遍干诸侯，历抵卿相”为荣的。[①]正是因为这样，文学文本解读学不但应该超越普遍的文学理论，而且应该超越文学批评中的作家论。在作家论看来，欧阳修《醉翁亭记》中用了二十个“也”结束陈述句可以略而不计，但是如果文学文本解读学不对这个可能造成单调的奇险的语气词加以解读，就是没有抓住其独一无二、不可重复的艺术价值。

第二，以文学理论和作家论的普遍观念和演绎方法去解读文学文本，导致了阐释的无效和低效，其根源乃是文学理论本身的美学哲学霸权遮蔽了文学解读学的建构。

追求普遍性迫使文学理论不得不以牺牲特殊性为前提，这是理论抽象化的必要代价，从根本上说，理论的抽象越是普遍，涵盖面越是广泛，越有价值，然而，从逻辑学来说，

① 李白著，王琦注，《与韩荆州书》，《李太白全集（第三册）》，中华书局1957年版，第1251页。原文为“十五好剑术，遍干诸侯。三十成文章，历抵卿相”。

理论越是普遍，其外延越是扩大，内涵则相应缩减。而文学文本越是特殊，其外延递减，内涵则相应递增。不可回避的悖论是，文本个案是以独一无二、不可重复为生命的，但是理论乃是对无数唯一性的概括。无数的唯一性，就其概括性而言，乃是其共性，而共性，就是对文本唯一性的否定，从某种意义上说，二者是不相容的。理论的独特性，只能是抽象的独特性，并不是具体的唯一性。个案的唯一性，与理论概括的“独特性”乃是永恒的矛盾。当然，这并不是文学解读学特有的悖论，而是一切理论都可能存在的矛盾。但是一切理论并不要求还原到唯一的对象上去，对于万有引力，并不要求回到传说中牛顿所看到的苹果上去，对氧气的助燃性质，也不用还原到拉瓦锡的实验中去。就是马克思在经济学中对商品这样的基本范畴的还原，也不用追溯到某一件具体的货物中去。社会调查、解剖麻雀、MBA 课程中的个案，也着眼于一切麻雀和个案的共同性。故马克思在《资本论》中，主要取英国的数据，所得出的结论也同样符合德国，因为理论的价值不在于特殊性，而在于普遍的共性。文学文本解读则相反，个案文本的价值正在于其特殊性、唯一性。由此可知，文学解读学与文学理论虽不无相通之处，但更是遥遥相对的。

正是因为文学理论在文本个案的解读上的无能为力，文学文本解读学的建构才成为当前迫切的任务。

对于个案特殊性的追求，正是文学文本解读学的难点，因为它不能从演绎中得出，需要原创的归纳，这是它生命的起点；但是，对于文学理论来说，局限于文本的个案特殊性，却可能成为它生命的终点。理论的价值在于作文本分析的向导，但是，它对表现所导的对象的内在丰富性却无能为力。水果的理念包罗万象，其内涵并不包含香蕉的特殊性，而香蕉的特殊中却隐含着水果的普遍性。文本个案的特殊内涵，永远大于理论的普遍性。因而，以普遍理论（水果）为大前提，不可能演绎出任何文本个案（香蕉）的唯一性。正是因为这样，文学理论不可能直接解决文本的唯一性问题，理论上的“唯一性”“独特性”只能是一种预期（预设）。说白了，它只是一种没有特殊内涵的框架。

英伽登（1893—1970）和沃尔夫冈·伊瑟尔（1926—2007）都认为作品的意义不确定性和意义空白在促使读者去建构，这种由意义不确定与空白构成的就是“召唤结构”。这种说法一直被奉若神明，但其实说了等于没有说。因为一切符号（词语）都不是指称对象（reference）的，而是用声音符号召唤读者经验（experience）的，不确定性和空白是语言符号的共性。但是其空白、不确定性不是绝对的，而是约定俗成的。空白的意指是心照不宣的，因而是有某种确定性的（如字典意义），只是在不同语境中，其确定性要发生变异。鲁迅在《论他妈的》中指出，在特殊情境下，“他妈的”相当于“亲爱的”[①]。

① 鲁迅：《论他妈的》，《鲁迅全集（第一卷）》，人民文学出版社 2005 年版，第 245 页。

对于文学形象来说，所谓的“空白说”是只知其一，不知其二。文学形象的“空白”，是文本的意蕴，像物理学中的磁场，和刚体一样具有物质性，也就是具有相对的确定性，并不是任何主体的任意性都能填充进去的。就诗歌而言，意境结构固然有其空白，但是，也有可以意会的确定性，“寒波澹澹起，白鸟悠悠下”“暧暧远人村，依依墟里烟”“江流天地外，山色有无中”，其意蕴极其丰富，只是难以用简明、有序的语言加以全面概括。在小说中，也不乏言外之意，王熙凤得知贾琏在外包养了尤二姐，讲了一句“这才好呢”。林黛玉临终，听到贾宝玉与薛宝钗结婚的音乐，说：“宝玉，你好……”其好处正是不确定的空白中丰富到不能以一般语词穷尽的确定性。西方小说中被嚷嚷得天花乱坠的情节“空白”，更是如此。《项链》中女主人公发现为之付出十年的青春代价的项链是假的，小说戛然而止，并未接下去写如何把真项链索回。很明显，小说的审美价值在这里达到高潮，再写索回，以实用价值补偿情感的损失，无疑会使整个小说的审美格调降低。从情节的完整连贯来说这是空白，对审美价值来说则不是空白，而是类似我国绘画中的留白。留白不是空白，其内涵是不确定中的确定。海明威说，“他的叙述如海面上的冰山，水面上的只是八分一，八分之七在水面以下。”①依海明威的说法，没有直接表现出来的并不完全是空白，而是“隐白”。我国古典诗论说“不著一字，尽得风流”，“不著一字”是表面上的空白，“尽得风流”则是内涵上的丰富。从这个意义上来说，空白不空，不确定性的深层蕴含着确定性。正是因为特殊文本的内涵大于普遍观念，深层的意蕴有相对确定性，故在解读（具体分析）的过程中，不但可以对理论的抽象性进行具体化，而且可能对理论的普遍性进行丰富和突围。

从这个意义上说，理论比之文学作品更是名副其实的“召唤结构”。理论的“不确定性”和“空白”，期待着特殊作品去填充，赋予其生命。不能得到特殊作品的填充，则肯定是“空洞”。

就文学文本解读的要求而言，西方那些纯粹从理论到理论的文学理论就算是没有偏颇，也是空洞的、无血肉的骨架。理论只有在文本解读的过程中才能获得血肉和灵魂。理论应该是开放的，应该从文本解读的深化中获得生命，一味封闭，则不可避免地面临李欧梵先生所说的“城堡在而理论亡”的结局。

从根本上说，解读就是把被理论抽象掉的生命的血肉还原、焕发出来。还原就是还魂。还魂之术，就是具体问题具体分析，这是马克思主义，也是解构主义活的灵魂。而具体分析，就是把在普遍概括过程中牺牲掉的特殊性个别性还原出来。从方法上说，这就是马克思所说的从抽象上升到具体。马克思所说的抽象，不是通常的相对于感性的抽象；而是内涵贫乏的概念；具体也不是通常所说的感性具体，而是内涵丰富的具体。具体分析就是把

① 董衡巽：《海明威研究》，中国社会科学出版社 1985 年版，第 73 页。

艺术形象的内涵有序地归纳出来。其规定性越是丰富，就越是具体，越是统一，越是有序，多种规定性越是达到统一，也就越是深刻。说朱自清的《背影》动人之处是亲子之爱，是抽象的，说其亲子之爱的特殊性是儿子爱得很隔膜，很惭愧，很痛苦，很内疚，很秘密，则比较具体。说陶渊明的《饮酒》表现了他的清高自赏，是抽象、肤浅的，分析出他的清高自赏是由于三个方面——第一，“无心”于外在世俗的虚荣；第二，超脱了内心的一切欲望，包括有心寻求美的动机（“悠然见南山”，而不是“望南山”）；第三，甚至对这种自由的境界也没有语言渲染的压力（“此中有真意，欲辨已忘言”）——就比较具体、比较深刻了。

具体分析是普遍方法，对于文学解读学来说，其特殊性在于，在宏观与微观之间，更着重于微观，可以说是以微观为基础。这种微观分析的关键在于，对于情感和语言的唯一性有高度精致的敏感和洞察力。这对于习惯于用文学理论演绎法和例证法的人士来说，具有相当大的挑战性。在微观的具体分析中，每个层次都是一次直接归纳，这种归纳不像演绎法是从现成的大前提中间直接推理而来，而是从感性经验中直接概括出来。这就意味着把体悟转化为有序的话语，给只可意会不可言传的感悟以第一手的命名，这需要微观的原创性，至少是亚原创性。但是，不管是原创性的，还是亚原创性的，这种微观的直接概括功夫，是文学理论所不能提供的。

正是因为这样，文学文本解读学不像文学理论那样满足于理论的概括，而是分析具体个案，特别是在微观分析的基础上建构解读理论，再回到个案中，对文本进行深层的分析，从而拓展衍生解读理论。

我国古典文学权威理论和西方文论最大的不同：一是以《文心雕龙》为代表，以创作论为核心；二是诗话词话、小说、戏曲评点，以文本解读学为基础。朱熹将《诗经》三百余篇每一篇都作了解读，才写出《诗集传》；金圣叹对整部《水浒传》作了评点、删节改写，才提出了“性格范畴”；清代沈雄和贺裳、吴乔解读了大量的诗词，才提出了抒情的“无理而妙”说，相当完整地提出了无理向有理转化的条件，乃是“深于情”。在情与理的矛盾这一点上，我国17世纪的古典诗论领先于英国浪漫主义诗论一百年以上。

可惜的是，我们很多人不是从这样的宝库中进行发掘，建构中国学派的文学解读学，反而用西方美学去硬套，好像不上升到美学就不是学问。可是，越是上升到美学，越带形而上的性质，越是超验，就越是脱离文学文本的有效解读。不论中国还是西方，似乎都陷入一种不言而喻的预设：文学理论只能是宏观的、概括的理论，文学理论越是发达，文本解读越是无效，甚至是“误效”，这就造成一种印象——文学理论在解读文本方面的无效甚至副作用是理所当然和命中注定的。文学理论就这样陷入了空对空的封闭式自我循环、自我消费的怪圈。然而，世人对文学理论的自我窒息的严峻形势视而不见、感而不觉，最严重的后果是，单因单果的线性思维猖獗，不仅在文学文本解读时满足于从论点到例证的模式，更为严峻的是，造成了从定义出发否定文学的存在。

定义：是出发点还是过程

空头理论如此猖獗，实在是因为世人（包括西人）对西方文论的局限缺乏清醒的反思。西方学术自然有其不可低估的优越性，也正是因为这样，五四时期我国学术才放弃了诗话词话和小说评点那样的模式，采用西方以定义的严密、概念的演绎、逻辑的统一和论证的自洽为特征的范式。应该说，这是一种进步，与中国古典学术相比，其优越性不言而喻。定义的功能是：第一，维持基本观念的统一性，防止其内涵在演绎过程中转移，确保学术在统一内涵中衍生的有效性；第二，稳定的定义是研究积淀的载体，学术成果因之得以继承和发展。中国古典哲学文学理论就是因为其基本观念（如道、气）缺乏严密的定义，难免长期在错位的歧义中徘徊。故五四新文化运动以后，人们废弃了“诗品”印象式的品评，连王国维《人间词话》的模式都开始被冷落，转而采取了西方以定义为前提的演绎方法。但是，西方的这种方法并非十全十美，过度执着于定义，难以避免西方经院哲学的烦琐所造成的许多荒谬（如中世纪神学辩论“一个针尖上能站几个天使”）。执迷于以定义为纲领，一味对概念作抽象的辨析，满足于在概念中兜圈子，容易把本来简明的事物和观念说得玄而又玄，最为关键的是，容易脱离实践陷入玄学式的空谈。其极端者乃是乔纳森·卡勒和伊格尔顿，因为文学无法定义，就否认文学作为客体（itself）的存在。其理由是，文学的观念在历史发展中不断变化，今后不知要变成什么样子，也许在未来的某一天，连莎士比亚的作品都不被认为是文学。这就造成了“蜻蜓吃尾巴”的喜剧：号称“文学理论”的权威著作却堂而皇之地质疑文学的存在。[①]为理论而理论的文学理论，就这样把文学理论引向死胡同。从这个意义上来说，卡勒和伊格尔顿在学术方法上，一开始就错了。把定义概念的演变作为一切，不是把定义（内涵）和事实（外延）的矛盾作为问题，而是取消了问题，根本不承认文学（itself）的存在。一些被奉为大师的西方人物，其权威性中隐含了多少“皇帝的新衣”，是值得审视的。以米克·巴尔的《叙述学——叙事理论导论》为例，她一上来就为其核心范畴“本文”下了一个这样的定义：

本文（text）是指由语言符号组成的、有限的、有结构的整体……叙述本文

---

① 〔美〕乔纳森·卡勒著，李平译：《文学理论入门》，译林出版社2008年版，第16页；〔英〕特里·伊格尔顿著，伍晓明译：《二十世纪西方文学理论》，北京大学出版社2007年版，第11页。

（narrative text）是叙述代言人用一种特定的媒介，诸如语言、形象、声音、建筑艺术，或其混合的媒介叙述（讲故事）的文本。[①]

这里定义的对象，是文学艺术，可谓空话连篇，其内涵中一点文学艺术的影子都没有。在西方前卫文论家中，米克·巴尔并没有太大的权威，但她这种“空对空”的定义模式却是西方文论的权威大师也未能免俗的。比如，不屑于对文学定义的雅克·德里达有时也不得不面对“文学的本质”，只好说：

如果我们坚持本质这个词——是于记录和阅读“行为”的最初历史之中所产生的一套客观规则。[②]

在德里达对文学本质的界定中，根本没有文本本身的内涵，只有其被阅读的“规则”。没有文学文本，何来阅读的对象，又何来阅读的“客观规则”呢？乔纳森·卡勒也为文学下了这样的定义：

文学是一种可以引起某种关注的言语行为，或者叫文本的活动。[③]

“引起某种关注的言语行为，或者叫文本的活动”，这哪里有什么文学的特殊内涵？中国历史的“寓褒贬”，国际社会上的外交辞令，不同样也要关注语言的行为吗？

以这样的贫乏定义作为大前提，根本不可能演绎出任何文学艺术的特殊内涵来，然而，西方许多大家对定义的局限和功能缺乏审思，在概念的迷宫空转中消耗着生命者代不乏人。李欧梵先生指望它解读文学文本，实在是找错了对象。

其实，这样的思维方法是相当幼稚的。从严格的意义上说，一切事物和观念，都有不可定义的丰富性：一、由于语言作为听觉象征符号的局限，事物和思维的多种感官属性既不可穷尽，又不能直接对应，它只唤醒主体的经验的“召唤结构”。二、一般的定义都是抽象的内涵定义，要将无限感性属性转化为有限的、抽象的、有序的规定，即使耗费上千年的才智，也难以达到可被广泛接受的程度。不要说人类到目前为止对审美、幽默、文化尚无严密的定义，就是对一个具体的人（如周作人）、一个“盘”字（它在春秋时代本是礼器），也未作出能被普遍接受的定义。三、一切事物和观念都在发展之中，不管多么严密的定义，都在历史发展之中不断被充实、被严密、被衍生、被突破和被颠覆。一切定义都是历史的过程的阶梯，而不是终结。学术史上，并不存在超越时间的、绝对一劳永逸的定义。就是西方前卫文论用以否定文学的文化，其定义也一样众说纷纭，多至上百种。四、由此

---

① 〔荷〕米克·巴尔著，谭君强译：《叙述学——叙事理论导论》，中国社会科学出版社2005年版，第3页。

② 〔美〕雅克·德里达著，赵兴国等译：《文学行动》，中国社会科学出版社1998年版，第12页。

③ 〔美〕乔纳森·卡勒著，李平译：《当代学术入门：文学理论》，辽宁教育出版社1998年版，第28页。

观之，定义不应该是研究的起点，而应该成为研究的结果和过程。如果一定要从精确的定义出发的话，世界上能够研究的东西，就相当有限了，甚至非常走红的萨义德的“东方学”这个论题本身就无法定义。从外延来说，东方不是一个统一的实体，从内涵来说，也不共享统一的理念。实际上，连“中国”“美国”这样的论题，都很难下一个在内涵和外延上一劳永逸的、超越历史的定义。

虽然如此，离开了定义的一贯性，学术研究就难以顺利有效地展开。在这个关键学术问题上，马克思主义的经典作家有相当深刻的成就。普列汉诺夫在《没有地址的信，第一封信》中开宗明义地说道：“在任何稍微精确的研究中，不管它的对象是什么，一定要依据严格地下了定义的术语。……一个对象的稍微令人满意的定义，只有在它们研究的结果中才能出现。所以，我们必须给我们还不能够定义的东西下定义。怎样才能摆脱这个矛盾呢？我以为，这样才能摆脱：我们暂且使用一种临时的定义，随着问题由于研究而得到阐明，再把它加以补充和改正。”①

将问题做逻辑展开时，不能没有相对严密的内涵定义。临时定义（准定义）不阐述清楚，论题就无法展开作为学术体系的出发点，准确一些说应该是初始范畴，对其内涵的阐述不可回避。问题在于，面对初始的范畴，从何处着手？对于这个问题，马克思有过系统的思考。他说科学的抽象要求对象形态“纯粹”“稳定”、不受“扰乱”，对于不断变幻的、不纯粹的事物，如何入手呢？他在《资本论》的“初版的序言”中提出：“已经发育的身体，比身体的细胞是更容易研究的。”②在事物从低级到高级的不稳定的过程中，马克思提出从高级形态回顾低级形态的方法：这就是说，从高级形态抽象出初始范畴，然后再阐释其低级形态：“人体解剖对于猴体解剖是一把钥匙。反过来说，低等动物身上表露的高等动物的征兆，只有在高等动物本身已被认识之后才能理解。”③他宣告自己研究资本主义，并不因为它在欧洲发展不平衡而却步，他把最成熟的英国资本主义作为出发点，对此高级形态作逻辑的概括（定义、范畴），站在逻辑的制高点上，再进行历史的前瞻和回顾，将变动中的内涵（定义、范畴）作历时性的展开。在英国即高级阶段的内涵弄清楚了以后，作为低级阶段的德国的特点就不难得到充分说明了。虽然没有正面指出英国与德国的不同，但是，马克思对麻木的德国读者说：“这正是阁下的事情！”④这样从高级到低级，又从低级到高级

---

①〔苏〕普列汉诺夫：《没有地址的信·艺术与社会生活》，人民文学出版社1962年版，第1页。又见普列汉诺夫，曹葆华译：《论艺术》，三联书店1964年版，第1页。

②〔德〕马克思：《资本论·初版的序言》，《马克思恩格斯全集（第一卷）》，人民出版社1956年版，第10页。

③〔德〕马克思：《政治经济学批判导言》，《马克思恩格斯全集（第二卷）》，人民出版社1957年版，第23页。

④〔德〕马克思：《资本论·初版的序言》，《马克思恩格斯全集（第一卷）》，人民出版社1956年版，第10页。

的回环往复，资本主义范畴（定义）的内涵的运动变幻就不难以谱系形态构成了。

伊格尔顿是西方马克思主义的代表，他只是简单罗列了俄国形式主义的文学定义和英国文学前后变幻的内涵，就否定了统一的文学存在，似乎忘记了马克思的这个重要方法。低级形态的种种不成熟征兆，只有到了高级形态（现代文学）中才能得到充分的说明。反过来说，在高级形态形成定义之时，要防止陷入低级形态的纠缠之中。比如说，在为人下定义的时候，要避免用“猴子不是这样”来搅局。等到人的定义清晰了，猴子的属性自然不难说明。这个原则无疑可以成为一种学术原则。研究文学可以放心大胆地从现当代文学的成熟状态出发。为什么要从比较成熟的状况获得初始定义？因为在这种状态下，其性质“最为精密准确并且最少受到扰乱影响”，因而比较“纯粹”。① 这一点马克思有过考虑：人文社科和自然科学不同，它不可能把社会生活加以“纯粹”化处理。马克思说：“在经济形态的分析上，既不能用显微镜，也不能用化学反应剂，那必须用抽象力来代替二者。”为了避免干扰，作为出发点的抽象的对象，必须要是最为成熟的。一些号称西方马克思主义的大师，在基本学术方法论上和马克思背道而驰，他们把马克思所说的对于“纯粹状态”的“抽象力”笼统地贬为“形而上学”。其实，当他们贬斥形而上学时已经陷入了悖论。当他们把流派不同的、高度概括的理论抽象出共性，贬之为形而上学时，他们所用的取其普遍而弃其特殊的方法，也就是高度抽象方法，恰恰是他们反对的形而上学的方法。因而不能从历史发展过程的复杂纠缠中把纯粹状态提取出来，而是把当代文学成熟状态推回到历史发展的低级状态中去。把复杂的历史过程和共时的逻辑概括的矛盾绝对化，充分暴露了西方文论缺乏在逻辑与历史的运动中进行概括的智力和魄力。

由于人类语言符号、形式逻辑和辩证法乃至系统论的局限，不管多么完善的定义，都只能是个体（乃至群体）狭隘经验和某段历史过程的小结，而不是终结——定义是永远不可终结的历史过程。因为定义不完善，就否认对象的存在，就像不识庐山真面目，就否定庐山的存在一样，是非常幼稚的。这里有一个逻辑学上内涵和外延的关系问题，一时不可能有比较严密的内涵定义，但是，对象的外延还明白无误地存在。这时不完全的内涵定义，就和外延的广泛存在产生矛盾，内涵定义的狭隘和外延普遍存在的矛盾正是理论发展的契机。

西方文论轻率地否认对象的存在，就等于放弃了理论的生命线，造成了文学理论空前的危机。不可思议的是，不少国人囿于对强势文化的迷信，至今尾随他们错误的思路作疲惫的追踪。

---

① 〔德〕马克思：《资本论 · 初版的序言》，《马克思恩格斯全集（第一卷）》，人民出版社 1956 年版，第 10 页。

他们的研究，也强调问题史的梳理，但是，他们的问题史只是观念的、定义的、关键词的发展史，也就是定义和概念（知识）的谱系史。知识谱系的学术方法在 20 世纪中叶可能以福柯为首，近来当以罗蒂为代表，①这种知识谱系方法常常表现为对“关键词”在不同历史语境中的内涵的梳理，在西方有雷蒙·威廉斯的《关键词》，在中国有《当代文学关键词》②。以理查德·罗蒂为代表的理论家认为：“真理是制造出来的，而不是被发现到的。”③“‘真理不在那里’，只是说，如果没有语句就没有真理；语句是人类语言的元素，而人类语言是人类所创造的东西。”④其实，只要懂得西方论辩术中的反驳的“自我关涉”原则，就能轻而易举地发现罗蒂在这里隐含着的自相矛盾的悖论。既然真理是人“制造”的，因为用了人制造的“语句”，那么罗蒂所说的一切也用了语句，从而也就不可能是真理。在这样简陋的大前提下，西方学人陷入了把“语句”概念当成一切，在概念中兜圈子的学术。罗蒂的“关系主义”，不管有多么高的形而上学深刻性，只要满足于观念关系的谱系，研究就难免落入概念游戏的陷阱。定义在英语中是“definition”，实际上是一种严密的区别和界限，但是，从内涵到外延的界限不管多么严密，与精致的文学创作和惊心动魄的阅读实践相比总是免不了粗疏和狭隘的。几乎所有的研究都只能是确立一个初始的定义，然后在其与外延的矛盾中，继续拓展和不断丰富，而最后得出的，也只能是一个历史性的、开放的定义，或者“召唤结构”而已。概念和定义的变幻是一种显性的结果，其深刻的原因，乃是它的狭隘性与对象的丰富性的矛盾。这种矛盾，正是观念的谱系变幻的动力。如果要说谱系，不仅仅是观念和定义的变幻系统，更主要的是观念总是与对象发生矛盾，因而不断被颠覆、被更新的历史。

谱系主义的偏颇还在于忽视了理论总是落伍于创作和阅读实践这一事实。相比于无限丰富的创作和阅读实践，理论谱系已经揭示出来的是极其有限的。同样是小说，固然中国的评点和西方论文都总结出“性格”范畴，但是西方现实主义总结出来的“典型环境”，我们却没有。同样是诗歌，我们总结出了“意境”，而西方却片面地强调“愤怒出诗人”“强烈感情的自然流泻”。但这不等于中国的小说创作中没有“环境”因素——《水浒传》中的“逼上梁山”就是例证——只是没有上升到观念范畴。同理，西方也有歌德式的景观小诗，也有某种意境的诗，而屈原的“发愤以抒情”本来与西方“愤怒出诗人”相近，但是在理论上却长期被含蓄蕴藏的“意境”所遮蔽，并未概括为理论范畴，因而，光是梳理理念，

① 参见〔美〕理查德·罗蒂著，黄宗英等译：《哲学、文学和政治》，上海译文出版社 2009 年版，第 29 页。

② 洪子诚、孟繁华主编：《当代文学关键词》，广西师范大学出版社 2002 年版。

③ 〔美〕理查德·罗蒂：《偶然反讽与团结》，商务印书馆 2005 年版，第 3 页。

④ 〔美〕理查德·罗蒂：《偶然反讽与团结》，商务印书馆 2005 年版，第 13 页。

只能实现概念的完整性和系统性，而与实际的对象相比则不成系统，甚至不成谱系。

以中国的现代散文为例。如果仅仅关注现代散文的观念，那是很贫乏的。最初周作人在《美文》中为散文定性的时候就只有“叙事与抒情”“真实简明”[①]，这种简陋的定义就把鲁迅的随笔式的智性排除了，莫名其妙地把它打入散文的另册，给了一个全世界文学史都没有的文体名称：杂文。这实际上是把世界散文的智性一脉遮蔽了，从而造成了现代散文长期在抒情与叙事之间徘徊。在红色的20世纪30年代，叙事被孤立地强调，使散文成为政治性的“文学的轻骑队”；到了40年代解放区，主流意识提倡“人人要学会写新闻”[②]；50年代最好的散文就成了魏巍的朝鲜通讯《谁是最可爱的人》和巴金的《我们会见了彭德怀司令员》。文学散文成为实用性通讯报告，以至于50年代中期，中国作家协会出版了《短篇小说选》《诗选》《独幕剧选》，就是出不了《散文选》，只能出版一本《散文特写选》。观念的狭隘和实践的脱离造成了散文作为文体的第一次危机。后来杨朔在他的《东风第一枝》中强调要把每一篇散文都当作诗来写，原文是“我在写每篇散文时，总是拿着当诗一样写”[③]，把散文从实用价值中解脱了出来。可是又造成误导，使得“散文的唯一出路在于诗化”这一论调风靡一时，又把散文纳入了诗的囚笼，造成散文文体的第二次危机。之后散文的主流观念为“形散而神不散”[④]之类，但是，这是秦牧在《海阔天空的散文领域》和《思想和感情的火花》中提出“一个中心说”和“一线串珠”的翻版。[⑤]改革开放以后，从理论上来说，散文理念可足称者当为巴金的“讲真话”[⑥]。另外类似的说法还有“写真话”[⑦]，和林非的“真情实感”论。[⑧]如果一味做谱系式的研究，则此谱系将十分贫乏。首先，所谓讲真话，所谓真情实感，都不是散文的特点，而是道德的和一般文体的共性，以这样的观念去进行谱系梳理，可能是文不对题。但是，如果把这种贫乏的谱系，连同周作人五四时期在《美文》中规定的“抒情与叙事”作为定义（知识）的谱系——不过不是作为结论，而是将其与创作和阅读实践的矛盾作为出发点，在二者的矛盾中进行直接概括——就不难发现，创作和阅读实践在不断突破狭隘的抒情叙事（审美）的理论。余秋雨的功绩，就在于在抒情审美中带来了智性，把诗的激情和历史文化人格的批判融为一体，但他充其量只是通向未来的断桥。王小波、贾平凹则在智趣的基础上，又带来了幽默的谐趣。王小波的

---

① 周作人：《美文》，《晨报副刊》1921年6月8日。

② 胡乔木：《人人要学会写通讯》，《解放日报》1946年9月1日。

③ 杨朔：《东风第一枝·小跋》，《杨朔散文选》，人民文学出版社1978年版，第220页。

④ 语出肖云儒文章，载《人民日报》1961年5月12日。

⑤ 见秦牧：《秦牧散文创作》，暨南大学出版社1990年版。

⑥ 巴金：《随想录（第二集）》，《探索集》，人民文学出版社1981年版，第87—89页。

⑦ 巴金：《探索集》，人民文学出版社1981年版，第98—100页。

⑧ 林非：《关于散文研究的理论建设问题》，《散文论》，华中师范大学出版社1992年版，第5页。

散文，与审美诗化散文在美学范畴上迥异，不是诗化、美化，而是某种意义上的“丑化”，审美的狭隘定义被突破，乃有审丑的范畴。而幽默散文则属于亚审丑范畴。南帆的代表性散文，则既不审美抒情，也不审丑幽默，而是以冷峻的智慧横空出世，开拓了审智散文的广阔天地。在这样的整体过程中，谱系从审美抒情的反面衍生出幽默亚审丑，继而又从二者的反面衍生出既不抒情又不幽默的审智。从美学理论上说，长期以来，论者过度执着于康德的审美价值论，忽略了黑格尔“美是理念的感性显现”的合理性，造成滥情，而审智潮流的反拨，正是合乎逻辑的，也是历史的必然。中国现代散文由于周作人反“桐城派”载道而走向极端，把晚明小品作为典范，长期以审美小品为正宗，造成现代散文小品化的狭隘境界。从余秋雨、王小波、贾平凹、南帆、刘亮程、李辉以后，散文才以大气磅礴的哲思的灵魂突破了周作人的“真实与简明”，颠覆了周作人的“叙事与抒情”，开辟了一个以审美、审丑、审智为主流的“大品”时代。

这样的发展既是逻辑的线索又是历史的必然。逻辑的起点也是历史的起点，逻辑的终点也是历史的终点，这正是马克思在《资本论》中所追求的逻辑和历史的统一。

所有这一切都足以说明，推动知识谱系发展的动力乃是创作和阅读实践，而不是知识谱系本身，理论的第一生命乃在创作和阅读实践的运动中，理论谱系不过是把这种运动升华为理性话语的阶梯，这个阶梯是永远无法完善、永远没有终点的。脱离了创作和阅读实践，谱系不但可能是残缺的，而且也可能是封闭的。问题的关键在于，理论是对事实（实践过程）的普遍概括，由于主体的局限性，其内涵永远不可能穷尽实践的全部属性，理论相对于实践过程是贫乏的、不完全的，因而，理论本身并不能证明理论，实践才是检验真理的准则。这一点，马克思早就在《关于费尔巴哈的提纲》中说过：

> 人的思想是否具有客观的真理性，这并不是一个理论问题，而是一个实践问题。人应该在实践中证明自己思维的真理性，即自己思维的现实性和力量，亦即思维的此岸性。关于离开实践的思维是否现实的争论，是一个纯粹的经院哲学的问题。①

从这个意义上说，谱系学的方法，不管多么严密，都带有根本的缺陷，那就是从概念到概念、从思想到思想，脱离了实践动力和纠正机制，带着西方经院哲学传统的胎记。当然，即使如此，关系主义的方法也许并非一无是处，它所着眼的并不是文学，而是观念变异背后的社会历史潜在的陈规。作为一种学术，它也许有其不可忽略的价值，但是，这样的文学理论和文学解读学，在性质和功能上充其量也只能是双水分流。

---

①〔德〕马克思：《关于费尔巴哈的提纲》，《马克思恩格斯全集（第三卷）》，人民出版社 1960 年版，第 3—4 页。

形象的三维结构：文学文本解读学的立体建构

不从文学理论定义与文学文本的矛盾提出问题，而是从文学理论、观念的变化进行关系的梳理，对于文学解读学来说，无疑是舍本逐末、随其流而背其源。出于对理念演变的关系的执迷，西方文论虚构出文学理论前赴后继的三种潮流：第一种是浪漫主义时期的作家中心论，以作家的传记经历、思想代替作品，导致了对作品的遮蔽；第二种是20世纪以来的俄国形式主义和美国新批评，拒绝时代和作家的思想，单纯着眼于文本的感知变异和修辞（陌生化和反讽），这就是文本中心；第三种则断言作品完成以后，作家就退出了作品，作品只提供一种框架，价值的实现要由读者主体来同化，“一千个读者有一千个哈姆雷特”之说由此而风行。其极端者罗兰·巴特甚至提出“作者死亡”[①]，其实罗兰·巴特此说，隐含着悖论。作者死亡，不言而喻是全称判断，也应该包括罗兰·巴特这个作者，然而，他的判断实际上是把自己排除在外。实践的严峻性是，全世界的作家并不因为他的武断而死亡，他自己却于不久前死亡了。“读者中心说”应运而生。表面上看来，此等理论谱系的逻辑性和历史的发展契合，因而为文学理论界所广泛接受。但可惜的是，即使在西欧，也并不存在这样一种逻辑顺序严密的历史发展。在浪漫主义潮流前后，不管是对希腊史诗《伊利亚特》、英国史诗《贝奥武甫》，还是对俄国史诗《伊戈尔王子远征记》，都不可能以作者研究为中心，因为作者的生平渺茫，即使是莎士比亚的生平也有扑朔迷离之处。对《哈姆雷特》文本（个性的延宕）的研究，却是几个世纪以来的焦点，至于对拜伦、雪莱、华兹华斯、柯罗列奇的研究，也并非集中于传记。在浪漫主义潮流消退后，19世纪中后期，光是在俄国，别林斯基对果戈理小说的深邃评论、杜勃罗留波夫对奥斯特洛夫斯基《大雷雨》的评论，都不单纯是文学评论史的经典，更是思想史的经典。以中国而言，对于文学经典从《诗经》到《楚辞》，从李白到杜甫，从来就是以注疏阐释作品为主流，作者生平只是知人论世，用来阐明文本的。至于诗话、词话和小说评点，更是直截了当的文本中心。可以说，不管是西方还是东方，不论是古代还是当代的文学评论，都不曾有过从作家中心到文本中心再到读者中心的鱼贯而前的历史，实际情况是三者交织而前。就是到了20世纪后半叶，读者中心论、西方前卫文化研究占据理论制高点之时，也只是文学理论界某些人士从概念到概念的空嚷而已。中国大陆、港台乃至欧美学院的古典文学、现当代文学

① 〔法〕罗兰·巴特：《作者之死》，见赵毅衡编选《符号学文学论文集》，百花文艺出版社2004年版，第505—512页。

研究仍然是以作家和作品为主流。

文学解读实践对西方读者中心论的话语霸权的冲击一刻也没有停止，不过是建构文学文本解读学的自觉一直未提上日程。“读者中心论”之所以不能成为一种严肃的学术，是因为其仅从感性上说就十分疏漏。作家在作品完成以后会死亡，读者也免不了代代逝去，然而文本和作品却是永恒的。

自然，光有这种感性的质疑是肤浅的，不把这种感性提升到理性，就很难进入文学文本解读学本体的原创性建构。

从理论上说，读者中心论的要害在于把读者心理预设为绝对开放的机制，然而读者心理并不是完全开放的，而是具有一定的封闭性。并不是像美国行为主义所设想的那样，外部有了信息刺激，内心就会有反应，相反，按皮亚杰的“发生认识论”，外来信息刺激只有在与内在准备状态，也就他所说的“图式”（schema）相一致和被同化时，才会有反应。① 故《周易・系辞上》有云：“仁者见之谓之仁，智者见之谓之智。”王阳明、黄宗羲又有所发挥：“仁者见仁，知者见知，释者所以为释，老者所以为老。”②张翼献在《读易记》中说：“唯其所禀之各异，是以所见之各偏。仁者见仁而不见知，知者见知而不见仁。”③李光地在《榕村四书说》中写道：“智者见智，仁者见仁，所秉之偏也。”④仁者的预期是仁，就不能看到智；智者的预期是智，就不能看到仁；智者仁者，则不能见到勇。预期，是心理的预结构，也体现了感官的选择性，感知只对预期开放，其余则是封闭。预期中没有的，明明存在，硬是看不见。马克思则说：“对于没有音乐感的耳朵来说，最美的音乐也没有意义。”⑤ 由于读者主体的心理图式本身有其强点和弱点，有其敏感点和盲点，因而其反应也就是不完全的。就是英伽登在他的《对文学的艺术作品的认识》中也不得不承认：“读者的想象类型的片面性，会造成外观层次的某些歪曲；对审美相关性质迟钝的感受力，会剥夺了这些性质的具体化。”⑥ 文学作品的各个层次和形式的奥秘很是复杂丰富，读者要同时进行多种理解和体验，但给予同样的注意几乎是不可能的。因而阅读理解具有相对性，但这种相对性又不是绝对的，非专业读者低水平或者任意性的理解，则可能是对作品解读的无理取闹。正因为此，英国谚语“一千个读者就有一千个哈姆雷特”在理论上不断遭到有识者如童庆炳的强烈质疑，赖瑞云也在《混沌阅读》中提出“多元有界”，“一千个哈姆雷特，还是哈

① 〔瑞士〕皮亚杰：《发生认识论原理》，商务印书馆 1985 年版，第 60 页。

② 《四库全书》，传记类，总录之属，《明儒学案（卷十）》，上海人民出版社 2000 年版。

③ 《四库全书》，易类，《读易纪闻（卷五）》，第五章，上海人民出版社 2000 年版。

④ 《四库全书》，四书类，《榕村四书说（中庸章段）》，上海人民出版社 2000 年版。

⑤ 〔德〕马克思：《1844 年经济学哲学手稿》，人民出版社 1985 年版，第 82 页。

⑥ 〔波兰〕英伽登著，陈燕谷等译：《对文学的艺术作品的认识》，中国文联出版公司 1988 年版，第 92—93 页。

姆雷特”[1]，而不是李尔王或者贾宝玉，与之抗衡。

文学文本解读学建构之难还在于，文学文本本身也具有某种封闭性。读者以具有封闭性的主体图式去解读经典文本，常常产生一种与文本内涵相悖的情况：明明存在，却视而不见；明明不存在，却活见鬼。鲁迅说过，对于《红楼梦》：“经学家看见《易》，道学家看见淫，才子看见缠绵，革命家看见排满，流言家看见宫闱秘事……”[2]显然是针对主观歪曲的混乱和荒诞，语带讥讽。这其实是阅读心理上的主体同化（歪曲）规律：读者一望而知的往往不是文本中深层的奥秘，而是主体已知的先见。如囿于英雄的“雄”为男性的潜意识的封闭性，许多解读《木兰辞》的学者仍然强调她和男英雄一样的英勇善战，鲜有明确指出其作为女性主动承担起男性的职责，立功不受赏，以恢复女儿身为务的特点。

建构文学文本解读学的关键在于，必须认识到文学文本是一种立体结构，至少由三个层次组成。

第一个层次，亦即表层的意象群落（五官可感的行为过程、心理活动和语言的逻辑连续性等），它是显性的。在表层的意象中，情感价值渗透并将之同化，这就构成了审美意象。正如克罗齐所说：“艺术把一种情趣寄托在一个意象里，情趣离开意象，或是意象离开情趣，都不能独立。”[3]需要提醒的是，意象中的情趣并不限于情感，更完整地说应是情志，趣味中包含智趣。意象派代表人物庞德所定义的意象是“在一刹那的时间里表现出一个理智和情绪复合物的东西”[4]，庞德并不绝对地反对情感，他只是坚持情感不能直接抒情，情感和智性浑然一体。故他在《严肃的艺术家》中针对诗与散文的区别这样说：“在诗里，是理智受到了某种东西的感动。在散文里，是理智找到了它要观察的东西。”[5]

表层的意象是一望而知的，但却是肤浅的，甚至是假象，其潜在的情志才是精神所在。如柳宗元的《江雪》：

千山鸟飞绝，万径人踪灭。孤舟蓑笠翁，独钓寒江雪。

有教授把它解读为不管天气多么寒冷，这位老翁还是在钓他的“鱼”[6]。把“钓雪”解读为“钓鱼”，就是为显性的感知所遮蔽，消解了隐性的审智价值。其实，诗人营造的是一种

---

① 赖瑞云：《混沌阅读》，福建教育出版社2010年版，第286页。

② 鲁迅：《集外集拾遗·〈绛洞花主〉小引》，《鲁迅全集（第八卷）》，人民文学出版社2005年版，第179页。

③ 朱光潜：《朱光潜美学文集（第二卷）》，上海文艺出版社1982年版，第54—55页。又见朱光潜：《谈美》，金城出版社2006年版，第117页。

④〔英〕德·琼斯著，裘小龙译：《意象派诗选》，漓江出版社1986年版，第5、10页。

⑤ 杨匡汉、刘福春编：《现代西方诗论》，花城出版社1988年版，第54—55页。

⑥ 袁行霈：《中国诗歌艺术研究》，北京大学出版社2009年版，第17页。又见《燕园论诗》，北京大学出版社2010年版，第14页。又见《清思录》，首都师范大学出版社2008年版，第474页。

不但对寒冷没有感觉，没有压力，而且对钓鱼也没有欲望，并不在乎是否能够钓到鱼的境界。这是一种内心凝定到超脱于自然与社会功利之上的形而上的境界，是主体的情志为之定性，甚至使之发生变异的，如清代诗评家吴乔所说，如米之酿为酒，“形质俱变”。[①]此诗表层的形而下的钓鱼，为深层的形而上的精神境界所改变。前两句是对生命绝灭和寒冷外界严寒的超越，后两句是对内心欲望的消解。

意象不是孤立的而是群落的有机组合，其间有隐约相连的情志脉络。这是文本的第二个层次，可以叫作意脉（或者叫作情志脉）。其特点为：第一，以潜在的情志同化表层的意象；第二，使表层的意象群落在形态和性质上和谐地贯通；第三，意脉贯通所遵循的逻辑，不是实用理性逻辑，而是超越实用理性的情感逻辑。这在中国古典诗话中叫作“无理而妙”。贺贻孙（1637年前后在世）在《诗筏》中提出“妙在荒唐无理”，贺裳（1681年前后在世）和吴乔（1611—1695）提出“无理而妙”“入痴而妙”。沈雄（1653年前后在世）在《柳塘词话》卷四中说：“词家所谓无理而入妙，非深于情者不辨。”具体表现为情感的朦胧性、矛盾性，不遵循形式逻辑的同一律、矛盾律和排中律，情感的主观独特性往往是无缘无故的，使它超越充足理由律。情感逻辑还以其片面性与辩证法的全面性相对立：不管是爱还是恨，都是片面的、绝对化的，故有爱情乃是“心理病态”之说。遵循逻辑规范的，是理性的，是普遍的共同性；与之相对，一元的、超越规范的，则为审美情感提供了无限多元的可能。第四，具体作品中，不管是小型的绝句，还是大型的长篇，情感的脉络都以“变”和“动”为特点。故汉语有“动情”“动心”“感动”“触动”之说。在长篇小说中，大起大落的事变前后的精神曲折变异，乃是意脉的精彩所在。在散文作品中，意脉也不是直线的，其转折也往往是艺术的精彩所在。在绝句中，最动人之处往往就是意脉的瞬间转换和默默延续。[②]意脉是潜隐的，可意会而难以言传。要把这种意味传达出来，需要微观的具体分析，还要以原创性的话语对之冠以精致的命名。缺乏话语原创性的自觉，往往不由自主地被文本以外的占优势的实用价值和现成话语所遮蔽。看到“独钓”，就自动化把现成的“钓鱼”覆盖上去，从而把从钓鱼升华为钓雪的精神境界抹杀了。

在这个层次里，最重要的是真善美价值的分化——和世俗生活中真善美的统一不同，乃是真善美的“错位”。既不是完全统一，也不是完全分裂，而是部分重合但拉开距离。这一点，似乎被真善美笼统地遮蔽，被当代学者普遍地忽略了。其实孔夫子早就意识到了真善美并不是绝对统一的，而是错位的，在《论语·八佾》中孔子有言：

子谓《韶》，尽美矣，又尽善。谓《武》，尽美矣，未尽善也。

---

① 丁福保编：《清诗话》上册，上海古籍出版社1978年版，第27页。

② 参见孙绍振：《绝句：瞬间情绪的转换结构》，《文艺理论研究》2010年第5期。

《韶》（舜时的乐曲名）是尽善尽美的，而在《武》（周武王时的乐曲名）中，美与善是“错位”的。当然，这种错位也并不是绝对的，在这种情况下，错位幅度越大，审美价值越高；三者完全重合或完全脱离，审美价值则趋近于零。①而能够保证审美价值最大限度升值的，就是文学的规范形式。

一、原生形式和规范形式

文本结构的第三层次乃是文学形式。形式对于文学解读学来说，极其关键。但是，学人大都囿于黑格尔的内容决定形式说，把形式的特殊功能排除在学术视野之外。历代的美学家出于形而上学的思维惯性，总是在哲学的主观客观中兜圈子。睿智如朱光潜、李泽厚、高尔泰都未能超越二元对立的思维模式，没有意识到主观情感和客观对象猝然遇合者，并非其全部，而是主体之一侧、客体之一隅，其现实形态本来是分立的，甚至扞格不通，全凭文学形式不同之想象，使其在假定中投胎成形。②生活的某一特征和情感的某一特征的猝然遇合，只能算是形象的胚胎，并不一定能够达到审美的艺术层次。未经形式规范的情感，哪怕是真情实感，也可能是死胎。作家的观察、想象、感受以及语言表达，都要受到特殊形式感的制约，形象不是主观和客观的线性结构，而是主观客观再加上形式的三维立体结构，主观和客观并不能直接相互发生关系，而是同时与模范形式发生关系，模范形式、情感和对象统一为有机结构才有形象的功能。脱离了多种形式规范的分化，文学理论只能是哲学的或者美学的附庸。只有充分揭示主观、客观受到形式的规范、制约、变异的规律，文学理论才能从哲学或者美学中独立出来，通向独立的文学文本解读学。

形式范畴向来受到漠视，只有在艺术感觉超强的前卫理论家那里才得到充分的重视，阎国忠在《中国美学缺少什么》中这样说：

> 马尔库塞认为，形式“指把一种给定的内容（即现实的或历史的，个体的或社会的事实）变性为一个自足整体所得到的结果”。在这个意义上，内容实际上是亚里士多德讲的“质料”，形式则是“质料”的组织者、统摄者、规范者。“形式是一种伟大的范塑和造型的力量。形式所提供的总是与既定世界不同的异在世界，因而总是具有一种将人们从有限存在中解放出来的功能。”③

“形式则是‘质料’的组织者、统摄者、规范者”，“是一种伟大的范塑和造型的力量”，这话说得很深邃，实际上道破了规范形式的伟大功能。这和早于马尔库塞的克罗齐提出的

---

① 参阅孙绍振：《美的结构》，人民文学出版社 1987 年版，第 48 页。又见孙绍振：《文学性讲演录》，广西师范大学出版社 2006 年版，第 55—65 页。

② 参阅蔡福军：《马克思主义美学家孙绍振》，《东吴学术》2011 年第 3 期。

③ 阎国忠：《中国美学缺少什么》，《学术月刊》2010 年第 1 期。

"形式的打扮和征服"（一切直觉都是抒情的，"只有经过形式的打扮和征服才能产生具体形象"）有异曲同工之妙。遗憾的是，克罗齐又说"形式是常驻不变的，也就是心灵的活动"[①]，这里存在着一个根本性的悖论：心灵的活动是瞬息万变的，不可能是常驻不变的，可见，形式同样也是在历史发展过程中从草创到成熟进化乃至崩溃的。他所说的形式，其实是自发的原生形式，而非文学的规范形式。

规范形式与原生形式最明显的不同：第一，原生形式是天然的，而规范形式是人为创造的；第二，原生形式是随生随灭的，与内容不可分离，而规范形式常常是通过千年积累才从草创走向成熟，因而是长期稳定的、不断重复的；第三，原生形式与内容紧密相连，而规范形式与内容是可以分离的，具有独立性，在某些形式中（如西方古典主义戏剧中的三一律，我国的律诗绝句和十四行诗），还是严密规格化的；第四，原生形式是无限多样的，而规范形式是极其有限的，连同亚形式一起，也只有诗歌、小说、散文、戏剧等，不超过十种。原生形式并不能保证审美价值超越实用理性的自发优势，规范形式则对漫长历史过程中的审美经验进行积淀（例如从中国古体诗到近体诗就耗费了长达四百年），成为某种历史水准的载体，从而迫使其内涵就范。这种规范是人类文学艺术活动的历史水准，是文学进步的阶梯。没有它，人类的审美活动只能一代一代从零开始，重复着如同从猿到人的原始积累。有了规范形式，历代的审美活动才能从历史的水平线上起飞。第五，规范形式不但不像黑格尔所说是为内容决定的，而且是可以征服内容，消灭内容，预期内容，强迫内容变异衍生出新内容的，甚至极端如俄国形式主义者什克洛夫斯基所言——"形式为自己创造内容"。[②]当然还有更为极端的，克莱夫·贝尔论断艺术本身不过是"有意味的形式"，这也许与他所论述的多为抽象美术有关。第六，不可忽略的是，内容决定形式，并非绝对没有道理。形式的稳定性、有限性和内容的不断变幻、无限丰富是一对矛盾。内容是最活跃的因素，不断冲击着形式规范，虽然形式有规范作用，但是，规范与冲击共生，相对稳定的规范形式在积淀着审美的历史经验过程中，也不能不开放，不能不随着历史的发展而不断被突破、被更新。

在解读过程中，最大的误解，就是以为只要读懂了内容，就读懂了艺术，以为形式是一望而知的。然而，第一，那是外部形式（如诗歌、小说、戏剧）；第二，混淆了原生形式和艺术的规范形式之间的根本区别，或者说，混淆了原始素材的形式和艺术规范形式之间的矛盾。歌德说："材料是每个人面前可以见到的，意蕴只有在实践中须和它打交道的人

---

① 〔意〕克罗齐著，朱光潜译：《美学原理·美学纲要》，人民文学出版社2012年版，第11—12页。
② 〔俄〕什克洛夫斯基著，刘宗次译：《散文理论》，百花文艺出版社1994年版，第35页。

才能找到，而形式对于多数人却是一个秘密。”① 歌德此段话出自其《关于艺术的格言和感想》。宗白华先生译为“文艺作品的题材是人人可以看见的，内容意义经过一番努力才能把握，至于形式对大多数人是一个秘密”②。朱光潜在《西方美学史》第十三章对此段话解释说：材料，即取自自然的素材；意蕴，亦译为“内容”，指在素材中见到的意义；形式，指作品完成后的完整模样。似乎与歌德的原意略有出入。相对于外部形式的表层直觉，规范形式的功能位于最深层次或者说潜意识层次。这是由于它的形成经历了漫长的时间，是历史的进化和天才创造的积淀，被打磨得特别精致，造成一种自然而然本该如此、只能如此、别无他途的感觉。举一个最简单的例子，2010 年上海世博会，为了中国馆中的《清明上河图》，人们排队长达八九个小时，只为了那十几分钟的一睹为快。成千上万的观众为目睹宋代汴京的市井繁华而兴高采烈，其实只是看到了这幅杰作的表层结构。其第二层次的意脉，则为北宋盛世的颂歌。在当时社会、政治、经济、军事种种危机之中，这样的艺术只是一种抒情。第三层次，艺术形式和风格的特点是最为隐秘的，能够欣赏这种特殊规范形式的可能凤毛麟角。首先，它在国画中，属于界画，属于工笔，而且是长卷。也就是说，和西洋画一眼全收的焦点透视不同，它把中国特有的散点透视发挥到极致，视点可以顺序移动，但又不是杂乱无章、平铺直叙的。据吴冠中先生分析，其中的人物、房舍、车马、桥梁、楼台、田野、山水，疏落有致，又以桥为高潮。这三个层次都以共时样式呈现于观众直觉之中，但对于第三个层次，绝大多数观众是感而不觉，只有于中国国画有修养者，才有某种内心图式的预期，才有可能解读出形式风格的奥秘来。

文本解读之所以难以到位，就是因为对于文学的规范形式的漠视。例如 2013 年有中国香港教师上公开课，解读丁西林的独幕剧《瞎了一只眼》。经过朗读讨论，老师把结论用视频显示：其生动性乃在每一个人物都有情感，而且脉络有起伏。这种解读虽然意识到了情感的审美价值，但完全忽略了形式规范，实际上是把戏剧当成散文来解读了。

故事是这样的：一位先生跌了一跤，太太误以为很严重，瞎了一只眼。乃致信其好友，友人为之彻夜不眠，次日一早从天津赶来探望。开幕时，太太已知先生不过是出了一点血。但惹得朋友惊心，又过意不去，为朋友着想，乃让先生装病。先生为太太着想，无奈装病。教师当然抓住了情感的意脉。但第一，戏剧与散文不同，故不同人物的意脉得有一连串的矛盾和错位，从而产生戏剧性。第二，不是一般的戏剧性，而是喜剧性。故人物之矛盾并非对立，而是错位，每一个人物的动机都不是为自己，而是为他人着想，恰恰是为他人着想，才引起他人的尴尬。太太为朋友着想，让先生装病，时时刻刻处于露馅危机之中；先

① 朱光潜：《西方美学史（第十三章 · 歌德章）》，人民文学出版社 1979 年版，第 420 页。
② 王岳川：《宗白华学术文化随笔》，中国青年出版社 1996 年版，第 123 页。

生为太太和朋友着想装病过度，引发朋友分外焦虑；为了缓解朋友焦虑，乃坦然相告装病，但虚构理由为惩罚太太，不想引发朋友站在太太的立场上对先生严词谴责；而太太却以为朋友可以免除忧心，解脱了装病的尴尬，乃感激之至与先生相亲拥吻，好心的朋友莫名惊诧。第三，这不是一般的喜剧，而是富含哲理的喜剧，人与人之间，不管多么好心也难免阴差阳错造成误解。故开头人物表上，先生、太太、朋友皆无名字。

揭示独特、唯一的艺术奥秘，光凭理论的普遍性是不够的，因为理论不包含特殊性、唯一性。把理论在概括过程中牺牲了的特殊性、唯一性还原出来的唯一办法，乃是具体分析。

二、比较：不同形式的不同规范

毫无疑问，具体分析形象的深层结构的难点是揭示其内在矛盾，而内在矛盾是隐秘的。西方文论对于形象结构的研究，收效甚微，原因还在于方法论上的缺失，那就是孤立地研究某种手法和文体。如韦勒克、沃伦在《文学理论》中特辟四分之一的章节论述“内部研究”，在小说部分只讲了“真实情节”“母题”“人物”，等等，完全是就小说论小说，根本没有意识到事物的性质只有在比较中才能得到充分展示。从方法上，忽略了只有在系统的比较中，事物深层的矛盾才能凸显，因而完全没有想到把小说和戏剧、诗歌做系统比较。诗歌部分，在小标题中只列出了“意象、隐喻、象征、神话”①，论述也只局限于四者之间的关系，而置这些手法与抒情审美、冷峻审智的矛盾和转化于不顾，也未涉及这些手法在诗歌中与小说、戏剧中的不同。这就注定了研究上的贫乏与肤浅。西方文艺理论最重视形式，甚至以《情感与形式》为自己的著作命名的苏珊·朗格也未能免俗。当她讲到音乐舞蹈之时，其形而上学的话语虽然并不完全贴近音乐舞蹈深层形式的特征，但多少还有些艺术的洞察。可是，当她专辟一章讲“伟大的文学形式”时，却只是罗列文学体裁的历史流变。要目的小标题中倒是有“诗的规范”，可是在正文中却只是简单提了一下“结构、措辞、形象化描述、名称的使用、幻象”，认定这些具有“想象”性质的手段，是一些人用以表达其“概念”的“全部创作方法”，完全无视于这些方法根本就是所有文学共用的，根本就不可能是诗独有的。至于“规范”，他们的阐释是在诗歌兴盛时期造成某种“趣味上的统一性”，使得不同诗人追求归属这“同一种情感”，形成“固定风格”②。这哪里是什么形式“规范”？分明是主流诗歌的内容霸权。接下去讲民谣、传奇小说、散文体小说、故事与讲述，等等，

① 〔美〕勒内·韦勒克、奥斯汀·沃伦著，刘象愚等译：《文学理论》，江苏教育出版社2005年版，第248、212页。

② 〔美〕苏珊·朗格著，刘大基等译：《情感与形式》，中国社会科学出版社1986年版，第326页。

一味沉溺于顺时间的追踪，连起码的逻辑分类和理论概括都没有。可见，在他们的理论视野中，是不认为诗歌的形式有别于小说、戏剧的开放性的艺术底线的。大言不惭地以“伟大的文学形式”来命名，实在是既没有文学，也和形式规范沾不上边。俄国形式主义和美国新批评都把最大精力奉献给文学的本体形象，但是，一来，他们脱离了审美内涵；二来，他们同样孤立地研究文学形式，从来不涉及各种文学形式之间的比较。因而，拘泥于所谓陌生化和所谓反讽等加起来不到十个的范畴，对这些范畴在不同文本形式中不同的、系统的规律则茫然无知。

要进入文学解读学的具体操作，第一步就是在不同规范形式之间进行比较。比较的目的不仅仅是在异中求同，更重要的是同中求异。不同的艺术形式、不同的预期和不同的生成作用，其中有细微的区别。人的心灵是很丰富的，哲学（逻辑学，等等）主要表现其理性，其情感审美方面则极其丰富复杂，没有一种文学形式能够将之全面地表现。因而，在数千年的审美积累中，文学分化、进化为多种结构形态，以不同的功能表现心灵的各个层次和方面。诗歌的意象乃在普遍性的概括，不管是林和靖笔下的梅花还是辛弃疾笔下的荠菜花，不论是华兹华斯笔下的水仙还是普希金笔下的大海，不论是艾青笔下的乞丐还是舒婷笔下的橡树，都是没有时间、地点、条件的具体限定的普遍存在。在诗里，得到充分表现的往往是心灵的概括性，甚至是在形而上方面，在爱情、友情、亲情中，人物都是心心相印的，具有某种永恒性的东西，故从亚里士多德《诗学》到华兹华斯，都以为诗与哲学是最接近的。而在叙事文学和戏剧文学中，则是个体心灵常常处于形而下的境地，在不同的时间、地点、条件下表现差异性是绝对的，而且处于动态之中。情节的功能在于，第一，把人物打出常规，显示其纵向潜在的深层心态。列夫·托尔斯泰在《复活》中说：“他常常变得不像他自己了，同时却又始终是他自己。”其次，打出常规以后的人物，哪怕是亲人、恋人，也会发生心理“错位”，造成人间无限丰富的悲喜剧。只有通过比较，才能看出，文学文本只是作家对某种形式规范的选择，同时也是对其他规范的拒绝。例如，李隆基、杨玉环的素材，在《长恨歌》中，二者的爱情是绝对的，自始至终心心相印，“在天愿作比翼鸟，在地愿为连理枝”，爱情不因空间的距离而发生变化。“天长地久有时尽，此恨绵绵无绝期”，说的是时间是有尽的，而感情是无尽的、绝对的。只有与相同题材的戏剧相比，才能看出这是诗歌的强化、极化逻辑向形而上的境界生成的结果。永恒的心心相印仅仅是诗歌的选择。在戏剧中，它预期生成的应该是另外一种性质，如果相爱的人绝对心心相印，就没有任何戏剧性，要让相爱者情感发生“错位”或者“心心相错”，才会产生戏剧性。在洪昇的戏剧《长生殿》中，李隆基的爱情就不像在《长恨歌》中那么专一。杨贵妃和唐明皇虽然爱得昏天黑地，但又经常闹矛盾，情感不止一次地“错位”。第一回是杨贵妃妒忌梅妃，而且耍泼，弄得唐明皇狼狈不堪，做检讨。另一回是李隆基勾引虢国夫人，苟且成事，杨贵妃醋性大发，唐明皇忍无可忍，两次把她赶回家去，但赶回去后唐明皇又活不下去了，又把她请回来。这些内容，正是因为符合了戏剧规范形式的预期而生成的。如果一味用写诗的办法来写戏，一见钟情、心心相印、生死不渝，就没有戏好演了。诗意与戏剧性是冲突的。不懂得这一点，就不可能进入文本解密的层次。

三、诗的规范形式不但与戏剧不同，与散文、小说、历史也大不相同

杨贵妃和唐明皇两个人浪漫恋爱，歌舞升平，安禄山起兵造反，打到潼关，唐明皇派哥舒翰守关，但是又派一个太监鱼朝恩去监军。哥舒翰认为安禄山来势汹汹、锐不可当，所以己方应坚守潼关、以逸待劳，等到对方锐气消退，粮草消耗殆尽，必然溃退。但是太监不相信，硬催哥舒翰打，结果哥舒翰被俘，潼关一破，长安门户大开，唐明皇匆忙率领部分皇亲国戚开溜，好多皇孙公子都来不及通知。这是非常狼狈、复杂的过程。作为历史散文，过程和细节要很清晰，可要全写到诗里去，诗情可能就被窒息了。白居易的艺术家气魄就表现在干脆“扼杀”一部分内容，写到《长恨歌》里就两句话：“渔阳鼙鼓动地来，惊破霓裳羽衣曲。”那边一敲鼓，几百里外，长安就地震，杨贵妃的舞就停了，朝廷就赶紧溜。只精选了鼓声、动地、惊破、霓裳羽衣曲（奢靡）四个意象，这个过程就诗化了，这就叫形式扼杀内容，形式强迫内容就范，形式征服内容。至于杨贵妃之死，陈鸿在小说《长恨歌传》中有写实的描述：“安禄山引兵向阙，以讨杨氏为辞。潼关不守，翠华南幸。出咸阳，道次马嵬亭。六军徘徊，持戟不进。从官郎吏伏上马前，请诛错以谢天下。国忠奉牦缨盘水，死于道周。左右之意未惬，上问之，当时敢言者，请以贵妃塞天下之怒。上知不免，而不忍见其死，反袂掩面，使牵而去之。仓皇辗转，竟就绝于尺组之下。”而在白居易的笔下只剩下两句：“六军不发无奈何，宛转蛾眉马前死。”以意象的跳跃实现过程和情节上的跨越是诗的基本法门，在这个意义上说，规范形式和内容一起构成了作品的生命。

文学解读的有效性，不但取决于内容，而且取决于形式，甚至是亚形式方面的精致洞察。规范形式虽然不多，但其间微妙的区别，就是伟大作家也难以全盘掌握，甚至在同一作家、同一形式之中，对亚形式的驾驭也往往差异甚大。李白、杜甫为唐诗“双璧”，史所公认，但这仅仅是总体而言。具体到亚形式，如绝句和律诗，则评价悬殊。高棅在《唐诗品汇》中说：“盛唐绝句，太白高于诸人，王少伯次之。”[①]胡应麟在《诗薮》中也说：“七言绝以太白、江宁为主，参以王维之俊雅，岑参之浓丽，高适之浑雄，韩翃之高华，李益之

① 高棅著，汪宗尼校订：《唐诗品汇·七言绝句叙目·第二卷》影印版，上海古籍出版社1981年版，第427页。

神秀，益以弘、正之骨力，嘉、隆之气运，集长舍短，足为大家。”[①]连韩翃、李益都数到了，却没有提到杜甫。相反，杜甫的七绝四句皆对（如“两个黄鹂鸣翠柳，一行白鹭上青天。窗含西岭千秋雪，门泊东吴万里船”），被诗话家讥为“半律”（胡应麟：“自少陵以绝句对结，诗家率以半律讥之。”[②]）“断缯裂锦”（胡应麟：“杜以律为绝，如‘窗含西岭千秋雪，门泊东吴万里船’等句，本七言壮语，而以为绝句，则断锦裂缯类也。”[③]），甚至说四句“不相连属”（杨慎《升庵诗话》卷十一《绝句四句皆对》中说：“绝句四句皆对，杜工部‘两个黄鹂’是也，然不相连属。”[④]），因而，在历代唐诗评论中，杜甫七律公认居于首位，而七绝的压卷之作则榜上无名。在《红楼梦》中，曹雪芹展示了当时各种文体，但各自成就并不平衡，很明显，其诗不如词，词不如曲，曲不如小说。

在这一点上，就是对伟大作家，也要“铁面无私”地辨析其创造和失误。鲁迅是小说家，也是杂文家，但是，他往往把杂文的笔法过分用之于小说，这就影响了小说艺术。《狂人日记》说中国五千年历史写满仁义道德，字里行间都是“吃人”，虽为名言，但是并非小说形象，而是杂文的格言。就是到了《阿Q正传》中，也还有某些杂文笔法，如阿Q被判处死刑，绑赴刑场，已经意识到要被杀头了，鲁迅这样写道：“（阿Q）两眼发黑，耳朵里嗡的一声，似乎发昏了。然而他又没有全发昏，有时虽然着急，有时却也泰然。”阿Q的感觉居然是“他意思之间，似乎觉得人生天地间，大约本来有时也未免要杀头的”，“他不过便以为人生天地间，大约本来有时也未免要游街要示众罢了”，相似的描述居然重复了两次。1956年，何其芳先生在《论阿Q》中对此进行了质疑，认为为了强调阿Q的麻木，鲁迅把“文人的玩世不恭、游戏人间”写到了阿Q的头上。他说，自己读来感到“不安”[⑤]。其实，这是杂文家的反讽和小说家心理探索的矛盾。这种矛盾在《祝福》里得到平衡，艺术上最为成熟，但是在《故事新编》里却愈发激化，以至鲁迅自己也不得不承认其有失“油滑”了。

四、规范形式的共用性与风格的唯一性的矛盾：以流派为中介

解读学是个系统工程，要得到成功，需要多个层次的协同作用；要失败，只要一个层次就足够。深入到了规范形式这个层次，仍然潜藏着危机。因为规范形式是共用的、可重

---

① 胡应麟：《诗薮》内编卷六《近体·绝句》，上海古籍出版社1979年版，第115页。
② 同上。
③ 胡应麟：《诗薮》内编卷六《近体下·绝句》，上海古籍出版社1979年版，第121页。
④ 见丁福保辑：《历代诗话续编》，中华书局1983年版，第853页。
⑤ 何其芳：《论阿Q》，载《人民日报》1956年10月16日。又见《何其芳文集（第五卷）》，人民文学出版社1982年版，第181—182页。

复的，而文学文本的生命则是不可重复的、唯一性的。因而只有对规范形式具有某种冲击性的文本，才可能是唯一的。然而规范形式的草创、形成、发展时限是远远超过人的寿限的，因而，即使是最伟大的作家，也不可能颠覆一种规范形式，独创另一种形式。他们所能达到的最高限度，就是在规范形式之内，作出某种冲击、某种突破、某种拓展，这就表现为独特风格。这里可贵的不是作家的风格，而是篇章的风格，有了独特性才是唯一的，因而，篇章风格理所当然地成为解读学关注的重点。苏东坡的《赤壁怀古》把宋词浅斟低唱的婉约风格拓展为豪放的风格，就是历史的贡献。施耐庵把打虎的武松写得近神又近人，相对于《三国演义》中那些从来不怕死亡，也没有疼痛感的英雄来说，这种新的风格的价值在于对英雄的理解有了突破。徐志摩的《再别康桥》之所以不朽，就是因为当年新诗的浪漫主义的创作原则——“强烈感情的自然流泻”已经被普遍遵循，而《再别康桥》却以不强烈的、潇洒的感情展现了一种新的风格。这种风格是唯一的，解读不到这个焦点上，就不可能成功。从这个意义上笼统地说，“风格就是人”是一种遮蔽，因为同一个诗人，作品风格可能是多种多样的。从解读学的角度讲，篇章风格可以使作品突破形式规范的共用性，带上唯一的标记。

有了风格还可能是不自觉的，而当其成为风气，类似作品大量出现，变成自觉的追求，有时还带上了宣言或者主张，这就成了流派。如浪漫主义诗歌在感情的强化和极化中追求美化，而以波德莱尔为首的象征主义则反其道而行之，追求以丑为美。徐志摩在《语丝》第 3 期上发表波德莱尔《恶之花》中《死尸》的翻译：“这是一具美女的溃烂的死尸，发出恶腥黏味，苍蝇在飞舞，蛆虫在蠕动，野狗在等待撕咬烂肉。”波德莱尔对他的所爱说，不管你现在多么纯洁温柔，将来都免不了要变成腐烂的肉体为蛆虫所吞噬，发出腐臭。在这首译诗前面徐志摩还写了一则前言，认为这是《恶之花》中“最奇艳的花”，它不是云雀，而是寄居在古希腊淫荡的皇后墓窟里的长着刺的东西。欣赏是创作的前奏，他在创作时不由自主地披露着美好情感中可怕、丑恶、令人恶心的方面。《又一次试验》最为典型：上帝最后的结论是：“哪个安琪儿身上不带蛆！”[①] 在这样的自觉观念的基础上，才产生了闻一多的经典之作《死水》。这标志着对风格的共同追求形成了象征主义流派。当然，共同的追求并不意味着闻一多的《死水》失去了其唯一性。流派不过是唯一性的、新风格的中介。他的极丑转化为极美，通过相近联想和相反联想使极丑向极美自然转化之时，以中性的词语过渡是很严密的：“也许铜的要绿成翡翠，铁罐上绣出几瓣桃花。再让油腻织一层罗绮，霉菌给他蒸出些云霞。”第一句中的“绿”，既是铜绿的绿，也是翡翠的绿。第二句中的“绣”，则是谐音，既是铁锈的锈，又是绣花的绣。第三句中的“织”，从油腻浮在水上

① 顾永棣编：《徐志摩诗全编》，浙江文艺出版社 1987 年版，第 441、562 页。

的花纹，自然地过渡到罗绮。第四句中的“蒸”，自然是要蒸（发）的，把霉菌放大为云霞就可以不言而喻了。

对于解读学来说，流派的自觉宣言给解读以观念向导的方便，但是，流派的共同性也可能带来遮蔽。单纯的流派分析往往造成解读的空洞，故流派的分析与篇章风格的揭示结合才能达到唯一性的目标。在解读戴望舒的《雨巷》时仅仅将之归为象征派作品的遮蔽性是很大的。因为戴望舒并未取象征派的“以丑为美”，而是相反——取后期象征派另一美学原则，不是直接把情感抒发出来，而是于“客观对应物”中寄托美好的情感。而这种客观对应物（雨巷、女郎、丁香、太息）又带有中国古典诗歌的传统意象的色彩。三者的结合的唯一性，是当时象征派的诗人所没有达到的境界。

对于叙事文学来说，流派性质更为隐秘，更需要精致的分析。钱锺书的《围城》是一部充满了情爱的小说，但与五四新文学中的恋爱小说大不相同。五四新文学中的恋爱往往与冲决封建婚姻的罗网、与社会变革甚至革命事业有着密切的关系，具有精神和个性解放的意义，而《围城》虽然有抗战的背景，却与抗日大业无关。《围城》虽然属于恋爱小说，有一系列曲折的恋爱婚姻，却没有真正的爱情；爱情不过是游戏，浪漫的爱情是遭到讽刺的。《围城》具有现代派的性质，它聚焦的不是人与社会的关系，而是人本身作为一种“无毛的两足动物的根性”。婚姻和爱情都是空的，不过是一种徒劳的自我折腾，有如围城，在城外的人想进去，在城内的人却想出来。从主题来说，这具有现代派甚至后现代生存的困惑特点；但从风格来说，钱锺书尖刻的反讽语言却是唯一的。

以作者的身份和作品对话

读者心理结构的开放性和封闭性与文学形象的三维结构的开放性和封闭性，呈现为永恒的犬牙交错的矛盾，并不是反映论和表现论两点一线的思维所能径情直遂的，对文学文本解读是读者主体心理的开放性和封闭性与文学文本的开放性和封闭性双向由浅入深的搏斗和调节过程。解读文学经典，如果仅仅作为读者与作品对话，哪怕是自认居于中心，皓首穷经而不得其门而入者代不乏人。尽管西方前卫文学理论的“读者中心论”似乎给予了读者极端的自由，但却没有给读者以作为作者的自由，这是因为他们未能把阅读放在文学创作论的基础上。要真正获得解读的自由，必须超越仅仅作为读者的被动性，以作者的身份与作品进行对话，才能打开自身心理的封闭性和文学文本的封闭性。

朱光潜先生说："读诗就是再做诗。"[①]克罗齐说："要了解但丁，我们必须把自己提升到但丁的水准。"[②]有了作为作者的想象，才有可能突破封闭在文本深层的历史积淀和唯一性的生成奥秘。正是因为站在文学创作论的立场上，鲁迅在《不应该那么写》中才这样说：

> 凡是已有定评的大作家，他的作品，全部就说明着"应该怎样写"。只是读者很不容易看出，也就不能领悟。因为在学习者一方面，是必须知道了"不应该那么写"，这才会明白原来"应该这么写"的。这"不应该那么写"，如何知道呢？惠列赛耶夫的《果戈理研究》第六章里，答复着这问题——"应该这么写，必须从大作家们完成了的作品中去领会。那么，不应该那么写这一面，恐怕最好是从那同一作品的未定稿本去学习了。在这里，简直好像艺术家在对我们用实物教授。恰如他指着每一行，直接对我们这样说——'你看——哪，这是应该删去的。这要缩短，这要改作，因为不自然了'。在这里，还得加些渲染，使形象更加显豁些"。[③]

惠列赛耶夫（亦译华西里耶夫）的《果戈理研究》第六章分析了果戈理写《外套》的过程。小说的原始素材是彼得堡的小公务员千方百计节衣缩食，终于买了一支猎枪，划着船到芬兰湾去打猎。没想到湾边的芦苇把横在船头的枪带到水底去了。从此他一提此事便面如土色。光有这样一个小小的逸事，是写不成艺术品的。果戈理为突出其悲剧性，把猎枪改成了"外套"（其实应该译成"大衣"才是），在寒冷的彼得堡，上班穿大衣，进门脱大衣，是必要的行头，而相比之下猎枪则是奢侈品。小说的规范形式的衍生还在于，小公务员失去了大衣以后，引出了喜剧性与悲剧性的交融。果戈理虚构了一连串的情节，先是向大人物申请补助，遭到呵斥，郁郁而死。果戈理让这个小公务员的阴魂，一直徘徊在彼得堡卡林金桥附近，打劫行人的大衣。警察有一次都把这个幽灵抓住了，可是打了一个喷嚏，又被他溜走了（悲剧中的喜剧性强化）。直到那个呵斥小公务员的大人物被这个幽灵抢走了大衣，幽灵才销声匿迹。以这样的结尾，使这个悲剧的喜剧性又回归了正剧，完成了意脉丰富而统一的贯通。原文出自安年科夫的回忆：

> 有人当着果戈理的面讲了一个办公室的笑话：有个穷公务员，嗜好打鸟，用异乎寻常的节约的办法，加上公务之外拼命地干活，终于积蓄购买了一支价值二百卢布的列帕热夫造上等猎枪的钱。他头一次划小船到芬兰湾寻找猎物的时候，把珍贵的猎枪摆在眼前的船头上，用他本人的话来说，自己处于忘我的境界，直到他到船头一看，不见那新买的猎枪，才清醒过来。小船穿过芦苇挂到淡水里去了。他拼命寻找猎枪，

① 朱光潜：《谈美》，《朱光潜美学文集（第一卷）》，上海文艺出版社 1982 年版，第 497 页。
② 朱光潜：《克罗齐哲学述评》，《朱光潜全集（第四卷）》，安徽教育出版社 1988 年版，第 337 页。
③ 《且介亭杂文二集》，见《鲁迅全集（第六卷）》，人民文学出版社 2005 年版，第 321 页。

可怎么也找不到。公务员一回到家便倒在床上，从此再也没起来。他害了热病。直到同事们得知这个消息，大家签名替他买了一支新猎枪之后，他才活了下来。但一提起这件可怕的事，他就吓得面无人色。……大家听了这“若有其事”的笑话，都笑起来，只有果戈理除外。他若有所思地听完笑话，低下了头。这个笑话就是他创作小说《外套》的最初念头。①

原始素材中被淘汰了的东西、作品中按悲喜剧逻辑的交融衍生出来的艺术形象，都是隐性的，超越读者身份，从创作论的原则出发，以作者的身份与作品对话，才有可能显示。这就要求解读者把作品还原到创作过程中去。

当然，创作过程很少在作品中呈现，这时文献资源就显得十分必要。在五四新诗草创时期，郭沫若《凤凰涅槃》的成功，并不是如他自己所回忆的那样轻松——灵感一来，连纸都来不及摆正，就完成了一首经典的创作——而是经过了多次的、反复的自我探索和想象的突围。在写作的四年以前，也就是1916年，他由于“民族的郁积，个人的郁积”（国家没有出路，自己又陷入了双重婚姻的困境），不时有一种自杀的动机。这种情绪在他当年写的五首古体诗中直接流露了出来：“出门寻死去，孤月流中天……偷生实所苦，决死复何难。”1917年，他在另一首五言古诗中又写道：“有生不足乐，常望早死好……悠悠我心忧，万死终难了。”②1918年，他重新处理了这个主题，在《死的诱惑》中把这个自杀——死亡的主题推向假定的想象境界：“我有一把小刀 / 倚在窗边向我笑。/ 她向我笑道：/ 沫若，你别用心焦，/ 快来亲我的嘴儿，/ 我好替你除却许多烦恼。”五四运动发生了以后，郭沫若觉得旧的祖国和旧的自我一起被赵家楼上那场大火烧毁了，新的祖国和新的自我同时诞生了。1921年1月18日，在他写给宗白华的信中，这种情绪涌现了出来：

我现在很想如phoenix一样，采些香木，把我现有的形骸毁了去，唱着哀哀切切的挽歌把它烧毁了去，从那冷了的灰里再生一个“我”来！可是我怕终竟是个幻想罢了。③

过了两天，郭沫若就写成了作为五四时期狂飙突进的时代精神象征的《凤凰涅槃》。诗人的想象经历了漫长的岁月才从现实中解放出来，进入了一个完全假定的艺术境界，古埃及的神话和中国传统的形象结合起来，构成一个在烈火中翱翔的、永生的凤凰形象。现实的、粗糙的“寻死”，原生的悲观情绪，进入了一种想象的神话的虚幻境界，如吴乔所说的“形质俱变”。在这个想象的境界中，不仅是在形质上，逻辑也发生了超越现实的变异。自

① 〔俄〕契诃夫著，蓝英年译：《回忆果戈理》，天津人民出版社1985年版，第50—51页。
② 以上两诗均见田汉、宗白华、郭沫若合著：《三叶集》，上海亚东图书馆1920年版，第9—10页。
③ 田汉、宗白华、郭沫若：《三叶集》，安徽教育出版社2006年版，第11页。

觉地毁灭旧我，导致了新我的永恒的复活。五言古诗中寻死的痛苦（在“自由与责任之间”的痛苦），到了《死的诱惑》中，变成了欢乐。而在凤凰的形象中，变成了从痛苦到欢乐的转化。自觉地毁灭了旧我，与毁灭旧世界统一了起来，痛苦地否定了旧的自我、旧的现实，转化为新的自我、新的现实，从而产生了永恒的欢乐，达到了现实与自我矛盾的永恒的统一。这不仅是想象的解放，也是思想的解放、情感的浪漫飞越，是浪漫艺术的胜利。

从这里可以看出，西方文论所谓“读者中心”“作者死亡”之说，全系把作者和读者绝对对立起来的形而上学，事实上，在文本阅读过程中，作者主体与读者主体的对立是在封闭和开放的反复搏斗中不断转化的。理想的作者，是以理想的读者的眼光来决定自己应该怎么写、不应该怎么写的，而理想的读者则是把自己当作作者，设想其为什么这样写而不那样写。从这个意义上来说，绝对的作者中心和绝对的读者中心，都是西方文论的庸人自扰。

一、具体分析和可操作性

以作者的身份与文本对话，凭借文献资源还原出创作过程，揭示出应该这样和不应该那样的矛盾，以便具体分析，这当然很理想，但实际上，这样的资源十分有限。这当然不是解读无所事事的理由，因为一切事物观念都是对立的统一体，都包含内在矛盾，形象自然也不例外。具体分析的对象，乃是矛盾和差异，然而文学形象是有机统一、水乳交融、天衣无缝的。矛盾是潜在的，因而，任何称得上经典文本的作品，都隐含着内在矛盾，问题在于把它还原出来，进入具体分析的操作层次。而具体分析操作方法是多种多样的。

二、微观分析之一：隐性矛盾直接分析

有些矛盾直接存在于作品的词句之中。只要不以主观的先入之见去同化它，矛盾总是可以揭示的。如《再别康桥》的一些解读文章，一看到是告别，就连篇累牍地大谈“千种离愁，万重别绪”，诗篇“徐徐打开思绪沉重的闸门”等，但是，在徐志摩时代，交通状况与古代不可同日而语，离别的母题已经基本上不再与愁苦必然相连。这种“离愁别绪”论，完全是主观意念对作品的硬套。

说是来告别，实际上是来“寻梦”的。梦是不可寻的，实际上就是重温旧梦，享受往日美好的记忆。“满载一船星辉，在星辉斑斓里放歌。”放歌就是大声歌唱。接下来，又一个层次的矛盾出现了。“但我不能放歌，悄悄是别离的笙箫；夏虫也为我沉默，沉默是今晚的康桥！”这是理解这首诗的最为关键的矛盾，也是全诗意脉的高潮：既是美好的、值得大声歌唱的，但是又不能唱：“悄悄是别离的笙箫”“沉默是今晚的康桥”。这是关键的关

键：悄悄，是无声的；而笙箫，则是有声的。在英语中，这属于矛盾修辞（paradox），和中国古典诗歌中“此时无声胜有声”是一类效果，这是全诗最为纲领、也最为精彩的一句。无声，是回忆的特点，因为是独享的、秘密的，才是最美妙、最幸福的音乐。构成的意境是：诗人默默地回味，自我陶醉，自我欣赏。这种自我体悟是不能公开的，不能和任何人共享。把这层矛盾分析透了，就可以回答开头的问题：为什么题目是“再别康桥”，却不是和康桥告别，而是和云彩告别？因为云彩是无声的，你知，我知，天知，地知，还有云知，而云恰恰是无声的。懂得了这一点，才能更好地理解、体验最后一段：“悄悄地我走了，正如我悄悄地来；我挥一挥手，不带走一片云彩。”轻轻地来，悄悄地回味和云彩告别，就是和自己的记忆无声地告别。为什么是轻轻地呢？就是因为自己的内心、自己的回忆在回味。不是一般的回忆，而是一种隐藏在心头的秘密。大声喧哗是不适宜的，只有把脚步放轻、声音放低才能进入回忆的氛围，融入自我陶醉的境界。

有了这样的直接分析，如果还要再深入还原一下的话，可以从徐志摩和林徽因的关系中获得资源。此诗作于 1928 年 11 月，时间当为徐获悉林和梁思成结婚之后。为什么轻轻、悄悄？因为过去浪漫的回味已经不便公开了。值得注意的是，徐志摩的这首诗写得很优雅、很潇洒，在他的精神世界里，没有一点世俗的失落之感，更不要说“痛苦”“忧愁”了。退一万步说，就是有一点“忧愁”，也是他在《沙扬娜拉》中所说的“蜜甜的忧愁”（sweet though in sadness），可能是从雪莱的《西风颂》中演化而来。这种潇洒正是此诗的唯一性，他只把过去的美好情感在记忆里珍惜，非常甜蜜地独享。

采用同样的直接分析，从曹操的形象出发，不难分析出曹操的多疑：疑人意图杀己，乃诛杀人家八口；逃亡路上，又为了自保杀吕伯奢，发出“宁叫我负天下人，不叫天下人负我”的狂言。应该说，《三国演义》写曹操的多疑是很有其唯一性的。他的多疑可以说是多方面的，但又是统一的，最后又死在多疑（不相信神医华佗）这一点上。但是这种描写没有陷入单调、单薄，因为他的性格当中隐含着矛盾，还有不疑的一面。后来的事实证明，刘备是他身边最大的“定时炸弹”。刘备在曹操身边装成没有政治野心，麻痹曹操。曹操身边的一些谋士几度让曹操杀掉刘备，但是，曹操很自信，对刘备不疑。在“青梅煮酒论英雄”一节，刘备听到曹操说他是英雄，吓得把筷子都丢了。慌忙之中辩解说闻雷而惊，曹操被麻痹了：英雄居然怕打雷啊！更放松了警惕。后来机会终于来了，有一路人马需要去攻打徐州，刘备说，派我去吧。曹操这个多疑的人居然不疑了，给了刘备五千兵马。命令一发出去，曹操身边的谋士程昱、郭嘉就说：不行啊，他去了肯定不回来了。于是曹操赶快派五百人马去追。当然，刘备不会回来。谋士就说，刘备心里有鬼。曹操觉得自己既然决意放他走，就只能是正确的，他不怀疑自己的才能，就说：“我既遣之，何可复悔？”曹操多疑的特点之所以深刻，还因为它和对自己才能的不疑是紧密相连的。曹操虽然多疑，但是他对自己的计谋、自己的才能、自己的水平、自己的雄才大略是毫不怀疑的。

曹操的多疑和不疑是矛盾的，又是有机统一的，其中包含着相当精密的内在逻辑。他的多疑是疑别人，他的不疑是迷信自己，而且很顽固，不怀疑，就不怀疑到底，就是错了也错到底。很明显，曹操的不疑的实质就是绝对相信自己，就是兵败华容道，狼狈逃窜，发现两侧高山为伏兵之险要地，乃以孔明疏失未有伏兵，仅此一点即不如自己高明，乃大笑。其自信表现为危机中之自得，极端矛盾又高度统一。此乃曹操形象不朽的根本原因，后世小说写政治领袖，即如《水浒传》之写宋江，逊色多矣。至如《红楼梦》中之贾政，就人物而言，亦未达曹操之丰富深邃。

分析之难，难在没有切入口，不得其门而入。不管是意象、意脉还是意境，都以客观的事物和人物的形象出现，莫不是主观情感特征与客观对象特征猝然遇合于规范形式之中。其实，原生的生活到了形象中，已经是如吴乔所说“形质俱变”。差异和矛盾就隐藏在形象的统一之中。直接从形象分析矛盾难度相当大，但是，除了直接分析以外，还有一些揭示潜在矛盾的办法，首先，就是还原。

三、微观分析之二：艺术感知的还原

作品的现成状态是统一的，但是这种统一是客观生活被作者的情感同化的结果。只有把形象的原生状态还原出来，二者之间的差异或者说矛盾才能显现出来，分析才有对象。需要说明的是，我们这里的“还原”和现象学的“还原”有某种共同之处：现象学不承认任何观念、现象是绝对客观的，认为它们都是经过某种主体同化的。因而要研究一个问题，首先就要把潜在的成规的观念“悬搁”起来，进行“还原”，目的是“去蔽”，也就是“去”潜在观念之“蔽”。胡塞尔首先提出，还原就是对未经考察而相信事实存在的“自然的态度”的怀疑，因而要把一切现成观念“悬搁”起来，以达到一个绝对的、纯粹的事物的本质。“悬搁”（epoche）来自古希腊怀疑主义者皮罗的口号“悬搁一切判断”。这并不是否认事物的存在，只是在研究意识的起源时，把它们放进“括号”里，不让它们起作用。不难看出，胡塞尔所说的“悬搁”类似笛卡儿的“怀疑”。而这里的“还原”，则是为了揭示原生状况与艺术形象之间的差异和矛盾，以便进入分析程序。

从日常生活来说，情人眼里出西施，敝帚自珍。看自己，一朵花；看别人，豆腐渣。抒情的诗歌形象正是从这日常感知和语言变异的规律出发，进入了想象的假定的境界：“一日不见，如三月兮”“谁谓荼苦，其甘如荠”。感知不但有形变和质变，而且有功能的变异：“结庐在人境，而无车马喧”“海内存知己，天涯若比邻”“狂风吹我心，西挂咸阳树”“只恐双溪舴艋舟，载不动，许多愁”。这就不但提示了语言形象化的规律，而且揭示了其与日常生活、感知之间的矛盾。这种矛盾本来是两个方面，但显性的呈现只是一个方面，这个方面是某种结果（如“回眸一笑百媚生，六宫粉黛无颜色”，如“露从今夜白，月是故乡明”），提示着情感的强烈冲击的原因。进入分析程序，就要把矛盾的潜在方面揭示出来，就需要摆脱被动地接受，改为主动地在想象中还原，也就是把未经情感冲击同化的原生状态想象出来。因为文学作品本来就是一种召唤结构，因而日常原生经验的唤醒并不是太困难的。但是，把潜意识层次的自动化触动化为意识的语言，则是需要主体的审美自觉的优势的。

这种情况在叙事作品中就比较复杂、比较隐蔽。晚清夏曾佑之所以质疑武松打虎的真实性，就是因为他有精细的辨析能力，对武松见老虎以前和见到老虎以后的心理差异、矛盾有高度的敏感。当然，这是比较困难的，这时，历史资源和文献就是必不可少的了。对此，我们可以参看金圣叹的批注。又如鲁迅对诸葛亮的“多智而近妖”的批评，如果能对草船借箭等原生史料有所梳理，就不难看出艺术感觉与生活实感的矛盾，有了矛盾、差异，就不难分析了。有了自觉的还原意识，能发现潜在的矛盾和差异，就有了可操作的途径。杜甫诗曰：“昆明池水汉时功，武帝旌旗在眼中。”稍稍还原一下，就不难看出在诗的变异想象中，不但空间是可以压缩的，时间也是可以压缩的。杜甫一下子就把唐朝、汉朝间几百年的时间距离，压缩到目力所及的范围里。千载以来，没有读者对李白“西岳峥嵘何壮哉，黄河如丝天际来”的诗句提出质疑。至于李白的“黄河落天走东海，万里写入胸怀间”，更不是生理目力的问题，而是诗人与读者的默契。但是，文学文本解读学却要还原出这种默契中潜在的矛盾。无怪乎德国的布来丁格在《批判的诗学》中把想象称为“灵魂的眼睛”。

四、微观分析之三：情感逻辑的还原——“无理而妙”

以上所说，还只限于艺术感知层面，而一些直接抒情的作品，光用感觉还原就不够了。更为深层的还原是在情感逻辑层面。情感逻辑是“无理而妙”的，不同于科学的理性逻辑，只有通过“还原”，矛盾才能显现，从而进入具体分析程序。个人主观情感“歪曲”了，或者用笔者的术语来说——“变异”了理性逻辑，这种表面上看来是非逻辑的话语才成为深层情结的可靠索引。

在情感逻辑和理性的矛盾方面，在全世界诗学理论范围内，我国古典诗话可能是最早发现情感逻辑与理性逻辑之间矛盾的。明代邓云霄和清代贺裳、徐增（1612—？）把“痴”作为诗的最高档次：涉及了正常逻辑不当如此的意味，这就起了还原的作用，把审美逻辑和理性逻辑安排到现成的对比之中。其实，说得最为彻底又最为系统的，是出生比他们更早的黄生（1601—？），他在《一木堂诗麈》卷一中写道："每出人常理之外。"这一切可以充分说明，中国诗歌理论家已经有了谈论抒情逻辑和理性逻辑之间矛盾的自觉。

"痴"的本质，是"情痴"。这个情痴观念的影响还超出了诗歌，甚至到达小说创作领域，至少可能启发了曹雪芹，使他在《红楼梦》中把贾宝玉的情感逻辑定性为"情痴"（"情种"）。17世纪是我国古典诗论发展的高潮，吴乔在《围炉诗话》卷一中引用他的朋友贺裳的话，又发展出"无理而妙"的命题。"无理"，是还原出通常的"理"的结果，是"无理之理"，"是于理多一曲折"。有了这样的矛盾的还原，就不难对之加以彻底的分析了。同时代的徐增，尝试以李益诗（"嫁得瞿塘贾，朝朝误妾期。早知潮有信，嫁与弄潮儿"）为例做出回答："此诗只作得一个'信'字。……要知此不是悔嫁瞿唐贾，也不是悔不嫁弄潮儿，是恨'朝朝误妾期'耳。"这就不但分析了矛盾，还分析了二者（恨与爱）的主导方面是爱，分析出了深层的爱正是转化为表层的恨的条件："信"。恨什么呢？恨商人无"信"，没有准确的归期，误了她的青春。这里解读的就不完全是"理"，而是一种"情"。从"情"来说，这个"恨"，是长久期待"信"的反面，这个期待其实是爱造成的。从这个意义上说，也有道理，不过不是通常的理，其中包含着矛盾，因为太期待、太爱，反而变成了"恨"。这是爱的理，和平常之理相比，是逻辑的悖逆，可以叫作"情理"。

通常的理，简而言之，只是一种逻辑上的因果关系。因为嫁给商人，行踪不定，所以常常误了她的期待。因为船夫归期有信，所以还不如嫁给他。这仅仅是表面的原因，即通常之理。在这原因背后，还有原因的原因。为什么发出这样极端的幽怨呢？因为期盼之切。而这种期盼之切、之深，则是一种激愤。从字面上讲，不如嫁给船夫，是直接的、实用的因果关系，而期盼之深的原因，其性质则是情感，是隐含在这个直接原因深处的。这就造成了因果层次的转折，也就是所谓"于理多一曲折耳"。

其实，所谓"理之所有"，正是情之所在。无理而有情的理论，产生在17世纪的中国，在当时世界上是相当先进的，较之生活在18、19世纪之间的英国浪漫主义理论家赫斯立特（1778—1830）诗的想象变异理论，雪莱（1792—1822）在《为诗一辩》中的"诗使他触及的一切变形"，要早出一个多世纪。令人不解的是，这个宝贵的理论遗产，直到今天也没有得到应有的重视。

这种情感逻辑的还原，事实上，属于价值的还原，把情感看成绝对化的。在诗歌中，是超越时间空间的；在叙事文学中，则表现为把情感看得比生命更重要。如林黛玉明知劳心伤神威胁生命，仍然不顾一切；安娜·卡列尼娜因为感到沃伦斯基情感不够集中，就以自杀惩罚他，让他后悔；《雷雨》中的蘩漪，为了情感，不顾道德，不惜乱伦，都是审美价值的极端，不能简单以坏女人视之。善恶乃实用理性，非审美价值。

人真动了感情就常常不知是爱还是恨了，明明相爱的人偏偏叫冤家，明明爱得不要命，可见了面又像贾宝玉和林黛玉那样互相折磨。陆游《示儿》曰：“死去元知万事空，但悲不见九州同。王师北定中原日，家祭无忘告乃翁。”在抒情逻辑上自相矛盾得很明显，因此从艺术水准上来说，并不算高。艺术水准更高的应该是李商隐的《锦瑟》：“此情可待成追忆，只是当时已惘然。”本以为这种感情可以等待，也就是在未来得以实现，但是，又就是在当时，也早就知道是惘然的，是没有未来的。这类旷世杰作往往把抒情逻辑的矛盾，用高度的艺术技巧，包括典故，深藏得隐隐约约，使得一代又一代的读者在五里雾中意会其微妙；但是，要把这种微妙的精彩说清楚，一代又一代的读者又把时代最高的智慧奉献在解读的祭坛上。

五、微观分析之四：古典的情景交融和现代的情理交融

当然，无理而妙主要是抒情的，但这并不是永恒的，因为艺术形式规范是开放的，是随着历史的发展而发展的，等到中国新诗古典美学原则式微，受到现代派诗歌的美学原则冲击的时候，“无理”的形态就不完全限于抒情，也是表现理性的。无理的表层，隐含着的就不是感情的“痴”，而是更高层次的理性洞察。北岛的《回答》的经典性，就在于表现了中国新诗从古典浪漫阶段向现代阶段的过渡：“卑鄙是卑鄙者的通行证，高尚是高尚者的墓志铭。”这样的写法，逻辑的跨越到了颠倒的程度，用古典的“痴”来解读是困难的。这首诗写于 1976 年春天天安门事件之后，时代本身就是是非颠倒的。“卑鄙是卑鄙者的通行证”，只有卑鄙的人才能通行无阻；“高尚是高尚者的墓志铭”，非常高尚的人，为了信念不怕牺牲的人，反而被摧残，甚至因此而牺牲。“看吧，在那镀金的天空中，飘满了死者弯曲的倒影”，好多人倒在了广场上。直接说倒在广场上，是散文的写实；说广场上死者的身影倒映在夕阳照耀的天空上，在地面上看不见，在天上有目共睹，是诗的想象。“我不相信天是蓝的，我不相信雷的回声”，这不是疯了吗？你讲的那一套我都不相信，连天是蓝的都不相信。也就是说，普遍共识的东西、流行的东西，都是假的。“我不相信梦是假的”，“梦”就是对未来的期待和向往，是理想，不是假的。天空是没有遮拦的，也是遮拦不住的。那星星“是五千年的象形文字”，你虽然不懂，但五千年后会有人读懂，星星就是未来人的眼睛。这样的想象，虽然比古典的“痴”更为怪异，但一点也不做作、不矫情；虽然很隐晦，但很深刻。这完全是以一种崭新的情理交融的美学原则，站在历史的高度发言。

六、宏观分析还原：历史语境和母题

对文本唯一性来说，微观分析固然相当关键，但是也有相当的局限，过分拘泥也可能

只见树木不见森林。一切事物固有的性质固然在其内在矛盾之中，但是，内在矛盾又与外在语境密不可分。从理论上来说，对一切对象的研究的最起码要求就是把它放到历史环境里去。不管什么样的作品，要作出深刻的分析，必须放到产生这些作品的时代（历史）中去，还原到产生它的那种政治的、经济的、文化的、艺术的气候中去。但是，历史背景是分层次的。政治和经济状况的背景毕竟是外部的，因为对于不同作家都是一样的。历史的还原，必须还原到作品的唯一性中去，因而微观分析到最后不能不与宏观分析结合起来，也就是要放到宏观的历史语境中才能达到最高、最深的层次。艺术感知还原、逻辑还原和价值还原，都不过是分析艺术形式的静态的逻辑的方法，属于一种初级的、入门的方法。入门以后对于作品的内容还要有动态的分析，因而需要更高级的方法，就是“历史还原”。不管什么样的感知、逻辑和价值，都是离不开历史的，都不能不包含在历史的还原之中。最为常见的是作家特殊的精神史。在中国有几千年的“知人论世”传统，用作家的生命遭遇来说明作品的特征，虽然也有穿凿过甚的偏颇，但是也有相当合理的成分。在李白的《下江陵》中，“千里江陵一日还”“轻舟已过万重山”表现的是李白归心似箭，分析时不能不提到他生命中一次重大的危机和突然的转折。那就是参与永王李璘幕府，永王失败，李白系狱浔阳，被判流放夜郎，在政治上、道德上几近破产。据杜甫诗曰，弄到“世人皆欲杀”的程度。幸而中道遇赦，因而才兴奋到有实际上绝对不可能的速度和安全感知。当然，这样的传记式分析可能并不是最深刻的，而且弄得不好会陷入中国古典诗话所谓“穿凿”和美国新批评所谓“意图谬误”的歧途上去。

还原到历史语境中去，焦点还在于还原到当年的文学语境中去。困难在于，语境是浩瀚的、纷纭的，对于具体分析来说是缺乏操作性的。最简便的方法就是把作品放在同一母题的历史发展过程中考察，因为同一母题提供了现成的可比性。通过历史母题的还原和比较，就不难超越作家精神史的局限，梳理其在母题系列中的定位，从而发现其在母题史中的突破或倒退。关键是内在的、人物内心情智探索和表现的进展，比如，将武松打虎还原到英雄母题中去：从力量和勇气来说，他是超人的；但是从心理上说，他又是平凡的，和一般小人物差不多，英雄化和平凡化统一了。分析到这个层次，可以说已经相当有深度了。但是，如果把它放到中国古典小说的英雄母题中去，就会发现这相比早于《水浒传》的《三国演义》是一个伟大的进步。在《三国演义》中，英雄人物是超人的，罕见平凡的一面。他们面临死亡和磨难是没有痛苦的：夏侯惇眼睛中了箭，大叫一声，连眼珠都拔出来，作家并没有写到他的疼痛感；关公刮骨疗毒，虽然刀刮出声音来，但他仍然面不改色。没有武松那种没有见老虎，大吹怕老虎的不是“好汉”，见了老虎就出冷汗，活老虎打死了、死老虎却拖不动的局限，也没有下山以后，见了两只假老虎，信以为真进而悲观失望（“此番罢了”）的心理。

《西厢记》中“赖简”一折很精彩，将其还原到爱情母题史中，就比较易于分析出其突破。莺莺明明爱上了张生，主动写诗约人家跳墙来幽会；但等人家来了，却把人家大骂一顿轰走；人家垂头丧气走了，她又吃不下饭，睡不着觉；虽躲躲闪闪，终于还是梳妆打扮送上门去了。这不但在中国戏剧文学史上相比于一见钟情、生死不渝的模式是一个伟大的独创，而且在世界文学史上也是一大突破，其对女性心理表层和深层矛盾的揭示，比晚了三百年的莎士比亚笔下的朱丽叶要深刻多了。在王实甫以前甚至以后的中国戏剧和小说中，爱情常是美化、诗化、浪漫化的。美好的爱情总是善的，但是在王实甫这里所表现出来的却是另一种奇观：虽然是不守信用的，美和善错位了，却是深刻的。如果崔莺莺很善，很守信用，把人家约来就和人家好上了，那还有什么好看，有什么性格之美的发现和创造呢？当然，《西厢记》从爱情母题的发展中看，也不是没有败笔，那就是追随董解元，把元稹小说原作《莺莺传》中的张生后来对崔莺莺的遗弃改成了大团圆的结局，这是在当时就已滥俗的公式。《简·爱》把英国小说传统中美人和高贵男性的爱情变成了相貌平平的女人和一个失明的男人终成眷属，这种对母题的突破，就是文本唯一性的索引。

探究文本的特殊性、唯一性，不是一步到位的，而是在层层具体分析中步步紧逼的，第一层次的具体分析得出的结论，有如普列汉诺夫所说的暂时式定义，后续的每层次的分析都使其特殊内涵递增，也就是定义的严密度递增，层次越多，内涵越多，则外延越少，直至最大限度地逼近唯一文本。

文本特殊的唯一性只有凭借这种系统的层次推进，才有可能得到揭示，解读的有效性才有可能提高。不论是反映论还是表现论，不论是话语论还是文化论，不论是俄国形式主义的陌生化还是美国新批评的悖论、反讽，无不囿于单因单果的二元对立的线性哲学式思维模式，文学解读的无效、低效似有难以挽回之势。西方对之徒叹奈何，时间已长达百年之久，到后来居然发出“文学并不存在”的咄咄怪论。文论危机到如此严峻的生死存亡地步，为两千年来所未有，而举国论者不察于此，却执着于对之作疲惫追踪。殊不知此乃天赐良机，正是我们结束百年来对西方文论唯命是从的历史的大好时机。让我们从西方人失足的地方出发，凝聚起民族最高的智商，建构自己的文学文本解读学，在思想的奥林匹克竞赛中，在西方人世袭的领地争一日之长短。

我们的任务是，不但要建构文学文本解读学，而且要在文学创作论和文学解读学的基础上建立起挑战西方叙事学的中国学派的叙事学。

第一章

文学文本解读学和文学理论

面对文学理论和阅读经验为敌的困境

文学阅读，直接面对经典文本，本来赏心悦目，是一种审美享受。文学欣赏是一种精神的游历和提升，特点是并不需要什么专业的修养，就能够自发地为其艺术所感染，甚至达到如痴如醉的境界。因而，文学相比于其他读物拥有更广泛的读者。但是，人们对于自发的感性状态似乎并不满足，因为感觉到了的，并不一定正确可靠，就是正确可靠，也不一定能够理解。理解了才能纠正错误的感觉，使正确感觉上升到理性的高度。这就有了理论的追求，就有了文学理论，其目的本来是为了把自发的感受性阅读上升为自觉的理性解读，甚至还指望它能有效地指导文学创作。但是，理论本身带着超越感性的性质，既有上升为理性的可能，又有脱离文本，腾空而为空话，成为遮蔽的框框的可能。但是，人们对理论的这一局限缺乏起码的警惕，就导致了当前架空的文学理论，天花乱坠，流派纷纭，层出不穷。就其大多数来说，往往不能增加文学欣赏的情趣和智趣，相反，还可能破坏解读者的胃口。此等现象，滔滔者天下皆是，甚至包括那些专门从事文学理论研究，而且取得了世界性影响的大家。例如韦勒克和沃伦在他们的名著《文学理论》中就这样坦承：

> 由于对文学批评的一些根本问题缺乏明确的认识，多数学者在遇到要对文学作品作实际分析和评价时，便会陷入一种令人吃惊的、一筹莫展的境地。①

文学阅读惊心动魄的审美感受与文学理论为敌的窘境的普遍存在，人们已经见怪不怪。

① 〔美〕勒内·韦勒克、奥斯汀·沃伦著：《文学理论》，刘象愚等译，江苏教育出版社2005年版，第155—156页。

但是，这并不妨碍文学理论（或者文艺理论）在学术界成为显学。流派更迭频繁，新著日新月异，虽观念各异，而视野趋同，重复之屡见不鲜，水准之徘徊不前，已成常态。

文学理论作为理论，本当来自实践，一个是创作实践，一个是阅读实践。本来，文学理论的基础，第一是文学创作论，第二是文学文本解读论。在此两大实践基础上才能产生文学理论的系统建构。真正的文学理论，其前提应该是文学创作论，分析形象的细胞构成、审美价值与实用理性之分野、作家特殊心理，驾驭并突破形式规范，由风格形成流派等，但是，创作论这个领域却相当荒芜，从20世纪80年代以来不但专著寥寥无几，据我有限的涉猎只有两部：一是杜书瀛的《文学原理——创作论》①，二是我的《文学创作论》②。此外诗歌和散文均有少量创作论专著，如骆寒超的《新诗创作论》和张国俊的《艺术散文创作论》③，而且，实际并非严格意义上的文学创作论，而是变相的文学理论，仍然未进入文学形象的深层结构，仍然是一种主客二元对立的思维模式。自从罗兰·巴特宣称“作者死亡”以来，此项课题几成禁忌。文学作品产生以后，乃为读者所解读，文学理论的基础之一，应该是文学文本解读学。在20世纪末“读者中心说”甚嚣尘上之时，这本该成为研究之热门，然而，在中国的反响，却只有读者，并无解读。文学文本解读学著作，更为罕见。据我有限的涉猎，龙协涛先生所著《文学阅读学》④，最接近文学文本解读学，可惜并不着眼于文学文本解读的有效性，而是追随西方文论所谓作者中心、文本中心、读者中心之说，并未提出文本解读学的理论建构和操作方法。然而，对于广大读者，尤其是成千上万乃至成亿的中学和大学文科教学，文学文本解读学之无效、低效甚至误效比比皆是，引起普遍的失望甚至厌恶。

> 创作论与解读论，在我国本来既有一定分工，同时又互相渗透。如刘勰的《文心雕龙》、叶燮的《原诗》大致可谓以创作论为核心，而诗话、词话、戏曲和小说评点，其基本精神乃是解读论。二者的传统可谓源远流长。直到王国维的《人间词话》，可谓兼具创作论与解读论之优势，只是以词话形式呈现。当然，这种模式在逻辑的系统性和概念、论证的严密性方面有明显的缺陷，故五四以后，我们连同其精华一起废弃，接受了西方文论以严密的概念、系统演绎和论证为特点的模式。这种文学理论模式以其现代学科的规范，使我们的理论水准发生了历史性的突破。但是，西方文论并非十全十美，也有其不可回避的局限。那就是：第一，遵循西方经院哲学的传统，追求超

① 20世纪80年代出版，2005年中国大百科全书出版社重版。

② 春风文艺出版社1986年版，海峡文艺出版社多次再版，2009年韩国学术情报出版社出版八卷本《孙绍振文集》，将此书列入第六、七卷。

③ 张国俊：《艺术散文创作论》，中国社会科学出版社2011年版。

④ 尤协涛：《文学阅读学》，北京大学出版社2004年版。

越实践的形而上学，具体表现为以抽象度甚高的概念的严密为务，不厌其烦地在从概念到概念的抽象领域里兜圈子，把本来简单的问题说得扑朔迷离。第二，把理论的自洽性放在创作和阅读的效益之上，这就导致了文学理论脱离甚至破坏文学创作和阅读实践。其极端者，出现了否定文学本身的“文学理论”。这就造成了文学理论封闭式的自我循环、自我消费。此等现状，有目共睹。但是，一来慑于西方文论的强势话语霸权，二来慑于国内学院派的所谓“学术规范”，文学理论自我窒息的严峻形势遂为国人所忽略。

其实，为了给文学理论以新生命，最切实的办法就是学科分化：从文学理论中把文学创作论和文学解读学分化出来，进行原创的独立建构，为文学理论提供丰富坚实的基础，衍生其固化的范畴，在许多根本问题上对之进行挑战，促使其产生突破。

以自然科学观之，学科分化乃学科发展提升的标志，如化学分为有机化学与无机化学、生物化学与物理化学，如物理学之分为理论物理学与实验物理学、地球物理，等等，都推动了学术的飞跃发展，然而，文学理论却在近百年间一味拘守，可谓稳坐钓鱼台，毫无分化的自觉。固然，美国的韦勒克、沃伦和苏联式的文学理论权威季莫菲耶夫的《文学原理》把文学理论分为“文学理论”“文学史”和“文学批评”，但是，这三个部分都缺乏文学创作论和文学文本解读学的基础。

文学理论学科一直处于混沌未分化状态，但从未遭遇挑战，这就容易造成误解，以为文学理论具有创作论、解读学的功能，遂以文学理论的一般性代替解读的特殊性。殊不知文学理论和文学文本解读学，在内涵和功能上具有莫大的差异。

文学理论的普遍性与文学文本解读的唯一性

文学理论以文学为总体对象，其理论是普遍的，尤其是被奉为圭臬的西方文论，往往向高度形而上学方面发展，理论的哲学化程度日甚一日。而文学文本解读学却以实践性，甚至操作性为生命，它面对的是感性的文本个案，其指向性应该是文本个案的特殊性。这里的个案，甚至不是作家个体，而是作品个案。就是对同一作者的不同作品，也应致力于其不可重复性，直接归纳和分析出其唯一性。本来，这应该是题中之义，因为普通读者并不在乎文学总体的普遍属性，并不奢望把一切作品读完，他们关注的就是眼前这一篇的奥秘。最理想的文学理论，应该是一篇又一篇的文本解读的积累和概括。从这个意义上说，文学文本解读应该是文学理论的基础（之一）。反过来说，没有大量的文学文本的解读，文学理论根本就无从产生。研读鲁迅，文学理论家可以论述鲁迅小说的总体特点，但是，绝大多数理论家并未对鲁迅的每一篇小说都进行过仔细的解读，做过准确的概括。从某种意义上说，这种文学理论或者说作家论是以不完全的分析加直觉的结果。其中的疏漏和主观、强加和歪曲，是不可避免的。在进行整体概括之前，不对文本做大量的尽可能精细的分析，理论就会产生只见森林不见树木的危机。反过来说，仅仅对文本做个案的分析，固然有可能只见树木不见森林，但从根本上说，精细的个案分析，具有解剖麻雀的功能，也有从一粒沙子里看世界、从一滴水看大海的优越，比之大而化之的空洞理念，更具相对的切实性。对于一般读者而言，读鲁迅并不一定是读其全部，而可能是面对单一文本，其关注焦点，乃在此单一文本独一无二的特点。比如，鲁迅在小说中写了阿Q的死亡，读者解读的期盼是，这种死亡的独一无二的特点是什么，也就是《阿Q正传》和鲁迅其他作品中所写的死亡有什么区别。

鲁迅小说中有八种死亡，文学理论可以以概括其统一性为务，而文学文本解读学追求的应该是每一种死亡的唯一性、不可重复性。

第一种死亡是最有名的，即阿Q之死，我们可以提炼出几个关键词：小人物、冤假错案、非常悲惨的死亡。但鲁迅居然不写他的悲惨，不渲染场面的沉痛，而写他的可笑。《阿Q正传》伟大的艺术魅力就在于，悲剧性的死亡，用喜剧性的写法。当阿Q走向刑场的时候，他最在意的居然不是自己死到临头，而是关注人群里有没有吴妈——他曾经跪下来说“我要跟你困”的那个女人。这女人大叫大喊，弄得阿Q挨了棒子，连最后的家当——一件破棉袄都被没收走了。这样一个给他带来灾难的女人，临死他还要关注，这是荒谬的、可笑的，是中国古典小说史上没有的。在西方小说史上，据我所知，荒谬到这种程度也是少见的。

第二种死亡是悲剧性的死亡。《祝福》里面祥林嫂的死亡，死得很悲惨。然而导致她死亡、压死她的最后一根稻草竟是鲁四奶奶不让她端福礼的一句话——“你放着吧，祥林嫂”。这句话说得很有礼貌，为祥林嫂留了台阶，但她却因此而精神崩溃，丧失了劳动力，最后沦为乞丐，冷饿而死。这是个没有凶手的悲剧，凶手就是存在于每个人，包括祥林嫂头脑中的对寡妇的成见。这使得祥林嫂之死超过任何中国古典小说的思想深度和艺术高度，甚至跟林黛玉的死亡堪称双璧。

第三种死亡是孔乙己的死亡。他将全部的生命投注于考试，考了几十年，居然连秀才都没有考上，成了一个废料。这个科举制度的牺牲品，只能给别人抄抄写写，又喜欢偷书，偷笔墨纸张，典型的废物加小偷。就是这样一个人，这样一个悲惨的人，当他出现的时候，却给周围带来了欢乐。而这种欢乐，却是以无情地摧毁孔乙己读书人最后的精神底线（不承认自己是小偷）为特点。这样一个人死了，没有任何人觉得悲哀，也没有人觉得快乐。这就是既无悲剧性也无喜剧性的死亡。

第四种死亡是英雄的死亡。英雄就是《药》里面的夏瑜，死亡虽然是壮烈的，却是通过小人物的麻木心态反映出来的。大家几乎是众口一词地认定英雄的死亡是愚蠢的、疯狂的、活该的、大快人心的。到监狱里还要宣传革命，挨拳脚是罪有应得、理所当然的："大清人的天下"岂是他能够动摇得了的？特别是当写到他的鲜血染红的馒头，被当成治疗肺病的良药时，文章内在的意蕴越发冷峻起来：牺牲是白费的。他的死亡是壮烈感和荒谬感交织在一起的。

第五种死亡是"孤独者"魏连殳的死亡，是冷嘲性质的死亡。魏连殳临死时嘴巴上还挂着冷笑。这个人非常孤傲，藐视周围的一切人，对政治上的飞黄腾达、经济上的财富，对趋炎附势、世态炎凉，他是公然蔑视的。最后环境逼得他背叛了自己的信念，为了复仇，去做一个军阀的副官。他有了金钱权势后，周围的那些俗人、势利者就来奉承他了，但他冷眼相对。这样一个以反抗恶势力开始，以同流合污为代价来取得复仇本钱的人，鲁迅最后把他送上了死路。他死的时候，那些势利的小人表示悲哀，表示对他的赞美，可是他脸上挂着冷笑。这个冷笑，鲁迅说既是冷笑这个世界，也是冷笑他自己。鲁迅在讲到《药》的结尾时，曾经提到过安德烈耶夫的阴冷，为了昭示一点希望，他在夏瑜的坟上添了一个花圈。可是，在描写魏连殳的死亡时，鲁迅却有安德烈耶夫式的阴冷，冷到有人哭，但没有人悲，连他自己也不悲，只有冷笑。

第六种死亡是《伤逝》里子君的死亡。她是一个新时代的觉醒者，反抗封建包办婚姻，声言"我就是我的"，毫不忌讳周围的舆论压力，毅然决然地跟自己相爱的人同居。她很坚强，周围的冷眼、中伤、威胁、压迫都无所谓，昂首云天之外。但是有一点她含糊不了：她的丈夫失业了，局子里把涓生开除了，没有钱吃饭了。涓生寄希望于通过翻译赚一点稿费，好不容易登出来，只得到了几张书券。这个原来宣称"我就是我"、对现实不妥协的女性，不得不回到她所反抗的封建家庭里去，并在最后死去。这个人的死亡，是很悲惨的。可是鲁迅不是像写祥林嫂死亡那样，正面营造浓郁的悲剧氛围，而是把它放在涓生的忏悔之中——忏悔自己不够坚强，忏悔自己跟子君讲"我们两人如此活下去，互相搀扶着，只能两个人一起沉没，我们还不如分开，也许还有一线生机"。这种忏悔中交织着多重错位，首先是自我批判和对现实的无奈，其次是透露出对子君的赞美、同情和惋惜，同时也渗透着对其脆弱和沉溺于小家庭的庸俗的批判。悲剧性死亡蕴含着多元的错位，又用第一人称独白的抒情话语来表现，其间的悲郁和沉痛、智性的深思，构成多声部交响曲。鲁迅对主人公是很少抒情的，对阿Q是绝不抒情的，对孔乙己也是不抒情的，唯一抒情的就两个人：

一个是祥林嫂，一个就是子君。

第七种死亡出现在《故事新编》里的《铸剑》中。在《故事新编》中，鲁迅最喜欢的就是《铸剑》。这是根据神话传说写的，主人公叫眉间尺，他的父亲是一个铸剑（炼钢）的专家。楚王命他铸剑，他铸了两把，一把叫干将，一把叫莫邪。剑呈给楚王，他知道楚王为了不让他再给别人铸剑，会把他杀掉。于是他将一把剑交给楚王，一把剑留在自己家里，并对老婆说："我死了之后，儿子长大了，让他为他父亲复仇，就用这把剑。"他的儿子长大以后，就拿着这把剑去复仇了，中途却应一个黑衣人要求自杀，而黑衣人提着他的头，取得楚王的信任。结果是，眉间尺、黑衣人和楚王，三个头一起掉在锅里煮烂了，大臣们无法分辨哪个是暴君的，哪个是义士的，只好把三者合葬在一起。慷慨赴义的英雄偏偏和暴君合葬，变成了荒诞（解构）。这个死亡的艺术价值，是英雄主义和荒谬主义的融合。

第八种死亡是《白光》里陈士成的死亡。他参加科举屡试不中，突然想到自己儿时祖母说过的话，在家里什么地方有大堆银子埋着。全篇就是写这个人的梦幻，他在幻觉中挖来挖去，最后掉到河里死掉了。这个死亡比较单调，不能代表鲁迅的艺术成就，我认为是写得比较差的。

总的来说，八种死亡各不相同，至少有七种是写得很精彩的，在中国文学史上都可以说是前无古人的。

文学作品的生命，就在于其唯一性、独一无二性。但主流文学理论空谈独创性，却对之视而不见，"它们关心的不是文学特征的问题，而是作品形成的必然条件，尤其是意识形态"①。解读当然要关注意识形态，但是，意识形态是普遍的，而文本解读的却是个案。解读就是个案解密，离开了个案的审美特征，解读就不是个案的特殊性，而是文本间的共同性。共同性往形而上方面升华，就变成了空洞的文学理论，其最新表现形态就是以文化批评代替文学文本解读。然而文化批评的宗旨乃是从不同文学作品中归纳出民族的、地域的文化心理的共同性，其抽象过程中舍弃掉的恰恰是文学的特殊性、唯一性。文化批评自然有其本身的特殊意义，但是，以文化批评代替文学文本解读，而且成为喧嚣一时的新潮，声言除此以外别无选择，则是对文学文本解读的犬儒式的退却。文学文本解读的基本规律与之相反，往形而下方面还原，别无选择。文学理论与文学文本解读学，就在这里分化。

---

① 赵毅衡编选：《符号学文学论文集》，百花文艺出版社2004年版，第482页。

文学文本解读学“唯一性”的悖论

文学理论之所以长期与审美阅读经验为敌，就是因为一味以理论的普遍性遮蔽文学文本解读的唯一性。这种舍本逐末之所以成为千年的痼疾，原因还在于，文学解读的唯一性本身蕴含着悖论。文本个案的所谓唯一性，就是不可重复、独一无二。但理论却不能不是普遍的，因为它是对于无数唯一性的概括。理论上所说的唯一性，所指的是每个文本的唯一性。这种唯一性，恰恰是每个文本的共同性、普遍性。这种普遍的唯一性，本身就是对特殊文本唯一性的否定。正如有一年高考题为“答案是多种多样的”，表面上强调的是答案不是唯一的，但是，以“答案是多种多样的”作为答案又是唯一的。从根本上来说，理论的唯一性是与个案的唯一性不相容的。它只能是抽象的唯一性，并不是具体的唯一性。这样，个案的唯一性与理论的唯一性就成了永恒的悖论。当然，这并不是文学文本解读学特有的悖论，而是一切理论都可能存在的矛盾。

理论面临着具体的、特殊的问题，理论的普遍性却不能不以牺牲特殊性为前提。正是因为这样，一切理论不可能直接解决问题，它只能是一种预期、一种向导。正是因为如此，理论只是一种没有独特内涵的框架。德国接受美学家沃尔夫冈·伊瑟尔提出：“作品的意义不确定性和意义空白促使读者去寻找作品的意义，从而赋予他参与作品意义构成的权利。”这种由意义不确定与空白构成的就是“召唤结构”。其实，理论比之文学作品更是名副其实的召唤结构。理论的不确定性和空白，期待着以每一个作品去填充而且赋予其血肉生命，在对作品个案作不同程度的突围中获得发展。在我看来，西方那些纯粹从理论到理论的文学理论就算没有错误，也是空洞的骨架。理论只能作为对具体作品进行具体分析时的向导。具体分析，就是把理论形成过程中牺牲了具体的特殊性还原出来。对于文学文本解读学，具体分析还原的乃是其生命。文学文本解读学，不能采取文学理论的那种普遍概括，而应该在普遍性的向导下，把理论所牺牲掉的特殊性通过具体分析还原出来。从根本上说，特殊性文本的内涵，永远大于理论的普遍性。普遍理论中不包含特殊性，正如水果的内涵中不包含香蕉的特殊性，而香蕉的特殊性中却隐含着水果的普遍性一样。因而以普遍理论为大前提，不可能演绎出任何特殊性个案的唯一性，文本的唯一性只有在特殊的个案的具体分析中才能充分揭示。正是因为这样，文学文本解读学应该以理论的普遍建构与具体个案分析相辅相成，个案的具体分析和理论的概括二者要保持必要的张力。

进入具体分析的第一步，乃是将文本的审美价值从实用理性认识和理性中分离出来。

在丰富的文学理论遗产中，固然有不少权威理论帮助我们超越实用理性，进入想象的、自由的审美境界。但是，无可讳言，也有种种权威理论，不但不能帮助我们进入文本审美唯一性的境界，相反，干脆就是否定，甚至糟蹋文学。许多来自西方的文学理论本来就充满偏颇，再加上我们教条式的照搬，文学理论对于文学解读的低效乃至无效，已经不单单是中国的现象，更是世界性的怪圈：文学理论越是发展，就越带形而上学的性质，越是脱离文学解读的个案；文学理论的发展越是自由，其流派越是竞相更新，对创作与解读的实践指导性也越贫弱。

文学理论与文学解读的审美享受为敌就这样成为世界性的顽症。文学理论近年来不但没有把揭示文学本身的审美奥秘作为自己的最高任务，相反，它把文学作为逃避、否定的对象。不过一些是间接的逃避，另外一些则是直截了当的否定。间接的逃避，雄踞 20 世纪 50—70 年代的“美是生活”，实质上就是美即真，把美等同于真，否认美，尤其是艺术美与认识的真之间的错位。机械唯物论和狭隘社会功利论长期猖獗，等而下之者，只把文学当作政治宣传和道德说教的工具，导致公式化概念化创作和批评的顽症至今阴魂不散。而 20 世纪 80 年代以来规模空前的当代西方前卫文论，则堂而皇之地否认文学的存在。最后竟弄到号称“文学理论”的理论，公然宣称它并不准备解释文学本身。这一点，乔纳森·卡勒在他的《文学理论入门》中说得最明白了。他宣称，文学理论的功能就是“向文学……的范畴提出质疑”[①]。伊格尔顿在《二十世纪西方文学理论》中，直截了当地宣告文学这个范畴只是特定历史时代和特定人群的建构，并不存在文学经典本身。[②]来自外国的新老强势文化霸权话语，被文不对题地当成文学解读的理论根据，造成了文学解读和教学空前的大混乱、无效和低效。

文学理论与审美阅读经验为敌的困境，不但令我国头脑清醒的读者和评论家痛心疾首，而且也使西方许多理论家为之困惑和愤激。新批评的先驱艾·阿·瑞恰兹就这样说过：

> 既然诸门艺术提供的经验唾手可得，那些杰出的智者在思索上述问题时又有什么收获呢？我们现在回顾一下，便会发现空话连篇。其中有三言两语的揣测，应有尽有的忠告，许多尖锐而不连贯的意见，一些堂而皇之的臆说，大量辞藻华丽教人作诗的诗歌，没完没了莫名其妙的言论，不计其数的教条框框，无所不有的偏见和奇想怪论，滔滔不绝的玄虚之谈，些许名副其实的思辨，一鳞半爪的灵感，启发人意的点拨和浮光掠影的管见，可以毫不夸张地说，诸如此类的东西构成了现有的批评理论。[③]

---

① ［美］乔纳森·卡勒著，李平译：《文学理论入门》，译林出版社 2008 年版，第 16 页。

② ［英］特里·伊格尔顿著，伍晓明译：《二十世纪西方文学理论》，北京大学出版社 2007 年版，第 11 页。

③ ［英］艾·阿·瑞恰兹著，杨自伍译：《文学批评原理》，百花洲文艺出版社 1992 年版，第 2 页。

从表面看，瑞恰兹的话说得有点情绪化，但实际上，文学理论与文学解读的矛盾远比他说的要严重得多。文学理论中假冒伪劣者，滔滔者天下皆是，其中最为伪劣者，概念玄虚、语言晦涩、逻辑武断，完全以摧残文学的审美享受为务。

面对此等窘境，清醒的国人认识到，这并不是文学理论本身的绝对荒谬，而是直接运用文学理论解读文本造成的悲剧。文学文本解读学虽然与文学理论有普遍的共同性，但更应该有其特殊的差异性，它应该从文学理论中分化出来，发展为独立的学科。

建构文学文本解读学的任务摆在我们面前。但是，对于文学文本解读学的独立建构来说，却不能离开已经被文学理论弄得混乱不堪的地基，不能不对已经在历史积累中被广泛认同的文学理论进行批判性的清场。不正本清源、拨乱反正，就不能确立文学文本解读学的前提，这当然是个历史性的难题，但同时也是义不容辞的使命。

文学的自律和他律：自转和公转

严格说来，从古希腊亚里士多德的模仿自然论到近代的反映论（本质论、典型论），从我们土产的“诗言志”“在心为志，发言为诗”到欧美浪漫主义的“强烈感情的自然流泻”①论，都不能直接成为文学解读、鉴赏的利器，厨川白村《苦闷的象征》中专门列出一章“鉴赏论”②，从根本上说，仍然是从“梦”的观念到生命的“真”观念，并未触及艺术形象基因的奥秘，对于艺术欣赏并无多少切实有效的帮助。反映论和表现论，虽然旨趣相反，一重客观反映，一重主观，但均为单因单果的直线思路，对主观与客观转化为语言、意象、意脉、形式、流派、风格的复杂曲折层次完全抹杀，实际上也就是把艺术本身遮蔽了。

学习文学理论，本来很简单，就是为了懂得解读艺术，成为艺术的内行。学习之前，我们预期“文艺理论”这门课一定充满令人神往的艺术奥秘，熏陶我们的精致艺术感觉，使我们学会欣赏艺术，甚至提高文学创作水平。我曾经这样对我的学生说：

> 20世纪50年代中期，这门课一上来就讲艺术的起源——起源于劳动，不是起源于游戏——讲来讲去，始终没有讲到形象是怎么回事。接着讲文学是生活的反映，就更令人思想麻木。大家都在生活之中，为什么只有少数人成为艺术家，而大多数人却不行呢？当时流行一个权威命题，叫“美是生活”。我做大学生的时候，就觉得这是废

① William Wordsworth, Preface to Lyrical Ballads: “I have said that poetry is the spontaneous overflow of powerful feelings: it takes its origin from emotion recollected in tranquillity.” The Harvard Classics, 1909, p.14.

② 鲁迅：《鲁迅译文全集（第二卷）》，福建教育出版社2008年版，第246—262页。

话。我想，反过来说，美不是生活，美是想象，美是假定，难道就没有道理吗？这种理论实在太让人烦了。我在心里抬杠，如果有人问花是什么，你回答说，花是土壤，肯定会遭到人们的嘲笑。如果有人问酒是什么，你回答说，酒是水果或是粮食，人家会觉得你神经有问题。但当你问艺术或美是什么，得到的回答是：美是生活。说这话的人反而成了大理论家，岂不是咄咄怪事！其实，说这话的人，不过是一个大学毕业生，名叫车尔尼雪夫斯基。这句话出自他的大学毕业论文，写作的时间是1860年。一百多年过去了，这样一句包含着明显弱智的话，居然被当作神圣的经典来崇拜，对之质疑，还要受到批判，叫不叫人郁闷？叫不叫人委屈？

植物学家、酿酒专家，他们研究学问，目标很明确，就是如何把原料（泥土中的养分、淀粉）变成花朵，变成酒。而我们研究文学理论，却反反复复地说艺术就是生活，这事实上就是说，艺术和原料没有什么分别。时间真是太不值钱了，这样的废话居然说了一百多年。其实，人们学习文学理论的目的，就是要知道生活——平常的普通的生活和心灵活动——是怎样变成动人的艺术形象的。

从方法论来说，关键不在于二者的同一性，而在于它们之间的差异、矛盾和转化。

但自亚里士多德以来，所谓的“反映生活”（模仿自然）说一直雄踞主流宝座，在我国，至少在20世纪80年代以前，一直被认为是天经地义的。美是生活的真实的反映，美是生活的典型的反映，美是生活的本质的反映。反反复复强调文学是一种认识，认识就是主观和客观的统一，文学的任务就是帮助认识生活。

用美学术语来说，美就是真。因为真了，就有用。能帮助人认识社会、改造社会，能认识人、教育人、改造人。文学艺术就是一种工具，用权威人士的话来说，就是革命机器上的“齿轮和螺丝钉”。这种理论可以叫认识论加工具论。

真的，就是有用的；有用的，就是好的，用美学术语来说，就是善的。在这个意义上，美的也就是善的，美就是善。归结起来，就是真善美的统一。

这种理论不能说完全没有道理。美是生活的反映，文学要写得美，有感染力，就一定要反映生活；作家一定要体验生活，深入生活，才能真实地、本质地、典型地反映生活，不能胡说八道——我们总不能提倡歪曲生活，总该记得五四时期反对“瞒和骗”的文艺吧。但传统的理论有一个明显的缺点，它忽略了文学与一般意识形态之间的不同或矛盾，也就是文学之所以成为文学的特殊规律。它本是一种多层次的系统，而机械真实论却把它线性化了。马克思在论述自由时曾经这样说：

在宇宙系统中，每一个单独的行星一面自转，同时又围绕太阳运转，同样，在自由的系统中，它的每个领域也是一面自转，同时又围绕自由这一太阳中心运转。[①]

文学与社会生活的关系，应该是地球与太阳的关系、行星与恒星的关系。地球围绕太阳旋转，这叫作公转，一转是三百六十五天，但是，不要忘记，地球之所以能够公转，就是因为它能够自转，一转就是一天。如果不能自转，也就谈不上公转了。地球围绕着太阳转，可以比作文学与社会生活的外部关系，性质上是他律，而自转就是文学的自律，自身的规律。如果文学没有自己的规律，也就不可能有围绕社会生活旋转的他律。近一个世纪以来，文学理论之所以不景气，就是因为长于讲有目共睹的公转、他律，而对于其自转、自律，因为身在此球中而不能感知，即使有感知，也比较浮浅、零碎。因而，仅仅从他律、与现实关系来评价文学经典，在 20 世纪后半叶，在全世界形成了强大的优势，轻视、藐视乃至无视文学的自律，使文学理论陷于自我蒙蔽。

要进入文学解读、欣赏之门，第一道门槛，就是要清醒地明白文学艺术与生活的关系并不仅仅是一个认识与被认识、反映与被反映的关系，用美学的语言来说，也就是不仅仅是真和假的绝对对立。其实，只要有起码的解读经验，大概不难体悟，文学之所以成为文学，文学之所以值得欣赏，就是因为它不仅仅是真的生活，而且是假定的。文学欣赏的第一要义就是要在真实与假定之间，在这个问题上看到其间的矛盾对立和在一定条件下的转化。这是因为文学既要反映生活，又要表现情感，二者分别存在，而艺术以统一的形象为前提，因而二者要在假定中，统一为意象，成为群落才成形象。可是就在这个问题上，我们许多专家并不是很清醒的。他们总是以一种机械的、绝对的真实性，甚至是直接的“实感”来衡量评价作品。说到郦道元《三峡》之精彩往往就以写出了对三峡河山的“实感”赞之。[②]说到《岳阳楼记》，总是说范仲淹亲临岳阳楼，才写出此等不朽经典。在这一点上，连余秋雨也未能免俗。其实，当滕子京（宗谅）差人请他为文时，范氏正在陕西前线，千里往返，不可能不贻误戎机。真正执笔为文是在一年之后被贬至河南邓州时，亦不可能擅离职守。范氏为文，实凭想象，而日日生活在岳阳的滕子京笔下的洞庭岳阳，却用笔甚俗：“东南之国富山水，惟洞庭于江湖名最大。环占五湖，均视八百里；据湖面势，惟巴陵最胜。濒岸风物，日有万态，虽渔樵云鸟，栖隐出没同一光影中，惟岳阳楼，最绝。”[③]这里蕴含着“真”与“假”、现实与想象之间的矛盾和转化，是进入文学解读真谛的契机。

---

① 〔德〕马克思：《第一届莱茵省议会辩论（第一篇论文）》，《马克思恩格斯全集（第一卷）》，人民出版社 1956 年版，第 86 页。

② 崔承运、刘衍编：《中国散文鉴赏文库 · 古代卷》，百花文艺出版社 2001 年版，第 521 页。

③ 方华伟编：《岳阳楼诗文》，吉林摄影出版社 2004 年版，第 8 页。

“以无为有，以虚为实，以假为真”

道理本来很简单，从常识来说，真谈恋爱不是艺术，假假地谈，谈上半小时，可能得百花奖；真虾不是艺术，挂在墙上，不过一星期会发出不好闻的气味，而齐白石画的假虾，挂得年代越久，越是增值。这是老百姓都知道的，艺术的真实性和假定性是联系在一起的，用歌德的话来说，就是通过假定达到更高程度的真实。我国古典诗话对于这一点的认识，到了17世纪有了突飞猛进的发展。清代黄生说：

极世间痴绝之事，不妨形之于言，此之谓诗思。以无为有，以虚为实，以假为真。①

这个“以假为真”本来是题中之义，但是被死心眼的理论家抠起概念来，就说不清楚了。比如《水浒传》中的“武松打虎”，谁不知道是旷世的文学经典呢，但晚清学者夏曾佑，作为近代史上一个有一定重要性的思想家和最早的小说理论家，在其《小说原理》中，认定武松打虎的故事不真实。② 关于这个问题，我在东南大学有一次演讲，引用如下：

他说写小说很难，难处很多：其中之一就是“写假事非常难”。他引用金圣叹的话说，最难的是打老虎。夏先生说，李逵打虎，只是持刀蛮杀，不值一谈。而武松打虎，就非常不真实。《水浒传》上写武松用一只手把老虎的头捺到地下，另外一只手握紧拳头，猛捶，就把老虎捶死了。他质疑说，老虎为食肉动物，腰又长又软。你一只手把它的头按到地下，那它的四个爪子，都可以挣扎。不相信，怎么办？他说，你家里有没有猫，如果有，可以“以猫为虎之代表”。夏先生说，你用武松打虎的方法打猫，打得成打不成，一试，就一清二楚了。

这倒真的让我感到，武松打老虎的办法很不真实，因而很危险。

试想，武松一只手按着老虎的头，大概左手吧，另外一只就是右手，握起拳头来，砸老虎的脑袋。《水浒传》上写它只能刨出一个坑来，这是可信的。但它后面那两个脚干什么的？它不会闲着，肯定会拼老命，垂死挣扎，去抓武松。在此情况下，武松别无选择，只能把另外一只手也按下去。一只手按头，一只手按屁股，就是这个样子，其结果当然是僵持。如果就这样僵持下去，对武松是极其危险的。老虎以逸待劳，你还不敢不使劲，一松劲，就翻过来了。但老是这么使劲压着它的脑袋，也不是个事儿，

① 黄生：《一木堂诗麈（卷一）》，福建师范大学图书馆手抄本。

② 夏曾佑：《小说原理》，《中国历代文论选（第四册）》，上海古籍出版社1980年版，第244页。

因为劲是有限的，而时间是无限的，劲总有用得差不多的时候，总有精疲力竭的时候。到了没有劲可用的时候，吃亏的是谁呢？不言而喻。[①]

夏曾佑先生提出的是一个相当深刻的问题，就是艺术形象的真和假的问题。武松打虎的方法是不真实的、假的，还能动人吗？但是武松打虎的艺术生命力特别强，至今仍然有鲜活的感染力。一般读者并不那么死心眼，去计较武松打虎方法的可行性、真实性问题。人们解读武松打虎，并不是为了从中学习打虎的可操作的方法，而是欣赏武松这个人物的心态变幻的奇妙。

武松作为英雄是神勇的，体力是超人的。如果就是超人，完全是个神人，那就是太无畏、太伟大了，我们除了崇拜，承认自己渺小，就没有别的可干的了。但是，艺术家和我们不一样，他可能觉得人并不那么简单，一个英雄，如果永远伟大，就有点如金圣叹所说的"近神"，如果百分之百是神，一点人味儿都没有，就不够可亲，不够可爱了。如果让他碰到一只老虎，这在一般情况下是不可能的事，是超越常规的，超越了常规，他还会不会自始至终都是那么英勇无畏，那么伟大呢？那就让武松碰到一只老虎，让老虎把他吃了，那也是可能的，但是他一死，他心里可能出现的那些不伟大的变动，就没有人知道了。作为文学，这很难使读者过瘾。而如果武松没有死，而是把老虎给打死了，这就超越常规了，看他的内心有没有超越常规的感觉，他每一秒钟都那么伟大吗？他有没有害怕过啊？这是只有"假定"他没有被老虎吃掉才有可能探索一番的。这个办法，是一切小说情节构成的最基本的方法。

施耐庵把武松送到景阳冈，就是要看看他这个英雄，有什么超越常规的心态。正是为了这个，在遇见老虎以前，施耐庵先让武松喝酒，超越常规地喝。武松自觉是条"好汉"，不是普通人，反复闹着要喝，喝了十八碗酒，武松歪歪倒倒就往店外走。店家告诉他，这不行，这酒是"出门倒"，三碗都过不了冈。武松不买账，店家把官方的文书拿出来，山上有老虎。他还是不信，就是有老虎，"也不怕"。"怕什么鸟！"怕老虎的不是"好汉"。但后来证明，他犯了一个错误，用今天的话来说，叫"不相信群众"。

等到了冈子上，发现一棵大树上，树皮被刮了，上面有文字，说得有鼻子有眼的，有老虎。可是他太自负了，不相信，以为是店家为了招揽客人耍的诡计。直到在一个败落山神庙前看到了县政府的布告："阳谷县示"，红头文件啊！景阳冈有大虫，伤害人命，行路客商人等，须于巳午未三时结伴过冈。"政和年 × 月 × 日"，下面还有县政府的大印。武松这才"方知端的有虎"，感到糟了，《水浒传》上这样写：

武松欲待转身再回酒店里来，寻思道：我回去时，须吃他耻笑，不是好汉。

---

① 孙绍振：《演说经典之美》，福建教育出版社 2009 年版，第 55 页。

武松这时最实际的办法就是回去，因为时间很紧迫，可当时是申时已过，快到酉时，也就是下午五六点钟了。本来三十六招，走为上招。明显的好处是，生命不至于有危险，但武松觉得，有一条坏处，“须吃他耻笑，不是好汉”，“须”就是一定，一定给人家笑话。武松受不了被人家瞧不起，就做了一个决策：继续前进。这样，武松就犯了第二个错误，把好汉的面子看得比生命的安全还重要。

走了一段，没有老虎，又乐观起来了，觉得之前只是自己吓唬自己。加上酒劲又冲上来了，看见一块光溜溜的青石板，不妨小睡片刻。武松又犯了第三个错误，没有看见老虎，并不是真的没有老虎啊。这个错误，说得轻一点，就是麻痹大意；说得重一点，就是主观唯心主义呀！

还没有来得及睡下，一阵风刮过后，一只吊睛白额大老虎出现在眼前。这时，武松怎么感觉呢：大叫一声“啊呀”！原来在酒店里宣称不怕什么“鸟大虫”，怕老虎的“不是好汉”的武松这么一惊，“酒都做冷汗出了”。原来，他也害怕了。怕得还不轻，都出了冷汗。武松此时几乎面临绝境，只剩下和老虎拼命一条路。人和老虎搏斗，有什么优势呢？没有。牙齿不如老虎利，指甲没有老虎的爪子尖嘛，连脸上的皮都不如老虎的厚！但是，按照马克思的说法，人有一点比动物厉害，就是能制造工具。武松有什么工具？一条哨棒。金圣叹在评点《水浒传》这一段的时候反复提醒，一共提了十七次，可见其极端重要。工具的功能是什么？是手的延长。我打得到你，你够不着我。照理说，这是武松唯一可以克敌制胜的工具。在敌强我弱的情况下，反击战应该怎么打？首先要“慎重初战”，这是毛泽东在《中国革命战争和战略问题》中讲过的。[①]武松“仓促应战”。但是，武松用尽吃奶的力气举起哨棒，猛打下去，只听“咔嚓”一声，老虎没打着，却把松树枝打断了，把哨棒也给打断了。这说明，武松在心理上是如何的紧张，如果要算错误，这是第四个了。这个错误在心理上，可以定性为“惊惶失措”。这和他在酒店里，一再说“怕什么鸟”和在山神庙里的大大咧咧相比，可以说是另外一个人了。这就是说，进入武松心理的一个新的层次了。

这下子，武松没有什么本钱了，横下一条心，老子今天就死在这儿了，完蛋就完蛋。就用了前面被思想家夏曾佑先生怀疑的那种不科学的办法，把老虎给收拾了。《水浒传》上说，武松怎么把老虎打死的？《水浒传》说“五七十拳”，就算中间数，六十拳吧。每拳这么高地砸下去，大约是一秒钟，一共就是两分钟。两分钟就把一只活生生的老虎打死了！这是不是太不可信了？但是，读者和艺术家是有默契的：反正是要让武松把老虎打死，那就让他超越常规嘛！表现出那隐藏在内心深处的超越常规的心态嘛！难怪金圣叹在评点这

---

① 见《毛泽东选集（四卷合订本）》，人民出版社1967年版，第200页。

一回时说，武松是“近神”的人，[①]至少在胆略和勇气上是如此。但是，有了老本以后，这时的“神人”武松变得实际了，他想，这老虎浑身是宝——主要是那时没有野生动物保护法——把它拖下山卖出一点银子来。《水浒传》这样写道：

就血泊里双手来提时，那里还拖得动？原来使尽了气力，手脚都苏软了。

活老虎打死了，死老虎居然拖不动。自己倒是感到“苏软了”，这不是不通吗？但这一笔很精彩。施耐庵对武松的心理又有了发现：这是对英雄，也是对人的一种发现呀！这个“近神”的人，现在实际了。武松“在青石上坐了半歇”。武松一边休息一边“寻思”：“天色看看黑了，倘或又跳出一只大虫来时，却怎地斗得他过？”还是趁早溜吧，他就一步步“挨下冈子去”了。注意这个“挨”，连走路都勉强了。哪知山脚下突然冒出两只老虎。这时，我们神勇英雄的心理状态怎么样呢？《水浒传》写得明明白白，武松的想法有点煞风景：

啊呀，我今番罢了。

用今天的话说，也就是这下子“完蛋了”！一向自命不凡的好汉，夸过“就有大虫，我也不怕”海口的武松，在读者心目中的英雄武松，竟然在再看见老虎时，还没有搏斗就悲观绝望了。

从这个过程中，读者当然关注武松打虎的过程的奇妙，金圣叹这样称赞施耐庵写得精彩：

乃其尤妙者，则又如读庙门榜文后，欲待转身回来一段；风过虎来时，叫声“阿呀”，翻下青石来一段；大虫第一扑，从半空里撺将下来时，被那一惊，酒都做冷汗出了一段；寻思要拖死虎下去，原来使尽气力，手脚都苏软了，正提不动一段；青石上又坐半歇一段；天色看看黑了，惟恐再跳一只出来，且挣扎下冈子去一段；下冈子走不到半路，枯草丛中钻出两只大虫，叫声“阿呀，今番罢了”一段。皆是写极骇人之事，却尽用极近人之笔。[②]

金圣叹最为欣赏的这些部分，都是“极近人之笔”，也就是武松在心理上比较平凡渺小、不伟大的方面，和我最为欣赏的几乎一样。不过，我欣赏的还有一处，就是武松使尽平生力气，一棒子打下来，把松树枝和哨棒一起打断了，说明他有点惊惶失措。

武松这些渺小的方面，在一般人的内心并不是奇观，但他是英雄，他自己也认为自己是“好汉”。他是“近神”的人，本来离读者是比较遥远的，但施耐庵让他和老虎遭遇一下，而在心理上却“近人”，也就是凡人化了，越来越和凡人或者说读者贴近了。他上山打

---

① 陈曦钟等辑校：《水浒传会评本（上）》，北京大学出版社1981年版，第415页。

② 同上。

虎并非出于为民除害的崇高目的，而是由于犯了错误。一是，他不相信群众；二是，也会为面子所累；三是，麻痹大意；四是，惊慌失措。他的力量也有限，也会活老虎打死了而死老虎拖不动。他的心理也平常，打死一头老虎以后，并不是明知山有虎，偏向虎山行，而是唯恐再有虎，趁早我先溜。再见到老虎，心理上完全是悲观绝望的。这英雄的体力和勇气是超人的，但他的心理活动过程完全是凡人的，跟你我这样见了老虎就发抖的人差不多。因而，你又不能不同意金圣叹的回目总评，他“近神”，但在心理上却是“近人”的。

经过打虎这样的假定，读者发现了伟大的武松的内心，还隐藏着一个渺小的武松，两个武松互相矛盾，又水乳交融，这时的武松比原来的武松更武松了。①

真假互补、虚实相生的艺术奥妙，是几百年来作者和读者的默契，可是到了大人物那里，就莫名其妙地混乱了起来。真假互补，虚实相生，并不只是小说的特点，而是所有文学形式的共同规律。莱辛在《拉奥孔》的前言中说“艺术是逼真的幻觉”②，唐代司空图在《与极浦谈诗书》中说：“戴容州（按：唐戴叔伦，曾任容州刺史）云：‘诗家之景，如蓝田日暖，良玉生烟，可望而不可置于眉睫之前也。’”③这和司空图在《诗品》中说的“离形得似”是一脉相通的。师承了这样的观念，朱光潜先生在《谈美》第二篇中发挥说：“艺术与极端的写实主义不相容”，“艺术本来是弥补人生和自然缺陷的，如果艺术的最高目的仅在妙肖人生和自然，我们既已有人生和自然了，又何取乎艺术呢？”④高尔泰先生在20世纪80年代把他在人民文学出版社出版的代表作命名为《美是自由的象征》。其实，这些说明还可以发挥，艺术既不是对生活现实的照搬（如一些论者所说，按照生活本来面表现生活），也不是生活本质的反映，而是生活某一特征与作家情志的某一特征在想象中与形式规范的猝然遇合，是三个要素形成的三维结构，这一点下面将详述，此处不赘。

诗歌中的物象并不是客观的物象，而是客体的一个特征被主体的某种感兴所选择，在想象中同化的结果，所以叫作意象，而不叫作细节。在这一点上不明确，往往就差之毫厘，失之千里，就是大学权威教授也会闹笑话的。一位教授写了一篇《〈咏柳〉赏析》，指出这首诗的好处在于：第一，“碧玉妆成一树高，万条垂下绿丝绦”表现了“柳树的特征”，不但写了柳树而且歌颂了春天；第二，“二月春风似剪刀”，“歌颂了创造性的劳动”；第三，

---

① 孙绍振：《演说经典之美》，福建教育出版社2009年版，第54—62页。

② ［德］莱辛著，朱光潜译：《拉奥孔》，人民文学出版社1979年版，第1页。

③ 《四库全书》，集部，别集类，汉到五代，《司空表圣文集（第三卷）》，上海人民出版社1999年版。

④ 朱光潜：《朱光潜美学文集（第一卷）》，上海文艺出版社1981年版，第458—459页。

这个比喻十分巧妙。[①]这样的阐释和经典艺术可以说八竿子打不着。我在课堂上曾经多次问大学生，古典抒情诗以什么感人？大家几乎一致不假思索地回答：以情动人。但该教授却说动人的是柳树的客观特征。再说，一个唐朝贵族，他的脑袋里会有“创造性劳动”吗？“创造性劳动”，是权威教授自己心理图式中固有的，是他从20世纪50年代苏联式的文艺理论的狭隘社会功利论中衍生出来的。至少“劳动”这个词在当时还不存在，作为英语work的对应，是日本人用汉字先翻译出来的。中国古代的劳动是劳驾的意思。[②]现代汉语中劳动具有创造物质财富，创造世界，甚至创造人的意义，在话语谱系中与“劳动者”“劳动人民”“劳动节”正相关，而与“剥削阶级”“革命对象”负相关，处于互摄互动的关系中，构成具有革命政治道德的价值取向，在中国20世纪40—80年代成为主流的价值关键词。[③]至于“比喻十分巧妙”，完全是打马虎眼。岂不知，读者期待的正是弄清楚其巧妙在哪里。如果要抬杠的话，我可以反驳说，春风是柔和的，怎么可能像剪刀一样锋利呢？当然，我也可以替他辩护，这是二月春风啊，春寒料峭嘛。这一点可以承认。但为什么尖利一定像剪刀呢？同样是刀，换一把行不行？菜刀，二月春风似菜刀。这就很滑稽、很打油。这个矛盾要揪住不放，不能随便蒙混过去。剪刀行，菜刀不行，不仅仅是因为一般的心理联想作用，而且是特殊的汉语词语联想自动化。因为前面有一句“不知细叶谁——裁——出”，“裁”字和“剪刀”的“剪”字自动化地联系在一起，这是汉语的特点。如果是英语，不管是“裁”还是“剪”，都是一个字“cut”。如果要强调有人工设计的意味，就要再来一个字“design”。这样运用语言，在俄国形式主义者那里叫作陌生化。通常的词语，因为用得太久了，联想就自动化了，也就是没有感觉了。一定要打破这种自动化，让他陌生化一下，读者的感觉和情感才能被充分调动起来。但是，我要补充的是，陌生化又不能太随意，很明显，陌生化为菜刀，就不艺术了。陌生化如果在自动化的潜在支撑下，就比较精彩了。这样的解读，就是文学文本解读学追求的唯一性。这一点，恰恰是俄国人忽略了的，这个表层陌生化和潜在自动化统一的问题，留在下面的章节专门阐释。

从思想方法论来说，该教授强调形象（意象）和表现对象的一致性，真实的反映就是美的，也就是真和美的统一，而我们的方法恰恰相反，要研究事物对象和艺术形象之间的

① 袁行霈：《〈咏柳〉赏析》，初中语文课本第一册，人民教育出版社1992年版。此文系根据作者1985年发表在《北京大学学报》上的《中国古典诗歌的多义性》的节略，该文收入作者文集《清思录》（首都师范大学出版社2008年版），后又收入作者之《中国古典诗歌艺术研究》首篇（北京大学出版社2009年版），2011年又收入北京大学出版社之《燕园诗话》，亦为首篇。

② 王力：《汉语史稿》（重排本），中华书局1980年版，第603页。

③ 刘宪阁：《革命的起点——以“劳动”话语为中心的一种解说》，中国人民大学国际关系学院政治学系等编：《“转型中的中国政治与政治学发展”国际研讨会论文汇编》（一），2002年，第397—418页。

矛盾、差异，真和想象的假定性相反相成。原来柳树不是玉，你要说是玉，不是丝，你要说是丝；原来不是有意剪裁，你要说是有意剪裁；原来春风是柔软的，你要说是像剪刀那样锋利。经过这样的想象、这样巧妙的假定，把它本来不是诗的、客观的东西，变成了主观情感的诗。本来，春天到了，柳树发芽了，柳条拉长了，这是温度、湿度提高了，柳树的遗传基因起作用了，原因是大自然的周期规律，这是科学的真。但这样写就没有诗意了，诗人在想象中，这种美比之大自然的美还要美，一定是经过精心加工的，有了想象、虚拟、假定，才有诗意。在这种想象和虚拟中，诗人对于自然美的赞叹，本身就有价值，这就是审美价值，并不一定要以实用理性的创造性劳动来支撑。

也许有人会觉得诗歌小说离不开想象和虚拟，散文应该是绝对写实的了吧。在 20 世纪末，中国散文学会还讨论过散文中是不是可以有虚构的问题，其实，这不但在实践上是外行，而且在理论上也是糊涂的。

以写实性很明显的朱自清的《荷塘月色》为例来分析一下。

这篇经典散文描写了清华园的一角——夜晚下非常宁静、偏僻的荷塘。他一个人非常孤独，在孤独的境界里，他感到“独处的妙处”，“便觉是个自由的人”，感到非常美好，充满诗意。风是静静的，云是薄薄的，雾是轻轻的，微妙的花香就像“远处高楼上渺茫的歌声”似的。月光照在荷塘上，光和影的关系像小提琴奏出来的旋律，非常优美，构成宁静的诗境。作为经典文本，这篇散文好在哪里呢？

如果用前面讲到的传统的方法论来讲，就要分析文章与客观生活、事物之间的一致性。文章写于 1927 年 7 月，是四一二反革命政变以后的白色恐怖时期。一方面大地主、大资产阶级背叛了革命，工农阶级坚持革命，而另一方面小资产阶级动摇于革命和不革命之间。作为小资产阶级的作者，心情苦闷，一个人在清华园里徘徊。这样的解读，只是文学理论反映论的图解，并没有把文本中艺术的唯一性揭示出来。

从方法论来说，这种思维方法与文学文本解读学南辕北辙。

第一，把作者和整个政治形势等同了。这就取消了作者的特殊性，也就是不同于其他小资产阶级的特征的个性。

第二，把朱自清此时此刻的特殊性情，和朱自清整个人等同了。

第三，把朱自清选择的局部与清华园整体的景观混同了。

文章发表以后，有个中学生看到了，觉得清华园非常美，考取清华后，跑到那里看了看，满是残荷败叶，觉得上了朱自清的当。这个中学生不懂得朱自清所创造的荷塘月色是属于朱自清的，是用他一时宁静、孤独、“自由”的心态同化了的境界，这个艺术境界是带着假定性的。你没有那种“自由”心情，也就没有那种假定性和想象。朱自清的诗意是客观环境的宁静和他主观情感的猝然遇合，就像氢和氧化合氧的助燃和氢的自燃，变成了可以灭火的性质了。客观的特点，心灵的特点，在想象中遇合为水乳交融的诗的意境，和清华园的客观状况并不统一。抓住了这个不统一，才有可能解读（分析）出其中的艺术奥秘。

文章里有一句话很关键："这时候最热闹的，要数树上的蝉声和水里的蛙声；但热闹是它们的，我什么也没有。"我们来还原一下，清华园有两面：一方面是幽僻、宁静，非常和谐的宁静；另一方面是喧闹，蝉声和蛙声，吵得不得了。朱自清选择了宁静，排斥了喧闹，"热闹是它们的，我什么也没有"。这就是说，他是有意把客观环境的一个显著的特点省略掉，或者叫作充耳不闻，为的是让自己进入一个假定的、宁静的境界。今天晚上和平时不同，他说他来到了"另外一个世界"，他自己也"超出了平常的自己"。"平常的自己"怎么样？"爱热闹，也爱冷静，爱独处，也爱群居"。而这个超出平常的自己却一味享受"独处的妙处"、独处的"自由"。有人一看到"自由"就可能想到，这是对国民党专制的批判，但是，自由除了政治上（相对于专制）的内涵以外，还有纪律的（相对于自由散漫）、哲学的（相对于必然）、伦理的（相对于责任）。在这里，他说得明白，这时的自由是白天要做的事现在可以不干，白天一定要说的话现在可以不理。因为他是一个儿子、丈夫、父亲，又是一个教师，上面有失业的父亲要养活，父亲还有姨太太，自己还有夫人，还有好几个儿女，经济压力很大，和父亲的关系很紧张。经济的、精神的压力很大，那是"平常的自己"，很不自由，而现在离开了太太、孩子，到清华园的一角散散心，不去想这些琐事，孤独的享受超出了平常的不"自由"，差不多半个小时完全属于自己，这就"自由"了，什么都可以想，什么都可以不想，他就享受这短暂的自由。这并不神秘，在荷塘月色下散散心，就是从平常的自我责任中解脱出来而已，让心情轻松一下，超越了现实的、世俗的困扰，便觉得周围的池塘特别美好。其实这个池塘本来不一定太好，为什么呢？原来是个"小煤屑路"，"不知道树名的树"，"白天很少人走"，晚上走过，"有点怕人"。朱自清营造这种想象的、假定的、虚拟的境界，就是为了享受一下"独处的妙处"。可惜的是，时间很短，不知不觉就回到了家门。妻子和孩子都睡着了，提醒他从超出平常的自己回归到现实境界，又恢复到平常的自己。

这就是朱自清这篇文章的唯一性的第一个层次，也就是半个小时的超出平常的自己。

没有这个短暂的假定境界，朱自清内心的隐秘就永远沉潜在潜意识中。什么样的"隐秘"呢？关键在于，他说排除了喧嚣、处于宁静状态、独处的"自由"是"什么都可以想，什么都可以不想"。宁静到树上的蝉声和水里的蛙声都充耳不闻，但是，他心里是不是那样宁静呢？他想了些什么呢？他从荷塘想到了采莲，想到了梁元帝的《采莲赋》，这首宫体赋写了些什么呢？

妖童媛女，荡舟心许；鷁首徐回，兼传羽杯。

从题目上看，这是一个集体采莲的场面，但实际上，妖童是帅哥，媛女是靓妹，似乎并没有在采莲，而是在“荡舟心许”，也就是眉目传情，“兼传羽杯”——心照不宣地敬酒。那些女孩子，还怪会夸张作态：“恐沾裳而浅笑，畏倾船而敛裾。”朱自清说，这是“嬉游的光景”，是很喧闹的，他不但很是神往，而且感叹，“这是一个热闹的季节，一个风流的季节，可惜我们现在早已无福消受了”。有研究说，这里明明流露出朱自清内心的某种“骚动”①，应该是不无道理的。

余光中先生在《论朱自清的散文》中这样说：“作者把妻留在家里，一人出户散步赏月，但心中浮现的形象却尽是亭亭的舞女，出浴的美人。”②是道德批评的意思，但是，这恰恰是没有读懂。人家写的是“独处的妙处”，便觉是个自由的人。带了太太就没有这样的自由了。不但带了太太没有这样的自由，就是和朋友在一起，也没有这样的自由。可以参考朱自清《桨声灯影里的秦淮河》，因为朋友俞平伯在船，就不敢点歌女来听歌。

也许，这可以说是朱自清这篇文章的唯一性的第二个层次。

机械的真实论在中国现当代文艺理论中，还和僵化的阶级论结合在一起，就造成了更加权威的反映“本质”论、“典型”论。所谓本质论就是普遍性，典型性就是代表性，而艺术假定的形象却往往是不可重复的、例外的。因此，造成的困扰和混乱就更加严重了。

反映论或工具论的引进少说也有七八十年了，连这样一个问题都没有说清楚，是我们太弱智，还是这种理论本身就有漏洞呢？这是值得深思的。

这样的理论统治了我们七八十年，虽然作为理论已经破产了，可是百足之虫，死而不僵，在我们中学乃至大学课堂上讲到经典作品的时候，机械反映论、政治和道德的教化工具论仍然阴魂不散。此等理论早为近百年的解读、批评实践所证伪了，从根本上说，已经失去了权威性，于是国人乃寻求新的理论基础。从 20 世纪 80 年代以来，一拨拨西方前卫文论大规模地引进，但是，事与愿违，走马灯式的引进却给文学解读带来了更大的危机。

---

① 高远东：《〈荷塘月色〉：一个精神分析的文本》，《现代文学研究丛刊》2001 年第 1 期。

② 余光中：《论朱自清的散文》，见《青青边愁》，时代文艺出版社 1997 年版，第 151 页。

第二章

建构文学文本解读学的根本原则：唯一性

——解答李欧梵的世纪困惑：西方前卫文论对文本解读为什么无效

对于建构文学文本解读学来说，最大的拦路虎，还是西方前卫的文学虚无论。

近二三十年，正当我们对西方当代文论的引进进入热潮之际，恰逢欧美学界热衷于理论的更新，理论的价值往往聚集于颠覆，有一种极端的说法是西方文论差不多两个月就可能更新一次。这当然有些夸张，但是，这二三十年，我们像神农氏尝百草一样，争先恐后，把西方不下百年的文艺理论狼吞虎咽了一番。俄国形式主义、美国新批评、现象学、结构主义、解构主义、文化批评、女权主义、读者中心、新历史主义，等等，走马灯似的转换，理论界、学院里热闹非凡，莫不以抢占话语最新制高点为务。可是，如此纷纭的理论，对于文学解读来说，不但没有诱导深入之功，相反倒是令解读目迷五色，莫衷一是，甚至面对“文学根本就不存在”这样的权威话语，我们都只有洗耳恭听的份儿，而无反诘的自觉。这种现象可以说是患上了真正的“失语症”（aphasia）。这已经是一个世界性现象，李欧梵先生在“全球文艺理论二十一世纪论坛”的演讲中勇敢地提出了一个问题：西方文论流派纷纭，却很难达到对文学文本进行有效解读的目的。李先生以挑战、怀疑西方权威为荣，而我们文论界以服膺、崇拜西方大师骄人，这种对照不仅有趣，而且发人深省。李先生的文章写得很幽默，很值得细读：

话说后现代某地有一城堡，无以为名，世称“文本”，数年来各路英雄好汉闻风而来，欲将此城堡据为己有，遂调兵遣将把此城堡团团围住，但屡攻不下。

从城墙开眼望去，但见各派人马旗帜鲜明，符旨符征样样具备，各自列出阵来，计有武当结构派、少林解构派、黄山现象派、渤海读者反应派，把持四方，更有“新马”师门四宗、拉康弟子八人、新批评六将及其接班人耶鲁四人帮等，真可谓洋洋大观。

文本形势险恶，关节重重，数年前曾有独行侠罗兰·巴特探其幽径，画出四十八节机关图，巴特在图中饮酒高歌，自得其乐，但不幸酒后不适，突然暴毙。武当结构掌门人观其图后叹曰：“此人原属本门弟子，惜其放浪形骸，武功未练成就私自出山，未免可惜。依本门师宗真传秘诀，应先探其深层结构，机关再险，其建构原理仍基于二极重组之原则。以此招式深入虎穴，当可一举而攻下。”但少林（按：解构）帮主听后大笑不止，看法恰相反，认为城堡结构实属幻象，深不如浅，前巴特所测浮面之图，自有其道理，但巴特不知前景不如后迹，应以倒置招式寻迹而“解”之，城堡当可不攻而自破。但黄山现象大师摇头叹曰：“孺子所见差矣！实则攻家与堡主，实一体两面，堡后阴阳二气必先相融，否则谈何攻城阵式？”渤海（按：读者反映）派各师击掌称善，继曰：“攻者即读者，未读而攻乃愚勇也，应以奇招读之，查其机关密码后即可攻破。”新马四宗门人大怒，曰：“此等奇招怪式，实不足训，吾门祖师有言，山外有山，城外有城，文本非独立城堡，其后自有境界……”言尚未止，突见身后一批人马簇拥而来，前锋手执大旗，上写“昆仑柏克莱新历史派”，后有数将，声势壮大。此军刚到，另有三支娘子军杀将过来，各以其身祭其女性符徽，大呼：“汝等鲁男子所见差也，待我英雌愿以崭新攻城之法……”话未说完，各路人马早已在城堡前混战起来，各露其招，互相残杀，人仰马翻，如此三天三夜而后止。待尘埃落定后，众英雄（雌）不禁大失惊，文本城堡竟然屹立无恙，理论破而城堡在，谢天谢地。[①]

李先生的意思很清楚，检验理论的重要路径就是解读文本，现在理论出了一大堆，旗号那么多，文本的解读却毫无进展，理论的价值就值得怀疑了。

理论的普遍性，并不直接包含文本的特殊性

李先生的说法肯定有道理，但是，也许并不十分完善。不可否认，这些理论和学术史上以概念到概念的精致辨析和演绎为务的学术一样，有它们高度的成就，但是，其宗旨是在追求意识形态，而不在文学，它们不但不结合文学文本实际，反而以超脱文学，无视文学阅读经验，追求形而上的概念体系为务。其价值本身并不在文学解读，把解读文学文本的希望寄托在它们身上，可能是缘木求鱼。

① 李欧梵：《世纪末的反思》，浙江人民出版社2002年版，第274—275页。李先生此论并不十分全面，参阅本书绪论第1页注释②。

问题的关键在于，文学理论为文学的普遍原理，在种种关系中抽象其共同性，如文学与政治的关系，文学与生活的关系，文学与传统的关系，文学与读者的关系，文学与作家的关系，文学与形式的关系，文学与叙述的关系，等等，其普遍的原理类似于数学中之最大公约数。这一切对于解读文本来说，虽然不排除有一定向导作用，但要达到李欧梵先生所期待的那种对文学文本的彻底攻克，则无疑南辕北辙。因为就其中最佳者而言，也往往以概括性的描述为务，并不涉及文学的审美 / 审智。这里的“审美”，出自康德《判断力批判》，通常理解为相对于理性认识和实用价值的情感价值，虽然可作英语之“aesthetic”（感觉学）之通俗翻译，但并不准确，然而为文学理论界通用。其失在于，首先，感性价值并不限于美，也包括丑（不是“醜”）；其次，对康德之美善在最高层次上之统一有所忽略，故内涵并不全面。文学作品中纯粹情感价值固然不在少数，与理性价值交融的伟大作品亦普遍存在。尤其是现代派作品，其理性价值则更为突出。一般承袭康德审美说者往往忽略黑格尔“美是理念的感性显现”的相对合理性，故杜撰“审智”以补充之。审智作为一个学术范畴，目前在英语中很难找到对应的词语。要把审智转化为英语，要让它和在汉语中一样具有与审美平等的意味，很难从 aesthetics 派生出一个相应词语来。不得已而求其次，我们暂时把它译为 intellct aesthetics。机制的构成，特别是不涉及其优劣的准则。而流行的文学文本解读，往往又习惯于用演绎法将之当作放之四海而皆准的大前提。从逻辑方法上说，不能不清醒地认识到演绎法的局限。演绎法的大前提是周延的、无所不包的，小前提是特殊的，演绎出来，即小前提具有大前提的性质。其实，大前提已经把小前提的性质包含在内了。如果对大前提加以限制，注明小前提不包含在内，大前提就不周延了，三段论的演绎就要犯“中项不周”的错误。大前提不是无所不包，也就不能演绎，大前提囊括一切，其前提是把小前提的性质包含在内。因而早在恩格斯时代，演绎法不能演绎出新知识来就是科学常识，故科学要发现新知识，就要用归纳法来弥补。而归纳法，自然也有局限，那就是它应该周延，无所不包，但是，人的经验有个人的和历史的局限，因而不可能完全周延，这也是它的先天的不完善性。故在科学史上，二者要保持“必要的张力”[①]。关于这一点杨振宁指出：“中国学物理的方法是演绎法，先有许多定理，然后进行推演；美国对物理的了解是从现象出发，倒过来的，物理定律是从现象归纳出来的，是归纳法。演绎法是对付考试的办法，归纳法是做学问的办法。”似可参考。而要使二者保持张力的平衡，就不能满足于演绎，不能把文学文本当作权威理论正确无误的例子，美其名曰：观点与材料的统一。然而，特殊性的内涵大于普遍性，观念的普遍性与材料的特殊性只能有限地统一，不

① 参见〔美〕托马斯 · S · 库恩：《必要的张力——科学的传统和变革论文选》，福建人民出版社 1987 年版，第 222 页。

可能绝对统一。哪怕是毫无偏颇的文学原理，也产生于普遍性的抽象，而抽象则以牺牲具体、特殊性（不仅仅是感性）为代价。观点是普遍属性的有限抽象，而材料则是全部属性的无限总和。具体文本的特殊性（包括感性）并不包含在抽象的普遍理论之中。特殊性大于普遍性，正如苹果的属性多于水果的属性一样。故形象总是大于理念，普遍原理即使深刻，也并不包含特殊。从这个意义来说，特殊的文本与普遍的观念是不等值的，永远也不会统一。也就是说，具体文学文本的特殊性，不可能存在于普遍性原理之中。就是强调文学特殊性的理论，也不直接包含具体文本的特殊感性，因而仅仅以普遍原理为演绎之大前提，不可能真正揭示出具体文本的特殊性。

文学文本解读，如果仅仅着眼于其与理论的统一性，则失去特殊性，变成毫无血肉的、抽象的骨架，无异于文学解读任务的取消。

文学理论即使完全正确，也只能是文学的一种片面的局限于某角度的概括，正如女权主义和现象学、结构主义和解构主义，均为问题的一个侧面的深化。由于语言符号和概念不能穷尽事物属性，判断推理、形式逻辑乃至辩证法均有局限，故世界上不存在绝对全面的理论，理论的不完全性是宿命的。与语言一样，澄明性与遮蔽性共生，既是导向解读的桥梁，又是诱使误读的墙。

切实的文学解读和文学创作一样，都是灵魂的冒险，因为它不可能排除普遍原理的向导，同时也不可能排除其误导。因而，不管运用什么原理，都要十分警惕其两个方面的遮蔽性。第一，理论本身的遮蔽性，不管多么深刻，也是片面的。第二，理论所抽象掉了的感性基础上的属性，往往是文学性的生命，因而，文学文本的解读，必须警惕成为理论的奴隶，而要做理论的主人，正如禅宗六祖（唐释慧能）语曰："人转《法华》，勿为《法华》所转。"《坛经》上说，有一个叫作法达的和尚，《妙法莲华经》念了七年，却"心迷不知正法之处"。六祖慧能对他说，你把《法华经》给我念念。听了之后给法达讲解："心行转《法华》，不行［被］《法华》转；心正转《法华》，心邪［被］《法华》转；开佛知见转《法华》，开众生知见［被］《法华》转。努力依法修行，即是转经。"法达听罢，立即大大开窍。把这个故事用到文学理论与解读的关系上来，就是阅读经典，不能被动，而要主动驾驭经典，所凭借的是自己有坚定的心，也就是信念，即文学的（审美审智）的信念，对之作批判的解读。这就是说，就是经典理论，被动死读也可能陷入迷误，正确的态度是批判性阅读，也就是为我所用、为我驱使。文学解读的有效性不在于被动的图解，而在于运用具体文本的特殊性，制约普遍理论的狭隘、僵化，冲击其盲点，纠正其片面性，甚至颠覆其荒谬性。解读的焦点应该是为理论遗漏、扭曲了的特殊性内涵。

这个矛盾之所以显得特别突出，原因之一，在于文学解读的对象与文学理论的不同，文学理论研究的是所有的文学作品，而文学文本解读学则以个案，或者退一步说，以个案分析为基础。这在某种程度上有点像理论物理学与实验物理学的区别。牺牲个案的特征，恰恰是文学理论之所以能够成为理论的必要代价。文本个案的特殊性，在文本中，而不在理论中。原因之二，在于个案的特殊性，在文学阅读过程中是以直觉形态呈现的。克罗齐在《美学原理》中把思维分为两种，一种是直觉思维，一种是逻辑思维。艺术创作和艺术欣赏属于直觉思维，是没有逻辑的。“艺术即是直觉”，克氏对直觉的阐释是：“见那个事物，心中领会那事物的形象或意象，不假思索，不生分别，不审意义。”[①]这个说法，其偏颇之处是显然的。审美的感情和审智的理论在文学艺术中有矛盾的一面，也有统一的水乳交融的一面。但是，他的说法却也揭示了形象的直觉和逻辑的语言间的矛盾，虽然他把矛盾绝对化了，但也提示了文学解读用逻辑语言概括形象直觉的巨大难度。正是因为如此，才有古已有之的可以意会不可言传的著名说法。正是因为面对这样的难度，文学解读才要把全部直觉尽可能语词化，特别是对被文学理论在概括化抽象化过程中舍弃掉了的、逻辑化的语言。在这个过程中，最好的文学理论，一方面是固化框架，等待充实，一方面是保持预期开放的视野。原因之三，把直觉转化为语言，遭遇到的矛盾至少有以下几个方面。首先，直觉是丰富的、全面的，但又是感性的，而语言概念是抽象的、不完全的。其次，直觉是无序的，语言表述则是逻辑化的、有序的。再次，直觉可能是错误的，是需要理论对其加以梳理净化的。此外，直觉可能是肤浅的、片面的，而语言表述则是要深化的，又是不能不参照理论的。这是一个直觉和语言、无序和有序、特殊和普遍、歪曲和深化的反复搏斗的过程，其中既有心领神会的审美享受，也有难以言传的困惑。对于读者来说，要从直觉中概括出语言来，其难度正如在水果的普遍性导向下把香蕉、荔枝的特殊性意会转化为有序的语言。所有这一切，都是文学理论中没有的，要把文本个案的特殊性总结出来，和理论的演绎不同，是直接面对经验进行的归纳和概括，从根本上说，这是需要原创性的。而这种原创性，要达到对于文本直觉唯一性的认知的深邃和全面，具有极高的难度。如果可以打一个比方的话，有点像一个小偷的目睹者用语言向警方描述其面貌的唯一性。不管语言多么精确，适合那种描述的人往往是大量的，如果警察仅仅以其语言为据，肯定会造成扩大化，制造成千上万的冤假错案。再精确的逻辑语言也是抽象的，总是不及直觉（如一张破旧的照片）那样丰富，那样指向唯一性，能使警方据之逮捕到那唯一的罪犯。正是因为这样，运用文学理论解读文本，既有澄明、深化的机遇，也有被理论窒息、误导的可能。盲目迷信，风险是很大的，主要的风险就是扩大化，容易造成“一人坐盗，众人入狱”。

① 〔意〕克罗齐著，朱光潜译：《美学原理》，人民文学出版社2012年版，第164页。

正是因为这样，经典个案的解读往往要经历漫长的历史过程，登上历代解读的祭坛，每个时代都不由自主地把最高的智慧奉献给对它的解读，这就是为什么有说不尽的莎士比亚，说不尽的《红楼梦》，说不尽的鲁迅，甚至还说不尽的《背影》《再别康桥》的原因。

以《背影》这篇单纯的作品为例。该作自1925年写成，至今解读仍然纷纭。其中最为著名的是叶圣陶的分析，认为该文的主题是亲子之爱。如果仅仅如此，则可谓没有任何个案的特殊性。叶圣陶毕竟是叶圣陶，他加上了一个限定：父亲把大学生当作小孩子来关爱。这是20世纪50年代以前的最高水平。[①]但是，仍然没有达到“唯一性”，把大学生当小孩子一样关爱的不计其数。到了21世纪，却出现了一种新的观念，说是父亲爬月台，是违反了“交通规则”，不足为训。提出这个问题的居然还是一位副教授。这就是文学解读的风险。它和自然科学不一样，自然科学发生错误，是可证伪的，而“违反交通规则”明明违背了阅读的审美感知，仍然还可以振振有词（其错在何处，容后细述）。其实，现在看来，就是叶圣陶也并未达到这一个案的唯一性：把大学生当小孩子一样关爱，还没有穷尽这里亲子之爱的唯一性。原因很明显，所有这样的关爱一直是遭到拒绝的，儿子是不领情的。直到父亲爬月台买橘子时，才被感动了，流下了眼泪。这里的关键是，对父亲关爱的拒绝是公然的，被感动流泪却是偷偷的，赶紧擦干了，不让他看到，这才是文章的唯一性：父亲爱儿子，不管儿子如何反应，都是一如既往；而儿子爱父亲，爱得很惭愧，爱得很内疚。如此深厚的亲子之爱，是有隔膜的。这正是朱自清的亲子之爱和冰心不同的地方，也是其艺术生命力不朽的原因。短短一篇散文，不足两千字，居然花了八十年的时间，还只能算是接近了个案文本唯一性的解读。

如果这样说没有太大的错误，那么我们就可以正面回答李欧梵先生的世纪困惑了。

光凭理论，是不可能攻克文本的堡垒的。文本的唯一性，并不存在于理论之中，理论只是文本的共同性，理论的共同性只能诱导读者从特殊文本的直觉中概括、分析、逻辑化，唯一性是读者从文本的审美直觉中概括、创造出来的。这里的逻辑起点不是理论，以理论来演绎是徒劳的，从文本出发解读，并不是一帆风顺的，而是充满惊涛骇浪的。文本的感性直觉与理论的普遍抽象互不相容的地方所在皆是，故互相搏斗、互相衍生的情况无所不在。这是一个新认知的产生过程，而从文学原理出发的演绎法不可能产生新知识。要把丰富的形象感性和内在的智性、把心理的直觉和理论的提示结合起来，光有演绎不行，光有归纳也不行，而是需要把归纳法与演绎法、分析的和综合的、逻辑的和历史的方法结合起来，才能具有原创性，才能达到唯一性。

因而，从观念和方法来说，文学文本解读学与文学理论相比，乃是另外一种学问。

① 叶圣陶：《文章例话》，开明书店1937年原版，辽宁教育出版社2005年版，第4—5页。

也许可以说，文学文本解读学与文学理论虽然同样属于文学，但却有不同的性别、不同的血型。要建构这种学问，是要有原创性的乃至开宗立派的自觉的。

李欧梵先生困惑的原因还在于，他所面对的西方以文化批评为代表的文学理论，一味以意识形态为务，连文学都不承认了，哪里还有解读文学的可能。连李欧梵那样的学贯中西的大家，积多年之专攻，也宣告无望，并不是李先生无能，而是需要开创另外一种学问，另外多种方法。

这就给我们一个严峻的启示，几十年来，国人一直指望从西方文论中找到解读文学的金钥匙，可以说枉费心力，这条心非死了不可。为今之计，只有自力更生，自行建构中国学派的文学文本解读学。目标就是展开对西方前卫文论遗漏了的文学文本的分析，在西方人无能为力的地方开始；结束为西方前卫文论作奴隶式的例证的历史，以突破其遮蔽为宗旨。这就需要独辟蹊径，集中解密文学的审美、审丑、审智价值，从文本的个案开始，追求最大限度地解读文本的唯一性。

首先要明确，不能跟着西方提出的问题转，而要提出自己的问题。在这方面，中国古典诗话词话有着相当丰富的传统，小说和戏曲评点更有许多富矿：为了艺术的奥秘，哪怕是一个字、一首诗，不惜争论上千年。"推"字佳还是"敲"字佳？"望南山"好还是"见南山"好？唐诗七律哪一首最优？为什么对于唐诗绝句压卷之作，历代诗评家历数李白、王昌龄、王维、王之涣，甚至连韩翃、李益都提到了，就是没有杜甫？为什么像白居易、陆游那样的大诗人，大量的诗作流传千古，可也有不在少数的败笔？回答这些问题不但都需要深厚的理论内涵，而且都要坚持海量的文学文本解读。至于在理论上，到了 17 世纪，抒情逻辑"无理而妙""痴而入妙"，都比莎士比亚的"诗人、情人与疯子"同类之说更精细；贺裳和吴乔的诗的形象使对象"形质俱变"之说，相比于英国浪漫主义诗人雪莱在《为诗一辩》中所说的"诗使所触及的一切变形"说，不但更深刻，而且早出一百多年。我们的传统诗论，提出了整体性的"意境"美，比之西方文论从局部的词语句法出发，不但更独特，而且都是直接切入文本的解读，具有创作论的实践性。至于现代文学，为什么鲁迅回答学生孙伏园提出的问题，即在《呐喊》中他最喜欢的小说是哪篇时，他的答案不是《阿 Q 正传》，不是《狂人日记》，而是《孔乙己》？这些都是文学文本解读的深邃课题。现代一系列作家，如巴金的"爱情三部曲""激流三部曲"中，为什么只有《家》不断被改编为电影、话剧等形式？为什么老舍至今仍然有自发的阅读生命的作品只有《骆驼祥子》和《茶馆》，其他的除了研究者以外，普通读者几乎不屑一顾？所有这一切问题，西方人从来没有提出过，因为他们没有文学创作论的传统，更没有文学文本个案，特别是个案审美解读的历史积累。而对于文学文本的解读，特别是个案的解读，我们中国不但有诗话、词话，而且有小说和戏曲评点的传统。直到20世纪初王国维的《人间词话》，仍然是在文本解读的基础上建构起自己系统的文学理论。中国的文学理论要突破西方文论的遮蔽，发挥民族独创性，不但要回答西方人提出的问题，而且要提出自己的问题，让自己，也让西方人回答。不是有一种著名的说法吗，不管白猫黑猫，抓住老鼠就是好猫。在我们这里，只要能有效解读经典文本的理论，就是好理论。

不管西方人有没有这个追求，我们都应该回答现实的需要，回答历史的传承，建构中国学派的文学文本解读学。文学文本解读学所面对的固然是古今中外全部文学的整体，但只是执着于宏观整体，已经证明是隔靴搔痒。因为那不是起点，而是最终目标。实践证明，越是号称普遍的、无所不包的宏大理论，越是漏洞百出。正如在理论物理学不足之处，就要用实验物理学来解救一样，我们首先要选择单独（有时是单组）的文学文本个案，虽然它并不拒绝某些普遍的文学原理，但宏大的文学理论在个案里同时是要受到检验的，在接受与批判之间保持必要的张力。我们的目标是对文本的“这一篇”而不是作家的“这一个”，在其特殊性、唯一性上做原创概括。

以陶渊明的《饮酒》为例。

中国古典诗歌理论《文赋》论断“诗缘情而绮靡”，也就是说诗是抒情的，西方浪漫主义诗论也强调“诗是强烈感情（经过沉思）的自然流泻”（华兹华斯）。诗歌的基本单位叫“意象”，它是事物特征和情感特征的猝然遇合。王国维总结中国古典诗话说“一切景语皆情语”。我们还知道，在意象之间有个意脉贯穿首尾，这就构成意境。这对我们解读诗歌肯定有价值，比没有这些理论、全凭直觉要好一点。但是，解读《饮酒》时，这么多理念，能够帮助我们洞察多少切实的特殊性、唯一性呢？首先，这首诗虽然缘情，但不绮靡，感情也不强烈。有教授认为其主旨是“诗人在美好的大自然环境中自得其乐的情怀，表达了诗人对自然由衷的热爱”[①]。这只是随机取样，类似这样大而化之的空话，在各式各样的所谓“鉴赏词典”中比比皆是。这种论断的最大问题是“扩大化”，因为这并不仅仅是这一首诗的特点，它也适合其他许多诗，至少无数山水田园诗都表现了诗人对大自然的热爱和自得其乐的情怀。

要真正品出陶诗纯真的韵味来，就不能光凭演绎法，从抒情的大前提入手是演绎不出这首诗的特殊性的。解读的重点既然是它的特殊唯一性，就不能光用演绎法，同时也要用归纳法，直接从诗中去归纳，去还原那些被现成理论遮蔽了的全相感知。因而解读的关注点，就应该是这首诗与已知理论预期不同的东西，特别是与其他经典不同的东西。如我们预期的抒情，往往是孔夫子称赞《关雎》的“乐而不淫，哀而不伤”，虽然君子先是“辗转

① 《名作欣赏》2010年第8期，第20页。

反侧”，后是“钟鼓乐之”，但并不过分强烈，从根本上还属于激情的范畴。陶氏以前，有屈原“长太息以掩涕兮，哀民生之多艰”，曹操“对酒当歌，人生几何”。陶氏以后，又有唐诗中的杰作：王之涣《凉州词》中的“羌笛何须怨杨柳，春风不度玉门关”；王翰的《凉州词》“醉卧沙场君莫笑，古来征战几人回”——连生死都无所谓，只要喝个痛快；王维的《渭城曲》“劝君更尽一杯酒，西出阳关无故人”——宣称：喝罢，这是朋友的最后一杯酒了！这些诗中的情感，不管是有节制的，还是放任的，都是鲜明的、外露的，如果陶渊明和他们都一样，就没有什么唯一性了。解读的焦点在于陶渊明的与众不同，他在诗中好像没有什么激情似的：

结庐在人境，而无车马喧。

生活中的一切，他没有什么感觉。没有动心，就是没有感动。自己没有感动，诗怎么能动人呢？这就有陶渊明的特点了。这种特点，还表现在另一个方面，那就是他的语言、他的文字，与谢灵运、谢朓不同，既不渲染，也少感叹，相当平静、朴素。中国诗经的传统，是讲究比兴的，这里既没有比喻，也没有什么起兴的手法，几乎就是平静的陈述。

问君何能尔，心远地自偏。

这是从心理效果上来表现心灵的宁静，为什么把住所建筑在人间，而感受不到车马之喧呢？因为身躯虽然在，心灵和现实拉开了距离。这种心理效果，本来有相当不同凡俗的一面，但诗人表现得非常宁静。同样是写心理距离的，有王勃的“海内存知己，天涯若比邻”，因为心灵沟通，所以地理距离再远，也不在话下。但是，王勃所抒写的感情是强烈的：

无为在歧路，儿女共沾巾。

原因在于“与君离别意，同是宦游人”。同病相怜，感动得很，强忍住了眼泪。诗意来自激情。但并不是只有激情才有诗。另外一种类型的感情，不太激动，感情不强烈，非常淡定，也是诗，而且是好诗。在这以前的诗人，可能觉得这样的精神状态没有诗，而陶渊明却发现了，而且诗意更精致，这就开辟了不止一代的诗风，以后就形成了流派。这就是陶渊明对中国诗歌史的贡献。这一点朱光潜先生特别欣赏，他甚至认为：“艺术的最高境界都不在热烈”，古希腊人“把和平静穆看作诗的极境”。当然鲁迅不太同意。但是，过分执着于热烈的情感，是可能导致自我蒙蔽的。这就不但有历史价值，而且有理论价值。

陶渊明不当官，觉得农村的环境令人心情舒畅。读这首诗歌，比较容易忽略的是几个关键词语之间相互照应，形成了一种有机的但是潜在的、隐性的联系。如“庐”，一般的注解就是住所。这个字的本义特指田中看守庄稼的小屋，可以意会为简陋的居所，我们往往会将其和茅草屋顶联系在一起。刘备所拜访的诸葛亮的住所，就是茅庐。这个“庐”字和后面的车马是对立的，车马在当时是很有钱、地位很高的人家才有的。这里潜在的意味，不是一般的把住所建筑在闹市，还有一层意思，那就是住所很简陋，但不管闹市有多么华贵的车马，“我”都没有感觉，因为“我”心离得很远。“心远”不是人远，事实上，诗里显示的是，人是很近的（就在同样的“人境”）。正是由于人近，才显出心远的反衬效果，构成一种非常悠然、飘然、超然的境界。

这是陶渊明的《饮酒》诗境的第一个层次，那就是精神自由飘逸，没有外部的物质的压力。

“采菊东篱下，悠然见南山”，这是千古名句，品位极高，后世没有争议。但是好在哪里，历代的一些争论却并不是很到位。

“悠然见南山”的“见”，在《文选》《艺文类聚》本中曾作“望”，《东坡题跋》卷五对这个“望”字严加批判曰：“神气索然也。”“望南山”和“见南山”，一字之差，为什么有这样大的反差？在我看来，“见南山”是无心的，也就是他在《归去来兮辞》中所说的“云无心以出岫”的“无心”，它暗示诗人怡然的自由心态。“望南山”就差一点，因为“望”字隐含着主体寻觅的动机。有心，就是有目的，就不潇洒、不自由了。

要注意的，还有两个意象，一个是“篱”（东篱），一个是“菊”（采菊）。篱和庐相呼应，简陋的居所和朴素的环境，是统一的、和谐的；但是，朴素中有美，这就是菊花。这个意象，由于陶渊明的运用，从“无心”引申出清高，就成了典故。没有自我炫耀的意味，而是悠然、淡然、怡然、自然的心态的表现。陶渊明所在的时代，诗坛上盛行的是华贵之美，华彩的辞章配上强烈的感情是一时风气。但是，陶诗开拓的是简朴之美，这不但指心情，而且指语言。越是简朴，就越高雅；相反越是华彩，越是热烈，则越显低俗。在这里，越是无意，越是自由，也就越淡泊；而越是有意，感情就越可能强烈，文字上再加渲染，就可能陷入俗套。

联系到陶氏的《桃花源记》，那么美好的一个地方，无意中被发现了，留下了惊人的美感，但是有意去寻找，却没有结果。就是说，超凡脱俗之美、朴素之美，不能有意寻找，而只能是无意的发现，顺带的、瞬时即逝的、飘然的感觉，是美好的。然而，正是这种瞬时即逝的感觉、一般人没有感觉到的感觉，恰恰又被诗人发现了、提醒了，体悟深刻化，情感就高雅化了，这就是陶渊明所营造的特殊的、唯一性的意境的第二个层次。

“山气日夕佳，飞鸟相与还”，如果是在一般诗歌中，“佳”字可能就显得缺乏力度，但是，好就好在这种字不吃力，与前面无意的、恬淡的情感，在程度和性质上比较统一、和谐，这就构成了意境。如果不是这样，换用情感强烈的词语，例如艳、灿、丽（山气日夕艳，山气日夕灿，山气日夕丽），就不和谐，悠然的意境就被破坏了。“佳”字虽然是个不太强烈的字眼，但其构成的词语意味却比较隽永。例如佳句、佳作、佳音、佳节、佳境、佳期、佳人、佳丽，都比较含蓄，有着比字面更丰富的意味。

这一切都集中在“无心”上，可以说是陶渊明饮酒诗意脉的第三层次，那就是没有自我内心的欲望的压力。

这首诗一共十句，都有叙述的性质，谈不上描写，连个比喻都没有。而中国诗歌向来是讲究比兴的，偏偏陶渊明有这样的气魄，实践一种朴素美感、朴素诗风的冒险探索。朴素本身并不一定就是美的，从字面上孤立起来看，是很平淡的。但是平淡之所以能够转化为深沉，主要靠整体结构，各关键词语之间，有一种有机的关联和照应，字里行间默默地互相补充、互相渗透，构成一种互补的情感和景物的“境”。太强烈的字眼，和前面悠然的、飘然的心态就不和谐，形不成关联的“场”，甚至还可能破坏相互关联的“场”或者意境。这里所说的意境是内在的、微妙的、若有若无的，它不在语言表层之上，而在话语之下，又在话语之中。

“飞鸟相与还”，也是很平静的、惯常性的景象。在《归去来兮辞》中，“云无心以出岫”后面还有一句“鸟倦飞而知还”。它之所以美好，就是因为与诗人一样，是没有特别的动机的。不夸张，不夸耀，不在乎是否有欣赏的目光，甚至不关注是否值得自我欣赏。“此中有真意”，关键词是一个“真”字。世界只有在这样的自然境界里才是真的，人心也只有在这样自由、潇洒的意态中才是真的；不是这样，就是假的。这种境界，妙在是一种全身心的体验，可以意会，但不是不可言传，而是不在乎言传，一旦想费劲用语言来表达，就是有心了，就破坏了自然、自由、自如的心态。这种有意本身和自己的本性是矛盾的，故刚刚想说明，却马上把话语全部忘记了。这说明，诗人无心的自由是多么的自如、宁静，这就是真意，就连动脑筋言说一下，也可能破坏了这个真意。

这是陶渊明《饮酒》诗的第四个层次，那就是连语言表述的压力都没有。

这种真就是人的本真，没有外在的压力，没有自我的心理负担，没有语言表达的欲望。进入这种没有自我心理负担的境界，人就真正轻松了、自由了，这就叫作真“意”。

正是这四个层次，构成了这首诗的唯一性。

所以王国维说“悠然见南山”属于“无我之境也”。而朱光潜对此持不同的意见：

> 他的“无我之境”的实例为“采菊东篱下，悠然见南山”“寒波澹澹起，白鸟悠悠下”，都是诗人在冷静中所回味出来的妙境（所谓“于静中得之”）。没有经过移情作用，所以实是“有我之境”。[①]

实际上，关键不在“有我”与“无我”（“无我”，即西方文论所说的“作者退出作品”“零度写作”，是不可能的），而是这个“我”处在什么样的状态下，心理有没有欲望。

① 朱光潜：《朱光潜美学文集（第二卷）》，上海文艺出版社 1982 年版，第 59 页。

欲望就是心理最大的负担，这是要害，没有自己加给自己的心理负担，就算是“有我”，也是“无我”；摆脱不了自己加给自己的负担，就是“无我”，也是“有我”；不能摆脱心理负担，就不是真意了，就是不自由，就是假我。

这首诗属于《饮酒》组诗二十首之五，陶渊明自己在前面有个小序：

余闲居寡欢，兼比夜已长，偶有名酒，无夕不饮，顾影独尽。忽焉复醉。既醉之后，辄题数句自娱，纸墨遂多。辞无诠次，聊命故人书之，以为欢笑尔。

这就是说，这些诗都是酒醉以后所作。“既醉之后”应该是不清醒的，可是这里没有任何不清醒的感觉。其饮酒的寓意，应该是一为酒后吐真言，二为孤独，取屈原“众人皆醉我独醒”之语，反其意而用之。在他看来，人生日常的清醒意识毕竟是一种束缚，不但是束缚，而且像坐牢。

个体文本的结构是立体的，但其中层和深层是隐秘的，粗略地解读文本，一望而知的往往是表层，是文本之间的普遍性与共同性，被抽掉了特殊性和具体性，也就只剩下了思想和艺术精华的框架。而具体分析（马克思：从内涵贫乏的抽象上升为内涵丰富统一的具体）就是把艺术的构成过程还原出来。因为在建构过程中，人的情致如何选择物象，如何意象化，如何形式化，如何风格化，一句话，如何艺术化，是隐藏得很深的。就是有了相当水准的文学理论，充其量也只是其普遍性的贫乏抽象。而理论结合文本还原，也就是把特殊的个别的人的感知、情感、智慧还原出来。

恩格斯在《致哈克奈斯的信》中称赞黑格尔所说的“这一个”，在具体分析和还原的过程中很容易被误解为一次性的。其实不是，它是多层次的。文本的具体分析，其实就是文本特殊性、个别性的多层次的还原。马克思所说的从抽象上升到更高的具体，包含着多个层次：从文本解密来说，应该是从对象的特殊性到情感的特殊性，从形式的特殊性到历史的特殊性，从流派的特殊性到风格的特殊性，这是一个无穷的系列的衍生。特殊性越丰富，就越是具体。单纯的“这一个”，还可能是抽象的，具体分析要分析到“这一个”的“这一首”、这一情感的“这一刻”、这“一刹那”，其生命在于不同于另一首、另一刻、另一刹那的。“孤帆远影碧空尽”，不仅仅是景观，而且是心观的三个层次体悟：第一，“孤帆”是观察的选择性，不见江上众多船只，唯见江上友人之帆；第二，“远影”乃是目送友人之舟，渐行渐远，目光专注；第三，“碧空尽”，是友人之舟已经消失在天水之间，目光仍然呆望空空的江水。这种刹那的凝神和“山回路转不见君，雪上空留马行处”，异曲同工，妙处全在以景观显示一刹那的自我体悟。离开了人的感知、人的情感的刹那性，用反映论，用俄国人的陌生化，用美国人的悖论、反讽、张力、暗喻来“细读”，都无异于用擀面杖吹火。用李欧梵先生所说的那些前卫理论，甚至把一切西方和中国古典理论都用上，如果仅仅满足于为如此这般的理论提供论据，都难以达到唯一性的精度。

是母题谱系还是知识谱系？通过现成可比性分析出唯一性

以西方文论的文化批评来分析文学作品，分析出来的文化价值，不但脱离审美价值，而且文化价值的特点乃是民族的和地域的普遍性，就普遍性而言，和遭到诟病的阶级普遍性相比，有过之而无不及。不管是阶级论还是文化学基础上建构起来的西方当代文论，最大的缺陷就是普遍性压倒了作家的唯一性，而一般作家论的缺陷则是遮蔽了作品的唯一性。人的精神是统一的，但又是多方面的、随时变幻的，因而作品杰出的标志就是在统一中变化多端。钱锺书先生曾经这样论述：

> 作者人殊，一人所作，复随时地而殊；一时一地之篇章，复因体制而殊；一体之制，复以称题当务而殊。①

钱锺书先生强调了三个层次的不同：同一作家，因为不同时间地点而不同；同一时间地点的作家的文章，又因所取体裁（如诗歌、散文、戏曲、小说）不同而不同；同一体裁的文章，又因为针对性和立意命题的不同而不同。反过来说，如果作家不管在什么时间地点，不管取什么体裁，不管什么样的针对性命题，写出来的文章都是一个样子，那就注定了文章要失败。故文学作家和作品的生命在于求新避同。

对日新月异、变化万千的文学现象，当代西方文论研究非常重视文学观念的历史变迁，故以梳理问题史为先导，展开文学观念的知识谱系。但是，受到时代和个人（包括大师）的局限，一切概括性的知识谱系对于无限丰富的文学来说，只是历代作家、思想家已经从理性上明确化、顺利语词化的部分，至于其未能感知，或者直觉到、意会到而未能语词化的，则成为空白。另外，即使是已经语词化、理性化的指涉部分，也是文学作品的共同性，而非个别性和唯一性。故任何知识谱系的梳理，如果没有难以避免的误导的话，对于文学文本解读学来说，都最多只是准备。但是，谱系作为一种方法，如果要用到文学文本的解读中来，就不应该是知识谱系，而是形象母题的谱系。例如关于爱情和死亡，在不同历史和地域中不约而同地出现了大量经典。孤立地分析单个作品，往往会对其唯一性视而不见。这是因为一切事物的特性都在于其内在矛盾，但矛盾是以统一形态出现的，是隐性的，外部形态是天衣无缝、水乳交融的，孤立地研究个案是难以找到矛盾的切入口的。但是，一切个案特性又是在与其他个案的相互联系、相互矛盾中共生的。在个案的比较中，矛盾和

---

① 钱锺书：《管锥编》，中华书局1986年版，第1390页。

差异就比较容易显现出来。比较有两种，一是同类相比，二是异类相比。一般地说，异类比较相当困难，因为没有现成的可比性，需要更高层次的概括；而同类比较相对容易，因为有现成的可比性。有比较就易于鉴别，才能显示出其唯一性。因而对于同类母题的比较，谱系的梳理就是通向唯一性的初级入门。这种唯一性的追求，不仅仅是作家的唯一性，而且是作品的唯一性。同一作家，对于同一母题，有不同的唯一性。

例如在现代散文中，对于秋的母题，孤立地解读郁达夫的《故都的秋》是比较难以深入的。如果把它和郁达夫另一篇散文《我撞上了秋天》相比较，就不难洞察二者各具唯一性。在《故都的秋》中，郁达夫所欣赏的秋天的美，不仅仅在于“悲凉”“萧索”，而且和死亡联系在一起。

> 不逢北国之秋，已将近十余年了。在南方每年到了秋天，总是要想起陶然亭的芦花，钓鱼台的柳影，西山的虫唱，玉泉的夜月，潭柘寺的钟声。

不难看出，当时的北平是一座大城市、文化古都，是政治、经济、文化中心，他怀念的不是那里行人熙来攘往的街道、繁华的商场、大学校园、文化古都的胜迹，而是“陶然亭的芦花，钓鱼台的柳影，西山的虫唱，玉泉的夜月，潭柘寺的钟声”。他所选中的芦花，非常朴素，从形状到色彩几乎没有什么花的特点。是不是北平就没有比芦花更为鲜明的花呢？当然有。西山的红叶就是鲜艳夺目的，但却被郁达夫的记忆筛选掉了。他所选中的公园，不是游人如织的胜地，而是比较幽僻的陶然亭，他所钟情的恰恰又是平淡得只剩下了柳条的影子。西山的虫唱，有的是野趣，与其说是大都市的，不如说是乡村的。潭柘寺的钟声，给人的联想是古老、宁静、出世而悠远，在大城市的喧嚣中，没有宁静的心情是感而不觉的。从这里可以感到，郁达夫所营造的故都之美在于超越了大都市的喧嚣，更具乡野的宁静和自然。

这样的“风景”，如果换一个人，会觉得它美吗？但正是这些多数人也许会觉得索然无味的地方，比之北京闻名遐迩的景观更经得起欣赏：

> 在皇城人海之中，租人家一椽破屋来住着，早晨起来，泡一碗浓茶，向院子一坐，你也能看得到很高很高的碧绿的天色，听得到青天下驯鸽的飞声。从槐树叶底，朝东细数着一丝一丝漏下来的日光，或在破壁腰中，静对着像喇叭似的牵牛花（朝荣）的蓝朵，自然而然地也能感觉到十分的秋意。说到了牵牛花，我以为以蓝色或白色者为佳，紫黑色次之，淡红色最下。最好，还要在牵牛花底，叫长着几根疏疏落落的尖细且长的秋草，使作陪衬。

郁达夫对于色彩的欣赏，是逃避鲜艳的：牵牛花，他以为蓝色或者白色者为佳，紫黑色次之，淡红色最下，显然是在竭力追求“淡雅”。“淡”而“雅”，蕴含着一种趣味，这种

“淡雅”超越了世俗的趣味。世俗的趣味，不是淡的，可能是浓艳的，但是一沦为艳丽，在趣味上可能就比较“俗”了。雅和俗是相对立的：俗是平民百姓的，缺乏文化熏陶的；雅是比较有文化修养的文人才有的，故“淡雅”中往往含着“高雅”的意味。故郁达夫要欣赏出雅趣来，就得有一份超脱世俗的、恬淡的心情。超脱世俗表现在哪里？“租人家一椽破屋”，欣赏风景，为什么要破屋？漂亮的新屋不是更舒适吗？但如果太舒适了，就只有实用价值，没有故都的历史的回味了，因为破屋才有沧桑之感。因为这是故都，历史漫长，文化积淀不在表面上，是要慢慢体会的。郁达夫的个性在于，他觉得这种积淀不一定在众所周知的名胜古迹中，只有在破旧的民居中体悟出来的才有水平。为什么要泡一壶浓茶？浓茶是苦的，但有回味之甘。这就是说，要细细体会才有味道，越体会越有味道。悠闲，这就是雅趣的姿态，更关键的是雅趣的内涵。

郁达夫不像老舍在《济南的秋天》中那样把明丽的清溪中的山的倒影、小姑娘色彩鲜艳的衣着当作“诗意”。老舍在《济南的秋天》中这样写：

> 济南的秋天是诗境的，设若你的幻想中有个中古的老城，有睡着了的大城楼，有狭窄的古石路，有宽厚的石城墙，环城流着一道清溪，倒映着山影，岸上蹲着个红袍绿裤的小妞儿，你的幻想中要是这么个境界，那便是济南。

相反，郁达夫欣赏的是残败的生命：牵牛花的色调已经十分淡了，他还要再强调一下：“最好还要在牵牛花底叫长着几根疏疏落落的尖细且长的秋草，使作陪衬。”色彩已经是雅致了，但毕竟是外部的，还要加上疏疏落落的枯草。枯草有什么美？有什么诗意呢？青草还差不多。但这正是郁达夫的趣味所在。青草显示生命的蓬勃，要欣赏不难；枯草表现生命的衰败，就不值得欣赏吗？凡是属于生命的景象都有感悟生命的价值。引起生命的蓬勃之感的，自然可以激起内心欢愉的体验。这是一种美的感受。直面生命的衰败的感觉，体悟生命的周期，逗起悲凉之感，可能是更为深邃的生命的感受。谁说悲凉就不是美的呢？在我国古典诗歌中，不是有那么多悲凉之美的杰作吗？但是，把秋的悲凉当作美来欣赏是有难度的，他强调欣赏秋天的悲凉之美要有一种喝浓茶的悠闲的心情和姿态。悠闲到坐在庭院中，“从槐树底朝东细数着一丝一丝漏下来的日光”，才能体会到“秋的味，秋的色，秋的意境与姿态”。生命的衰败则需要超越世俗的实用价值观念。情感只有超越了实用的束缚才能有比较大的自由。生命的衰败，在世俗生活中是负价值，但是在艺术表现中却可能是正价值。

接下来他选中了很不起眼的槐树的花。郁达夫所欣赏的，偏偏不是长在树上的生气勃勃的花，而是死亡了的“像花而又不是花的一种落蕊”。这就把前面对于秋草朴素的雅趣引向更为深刻的境界。生命衰亡的迹象，虽然从世俗观念上看并不美丽，但也是很动人的。

满地槐树的落蕊，一般人是没有感觉的，不但视觉如此（颜色形状不起眼），听觉也如此（“声音也没有”）、嗅觉也一样（“气味也没有”），在一般人眼里，触觉更是没有的，但作者把“脚踏上去”（当然是穿着鞋的），如果不是感觉极其精致的艺术家，谁会有“极微细极柔嫩的触觉”呢？有了这种感觉，对于生命的消亡就有了深邃的体悟了。美学意义上的美，正是生命的感觉和情致的深邃。在“落蕊”被扫去以后，他审视着“灰土上留下来的一条条扫帚的丝纹，看起来既觉得细腻，又觉得闲静，潜意识下并且还觉得有点儿落寞”的感觉。这就从意识写到了潜意识，他把这定性为“深沉”。这也就是文章的深度，郁达夫的功力，就在这里表现出来。郁达夫文章风格唯一性的妙诀：不是贴近的固定不变的自我，而是自我的一个侧面，一时的触发，在朱自清的《荷塘月色》中叫作“超出平常的自我”，在这里可以说是“被平常遗忘了的，忽略了的自我”。

《故都的秋》把悲凉、落寞乃至死亡当作美来表现，多少会让人想到一个词：颓废。在五四作家中，郁达夫的颓废倾向还是有一点名气的。但是，我们在《故都的秋》中所感觉到的郁达夫式的悲秋，除了有中国文人传统的血脉，隐隐约约还可感到一些区别。中国历代秋的主题，都是把秋愁当作一种人生的悲苦来抒写的。诗人沉浸在悲愁之中，在读者看来是美的，可对诗人本身却并不具有正面价值。但在郁达夫的《故都的秋》中，秋天的悲凉、秋天带来的衰败和死亡本身就是美好的，诗人沉浸在其中，却并不怎么悲苦，而是一种审美享受，是人生的一种高雅的境界。从这里我们看到的不仅是中国的传统审美情趣，而且还有西方的唯美主义以丑为美、以死亡为美的痕迹；更突出的，还有日本文学传统中的“幽玄美”“物哀美”。所谓“幽玄美”就是在人的种种感情中，只有苦闷、忧郁、悲哀，也就是一切不如意的事，才是使人感受最深的。川端康成在1952年写成的《不灭的美》中说：“平安朝的物哀成为日本美的源流。”“悲哀这个词同美是相通的。”[①]从这里，我们可以看到郁达夫受到日本文学的影响，他把植物的“落蕊”和“秋蝉衰弱的残声”带向优美的、雅趣的极致。

郁达夫虽是个中日古典情调的模仿者，但他不是一个绝对的唯美骸骨迷恋者，他的唯一性，并不表现为把雅趣和俗趣绝对地对立，相反，他非常有意识地让雅趣带上世俗的色彩。他说这样的秋蝉，很平凡、很世俗，是和“耗子”一样，像家家户户养在家里的。“耗子”携带着的信息和联想，使得古典高雅的诗意中透露出现实的、平民的色彩。这一笔并不孤立，并不突兀，前面的“一椽破屋”早就留下了伏笔。

这种与雅趣相辅相成的平民色彩，也就是俗趣，他写到了“都市闲人”穿着传统的衣

① 〔日〕川端康成著，叶谓渠译：《川端康成小说选 · 译文序》，人民文学出版社1985年版，第7页。

裳："很厚的青布单衣或夹袄。"不但样式是传统的，从其厚度也能看出是手工布机的产品。都市闲人的"闲"字是很有特点的，因为一般来说，都市生活的节奏是紧张的，身在都市而"闲"的人，内涵很丰富。一方面他们是俗人，不一定有多少高雅的文化修养，另一方面他们却有高雅的文化人的悠闲情调，又为高雅的文化所欣赏；和泡一碗浓茶的文人，无论情趣还是节奏，都是有机统一的。连说话"缓慢悠闲的声调"，都是值得仔细玩味的。用文人情调表现世俗之人的生活节奏，以世俗之人体现文人情调，这就达到了俗而不俗、大雅和大俗的交融。其中的美的欣赏的难度是很大的，所以他在文章一开头就宣称，那种漫不经心地（"半醉半醒"）欣赏名花美酒的态度，是品味不出来的。

郁达夫文章中最经得起分析，生命力最强的地方还是雅俗趣味水乳交融的部分。北平百姓生活节奏的安闲自在，没有悲秋的意味。把悲与不悲统一起来，就是生命的自然和自如。这样本来相当俗的平民趣味就被郁达夫的雅趣顺理成章地加以同化了。文章的最后一段，他的语言既有古典诗文的典雅，又有现代白话文的通俗：

> 南国之秋，当然是也有它的特异的地方的……可是色彩不浓，回味不永。比起北国的秋来，正像是黄酒之与白干，稀饭之与馍馍，鲈鱼之与大蟹，黄犬之与骆驼。

郁达夫把秋天写得这么有诗意，赋予它以一系列诗意的高雅的话语，然而不时又穿插一些平民的俗语。前面就有茅房、耗子，这里又有稀饭、馍馍、黄犬，等等。这些话语本来是缺乏诗意的，用在这充满古典的、高雅趣味的文章中，是要冒不和谐的风险的。但郁达夫却在这里构成了和谐的统一风格，其深邃的唯一性使之成为当代散文史的丰碑。

但对于郁达夫篇章的唯一性的解读如果仅仅局限于这一点，也许还不够真正到位。如果和他差不多写在同一时期的《我撞上了秋天》相比较，则不难看出郁达夫文风中几乎截然相反的一面。《故都的秋》和《我撞上了秋天》显而易见的矛盾，有助于超越作家的独特性，深入到篇章的唯一性中去。

《我撞上了秋天》写的是"交通管制的北京，今年全国夏季气温最高的北京"，但是，他的感知却是"清丽"的。

> 走出我那烟熏火燎的房间，刚刚步出楼道，我就让秋天狠狠撞了个斤斗。……压迫整整一夏的天空突然变得很高，抬头望去——无数烂银也似的小白云整整齐齐排列在纯蓝天幕上，越看越调皮，越看越像长在我心中的那些可爱的灵气，我恨不得把它们轻轻抱下来吃上两口……我就一直站在那里看，看个没完没了，我要看得它慢慢消失，慢慢而坚固地存放在我这里。
>
> 来来往往的人开始多了，有人像我一样看，那是比较浪漫的，我祝福他们；有人奇怪地看我一眼，快步离去，我也祝福他们，因为他们在为了什么忙碌。生命就是这

样，你总要做些什么，或者感受些什么，这两种过程都值得尊敬，不能怠慢。

这里也是有诗意的，但是和《故都的秋》中的诗意多么不同，天上的云是调皮的，美好得让他呆呆地看个没完没了。大街上不认识的人，是值得祝福的、应该尊敬的。这里透露出作者此时的感情是多么欢欣，多么浪漫，多么雅致。如果就这么浪漫下去也未尝不可，但其独特性可能就有限了。接下去则是另外一种情趣：

> 六点钟就很好了，园门口就有汁多味美的鲜肉大包子，厚厚一层红亮辣油翠绿香菜，还星星般点缀着熏干大头菜的豆腐脑，还有如同猫一样热情的油条，如同美丽娴静女友般的豆浆，还有知心好友一样外焦里嫩熨贴心肺的大葱烫面油饼。

这里的肉包子、豆腐脑、油条、豆浆、葱油饼，一般说来，不但都是实用家常，而且词语都是很俗的、缺乏诗意的，但是，郁达夫却对它们赋予了这么强烈的感情（猫一样热情、美丽娴静女友、知心好友），这就构成了另外一种诗意，那就是和前面高雅的诗意相对的世俗的诗意。雅和俗在趣味上本来是矛盾的，但是得到了统一，这一点和《故都的秋》可谓异曲同工。而《我撞上了秋天》的基调却是洋溢着欢乐、幸福的。文章接下来就有了暗示，“每个窗户后面都有故事”，“每个梦游的男人都和我一样不肯消停，每个穿睡裙的女人都被爱过或者正在爱着。”原来这是和爱情有关的。因为他已经“不同以往”，以往总是“幻想奇遇”，然而“总是被乖戾的现实玩耍”。但今天已经不同了，不同在哪里呢？“我已经不孤单了”，原因是“随着我房间人数的变化”。这里透露出一种爱情的幸福感，这在被视为颓废的郁达夫作品中，实在是绝无仅有的。正是因为爱情的幸福感（心里有一种“可爱的灵气”），他才觉得一切都是美好的，不但人是美好的，连小狗都是生动的。不但雅致的情调是充满诗意的，而且世俗的小吃也是富于诗意的。这种双重的诗意，在他看来，光用文雅的书面语言来表现是不过瘾的（虽然连李白的“噫吁戏”都用上了），还要用口语来表现，故一开头就有“狠狠撞了个斤斗”，当中有油饼、肉包、豆浆，最后又用了一个“狠了点”和前面的“狠狠撞了个斤斗”呼应，既和《故都之秋》雅俗交融的情调相统一，又和其悲凉、凄厉的衰亡美不同，洋溢着充满灵气和调皮的幸福感。

以上所举皆是一些小型的短篇作品，同类相比，以篇为单位，在篇与篇之间进行。本书在第一章中已经举过鲁迅在小说中写过的八种死亡，既有悲剧的，也有喜剧的，又有无悲无喜的，还有忏悔中的，更有荒谬的、冷笑着自己和世人的，等等，在思想和艺术上无一雷同者，其创造的丰富性，至今仍未有作家超越。

至于一些大型作品，如长篇小说，同类相比，则既可在文本间进行，如屠格涅夫之写爱情，既有罗亭式语言的巨人行动的矮子的悲剧（《罗亭》），亦有英沙罗夫式献身崇高的英雄主义（《前夜》），更有拉夫列茨基的不幸和丽莎高贵的情感牺牲（《贵族之家》）。爱情在西欧近现代文学中为传统母题，经典之作异彩纷呈，从莎士比亚到托尔斯泰，从狄更斯到陀思妥耶夫斯基，所写爱情皆以各逞其异而见长。《简·爱》让一个孤儿出身、外貌平平的家庭女教师，与富豪东家相爱不成，后东家庄园被焚，双目失明，乃与之结合，突破了白马王子与纯洁美女的情节模式，赢得了英国文学史上的崇高地位。相反，骑士小说则以套路相近而见短。塞万提斯批判欧洲骑士小说：

> 我觉得所谓骑士小说对国家是有害的。……因为千篇一律，没多大出入。[①]

曹雪芹在《红楼梦》第一回就对当时言情小说的公式化进行了严厉批评："至若佳人才子等书，则又千部共出一套。"指斥其语言"满纸潘安子建、西子文君"，揭露其情节模式化，不外是"假拟出男女二人名姓，又必旁出一小人其间拨乱"。[②]

比较的目的乃在提高分析的有效性，从正面说，就是要揭示文学经典的唯一性；从反面说，则是要揭露公式化、模式化给艺术生命带来的戕害。

比较不但可以在文本整体之间进行，而且可以在文本之内展开。大型作品，如长篇小说，则更有必要。在同一作品中，出现同类的事件，如果相同或者相近，这在《三国演义》的评论家毛宗岗看来，叫作"犯"；如果同中有异，也就是不犯，他将之叫作"避"。毛宗岗把这种同中有异、"犯"而善"避"形容为"同树异枝""同枝异叶""同叶异花""同花异果"。他举例说，《三国演义》中同样写火攻：

> 吕布有濮阳之火，曹操有乌巢之火，周郎有赤壁之火，陆逊有猇亭之火，徐盛有南徐之火，武侯有博望、新野之火，又有盘蛇谷、上方谷之火：前后曾有丝毫相犯否？甚者孟获之擒有七，祁山之出有六，中原之伐有九：求其一字之相犯而不可得，妙哉，文乎！[③]

按照这样的标准，犯了，重复了，就意味着失败，如《西游记》中九九八十一难中大多数犯了重复之弊，只有三打白骨精等少数情节"避"得精彩。巴金的《春》《秋》也多有与《家》重复之处，而刘绍棠青年时代的作品与壮年作品，所"犯"更多，常常有自我模仿之痕迹。

文学解读要看出同一作家不同作品之统一，是不难的，但要把作品间的差异揭示出来，不但需要才力，而且需要方法。毛宗岗的"犯"和"避"为在作品之内作同类相比，提供了理论基础。其实，毛宗岗的不足之处乃在，对其所举九种火攻之"避"，并未指出其艺术水平并不一致。相比起来，周郎的赤壁之火、陆逊的猇亭之火特具唯一性，吕布的濮阳之火与其他火攻则不无相近者。

---

① 〔西班牙〕塞万提斯著，杨绛译：《堂吉诃德》，人民文学出版社 1988 年版，第 440 页。

② 曹雪芹：《红楼梦》，人民文学出版社 1982 年版，第 5 页。

③ 朱一玄、刘毓忱编：《三国演义资料汇编》，南开大学出版社 2005 年版，第 260 页。

如果以母题之同中求异为准则来衡量《红楼梦》，则可列出少女之死之谱系：有金钏之死，有晴雯之死，有司棋之死，有尤三姐、尤二姐之死，有林黛玉之死等。谱系中的每一死亡，无疑比《三国演义》中之火攻有更为独一无二的性质，可谓“求其一字之相犯而不可得”。众多红学家无视于此，大多拘泥于单个死亡作孤立的分析，充其量只能看出其社会文化价值，鲜有涉及其死亡艺术之高下者。若在谱系中展开比较，则金钏之死并未得到正面描写，其动人之处在于其效果，即引出宝玉挨打，导出从贾母到王夫人拼死相救，从薛宝钗到林黛玉先后慰问，其动机各异，引出多重复合之错位情感，酿成一大高潮；从死亡情节本身来说，似非杰出所在。晴雯之死与金钏之死相比，其同在被冤而愤激，其异者，在于正面展开本来心高气傲、锋芒毕露者，最后贫病交迫、悲愤无奈的结局，特别是她死前之场景以宝玉之眼观之，行文的情感结构中又多了一层悲苦与无奈之错位。至赠宝玉以内衣，后悔其空担虚名，洁身自守，未与宝玉有任何私情，又增一层情感之错位，其用笔之险在于精神肉体之边际。此时之刚烈与悲屈不但由宝玉眼中看出，而且由下流风骚嫂子眼中误解。在形成多重错位之后，又由宝玉以芙蓉诔神化之。从审美价值的唯一性而言，晴雯之死高于金钏之死。而司棋之死，本由贾府仆妇之矛盾倾轧，挑起事端者乃王保善家的，意在找茬打击他人，乃有抄捡大观园之举，却抄出自己外孙女司棋收受的情书。处在这一歪打歪着环节上，司棋尚未引起读者的同情，待到“凤姐见司棋低头不语，也并无畏惧惭愧之意，倒觉可异”。又加上宝玉欲救无方，才从对王保善家的嫌恶转化为对司棋的同情。待到被逐出大观园，情节急转直下。其情人潘又安逃逸，则同情更深一层次。至潘归来，本已致富，却为试探司棋，不为势利双亲理解，乃至司棋触墙，潘又安自刎，二人之先后殉情，同心而在时间上错位造成悲剧，类似罗密欧与朱丽叶。但直书其事，情节于高潮处只用简括之叙述，转折过速，虽二人之死，不若晴雯一人之丧也。至于尤三姐之死，则更胜一筹，其与尤二姐同出贫寒，在供人赏玩中泼辣放浪，然身出污泥，情怀清白，其专一之爱情，为意中人误解，婚约遭毁。三姐乃自刎，其营生污下甚于司棋，然情之所钟，超越生死，其刚烈果断全在瞬间。情节前后强烈反差，与身心之错位幅度成正比。其精神可以用“黑暗王国中的一线光明”（杜勃罗留波夫评俄国古典剧作家奥斯特洛夫斯基《大雷雨》中女主人公语）来形容，其尾声又有情人之痛悔而出家，又添一层错位。其错位之多，比之司棋更显其精神光彩，而尤二姐之软弱、善良、轻信、自贱，甘为二奶，遭凤姐迫害惨死，在精神的谱系中不过是三姐之光的黑暗背景。当然，最为精彩的是林黛玉之死。虽然红学专家对后四十回之艺术水准不乏贬抑，然而林黛玉之死却是世界古典文学史上少女死亡艺术之高峰。作者从三个方面来立体化地展开描写：

第一，从正面描写。先是黛玉听傻大姐之言，知宝玉将迎娶宝钗，遭受沉重打击，不是病体变得更加衰弱，而是行动变得更快速，不再如先前之善哭，而是痴笑。心理的一时麻木终于转化为生理的创伤：“一口血吐出来”，《红楼梦》借医家之口解释是“一时急怒，迷了本性”。待到镇静下来，“心中却渐渐明白”，“此时反不伤心，唯求速死”。自我糟蹋身体，内心感情多表现为外部动作，深邃异常，然叙述简洁。

第二，对话。对最贴心的紫鹃的悲泣无理责难：“我那里就能够死呢！”对贾母则是“老太太，你白疼我了”。“白疼”二字，既有对贾母的怨恨，又有对贾母的歉疚。临终弥留之际，直声叫：“宝玉，宝玉，你好……”说到“好”字，便浑身冷汗，不作声了。紫鹃等急忙扶住，那汗愈出，身子便渐渐地冷了。其怨、其怒、其恨、其爱、其悲、其责，皆为负面含义，却用一个肯定语词“好”字作错位表达。

最后，也是最突出、最能表现中国古典小说的艺术特色的：大笔浓墨地抒写周围人物心理多重视角、多层错位心理的交织。所有的人都是悲痛的，然而没有一个人的悲痛是相似的。

第一重是紫鹃，觉得黛玉垂危，竟无人来看望，实在“狠毒冷淡”，尤其是对宝玉，更是“切齿”。第二重是向来与世无争的寡妇李纨，见紫鹃眼泪已把褥子湿了一片，拭泪说：“好孩子，你把我的心都哭乱了，快着收拾他的东西罢，再迟一会子就了不得了。”第三重更可谓是“毒笔”：让黛玉最为知心的丫头紫鹃去做伴娘，掩饰宝钗为黛玉之伪。第四重视角是平儿不忍，提出让雪雁代替紫鹃。第五重视角是雪雁的视角，怀疑宝玉假说丢了玉，装出傻子样儿来，好娶宝钗，与宝玉的错位又增一层。第六重视角是宝玉的，以为真是与黛玉完姻，乐得手舞足蹈。待到宝玉发现不是黛玉而是宝钗，以为是梦中，呆呆站着。当着新娘子的面，口口声声只要找林妹妹去。岂知连日饮食不进，身子哪能动转，哭道：“我要死了！我有一句心里的话，只求你回明老太太，横竖两个病人都要死的，死了越发难张罗。不如腾一处空房子，趁早将我同林妹妹两个抬在那里，活着也好一处医治服侍，死了也好一处停放。”第七重视角是宝钗，贾母叫凤姐去请宝钗安歇。“宝钗置若罔闻，也便和衣在内暂歇。”虽然只是简单的一句叙述，却是重如春秋笔法。只有她此时保持着理性的冷峻，甚至可以说是冷酷，对宝玉道破真相：“林妹妹已经亡故了。”宝玉不禁放声大哭，倒在床上。第八重视角是综合的，紫鹃、李纨、王熙凤：

> 当时黛玉气绝，正是宝玉娶宝钗的这个时辰。紫鹃等都大哭起来。李纨、探春想他素日的可疼，今日更加可怜，也便伤心痛哭。因潇湘馆离新房子甚远，所以那边并没听见。一时，大家痛哭了一阵，只听得远远一阵音乐之声，侧耳一听，却又没有了。探春、李纨走出院外再听时，惟有竹梢风动，月影移墙，好不凄凉冷淡！

第九重视角是贾母的。舍黛玉而娶宝钗，本是她的决策，可她并不是不爱黛玉，也不是不悲痛，她也涕泪交流地表白：“是我弄坏了他了。但只是这个丫头也忒傻气！”不过联系到她说过的“白疼”，这眼泪中有自谴，也有自我开脱。

从笔墨的分量来说，不把正面抒写集中在林黛玉之死上，而是用九重错位的感情来渲染，从而在悲剧性的复合和丰富上、在悲痛氛围的沉郁深沉上，营造出了全书最高潮，在世界悲剧艺术上展示了中国古典小说艺术辉煌的顶峰。《红楼梦》中的黛玉之死可以说是把全书主要人物都调动起来，以各自不同的方式合奏了一曲悲痛的交响曲。

如果这样孤立地比较还不够明显的话，将母题谱系拓展到世界文学史中，以《红楼梦》写主人公死亡与托尔斯泰相比则更不难一目了然。同样写为爱情而死，托尔斯泰中写安娜·卡列尼娜选择以自杀“惩罚”沃伦斯基，托尔斯泰花了整整三小节的篇幅，译成中文五千字左右。但是，从决心卧轨自杀，到乘坐马车，到投下月台，都是以安娜个人为中心展示：纷纭的回忆、情感的片段，外部环境断续感知、无序的思绪，都带有某种“意识流”的非逻辑性质，自始至终都以安娜为单一视角展开。

她沉浸在自己对情敌吉蒂的仇恨和妒忌中，无法摆脱谈说陈设引起的厌恶、怨恨、报复的恶劣情绪，连仆人的动作“都惹得她生气”，其自我折磨在意识层面和潜意识层面起伏翻腾，连她自己都不认识自己，有时还忘记了自己的动机，对陌生人包括天真的小女孩都莫名其妙地反感。有时又飞溅出一些思想的火花：她体悟到沃伦斯基对她的所谓的爱情，哪怕是眼睛里流露出狗一样的驯顺的神色，也不过是征服了她这样的女人之后的“虚荣心得到满足的胜利之感”。至于他们二人的关系，她从心灵深处进行了这样的概括：“我的爱情愈来愈热烈，愈来愈自私，而他的却愈来愈衰退。”这就是他们的错位。托尔斯泰让安娜在自我内心展示矛盾：一方面是对外部世界和内心感知的无序激发，一方面则是深邃的洞察，甚至有哲理式的格言：“爱情一结束，仇恨就开始了……”

所有这一切，都是在不连贯的印象断断续续的流逝中呈现的：

> ……我一点也不认识这些街道，这里有一座小山，全是房子，房子……在这些房子里全是人，人……多少人啊，数不清，而且他们彼此都是仇视的，哦，让我想想，为了幸福我希望些什么呢？哦，假定我离了婚……

当她走向铁轨准备自杀的时候：

> ……是的，我苦恼万分，赋予我理智就是为了使我能够摆脱；因此我一定要摆脱！如果再也没有可看的，而且一切看起来都让人生厌的话，那么为什么不把蜡烛熄灭了呢？但是，怎么办呢？为什么这个乘务员顺着栏杆跑过去？为什么下面那辆车厢里的那些年轻人在大声喊叫？为什么他们又说又笑的？这全是虚伪的，全是谎话，全是欺骗，全是罪恶……

整整五千字，全是安娜视角中的内心和外部环境感知的交织。这些纷纭的感知的思绪，表面上无序、无理，其中的“仇视”“虚伪”“欺骗”“罪恶”则完全是她自己潜意识深处思绪的飞溅。托尔斯泰追求的就是安娜看似混乱的思绪中逐渐明确化的自杀的决心，直到最后的死亡，也没有像《红楼梦》中那样——在他人（探春）的视角中感到“黛玉的手已经凉了，连目光也都散了”，而是以安娜自己的幻觉为线索，不无矛盾地走向死亡。她先是划了个十字：笼罩着一切的黑暗突然破裂了，转瞬间生命以它过去的全部辉煌欢乐呈现在她面前。接着是她向车轮间扑通跪了下去，同一瞬间，一想到她在做什么，她吓得毛骨悚然，“我在哪里，我在做什么？为什么啊。”她想站起来，把身子仰到后面去，但是，什么巨大的、无情的东西撞在她的头上，从她的背上蹍过了。“上帝，饶恕我的一切！”感觉无法挣扎，……那支蜡烛，她曾借着它的烛光浏览过充满了苦难、虚伪、悲哀和罪恶的书籍，比以往更加明亮地闪烁起来，为她照亮了以前笼罩在黑暗中的一切，摇曳起来，开始昏暗下去，永远熄灭了。

在主人公内在感觉中写死亡的临近，是托尔斯泰的拿手好戏。早年在《塞瓦斯托波尔故事》中，他写军官派拉斯兴库被炸弹炸死的过程也是先让他庆幸于自己没有死亡：谢天谢地，只是受伤而已——他对死亡的感觉充满了错觉，直到士兵从他身边跑过，把墙推倒在他身上，自己听到自己的呻吟声。在《战争与和平》中，安德烈公爵患坏疽病生命垂危，他的心理错觉是：一切消失了，剩下的是关起那道门，他要去关门，但他的腿不肯动。他开始恐惧，觉得自己在向门边爬，但有一种力量在推门，在向里边挤，这是死。他顶住，门敞开了，他死了，他记得自己是睡了，他挣扎着又醒了。他觉得“死就是一种觉醒”，“于是他灵魂立即亮起来”[①]。感觉思维活动虽然失去了控制，但是却达到了平时所不能达到的深度，混乱的感觉带着托尔斯泰的理性光辉，这一点和安娜是异曲同工的。

死亡的描写就在一系列的幻想和错觉中结束了，而女主人公死亡的后果，并没有像《红楼梦》中那样得到大笔浓墨的多层次展示，而是在下一章，在一切恢复平静以后，在一些关系并不密切的人的平静的谈话中提到沃伦斯基曾经自杀（未遂）。与“黛玉之死”中正面描写在场人物都处于情绪错位的高潮不同，托尔斯泰有意将最严重的后果通过他人之口轻描淡写地交代出来。如果打个比方的话，托尔斯泰写安娜之死，可以说是小提琴协奏曲，依次呈示、展开；而曹雪芹写黛玉之死，则是一曲交响乐。从二者的对比中，可以看出《红楼梦》借助情感错位的积累和叠加将黛玉之死描写得淋漓尽致，而托尔斯泰则以情感的节奏控制在故事的展开上表现得从容不迫。

现在我们似乎有条件对李欧梵先生的世纪困惑做进一步的回答了。要对文本的唯一性

---

① 〔俄〕列夫·托尔斯泰著，董秋斯译：《战争与和平（第四册）》，人民文学出版社1988年版，第1647页。

作深邃的、到位的分析，我们面临的是一个复杂的系统工程。首先是发现矛盾，发现矛盾的方法很多，有还原、有比较，这比较容易陷于随意，故以系统性为上；但即使作系统性比较，也不应局限于知识谱系，而应该在形象母题的谱系中进行比较，有了形象谱系提供的现成的可比性，就有了显而易见的差异和矛盾；这样一来，在具体分析中把理论概括抽象所牺牲掉的唯一性还原出来，就有可能了。

谱系的比较和分析最后要落实到单篇个案上来，即使是单篇与单篇的比较，最后也要归结到谱系，也就是母题的系列中来。这样的系列可以存在于大型作品之中，也可以存在于经典短篇之中。在这样的系统比较中，具体分析就可能比较全面。但从严格的方法论来说，具体分析形成论断，离不开综合，二者结合才能把形象的唯一性用原创的语言概括出来。如前述《红楼梦》中，悲剧主人公的自我感觉并不是描绘的中心，在场人物的复合感知错位占据着大部分篇幅；而托尔斯泰则相反，主人公之死主要是在自我感觉之中展开，对直接关系人物造成的严重后果却是轻描淡写。这就是分析转化为综合的结论。有了二者的统一还不够，因为这还是静态的，把作品从历史的动态语境中孤立出来，要穷尽作品的唯一特殊性，还得把它还原到历史发展的过程中去（如概括出陶渊明从中国古典诗歌的激情中突围发现宁静，从华彩中突围发现冲淡，形成了历史流派），从逻辑上提升到历史的高度，达到逻辑和历史的统一。

西方文论经典满足于把文本当作静态的成品，把审美的历史变化当作任意的选择，因而也就谈不上对审美、审智历史逻辑的梳理。其实，一切文学经典，哪怕是个案的，其中也蕴含着民族文学艺术探险的历史积淀，诗歌、戏剧、小说的作者，都是从文学规范形式历史的水平线上起步，又合乎逻辑地走向僵化乃至蜕变、衰亡的。故文学文本解读，追求逻辑和历史的统一的自觉是必要的。西文文论把作品当作成品，忽略了（个体和历史的）创造过程，使解读变成了静态的描述，这就造成了更大的局限，那就是脱离了创作论，脱离了创作实践。西方理论不屑于进入创作和历史积累、突破的过程，其结果就是把自己关闭在已知的牢房里，沿着封闭的墙壁踏着不倦的华尔兹舞步。

有了这一切，似乎已经能够表现出文学文本解读学的特质，但从严格意义上来说，这还只完成了一半，而且是和文学理论多多少少相近的一半。另一半则是如何与创作论接轨，如何把解读还原到创作过程中去，还原出作者在多种可能中的选择，也就是鲁迅所说的“不应该那样写”，或者是朱光潜所说的“读诗就是再做诗”。跟着作者一起体验不写什么，才能解读为什么写。在这样复杂的系统工程中，才有可能对个案作品作出独特性、唯一性的概括和评价。对此，我们将分别以单独的章节探讨。

第三章

文学虚无主义在基本学术方法上的歧途

对于西方风起云涌的种种理论，我们本来也可以和它们和平共处，井水不犯河水，你走你的阳关道，我走我的独木桥，不争一日之短长。但是，献身于文本解读的建构，就不能无视他们反文学的理论的权威。你不是讲文学解读吗？人家根本就不承认文学，宣称这个实体和观念根本就是虚幻的，甚至是不存在的。这等于说，你还没有开口，人家就把你的嘴巴封住了，你的大前提是虚假的，你说的一切都是废话。这样的“理论”杀伤力太大了，它迫使我们在开始文学文本解读学的建构之时，不得不作繁重的理论清场，或者说，对之做一番清算。

把西方大师当作质疑的对手

一些在国际学界声名显赫的大人物，以文学理论为名的著作，干脆宣称“文学”并不存在，伊格尔顿的《二十世纪西方文学理论》、乔纳森·卡勒的《文学理论》就坦然宣告世界上不存在某种统一的文学，说文学和非文学的界限并不存在，因为文学这个名堂是近两百年来的事。以前所说的 literature 或者 literary 也包括哲学、历史等学科，凡是出版物都是文学。从西欧浪漫主义思潮开始，文学观念才是这个样子的，以后发展成什么样子我们不得而知。伊格尔顿说，也许有一天莎士比亚也不被认为是文学了，也许有一天一张咖啡馆的账单也可能变成文学，文学在不断地变化，它是“一个由特定人群出于特定理由在某一时代形成的一种建构（construct），根本就不存在其本身（in itself）”[①]。伊格尔顿说：“文学并

① 〔英〕特里·伊格尔顿著，伍晓明译：《二十世纪西方文学理论》，北京大学出版社 2007 年版，第 11 页。

不像昆虫存在那样存在着，它得以形成的价值评定因历史的变化而变化，而且，这些价值评定本身与社会意识形态有着紧密的联系。它们最终不仅指个人爱好，还指某些阶层得以对他人行使或维持权力的种种主张。”①他曾举例说明，昆虫学的研究对象是一种稳定的、界定清晰的实体——昆虫，而文学研究却缺少这样一个稳定、清晰的研究对象。这明显强词夺理，昆虫也是在变化着的，从个体来说，蚕有着从蚕子到蚕虫，到蛹，再到飞蛾的形态改变；从宏观来说，昆虫作为一个类，也是有着漫长的进化史的。人类也在不断地改变着其对其他事物的评价，例如，蛇作为爬虫类，在《圣经》里是邪恶的，而在中国早期图腾中却是神圣的。这和文学存在的不断变化是没有什么两样的。

大洋彼岸对文学的死刑宣判，在我国国土上引起了几乎没有任何保留的响应，“文学是虚幻的”的观点已成为主流，其霸权气势磅礴，人们不可能不为之震动。但在学习西方大师的学说的时候，我们不要忘记，他们的话语是从他们的历史和现状中建构出来的，放到我们国家，因历史和现状不同，肯定有格格不入之处。或者说得土一点，作为世界性的思想家，他们的知识结构并不是世界性的。他们试图建立似乎是放之四海而皆准的理论，但面对中国古典和现当代文学时，可能就会像刁德一到了沙家浜——两眼一抹黑。他们不是神仙，理论有偏颇是正常的。他们理论中的什么东西最值得我们学习呢？我想，应该是他们把权威当作对手（rival）的质疑精神。

按他们的理论，一切理论，都是一定历史文化的阶段性建构，并不是终极的。作为历史过程的产物，它终究是要发生变化的，肯定是要按照历史辩证法走向反面的。西方理论不管多么神圣，都只是从西方文化历史和现状的土壤里生长起来的季节性花朵，肯定有凋谢的时候。把它的种子移植到中国土壤中来，首先就要把其中只属于西方文化、历史的基因剥离；其次，要把中国传统和现状的基因融入。这种跨文化优选（转基因？）的对话原则，在西方人那里是起码的常识。被我国文化理论界奉为圭臬的美国理论家J. 希利斯·米勒对20世纪60年代以来美国从欧洲大陆大规模引进理论做过清醒的反思，刘亚猛教授曾如此阐释米勒的说法：

理论并不如一般人想象的那么“超脱大度”（“impersonal and universal”），而是跟它萌发生长的那个语境所具有的“独特时、地、文化和语言”盘根错节、难解难分。在将理论从其“原址”迁移到一个陌生语境时，人们不管费多大的劲，总还是无法将它从固有的“语言和文化根基”完全剥离。“那些试图吸收外异理论，使之在本土发挥新功用的人引进的其实可能是一匹特洛伊木马，或者是一种计算机病毒，反过来控制了

① 〔英〕特里·伊格尔顿著，刘峰等译：《文学原理引论》，文化艺术出版社1987年版，第19—20页。

机内原有的程序，使之服务于某些异己利益，产生破坏性效果。”①

美国人如此清醒的态度、对外来文化的高度警惕，难道不该引起我们深沉的联想吗？我们引进的外国文学理论（如苏联式的机械唯物论和狭隘工具论）的病毒，对我们原有的机制所产生的格式化的“破坏性效果”，难道能够轻易忘却吗？引进只能是一种跨文化对话的双向优化建构。聪明人在对话中了解对方，同时也了解自己（知彼知己）；弱智者在对话中自以为了解到了对方，但由于不了解自己，也就不能真正了解对方。

引进西方理论的全部历史证明，第一个阶段都是教条主义，不敢修正，以疲惫的追踪为荣，充满盲从性而不自知，只有敢于修正了，才会进入第二个阶段，才有我们民族的独创性。我们的文学文本解读学要有生命，一定要修正，“修正主义”出创造！学术历史正是如此。远的如禅宗，从达摩来华直到五祖，都没有脱离印度佛教禅法的以心传心，直到六祖慧能才超越了印度禅学的烦琐论证、辨析，转化为直指人心、明心见性、当下了悟，就是文盲也能定慧顿悟，这才创造了中国式的禅宗。②近的如黑格尔的对立统一，强调内部矛盾是事物发展的动力，被毛泽东通俗化为“一分为二”，突出矛盾是绝对的。而杨献珍则据中国的“合二而一”补充了“统一也是动力”。他的根据是明清之际思想家方以智的《东西匀》：“交也者，合二而一也”，“尽天地古今皆二也，两间无不交，则无不二而一者。”现在看来，后者更符合中国天人合一的和谐理念。

对于西方文化哲学，不保持清醒的头脑，就不可能有修正和创造。

乔纳森·卡勒说：从实际的效果上看，理论是对“常识”的批驳。他力图证明那些我们认为理应如此的常识实际上只是一种历史的建构。理论的任务乃是对文学研究中最基本的前提或假设提出质疑，也就是说，对任何被认为是理所当然的事情提出质疑。我想他这样的说法是很有市场的。最好的例子就是对于“文学”这样的常识加以质疑，得出的结论是世界上既没有共同的文学这样一个实体，也没有文学性这样一个普遍理念。③

但这里有个悖论，如果我们大家都相信了他所说的没有文学这么一回事，把它视为“理应如此”“理所当然”，那这就该属于“常识”了。但相信了他的结论，就违背了他的方法，因为他强调过，要对任何“被认为是理所当然的事情提出质疑”，对“常识”要加以批驳。而这种质疑和批驳，是不是包括乔纳森·卡勒的理论呢？如果包括，那就恰恰是对“没有文学”这一命题的否定。如果不包括他的理论，就意味着他的理论不是“理所当然”的，那还有什么权力昭告世人对任何“一直被认为是理所当然的事情提出质疑”呢？

---

① 刘亚猛：《理论引进的修辞视角》，《外国语言文学》2007年第2期，第82页。

② 〔越南〕丁氏碧娥：《禅茶一味》（未刊博士论文），第5页。

③ 〔美〕乔纳森·卡勒著，李平译：《文学理论入门》，译林出版社2008年版，第4—5页。

当然，西方大学者并非等闲之辈，对于这样的悖论，早就提前作了理论免疫。他说，他的理论之所以能成为“理论”，是因为他们提出的观点或论证主要对那些并不从事该学科研究的人具有启发作用，并且提供借鉴。简单地说，“被称为理论的作品的影响超出它们自己原来的领域。”这样说来，虽然号称文学理论，但对文学你最好不要指望它管用。于是悖论又产生了，既然对文学没有用处，为什么他的书又堂而皇之地叫作《文学理论》[①]呢？

说得更为自信的是伊格尔顿，他在《二十世纪文学理论》中说，没有文学这回事。从历史发展的过程中看，文学本身不可定义，文学性既没有统一的内涵，也没有统一的外延。他还用整整一章，以英国文学史为例来说明这一点。我想，他的论证是严肃的，但有两个问题必须慎重。

一、定义：是研究的起点还是历史的开放性过程

追求统一的内涵和外延概念的定义，是研究的出发点还是终点呢？

定义对于学术研究肯定是必要的，但定义的功能只是为了保证论述在内涵和外延上不违反同一律，概念的内涵要严密稳定，在论述中不要发生转移，防止犯偷换概念的错误，为此它往往出现在论述的前面。西方有经院哲学的传统，一切都从神圣的概念出发，进行繁复的演绎，不能说没有一点优越性，但同时也有其局限性。最主要的是，概念在演绎过程中往往脱离了事实，脱离了实践。如果对其不加分析，就可能陷于烦琐哲学且在概念中作茧自缚。高尔基曾说过这样一个笑话：一个人掉到了深坑里，有人把绳子放下去救他，他不接绳子，却让放绳子的人先把绳子的定义告诉他，他才能决定是不是接受这根绳子。如果允许引申一下，天文学界长期对“宇宙”的定义争论不休，难道可以因此否认宇宙的存在吗？更严肃的问题是，如果文学的定义一直没有得到最后的确定，难道我们就不会为《红楼梦》所感染了？《红楼梦》作为“itself”（它本身）就不存在了吗？文学在历史发展的不同阶段不断变幻，未来的发展更有无限可能，如果这就是否定文学存在的充分理由，那么，可以否定的就不仅是文学了。就是他们所承认的“文学性”在一切文章中的普遍存在，同样也拿不出一个可以得到普遍认同的定义来。按照他们的逻辑，文学性不也是不存在了吗？如果这样，美、幽默、人性、人文性、文化，在内涵和外延上，比之文学有更加突出的不确定性（据统计，“文化”这一概念的定义，在1920年只有6个，到了1952年增至160个），但这些概念并未因此而在学术领域里退场。

西方文论大师的哲学观念其实乃是绝对的反本质主义。当然也考虑到了可能产生的偏颇，意识到把相对主义绝对化可能遭到实证的威胁，因而他们排除了自然科学。因为，那

① 〔美〕乔纳森·卡勒著，李平译：《当代学术入门：文学理论》，辽宁教育出版社1998年版。

是以定义的严密为前提，而且是以实证为无可置疑的生命的。他们宣布，自然科学和人文学科不同，不在此例。罗蒂不得不对自然科学领域里的本质主义取得的成就大加赞赏。但是，他宣称，把自然科学准则用到文学（历史学、社会学、人类学）中去，"试图找到历史的法则或者文化的本质——用理论取代叙述，作为帮助我们了解自己，了解别人以及了解我们彼此做出选择，这些方面无疑是竹篮打水"[①]。

但是，为什么自然科学要例外呢？没有回答。其实原因很简单，早在恩格斯时代就有了解释，那就是因为自然界变化比较缓慢，而且现象不断重复，人的寿命太短，人类的直接经验远远不能直接概括。但是，这个说法显然带着历史的局限性，地质地理的历史证明，不存在永恒不变的自然现象，喜马拉雅板块由沧海隆起为世界最高峰，美洲和非洲地壳板块的分裂漂移，已经是自然史的常识。更有甚者，自然界还有比人类社会变化更快的粒子。为了证明爱因斯坦的速度使时间延长，一种寿命只有四十几分之一秒的粒子，在上百万电子伏特的回旋加速器中，寿命延长了三倍，达到十几分之一秒。科学家并未因为其瞬间变成了别的粒子，而否认其作为实体和观念的存在。对于变化缓慢得多的文学，理论家有什么理由不承认其 itself 的存在呢？具有反讽意味的是，文学被否定了，否认文学的"文学理论"却风行宇宙。显而易见，可以用他们的逻辑反问，世界上并没有一种统一的、不变的文学理论，难道就可以宣布文学理论不存在吗？这样把文学理论引入悖论，与审美解读经验为敌，文学理论家们还自以为得计，但文学经典是不朽的，与审美解读经验为敌的理论注定会速朽。宣称小说要死亡的德里达死了，可小说却在生生不息，具有吊诡意味的明明是文学理论家的宿命，却被文学理论家当成文学的宿命。也许正因为这样，近来有后理论为之圆场，吞吞吐吐地为文学的存在留下了一点余地。代表作有瓦伦丁·卡宁汉的《理论之后的阅读》（2002）、让米歇尔·拉巴尔特的《理论的未来》（2002）、特里·伊格尔顿的《理论之后》（2003），以及论文集《后理论：批评的新方向》（1999）、《理论还剩下了什么》（2000）、《生活：理论之后》（2003）等。

问题出在什么地方呢？笔者认为，最为重要的一点，就是他们将其热爱的历史相对主义绝对化了。

二、历史和逻辑的统一

历史方法无疑是学术研究最根本的方法，研究任何一个问题，最重要的就是把它放到

---

① Richard Rorty，Essayson Heidegger and Others：Philosophical Papers2，Cambrige University Press，1991，p.66. 中译文见〔美〕罗蒂著，黄宗英等译：《哲学、文学和政治》，上海译文出版社 2009 年版，第 29 页。

它产生的历史语境中去，观察它的变化和发展，进行系统、严密的概括。但当使用历史方法的时候，是不是也应该想想，一切事物是不是还有它的对立面，也就是相对的稳定性呢？古希腊哲人说，人不能两次踏进同一条河流，但这并不妨碍人们从古到今都把长江叫作长江，把尼罗河叫作尼罗河。一切方法都可能走向反面，把历史的相对性绝对化，是不是也有可能走向其反面呢？绝对的相对性是不是也有某种蜻蜓吃尾巴的危机呢？

历史的相对性面临的是无限丰富的特殊性、偶然性的动态系统，而形成抽象概括却需要相对的静态。自然科学家研究的对象是比较稳定的，他们用实验来进行研究的时候，尽量追求稳定的最大化。例如，研究水的分子结构，并不考虑暴风雨和江河湖海中的水，也不考虑景阳冈下武松喝的酒中的水分和林黛玉的眼泪之间的差异，他们只需要一滴相对静态的“纯粹的水”，就足以得出整个宇宙的水都是氧化氢的结论。社会科学工作者不能用实验来进行研究，唯一的手段是抽象思维，而抽象思维的前提是省略一切特殊性的“纯粹状态”[①]。绝对拘执于历时的无限可变性，必然剥夺人的抽象思维权利。因此，人类不得不启用另一种方法，暂时排除历时的流动性，在抽象的过程中获得复杂现象的最大公约数，也就是静态概念的纯粹性。纯粹的特点就是假定它不但是超越特殊的，而且是超越历史的。这种方法就是逻辑的方法。没有这种抽象的假定的纯粹性，人类甚至不能形成任何概念，除了不能形成文学、美、幽默、文化、人文性、潜意识、社会主义等范畴外，甚至不能作起码的概括，连基本概念（如一、天、山、神、国、家、关系等）都不能形成。进行抽象，加以静态化，也就是纯粹化，是抽象思维必要的条件，超越动态的历时性则是必要的代价。

文学也一样。拘执于文学从最初的原生状态，如鲁迅所描述的抬木头发出“吭唷吭唷”的呼喊，到《红楼梦》的巨大差异，不把它历时的、具体的差异性抽象掉，就不能进行任何研究。当然我们同时也要考虑逻辑方法的局限性，那就是从概念到概念，内涵空泛，烦琐纠缠。这种危机当然需要预防和补救，那就要具体问题具体分析。从某种意义上说，具体分析就是把暂时省略掉的动态的特殊性和历史性加以还原。历史的方法和逻辑的方法都有局限，需要互补。正是因为这样，学术研究才分化为两种类型：一种是历史性的研究，一种是逻辑性的研究。研究资本主义，马克思用历史的方法写过《剩余价值学说史》，用逻辑的方法写了《资本论》。但在运用逻辑的方法时，也可能达到与历史的统一（这一点下文详述）。由于拘执于绝对的相对主义，就其主流来说，西方当代文论是拒绝逻辑的方法的，是拒绝历史方法与逻辑方法的统一的。文学在永远不停地变幻，缺乏稳定的“本质”，文学与非文学的界限是不存在的，充其量只有文学性存在于非文学中。关于文学是否具有相对

---

① 〔德〕马克思：《资本论·初版的序》，《马克思恩格斯全集（第一卷）》，人民出版社 1956 年版，第 10 页。

静态的、逻辑上共同的“根本的、突出的特点”，乔纳森·卡勒是这样说的：

文学作品的形式和篇幅各有不同，而且大多数作品似乎与通常被认为不属于文学作品的东西有更多相同之处，而与那些被公认为是文学作品的相同之点倒反不多。

他的论断是文学和非文学作品的共同性比文学作品之间更多。值得质疑的是，“更多”也是一种逻辑的静态的观念，这是一个量的概念，可是他并没有作量的比较。这个论断与我们作文学解读时惊心动魄的审美体验相去甚远。在论证上，这不是他个别的偶然的粗疏，而是系统的：

以夏洛蒂·勃朗特的《简·爱》为例，它更像是一篇自传，与十四行诗，很少有相似之处；而罗勃特·彭斯的一首诗“我的爱就像一朵鲜红鲜红的玫瑰”则更像一首民谣，与莎士比亚的《哈姆雷特》也很少有相同之处。①

对于这样的核心结论，作为学术，本来是要求系统地、多方面论证的，但这里居然只是宣判式地一笔带过。勃朗特的《简·爱》明明是世所公认的经典小说，虽然带有某种自传性，但正如《复活》带有托尔斯泰的自传性，《丑小鸭》带有安徒生的精神自传性，并不妨碍其具有小说和童话审美价值上的共同性质。至于小说与十四行诗，我们虽不可否认二者有所不同，但那是属于外部形式的差异，在诉诸感性、以情感的审美价值见长这一点上则是统一的。彭斯的抒情诗就算是具有“民谣”风格，在抒情上不也是和诗同类吗？从《诗经》到汉乐府，从明清山歌到陕北民歌，包括李白、杜甫、拜伦、雪莱、普希金的诗歌，在抒情这一点上的“相同之处”是显而易见的。莎士比亚的《哈姆雷特》虽然外部形式是戏剧，但它是诗剧，其人物对白和独白是素体诗（blank verse），虽不押韵，却有诗的五步轻重交替的节律，在诗歌中属于戏剧性独白一类。最主要的是，它们是抒情的，属于审美范畴，这一切与议论文章的理性逻辑阐释和论证有着根本的区别。从中国的《文赋》的“诗缘情”，到康德的审美价值论，到克罗齐的直觉抒情论，再到俄国革命民主主义者的“形象思维”论，对文学作品的“相同之处”，都有许多权威的、经典的论述。作为学术著作，居然对此仅仅以“理论家们一起努力探讨解决这个问题，但成效甚微”敷衍过去，连问题史都没有作起码的系统的梳理，对这样武断的学风、这样轻率的概括，我们只能像拜伦那样，除了微笑，只能叹息。西方大师这样自说自话的文风，并不是个别的，而是带有一贯性的：

雅克·德里达展示了隐喻在哲学话语中不可动摇的中心地位。克罗德·莱维斯特劳斯描述了古代神话和图腾活动中从具体到整体的思维逻辑，这种逻辑类似文学题材

① 〔美〕乔纳森·卡勒著，李平译：《当代学术入门：文学理论》，辽宁教育出版社1998年版，第21页。

中的对立游戏（雌与雄，地与天，栗色与金色，太阳与月亮等）。似乎任何文学手段、任何文学结构，都可以出现在其他语言之中。[①]

作为论证方法，这显然是太粗浅了。修辞手段、思维模式，不过是一种普遍的、基本的、潜在的规则，普遍规则的表现和功能在特殊形式中是要发生分化的，哲学中的隐喻近似于先秦诸子中的寓言，是为了说明抽象道理，而在诗歌中，如果满足于展示道理，像玄言诗（如邵雍）那样，则有损于形象，导致审美感染力的削弱。文学题材中的对立意象（雌与雄，地与天，栗色与金色，太阳与月亮等）与哲学中抽象的对立统一，在思维模式上与之相似。同类的修辞模式可以构建不同的体裁，正等同于大米可以做成酒也可以做饭，难道因此就可以把酒和饭卖一个价钱吗？难道因为在《资本论》中，有“资本的每一个毛孔中都渗透着劳动者的血汗”这样的暗喻，《资本论》就和狄更斯的小说没有区别了吗？如此这般的理论权威性的树立，并不是因为在学术上多么雄辩，而是因为我们在其反本质、去中心、弭边界、解总体、去类别的话语霸权面前太自卑了。

他们不乏来自马克思、黑格尔的学术渊源，福柯的本科论文就是研究黑格尔，而且其本人熟读《资本论》。也许他们对自己学术的设想，是与其追随马克思、黑格尔博大精深的被他们称之为总体论的体系，做些修修补补的工作，不如以总体论为颠覆的对象，开辟反总体、反本质、反体系的新天地，以无类别（无文学与非文学的区别）为追求目标。表面上看，这一切对我们建构文学解读理论而言，无疑是一道无解的方程式，但是师其言不如师其意，最聪明的办法，就是像他们一样把师承的权威当作解构的靶子。他们的理论生命，来自对其所师承的学理的反叛。用他们审视老师的方法审视他们，把他们颠覆老师体系的方法用到他们头上，是不是也可能有所作为呢？我们这个世界是不完美的，世界上的所有理论都是不完美的。哪个大师的体系没有漏洞呢？同样的，哪个后来的反叛者在弥补了漏洞以后，不是又创造了新的漏洞呢？如果我们逆着他们的反总体的方向探索总体，是不是也可能和他们一样另辟新天地呢？

进行任何大规模基本建设都有清理地基的任务，当代文学解读理论之所以落伍，原因很多，其中之一，就是连起码的理论清场都没有。

人家的理论是从哪里来的呢？从根本上来说，并不是从理论中来的，而是他们从解读和写作的历史与现状经验中高度概括出来的。问题在于，西方的理论是大于经验的，我们的传统理论是贫困的，虽然我们解读写作的历史经验并不亚于他们。对于建构理论来说，剩下来的唯一的出路，就是到文学解读的历史中去寻找。这种寻找需要原创性的概括力，

---

① 〔加拿大〕马克·昂热诺著，史忠义等译：《问题与观点：20世纪文学理论综论》，百花文艺出版社2000年版，第40—41页。

比直接照搬要困难得多。难在从直接经验上升为观念、范畴和体系，但这也可能逼出理论最宝贵的原创性来。要有文学解读理论的原创性，就要对西方前卫文论破除迷信，实行修正主义，对自己则横下一条心，直接从文学解读历史中进行第一手的抽象。

既然要做第一手的、原创性的抽象，就不要因为德里达反对“形而上学”而心虚手软。因为逻辑抽象的优长在于普遍性，其局限在于对特殊性的牺牲。但我们对此并不用悲观，按形式逻辑的抽象，外延愈广，内涵愈窄，越是哲学的抽象，内涵越是稀薄，这就是德里达对“形而上学”敬而远之的原因。但是，真正哲学的抽象，并不是外延的最大公约数，而是因为蕴含着矛盾运动而产生的一种深刻，因而外延愈广，内涵愈深刻。这是因为，在马克思那里，高度概括与具体分析是互补的。概括暂时牺牲了特殊性，具体分析则起到了还原特殊性的作用。具体分析越是多，还原的规定性越是丰富，达到了“多种规定性统一”，形而上和形而下也就达到了统一，这就是马克思所说的从抽象上升为具体。基于此，我们可以放心大胆地做哲学的概括，同时也可以作价值的概括，作审美的概括，作文学解读的概括，作形式（与主体、客观构成鼎立结构的规范形式，而不是以前羞羞答答的“文类”）的概括，甚至作突破康德的审美的概括，吸收黑格尔的“美是理念的感性显现”，作“审智”的概括。有了概括，才有抽象，有了抽象的符号（例如有了“鬼”“神”的概念），猿才变成了人，这是人之所以为人的基础。当德里达说出反形而上学的话语时，就意味着把古今中外不同的总体论观念高度地概括为形而上学，这本身就是在抽象。抽象概括的必要代价就是牺牲特殊性，这就避免不了形而上学，但是，只有在形而上学的基础上才能进行具体问题的具体分析，才能把特殊性还原出来。

临时定义（准定义）：作为研究的过渡

很多研究者逃过了西方文论观念的阻遏，却难逃西方文论方法的壁垒。

西方文论研究的前提是定义。没有定义，一切都无从开始。如果不能对文学作出定义，那就注定了课题的自我取消。

乔纳森·卡勒的《文学理论》就是从“理论是什么”“文学是什么”开始的，伊格尔顿的《二十世纪西方文学理论》也是从文学定义开始。从方法论来看，伊格尔顿更有代表性。他否定文学的原因，一是不同流派的定义纷纭，二是不同时代的文学观念大相径庭。“如今的文学观念，是英国浪漫派时期规定下来的”，在这以前，文学的内涵是“社会中被赋予价值的全部作品：诗以及哲学、历史、随笔和书信”①。正是因为文学的观念是历史地变动不居的，因而不可能有永恒不变的文学，统一的、本质化的文学是不存在的。这里就产生了一个方法论问题。历史地变动不居，并不是文学特有的现象，而是一切事物包括大自然（动物、植物、矿物）和人文界（历史、哲学等）普遍的现象。变动不居的猴子变成了人，并不妨碍给人下了定义，从柏拉图（无毛的两足动物）到马克思（能够制造工具有目的地劳动的动物）再到卡西尔（使用象征符号的动物），定义不断提升、丰富，甚至还有其他五花八门的定义（如人是感情的动物，人是理性的动物，人是会笑的动物），定义如此这般地随着历史的发展而变幻，并没有成为否定人存在的理由。

研究从文学定义开始，因为无法定义，文学的存在就很虚幻。这种从概念出发的方法，在西方很有代表性。这种方法可以保证概念的严密和一贯，不像我们古代文论，不讲究定义，导致概念转移，研究成果难以积累。但从性质上来说，这属于内涵定义，从逻辑上来说，是静态的而非历史的，因而从某种意义上说，脱离历史动态的定义永远是不周延的。再加上语言作为声音符号的局限性，所谓定义更是不能穷尽事物的属性，只能以约定俗成的功能唤醒读者记忆以补充。因而静态的内涵定义的绝对全面是不可能的。退而求其次，人们往往在外延上做枚举。这从性质上来说，与内涵定义相对，叫作外延定义。外延定义有三种：一种是分类和罗列，如上层建筑不好定义，就说是指为基础服务的如法律、宗教、哲学、文艺等；另一种是构成性的，地球由七大洲四大洋构成；最不可靠的是排除性定义，如有人这样给散文下定义，除了诗，都是散文。定义的基本规范是不得同语反复。如，人就是人；也有人给幽默下定义：给幽默下定义本身就是幽默的。从某种意义上，这本身不是定义。事物的发展变化是不断的，因而静态的内涵定义不可能是一劳永逸的。能指与所指的矛盾不断衍生，不可能达到绝对稳定的统一。定义必须是动态的、历史的，而西方大师却一味从静态的概念出发，仅仅使用演绎法，其极端就是烦琐经院哲学，一旦在概念中钻牛角尖，就难免脱离实际，振振有词地宣告因为文学不好定义，所以文学不存在。

在这个学术关键问题上，马克思主义文论家留下了许多理论和实践意义重大的研究成果。最早系统研究过文艺问题的马克思主义者普列汉诺夫，在《没有地址的信，第一封信》中开宗明义地说：

> 在任何稍微精确的研究中，不管它的对象是什么，一定要依据严格地下了定义的术语。……一个对象的稍微令人满意的定义，只有在它们研究的结果中才能出现。所以，我们必须给我们还不能够定义的东西下定义。怎样才能摆脱这个矛盾呢？我以为，

① 〔英〕特里·伊格尔顿著，伍晓明译：《二十世纪西方文学理论》，北京大学出版社2007年版，第16页。

这样才能摆脱：我们暂且使用一种临时的定义，随着问题由于研究而得到阐明，再把它加以补充和改正。①

将问题做逻辑展开时，不能没有相对严密的内涵定义，定义不阐述清楚，论题就无法展开。但是，由于人类语言符号、形式逻辑、辩证法乃至系统论的局限，任何定义都免不了逻辑的和历史的局限，因而可以说，任何定义的内涵和外延都不可能是绝对周全的，不管多么完善的定义，都只能是个体（乃至群体）狭隘经验和历史过程的小结，而不是终结，定义是永远不可终结的历史过程。正是因为这样，研究问题时，一方面不能没有起码的内涵定义，另一方面又不能完全从定义出发。定义是研究成果的积累，其过程是无尽的，不能因为定义不完善，就否认对象的存在。虽然一时不可能有比较严密的内涵定义，但对象的外延是明白无误地存在的。不完全的内涵定义和外延的广泛并存，自然会发生矛盾，而这正是研究的出发点，因为有了内涵和外延的矛盾，研究才有继续发展的可能。当然，西方学术习惯从定义出发，是有一定道理的：第一，保持论述过程中内涵的稳定，防止内涵转移；第二，保证各方在同一概念的同等内涵中对话；第三，有利于研究成果的有序积累。我国古典哲学、诗学（道、气等）之失就在于内涵不确定，因而研究成果难以积累。但是，西方学术重视概念定义固然有其优越，但也有走向极端者，如经院哲学的烦琐概念，完全脱离事实。从定义出发，从概念到概念，会出现许多荒谬的研究（如中世纪神学辩论一个针尖上能站几个天使）。以并不完全的定义为演绎的前提，其结果就很难避免从概念到概论的空谈。正是因为这样，钱锺书先生在《中国文学小史序论》中一开篇就回避为文学下定义，而仅以关于文学各种属性的探讨替代。他将文学比作“天童舍利”，因“五色无定，随人见性”导致“向来定义，既苦繁多，不必参之鄙见，徒益争端”②。

在学术方法上，伊格尔顿和卡勒一开始就错了。他们不是把定义（内涵）与外延的矛盾作为问题，而是取消了问题，不承认文学（itself）的存在，可是，就是他们取代文学的文学性的做法，也同样无法定义，这就是他们的悖论。一定要从精确的定义出发的话，世界上几乎没有可研究的东西，比如非常走红的萨义德的“东方学”这个论题本身就无法定义，从外延来说，东方不是一个统一的实体，从内涵来说，也不共享统一的理念。几乎所有的学术都只能是先来一个初步的定义，然后在与外延的矛盾中继续研究，不断地丰富、发展，最后得出的也只能是一个开放的定义。从这个意义上来说，一些被奉为大师的西方人物，其学术方法上的偏执、盲目是十分显眼的。不管是米克·巴尔的《叙述学：叙事理论导论》对“本文”的定义：“由语言符号组成的、有限的、有结构的整体”，“是叙述代言

① 〔俄〕普列汉诺夫：《没有地址的信·艺术与社会生活》，人民文学出版社1962年版，第1页。
② 钱锺书：《写在人生边上》，三联书店2002年版，第92页。

人用一种特定的媒介，诸如语言……或媒介叙述（讲故事）的文本”[①]，还是德里达所说的“于记录和阅读‘行为’的最初历史之中所产生的一套客观规则”[②]，抑或卡勒下的“文学是一种可以引起某种关注的言语行为，或者叫文本的活动”[③]的定义，其内涵中一点文学艺术的影子都没有。以这样不涉及文学艺术内涵的定义作为大前提，是根本不可能演绎出任何文学艺术的特殊内涵来的。然而，西方许多大家由于对定义的局限和功能缺乏深邃的洞察，因而在概念的迷宫中空转的文风比比皆是。

准定义：从高级形态回顾低级形态

问题在于，在纷纭的历史过程中，一切事物、社会、思维都在发展变化，初步的、暂时的定义对象是无限的，不同的选择可能产生不同的暂时的定义，选择何种现象作为暂时定义的对象，才能避免可能导致的“聋子的对话”的混乱呢？对于这样的学术困难，马克思早在《资本论》的“初版的序言”中就给出过一种解决途径：“已经发育的身体，比身体的细胞是更容易研究的。”[④]科学的抽象要求对象形态稳定。在事物从低级到高级不稳定的过程中，马克思提出从高级形态回顾低级形态的方法；在对待学术史的问题上，马克思更加自觉地强调从成熟的或者“典型”的形态出发：

人体解剖对于猴体解剖是一把钥匙。反过来说，低等动物身上表露的高等动物的征兆，只有在高等动物本身已被认识之后才能理解。因此，资产阶级经济为古代经济等等提供了钥匙。[⑤]

在《资本论》的《初版的序》中，他把这种方法引到社会科学研究上来：

直到现在，它（按：资本主义）的主要典型是英国。就是为了这个理由，所以我在理论的阐述上，总是用英国作为主要的例解。但若德国方面的读者对于英国工农劳动者的状况，伪善地耸一耸肩，或乐观地，用德国情形远不是如此恶劣来安慰自己，

① 〔荷〕米克·巴尔著，谭君强译：《叙述学：叙事理论导论》，中国社会科学出版社 2005 年版，第 3 页。

② 〔美〕雅克·德里达著，赵兴国等译：《文学行动》，中国社会科学出版社 1998 年版，第 12 页。

③ 〔美〕乔纳森·卡勒著，李平译：《当代学术入门：文学理论》，辽宁教育出版社 1998 年版，第 28 页。

④ 〔德〕马克思：《资本论·初版的序》，《马克思恩格斯全集（第一卷）》，人民出版社 1956 年版，第 10 页。

⑤ 〔德〕马克思：《政治经济学批判导言》，《马克思恩格斯全集（第二卷）》，人民出版社 1957 年版，第 23 页。

我就必须大声告诉他说："这正是阁下的事情！"[①]

伊格尔顿是西方马克思主义的代表，但是，他在罗列了俄国形式主义的文学定义和英国文学变幻的内涵之后，就否定统一的文学存在的时候，似乎忘记了马克思的这个重要方法。低级形态的种种不成熟征兆，只有到了高级形态才能得到充分的说明。反过来说，在高级形态形成定义之时，要防止陷入低级形态的纠缠之中。比如说，在为人下定义的时候，避免用猴子不是这样来搅局。等到人的定义清晰了，猴子的属性自然不难说明。这个原则无疑可以成为一种学术原则。研究文学可以放心大胆地从现当代文学的成熟状态出发。为什么要从比较成熟的状况出发？因为在这种状态下，文学的性质比较"纯粹"。这一点马克思也有过考虑：

物理学考察自然的过程，就是要在它表现得最为精密准确并且最少受到扰乱影响的地方进行考察；或是在可能的时候，在种种条件保证过程纯粹进行的地方进行实验。[②]

自然科学的方法不同于人文和社会科学研究的方法，就在于一方面是让对象处于"纯粹""最少受到扰乱"的状态，另一方面则对之以人为的手段进行控制，如马克思所说的"用显微镜"或者"化学试剂"，目的就是把物质的内在规律揭示出来。但是，人文与社会科学和自然科学不同，它们不可能把社会生活加以"纯粹化"处理。马克思说：

在经济形态的分析上，既不能用显微镜，也不能用化学反应剂，那必须用抽象力来代替二者。[③]

一些号称西方马克思主义的大师，在基本学术方法论上和马克思背道而驰，他们把马克思所说的对于"纯粹状态"的"抽象力"笼统地贬为"形而上学"，因而不能从历史发展过程的复杂纠缠中把纯粹状态提取出来，而是把当代文学的成熟状态推回到历史发展的复杂状态中去。反总体、反系统的愿望决定了他们拒绝把文学观念的变化看成是历史的进化，看成从低级到高级的过程，而是当作不同历史时代、不同文化传统的任意性选择。其实，只要放眼世界，文学从一般文化的混沌状态中分化出来后，可以说体现了一种普遍的、规律性的、总体性的趋势。

伊格尔顿所不屑的纯文学概念和实践，就是在发展成熟的过程中被世界广泛接受的。

---

① 〔德〕马克思：《资本论·初版的序言》，《马克思恩格斯全集（第一卷）》，人民出版社 1956 年版，第 10 页。

② 〔德〕马克思：《资本论·初版的序言》，《马克思恩格斯全集（第一卷）》，人民出版社 1956 年版，第 10 页。

③ 〔德〕马克思：《资本论·初版的序言》，《马克思恩格斯全集（第一卷）》，人民出版社 1956 年版，第 10 页。

欧洲和五四以来的中国自不用说，阿拉伯世界又何尝例外呢？起初——

> （阿拉伯）语言中“文学”的意思是邀请某人去赴宴会，稍后，意思是高贵的品德，如道德、礼貌、礼尚往来。后来又有了“教育”的和以诗歌等来影响他人的意思，接下来，是“广博的文化”的含义，包括科学知识、艺术、哲学、数学、天文、化学、医学、信息、诗歌。直到现代，才有特指对情感产生影响的各类体裁的诗歌、散文、演讲、格言、寓言、小说故事、戏剧等。①

在阿拉伯语中，最初文学一词几乎包含了文化的全部含义，这和英语中 literature 的本义是印刷品、汉语的“文”泛指一切文字是一致的。如果从历史选择的任意性来看，也许只能看到不同民族文学理论的纷纭；但从马克思的高级形态回顾低级形态的视角，却不难看出从泛道德、泛文化理念凝聚为“特指对读者、听者的情感、情结等产生影响的各类体裁的诗歌、散文、演讲、格言、寓言、小说故事、戏剧等”的历史进化。阿拉伯语、英语和汉语不约而同地选择了纯文学的方向，绝不是偶然的。审美价值从实用理性中独立出来，正是文学成熟的标志。独立文学的产生，提供了不受纷纭繁杂文化现象干扰的“纯粹”形态，为科学的抽象提供了极大的方便。

理论建构的目标，是对文学这个类别的系统阐发，而不是观点的无序罗列。高级形态的文学纯粹状态，便于直接进行高度的抽象，但这并不能保证理论必然具有体系性。拒绝总体论，学术抽象就不能不是零碎的，就很难在逻辑和历史过程中，揭示文学的内在发展逻辑。这就要求为文学理论寻找一个起点，不过不是任意的起点，不是一个任意的暂时的定义，而是一个具有发展潜能的逻辑起点。为什么叫逻辑起点？这是因为作为总体论，其体系应有内在的、像《资本论》那样有机的逻辑的展开。诚如列宁所指出的：

> 马克思在《资本论》中，首先分析资产阶级社会（商品社会）里最简单、最普通、最基本、最常见、最平凡、碰到过亿万次的关系——商品交换。这一分析从这个最简单的现象中（在资产阶级社会的这个“细胞”中）揭示出现代社会的一切矛盾（或一切矛盾的胚芽）。往后的叙述向我们表明这些矛盾和这个社会的发展，在这个社会的各个部分的总和中的，从这个社会的开始到终结的发展（既是生长，又是运动）。②

这就是说，从最普通、最平常的细胞形态形成的暂时范畴（定义），也是其逻辑的开端，它的发展不完全是靠外部力量推动的，动力存在于细胞形态本身所包含的矛盾，它按照黑格尔辩证法的模式走向其自身的反面，是一种否定之否定，是向新的层次作螺旋式上

---

① 叙利亚初中三年级《语文教科书》，洪宗礼等主编：《母语教材研究（第七卷）》，江苏教育出版社 2007 年版，第 657 页。

② 〔苏〕列宁，列宁、斯大林著作编译局：《哲学笔记》，人民出版社 1959 年版，第 409 页。

升的。这样的逻辑起点和终点，也就成了历史的起点和终点，在马克思的总体论中被称作逻辑和历史的统一。

定义实际上是一种严密的区别，从内涵到外延的界限不管多么严密，与文学实际相比总是免不了狭隘。在中国文学史上，曾经文史哲不分家。史家重在实录，只能记言记事，不能虚构和作评价，只能寓褒贬于叙述之中，即所谓的春秋笔法。但实际上，许多史家实录与文学虚构之间很难区分。如果从定义出发，则论题还没有开始就有被消解的可能。但即使如此，历史与文学的区别也是客观存在的。

“意境”的定义：通过个案的分析积累

对文学文本解读学来说，文学的定义（准定义）只是一个过渡的台阶，而通过个案分析洞察定义与对象的差异，从而发展定义，则是研究深化的有效途径。

不但是对文学经典的研究，就是对文学理论的研究，也不一定要宿命地从定义的辨析开始，王国维提出的“境界”“有我”与“无我”“隔”与“不隔”，都不以定义见长。在分析具体问题时，既没有从定义出发，也没有把目标定位在定义上。定义固然重要，但它应该是研究的阶段性结果。绕开定义的困境，从作品的具体分析开始，在准定义中积累研究成果，逐步深化定义，这往往需要一个漫长的历史过程。有时，一个诗学范畴，如意境的定义，历千年而不可得。拘守伊格尔顿的逻辑——意境至今没有共识，定义不下来，就不承认意境的存在——是可笑的。有名的“推敲”的公案，虽涉及意境，但分析的有效性，并不取决于意境的严密定义。就文学文本解读学的个案分析而言，奥秘往往不在定义，而在定义的概括性省略了的特殊性、唯一性和不可重复性。

中国诗话传统讲究炼字，为一个字的优劣，打上近千年的笔墨官司，这和西方为定义打几个世纪的笔墨官司，可能是互补的两种学术传统。贾岛的《题李凝幽居》，为了其中“推”字还是“敲”字好，千年来争论不休，虽然成为一宗未了的公案，但是“推敲”却成为现代汉语中的常用词。此事最早见于唐代刘禹锡的《刘宾客嘉话录》：岛初赴举京师，一日于驴上得句云：“鸟宿池边树，僧敲月下门。”始欲着“推”字，又欲着“敲”字，炼之未定，遂于驴上吟哦，时时引手作推敲之势。时韩愈吏部权京兆，车骑方出，岛不觉冲至第三节，左右拥之尹前，岛具对所得诗句云云。韩立马良久，谓岛曰：“作‘敲’字佳矣！”遂与并辔而归，流连论诗，与为布衣之交。自此名著。此则佳话，五代何光远《鉴诫录》等书，转辗抄录，又见于宋阮阅《诗话总龟》前集卷十一引录《唐宋遗史》、黄朝英

《缃素杂记》、计有功《唐诗纪事》卷四十、黄彻《石溪诗话》卷四、元辛文房《唐才子传》卷五，文字有增减，本事则同。

一千多年来，推敲的典故脍炙人口。韩愈当时是京兆尹，也就是首都的行政长官，又是大诗人、大散文家，他的说法很权威，日后几乎成了定论。但是为什么“敲”字就一定比“推”字好呢？至今我们都没有从理论上说得很彻底。朱光潜还在《谈文学·咬文嚼字》中提出异议，认为从意境的宁静和谐统一上看，倒应该是“推”字比较好一点：

> 古今人也都赞赏“敲”字比“推”字下得好。其实这不仅是文字上的分别，同时也是意境上的分别。“推”固然显得鲁莽一点，但是它表示孤僧步月归寺，门原来是他自己掩的，于今他“推”。他须自掩自推，足见寺里只有他孤零零的一个和尚。在这冷寂的场合，他有兴致出来步月，兴尽而返，独往独来，自在无碍，他也自有一副胸襟气度。“敲”就显得他拘礼些，也就显得寺里有人应门。他仿佛是乘月夜访友，他自己不甘寂寞，那寺里如果不是热闹场合，至少也有一些温暖的人情。比较起来，“敲”的空气没有“推”的那么冷寂。就上句“鸟宿池边树”看来，“推”似乎比“敲”要调和些。“推”可以无声，“敲”就不免剥啄有声，惊起了宿鸟，打破了岑寂，也似乎平添了搅扰。所以我很怀疑韩愈的修改是否真如古今所称赏的那么妥当。[①]

朱氏强调的是意境的和谐和统一。如果按西方人的传统，先为意境下一个放之四海而皆准的定义，则可能离开了文本的唯一性。当然，朱光潜先生没有这样做，他致力于具体分析。另外，我们觉得朱光潜的解释也不是终点，沿着他的思路，换一种角度，以感觉要素的结构功能来解释，从全诗意境以静为主导而言，也可能得出相反的结论：“敲”字比较好。因为“鸟宿池边树，僧推月下门”，固然是宁静的，然二者都属于视觉，而改成“僧敲月下门”，后者就成为视觉和听觉要素的结构。一般来说，在感觉的内在构成中，如果其他条件相同，异类的要素结构会产生更大的功能。从实际鉴赏过程中来看。如果是“推”字，可能是本寺和尚归来，从容地推，与鸟宿树上的安宁大体契合。如果是“敲”，则肯定是外来的行脚僧，于意境上也是契合的。“敲”字好处胜过“推”字，在于它强调了一种听觉感受，两句诗所营造的氛围，是无声的、静寂的，如果是“推”，则宁静到极点，可能有点单调。“敲”字的好处在于在这个静寂的境界里敲出了一点声音，用精致的听觉（轻轻地敲，而不是擂）打破了一点静寂，把境界反衬得更静。[②]

诗中本来就有敲字的音响效果，这和王维的“月出惊山鸟，时鸣春涧中”是同样的意境。整个大山一片寂静，寂静到连一只鸟在山谷里鸣叫都听得很真切，而且这只鸟之所以

---

① 朱光潜：《朱光潜美学文集》，上海文艺出版社 1982 年版，第 298 页。
② 参见孙绍振：《文学创作论》，海峡文艺出版社 2004 年版，第 270 页。

叫起来，应该是被声音惊醒的，而在这里却不是，它是被月光的变化惊醒的。月光的变化是没有声音的，光和影的变化居然能把鸟惊醒，说明是多么的宁静，而且这无声的宁静又统一了视觉和听觉的整体有机感，把视觉和听觉水乳交融地结合起来，成为和谐的整体。每一个元素都相互补充，相互渗透，相互不可缺少。一如开头的“人闲桂花落”，桂花落下来，这是视觉形象，同时也是静的听觉。因为桂花很小，如果心灵不宁静，是不会感觉得到的。这里的静就不仅仅是听觉的表层的静，而且是心理的深层的宁。只有这样宁静的内心，才能感受到月光变化和小鸟的惊叫的因果关系。南朝时期的王籍“蝉噪林愈静，鸟鸣山更幽”可能对王维的这种以闹衬静的意境有所启发。

在表面上，这里写的是客观的景物的特点，实质上，表现的是内心的宁统一了外部世界的静，这样的内外统一，应该是意境的表现。

这里的意境，就是同时驾驭两种以上的感觉交流的效果，把两种或两种以上的感觉交织起来就形成了一种感觉“场”，或者叫作“境”，它们是不在字面上的，权德舆和刘禹锡都有“境在象外”之说，翻译成我的话就是“场在言外”。

不从定义出发，而从文本分析的唯一性出发，也可能推动定义的拓展。

“敲”字因为构成了视听的交融，因而比“推”字好。如果这一点能够得到认可，仍然潜藏着矛盾。用来说明“敲”字好的理论，是整体的有机性。但是，这里的“整体”却仅仅是一首诗中的两句，把它当作一个独立的单位，从整体中分离出来，是可以的。但这只是一个次意境，或者说亚意境。从整首诗来说，这两句只是一个局部，它的结构是不是融入了更大的整体、更完整的结构呢？如果是，则这首诗还有更高的意境；如果不是，那么从整体来说，并未构成和谐统一的意境，只是局部的句子构成了精彩的亚意境而已。这样就不能不回过头来重新分析整首诗作。贾岛原诗的题目是《题李凝幽居》，全诗是这样的：

闲居少邻并，草径入荒园。
鸟宿池边树，僧敲月下门。
过桥分野色，移石动云根。
暂去还来此，幽期不负言。

幽居，作为动词，就是隐居；作为名词，就是隐居之所。第一联从视觉上写幽居的特点，光是没有邻居，没有充分点到幽字上去，似乎不算精彩，但有两点值得注意。第一个是“闲”。一般写幽（居），从视觉着眼，写其远（幽远）；从听觉上来说，是静（幽静）。这些都是五官可感的，比较容易构成意象。但这里的第一句却用了一个五官不可感的字：“闲”（悠闲）。这个“闲”字和“幽”字的关系不可放过，因为它和后面的意境、感觉的境界有关。

第二句就把“幽”和“闲”的特点感觉化了：“草径入荒园。”这个“草”是路面的草还是路边的“草”？如果是在散文里，就很值得推敲，但是在诗歌里，想象的弹性比较大，不必拘泥，大致提供了一种荒草之路的意象。这既是“幽”的结果，又是“闲”的结果。因为“幽”，故少人迹；因为“闲”，故幽居者并不在意邻并之少、草径之荒。如果把这个“幽”中之“闲”作为全诗意境的核心，则评判推敲二字的优劣有利于进入更深层次的分析。“僧敲月下门”，可能是外来的和尚，敲门的确衬托出了幽静，但是不见得“闲”。若是本寺的和尚，当然可能是“推”，闲字就有着落了。还有个不可忽略的字眼：“月下。”回来晚了，也不着急，没有猛擂，说明是很“闲”的心情。僧“敲”月下门，就可能没有这么“闲”了。僧“推”月下门的闲，更符合诗人要形容的幽居的“幽”，再加上“鸟宿池边树”，更使得安谧境界具有了一种整体性。以“闲”的意脉而论，把前后两联统一起来看，而不是单单从两句来看，韩愈的“敲字佳矣”，可能不及朱光潜先生所说的“推”字更好。

关键是，下面还有四句。“过桥分野色，移石动云根”究竟是什么意思，不可回避，因为有诗话家认为这两句更为精彩。胡应麟说：

> 晚唐有一首之中，世共传其一联，而其所不传反过之者。……如贾岛“鸟宿池边树，僧敲月下门”，虽幽奇，气格故不如“过桥分野色，移石动云根”也。①

这个见解是很奇特的，但是千百年来，这两句的含义还没有十分确切的解释。当代的《唐诗鉴赏词典》说：“是写回归路上所见。过桥是色彩斑斓的原野。”② 但是，从原诗中（“分野色”）似乎看不出任何“斑斓”的色彩。问题出在“分野”这两个字究竟怎么解释。光是从字面上来抠，是比较费解的。从上下文来看，应该是描述地形地物的，现代辞书上说是“江河分水岭位于同一水系的两条河流之间的较高的陆地区域”，简单说，就是河流之间的地区。从上下文中来看，“分野”和“过桥”联系在一起，像是河之间的意思。“过桥分野色”当是过了桥就更显出不同的山野之色。这好像和“月下”（光线有限，不可能远视）有矛盾，至于“移石动云根”，云为石之根，尽显其幽居之幽，但“移”字没有来由——为什么为一个朋友的别墅题诗要写到移动的石头上去，殊不可解。幸而这并不是唯一的解释，在王维的《终南山》中是另外一个意思：

> 太乙近天都，连山到海隅。
> 白云回望合，青霭入看无。
> 分野中峰变，阴晴众壑殊。
> 欲投人处宿，隔水问樵夫。

① ［明］胡应麟：《诗薮》内编卷四，上海古籍出版社 1979 年版。
② 《唐诗鉴赏词典》，上海辞书出版社 1983 年版，第 962 页。

这里的“分野”是星象学上的名词。根据郑康成《周礼·保章氏》注：“古谓王者分国，上应列宿之位。九州诸国之分域，于星有分。”有国界的意思。联系上下文，当是过了桥，或者是桥那边，就是另一种分野，另一种星宿君临之境界了。接下去“移石动云根”中，“云根”两字很是险僻，显示出苦吟派诗人炼字的功夫。石头成了云的“根”，则云当为石的枝叶。但是整句却有点费解，可能说的是：云雾漫漶飘移，好像石头的根部都浮动起来似的。这是极写视野之辽阔、环境之幽远空灵。对于这一句，历代诗评家是有争议的。《唐诗选脉会通评林》说：“‘僧敲’句因退之而传，终不及若第三联（按：即此两句）幽活。”而《唐律消夏录》却说：“可惜五六句呆写闲景。”一个说“幽活”，比千古佳句“推敲”还要“活”；一个说它“呆”。[1] 究竟该如何来理解呢？

从全诗统一的意境来看，“分野”写辽阔，在天空覆盖之下，“云根”写辽远。云和石能成为根和枝叶的关系，肯定不是近景，而是远景，二者是比较和谐的。但是，与推敲句中的“月下门”与“鸟宿”暗含的夜深光暗，有矛盾之处。既然是月下，何来辽远之视野？就是时间和空间转换了，也和前面宁静、幽静的意境不能交融。用古典诗话的话语来说，则是与上一联缺乏“照应”。再加上，“移石”与“动云根”之间的生硬关系，表现出苦吟派诗人专注于炼字：“两句三年得，一吟双泪流。”（贾岛《题诗后》）另一个诗人卢延让形容自己《苦吟》：“吟安一个字，捻断数茎须。”其失在于专注于炼字工夫，却不善于营造整体意境。故此两句，“幽”则“幽”矣，“活”则未必。

最后两句“暂去还来此，幽期不负言”是直接抒情，极言幽居之吸引力。自家只是暂时离去，改日当重来。诗的题目是《题李凝幽居》，应该不是一般的诗作，也许是应主人之请而作，也许是题目所示要“题”写在幽居的墙壁上的。说自己还要来的，把自己的意图说得这么清楚，一览无余，是不是场面上的客套话呢？这且不去管它，但把话说得这样明确，肯定是强弩之末。因为意境是相对于直接抒情而言的，以情景交融、蕴藉含蓄为特点，而直接抒情把话说得明明白白，肯定破坏了意境。如果这个论断没有太大的错误，那么韩愈的说法只是限于在两句之间，一旦拿到整首诗歌中去，可靠性就很有限。朱光潜先生在上述同篇文章中注意到“问题不在‘推’字和‘敲’字哪一个比较恰当，而在哪一种境界是他当时所要说的而且与全诗调和的”，但是，朱光潜先生在具体分析中，恰恰忽略了全诗各句之间是否“调和”，他似乎忽略了这首诗歌本身的缺点就是没有能够构成统一的、贯穿全篇的意境。

对于解读这样的经典来说，意境的严密定义可能是难以言传的，而过渡性的定义则是有益的。文本分析的目的主要在作品本身，只要把作品本身的奥秘说透了，对意

① 陈伯海主编：《唐诗汇评（下）》，浙江教育出版社 1995 年版，第 2588 页。

境定义的深化有极大的好处。从逻辑方法来说，定义往往用的是归纳法，归纳的要求是周延，但不要说内涵，就是外延也是无限的，人的经验总是有限的，故归纳注定是不可能完全周延的。归纳的内涵不周延性，只有在具体分析的层次积累中逐步减少，但永远也不可能完全穷尽。正是因为这样，具体分析文本，特别是有效的具体分析，往往能增加定义的内涵，这就意味着对固有定义有所突破。从这样的具体分析中，我们不难得出意境的特点：以意象群落为主体，以潜在的意脉贯穿首尾，以其意在言外的含蓄性构成整体性和谐。如果我们一开头就纠缠于意境的定义，肯定很难揭示出其言外之意的含蓄乃是由于其由意象群落构成。意象的特点是把情感隐含在有机的物象群落中，故其抒情乃是一种间接抒情。一旦如贾岛这样最后把情感直接讲出来，就不是间接抒情，而是直接抒情了，其意境就被破坏了。意境的内涵是中国古典诗论（包括诗话、词话等）所没有概括完全的范畴，这就要求我们通过对文本的具体分析作原创性概括。

意境的研究至今鲜有突破，其原因乃在从已经被古人概括出来的概念进行演绎，而演绎法是不能产生新知识的。如果从文本直接进行概括，就不难看出，意境艺术并不是中国古典诗歌的全部，而是一部分，这部分大抵就是近体诗。与这一部分艺术风格不尽相同的是古体诗，也就是在严羽看来比唐诗还要高一筹的诗骚汉魏古诗。这类诗不是以描绘式的间接抒情为主，而是以直接抒情为主。突出的代表当为《离骚》《九章》等，至《古诗十九首》则成为体制，例如："生年不满百，常怀千岁忧。昼短苦夜长，何不秉烛游！为乐当及时，何能待来兹？"曹操那首很有名的《短歌行》："对酒当歌，人生几何？譬如朝露，去日苦多。"不但没有写景的地位，意境根本谈不上，完全以直接抒情取胜。间接抒情过度依赖情景交融，造成了齐梁宫体诗的腐败。陈子昂《登幽州台歌》的价值就在于恢复了直接抒情的地位。"前不见古人，后不见来者。念天地之悠悠，独怆然而涕下！"这里动人的恰恰是什么景物都看不见。这种直接抒情的歌行体，在唐诗中同样产生了不朽的艺术经典：李白的"弃我去者昨日之日不可留，乱我心者今日之日多烦忧。抽刀断水水更流，举杯消愁愁更愁"；杜甫的"安得广厦千万间，大庇天下寒士俱欢颜，风雨不动安如山。呜呼！何时眼前突兀见此屋，吾庐独破受冻死亦足"；白居易的"在天愿作比翼鸟，在地愿为连理枝。天长地久有时尽，此恨绵绵无绝期"；李商隐的"此情可待成追忆，只是当时已惘然"。这些都不以意象群落中隐含微妙的情感为务，而是以情感的极端率意为特点。从这个意义上说，梅圣俞说"诗家虽率意而造语亦难"，但把"率意"和写景的"含不尽之意，见于言外"联系在一起，是自相矛盾的。"率意"就是强烈的感情，在逻辑上不是以"羚羊挂角，无迹可求"的朦胧为优长。严羽所赞赏的"空中之音、相中之色、水中之月、镜中之像”只是唐诗间接抒情的近体诗的特点。歌行体的直接抒情，不是以描绘客体来寄托主体的情志的，正是因为这样，谈不上什么“难见之景如在目前”，其不尽之意也不用放在言外，而是直接倾泻出来，所以基本上是不讲意境的。这种直接抒情的艺术，不但为严羽忽略了，而且在很长一个时期里为诗话词话家所遗忘，直到 17 世纪，贺裳和吴乔才对这种诗艺传统作出“无理而妙”“痴而入妙”的理论总结。原本这是中国诗学乃至世界诗学的一大突破，遗憾的是，一直没有受到重视，甚至王国维这样的智者在营造他的“境界说”时都忽略了，他把意境当作中国古典诗艺的全部。直接抒情的“无理而妙”“痴而入妙”长期被忽略，可能因为近体诗以隐性的意境为主流，近体的规格化导致创作规格化，难度降低，普及程度提高，故诗话词话大抵以近体为例。显性的“无理而妙”的古风、歌行等因为没有现成的规格，为之者较少，成就略逊，故不太受重视，直到 17 世纪才有理论的自觉，比意境之说（如果从王昌龄的《诗格》算起）晚了近一千年。就是“无理而妙”的直接抒情，往往也多少与现场的景观有所依傍，带有一点潜隐的色彩，这在古典诗话中属于“物”理，而不是“情”理。相比起来，西方玄学派和浪漫主义诗歌的直接抒情要淋漓得多，景观不过是他们的激发点，目的就是让自我占据前景，雪莱的《西风歌》可为典型。其命意就很干脆，西风就和“我”一样，“我”就像西风一样雄强，最后自我悍然站到前列：

Be through my lips to unawakend earth. The trumpet of a prophecy! Oh Wind,

If Winter comes, can Spring be far behind?

西风通过“我”的嘴唇向沉睡的世界吹响预言的号角：如果冬天来了，春天还会远吗?

这样的诗歌与中国意境诗歌最大的不同在于，它不是隐藏于意象群落之中作间接的抒情，不是以含蓄蕴藉为务，而是超出意象群落，以抒情主人公的身份毫不含糊地直接表白。

第四章

从读者中心论突围：文本中心论

诗无达诂：无限意蕴和读者的有限理解

文本解读，核心是“文本”。英语里的 text，原来是正文、本文、原文的意思。可是在现代西方文论中，text 作为学术话语，文章写成以后，作家就退出了，留下的只是一种召唤读者记忆、经验、精神的框架，其内涵并未最后定型，只有经过读者心灵的输入，才能受孕投胎成形。解读并不仅仅是被动地接收，而且是主体的“同化”，这里用的是皮亚杰发生认识论的术语，assimilation。与这个术语类似的还有贝塔朗菲的“同化”。最初是从生物学意义上提出的，如羊吃草将草同化为羊的机体。不同时代、不同文化背景、不同经历、不同素养、不同价值取向的读者主体不同，就是同一时代、同一文化背景者，也有个性之不同，甚至同一个体在不同心境下，“同化”（受孕）的结果也是各不相同的。按这种理论，文本的意义，就是由读者决定的。“一千个读者，有一千个哈姆雷特”这句话在许多英语文章中被说成是出自莎士比亚，但是似无根据，它可能只是英语的一个成语（idiom）。

将当代西方文论中的读者中心说进一步发挥：作品写出来，实际上还是半成品，读者解读，并不是被动地接受信息，而是主动地参与，以自己的经验激活文本。一切由读者决定，既无真假，亦无高下，更无深浅之分。这就是 20 世纪末中国教育界引进的所谓“多元解读”说。在教学实践中，多元解读被极端化，解读的无政府主义甚嚣尘上。

中国的读者中心说，大体来自姚斯、伽达默尔的接受美学。伽氏的名言是“不涉及接受者，文学的概念就根本不存在”[1]，姚斯认为：“一部文学作品并不是独立自足的，对每个时代每一位读者都提供同样图景的客体。它并不是一座文碑独白式地展示自身的超时代的本质，而更像是一本管弦乐谱，不断在它的读者中激起新的回响。”[2]

姚斯的理论不无矛盾，既强调读者中心、文本是不能“超时代的”，又不否认文本（管弦乐谱）是超越时代的、不变的存在。更矛盾的是，接受美学说“没有接受就没有作品的历史生命”[3]时，并不否认有积极的、消极的、简单的等各种各样的接受。特别强调不同读者对文本客体的无限逼近：“第一个读者的理解将在一代又一代的接受之链上被充实和丰富，一部作品的历史意义就是在这过程中得以确定，它的审美价值也是在这过程中得以证实。在这一接受的历史过程中，对过去作品的再欣赏是同过去艺术与现在艺术之间、传统评价与当前的文学尝试之间进行着的不间断的调节同时发生的。”赖瑞云先生在他的《语文教学新论》中这样说：

> 姚斯用了“确定”和“证实”，显而易见，姚斯不仅指出了各历史时代的接受、各位读者的接受的“时代局限性”和随历史发展的不断更新，更阐明了接受的目的是在理解作品，接受不断充实、丰富的作用不是为了接受本身，而是使作品的意义日益被“确定”，作品的审美价值日益被“证实”。在这里，作品只是一部，是固定的，“完美”的，只是其“完美”的意义要在历史的长河中不断被发现；而读者是无数的，不固定的，每一接受都是不完美的，无数不完美的“接受”的无限叠加、历史积累使之趋近于作品的“完美”。

姚斯的读者中心论的偏颇是不可否认的，但是，其尊重文本的合理因素却为我国学人忽略了。

这就说明，就是在姚斯那样的读者中心论者那里，读者主体性也不是绝对的，不能不受到文本主体（管弦乐谱）的制约。故作为补救，西方文论又提出不同读者有“共同视域”。就读者主体而言，其心理图式也有开放性和封闭性的矛盾。故西方文论又提出“理想读者”，也就是有修养的读者，可是对于“理想读者”，又有学者认为，对于文本的理解，一切理论预设都可能是一种约束和遮蔽，反过来说，理想读者就是不受任何理论“污染”的读者。显然，不受任何理论“污染”的心理，按皮亚杰的发生认识论原理，就是主体“图式”空白，也就是洛克空想的“白板”，对外来信息不会有任何反应，这显然是彻头彻尾的空想。又有学者提出“专业读者”，这就否定了不受任何理论污染的“理想读者”。这

---

① 朱立元：《当代西方文艺理论》，复旦大学出版社 2005 年版，第 288 页。

② 蒋孔阳：《二十世纪西方美学名著选（下）》，复旦大学出版社 1987 年版，第 477 页。

③ 胡经之、张首映：《西方二十世纪文论选》（三），中国社会科学出版社 1989 年版，第 153 页。

种问题的提出，多多少少是对读者主体绝对化的补救，但也显示了绝对读者中心论的困境。赖瑞云先生说：后期的姚斯，转向文学阐释学和交往理论研究对过去的一些片面性作了修正，对文本的基础作用给予了高度重视，如说文本犹如一个内核，指引着读者；提出了遵循文本暗示，尊重文本的意向性；[①]他很不赞同罗兰·巴特的“复数文本”和“互文性”（或译为“多文本”“文本交汇性”），批评说：“多文本理论及其‘文本交汇性’的提出，是作为意义可能性毫无限制的、任意的生产，作为专断解释毫无限制的、任意的生产。”他相信文学阐释学的原则是与此相反的。[②]他为此专门研究了一个诗歌文本的多元解读现象，发现不同的审美感受、不同的意义阐释，包括排斥他人的各种具体化之间仍有“一致的解释”，“并不互相矛盾”；他说：“这一令人惊异的发现，将导致如下结论：即使‘多元的文本’本身也在第一种阅读水平的范围内，给予感性理解以统一的审美方向。”[③]

应该指出的是，虽然姚斯是清醒的，但是读者中心论在德里达、伊格尔顿、乔纳森·卡勒等权威的鼓吹下，从否定文本到否定文学之论，仍然风靡全球，酿成了文学理论的空前危机。姚斯也是有局限的：首先，他对康德的审美价值论似乎并不重视，没有进行充分的阐释；其次，他认为读者可能“专断解释毫无限制的、任意的生产”，但他并没有像新批评那样把普遍存在的读者感性印象（主义）的偏颇提升到“感受谬误”［这个观念最初由维姆萨特（Wimsatt）在 The Sewanee Review（1949）中第一次明确提出，于 1954 年收入 Wimsatt 的论文集 The Verbal Icon（1954）］的学术范畴，而是直截了当地指出读者的感受中包含着谬误，诗歌价值可能因而遭到歪曲。这一点早在 40 年代的朱自清和李健吾那里，就有过深入的研究。朱自清提出现代诗的“意义是很复杂的”“一个不留心便逗不拢来”。孙玉石先生提出，朱先生自己就承认，自己解读卞之琳的《距离的组织》时，把作者放在括弧里的“醒来天欲暮，无聊，一访友人罢”与前面的“报纸落，地图开，因想起远方的嘱咐，寄来的风景也暮色苍茫了”的含义弄错了。没有分清“天欲暮”与“暮色苍茫”是一梦一真，托孤中的“友人”和“友人带来了雪意和五点钟”的“友人”是一我一他。[④]李健吾先生把“圆宝盒”理解成“圆宝”盒，而不是圆的“宝盒”，从而误解了诗的意义。20 世纪末，我国某领导基础教育改革的专家由于对理论和历史缺乏起码的理解，对新批评理论中“感受谬误”的合理性缺乏了解，对读者中心论的偏颇居然视而不见，还对之望风景从、推波助澜。不承认独立于读者之外的作品，从而也就不承认统一评价，盲目的“多元解读

① 参见金元浦：《接受反应文论》，山东教育出版社 1998 年版，第 138 页。

② ［美］姚斯著，周宪译：《文学与阐释学》。引自胡经之、张首映：《西方二十世纪文论选（三）》，中国社会科学出版社 1989 年版，第 367 页。

③ 胡经之、张首映：《西方二十世纪文论选（三）》，中国社会科学出版社 1989 年版，第 368 页。

④ 孙玉石：《中国现代解诗学的理论与实践》，北京大学出版社 2007 年版，第 8—9 页。

论”实际成为文学解读的虚无主义。这不但与现实的文学创作解读脱节，而且与中国传统的古典文论背离。

从本质上来说，中国古典文论是文本中心论，和当代西方前卫文论以读者中心论为基础在根本上异趣。当然，中国传统诗论中不乏读者中心的苗头，“诗无达诂”的说法颇得广泛认同就是一种表现。

董仲舒在《春秋繁露》卷三中说：“《诗》无达诂，《易》无达占，《春秋》无达辞。”[①]首先提出了诗歌解读的多元问题。但是，这仅是个结论，并未从理论上做出阐释。沈德潜在《唐诗别裁集凡例》中解释说：“古人之言，包含无尽，后人读之，随其性情浅深高下，各有会心。”经典是无限丰富的，后世读者“性情浅深高下”不同，才“各有会心”。从根本上说，性情不同的读者只是从文本中获取了与自己相同的东西。这就是说，文本是无限的，读者的心灵是有限的。从解读学来说，还是以文本为根据，与当代西方文论所主张的读者中心说，在性质上是不同的。

“《诗》无达诂”的前提是：第一，“古人之言，包含无尽”。经典作品的内涵太丰富了，后人不能穷尽。第二，后世读者“各有会心”是因为其“性情”有“深浅”和“高下”，如沈德潜所说，“评点笺释”皆“方隅之见”。最多只是文本的一个侧面而已。那就是说，经典的内涵是具有确定性的，不因为笺注的深浅和高下而改变。只是对于经典的确定性不能太死板，笺注之学要防止的是“凿”（“阮籍《咏怀》，后人每章注释，失之于凿”），过分强调追求唯一的解释，就容易造成穿凿附会，变成对经典的歪曲。

袁枚《随园诗话》卷三中说：“诗如天生花卉，春兰秋菊，各有一时之秀，不容人为轩轾。音律风趣，能动人心目者，即为佳诗。……若必专举一人，以覆盖一朝，则牡丹为花王，兰亦为王者之香：人于草木，不能评谁为第一，而况诗乎？”吴乔《围炉诗话》卷六中更主张诗之“压卷”不但因人而异，而且因人一时之心情而异，所谓压卷，不过是“对景当情”而已：“凡诗对境当情，即堪压卷。余于长途驴背困顿无聊中，偶吟韩琮诗云：‘秦川如画渭如丝，去国还乡一望时。公子王孙莫来好，岭花多是断肠枝。’（按：此为唐韩琮《骆谷晚望》）。对境当情，真足压卷。癸卯再入京师，旧馆翁以事谪辽左，余过其故第，偶吟王涣诗云：‘陈宫兴废事难期，三阁空余绿草基。狎客沦亡丽华死，他年江令独来时。’（按：此为唐王涣《惆怅诗十二首》其九）道尽宾主情境，泣下沾巾，真足压卷。又于闽南道上，吟唐人诗曰：‘北畔是山南畔海，只堪图画不堪行。’（按：唐杜荀鹤《闽中秋思》中二句）又足压卷。……余所谓压卷者如是。”从理论上来说，这有点读者中心论的苗头。袁枚和吴乔此论都只是一时的感兴，并不能代表其整体诗歌理论。吴乔的“无理而妙”，讲

① 《四库全书》，经部，春秋类，春秋繁露，卷三。

的就是诗的普遍规律，抒情的质量并不因为读者一时心情而异。总体来说，与西方文论的“共同视域”和“理想读者”乃至“专业读者”，似乎有息息相通之处。

读者决定论和“多元有界”

读者中心之说，在美学上属于接受美学，在解读学中属于读者主体决定论。当然，对于长期一元化的机械唯物论和狭隘功利论的霸权统治来说，这种处于学术前沿的历史相对主义，带来了颠覆性的冲击，令人大开眼界。但总体来说，这种理论像一切理论一样，具有历史和逻辑的片面性，国人在接受的时候，又将其片面性扩大了。针对这种情况，福建师范大学文学院赖瑞云教授在他的《混沌解读》中提出“多元有界”，读者主体是相对的，“一千个哈姆雷特，还是哈姆雷特，不可能是李尔王或者贾宝玉”①。赖瑞云教授还在《语文课程理论与应用》中明确指出：

> 事实上，从现象学到接受理论，都指出了文本对读者接受的制约。如英伽登曾反复强调：作品的图式化结构既为解读提供了想象的自由，又为解读提供了基本的限制。伽达默尔的解释学提出了读者视界与作品视界交融的“视界融合”说，同样也注意到了作品对最后结果的制约。②
>
> 现象学的“悬搁”理论就包括悬搁读者个人的“成见”，即要求读者努力面对文本本身，当然现象学指出，这种“成见”事实上是难以排除的，所以在现象学的理论里“悬搁”是加括号的。伊瑟尔的接受美学的“被动综合”说（他人的思想进入了自己的思想）意思类似于“视界融合”说。③伊瑟尔还提出了“隐含读者”的观点。隐

---

① 赖瑞云《语文课程理论与应用》（海峡文艺出版社2008年版）第113页注明，参见童庆炳：《文学理论教程》，高等教育出版社1998年版，第430页；《混沌解读》2010年重印修订时，加注引述了童著中的原文，并作了与童著有所区别的说明。《混沌解读》2010年版第286页注（1）表述如下：此话出处为童庆炳《文学理论教程》第430页，原话为：“即在正常情况下，不论如何异变，总会含有‘第一文本’潜在意义的某种因素，而不会是无中生有。比如尽管‘一千个读者会有一千个哈姆雷特’，但在这一千个读者中，所了解到的毕竟还是哈姆雷特，而不会是别的什么人”。拙著初版亦为“不会把它读成李尔王”，但拙著这段话强调不能乱读，也不能只是“某种因素”，故将“不会”改成“不应”。（《混沌解读》第286页正文的表述为：“有界现象另一个注意之点是，多元解读不是乱读。‘一千个读者有一千个哈姆雷特’，不管怎么还是哈姆雷特，不应把它读成李尔王。”）

② 赖瑞云原注：参见朱立元《当代西方文艺理论》第7章第2节第3部分，“英伽登的现象学文论·文学的艺术作品认识论”及第12章第2节第3部分“伽达默尔的解释学文论·对艺术作品的理解”，华中师范大学出版社1997年版，第137—139、279—280页。

③ 关于悬搁、被动综合，参见蒋济永《现象学美学解读理论》第1章第3节“现象学美学的基本特征”及第6章第3节“本文与读者的交流结构”，广西师范大学出版社2001年版，第18—28、187页；参见金元浦《接受反应文论》，山东教育出版社1998年版，第160、170页。

含读者是根据文本提供的信息，将作品具体化并实现其价值的读者，它不是现实的读者，而是作家预先构想的在作品问世之后可能出现或应该出现的读者；按鲁枢元等100多位学者编写的《文艺心理学大辞典》的看法，与隐含读者最相近的读者最有可能成为现实的读者。这就清楚表明，接受美学并未否认文本对读者接受所提出的制约要求。就连解构主义，朱立元也认为，解构主义的创始人德里达本人就多次强调应以文本为解读和批评的中心，解构式解读和批评同样应是读者与文本的双向交流，乃至读者和批评家反过来常常会有一种被文本所“读”的感觉，而不是读者单向的胡思乱想；朱立元说：“解构批评并不是异想天开、随心所欲的阐释，它同样需要辛勤的劳动与思考。”[①]解构主义的经典作家都是严肃的文本研究者。这一点，德里达前些年来华讲学时曾对采访他的读者明确强调过。[②]因为，如果可以任意阐释作品的意义，世界上只要一部作品就够了，就把世界的全部意义都囊括其中了；甚至可以出现清朝的文字狱和“文化大革命”时期、极左时期的文化冤案。[③]

藐视文本，把读者主体凌驾于文本主体之上，往往打着德里达的旗号，这可能是片面的，德里达自己是坚定地认为自己把文本当作“圣书”的。法国《世界报》记者2000年9月《采访德里达》的记录稿中有如下相关的表述：

德：这些人因为认定一个文本应该马上能够理解，而无须解读和比如解读我所解读的文本的劳苦。

问：你特别坚持从你由之出发进行研究的、在你工作之前业已存在的文本，我为你的著作中的文本解读占那么大的比重而深受震动……

德：你说我没有把各种文本当作圣书。这是对的，但也可说不对。……无论如何都要分析文本，分析文本的规律和宿命。事实上。我在接触文本时不无敬意……应该首先在他人的文字中解读、毫不留情地质疑但又要尊重他人的文本。我能够质疑、反对、攻击或干脆解构在我之前就存在、放在我面前的文本，但是我既不能也不应该去改变它。

德：从一开始我的研究就已经说明，解构不是一种过程或以否定性，甚至本质上

① 朱立元：《当代西方文艺理论》，华中师范大学出版社1997年版，第326页。

② 参见“思与文网”2006年7月28日张宁《德里达的中国之行》一文，百度贴吧2005年5月4日陆杨《本体论·中西文化·解构——德里达在上海》一文及有关帖子，如考试吧2007年10月29日《对“理论热”消退后美国文学研究的思考资料》；另可参见《中华读书报》2001年7月18日及8月1日转载的杜小真翻译的法国《世界报》记者2000年9月《采访德里达》的记录稿以及“思与文网”2006年7月28日转载的杜小真翻译的法兰西文化广播节目——1999年7月6日的《德里达关于现象学的谈话》一文。

③ 赖瑞云：《语文课程理论与应用》，海峡文艺出版社2008年版，第113页。

以批评为标志的计划。

虽然如此，德里达的理论的特点是：第一，还是读者决定论；第二，并不把文学当作文学。他把阅读分成了两种类型，一种是“重复性阅读”，一种是“批评性阅读”。重复性阅读似乎致力于对文本的客观解释、复述、说明，承认文本的客观存在。但德里达并不把作品当作文学，而是从意识形态的角度评述的。批评性阅读则根本不是在阅读文本，而是一任读者对文本的“重写”。他自己就重写过卢梭的《论语言的起源》，读者脱离文本的自由度相当惊人，从某种意义上就不是阅读而是写作。最极端者乃是罗兰·巴特的《恋人絮语：一个解构主义的文本》，该书撷取出恋爱体验的碎片，以哲学思辨做排列组合，以对应的文体形式揭示了恋人絮语只不过是诸般感受、几段思绪。相形之下，以往关于爱情、恋语的条分缕析倒显得迂腐、浅薄而且模式化。

脱离了文本的读者主体越是张扬，越是可能对文本造成歪曲甚至蹂躏。但是，20 世纪 90 年代末，在基础教育改革中，教条主义地推行读者主体脱离文本的“多元解读”造成了许多荒腔走板的奇谈怪论，从理论到实践，流毒至今未能肃清。

这就迫使我们在确立解读学的基本原则之前，对之进行必要的清理。

“作者死亡”和“知人论世”

接受美学和读者主体论在西欧北美就有很深的历史根源，其特点并不是对文本的直接否定，而是对作者的否定，可以追溯到俄国形式主义者前期的埃亨鲍乌姆等，不过在理论上，影响最大的是艾略特的非个人化（impersonality）。他的意思是，诗人的成就并不是孤立地依靠自己的天才，而是依赖传统，诗人只有把自己交给传统，成为传统的一分子，才更有价值，他甚至极端地宣称诗人必须牺牲自己的个性，才有利于接近“普遍的真理”[①]。应该说，这种明显偏颇的理念，并未得到充分的论证，直到美国“新批评”的维姆萨特和比尔兹利发表了《意图谬见》（intentionalfallacy），才算有了理论的范畴。[②] 他们反对把精力放在作家的创作动机和传记研究上，提出诗的心理起因和艺术准则不是一回事，诗人的意图并不等于诗的艺术效果。这当然不无道理，但真理只要超越限度一步就会变成荒谬。作者的意图在作品中不能完全实现，这是问题的一方面；另一方面，作者的意图在作品中多多少少得以实现，即使不能得到充分实现，作者的人格理想、艺术追求也会在作品中打上独特的烙印，这肯定是更为普遍的历史事实。孟子曰：“颂其诗，读其书，不知其人可乎？

① 〔美〕艾略特著，李赋宁译：《艾略特文学论文集》，百花洲文艺出版社 1992 年版，第 5 页。

② W.k.Wimsatt，The Verbal Icon，Lexington：University of Kentucky Press，1967，p.21.

是以论其世也。”这种“知人论世”论，之所以至今有生命力，就是因为生平研究可以提供作品的环境背景和作者的心灵密码。读《离骚》而不研究屈原的生平，读《饮酒》而不研究陶渊明的自我罢官，读《下江陵》而不探究李白的流放夜郎、中道遇赦，读《岳阳楼记》而不理清范仲淹贬官到邓州的经历，则不能对这些经典文本有深入的理解。作家的主观意图与作品既有矛盾又有统一，从更为普遍的意义上来说，“意图谬见”也是作家的谬见，巴尔扎克作为保皇党的“谬见”，托尔斯泰和陀思妥耶夫斯基“道德自我完成”的“谬见”，这些对于他们来说更是“意图洞见”，即使有“谬见”，在整个创作过程中，也是一个逐步“纠谬”的曲折过程，而不是一个宿命的死结。何况有时只是在某个时期为某些读者认为是“谬见”，而在另一个时期，另一些读者则并不认为如此。作家的世界观、创作方法和作品之间的矛盾是相对的，成功的创作则肯定能使这种矛盾递减。用辩论术中的“自我关涉”法来反驳，在维姆萨特和比尔兹利写作“意图谬见”的时候，是不是也存在着“意图谬见”的可能呢？如果有，则他们的“意图谬见”是不是也违反了他们的意图，对于他们的意图是不是也是一种谬见呢？

纵观文学批评史，并不是如西方文论所说，作者生平的研究只与浪漫主义时期共始终，事实明摆着，在这以前和以后，包括当代，作者生平、精神传记的研究仍然是文学解读的一个重要部分。尽管荷马、莎士比亚、曹雪芹的身世不可考处甚多，但是苏东坡、托尔斯泰、陀思妥耶夫斯基、鲁迅、海明威的文论、书信，回忆、日记、档案，对解读其作品却是不可或缺的。

按西方前卫文论的说法，先是浪漫主义的作家中心论（作家主体的天才创造论）独占霸主地位，新批评提出了所谓的“意图谬误”（在传统的马克思主义文论中，叫作作家的世界观与创作方法的矛盾，形象大于思想），作家的主观意图不能完全算数，作品写出以后作家就退出作品，一切都由文本决定，这就是文本（主体）中心论。文本中心论在消解了作家主体之后走向了极端，又忽视了读者心理结构预期的同化作用，于是读者中心论（读者主体）就应运而生。西方文论的这种概括，以历史过程线性交替为特点，其实是把这三种倾向滚动式的、纵向和横向交织的复合过程简单化、直线化了。严格说来，不管哪一个国家的文学批评史，都很难符合这样机械的顺序。从某种意义上来说，这种归纳与其说是历史的交替，不如说是逻辑的（共时性的）归纳。这样轻率的概括，纯粹是理论虚构，既不符合西方文学批评史，也与中国文学批评史进程风马牛不相及。对西方这种说法不假思索地鹦鹉学舌，不但是对中国传统文论精华的遮蔽，而且也是自我心灵的窒息。至于见到罗兰·巴特在《作者之死》中宣布“作者死亡，写作开始”[1]就吓得哑口无言，就失语，就放

① 赵毅衡编选：《符号学文学论文集》，百花文艺出版社2004年版，第507页。

弃了对话、质疑的勇气，实在是对民族文化传统的数典忘祖，也是对自己专业的妄自菲薄。巴特把话说得这么绝对，其目的是彻底将文本意义本质化（固定化）的根源扫除。在他看来，只有从作者一元化的权威中解放出来，读者才可以绝对自由地解读作品。但是对于这个横空出世的说法，他的论证却相当单薄。其逻辑之荒谬、论证之草率、运思之武断是非常明显的。文章一开头，他这样写：

巴尔扎克在小说《萨拉辛》中描写一个男扮女装的阉人，他写了以下句子：“忽然的恐惧，怪诞的想法，爱焦急的本能，性急莽撞，唠唠叨叨，多愁善感，这活脱脱的是女人。”这是谁在说话？是一直不知道此人男扮女装的小说主人公吗？是由于本人经历而对女人性格的思想有深刻了解的巴尔扎克这个人吗？是“在文学上表示女性思想”的巴尔扎克这个作者吗？还是普遍适用的慧言？是浪漫式的心理学？我们永远不会知道，原因是可靠的：写作就是声音的毁灭，就是始创点的毁灭。[①]

巴特提出的实质上是文本和传统的互文性问题，和艾略特提出的作家要舍弃个性融入传统差不多，巴尔扎克在这里所写的一切神经质的表现（“爱焦急的本能”“性急莽撞”“唠唠叨叨”“多愁善感”），可以说都并不是他的原创，而是先前的文学成规对女性想象的复写。所有这些号称“活脱脱的”的心理状态，说穿了都不是他的发明，而是文学传统的无形的手在鬼使神差。但是光从这么一个片段就得出一个普遍的结论是粗暴的。很难排除这只是巴尔扎克最没有创造性的败笔，巴尔扎克对传统的突破仅仅从这个片段看是看不出来的。正如《红楼梦》中贾宝玉出场时的外部描写：

头上戴着束发嵌宝紫金冠，齐眉勒着二龙戏珠金抹额，穿一件二色金百蝶穿花大红箭袖，束着五彩丝攒花结长穗宫绦，外罩石青起花八团倭缎排穗褂，登着青缎粉底小朝靴。面若中秋之月，色如春晓之花，鬓若刀裁，眉如墨画，面如桃瓣，目若秋波，虽怒时而若笑，即瞋视而有情。项上金螭璎珞，又有一块五色丝绦，系着一块美玉。

这种描写显然有陈词滥调之嫌，可能是章回小说在说书阶段、说唱时代留下的胎记。作为文学解读，这种静态的图画、细节罗列的历时性，脱离了唱和表演，与形象的瞬间共时性整体感知是矛盾的，读来令人厌倦。这是章回小说的老套，在《水浒传》（一百二十回本）七十回以后（未经金圣叹修改的）很常见。如第八十回，写官军征剿梁山，杨太尉手下一个在书中算是跑龙套的将官，名叫丘岳，一出场就有类似的描写：

戴一顶缨撒火，锦兜鍪，双凤翅照天盔。披一副绿绒穿，红绵套，嵌连环锁子甲。穿一领翠沿边，珠络缝，荔枝红，圈金绣戏狮袍。系一条衬金叶，玉玲珑，双獭尾，红钉盘螭带。着一双簇金线，海驴皮，胡桃纹，抹绿色云根靴。弯一张紫檀靶，泥金

① 赵毅衡编选：《符号学文学论文集》，百花文艺出版社2004年版，第506页。

梢，龙角面，虎筋弦宝雕弓。悬一壶柴竹竿，朱红扣，凤尾翎，狼牙金点钢箭。挂一口七星装，沙鱼鞘，赛龙泉，欺巨阙霜锋剑。横一把撒朱缨，水磨杆，龙吞头，偃月样三停刀。骑一匹快登山，能跳涧，背金鞍，播玉勒胭脂马。

据此可知曹雪芹写贾宝玉出场，基本上是在追随章回小说老掉牙的套路，但我们能够因此就有充分理由像巴特那样说“曹雪芹死了”，说这样的描写就是《红楼梦》“始创点的毁灭”吗？显然不能。因为，就是在这种套路式的描写中，也有曹雪芹的过人之处，如对眼睛的描写：“虽怒时而似笑，即嗔视而有情”，相当传神，表现出对套路的突破。更重要的是，曹雪芹在这前后的叙述结构的有机性，是章回小说前所未有的。先是林黛玉第一次见到贾宝玉时“便吃一大惊，心下想道：好生奇怪，倒像在那里见过一般，何等眼熟到如此！”接着贾宝玉见了林黛玉脱口便说：

“这个妹妹我曾见过的。”接下去，问黛玉：“可也有玉没有？”黛玉答道：“我没有那个。想来那玉是一件罕物，岂能人人有的。”宝玉听了，登时发作起痴狂病来，摘下那玉，就狠命摔去，骂道：“什么罕物，连人之高低不择，还说‘通灵’不‘通灵’呢！我也不要这劳什子了！”吓的众人一拥争去拾玉。贾母急的搂了宝玉道：“孽障！你生气，要打骂人容易，何苦摔那命根子！”宝玉满面泪痕泣道：“家里姐姐妹妹都没有，单我有，我说没趣，如今来了这么一个神仙似的妹妹也没有，可知这不是个好东西。”

这种描写一见钟情的方式，在中国古典小说中是从来未曾有过的。

曹雪芹就是在这样的突破中获得生命的。基于这样的事实，我们的感受与巴特恰恰相反，不是“作者死亡，写作开始”，而是——“作者诞生，写作开始”。

“意图谬误”和“意图无误”“意图升华”

巴特的作者死亡论，在西方文论中是其来有自的。早在20世纪中叶，新批评就为作者死亡提供了理论前提。新批评把文本当作中心，这在理论上属于文本本体论，作品就是一切，文本是解读唯一的客体，应该得到极端的尊重。鲁迅曾经指出《三国演义》“文章和主意不能符合——这就是说作者所表现的和作者所想象的，不能一致。如他要写曹操的奸，而结果倒好像是豪爽多智”①。但是，这种主观意图与文学形象的倾向不相一致的情况，只是一种可能，并非全部现象。他们在这一点上走向极端，强调在解读过程中，任何作品以外的资源，都只能是对作品客观性的某种亵渎。就是对作家创作动机、意图、生平、思想和

① 鲁迅：《中国小说的历史的变迁》，《鲁迅全集（第九卷）》，人民文学出版社2005年版，第333页。

时代背景的参照，也存在对文本客观性的歪曲。当然，他们这种极端有值得尊重之处，这体现在对西方学院派传记批评的反抗。更值得尊重的是，他们还为这种反抗提出相当有影响的学术范畴。其中之一就是所谓"意图谬误"（intentional fallacy），"意图谬误"是美国新批评家维姆萨特和比尔兹利提出来的。他们认为这是"a confusion between the poem and its origins... it begins by trying to derive the standard of criticism from the psychological causes of the poem and ends in biography and relativism"[①]，意思是说，作者的意图并不一定能在作品中实现，作品常常违反作者的意图而获得生命。20世纪50年代以后的西方文论把这种观念一步步推向极端，先是作者写完作品就退出了，后来德里达把它发挥到极致，提出"作者死了"，读者决定一切。这也不无道理，至少在弥补直线的"自我表现"论或者粗糙的"风格就是人"等观点上，有一定的历史合理性。作者和作品的关系并不是直线式的单因单果决定关系，其相关性有着复杂曲折的层次。钱锺书先生在《管锥编》中嘲笑过把文章等同于作者的评论家，说这样的"学者如醉人，不东倒则西欹，或视文章如罪犯直认之招供，取供定案；或视文章为间谍密递之暗号，射覆索隐。一以其为实言身事，乃一己之本行集经；一以其为曲传时事，乃一代之皮里阳秋"[②]。钱锺书先生还从正面把作者和文本的关系作了如下分析：

立意行文与立身行世，通而不同，向背倚伏，乍即乍离，作者人殊，一人所作，复随时地而殊；一时一地之篇章，复因体制而殊；一体之制，复以称题当务而殊。若夫万殊为一切，就文章而武断，概以自出心裁为自陈身世……慎思明辨者不敢为也。[③]

钱先生把作者与文本的矛盾，分为三个层次：第一，同一作者，由于时间地点不同，文章并不相同（"随时地而殊"）；第二，就是同一时间地点，同一作者写的文章，也会因为所取体裁不同而不同（"因体制而殊"），这一点并不难理解，诗中的自我往往倾向于形而上的概括，而散文中的自我则执着于形而下的描述；第三，就是同一作者写同一体裁，也可能因命题、因针对性不同而不同（"以称题当务而殊"）。本来新批评反对用作者的意图直接阐释作品、提出"意图谬误"不无道理，但是巴特把作者与作品的矛盾强调到如此极端，似乎作者生平思想和作品毫无关系，作者的自我只是书写的"工具"（这里指的是艾略特的观点"我的意思是诗人没有什么个性可以表现，只有一个特殊的工具，那只是工具，不是个性"[④]），则是把脏水和孩子一起泼了出去。钱锺书先生指出应该把作者"修辞成章之为

① 参阅 The Verbal Icon.1954.Rpt.in The Critical Tradition：Classic Textsand Contemporary Trends. Ed.David H.Richter.Boston：Bedford，1998，p.748-756.

② 钱锺书：《管锥编》，中华书局1979年版，第1391页。

③ 钱锺书：《管锥编》，中华书局1979年版，第1390页。

④ 见 T.S.Eliot Slected Essays，1933，p.8.

人”和“作者营生处世之为人”加以区别，但是此二者之间不但不是水火不相容的，相反，文章中之“我”不过是作者审美审智化了的自我，它仍然是作者自我的一个层次。读者固然可以对作者没有任何印象，而纯粹为作品感动，但是这种感动毕竟是感性的，多少有些模糊和不确定。于是在文学研究中就出现了一种可以说是偷懒的办法，那就是直接把作家的宣言、对作品的陈述（“意图”）等同于作品的内涵，这就产生了以作者生平和思想的考证代替作品文本研究的倾向。其实，作家的“意图”、作家的宣言虽可以为作品提供解读的索引，但不可避免有所遗漏，甚至歪曲。只是我们不能将之笼统当作“意图谬误”而摒弃，同时也不能将之当作解读作品唯一的金钥匙。因为作品的奥秘并不完全存在于作家的宣言中，其更丰富的内涵应该在作品中、在文本中。我国古典文论中“知人论世”“以意逆志”的原则虽然至今仍然有鲜活的生命，但是，更清醒的态度应该是在知文论人的基础上知人论文，一切奥秘存在于作家生命和文本的交融之中。在这一点上，维姆萨特和比尔兹利主张把一切注意放在文本之中，倒是完全正确的，这正是文本中心的要义。

如果说作家生平是文本的明码的话，那么文本中则隐藏着作家深层的密码。

多元解读：多个一元

巴特宣布“作者死亡”时，虽然并没有宣布文本已死，但在后现代的话语中，没有确定的（所谓“本质主义”的）文本，一切文本注定要被不同读者文化价值所“延异”，所以巴特宣布读者时代到来。读者决定论，扩散到文学界、教育界，产生了绝对的、恶性的“多元解读”的横流。在20世纪90年代末开始的基础教育改革中，由于自上而下的行政权力的强制性，无条件的“多元解读”被当作是绝对真理，获得了霸权地位。儿戏式的解构，在课堂上成为时髦。霸权造成了盲目，国人忘记了一切理论均是历史的产物，其历史的优越均宿命地与局限共生。长期的文化弱势地位使得国人幼稚的迷信油然而生：占据了理论制高点的新“理论”成了检验解读实践优劣的唯一标准。而解读实践明明与之矛盾，却不能成为检验它的准则，既不能对之加以反思、批判，更谈不上修正，剩下来的只有委身屈从。非常吊诡的是，在我们这个凭着“实践是检验真理的唯一标准”获得思想解放的时代，居然默认了有一种不经受实践检验的神圣理论。

多元解读源自读者中心，本来是一个十分严肃的学术话语，在西方有其历史的根源和传承。可是20世纪90年代的所谓权威不但没有梳理其来龙去脉，进行必要的批判和分析，更可怪的是，对我国对此观念接受的经验居然也没有起码的了解。朱自清先生早在20世纪40年代就接触到美国新批评代表人物燕卜荪的诗歌“多义”论（原著为Seven Types of Ambiguity，出版于1930年，今译为《朦胧的七种类型》），但是，他也结合中国传统的“诗无达诂”、春秋赋诗的断章取义和后世诗话主观“穿凿”的历史教训，指出“多义当以切合为准”“必须贯通上下文或全篇的才算数”①。

正是因为学术上的盲目性，在我们课堂上，多元解读被严重地庸俗化了。值得注意的是，五花八门的“多元”，在一个关键点上是共通的，那就是零碎的、片段的感觉，吉光片羽式的感兴，所有这一切都以背离文本的有机的系统性为特点。文章的信息是有序的、相互联系的，处于统一的层次中。进入文本分析的层次，就是要把全部复杂的、分散的，乃至矛盾的部分统合起来，使之在逻辑上有序化，这就是最起码的一元化。

为什么一定要服从文本的有机系统呢？难道读者主体自由不应该理解，不应该得到尊重吗？须知主体性也有自发和自觉、混乱和系统、肤浅和深邃之分。相对于自发的、混乱的、肤浅的主体性，难道自觉的、系统的、深邃的一元化的主体不是读者提升的目标？国人不是崇奉建构主义的教学原理吗？五花八门、吉光片羽的感想，并不是多元化，而是无序化。而建构就是建立结构，结构只能是有机的、体系性的，无序化与建构背道而驰。这里连一元建构都谈不上，何来多元？因为所谓元，就是把分散的部分统一起来、系统化的意思。一元论不仅仅是某种经验性话语，而且具有哲学根据。所谓一元论乃是一种形而上学的理论：认为现实世界是一个整体，所有存在的事物可以被归结或描述为一个单一的概念或系统；精神和物质世界一样，都源于或可以分解为同一的、最终原理的学说。日常生活中所谓一元化的领导，就是从上到下、层层统一的领导。可以说，一元就是以单一的观念来统帅整体。所谓多元，也就是多个的一元。每个一元，都是以系统、统一、层层深入和贯彻到底为特征的。因而，大而化之的感想、七零八落的论断，不称其为一元，更不称其为多元。通俗地说，应用到解读上，就是不管什么样的多元，都应该建立在一元的基础之上。

这里所谓的元，通俗地说，就是系统性。

从哲学上说，过程比结论更为重要。从思维质量上说，单一观念的一贯到底比多种观念的罗列更重要。要把片面的、即兴的感觉变成系统的认识，就要进入规定语境，提出多种问题，其中最为深邃，也最能深化的，乃是连贯性的问题，正是这样的问题，才可能得出有序的论断。问题越是具有连贯性，越是深刻。

其实，只要将这样的理论拿到文本解读实践中检验一下，其荒谬之处就昭然若揭了。

第一，以《西游记》为例：

---

① 朱自清：《诗多义举例》，《朱自清全集（第三卷）》，江苏教育出版社1992年版，第217页。

20世纪50年代以张天翼为代表的学者曾经用阶级斗争的学说来解读《西游记》：孙悟空大闹天宫，就是农民造反。玉皇大帝代表统治阶级的最高权威，固定的官阶代表封建社会森严的等级秩序。孙悟空大闹一番，把它打得落花流水，代表农民革命性的辉煌胜利。这当然有一定的道理，但后来孙悟空失败了，被如来佛镇压在五行山下，接着跟随唐僧往西天取经，沿路又和他的同类——如来佛和玉皇大帝所代表的等级秩序以外的“妖魔”作战并且屡战屡胜，这是不是意味着投降背叛呢？如果是，为什么孙悟空的形象至今仍然家喻户晓，深得喜爱呢？[①]这就说明，以阶级斗争来解释《西游记》的学说没有达到一元化的系统性，从学术来说，是失败了。

学术性的阐释，最起码的要求乃是一元观念的系统化。

例如，林庚先生对这一学术上的棘手问题就作出过系统的一元化解读。

孙悟空大闹天宫，起因并不像农民起义那样，即遭遇到不堪忍受的压榨，而是“两次造反因为官小，先是被封了个‘弼马温’，是个未入流的小官，于是心中不满，便打道回了花果山。后来封他个‘齐天大圣’他也就‘心满意足’，欢天喜地，在于天宫快乐，无挂无碍……今日东游，明日西荡，云来云去，行踪不定，好不快活。不料王母娘娘搞蟠桃盛会不曾请了他去……这于是就有了大闹天宫的一场戏”。孙悟空虽然造反，“却并没有杀进天空，真正搅乱天空的不是他的武力，而是他神偷的伎俩和灵巧善变的手段。无非就是这样大闹一场罢了，既丝毫没有动摇天宫的统治，也没有任何政治目的，或者什么安排与计划，一路上走到哪儿就偷到哪儿……就是在做了齐天大圣以后，孙悟空也还是没有任何目的地闲逛。以致终于做了个看桃园的人，却也是自得其乐。只是如果有谁小看了他或轻视了他，那就忍不住显显手段，大闹一场”[②]。他闹得天翻地覆，无非就是对正统的等级体制不屑一顾。在他超人乃至超神的武功中，具有相当特色的乃是偷。被宣布“犯了十恶之罪，先偷桃，后偷酒，搅乱了蟠桃大会，又窃了老君仙丹，又将御酒偷来此处享乐”后，他不但不以为耻，反以为荣，对正统伦理道德的不屑成了他行为的前提，他的精神世界中不但没有任何礼仪的束缚，而且没有生死的畏惧，他面临任何磨难时都是乐观的，战胜任何敌手的方式永远是轻松愉快的。这样的形象并不具备政治上造反的性质，与农民起义可谓不相干，倒是与章回小说《七侠五义》中锦毛鼠白玉堂相似，因为皇帝随口称赞（等于封了）了北侠展昭为“御猫”，白玉堂就认为是对自己（“锦毛鼠”）的污辱，乃有大闹东京之举。其性质乃好汉闯荡江湖时以无敌天下为荣，遵循着一种为自尊心、绝对的荣誉感而不惜冒

① 更细致的论述可参阅吴小如为林庚先生《西游记漫话》所作的序言，北京出版社2004年版，第3页。

② 林庚：《西游记漫话》，北京出版社2004年版，第20—21页。

任何凶险的性格逻辑。林庚先生引用小说中“若得英雄重展挣，他年奉佛上西方”来说明，被压五行山下时，“他所渴望的是再显身手。”[①]这就是说，他随唐僧取经，并不是投降。前七回的两场大闹天宫不过是孙悟空后来重显身手的序曲。不过这种历险不是现实的，而是降妖伏魔。九九八十一难，不管多么严重的磨难，就是砍头、下油锅也满不在乎。胸有成竹、游刃有余是他一贯的姿态。林庚先生论断，他是一个百折不挠的英雄：“既然是英雄好汉，就渴望着有机会施展本事，而越是疑难处也就越显出英雄本色，这就是孙悟空主要的一个心理活动。”但是，林庚先生认为光是把他当作无畏的英雄还不够准确。他的唯一性在于他是一个“喜剧角色”[②]，在磨难中，他表现出天真烂漫、满不在乎的风貌。他总是乐观、快活、轻松、信心十足的，“碰见强盗，他就心中暗笑，‘造化造化，买卖上门了’，遇见妖魔便说是‘照顾老孙一场生意’”[③]，即使取经事业面临失败之际，他都没有表现出悲观、苦闷、失意。甚至在他无法取胜、不得不借助如来观音之力之时，他还是嘻嘻哈哈。哪怕面对最可怕的劲敌，他也天真烂漫，以促狭的计谋、顽皮的姿态捉弄对方，把性命攸关的搏斗当成游戏一般的乐事。林庚先生引小说第七十五回的情节，即孙悟空变成小妖模样，混进狮驼洞，编造关于孙悟空的谎言，说孙悟空会变成苍蝇钻进妖洞捉拿他们，而那老魔被蒙混了：

老魔道：“兄弟们仔细，我这洞里历年没有个苍蝇，但是有苍蝇进来，就是孙行者。”行者暗笑道：“就变个苍蝇唬他一唬，好开门。”大圣闪在旁边，伸手去脑后拔了一根毫毛，吹一口仙气，叫“变！”即变作一个金苍蝇，飞去望老魔劈脸撞了一头。那老怪慌了道：“兄弟！不停当！那话儿进门来了！”惊得那大小妖群，一个个丫钯扫帚，都上前乱扑苍蝇。这大圣忍不住，赦赦的笑出声来。干净他不宜笑，这一笑，笑出原嘴脸来了，却被那第三个老妖魔跳上前，一把扯住道：“……刚才这个回话的小妖，不是小钻风，他就是孙行者。”

对此，林庚先生分析道：

孙悟空听老魔说洞里“有苍蝇进来就是孙行者”，他就偏偏变出一只苍蝇来，惊得满洞妖怪一片混乱，这简直就像是在逗着玩儿了。而他本人作为这场玩笑的旁观者，竟然忘了自己的危险处境和所扮演的身份，看到高兴之处，忍不住笑出声来，而终于被妖魔识破。这里很可以见出孙悟空一贯的开心的态度。

从林庚先生的分析，可以看出《西游记》并不像《水浒传》《三国演义》那样以将对手

① 林庚：《西游记漫话》，北京出版社2004年版，第88页。
② 林庚：《西游记漫话》，北京出版社2004年版，第95页。
③ 林庚：《西游记漫话》，北京出版社2004年版，第97页。

杀戮、血腥地复仇为胜利的标志，而是以孙悟空将对手弄得狼狈不堪，获得对手的绝对拜服为宗旨。

在磨难面前永远游刃有余、轻松愉快，在凶险境地喜剧性地藐视、耍弄一切对手，克服一切险阻，以证实自己的自豪和自尊，大致可以将孙悟空的独一无二性系统地概括出来。

当然，这并不是唯一的系统解读。

换一种学说，用佛学来解释，如果能够达到系统化，达到自洽，没有自相矛盾，则在学术上就可以算作是成功的。

福建师范大学文学院的博士生谢氏映凤认为，《西游记》中玄奘一行人为了追求理想历尽艰辛，最后取得了真经，成了正果，表现了百折不挠的意志，因此可以说整个《西游记》就是一曲意志决定论的颂歌。《西游记》中人物的动物特性只是外部特征，更为重要的是其形象的内在特征无疑是人的。一般文学作品中的人物都是有着七情六欲的完整的人，而《西游记》的唐僧师徒四人完全不是如此，他们只是各自代表人的某一方面：一切众生世界有相之万法，皆由八识（即眼、耳、鼻、舌、身、意、末那、阿赖耶识）。[①] 所综合而起，并非由某一识单独生起。她引用蔡相宗与李荣唱在佛学讲堂的文章说：从佛教唯识宗来看《西游记》的人物形象，那么唐僧就是阿赖耶识的代表，阿赖耶识的性能就是没有思维辨别的能力，故而遇到大小神佛，不辨真假，朝见各国君王不分贤否，人妖不分，善恶不辨。所以他西天取经路上事无论好坏，非由唐僧承担不可，这正是阿赖耶识作为八识之总体，亦为一切善恶业力之所寄托特点的形象体现。不过这不是了解唐僧真正意义上的僧人实际形象，而只是佛教礼仪一种形象比喻。

沙僧，则是佛家末那识的代表，特点是执我和思量，他就执定了唐僧，与唐僧形影不离。无论是化斋还是巡山，无论降妖还是救人，都是悟空和八戒的责任，而他只是陪伴和照顾唐僧，只负责牵马挑担，护持师父。悟空，则是意识的代表，意识是无形的，不受外力约束，所以一切外力都拿他无可奈何。天兵天将都斗不过他，八风火炉烧不死他，刀砍斧剁，枪制剑剐，都莫想伤及其身。由于意识不受外力约束，所以可做出自由的变异，大

① “识”，梵语 vijn~a^na，音译作毗阇那、毗若南。为分析、分割与知之合成语，乃谓分析、分类对象而后认知之作用。依唯识宗之解释，吾人能识别、了别外境，乃因识对外境之作用所显现，故于此状态之识称为表识、记识。于大、小乘佛教皆立有六识说。六识各以眼、耳、鼻、舌、身、意等六根为所依，对色、声、香、味、触、法等六境，产生见、闻、嗅、味、触、知之了别作用，此即眼识、耳识、鼻识、舌识、身识、意识等六种心识。除六识外，唯识宗另举末那识与阿赖耶识成立八识说。末那识，译作“意”，译家译为“阿陀那识”，而以阿赖耶识为所依，而缘各境转起，故称为七转识或转识，为第八执持识。阿赖耶识又作阿罗耶识、阿黎耶识、阿剌耶识、阿梨耶识。略称赖耶、梨耶。旧译作无没识，新译作藏识。无没识意谓执持诸法而不迷失心性；此识为宇宙万有之本，含藏万有，使之存而不失，故称藏识。见佛教词典电子版。

小、善丑、老少、男女，就是这样他才能完成取经的伟大业绩。八戒则是眼耳鼻舌身的代表，是有形可触的人物。故而变化粗鲁笨拙，能大不能小，能丑不能美。眼耳鼻舌身这五识，是人接触外界的通道，因此，八戒是师徒四人中唯一一个集贪色、贪睡和贪名利于一体的人。他的性格中带着猪的特点，对取经事业不坚定，不过他的性格憨厚，本质单纯、朴实、善良；对取经事业颇多贡献。他与孙悟空的关系，在佛学里则是眼耳鼻舌身五识与意识的关系。慧远在《大乘义章》卷二十六里说："六识之心，随根虽别，体性是一，往来彼此，如一猿猴。"[①]佛门一直把心猿意马当作明心见性的大障碍，必须遏止以达到"心猿罢跳，意马休驰"的清净地。前五识中，只要有一识生起，意识便同时俱起。因而前五识所作所为，意识看得清清楚楚。故而代表前五识的八戒心理所怀的各种鬼胎，都瞒不过代表意识的悟空的火眼金睛。[②]

谢氏映凤的可贵就在于没有回避孙悟空从闹天宫失败到追随唐僧西天取经的转变，从正反两面对之做出了比阶级斗争论更为系统的阐释：孙悟空争名夺利，为了一己之私而闹得天翻地覆、生灵涂炭，完全是由于"贪嗔痴怨"失去控制使然。这样的心态作为绝不能修成正道，所以他被象征正心的如来佛祖压在五行山下。唐僧把他救出来，让他皈依佛门、经历种种磨难，使他克服了内心的种种魔障，最终"猿熟马驯""磨灭尽""功成行满见真如"。六根（眼、耳、鼻、舌、身、意）与六尘（色、声、香、味、触、法）相接而产生欲望，因之而产生的烦恼则被称为六贼，以眼耳鼻舌身意六根为媒，自劫家宝，故喻之为贼。有道之士，眼不视色，耳不听声，鼻不嗅香，舌不知味，身离细滑，意不妄念，以避六贼。[③]沿途所遇到的种种妖魔正是六根六尘未灭的象征，也是修行的大敌，悟空把它们统统打死，象征他皈依佛家的决心。悟空牢拴心猿，紧锁意马，以至心无挂碍，在紧箍咒的制约下，一步步走向成熟，战胜了所有的妖魔鬼怪。终于紧箍脱去，圆满功成。"猿熟马驯方脱壳，功成行满见真如"，最后被封为"斗战胜佛"，成为人类意志生动、完美的象征。

这样的解读、这样的不回避矛盾、这样的有序而系统，才算是一元化了，才能进入多元解读之中成为合法的一元。谢氏映凤也并没有回避《西游记》本身的矛盾：第九十八回佛祖吩咐两大弟子阿难和迦叶引唐僧师徒去宝阁取经，这两位尊者却公开索贿，并且理直气壮地说："白手传经继世，后人当饿死矣！"唐僧师徒无物可送，他们竟给一堆无字假经。师徒告状到如来佛那里，这位崇高的圣人反为之辩护，说是向时众比丘圣僧下山，曾将此经在舍卫国赵长者家诵了一遍，讨得三斗三升米粒黄金。这样的腐败理论，这样的佛

① ［隋］慧远撰：《大乘义章》。高楠顺次郎和渡边海旭编：《大正藏（第44册）》，日本大正一切经刊行会出版，第538页上。

② 谢氏映凤：《"西游记"的佛学阐释》，《东南学术》2007年第5期。

③ 见陈义孝佛学大词典电子版。

祖，就是西天秩序的象征吗？谢氏映凤认为，仅仅这样理解，也许把问题简单化了：

作者所设计的贿赂情节，是让大家知道想达到正觉果、要得到真经，一定要有一颗真心、诚心，不是马马虎虎就能得到真经的。如果没有通过考验，他们的虔诚之心、执着之心还没有打破，得到的也像上面所说的，只是一堆空白没用的经典。所以在《西游记》中第九十八回说："经不可轻传，亦不可以空取……你那东土众生，愚迷不悟，只可以此传之耳。"在另一段话又说："三藏无物奉承，即命沙僧取出紫金钵盂，双手奉上。"意思是表示唐僧要放弃一切所有的执着，连珍贵的金钵盂也在所不惜，正如《金刚经》所云："一切有为法，如梦幻泡影，如露亦如电，应作如是观。"因此，要得到正果，一定要破除我执法执，脱离迷心才能真正地成佛，才能真正地看到真经，懂得经义。

《西游记》在这里的确有把诸佛作为"讽刺揶揄的对象"的描写，作者认为：

这种太过分地开玩笑的笔法恐怕很容易让读者误会作者的意图。一般读者可能产生巨大深刻的思想迷惑。而懂佛法的人或者站在佛教的角度来观察考虑这个问题则勉强可以理解。

这就是说，在"专业读者"看来，其中的佛家哲理遭到歪曲的可能性比较小，而对于非专业读者来说，则误解、误读是难以避免的。从这里，我们看到了专业化的佛学思想，使她的论述轻松地达到了一元化。

当然，谢氏映凤这样的阐释并不一定绝对完美，因为这种视角局限于佛家思想，而《西游记》是一部艺术作品，这里还有一种不可忽略的可能，就是吴承恩对于喜剧性的追求和他对于佛学的赞美产生了矛盾。从艺术上来说，这种喜剧性可能是一种优长，但从思想上来说，则显然有败笔之嫌。

第二，以李商隐《锦瑟》为例。

对李商隐《锦瑟》的解读历代众说纷纭，可谓多元，但多元中毕竟有可比性，那些比较到位的解读，应当是首尾一贯的，而那些吉光片羽式的论说，往往是偏执一端，不能与文本整体相匹配。

《锦瑟》属于唐诗中的朦胧诗，其主旨飘忽，自宋元以来诗评家们众说纷纭，持论相当悬殊。归纳起来，大致有如下几种。一是，把它当成一般的"咏物"诗，也就是歌咏"锦瑟"的。代表人物苏东坡这样说："此出《古今乐志》，云：'锦瑟之为器也，其弦五十，其柱如之，其声也适、怨、清、和。'案李诗'庄生晓梦迷蝴蝶'，适也；'望帝春心托杜鹃'，怨也；'沧海月明珠有泪'，清也；'蓝田日暖玉生烟'，和也。一篇之中，曲尽其意。"[①]这个

① 引自《缃素札记》，见陈伯海：《唐诗汇评（下）》，浙江教育出版社 1995 年版，第 2410 页。

说法得到一些诗评家的认同，然亦有困惑不已者：“中二联是丽语，作‘适、怨、清、和’解甚通，然不解则涉无谓，既解则意味都尽。以此知此诗之难也。”（《艺苑卮言》）这个怀疑很深刻：用语言去图解乐曲，还有什么诗意呢？以苏东坡这样的高才，居然忽略了诗与乐曲的不同，足见此诗解读之难。二是，推测其“为国祚兴衰而作”（桐城吴先生评点《唐诗鼓吹》）。今人岑仲勉在《隋唐史》中也“颇疑此诗是伤唐室之残破”。两说虽然不同，然而都着眼于客观对象或社会生活，回避从作者生平索解，岑仲勉甚至明确指出“与恋爱无关”①。和上述二者思路相反的，则是从作者生平中寻求理解的线索，也就产生了第三种说法：“细味此诗，起句说‘无端’，结句说‘惘然’，分明是义山自悔其少年场中，风流摇荡，到今始知其有情皆幻，有色皆空也。”（《龙性堂诗话》）②持这种“色空”佛家说法的比较少，一些诗评家联系到李商隐的婚姻生活，于是又有了第四种说法：“闺情。”将此诗的迷离惝恍与妻子的早亡联系起来，则产生了第五种说法，即认定其是“悼亡诗”。朱彝尊说：“意亡者善弹此，故睹物思人，因而托物起兴也。瑟本二十五弦，一断而为五十弦矣，故曰‘无端’也，取断弦之意也。一弦一柱而接‘思华年’三字，意其人年二十五而殁也。蝴蝶，杜鹃言已化去也。‘珠有泪’，哭之也。‘玉生烟’，葬之也。犹言埋香玉也。此情岂待今日‘追忆’乎？只是当时生存之日，已常忧其至此，而预为之‘惘然’，意其人必然宛然多病，故云然也。”③这个说法虽然表面上比较系统，但其间牵强附会之处很明显。比如，断定其妻年二十五早殁没有多少论证，“玉生烟”为什么是指埋葬？也没有任何阐释，无疑穿凿过甚。其实如果是妻子，根本不用这么吞吞吐吐。第六种说法则云，所以隐晦如此，是因为有具体所指女性，且是令狐楚家的“青衣”之名。这不无可能，但仅仅是猜测而已。第七种说法，清初孺浩注《燕蔓爵》，疑李商隐与某女道士有不可公开的恋情。第八种读法是：“乃自伤之词，骚人所谓美人迟暮也，‘庄生’句言付之梦寐，‘望帝’句言待之来世，‘沧海’‘蓝田’言埋而不得自见，‘明月’‘日暖’言则清时而独为不遇之人，尤为可悲也。”④

对于同一首诗解读如此之纷纭，如果按照西方读者中心论，一千个读者有一千个“锦瑟”，则皆有同样的合理性。但事实上所有这些说法都有同样的毛病，那就是偏于一隅，未能全面阐释其情绪的内在贯穿意脉，更不能揭示出这首扑朔迷离的诗为什么直到千余年之后仍然脍炙人口，保持其不朽的艺术生命力。历史文献虽不乏学术资源，但并不能解开这个谜底。剩下来的办法就只能是直面文本作第一手的系统分析。

① 引自《缃素札记》，见陈伯海：《唐诗汇评（下）》，浙江教育出版社 1995 年版，第 2412 页。
② 引自《缃素札记》，见陈伯海：《唐诗汇评（下）》，浙江教育出版社 1995 年版，第 2411 页。
③ 引自《缃素札记》，见陈伯海：《唐诗汇评（下）》，浙江教育出版社 1995 年版，第 2410 页。
④ 陈伯海：《唐诗汇评（下）》，浙江教育出版社 1995 年版，第 2410—2411 页。

撇开古人所有的猜测，从文本出发，理解起来似乎并不太神秘。“锦瑟无端五十弦，一弦一柱思华年。”这里的好处，就在于隐藏着内在的矛盾：琴瑟本来是美的，饰锦的琴瑟是更美的，美好的乐曲令人想起美好“华年”，不是双倍的美好吗？然而，美好的乐曲却引出了相反的心情，这就提示了原因：美好的年华一去不复返。沉淀在内心的郁闷本是平静的，可是一经锦瑟撩拨起当年的回忆，就有一种不堪回首的感觉了。这里抒情逻辑的矛盾还在于，一是，当年和如今的曲调相同，心情却截然相反。二是，本来奏乐逗引郁闷，应该怪弹奏者的，可是却怪琴瑟“无端”，没有道理，为什么要有这么多弦，要有这么丰富的曲调呢？美好的记忆，不堪回首；弦、柱越多，越是伤心。三是，如果年华光是一去不复返，也还罢了，李商隐所强调的是“庄生晓梦迷蝴蝶”，往日像庄子的梦见蝴蝶一样，不知道是蝴蝶梦见庄周，还是庄周梦见蝴蝶，也就是不知是真是假。这样自相矛盾就更深了一层：往日的欢乐如果是真的，那么和今天对比起来是令人伤心的；如果是假的，往事如烟之虚幻，不是可以解脱了嘛，但却更加令人伤心。

这样的哀伤如何与“望帝春心托杜鹃”在意脉上贯通呢？一般说，这个典故的意思是：蜀国君主望帝让帝位于臣子，死去化为杜鹃鸟。这和“一弦一柱思华年”有什么联系呢？一般注解是：杜鹃鸟暮春啼鸣，其声哀凄，伤感春去。目前语文出版社版高中必修课本2和人民教育出版社版的高中语文必修课本3，就持这个看法。用在这里，可以说是在悲悼青春年华的逝去，从而将回忆的凄凉加以美化。沧海月明，鲛人织丝，泣泪成珠；将珠泪置于沧海明月之下，以几近透明的背景显示悲凄的纯净。周汝昌先生分析说：望帝春心的性质就是一种“复杂难言的怅惘之怀”[①]。周先生的说法还有发挥的余地，其特点就是：首先，隐藏得很密，是说不出来的。从性质上来说，藏得密是因为遗恨很深。其次，隐含着不可挽回、不能改变的憾恨。最后，为什么要藏得那么密？就是因为不能说、说不出。用“蓝田日暖玉生烟”来形容，一来，从字面上讲，日照玉器而生气，气之暖遇玉之寒乃生雾气，记忆如烟如缕。二来，这个比喻在诗学上有名：语出诗歌理论家司空图《与极浦书》：“戴容州云：‘诗家之景，如蓝田日暖，良玉生烟。可望而不可置于眉睫之前也。’”实际上就是可以远观，却不可近察。这里的矛盾，就有了一种新的属性，也就是朦朦胧胧的感觉，它确乎存在，然而细致审视，却无可探寻。这种境界和李清照的“寻寻觅觅，冷冷清清，凄凄惨惨戚戚”——似乎失落了什么，而又不知道失落了什么，似乎在寻找什么，却又不在乎找到没有——的境界是相似的。作为诗来说，司空图可能是在强调他的“不著一字，尽得风流”，李商隐在这里，指的是可意会不可言传的矛盾心态。

最后一联“此情可待成追忆，只是当时已惘然”，把自相矛盾的情思推向了高潮。先是

① 《唐诗鉴赏辞典》，上海辞书出版社1983年版，第1127页。

说“此情可待”，可以等待，就是眼下不行，日后有希望，但又说“成追忆”，那就是只有追忆的份儿。长期以为可待，而等待的结果变成了回忆。等待越久，希望越虚。虽然如此，应该还有“当时”，但是，“当时”就已经（知道）是“惘然”的。没有希望的希望，把感情（其实是恋情，详见下文）写得这样缠绵而绝望，在唐诗中，可能是李商隐独有的境界。李商隐显然善于以自相矛盾的话语把绝望概括成格言式的诗句：

海外徒闻更九州，他生未卜此生休。

相见时难别亦难，东风无力百花残。

来是空言去绝踪，月斜楼上五更钟。

不论是他生还是此生，不论是相见还是相别，不论是来还是去，都是绝望的。把情感放在两个极端的对立之中，就使得李商隐这些诗句有了某种哲理的色彩。

是什么样的感情造成这样刻骨铭心的状态呢？这不能不令人想到恋情（包括颇有争论的和女道士关系的猜想）。不少论者把“望帝春心托杜鹃”的“春心”，解释为“伤春归去”，这当然不无道理；但在唐诗中，“春心”只有在描述自然景观时才与春天有关，在描述心情时，则是特指男女感情。如，“忆昔娇小姿，春心亦自持”（李白《江夏行》），“卖眼掷春心，折花调行客”（李白《越女词》），“镜里红颜不自禁，陌头香骑动春心”（权德舆《妾薄命》），“春心莫共花争发，一寸相思一寸灰”（李商隐《无题》），都是与恋情有关的。正是因为这样，许多诗评家读《锦瑟》时才不约而同地联想到私情，甚至具体到“令狐楚家青衣”。

“望帝春心托杜鹃”的典故有许多版本，被许多注家忽略了的是《子规藏器》引扬雄《蜀王本纪》：

蜀王望帝，淫其相臣鳖灵妻亡去，一说，以惭死。①

化为子规鸟，滴血为杜鹃花。杜鹃啼血染花隐含着的不仅是绝望，而且是不能明言的恋情。“望帝春心托杜鹃”的“春心”应该是秘密的、不可公开的恋情，说出来会让人“惭死”的。只有理解了这样的隐私，下面的“沧海月明珠有泪”和“蓝田日暖玉生烟”的可望而不可即在意脉上才能贯通。最后一联的矛盾，在这里暗示着某种解答：以为此情可待，却反复落空，只留下回忆，因为说出来会羞愧死的，但是在内心又不能解脱。故眼下、过去和当时都是秘密的绝望，只有一点惘然的回忆值得反复回味，而在体悟中又无端地怪罪锦瑟的多弦，弦弦柱柱都逗引起“思年华”的“清怨”。清怨从何而来呢？以为此情可待，其实当时已经感到“惘然”。而当中两联的“庄生晓梦”之虚、“望帝春心”之悲、“月明珠泪”之怨、“蓝田玉烟”之净，所写的就是这个明知“惘然”却偏偏要说“可待”。这是一

① 《四库全书》，子部，杂家类，杂考之属，通雅，卷四十五。

种绝望而又缠绵的痴情。用一个“痴”字对之作解读不是比前面引述的诸多主观猜谜要系统得多、可信得多吗?

关于诗的情感逻辑特点，我国古典诗话中概括出一个“痴”的范畴，可以为上述解读作理论后盾。钟惺、谭元春《唐诗归》卷十三谭批语说:“诗语有入痴境，方令人颐解而心醉。”贺裳《载酒园诗话》卷一更提出“痴而入妙”。徐增《而庵说唐诗》卷十四称赞杜甫的诗《落日》曰:“妙绝，亦复痴绝。”黄生《一木堂诗麈》卷一提出:“凡诗肠欲曲，诗思欲痴。”

拿“痴”字来解读这首诗的扑朔迷离，不难看出其意脉一贯到底的系统性。

“痴”这个中国式的话语的构成，经历了上百年，显示了中国诗论家的天才，如果拿来和他们略晚或差不多同时代的莎士比亚相比，可以说并不逊色。莎士比亚把诗人、情人和疯子相提并论，在《仲夏夜之梦》第五幕第一场借希波吕特之口这样说:“疯子、情人和诗人都是猜想的同伙。”(The lunatic, the lover, and the poet are of imagination all compact.)莎氏的意思不过就是说诗人时有疯语，疯语当然超越了理性，但近于狂，狂之极端可能失之于暴，而我国的“痴语”超越理性，不近于狂暴，更近于迷(痴迷)。痴迷者，在逻辑上执于一端也，专注而且持久，近于迷醉。痴迷、迷醉，相比于狂暴，更有人性可爱处。怪不得清谭献从“痴语”中看到了“温厚”。莎士比亚“以疯为美”。通常莎士比亚的这段话译为诗人(poet)、情人(lover)和疯子(lunatic)作为想象的同类，其中“疯子”的译文是简单化了。在上下文中“lunatic”有疯狂的意思，但是其词根“luna”乃月神，因为见少年美，遂吻使睡，青春容颜不改，本身就有疯狂的性质。故余光中《月光光》中有“恋月狂”，张爱玲有“疯狂的月亮”的话语天下流传，而我国的痴语却鲜为人知。这不但是弱势文化的悲哀，而且是我们一些人对民族文化不自信的后果。

《锦瑟》可能是阐释最为纷纭的经典了，表面上众说纷纭，令人莫衷一是，如果一味由读者决定，好像此亦一是非，彼亦一是非，没有道理可讲。但是，从文本全面分析出发，特别是把那个对下级的妻子的恋情，不能公开、没有希望、以惭而死的典故弄清，再加上我国古典诗话中“痴”的范畴作理论基础，至少还比八九个猜谜式的印象要有说服力得多，至少有道理得多。

质的定性和量的统计

学术的深邃性，取决于它的系统性和彻底性。任意性的猜测，众说纷纭，其共同点就是不全面。因为就我国现时的文风而言，以定性估测为主，估测依赖直觉，转化为语言时就难免不够全面，各有所执，必然各有所弃。如果能够辅之以统计的方法，庶几可保全面。如果解读时不但把力气花在定性的概括上，而且也放在定量的统计上，则解读所谓“多元”的任意性便会缺少藏身之地。在西方有一种流派，是利用电子计算机对文本的词语进行全面统计，在中国台湾和香港地区学界有所影响，但是这种统计并不见得有效，原因在于其过于执迷于科学性，忘记了对象的特点是文学性。同样频率的词语在非文学性作品和文学作品中，性质是不同的。就是统计出唐诗中“月”字的使用频率甚高，对解读个案文本、揭示其独一无二性，也不一定有什么好处。因为在不同的诗歌中，“月”字的好处是不一样的，有的是杰作，有的可能是陈词滥调。诗人的才华不在于用了和他人一样的“月”字，而在于在什么地方超出他人的“月”字。

统计学方法最大的局限在于，强调共同性而忽略文学解读学的独一无二性。

当然，解读文本以分析为主，分析的基础主要建立在定性上，很少兼顾到量，因而难免以偏概全。为此对文本话语进行适当统计往往颇有必要。在中国古典诗话、词话、小说评点中不乏其例，如金圣叹在评点《水浒传》武松上景阳冈一节时，指出其哨棒被反复提及十七次之多；清代王尧衢《古唐诗合解》（据鸿宝书局1921年石印本）分析张若虚《春江花月夜》：“题目五字，环转交错，各自生趣”，比起“‘春’字四见，‘江’字十二见，‘花’字只一见，‘夜’字亦只二见”，“‘月’字最多，达十五见”，并且用“‘天’‘空’‘霰’‘霜’‘云’‘楼’‘妆台’‘帘’‘砧’‘鱼’‘雁’‘海雾’等以为映。”[①]这就为我们进一步更准确地解读提供了良好的基础。

《唐诗选及会通评林》引唐汝询评《琵琶行》曰：“一篇之中，‘月’字五见，‘秋月’三用，各自有情，何尝厌重！”此人认为并不重复，原因在于秋月重见时各有不同的情感。第一次，“醉不成欢惨将别，别时茫茫江浸月”，写的是分别时的茫然和遗憾。而这“东船西舫悄无言，唯见江心秋月白”，则是另一种韵味。写众多的听者仍然沉浸在乐曲的境界里，这个境界的特点就是宁静，除了这种宁静，什么感觉都没有。就连唯一可见的茫茫江月，也是宁静的。这恰恰提示了画外一双出神的眼睛。白居易这首诗妙在把乐曲写得文采华赡，情韵交织，波澜起伏，抑扬顿挫，于无声中尽显有声之美，于长歌中间突出短促之停顿，于画图中显示繁复之音响，的确超凡脱俗，空前绝后。三用江心秋月，虽然情韵有别，但相异之情，用相同之景，毕竟并非上策。尤其是五用江月（加上“秋月春风等闲度”“绕船月明江水寒”“春江花朝秋月夜”）都是秋月，而且又都是把秋月和江水联系在一起，毕竟显得局促。虽然白璧微瑕，然于文学解读学，不可为尊者讳也。

① 陈伯海主编：《唐诗汇评（上）》，浙江教育出版社1995年版，第263页。

问题不在于数量，而在于质量。李白以月为题的诗作在全唐诗中，共二十二首，不及白居易的二十八首。但是，白居易始终把月亮当作一个赏玩的客观对象或者寄托相思之情的载体，故其题往往是“月夜”“中秋月”“客中月”，就是想象比较活跃的，也不过是“对月”“玩月”“望月”“待月”“吟月”等。李白打破了将月亮作为观赏对象的潜在成规，把月亮当成自己落拓不羁灵魂的载体，以想象给予月亮天马行空的生命：当友人远谪边地，月光就化为他的友情对之形影不离地追随（“我寄愁心与明月，随君直到夜郎西”）；月亮可以带上他孤高的气质（“万里浮云卷碧山，青天中道流孤月”），也可以成为豪情的载体，在功成名就后供他赏玩（“一振高名满帝都，归时还弄峨眉月”）；金樽对月意味着及时享受生命的欢乐（“人生得意须尽欢，莫使金樽空对月”）；对月可比可赋，无月亦可起兴（“独漉水中泥，水浊不见月。不见月尚可，水深行人没”）；抱琴弄月，可借无弦之琴进入陶渊明的境界（“抱琴时弄月，取意任无弦”）；“明月出天山，苍茫云海间”中的月带着苍凉而悲壮的色调；“长安一片月，万户捣衣声。秋风吹不尽，总是玉关情”，思妇闺房的幽怨弥漫在万里长空之中，幽怨就变得非常浩大。对于李白来说，月不但可以“待”（“浩歌待明月，曲尽已忘情”），而且可以“邀”，视之为自己孤独中的朋友（“举杯邀明月，对影成三人”），还可以当作有生命的对象来“问”（“青天有月来几时，我今停杯一问之”）。但是这种问并不仅仅限于屈原式的对神话经典的质疑（“白兔捣药秋复春，嫦娥孤栖与谁邻？”），更深邃的是对生命苦短的传统母题的反思和突破。不但可以咏歌之、“弄”（弹奏）之（“何处名僧到水西，乘舟弄月宿泾溪？”），甚至可以“揽”（“欲上青天揽明月”），使之交织着“逸”兴和“壮”思。月亮的名字还是旧的，并没有变化，其诗意却千古不朽。统计之功在于诗人赋予两种词语以不同生命，揭示艺术的奥秘，区别其优劣。

对于《长恨歌》的主题，长期争论不休。陈鸿在《长恨歌传》中提出“惩尤物，窒乱阶”，开辟了后来所谓的“讽喻说”的源头。但白居易被贬江州编纂自己的诗集时，并未把它编入“讽喻诗”，而是收在“闲适诗”中。在《编集拙诗成一十五卷因题卷末戏赠元九、李二十》中还说：“一篇长恨有风情，十首秦吟近正声。”“风情”似乎与“闲适”不相类。王运熙先生曾提出爱情与讽喻“双重主题”说，不过是两说的调和。讽喻说往往举杨贵妃惨死以前的诗句为证（“汉皇重色思倾国，御宇多年求不得”“春宵苦短日高起，从此君王不早朝”“缓歌慢舞凝丝竹，尽日君王看不足”），而爱情说则不难反驳：如果主旨全在讽喻，为什么抒写李杨从相恋到杨死只用了三十八句，而写唐玄宗思念杨贵妃却用了八十二句？研究李商隐的《寄内》，如能统计一下，全唐诗以寄内为题仅十二首，与友情篇什之多不胜数相较，当有启发。《西游记》作为经典，在艺术上表现得不平衡，九九八十一难，除了三打白骨精，猪八戒受困盘丝洞，以及最后佛家制造的一难，都模式近似，而此三难喜剧色彩特浓，对于分析《西游记》的艺术风格应该是一个相当有启发性的线索。《水浒传》中描写惩治“淫妇”时，开膛破肚的凶残手法竟反复用了三次，一次是对潘金莲，一次是对杨雄的老婆潘巧云，一次是对卢俊义的老婆李氏，这里面有着作者妇女观的密码。有时，对那些被重复的字眼稍作统计，不但可以提出新问题，而且可以触发新思路，例如，《醉翁亭记》一连用了二十一个“也”字，《孔雀东南飞》全诗三百六十四句，连叙述带铺张排比的抒情才一百二十八句，其余二百三十六句都是人物的对白。这就不难看出，这首和《木兰词》齐名的叙事诗，不像《木兰词》那样：全是叙事，比喻只有最后一个，而对白几乎等于零。《孔雀东南飞》没有多少叙事，叙事的功能大都是过渡性的交代，主要是以戏剧性对白为主体。鲁迅小说基本不写爱情，死亡却写了八次，每次都风格迥异。而巴金的“激流三部曲”除了《家》中瑞珏、鸣凤死得特殊以外，在《春》《秋》中人物动不动死亡，实际在性质上是重复的。这样的统计，对开拓新的学术增长点无疑是有好处的。对《十八岁出门远行》的解读可谓众说纷纭，但如果认真统计一下，这篇短短的小说中“旅店”一词用了十五次，就不会有那么多脱离文本天马行空的瞎猜了（另章将有详述）。这说明，如果以文本为准，而不是以读者为准，统计法还是有利于文本的唯一性探索的。

第五章

读者心理的开放性与封闭性

心理图式的同化和调节

本来文本、作家、读者三者处于对话之中，三者的主体性互相制约，不可分割，而西方文论却走向读者中心论的极端。因为其极端，物极必反，现在正是从理论上调整其与文本的关系的机遇。不管读者决定论多么显赫，有一点不能否定，那就是在作家、读者和文本三个主体中，占据稳定地位甚至是不朽的，应该是经典文本。作家可以死亡，读者也一代又一代地更迭，而经典文本作为实体却是永恒的。人们可以不管《红楼梦》《三国演义》《水浒传》的作者，不了解荷马、莎士比亚的生平，不知道这些经典在解读、接受的历史过程中产生过多少不同的解读和分析，照样为其艺术形象所感染。而解读的目的是深化、拓展心理感受和认知领域，建构新的高度，也就是调节、提升心理图式。如果仅仅是让读者自发认知结构作重复的同化，充其量不过是主体观念的零碎投影，甚至只是主流意识形态的演绎。

读者中心论之所以经不起实践的检验，原因是从理论上来说忽略了读者心理的局限性，这种局限性是人的局限性。

从理论上说，读者的大脑是开放的，对信息相当敏感，特别是对新的信息的刺激，神经反应比较强。但是，这种开放性只是问题的一个侧面，与此同时，人的大脑又有封闭性的一面，它并非英国古典哲学家洛克所设想的那样，是一块白板；也不是像美国现代行为主义者所说的那样，外部信息对感官有了刺激，就有相应的反应。按皮亚杰的发生认识论，外部信息只有在与固有的心理图式（schema）相通时，才能被同化（assimilation），人才有反应，否则人们就会对其视而不见、听而不闻、感而不觉。[①]多年前，四十二名心理学家在西德哥廷根开会，突然两个人破门而入。一个黑人持枪追赶一个白人。接着厮打起来，一声枪响，一声惨叫，两人追逐而去。前后经过只有二十秒钟，另有高速摄影机记录。会议主席宣布："先生们不必惊惶，这是一次测验。"测验的结果相当有趣。四十二名专家，没有一个人全部答对，只有一个人错误在百分之十以下，十四个人错误达到百分之二十到百分之四十，十二人错误为百分之四十到百分之五十，十三人错误在百分之五十以上。有的简直是一派胡言。[②]观察并不是机械的反映，它不同于观看，它是有目的的，目的就是主体的预期，没有预期，往往就一无所知。

这是人的局限性。故《周易·系辞上》曰："仁者见之谓之仁，知者见之谓之知。"黄宗羲在《明儒学案》中引王阳明"仁者见仁，知者见知，释者所以为释，老者所以为老"[③]。张翼献在《读易记》中加以发挥说："唯其所禀之各异，是以所见之各偏。仁者见仁而不见知，知者见知而不见仁。"[④]李光地在《榕村四书说》中更进一步点明此乃人性之局限："智者见智，仁者见仁，所禀之偏也。"[⑤]仁者的预期是仁，就不能看到智；智者的预期是智，就不能看到仁；智者仁者，则不能见到勇。预期是心理的预结构，也体现了感官的选择性，感知只对预期开放，对其他则是封闭的。预期中没有的，哪怕明明存在，也会看不见。

福建漳州南山寺有个挺古老的泥菩萨，传说当年雕塑师很自信，说塑成以后，完美无缺，如能挑出毛病，分文不取。官府发动百姓参观，都挑不出毛病，一个小孩子却看出来了：手指太粗，鼻孔太小，挖鼻孔成问题。为什么明摆着的毛病大人看不出，小孩子却一目了然？原因就在于小孩有挖鼻孔的兴趣，有近期的丰富经验，这个预期，大人没有。

相反，心理图式已有的，外界没有，却可能活见鬼。和心理预期的封闭性相联系的，还有主观的投射性同化。明明没有的，因为心里有却看见了。郑人失斧的故事说，斧头丢了，怀疑是邻居偷了，观察邻居，越看越像小偷，后来斧头找到了，证明不是邻居偷的，再去观察，就越看越不像小偷。贾宝玉第一次见到林黛玉时，明明是从来没有见过，却硬说这个姑娘他见过的。

这是人类心理的封闭性，对于这样的局限性，除了承认以外别无选择。

读者不管主观理论上多么热衷于开放，实际上总是免不了有相当的封闭性。解读是读

---

① 〔美〕皮亚杰著，王宪钿译：《发生认识论原理》，商务印书馆1985年版，第60页。

② 孙绍振：《文学创作论》，海峡文艺出版社2009年版，第56页。

③ 《四库全书》，传记类，总录之属，明儒学案，卷十。

④ 《四库全书》，易类，读易纪闻，卷五，第五章。

⑤ 《四库全书》，四书类，榕村四书说，中庸章段。

者和文本的对话，两个主体之间的封闭性和开放性不可能没有搏斗，完全排除文本主体对解读主体的制约，是非常幼稚的。孔夫子早就告诫过“思而不学则殆”。在《卫灵公》中他说得更具体：“吾尝终日不食，终夜不寝，以思，无益，不如学也。”不管读者主观上多么开放，所持固有理论对文本来说却不可避免地具有封闭性，人们心理往往倾向于认同主体的心理预期的东西。

当然，我们也不能因此而悲观，人就不能突破自己的局限了吗？当然不是，人的心理图式在其边缘上也有开放的可能。在新颖刺激的反复作用下，就会发生调节（accommodation），[①] 建构主义的教学要求在学生新知识与旧知识的交界处下功夫，就是这个道理。

机械唯物主义的特点是抹杀读者和作者的主体性，余毒甚烈，尚未得到彻底的清算。文学理论界和教育界又大吹大擂地引进了西方读者中心论，把读者主体绝对化，似乎读者主体绝对开放，与封闭性完全绝缘。与之相应的就是所谓“多元解读”，既不参照作家的意图，又不顾文本的复杂内涵，读者主体性超越文本被当作天经地义的真理，阅读审美经验的武断比比皆是。鲁迅说过，一部《红楼梦》，“经学家看见‘易’，道学家看见淫，才子看见缠绵，革命家看见排满，流言家看见宫闱秘事”[②]，毛泽东则从中看到了“阶级斗争”（“十几条人命”啊），而我们从中看到的是封建大家族的接班人，特别是男性接班人的精神的、道德的、才能的危机。难道这一切都同样正确，没有深浅、正误之别吗？

由于读者主体这样的局限性，解读文本就不能不产生一种与阅读目的相背的情况：一些内容明明存在，我们却视而不见；一些名堂明明不存在，却被反复阐释。这是由于读者主体的心理图式本身有其强点和弱点，有其敏感点和盲点。在这个方面，英伽登在他的《对文学的艺术作品的认识》中说得特别清醒：“读者的想象类型的片面性，会造成外观层次的某些歪曲；对审美相关性质迟钝的感受力，会剥夺了这些性质的具体化。”文学作品的各个层次和形式的奥秘复杂丰富，读者要同时进行多种理解和体验，就要给予同样的注意，而这几乎是不可能的。英伽登具体说：

> 在具体化过程中，作品各层次和各阶段上有许多细节的意义，遭到或多或少的歪曲。作品结构的许多在具体化中可能被忽略，或者构造得不完全；或者它也许得不到恰如其分地强调，它们甚至可能被歪曲了。[③]

---

① 以上参阅〔美〕皮亚杰，王宪钿译：《发生认识论原理》，商务印书馆1985年版，第60页。

② 鲁迅：《〈绛洞花主〉小引》，《集外集拾遗》，《鲁迅全集（第八卷）》，人民文学出版社2005年版，第179页。

③〔波兰〕英伽登著，陈燕谷等译：《对文学的艺术作品的认识》，中国文联出版公司1988年版，第92—93页。

这就是说，对文学文本各个层次和环节的解读是不是充分，是不是到位，要看读者的心理在各方面是不是有充分的准备，有了充分的准备才可能向新信息开放。哪一方面没有准备，哪一方面就可能封闭；哪一方面准备不对头，哪一方面就可能遭到歪曲。为了说明问题，我们举对《愚公移山》的解读为例。

《愚公移山》：颂歌和反讽的统一

文学解读，要以文本为准则，这就是说，要以文本的各个层次和意象群落的整体为根据。在文学解读中，任意性解读对文本的歪曲有两种情况：第一，放任审美感受贫乏的主体性，让审美"迟钝的感受力"膨胀起来，脱离文本的审美核心。如一些读者振振有词地提出：愚公何必移山呢？把屋子移到山的前面去就是了；又如，凭借如此低下的手工业生产技术（锄头、扁担、畚箕），不可能完成改变大自然的任务；再如，就算是把山移了，把山丢到海里，也是生态灾难；愚公自信其子子孙孙万世不息地挖山不止，完全是空想，没有效益，没有饭吃，不能养活老婆孩子，必然无以为继，等等。貌似头头是道，但是对于文本，只能说是文不对题。解读历史经典最起码的原则，就是回归历史语境，脱离了历史语境，用当代观念强加于古代经典，必然会把历史经典看成是一堆垃圾，实际上是一种反历史主义的幼稚病。解读文本，分析文本，只有从文本的具体情节和意象中提出问题才能进入文本，不从文本中提出问题，远离文本，对文本的核心价值不但没有深化之功，相反只能造成歪曲。

严格从文本历史性出发，《愚公移山》的基本价值一望而知，那就是赞颂其坚忍不拔的意志，这是光凭感性就能明确的。但感知所得到的只是朦胧的结论，而解读就是要从感性上升为理性，把朦胧的感知变为系统的语言，把理论的结论转化为具体分析中层次的深化。

深邃的历史分析，只能从文本的语言之中层层深入地提出问题。

第一个层次，是愚公和智叟的矛盾：山之巨大与人力之微小。

第二个层次，是愚公认为山虽然大然而有尽，而人却子子孙孙无穷。仅仅从这两个层次来说，文章总体倾向是赞美愚公的奋斗精神，但愚公能否成功并不是必然的。

到了第三个层次，情节发展的高潮——矛盾转化了，显示出愚公的乐观其实是空想，是的确有点"愚"的，而智叟却的确有点"智"的。因为最后把山移走的并不是愚公和他的子孙，而是靠操蛇之神对"夸蛾氏"之二子下的命令。这个夸娥氏，当然是个大力神了。

这就说，把山移走的，并不是愚公和他的子子孙孙。

但是，第四个层次，矛盾又转化了，这次转化，不是在情节的表层，而是字眼的底层。

这个字眼就是“夸娥氏”。

甘肃《天水师范学院学报》上有文章考证出来，在古代汉语中，“夸”者，大也，“蛾”者，蚁也。[①]从字面上看，这是个大蚂蚁之神，但是，不管有多大，比之太行、王屋二山，也是极其渺小的。可就是这个渺小的蚂蚁，却有着伟大的力量，把愚公都移不走的山给移走了。从这里可以看出来，《愚公移山》是一首大蚂蚁移山精神的颂歌。

但是，光是看到这一点，对于这个文学经典的解读来说，还是有盲点。这个盲点就隐藏在“愚公”和“智叟”的命名上。

文本明明是赞美愚公的颂歌，可是人物的命名却用了带有贬义的“愚”；相反，文章是批判那个自作聪明的反对派的，可给他的命名却是带着褒义的“智”。要深入阐释“愚”字和“智”字，就不能满足于直觉，而要通过分析，揭示表层和深层内涵的矛盾。其实，这个矛盾早在晋朝张湛的注释中就被指出过：“俗谓之愚者，未必非智也；俗谓之智者，未必非愚也。”[②]这就是说，字面的“愚”“智”和内在的含义恰恰相反，这是一种反讽修辞，这就是说，在愚公移山的颂歌中，还隐含着反讽。其实，还有一层反讽张湛没有看出来，那就是贬义的愚者被尊之“公”，褒义的智者却被贬为“叟”。

在语义上，以极愚和极智、极渺小和极伟大、极尊和极贬的张力来建构一首大蚂蚁移山的颂歌，表现英雄主义的崇高，却用了反讽的话语，这即使不是后无来者，至少也可以说是前无古人的。满足于歌颂原生感觉，就会陷入一种封闭性，使得文本中颂歌与反讽的统一成为几千年来的盲点。要真正解读清楚愚公移山的文学审美价值，就不能不在心理图式上消灭这些盲点。而消灭盲点，就是要提高读者的阅读素养，也就是孔夫子所说的，不能“思而不学”。只有在学的基础上，提高心灵的开放性，读者才能从自发读者上升为自觉读者，从业余读者提高为专业读者。

马克思：对于没有音乐感的耳朵来说，最美的音乐毫无意义

不管是马克思主义还是解构主义，其活的灵魂，都是具体问题具体分析。像一切对象和观念都需要具体分析一样，读者也不例外。文学文本解读学的建立，需要把自发封闭的读者变成自觉开放的读者，把业余读者变成专业读者。在这方面马克思有过非常深邃的洞察，他说：

① 李子伟：《夸蛾氏——蚂蚁神》，《天水师范学院学报》2003 年第 6 期。

② 刘思远：《为愚公移山正名》，《语文教学通讯》2009 年第 17 期。

> 对于没有音乐感的耳朵来说，最美的音乐毫无意义。不是对象，因为我的对象只能是我的一种本质力量的确证，就是说，它只能像我的本质力量作为一种主体能力自为地存在着那样才对我而存在，因为任何一个对象对我的意义恰好都以我的感觉所及的限度为限。①

马克思所说的"任何一个对象对我的意义恰好都以我的感觉所及的限度为限"，和《周易·系辞》所说的"仁者见之谓之仁，知者见之谓之知"其实是一回事。欣赏音乐作品，大脑是要有音乐感的准备的，就是说，人的感官要经过训练，经过熏陶，达到一定水平后，才能领悟艺术的奥秘，并不是任何外行都能领悟艺术真谛的。这本来没有任何神秘性，凭经验就能领悟。

1958年，刚从苏联留学归来的著名指挥家李德伦对北大学生解说西方古典音乐。他说，中央乐团出于革命热情，把美声唱法主动普及到农村。谢幕后，他征求老乡意见，老乡说"非常感动"，指着一个男高音歌唱家说，这个同志，声音抖抖的，都发高烧打摆子了，还在坚持演出。这就是马克思所说的，对于非音乐的耳朵来说，最美的音乐也毫无意义。马克思在同一本书里说："五官感觉的形成，往往是以往全部世界历史的产物。"②这里所谓的"全部世界历史"，无疑包括全部文化积淀，人的感官就是在这种积淀过程中得以进化的。人的感官从音乐艺术中得到享受，恰恰又是对自身高度文化的确证，这种高度文化，也就是马克思所说的人的内心丰富性得到自由发展的表现，用马克思的话来说，就是人的"本质"（人作为人在历史积淀基础上的修养）。在音乐、艺术的欣赏中得到确凿证明的是人的审美价值超越于实用价值的精神自由。马克思在同一著作中还说："贩卖矿物的商人只看到矿物的商业价值，而看不到矿物的美和特性。"③就是说，未经审美价值熏陶，就只能为对象的实用价值所窒息，对审美价值视而不见、感而不觉。西方有谚语云：少女可以为她失去的爱情而歌，守财奴不可为他失去的钱袋而歌。说的就是少女的审美价值对于守财奴的实用价值的超越。

在对音乐、艺术的欣赏中我们可以看到：你的本质是什么，你就能从作品看到什么；你看不到什么，就说明你在这方面的文化上存在空白。

对于文学来说也不例外。对于没有文学修养的读者来说，再好的文学经典也毫无意义。一千个读者眼中有一千个哈姆雷特，是需要具体分析的。一方面由于人的解读心理有开放性的一面，阐释的可能性、创造性，探索的空间都是无限的；但是，另一方面，由于人的解读心理有其封闭性，因而其蒙昧性也可能是无限的。专业读者的专业知识并不是绝对真

---

① 〔德〕马克思：《1844年经济学哲学手稿》，人民出版社1985年版，第82页。
② 〔德〕马克思：《1844年经济学哲学手稿》，人民出版社1985年版，第83页。
③ 〔德〕马克思：《1844年经济学哲学手稿》，人民出版社1985年版，第82页。

理，往往兼具澄明和遮蔽双重性质。就澄明一面说，专业解读优于自发解读，但是，专业解读者的知识不可能不包含着局限性（历史的和个人的），因而解读的结果并不一定是文学文本的最深层内涵，也可能包含着主体观念狭隘的遮蔽和扭曲。

说得通俗一点，就是专业读者读到的往往不是作品的全部，而是他自己专业心理图式（schema）以内的部分。马克思在《1844 年经济学哲学手稿》中说过："任何一种对象对我的意义……都以我的感觉所及的程度为限。"[①]专业理论自然有其深邃的一面，但作为理论，命中注定只能从一个方面深入，不可避免地带有专业理论的狭隘性，故专业读者也有个不断开放、不断提高、不断去蔽的任务。精于诗歌欣赏的，不会欣赏戏剧；长于小说评论的，对于诗歌缺乏判断力；精通浪漫主义的，对于现代主义隔膜；习惯于欣赏形容排比渲染的，看不出叙述的妙处。此等现象在文学解读中司空见惯。

文学经典数量的消长上有一种相当矛盾的现象，一方面，数量上不断淘汰、减少，在质量上却在不断积累、增长，这种增长在集体无意识中进行，可以用历史积淀来概括。其范围涉及形式、流派、风格，多样的统一，开放性与规范性本身形成了一种相对稳定的结构。但另一方面，文学经典又不断增加、扩展，新风格、流派的产生不会冲垮这个结构，而是融入这个结构，按照正反合的模式不断增殖，其特点是连续性，充其量不过是产生部分质变，而不是绝对的颠覆。

这就不但增加了解读的难度，而且增加了专业的难度。

稳定而开放的艺术规范已成为我们潜在的共识，读者要经过对规范的不断体悟、不断积累、不断开放，才能将其充分内化为自身的修养。这就意味着，即使是自觉的、专业的主体性，如果满足于现状，或者说满足于封闭，也只能陷于蒙昧。心理的封闭性是人类宿命式的局限，因而解读的曲折性是不可避免的，对其封闭性的挣脱自然也是永远不会中断的。

解读乃是读者封闭性与开放性的搏斗。这种搏斗既存在于解读主体，也存在于文本主体。故解读乃是读者主体与文本主体双向的同化和调节。阅读的题中之义本来就是从文本获得信息，而读者中心论却注定了信息主体图式对文本的同化。主体图式不但有自发和自觉、专业和非专业之分，而且同为专业者，也有流派之分、风格之分、个人偏嗜之分。而在此基础上确立的所谓多元解读，却混淆了这一切。

在皮亚杰那里，心理"图式"在其自觉阶段是一种系统配置，是各部分之间有序的结构，在其原生的自发状态却是无序的。

心理图式存在着内在的矛盾，它既是本我个体的张扬，又是对个体本我的压抑。皮亚

① 〔德〕马克思：《1844 年经济学哲学手稿》，人民出版社 1985 年版，第 83 页。

杰的主体图式同化学说，有点绝对化。主体图式并不绝对封闭，其表层具有有限的开放性，如他所举的例子，婴儿把手指当作乳头来同化，但其前提是接受了不同于乳头的感觉，并且有了不同的同化和调节，正如读者解读文本，首先接受从未体验过的文本文字结构。这种一定程度的开放，正如羊吃草，是把草同化为羊的机体的前提，但是这种羊吃草式的开放性，仅仅是无序的，要进入深层，就要被同化，其中同化结果就是有序化，草就变成了羊肉。

主流意识形态和思维模式的霸权同化

在解读中，对这种有序同化起主导作用的是主体的核心价值，处于霸权地位的社会主流意识形态、处于权威地位的主流艺术观念和与之共生的习惯性思维模式（如形而上学的绝对化，或者僵化的二元对立）对于个体心灵的自由是一种统治，长期积累为某种潜意识，构成个体生命密码，变成某种盲目的定势、自动化的本能，不但排斥外部信息，而且迫使外部信息就范，甚至歪曲其基本属性。即使权威学者、大师都无法逃脱这种机制。特别是当潜在的思维模式与主流意识形态的霸权观念一致的时候，主体同化即使带上了指鹿为马的性质，因为其有序性，人们也往往见怪不怪。朱熹注解《诗经》时，把《关雎》这种爱情诗规定为“后妃之德也”就是例证：

> 关关，和声也。雎鸠，王雎鸟之挚者也。物之挚者不淫。水中可居者曰洲。在河之洲，言未用也。逑，匹也。言女子在家有和德而无淫僻之行，可以配君子也。[①]

朱熹核心意识的同化结构中有两个要素：一是敌视爱情，将之硬性规定为“淫”；二是将“关关”之声定性为“和声”，归结为贵族女子的德行（“和德”）。这种判断丝毫没有论证，本来是无序的，但由于整个《诗集注》在这种观念和方法上是统一的、有序的，主流意识形态的权威使得这种武断戴上了神圣的光圈，因此，人们就往往见怪不怪了。

韦应物的《滁州西涧》（“独怜幽草涧边生，上有黄鹂深树鸣。春潮带雨晚来急，野渡无人舟自横”）明明是抒发隐逸心态，描绘了一幅无人的图画，但在潜在的抒情主体意脉中，动势很丰富婉曲。先是“幽”，也就是无声、荒僻，打破“幽”的是有声——“鸣”。加强了“鸣”的，是紧张的春潮和急雨，结句中转化了紧张氛围的是“舟自横”。一个“横”字，在这里有三重内心感应暗示：一是和“急”对应——雨不管多急，舟都只是悠闲地横在那里，是为无人、自在、自如；二是强调无人之舟，又是有特别的人欣赏（“独怜”）的

① 朱熹：《诗集传》首章，中华书局上海编辑所 1958 年版。

结果；三是有人又和长久无人的野渡构成内在张力：幽而不幽，不幽而幽。无人而有人怜，有人而无人景。内心和外物之间的多重互动，构成了意脉，不在字面上明言，而潜藏在字里行间。正是由于没有明言，就给穿凿附会提供了可能。宋代谢枋得选、明代王相注《七言千家诗注解》卷上偏偏说："此亦托讽之诗。草生涧边，喻君子生不遇时。鹂鸣深树，讥小人谗佞而在位。春水本急，遇雨而涨，又当晚潮之时，其急更甚，喻时之将乱也。野渡有舟，而无人运济，喻君子隐居山林，无人举而用之也。"这种穿凿观念非常流行，可能受了谢枋得的影响。谢氏原文曰："'幽草''黄鹂'，比君子在野，小人在位。'春潮带雨晚来急'，乃季世危难多，如日之已晚，不复光明也。末句谓宽闲寂寞之滨，必有贤人如孤舟之横渡者，特君不能用耳。"[①] 王维有名诗《终南山》：

太乙近天都，连山到海隅。

白云回望合，青霭入看无。

分野中峰变，阴晴众壑殊。

欲投人处宿，隔水问樵夫。

从自然景观高瞻远瞩的宏伟视野中，时而纵深细辨入微，时而俯视宇宙明暗对比，最后意脉猛地从宏伟山脉远眺，开阔起伏的感受转折为微观的个人交流，平静淡定。但是，宋代李颀在《古今诗话》中却说诗的主题是"讥时宰"。"'太乙近天都，连山接海隅'言势位盘踞朝野也。'白云回望合，青霭入看无'言徒有表而无内也。'分野中峰变，晴阴众壑殊'言恩泽偏也。'欲投人处宿，隔水问樵夫'言畏祸深也。"这种牵强附会，在中国古典诗话中自成风气，睿智的诗话家名之曰"穿凿"。原因就在于，意脉在丰富的直觉之中要转化为语言，主体同化必有变异，其极端者则为质变。而这种倾向之所以难以克服，原因就在于：第一，读者心理的封闭性，也就是先入为主；第二，文学文本意脉层次的封闭性，这种封闭性与理性文本的最大不同，可以称为"测不准"性。正是因为这样，这种测不准就变成了某种不透明的墙。

因为固有的主体图式同化意味着自我肯定，依照思维的惯性，驾轻就熟，心理消耗能量最小，符合弗洛伊德所说的快乐原则。封闭性与本能相联系，这就造成了整个社会、整个时代睁着眼睛说瞎话，重复着皇帝的新装的喜剧，滔滔者天下皆谬，故见谬不谬。

对读者主体的消极性失去警惕，陷入盲目性，必然造成文本主体的遮蔽，舒舒服服地用自己的舌头讲着统治者自己的主流意识形态的话语。其特点不是接受文本中的新信息，调节自己的心理图式，而是向文本发出歪曲文本的信息。在 20 世纪 50 年代中期，学富五车的权威教授们振振有词地从鲁迅的《药》的结尾处那飞起的乌鸦中看到了"革命者"，从

① 转引自明代高棅:《唐诗品汇（卷四十九）》。

李白的诗中看到了现实主义，从李后主的诗中看到了“爱国主义”。在十年浩劫“批林批孔”期间，从《水浒传》晁盖和宋江身上看到了革命和投降的“两条路线斗争”，从贺知章的《咏柳》中看到了“创造性劳动”。而今天的课堂上，中学生从《背影》中的父亲身上看到“违反交通规则”，从祥林嫂看到“拒绝改嫁的精神”，从《皇帝的新装》中看到骗子是“义骗”，从《愚公移山》中看到破坏生态环境，不一而足。这一切都说明，读者的自发主体图式中的当代生活经验和价值的封闭性压倒了开放性，造成了对经典文本的肆意歪曲。这样解读出来的与其说是文本，不如说是读者自己的成见。

解读的任务，本来应该是从已知到未知，但是，某种现成的、贫乏的观念却把解读变成了从已知到已知，以荒谬现成见解遮蔽文本的精粹。这在对花木兰的解读中，显得特别触目。

花木兰：是英雄还是英“雌”

一位中学教师讲《木兰辞》，遵照所谓“平等对话”的原则，问花木兰怎么样，学生说是个英雄。而对于花木兰为什么是“英雄”的问题，学生想来想去，回答说花木兰英勇善战——英雄的内涵仅仅就是英勇善战。多媒体、朗诵、对话……花样玩得不少，可是学生看到的却不是文本中的花木兰，而是预期的心理图式中的男性英雄。

说花木兰英勇善战，那么这首诗里怎么描写打仗呢？“旦辞黄河去，暮至黑山头，不闻爷娘唤女声，但闻燕山胡骑鸣啾啾。”细读之更像是在描写对家乡的思念。“万里赴戎机，关山度若飞”，这也不是在描写打仗，而是在描写行军。同样的，“朔气传金柝，寒光照铁衣”是在描写宿营。“将军百战死，壮士十年归”，这可以说是打仗了。但是，第一，何其少也，只有两行，而且严格来说，只有一句。因为“壮士十年归”这一行写的不是打仗，而是凯旋。就是“将军百战死”，也没有正面写她打仗，而是描写别人的牺牲。打了十年，虽然后面有“策勋十二转”的间接交代，但是正面的就这么区区一行概括性的叙述。她在战争中的英勇是全诗的重点还是“轻点”？战争场面轻轻一笔带过就“归来见天子”了？写战争这样吝惜笔墨，可是写她为父亲担心，决心出征，却不惜浓墨重彩，写了十六句：“唧唧复唧唧，木兰当户织。不闻机杼声，唯闻女叹息。问女何所思，问女何所忆。女亦无所思，女亦无所忆。昨夜见军帖，可汗大点兵，军书十二卷，卷卷有爷名。阿爷无大儿，木兰无长兄，愿为市鞍马，从此替爷征。”然后写备马（从这里可以感到当时农民的负担是如何重，参军还要自己去买装备）：“东市买骏马，西市买鞍鞯，南市买辔头，北市买长鞭。”

接着写行军中对爹娘的思念，又是八句：“旦辞爷娘去，暮宿黄河边，不闻爷娘唤女声，但闻黄河流水鸣溅溅。旦辞黄河去，暮至黑山头，不闻爷娘唤女声，但闻燕山胡骑鸣啾啾。”这八句，想念爹娘的意思是相同的，句法结构完全相同，和前面的四句相比，只改动了几个字，几乎没有提供多少新信息。那么作者为什么要冒着重复的风险，写得如此铺张？奏凯归来以后，写家庭的欢乐，用了六句，写木兰换衣服化妆，一共十二句：“爷娘闻女来，出郭相扶将；阿姊闻妹来，当户理红妆；小弟闻姊来，磨刀霍霍向猪羊。开我东阁门，坐我西阁床，脱我战时袍，著我旧时裳，当窗理云鬓，对镜帖花黄。”如果作者的意图是要突出木兰作为战斗英雄的高大形象，这可真是货真价实的本末倒置了。

但是，这样的安排恰恰是为了表现文本两个方面的深层意脉。

第一，突出女英雄。本来，从军不是女孩子而是男人的义务，文本反复渲染的是女人主动承担起男人保家卫国的任务，特点不在如何英勇，而是从军之前的亲情。立功归来以后，和男性衣锦还乡、坦然为官作宰截然不同，她只在意享受亲情以及和平幸福的生活。女性的毅然担当，女性的亲情执着，女性的超越立功受奖的世俗功利，正是文本意脉的前半部分，文本意脉的后半部分，则是恢复女儿本来面目的自豪和自得。这个意脉是文本的生命线，为什么那么多学生和师生视而不见呢？就是因为自发主体心理预期图式中的“英雄”同化作用。第二，在汉语里，从语义的构成来说，“英”就是花瓣，杰出之义，而“雄”则为男性。但男性的英雄气概是打仗打出来的，没有女性的份儿。这里的英雄是女性，又没有什么打仗的场面，但是读者按固有的英雄观念同化了花木兰，把花木兰当成“英雄”。本来主题立意重点在女性从军立功与男性之不同，如果着重写英雄善战，则与男性英雄无大差异。这一特殊性在文本的结尾处特别透露出来。中国诗歌是讲究比兴的，可是这首诗几乎全是叙述，极少比喻，到了最后却来了很复杂的比喻。扑朔迷离，“安能辨我是雄雌？”隐含着女性对于男性粗心大意的调侃和女性心灵精致的自得。这是全诗点题之笔，至今保存在现代汉语书面和日常口语中，不是偶然的。把花木兰当成“英雄”本身就隐含着悖论，严格说来，花木兰应该是“英雌”才对。

非常不幸的是，我们课堂上包装豪华的所谓尊重学生主体，尊重其对文本独特体悟的多元解读原则，表面上是解放主体，使之无限开放，实际上是放任主流意识形态（如男性英雄善战的僵化概念）的恶性封闭。这就是当前课堂上荒腔走板的现象比比皆是的原因。可悲的不是这样的奇谈怪论没有得到恰当的分析，而是这种言说还得到老师的肯定甚至表扬。问题的严重性还不仅仅局限在课堂上，更在于学界把花木兰的“英雄”形象做文化分析。如认为花木兰的精神气质肇始于北方少数民族的原始观念，至魏晋时依然存续：

> 生产者和战士仍然是浑然一体的存在，平时的劳动者，就是战时的战士，在人们

的自我意识中，也不存在二者人为的区分。自然劳动和战争是全部落人的共同职责，因而在他们的集体意识里，也不存在厌恶或喜爱仅仅作为一个和平的劳动者还是仅仅作为一个战士的问题。在战争中阵亡并不是一种不应该的、倒霉的事情，男女差别已经存在，战争一般是男子的责任，但女性在劳动技能和军事技能的接受上并不与男性截然不同。因而在花木兰的观念中，“生活的自我、生产者的自我与战士的自我是浑然一体式的存在。她不像我们一样害怕战争，但也绝不像施展自己的才能与抱负，一展自己英雄本质的人一样在内在意识中渴望战争；她重生轻死，但也不重死轻生；她并不是愚昧，但也不斤斤计较自我的得失。她那蓬勃的生命力是在极朴素、自然的形式中表现着的，意志力与情感的天然平衡”①。这样的文化分析也许有着相当深刻的道理，也许在文献上还有相当的疏漏，按王先生论述北方民族和汉族的文化心理所据，似多以意为之。据钱穆研究，“唐代的‘均田’制度，承北魏而来。其与古代的井田制不同，井田属于封建贵族，而均田则属于中央政府，即国家。”

唐以前，中国兵役制度，遍及全民众，可说是一种兵农合一制……唐代兵役制度改变了，可说是另一种兵农合一制。我们不妨说，兵农合一制有两种方式，一是汉代的方式，一是唐代的方式。汉代的兵农合一，是“寓兵于农”，亦即是“全农皆兵”，把国防武装寄托于农民的生产集团，生产集团同时即是武装集团。唐代的兵农合一，则是“寓农于兵”，在武装集团里寄托生产，不是在生产集团里寄托武装。所以只能说是“全兵皆农”，而非“全农皆兵”。把武装集团变成生产集团，每个军人都要他种田，却并不是要每个种田人都当兵。这一制度，从北周苏绰创始，唐代不过踵其成规。

唐时“户口本分九等，这都是根据各家财富产业而定……下三等民户是没有当兵资格的，只在上等、中等之中，自己愿意当兵的，由政府挑选出来，给他正式当兵。当兵人家的租庸调都豁免了，这是国家对他们的优待。此外更无饷给，一切随身武装也须军人自办”②。但是，旨归乃是民族心理的共同性，而不是文本个案的唯一性。

无原则的多元解读，造成了反历史主义的流行病。本来，解读历史文本的起码条件就是进入历史语境。年轻的读者进入历史语境，并非不可能。心理图式的封闭性不是绝对的，与同化相对的是开放性，也就是调节。封闭性同化和开放性的调节，是对立的统一。开放性调节是封闭性同化的必要补救：一味同化，相同刺激的反复，会导致注意力的疲劳，造成熟视无睹，熟知非真知，熟知为无知。更新信息能引起兴奋，任何词语加上“新”，均为

---

① 王富仁：《〈木兰诗〉赏析及其文化学阐释》，《解读语文》，福建人民出版社 2010 年版，第 260—262 页。

② 钱穆：《中国历代政治得失》，九州出版社 2013 年版，第 69—70 页。

褒义（新星、新潮、新人、新娘、新风、新政等）。喜新厌旧出于本能，故调节也源于人性。但是皮亚杰的不足是，没有突出二者并不平衡。与开放性调节相比，封闭性同化具有优势，新信息被纳入旧图式后，调节赶不上同化也是规律性现象。这是因为同化不改变心理图式，按心理惯性运作，消耗的心理能量较小，可以是瞬时的、自动化的，而调节则要改变同化图式，不是能一次性奏效的，而是积累性的，需要有意识地运作，长期习得。故从现实价值同化古代经典、视之心同此理为易，辨析今人之理异于古人之理为难。潜在意识不同于习得，为其不学而能，而习得不同于潜意识，为其学而后不能立竿见影。能力不同于知识，几乎每一次文本的分析都是对智能的一次挑战。

解读的深化并不如权威教育理论家所许诺的那样，只要主体自信就可以畅通无阻了。

解读主体并不是想开放就开放的，首先，面临着一场主体开放性与封闭性的搏斗。在一般读者那里，封闭占有惯性的优势，对文本中的信息，以迟钝为特点，崭新的形象在瞬息之间就被固有的心理预期同化了。聪明的读者，则由于开放性占优势，迅速被文本中的生动信息所震动。但是，敏捷是自发的、瞬息即逝的，而心理预期的封闭性则是惯性的、自动化的，仍然有可能被遮蔽。即使开放性十分自觉，也要和文本表层的、显性的感性连续搏斗，才有可能向隐性的深层胜利进军。即使如此，进军并不能保证百战百胜，相反，前赴后继的牺牲，为后来者换取柳暗花明的提示，是为无数文本解读历史所证明的事实。说不尽的莎士比亚，说不尽的普希金，说不尽的鲁迅，说不尽的《红楼梦》，说不尽的《背影》《再别康桥》。就在这前赴后继的过程中，经典文本才成为每一个时代智慧的祭坛，通过这个祭坛，人类文明以创新的心理图式向固有的图式挑战。每一个经典文本的解读史，都是一种在崎岖的险峰上永不停息的智慧的长征，目的就是向文本主体结构无限地挺进。

第六章

文本的封闭性：意象、意脉、形式规范三个层次的立体结构

意象：主体特征对于客体特征的主导性

说不尽的经典文本，并不是无聊的游戏，而是向不可穷尽的深度挑战。就以《背影》而言，之所以至今仍然众说纷纭，原因就在于理性的解读尚未达到可以意会到的深度，就是朱自清的好友叶圣陶的解读也不例外。如果我们不满足于以追踪西方理论为务，有志于解读学的原创性建构，那么，经典文本结构就不是单层次的，而至少有三个层次。

第一层次是显性的，按照时间空间的顺序，外在的、表层的感知（语言）的连贯，包括行为和言谈的过程。这个层次是最通俗的，可以说一望而知。但是，朱光潜先生所言“熟知非真知”意味非常深刻。如果满足于一望而知，解读就可能沦为非专业的浏览。专业解读的任务，就是要从一望而知中看出其一望无知，甚至再望也还是无知的深层意蕴。就第一个层次的最小单位来说，不要说是抒情作品，就是叙事作品，都不可能是绝对客观的描绘。一切描绘表面上是物象，是景象，但事实上却是作者的心象在起作用。《春秋左氏传》云：“鲁僖公十六年春正月，戊申朔，陨石于宋五。”注曰：“陨，落也。闻其陨，视之石，数之五。各随其闻见先后而记。”接下去是“是月六鹢退飞”。《春秋左氏传》注疏曰：“视之则六，察之则鹢，徐而察之则鹢。是亦随见之先后而书之。”（《四库全书》，经部，春秋类，春秋左传注疏，卷十二）。刘知几在《史通》“内篇叙事第二十二”中也说到了这一点，“《春秋经》曰：‘陨石于宋五。’夫闻之陨，视之石，数之五。”不过他只是为了说明史

家为文之简洁："加以一字太详，减其一字太略，求诸折中，简要合理，此为省字也。"

这里深刻地指出，即使是史家简洁的叙事，也不可能是绝对客观的反映，而是按主体的视角先后顺序为文。这就是说，即使是最讲究客观的中国史家笔法，其最佳者，也是主观感知程序在起主导作用。也就是一切物象皆由心象决定，这种天才的洞察，由于长期的机械反映论的遮蔽，在解读文学作品时被根本忽略了。就是有所体悟，由于没有提高到理论的自觉，分析也很难达到系统化。例如，对于李白的"孤帆远影碧空尽"，就是最有艺术感受力的论者，也往往只能指出黄鹤楼下的长江不可能只有一片孤帆，而是李白的目光只集中于朋友的孤帆上。但是，对于"远影""碧空尽"，就熟视无睹了。其实，只要用《左传》中注疏的原则，就可以系统化地分析下去：情聚则帆孤，目随则远影，失神则孤帆消失在天碧空尽处。"唯见长江天际流，"其生动乃在提示空白画面（空镜头）外凝神的眼睛。对于文学意象来说，外在的物象是一望而知的，而内在的心象则是需要理性自觉的。对于欧阳修《醉翁亭记》中连用二十一个"也"字，吾人往往停留于感性的赞美，而不知其美之所以然。

望之蔚然而深秀者，琅琊也。

潺潺而泻出于两峰之间者，酿泉也。

有亭翼然临于泉上者，醉翁亭也。

作亭者谁？山之僧智仙也。

名之者谁，太守自谓也。

……

太守饮少辄醉，而年又最高，故自号曰醉翁也。

醉翁之意不在酒，在乎山水之间也。

山水之乐，得之心而寓之酒也。

第一句，表面上看来仅仅是开门见山，但实质上还在于为全文奠定了一个语气的基调，如果要作吟诵，不能径情直遂地读成：

环滁皆山也。

而应该是：

环滁——皆山也——

从句法来说，一连八九个句子，是结构相同（……者，……也）的判断句，本是修辞之忌，而在欧阳修这里却出奇制胜，关键在于它们带有一种先是惊异然后体悟的意味，在语气上不是一般的连续式的，而是前后二分的句式，叙述的程序带着心理活动的程序："望之蔚然而深秀者，"先看到景色之美，然后才是回答，"琅琊也。"

“水声潺潺而泻出两峰之间者，”先是听到了声音，然后才解释：“酿泉也。”

“有亭翼然临于泉上者，”先有奇异的视觉意象，然后才有判断：“醉翁亭也。”

这种句法结构所提示的，先是心理上的惊异、发现，后是领会。这是一个过程。这个过程的特点在于，第一：先有所感，次有所解，先有感觉的耸动，后有理念的判断；第二，这种句法的反复，还提示了景观的目不暇接和思绪的源源不断。如果不用这样的提示回答的二分式句法，而用一般描写的句法，也就是连续式的句法，就得先把景观的名称亮出来：

琅琊山，蔚然而深秀；

酿泉，水声潺潺而泻出。

醉翁亭，其亭翼然而临于泉上。

没有心理的提示、惊异、发现和理解的过程，就是流水账了，也就不成其为意象了。这个意象群落的构成还得力于每句结尾都用一个“也”字。这本是一个虚词，没有太多具体的意义，但在这里却重要到从头贯穿到尾。这是因为“也”字句，表示先是观而察之，继而形成肯定的判断心态。这个“也”式的语气，早在文章第一句就定下了调子。有人把它翻译成：

看上去树木茂盛、幽深秀丽的，就是琅琊山。

渐渐听见潺潺的水声，从两个山峰之间流出来的，就是所谓的酿泉。

山泉的上方有个像鸟的翅膀张开着一样的亭子，这就是醉翁亭了。

意思是差不多的，但读起来为什么特别煞风景呢？因为其中肯定的、明快的语气消失了。有这个语气词，和没有这个语气有很大的不同。这不但有完成语气，而且有心态肯定的功能。比如《中庸》中说，义者，宜也。“也”用在句末表示形成判断的肯定语气。这个“也”有一点接近于现代汉语的“啊”“呀”。不同的是，在现代汉语中没有“啊”“呀”，句子还是完整的，而在古代汉语中，没有这个“也”字，就没有了形成判断的肯定语气，情感色彩就消失了。比如：

仁者，爱人。(《孟子》)

这是一个理性的，或者说是中性的语气，如果加上一个“也”字：

仁者，爱人也。

加上这个语气词，就有了肯定的情绪，就比较自信、比较确定了。《诗大序》曰：“情动于中而形于言。言之不足，故嗟叹之。嗟叹之不足，故咏歌之。咏歌之不足，不知手之舞之，足之蹈之也。”如果把最后这个“也”字省略掉，语气中那种情绪上确信的程度就差了许多。又如《左传》中的齐侯伐楚：“君处北海，寡人处南海，唯是风马牛不相及也。”如果把句尾的“也”字去掉，变成“唯是风马牛不相及”，则不但语气消失了，而且情绪也平淡了。不少论者都注意到本文从头到尾用了那么多“也”字，但几乎没有人注意到这个“也”字在语气和情绪上的作用，一般都误以为它是语气词，本身并没有意义。殊不知，语气词虽然没有词汇意义，但是其情绪意义却是抒情的生命。而这表面上的写景就变成了写心，景观就变成了意象。这也就是王国维所说“一切景语皆情语”的真谛。

在西方文论中，也不乏类似的理论资源，不过他们是从创作论的角度提出问题的。

丹纳在《艺术哲学》中说：“艺术力求形似的是对象的某些东西，而非全部。”“艺术的目的是表现事物的主要特征，表现事物某个突出而显著的属性，某个重要观点，某个重点状态。”[①]虽然丹纳接下来也说到了主要特征也就是“主要观念”，似乎接触到了主体的感知，但只是一笔带过，没有展开阐释，因而他的理论多多少少有点含混。

丹纳所说的“主要特征乃是对象的局部细节”是有道理的，由于这种局部是富于特征的，就有一种唤醒读者经验、在想象中补充成为整体的功能。如屠格涅夫写一个老太婆的死：一只苍蝇在她蓝色的眼膜上从容地爬过去。眼膜是面部最敏感的部分，不要说一只苍蝇，就是一粒看不见的灰尘落在上面，我们也忍受不了。这就雄辩地说明老太婆死了。这样的死亡特征除了表面的雄辩性以外，其深层的感情也是有特征的，那就是屠格涅夫对她的死亡没有多少同情。换一种情况，俄罗斯诗人特瓦尔多夫斯基写卫国战争时期一个战士倒在了俄罗斯茫茫雪原上，“雪花落在他蓝色的眼膜上，再也不会融化了”，把苍蝇换成了雪花，其深层的情感就带着哀悼的性质。战士不但死了，而且再也看不到祖国特有的景观了。细节的事物特征背后还有情感特征，故克罗齐说：

> 艺术把一种情趣寄托在一个意象里，情趣离开意象，或是意象离开情趣，都不能独立。史诗和抒情诗的分别，戏剧和抒情诗的分别，都是烦琐派学者强为之说，分其所不可分，凡是艺术都是抒情的，都是情感的史诗或剧诗。[②]

因为有情趣的渗入，细节就不再是细节，而成了“意象”。应该说在西方文论中，“意象”在很大程度上是得到认可的。如瑞恰兹也认为，意象是“作为一个心理事件与感觉奇特结合的象征”[③]。这比之西方另一些理论家孤立地抓住语词对于文学形象的把握要深邃有效得多。文学形象的根本矛盾——主体特征和客观特征（在想象中）遇合而成为意象，可以说是形象的胚胎，形象的基因就在其中。只待不同形式规范来最后定位，使其分化，在各种体裁的形式规范中投胎成形。意象理所当然地应该成为研究文学形象的逻辑起点。

---

① ［法］丹纳：《艺术哲学》，人民文学出版社1958年版，第19、23页。

② 朱光潜：《朱光潜美学文集（第二卷）》，上海文艺出版社1982年版，第54—55页。又见朱光潜：《谈美》，金城出版社2006年版，第117页。

③ ［英］瑞恰兹著，杨自伍译：《文学批评原理》，百花洲文艺出版社2010年版，第十六章“诗的分析”。

当然，克罗齐的这种观念在西方被认为属于浪漫主义流派的自我表现论，遭到符号学者如苏珊·朗格的反对。但是，符号主义者的主张至少在情感的形象构成方面和克罗齐并没有实质上的区别。苏珊·朗格也认为形象是要表现情感的，但是作为“内在生命”的“人类的情感特征，恰恰就在于充满着矛盾与交叉”。是“亦此亦彼”“我中有你，你中有我”“一切都处于无绝对界限的状态中”，一直处于不稳定——交叉、重叠、分解——的过程中，甚至在冲突中变得“面目全非”[①]。刘大基文中所引，又出自英文本《情感与形式》。而“语言是无法忠实地再现和表达的”，因为语言是“推理形式的符号系统，是非此即彼”，而正是因为这样，人类才创造出服务于情感表现的另一种符号——艺术符号。这种艺术符号的特点，就是以“客观对象”来“鲜明地体现着”“情感”，这种客观对象被称为“艺术品”。[②]她的说法，从情感与对象的统一来说，和克罗齐的“意象”（情趣寄托在细节中）并没有根本的区别，在克氏那里，情感也是不可感的，只有渗透在客观细节之中，成为意象，才有生动的感染力。这与苏珊·朗格甚至现代派艾略特所言“客观对应物”（objective correlative）这个述语是艾略特 1919 年在他的论文 *Hamlet and His Problems* 中提出来的。他注意到莎士比亚未能将哈姆雷特的某些东西加以正面表现。本来他是可以表现奥赛罗的嫉妒和科里奥兰纳斯的骄傲的。由此他推断出“在艺术中表现情感的唯一途径就是找到‘objective correlative’，也就是一组对象，一种情境，一串事件，使之成为某种特殊情感的轮廓，当外部事件一呈现，感情就会被唤醒”，可谓一脉相承。

可贵的是，这种主客交融的观念，与我国的古典文论也息息相通。《文心雕龙·神思》把这种规律性现象说得很生动，叫作“神与物游”，《物色》中认为形象构成的因素并不是光有物象，也不是光有心象，而是二者的结合：“写气图貌，既随物以宛转；属采附声，亦与心而徘徊。”王昌龄说“目击其物便以心击之”（《文镜秘府论》南卷），意象是物象和心相的统一。故在文学文本解读学中，严格地说，研究的起点或者说逻辑的起点就是“意象”。在这里，有必要声明两点。第一，我们没有采用英伽登的说法。他认为文学作品是一个多层次的构成，它包括：1. 语词声音和语音构成以及一个更高级的现象的层次；2. 意群层次：句子意义和全部句群意义的层次；3. 图式化外观层次，作品描绘的种种对象通过这些外观呈现出来；4. 在句子投射的意向事态中描绘的客体层次。[③]语词，并不是文学的，而是

---

① 刘大基：《译者前言》。见〔美〕苏珊·朗格：《情感与形式》，中国社会科学出版社 1986 年版，第 7 页。

② 刘大基：《译者前言》。见〔美〕苏珊·朗格：《情感与形式》，中国社会科学出版社 1986 年版，第 31 页。

③〔波兰〕英伽登莉，陈燕谷等译：《对于文学的艺术作品的认识》，中国文联出版公司 1988 年版，第 10 页。

一切叙事文章（新闻、历史等）的逻辑起点。文学的细胞形态，不是语词，而是“意象”，意象是客观特征和主体特征的猝然遇合。意象是文学的胚胎，按照不同文学形式规范衍生为不同意象的脉络，构成不同的有机整体，才可能成为文学形象。第二，深入分析意象时，我没有采用西方现代文论对意象的烦琐分类。例如，威尔斯把意象分为七类：一是装饰性意象（decorative），二是潜沉性意象（sunken），三是强合性或浮夸性（voilent or fustian），四是基本意象（rakical），五是精致意象（extensive），六是扩张意象（extensive），七是繁复意象（exubrant）。一来分类交叉重合甚多，不合逻辑，二来，就是像狭义修辞学一样把修辞格分得很烦琐，也仅仅有利于意象的归类，而归类则限于普遍性，与文学文本解读学的唯一、独一无二性不相容。韦勒克、沃伦在《文学理论》中运用这样的分类对文本进行了分析，但是，并没有挽救其分类交叉造成的混乱。意象表面上是写实的，实际上是想象的。因为客观物象之一特征，与主体情感之一特征，本来是分离的、各自独立的，二者猝然遇合，为情感所同化，物象遂成为情感的载体，故其性质可以说发生了质变，乃是虚拟的、假定的。清代叶燮在《原诗》中说：“作诗者，实写理、事、情。”这里表面上说“实写”，实际上到具体阐释的时候，却发生了变化。抒情的古典诗歌不但把“情”与“理”，而且把“事”当作必要因素，这可能是中国古典诗歌的特点，与西方古典诗歌的直接抒情是很不一样的。中国古典诗歌的抒情往往离不开写事，这个“事”就联系着情，汉语词汇中的“事情”，真是很深邃。事在表面，情在内涵。叶燮说“幽渺以为理，想象以为事，惝恍以为情”（[清]叶燮：《原诗》内篇下）。意象依赖于“事”，但这“事”（事物）不是“实写”的，而是虚拟的（想象以为“事”）。意象的好处是具有鲜明的可感性，又有隐含的情感性。这个优长正是欧美古典诗歌直接抒情之所短，故20世纪第二个十年，美国乃有师承中国诗歌的“意象派”运动。他们对于西方浪漫派直接抒情的传统感到十分厌倦。这种传统不但容易流于滥情，而且容易流于概念。不可忽略的是，在诗歌中，与“事”（物）相遇合的，不仅仅是情感，而且可能是智慧。庞德给意象下的定义是“在一刹那的时间里表现出一个理智和情绪复合物的东西”①。庞德并不绝对地反对情感，只是坚持情感不能直接抒情，情感和智性的浑然一体。故他在《严肃的艺术家》中针对诗与散文的区别这样说：“在诗里，是理智受到了某种东西的感动。在散文里，是理智找到了它要观察的东西。”②复合物，这个词在英语里是complex，有些人不赞成把它翻译成“复合物”：如果翻译成带上弗洛伊德心理学意义的“情结”，其中的心理内涵就更为深刻了。

解读之所以艰难，不仅仅是由于解读主体有封闭性的局限，而且还因为经典文本也有

① 〔英〕彼德·琼斯著，裘小龙译：《意象派诗选》，漓江出版社1986年版，第5、10页。

② 见杨匡汉、刘福春编：《现代西方诗论》，花城出版社1988年版，第54—55页。

相当的封闭性。这种封闭性，首先就是意象的封闭性，意象正如事情一样，出现在读者直观中的，是客观的事，而不是主观的情。但是，情感在投胎为意象以后，其价值不在表层以显性状态出现，而是在其深层以一种隐性价值观念决定着一切。故在解读中，不能仅仅把意象当作客观事物特征的选择和发现，同时应该将之作为心灵特征的选择和发现。但是，长期以来的机械反映论的霸权，在分析经典诗词的时候，往往以“即景写实”为其价值指向。就连20世纪词学权威唐圭璋先生在解读苏轼《赤壁怀古》时也极不到位。唐先生在《唐宋词选释》中这样说：“上片即景写实，下片因景生情。”①这个说法影响很大，至今一线教师仍然奉为圭臬。网上一篇赏析文章，一开头就是这样的论调：“《念奴娇·赤壁怀古》上阕集中写景。开头一句‘大江东去’写出了长江水浩浩荡荡，滔滔不绝，东奔大海。场面宏大，气势奔放。接着集中写赤壁古战场之景。先写乱石，突兀参差，陡峭奇拔，气势飞动，高耸入云——仰视所见；次写惊涛，水势激荡，撞击江岸，声若惊雷，势若奔马——俯视所睹；再写浪花，由远而近，层层叠叠，如玉似雪，奔涌而来——极目远眺。作者大笔似椽，浓墨似泼，观景摹物，气势宏大，境界壮阔，飞动豪迈，雄奇壮丽，尽显豪放派的风格。为下文英雄人物周瑜的出场做了铺垫，起了极好的渲染衬托作用。”好像是上片只写实，不抒情，下片则只抒情，不写景。首先，“即景写实”，与抒情完全游离，不要说是在诗词中，就是在散文中也很难成立。王国维在《人间词话》中早就指出：“昔人论诗词，有景语情语之别，不知一切景语，皆情语也。”②其次，这样的论断与事实不符。苏东坡于黄州游赤壁时曾四为诗文，第一次，见《东坡志林·赤壁洞穴》卷四，其文曰：

> 黄州守居之数百步为赤壁，或言即周瑜破曹公处，不知果是否。断崖壁立，江水深碧，二鹊巢其上，有二蛇或见之。遇风浪静，辄乘小艇其下，舍舟登岸，入徐公洞，非有洞穴也，但山崦深邃耳。③

这种描写近于“即景写实”，比这个更接近实写的，则是范成大：

> 庚寅，发三江口。辰时，过赤壁，泊黄州临皋亭下，赤土山也。未见所谓“乱石穿空”及“蒙茸巉岩”之境，东坡辞赋微夸焉。（见［宋］范成大：《吴船录》卷下）

而《赤壁怀古》一开头“大江东去，浪淘尽，千古风流人物”，与其说是实写，不如说是虚写。第一，在古典诗歌话语中，大江不等于长江。把“大江东去”当作即景写实，从字面上理解成“长江滚滚向东流去”，就不但遮蔽了视觉高度，而且抹杀了话语的深长意味。这种东望大江，隐含着登高望远、长江一览无余的雄姿。李白诗曰：“登高壮观天地

---

① 吴熊和主编：《唐宋词汇评·两宋卷（第一册）》，浙江教育出版社2004年版，第426页。

② 王国维：《人间词话》，上海古籍出版社1998年版，第34页。

③ 曾永庄、舒大刚主编：《三苏全书（第五册）》，语文出版社2001年版，第149页。

间，大江茫茫去不还。”只有身处天地之间的高大，才有大江茫茫不还的视野。而范成大“过赤壁，泊黄州临皋亭下，赤土山也。未见所谓‘乱石穿空’及‘蒙茸巉岩’之境”，只是从江上录其所见，无登高之情，故只是“赤土山也”。据《东坡志林·赤壁洞穴》所记：“断崖壁立，江水深碧，二鹘巢其上，有二蛇或见之。”则是由平视转仰视的景观。至于“遇风浪静，辄乘小艇其下，舍舟登岸，入徐公洞，非有洞穴也，但山崦深邃耳”，则从平视到探身巡视。按《赤壁洞穴》所记，苏轼并没有上到“断崖壁立”的顶峰。“大江东去”，一望无余的眼界显然是心界，是虚拟性的想象，是主观精神性的、抒情性的。这种艺术想象把《东坡志林·赤壁洞穴》中写实的自我，提升到了精神制高点上。第二，光从生理性的视觉去看，不管如何也不可能看到“千古风流人物”。西方诗论喜欢把审美想象视角叫作“灵视”，其艺术奥秘就在于超越了即景写实，把空间的遥远转化为时间的无限。第三，把无数的英雄尽收眼底，使之纷纷消逝于脚下，就是为了反衬出抒情主人公的精神高度。以空间之高向时间之远自然拓展，使之成为精神宏大的载体，这从盛唐以来，就是诗家想象的重要法门。韩愈的“草色遥看近却无”，当然是对早春景观特征的发现，一般情况下，景物远观则隐，近察则显，然而，这里的早春则反之，远观似有绿意，近察却绿意消失。诗的动人不仅仅是对客观景象发现的喜悦，而且也是对自我心灵发现的欢欣，其微妙不但在草，而且在心。故意象解读的焦点在于不为意象统一所蔽，在于从意象的表层分析出心象的深层。意象的表层并不是对象的全部属性，而是部分属性，这种属性并不是独立的，而是为心象和情感所选择、所定性的。故意象从结构来说是以隐性的心象为主导的，不但诗歌是这样，散文也是这样。朱自清的《荷塘月色》中那广为传颂的十四个比喻，并不仅仅是荷塘的景观，而且是景观和他“超出了平常的自己”的“自由”心情的化合。因而平时不起眼的小树，小煤屑路，白天很少人走、夜晚有些怕人的地方，变成了诗意盎然的胜境。

在鲁迅笔下，保姆长妈妈的姓名，意象的结构性质更为隐蔽，表层的意思是一望而知的。她的名字叫“阿长”，鲁迅说：“我们那里没有姓长的；她生得黄胖而矮，‘长’也不是形容词。又不是她的名字，记得她自己说过，她的名字是叫作什么姑娘的。什么姑娘，我现在已经忘却了，总之不是长姑娘；也终于不知道她姓什么。记得她也曾告诉过我这个名称的来历：先前的先前，我家有一个女工，身材生得很高大，这就是真阿长。后来她回去了，我那什么姑娘才来补她的缺，然而大家因为叫惯了，没有再改口，于是她从此也就成为长妈妈了。”

本来如果叫阿长，一般来说应该是姓长，不是姓，就应该是绰号，但又和她的形体无关，因为她生得又矮又胖。原来是她顶了前任的缺，此人的名字阿长就成了她的名字。姓氏名字在中国，本来是很庄重的事，不像日本人那样，不讲究，什么河边、稻田、池边、村上的都可以。汉人名字往往寄托着对品德的甚至光宗耀祖的理想。而这里却是别人的名字，随便安在她的头上，这就说明此人在生活中没有地位，没有尊严，得不到起码的尊重。这已经够惨的了，更惨的是，人家把别人的名字安在她的头上，她坦然地接受，居然没有反抗。前者如果说让人哀其不幸的话，后者就让人怒其不争了。

类似的有《祝福》中的祥林嫂。女人没有自己的名字，用丈夫的名字标记，说明女人属于丈夫，丈夫死了，成为丈夫的“未亡人”。封建礼教要求守节，不得再嫁。祥林嫂被强迫改嫁，丈夫又死了，回到鲁镇，鲁迅用单独一行突出说明“大家仍然叫她祥林嫂”。这提示存在着内在矛盾：叫她祥林嫂，因为丈夫叫祥林，现在情况变化，丈夫叫老六，一个非常现实的问题，该叫祥林嫂还是老六嫂呢？但是，鲁迅强调，鲁镇人不假思索，仍然叫她祥林嫂。说明成见之深，已经达到自动化的程度，完全没有感到其中的矛盾甚至荒谬。《阿Q正传》中阿Q的名字也一样，表面上强调，不知道是蟾宫折桂的“桂”，还是富贵的“贵”，实际是在突出相反的意思：这个人物连名字都很渺茫，可见与“桂”和“贵”相去之远，是强烈的反讽。

在庸俗的小说理论里有所谓肖像、景色、动作描写等，其实都在以为有一种客观的外貌、动作和景观。其实，外貌描写也是和观察者的心灵统一的，忘记了心灵的主导性，就会带来相当严峻的理论问题。

朱光潜：对于一棵古松的三种态度

朱自清的《背影》中父亲爬月台买橘子的场景，多少年来，毫无异议地被认为是全文最为生动的描写。可是北京有一位大学老师认为，这样的父亲违反了交通规则，是在“违法”，因而不可爱，不可取。关键在于，你是以什么样的身份和目光看待这个现象的。如果从工程师的角度，可以认为月台缺乏必要的护栏，因而要改进设计，以绝后患；从公安民警的角度，“父亲”当然是违规，要教育，甚至要罚款。二者都是理性的。但是，文章从儿子的视角出发的，而且是以一种惭愧的情感去观照的，因而就令人感动了。文章意脉就是这样贯穿首尾的，其价值就在于以曲折的意脉表现了情感的特殊性，这种特殊的情感价值叫作审美价值。生活对于人生并不是只有真和善的理性价值，而是有着真善美三种价值的。这个价值观念的分化对于文本解读有着十分重大的意义，朱光潜先生的《我们对于一棵古松的三种态度——实用的、科学的、美感的》对此说得生动而又通俗：

比如园里那一棵古松，无论是你是我或是任何人一看到它，都说它是古松。……

假如你是一位木商，我是一位植物学家，另外一位朋友是画家，三人同时来看这棵古松。我们三人可以说同时都“知觉”到这一棵树，可是三人所“知觉”到的却是三种不同的东西。你脱离不了你的木商的心习，你所知觉到的只是一棵做某事用值几多钱的木料。我也脱离不了我的植物学家的心习，我所知觉到的只是一棵叶为针状、果为球状、四季常青的显花植物。我们的朋友——画家——什么事都不管，只管审美，他所知觉到的只是一棵苍翠劲拔的古树。我们三人的反应态度也不一致。你心里盘算它是宜于架屋或是制器，思量怎样去买它、砍它、运它。我把它归到某类某科里去，注意它和其他松树的异点，思量它何以活得这样老。我们的朋友却不这样东想西想，他只在聚精会神地观赏它的苍翠的颜色，它的盘屈如龙蛇的线纹以及它的昂然高举、不受屈挠的气概。①

这里画家的价值，不同于植物学家的求真（科学的），也不同于木材商的求善（实用的），和二者的理性追求不同，画家追求的是情感的、假定的。三种价值的划分并不是朱光潜先生的首创，而是来自康德的《判断力批判》。康德认为，审美情感（有人译作“情趣判断”）是“非逻辑的”“非实用的”。②

朱光潜的文章写于1932年，至今影响甚大，很权威，但是早在1906年，王国维就已经将这三种价值介绍得很全面了，只是没有朱光潜那样生动：

人之能力，分内外二者：一曰身体之能力，一曰精神之能力……精神之能力中，又分为三部，知力、情感及意志是也。对此三者，而有真善美之理想，真者，知力之理想；美者，情感之理想；善者，意志之理想也。完全之人物，不可不备真美善之三德。欲达此理想，于是教育之事起。教育亦分为三部：知育、德育（即意志）、美育（即情育）是也。③

这个学说经过克罗齐（1866—1952）的阐释，进一步发扬光大。朱先生这个树的例子，就是从克氏那里演化来的。经过朱光潜通俗性的阐释，尤其是对中国古诗歌的具体分析，审美价值观念在对抗机械反映论和狭隘功利论方面发挥了巨大的作用。文本的封闭性，表面看来，就是表层意象的封闭性，实质更深刻的原因，乃是价值的封闭性，由于实用和科学的理性在生活中占有自发的优势，故形象的审美情感价值往往为之遮蔽。打破文本的封闭性，最关键的是打破科学理性和实用理性对审美情感价值的遮蔽。

① 朱光潜：《朱光潜美学文集（第一卷）》，上海文艺出版社1982年版，第448页。

② 〔德〕康德著，宗白华译：《判断力批判》，商务印书馆1987年版，第39页。

③ 王国维：《论教育之宗旨》，《教育世界》1906年第1期。

真善美不是绝对统一的，而是三维“错位”的

但是，从康德的学说来看，光是这样通俗地解说，并非十全十美，康德后来强调美与善的统一，甚至在宗教的高度上，美与善还是能够统一的，美是善的象征。从解读学的角度来说，这还不够到位。孙绍振在《美的结构》中，把真善美三者的关系归结为“错位”，亦即既非完全统一，或者只有量的差异，亦非完全脱离，而是交错的三个圆圈，部分重合，部分分离。在不完全脱离的前提下，错位的幅度越大，审美价值越高，反之错位幅度越小，则审美价值越小，而完全重合则趋近于零。[①]把这个理论运用到文学文本解读学上来，可以解决价值观念的审美取向问题，但是，这还不能完全解决文本的解读任务。因为这里还有三种价值之间的关系问题。一般说来，由于人类生存和繁衍的压力太大，因而，在人类的心理中，在人类自发的价值取向中，理性的和实用的价值往往占着压倒性的优势。对于这一点，马克思在《1844年经济学哲学手稿》中也有过精辟的论述：

> 囿于粗陋的实际需要的感觉，只具有有限的意义，对于一个忍饥挨饿的人来说，并不存在人的食物的形式，而只有作为食物的抽象存在；食物同样也可能具有最粗糙的形式，而且不能说这种食物与动物的饮食有什么不同。忧心忡忡的穷人，甚至对最美的景色都没有什么感觉；贩卖矿物的商人只能看到矿物的商业价值，而看不到矿物产特性，他没有矿物美的感觉。[②]

这里有两点值得注意。首先，囿于生理需求的感觉，人对于食物的形式美是没有感觉的，从这一点上来说，和动物没有什么区别，在实用价值的压力下，人不但对食物的美没有感觉，而且对风景的美也没有感觉。其次，如果人执着于实用价值，也会忽略审美价值的发掘，如商人对于矿物的感觉也为商业价值所窒息，对矿物的美也是没有感觉的。在这一点上，马克思的表述特别明确：

> 任何一种对象……对我的意义都以我的感觉的限度为限。

正是因为这样，马克思才反复强调“人的本质”的“丰富性、主体性，人的感性的丰富性，如有音乐感的耳朵，能够欣赏形式美的眼睛”。而人要达到“成为人的享受的，即确证自己是人的本质力量”，能欣赏美的耳朵和眼睛，不能光凭主体自发性，还要经过自我的重新创造。“从主体方面来看，只有音乐才能激起人的音乐感。”同样，只有文学才能激起

---

① 见孙绍振：《美的结构》，人民文学出版社1987年版。又见孙绍振：《审美价值结构与情感逻辑》，华中师范大学出版社2000年版，第126页。

② 〔德〕马克思：《1844年经济学哲学手稿》，人民出版社2000年版，第83页。

人的文学感，对于没有文学感的人来说，面对再精美的文学经典，也没有感觉。从这个意义上说，在中国课堂上教条主义地搬用欧美后现代学说，放任中学生自发主体的“自主创新”的解读，实在是近乎蒙昧。

其实，即使以审美价值为取向的作品，仍然有高低之分，对于这一点，康德和朱光潜的理论都没有涉及。这个问题从创作论的角度来考量很简单。由于实用理性具有自发的优势，因而在一般情况下，情感的审美价值是遭到压抑的。审美价值要超越功利的善和科学的真才能构成形象，其意象和意脉必然和实用理性发生错位。只有情感价值超越了实用理性，它才能获得自由的境界，而这个境界往往是假定的、虚拟的。例如，《水经注・三峡》一段描写得很经典，但并不是每一个亲临三峡的人都能进入那种审美境界。郦道元的《水经注》中，“三峡”的注文中就引用袁山松的记载说：

> 常闻峡中水疾，书记口传，悉以临惧相戒，曾无称山水之美也。及余来践跻此境，既至欣然，始信耳闻之不如亲见矣。其叠崿秀峰，奇构异形，因难以辞叙。林木萧森，离离蔚蔚，乃在霞气之表。仰瞩俯映，弥习弥佳。流连信宿，不觉忘返。目所履历，未尝有也。既自欣得此奇观，山水有灵，亦当惊知己于千古矣。[①]

袁山松明确指出，多少年来的口传和书面记载，“曾无称山水之美也”，从来没有提及这里的山水的审美价值，相反倒是“悉以临惧相戒”，全都是以可怕相告诫。这是有根据的，瞿塘峡口为三峡最险处，滟滪堆有巨大错乱礁石，航行十分凶险。杜甫《夔州歌》云：“白帝高为三峡镇，夔州险过百牢关。”古民谣曰：“滟滪大如马，瞿塘不可下。滟滪大如猴，瞿塘不可游。滟滪大如龟，瞿塘不可回。滟滪大如象，瞿塘不可上。”虽然西陵峡比较起来可能要平缓一点，但从袁山松的描绘中可以看出，仍然十分险峻。这就提出了一个尖锐的问题，难道那些把山水之美看得很可怕的人们，他们的感知和情感就不是真实的吗？为什么面对同样的山川，袁山松却能“仰瞩俯映，弥习弥佳。流连信宿，不觉忘返”，没有恐惧，没有生命受到威胁的感觉？这是因为，恐惧的感觉或者说生命受到威胁的感觉属于实用理性，这就是说，情感的优势超越了山水隐含着的险恶。审美感知强化到一定程度后，就进入了假定的境界，就超越了科学真和实用的善。袁山松这样自述：“既自欣得此奇观，山水有灵，亦惊知已于千古矣。”山水从无生命的自然，被假定、被想象为“有灵”，不但有灵，而且成为他的“知已”，这就是审美情感的非实用性。这样的假定性就把“实感”变成了“虚感”。不从“实感”上升到“虚感”，审美精神就不得不受到现实的束缚，就不能得到充分的自由。在这一点上，缺乏对三种价值观念的错位的分析，就不可能揭示审美价值的奥秘。

---

① ［北魏］郦道元：《水经注（卷三十四）》，《影印文渊阁四库全书》573 册，第 512 页。

大自然是吝啬的，人被迫遵循大自然的规律才勉强满足了自身迫切的生理需求。人类征服物质世界，凭的是自身的理性，却牺牲了情感。情感被抑制着，被压迫得处于沉睡状态，或者叫作潜意识状态。在人的小丘脑的下部，有一个机制，是压抑人的自发性欲望的。在人的种种欲望中，最强烈的是性欲和食欲。光有小丘脑的控制是不够的，为了不使人们在满足欲望时发生暴力争夺，便又有了道德的戒律，让人自己分别善恶。为了最有效地获取生活资料，便有了科学，追求客观的真，排除虚假。一个人从懂事开始所接受的，就是道德的善恶和科学的真伪的教育。

这自然是很重要的、不可缺少的，但是对一个艺术家来说，光有这一点是不够的，因为人的情感的美，是生命中不可缺少的组成部分，其特点就是超越善与真。小孩子看电视时往往问大人，某个主人公是好人还是坏人，这类问题有时很好回答，有时不好回答。越是简单的形象越好回答，越是丰富的形象越不好回答。因为形象越简单，情感价值与道德的善和科学的真之间的矛盾越小；形象越丰富，意味着情感越是复杂，与善和真之间的错位也越大。

道德的善恶和艺术的美丑：蘩漪、薛宝钗是坏人吗

善与恶属于理性的范畴，而美与丑则属于以感性为核心的范畴，情感在价值观念和逻辑上都与理性矛盾，但并不因此而没有价值，因为它也是人性的一个组成部分，故有其不同于理性的价值结构和价值规律。所以，恶从理性来说是不善的，但从情感来说不必丑，善从理性来说是超越恶的，但是并不一定美。从理论上说，这似乎有点玄，但从经验上说，则是很简单的。

在春节晚会上，赵本山、陈佩斯演的人物是得到广泛喜爱的。赵本山在《卖拐》中演一个骗子，硬是把人家忽悠得迷迷糊糊的，把人家的钱骗走了，还弄得人家感谢他。这在生活中是很不善、很不道德、很恶、很可恨的，但在小品舞台上，观众并不觉得他很可恨，反而觉得他很好玩儿，挺可爱的。因为我们看到他沉浸在自己荒谬的感觉境界里，他觉得自己骗人骗得挺有才气、挺有水平、挺滋润的。在《主角和配角》中，陈佩斯一心要当正面英雄人物，可是不管怎么努力，到头来还是汉奸嘴脸毕露。还有他在另一个小品中饰演的小偷角色，对他未来的民警姐夫胡搅蛮缠，结果还是露出了小偷的马脚。小偷恶不恶？恶，但并不是丑的。这个人物作为艺术形象很生动，我们在笑的时候，感到他很可爱，很弱智，却又自作聪明。如果把这样的小品仅仅当作对小人、汉奸本性的批判，是多么煞风

景呀！他们是小偷、骗子，但他们还是人，即使在做坏事，甚至沦落，但仍然有人的自尊、人的荣誉感，人的喜怒哀乐都活灵活现，并不因为他们是小偷、骗子，就没有自己的情感、幻想。我们在看过、笑过以后，看到的不是个别人的毛病，而是人的弱点，我们的精神就升华了，增加了对人的理解和同情。

审美是诗意的，但不仅仅是诗意的美的陶冶，而且包括对恶的审视。艺术上往往有这样的现象，就是写恶事、恶人，也以一种艺术的眼光去审视，这种恶事、恶人就和丑产生了错位，甚至变得可爱起来。

遵循实用理性的善与情感价值的美错位的观念，我们对许多经典形象的善恶、美丑就有了新的解读。

曹禺在《雷雨》序中说，他的原始创作动机，并不是出于善恶的审判，只是觉得人虽然为万物之灵，但却很可怜地“做着最愚蠢的事”：

带着踌躇满志的心情，仿佛自己来主宰自己的命运，而时常不能自己来主宰着。受着自己——情感的或者理解的——捉弄，一种不可知的力量的——机遇的，或者环境的——捉弄。生活在狭的笼里而洋洋地骄傲着，以为是徜徉在自由的天地里。

周萍悔改了“以往的罪恶”，他抓住了四凤不放手，想由一个新的灵感来洗涤自己。但这样不自知地犯了更可怕的罪恶，这条路引到死亡。蘩漪是个最动人怜悯的女人。她不悔改，她如一匹执拗的马，毫不犹疑地踏着艰难的老道。她抓住了周萍不放手，想重拾起一堆破碎的梦，救出自己，但这条路也引到死亡。

在《雷雨》里，宇宙正像一口残酷的井。落在里面，怎样呼号也难逃脱这黑暗的坑。

这里，曹禺再明白不过地告诉观众和读者，他并不是站在道德的立场上对任何人进行审判，而是站在超越道德的立场，也就是审美的立场上来怜悯地俯视这堆在下面蠕动的生物。“他们怎样盲目地争执着，泥鳅似的在情感的火里打着昏迷的滚，用尽心力来拯救自己，而不知千万仞的深渊在眼前张着巨大的口。他们正如一匹跌在泽沼里的羸马，愈挣扎，愈深沉地陷落在死亡的泥沼里。”①

他反复强调他写作时是在“用一种悲悯的心情，来写剧中人物的争执”，同时祈盼观众“也以一种悲悯的眼来俯视这群地上的人们”。他甚至强调怀着这种“悲悯的眼”就意味着上升到“上帝的座”。正是在这种意义上，他才说“蘩漪是个最让人怜悯的女人”，因为她“想重拾起一堆破碎的梦，救出自己”，所谓破碎的梦，其实也就是情感的梦，为了这个梦她不惜毁灭自己的一切。从造物者的角度，或者说从艺术高度来看，蘩漪具有最高的审美价值，又有着最强的道德的恶。这个形象的生命在于将道德的恶和情感的美拉开了最大的

---

① 曹禺：《〈雷雨〉序》，《曹禺经典戏剧选集》，新华出版社 2010 年版，第 499 页。

错位幅度，可以说她是一枝恶之花、丑之美。

要提高对经典文学作品的艺术的欣赏水准，在这一点上是绝不可含糊的，即必须把艺术形象的情感价值放在最重要的位置，哪怕这种情感与理性的善和真拉开了某种距离也不能手软。

正是在这样的基础上，曹雪芹把林黛玉和薛宝钗放在对称的位置上：她们之间有对立，但不是道德的对立，而是情感的对立。

林黛玉的情况和《雷雨》中的蘩漪有一点相似，那就是她为情感而生，为情感而死，情感给她的痛苦大于欢乐。她的情感是这样敏锐，这样奇特，以至于她和她最爱的贾宝玉相处时也充满了怀疑、试探、挑剔、误解、折磨。这是因为她爱得太深，把情感看得太宝贵，甚至比生命更宝贵，她不能容忍有任何可疑、牵强的成分，更不要说有转移的苗头了。曹雪芹让这样强烈的情感出于她这样一种虚弱的体质，可能并不是出于偶然或随意，也许他正是要把情感的执着和生命的存活放在尖锐的冲突中，让林黛玉坚决选择了情感之花而不顾生命之树的凋谢，因而也是美的，美在情感价值高于一切，甚至是生命。

薛宝钗是林黛玉的“对立面”，如果林黛玉是善的，则薛宝钗肯定是恶的吗？道德上一定是卑污的吗？其实，在道德上宝钗并无多少损人利己之心。有些研究者硬把薛宝钗描写成一个阴险的“女曹操”，和这一形象本身的倾向是不相干的。薛宝钗的全部特点在于她为了“照顾大局”而自觉自愿地，或者说几乎是毫无痛苦地消灭了自己的情感，不管是她对贾宝玉可能产生的爱，还是对王夫人（在逼死金钏儿以后）可能产生的恨，她都舒舒服服地淡化掉了。她在人事实用的关系上取得了极大的成功，她克制自己的情感，不让自己和任何人冲突，对自己的青春和爱情都没有认真当一回事。当她妈妈把基本已经定下来的她与贾宝玉的亲事告诉她，征求她的意见的时候，她甚至正色道：“这样的事情，你怎么来问我，父亲不在了，只能问哥哥。”其实，她的哥哥薛蟠正在监牢里。后来对于冒充林黛玉和贾宝玉结婚，她虽然痛苦，但最后还是选择了顺从，结果是她自己成了生命的空壳。和情感强烈但没有健康的美人林黛玉相反，她成了一个健康却没有感情的美人。她时时要服食一种“冷香丸”，其实这正是她心灵的象征：她虽然很美，但情感已经冷了，没有生命了。地藏庵尼姑觉得她是个“冷人”（语出《红楼梦》第一百一十五回——两个姑子进来，宝玉看是地藏庵的，来和宝钗说：“请二奶奶安。”宝钗待理不理地说：“你们好？”因叫人来：“倒茶给师父们喝。”宝玉原要和那姑子说话，见宝钗似乎厌恶这些，也不好兜搭。那姑子知道宝钗是个冷人，也不久坐，辞了要去。宝钗道：“再坐坐去罢。”那姑子道：“我们因在铁槛寺做了功德，好些时没来请太太奶奶们的安，今日来了，见过了奶奶太太们，还要看四姑娘呢。”宝钗点头，由他去了。），是很到位的。《红楼梦》第六十三回《寿怡红群芳开夜宴》，众人“饮博”，轮到宝钗，伸手掣出一根，只见签上画着一支牡丹，题着“艳冠群芳”四字，下面又有镌的小字一句唐诗，道是：任是无情也动人。这是很有象征性和总结意义的。虽然她是善的、美的，甚至“艳冠群芳”，但同时也是理性压倒情感的，她只是一个美丽的空壳。

道德理性价值和情感的审美大幅度错位，善与美拉开了最大距离，才是薛宝钗个这形象不朽的原因。她和林黛玉对立的性质，不是恶之花，而是善之丑。

周朴园是伪君子吗

从这个意义上，我们可能会对周朴园有比较深刻的理解。

许多学术论文几乎异口同声地论断周朴园是个道德上十分虚伪的家伙，这样的理解可能太肤浅了。在我们看来，如果他仅仅是一个虚伪的人物，那只不过是说明他恶而已。但文学作品的价值追求不在于善恶，更重要的在于美丑与善恶的错位。说周朴园是恶的，并不一定比说他是丑的更到位。有些学者感到不能简单地把周朴园当成坏人，就从客观上为他作道德理性的辩护，从年龄上考证出，在侍萍以后，他还显然被迫与一个富贵人家的小姐结婚，但是他对这位小姐没有感情，此人也在不久后死去。蘩漪则在十七岁与他结婚，仍然没有感情。周朴园的确真诚地怀念着三十年前的侍萍，他为此而时刻忏悔着，家具的布置也一直保持着当年侍萍生孩子时的原样。这一切都不是做样子给谁看的，从这个意义上，周朴园是绝对真诚的，因而得出这是“封建家庭的罪恶”，周朴园和侍萍同样是“牺牲者”的结论。但是，在侍萍突然出现时，他想到了实际问题，是谁派她来的，是不是代表罢工的鲁大海，甚至是鲁贵。但是，在一番对话过程中，“既有现实的社会冲突，又有人与人之间的两性感情，男女的真挚的爱情，都非常丰富地交织在一起”，“让读者看到了人性的丰富性”[①]。从这个意义上说，周朴园情感生活不幸，但情感还是相当深沉的，也就是说，有其相当的审美价值。

这种分析的关键之处：第一，是为周朴园的道德上抛弃侍萍的恶作辩护；第二，周朴园不但不恶，而且是和侍萍一样是牺牲者；第三，他对侍萍三十年不变的真诚怀念，足以说明这个形象的审美价值。

这种对周朴园的道德上的辩护可能是独到的，但文学作品的价值追求主要不在于善恶，而在于美丑与善恶的错位。蘩漪是恶的，但从审美价值来说，她对情感的不顾一切的执着，

① 陈思和：《中国现当代文学名篇十五讲》，北京大学出版社2003年版，第86页。

说明她还有审美的一面。薛宝钗是善的，但她有“无情”的丑（不是“醜”）的一面。说周朴园是恶的，并不一定比说“他是丑的”更深刻。问题在于，周朴园自己倒是觉得自己是有恶行的，但那是过去年轻时的事，他为此而时刻忏悔着。但是，曹禺偏偏把他怀念的侍萍送到他眼前，目的就是为了把他打出常规，让他内心深处的东西暴露出来。我们看到，他害怕了，马上给她开了一张支票，这也很难说是虚伪的。这张支票并不是空头支票，而且是他主动开出来的。问题不在于虚假，而在于真实。他诚恳地认为，这张支票足够补偿三十年生命的折磨、情感的痛苦。他的问题出在他真诚地认为这些金钱大大高于侍萍所付出的情感价值。把情感价值放在实用价值之上，是美；而把实用价值放在情感价值之上，就是情感枯萎，从美学意义上说，这就是丑。这种丑，在他对待蘩漪的问题上也同样得到充分的表现。他对蘩漪从道德上来说应该是善的，他请了德国医生（花了大价钱）为她看病，逼迫蘩漪服药，是很“文明”的。最严重的，也不过是让大儿子下跪。在这方面，他并没有做任何缺德的事，所以称不上恶。但是，他所做的一切都是对情感的漠视，他看不到妻子在精神上遭到自己的压抑后已经变态。他对任何人，包括自己的儿子和妻子，都没有感情。

他的悲剧是不知道自己实际上生活在一个感情的空壳中。

从这个意义上说，他是丑的，但是在家庭里（不是在社会上）并没有多少显著的恶。

用同样的道理，我们可以解释安娜·卡列尼娜与卡列宁的冲突，主要不是在道德上，更不是在政治上，而是在情感的生命上，也就是在审美价值上。卡列宁对安娜说：“我是你的丈夫，我爱你。”安娜的反应却是“但是爱这个字眼激起了她的反感”，她想：“爱，他能够吗？爱是什么，他连知道都不知道。”连爱都不会，这并不是不道德、不善，而是不美。卡列宁是丑的，这正是托尔斯泰修改安娜这个形象、找到安娜这个人物的生命的关键。在这以前，托尔斯泰原本想把安娜写成一个邪恶的、道德堕落的女人，而后来安娜却越写越美了。安娜和沃伦斯基发生了关系，怀了孕，卡列宁并没有张扬，也没有责骂她。在她难产几乎死去时，卡列宁与沃伦斯基已握手和解了。她也表示：今后就与卡列宁共同生活下去，不再折腾了。可待她痊愈之后，她却感到，卡列宁一接触到她的手，她就不能忍受了。从科学的理性说，这不是理由，可是从情感和感觉的互动关系来说，这是很充足的理由。

在这一点上，不彻底的作家往往只能写出格调不高的作品来。中国古代有一些劝善惩恶的小说，在艺术上都是软弱的。就是在新时期的初期，有些曾经轰动一时的此类小说，都很快就被读者遗忘了。倒是因为付了五块钱旅馆费而破坏性地在房间里的沙发上一跳的陈奂生（破坏公共财产），却成了更有艺术生命的形象。

自然，让审美价值和实用道德理性拉开距离并不是无条件的，这个条件就是不可直接与道德的善对抗，亦即不可诲淫诲盗（如《金瓶梅》）。拉开两种价值的距离是为了在错位中充分展示情感结构的奥秘，把作者自己的道德理性结论隐蔽起来，让读者自己在潜移默化中有所感受。

不是一般的情感，而是特殊的情感才有艺术价值

文学作品的第二层次——审美价值取向是一道很重要的关口，不明于此者往往拘于实用价值或者理性认识，把解读引向歧路。许多文本分析者都希望文本分析有一个较高的起点。审美价值的相对超越就是高起点，如果在这一点上含糊，往往就差之毫厘、谬以千里。《背影》中父亲的感情，在于从实用功利来看，儿子去买是更有效率的，但是父亲却非得自己勉为其难地去买。超越了实用功利，父亲的感情就有特点了。解读得到位，不仅在于揭示出其特点，而且在于分析产生这样特点的过程，把意脉的变化解读出来。父亲把大学生的儿子当孩子看，说了、做了那么多，儿子不领情，可是一到爬月台，什么话也没有说，却让儿子感动得流下眼泪，而且还不让父亲看到，以后想起来，常常禁不住流下眼泪。

如果没有这样的变化过程，《背影》中亲子之爱的特点、爱的唯一性是不可能充分揭示的。

当然，这是抒情的特点，但是情感特点的一部分可以归入诗化、美化的情趣一类。

如果拘于此类，以偏概全，遇到另外一种并不以诗化、美化情趣为特点的文章，就可能会造成自我遮蔽。例如鲁迅的《阿长与〈山海经〉》中，不管是对自己还是对长妈妈，都不采取美化、诗化的办法，而是相反，用某种程度的“丑化”，构成一种幽默的谐趣，这与用情趣的美化歌颂劳动人民是南辕北辙的。

情感特点的分析，贵在把微妙表现出来，大而化之，就可能一般化。唐人绝句中最为后世推崇的“压卷”之作有十一首左右，其中一首是王昌龄的《出塞》：“秦时明月汉时关，万里长征人未还。但使龙城飞将在，不教胡马度阴山。”固然称赞不少，但是也有人“不服”。说出道理来的是明代胡震亨的《唐音癸签》：“发端虽奇，而后劲尚属中驷。”意思是后面两句是发议论，不如前面两句杰出，只能是中等水平。“王少伯七绝虽奇，而后劲尚属中……若边词‘秦时明月’一绝，发端句驷。于鳞遽取压卷，尚须商榷。”[①]明代孙矿在《唐诗品》中说得更为具体，他对推崇此诗的朋友说：“后二句不太直乎？……咦，是诗特二句佳耳，后二句无论太直，且应上不响。‘但使’‘不教’四字，既露且率，无高致，而着力

① ［明］胡震亨：《唐音癸签》，周维德点校：《全明诗话（第五册）》，齐鲁书社2005年版，第3564页。

唤应，愈觉趣短，以压万首可乎？”[①]批评王昌龄这两句太直露的人不止一个，原因很简单，认为这两句把道理都讲出来了，也就没有情感的含蓄、微妙的特点了。所得评价还不如他的“奉帚平明金殿开，且将团扇共徘徊。玉颜不及寒鸦色，犹带昭阳日影来”。这首诗被毫无争议地列入唐人绝句的压卷之作，原因就在于情感的精致微妙和含蓄。以玉颜与寒鸦、奉帚平明与昭阳之日相比，高下显然，其失落可谓不着一字，尽得风流。

要读懂汪曾祺的《跑警报》就要防止把抒情当作唯一的选择，事实上，钱锺书、梁实秋、王了一、汪曾祺、余光中的散文，往往就是以不抒情、不美化见长的。在日军轰炸的灾难面前，如果像巴金那样强调表现国人之苦难，像解放区作家那样表现国人之英勇，很难超越实用理性，而且容易陷入诗化情趣的套路。汪氏的特点是，在恐怖的轰炸来临之际，悠然自在，写了许多好玩的事情。逃避轰炸的人们，在古驿道的一侧“极舒适”，可以买到小吃，“一味俱全，样样都有。”沟壁上有一座私人的防空洞，用碎石砌出来的对联是“人生几何，恋爱三角”，还有“见机而作，入土为安”。作家对这样的对联的感慨是：“对联的嵌缀闲情逸致是很可叫人佩服的。”这样的“佩服”，当然表现出动人感情和趣味：第一，是因为完全超脱实用功利；第二，不是一般的情趣，而是很特别的，和我们通常在抒情散文中感受到的情趣有些不同。这个“佩服”的妙处，在于其中意思好像不太单纯，不但有赞赏的意思，而且有调侃的意味。跑警报居然成了“谈恋爱的机会”，男士还带上花生米、宝珠梨，等等。“危险感使两方的关系更加亲近了”“女同学乐于有人伺候，男同学也正好殷勤照顾，表现一点骑士风度”“从这一点来说，跑警报是颇为罗曼蒂克的”。而这种调侃的趣味叫作“谐趣”，富有谐趣的散文与抒情散文并列为另一类散文：幽默散文。但这并不是说汪氏一味把国难当作玩笑，因为在玩笑背后，汪氏指出这一切表现了国人对日寇频频轰炸的“不在乎”的乐观主义精神。

我们再来分析一下托尔斯泰二十多次寻找玛丝洛娃的情感特殊性。这个情感的特殊性的关键问题，在一般文艺理论中长期没有提上日程，原因可能在于一般文艺理论多为文艺的本体论，就是涉及鉴赏论，也只是以作品为对象。离开了创作过程，将作品当成固定的成品，是很难分析出特殊情感的奥秘来的。

托尔斯泰写《复活》前后修改了十年，对一个女主角的肖像就反复修改了多次。为什么？不是因为他写不出这个女孩子的外部特征，而是因为他一直找不准在外部特征中如何渗透人物的情感特征。年轻的大学生聂赫留朵夫到姑母的庄园去度假，庄园里有一个小女仆卡秋莎，是吉卜赛女人的私生女，后来成了他姑母的义女。女仆非常美丽。第一次去，

---

① ［明］孙矿：《孙诗话·唐诗品》，吴文治主编：《明诗话全编》第五册，江苏古籍出版社1997年版，第4701—4702页。

大学生还比较纯洁，两个人之间就有了感情。第二次去，大学生已经参军了，在部队里学坏了，道德堕落了，勾引了卡秋莎，度完假期，大学生走了，而她怀孕了。卡秋莎被赶出了农庄，流落到城市，成了妓女，被人诬陷谋杀了商人，受审判。而聂赫留朵夫这时已经成为上层贵族的头面人物，正是法庭上陪审团的成员之一。他看到卡秋莎变成妓女，名字叫玛丝洛娃。他感到非常震动，决定忏悔。他去营救她，并向卡秋莎求婚，但遭到卡秋莎的拒绝。他跟随被判处流放的卡秋莎到了西伯利亚，而卡秋莎却嫁给了一个民粹派的革命者。关于这个肖像，托尔斯泰改了二十几次，笔者和学生有过如下对话：

笔者：现在，我们要分析的场面是，聂赫留朵夫在陪审团席上看到了当年的卡秋莎，这个时候作者的任务是什么？是不是描写卡秋莎的外貌？

学生：当然要写外貌。写他多少年后，震惊于旧情人的变化。

笔者：写这个外貌或肖像描写的难度在哪里呢？

学生：写外貌的同时要找到他对她的情感的特点。

笔者：特点在哪里呢？

学生：一方面是旧情人，一方面是个妓女。

笔者：对了，感受是很复杂的，不是一下子就能找准的。托尔斯泰第一次写她的肖像是这样的："她是一个瘦削而丑陋的女人，她所以丑陋，是因为她那个塌鼻子。"你们觉得，这样行吗？

学生：不行！太丑了。不可爱，不好玩。

笔者：她当了那么多年的妓女，而且灵魂已经麻木。这样写丑有什么不可以啊？可以啊！那是因为被摧残，而且绝望。

学生：写得丑，有问题。她原来不是那么丑的，很漂亮的，很迷人的，不可能一下子变得那么丑，她才 20 多岁嘛，至少是风韵犹存。（大笑声）

笔者：我同意。但还应该有什么理由，你们想想看？

学生：那么瘦，那么丑，读者对她的同情就要打折扣了。如果是一个非常漂亮、非常妖艳的女人，读者会有一种怜惜的感觉。（笑声）

笔者：托尔斯泰和你们一样，觉得把她写得太丑了，没有充分表现出他对她的同情，不准确，必须强调一下他的同情。怎么同情法呢？把她写得美一点："她一头黑发，梳成一条光滑的大辫子，有一对不大的但是显得异乎寻常的发亮的眼睛，颊上一片红晕。主要的是她浑身烙上了无辜的印记。"后来的修改稿上作家把她的美丽强化了一下，说她有着美丽的前额，发亮的黑发，匀称的鼻子，眉毛下有双秀丽的眼睛，还写她"长着一张男人见了不得不回头看一下的富有魅力的脸"。这样，托尔斯泰对她的同情就表现出来了。但这是否很准确地传达了托尔斯泰对她的感受呢？你们说说看。

学生：好像太美了，太纯洁了，不像妓女。

笔者：对，太美了就不准确了。托尔斯泰不仅仅是对她同情，而且为她的堕落感到沮丧，感到痛苦，感到罪过。这种感情在如此纯洁的外貌上是表现不了的，托尔斯泰不满意。她进入城市后，她的堕落生涯、卖笑生涯对她的摧残，必然在她的生理上、心理上留下痕迹。在改动二十几次后，定稿是这样写的，“那个女人……头上扎着一块白头巾，分明故意让几绺卷曲的黑头发从头巾里滑下来”，这说明了什么？

学生：说明虽然是囚犯身份，但她还是有点卖俏，这是妓女生涯对她的影响，哪怕当了囚犯都没有改变。

笔者：我们来看托尔斯泰的功夫，“那个女人整个脸上现出长期幽禁的人的脸上那种特别惨白的颜色，使人联想到地窖里马铃薯的嫩芽”。作家的同情表现在哪里？

学生：马铃薯的嫩芽。人在监狱里待了很长的时间，脸色惨白，这里就包含了对她的怜惜和同情。

笔者：对了，作家要找到自己对于人物的同情，不是抽象的，要落实在具体的意象“马铃薯的嫩芽”上。马铃薯的嫩芽是有毒的，这个联想就丰富了。接下去是，“她的眼睛显得很黑、很亮，稍稍有点浮肿，可是非常有生气”。如果不是生活的摧残，监狱里见不得阳光，本来她是很漂亮的。虽然这样，还是很有生气。托尔斯泰从“浮肿”和“有生气”的矛盾中，找到了自己怜惜的感觉，“其中一只眼睛略微带点斜睨的眼神。她把身子站得笔直，挺起丰满的胸脯”。这样写，没有丑化，也没有美化。把头发放下来卖俏，脸上的浮肿，马铃薯发芽的惨白带青的颜色，说明她还是有内在的美，有生气。斜斜地看人（这是当年的少女不好意思正面看人），站得笔直，挺起了丰满的胸脯，说明她自我感觉良好。这样的感受才比较准确，既是痛心又是厌恶，既是理解又是同情。作家非常深刻的、复杂的感受，就这样通过对人物的外在观察细致地表现出来。①

我们看到的不仅是人物的肖像，而且是作者特殊情感的脉络。作家把自己灵魂深处深刻复杂、独一无二的情感，包括某种程度的智性都表现出来，深刻的形象取决于深刻的意脉。一个伟大的作家，一个深刻的作家，总是把自己特殊的心灵都投入进去，写出对描写对象的理解和情感。虽然表面上他不一定流露出来，不用感叹、抒情，而用比较平淡的叙述，但是内在的同情、内在的怜悯、内在的理解等，都不着痕迹地渗透在外部的形象中。

---

① 材料引自〔苏联〕符·日丹诺夫著，雷成德译：《〈复活〉的创作过程》，内蒙古人民出版社1982年版，第21—22页。

意脉：隐性情感的动态起伏

所以在文学作品中，形象的准确性和感染力表面上取决于外部可感的事物与人物的特征，但实际上决定这些外部特征的是作家的情感特征。二者的猝然遇合构成意象，意象可能是静止的、孤立的，而情感的特点是“动”，不常常说“动情”吗？不常常说“动心”吗？不常常说“感动”吗？不常常讲“激动”吗？感情就是要动的，静止不动，就是无动于衷了，就是没有感情了。如果诗人在春天景色面前除了欢乐还是欢乐，就没有什么动态了。单独孤立的意象，不足以表现情感特征，故意象往往以群落的形式出现，而情感的运动则隐于意象群落之中，此谓意脉。情感有了运动变化：第一，更能显示出不可重复的、唯一性特征；第二，情感有了节奏感。因而意脉的变化、起伏、显隐，是形象的生命所在。一望而知的只是显性的表层，只有通过专业的对意脉运动的具体分析，才能洞察其隐性的情感节奏。分析长篇小说的片段是这样，分析短小的诗歌也是这样。

孟浩然的《春晓》就那么二十个字，为什么能流传千古？就是因为情感的意脉变化。一般的春光大都是视觉性质的，以眼睛看到的美为特点，即使有听觉的美也是共时性的，在同一层次上。但是这首诗却不是这样。“春眠不觉晓”，睡得很甜，为鸟啼之声唤醒，这是很精彩、很美好的，如果就这么一直愉快下去，可以写出很多美好的意象来。英国诗人托马斯·纳什（1567—1601）有一首赞美春天的诗，叫作《春天，甜蜜的春天》（*Spring The Sweet Spring*），英语原文不复杂，一般的读者是可以看得懂的：

> Spring, the sweet spring, is the year's pleasant king,
>
> Then blooms each thing, then maids dance in a ring,
>
> Cold doth not sting, the pretty birds do sing: Cuckoo, jug-jug, pu-we, to-witta-woo!
>
> The palm and may make country houses gay, Lambs frisk and play, the she pherds pipe all day,
>
> And we hear aye birds tune this merry lay:
>
> Cuckoo, jug-jug, pu-we, to-witta-woo!
>
> The fields breathe sweet, the daisies kiss our feet,
>
> Young lovers meet, old wives a-sunning sit,
>
> In every street these tunes our ears do greet:
>
> Cuckoo, jug-jug, pu-we, to witta-woo!

一切都是因大地回春而美好，百花齐放、少女起舞、群鸟鸣啭、杜鹃抒情、羊羔戏游、牧童吹笛、田野洋溢香气、雏菊吻着脚边、恋人相会、老妇享受阳光，在每一街巷，春天都在对着人们的耳朵歌唱。这样的感情是美好的，但除了句式的变化以外，所有的意象都是同质的，情绪一直甜美，意脉是一条直线，几乎没有起伏，从头到尾都十分愉快，这就不免单调、单薄了，感情也太一般、太没有唯一性了，因而其艺术品位就不太高。作者稍早于莎士比亚，这首诗颇有名气，但由于意脉单调，只能常常出现于儿童读物之中。在诗歌里，真正审美价值高的情感要有特点，起码要有一点意脉的节奏变化。相比起来，孟浩然的才华在于表现了美好的鸟啼猝然引发对昨夜的回忆——风雨和花落，意脉突然转折。如果要讲赏析，就要把意脉的特点加以分析：一方面是闭着眼睛听鸟鸣，享受愉悦，这是非常 sweet 的；另一方面是瞬间回忆起花朵遭受摧残，这就不那么 sweet 了。整个诗歌的生命在于感情的特殊，而感情的特殊，就在听觉美好和回忆突然失落的转换中。这个突然的转折，表现了诗人的敏感和人生感慨的独特。春天固然美好，但美同时也在消逝着，鸟鸣的美好恰恰是风雨摧残花木的结果。今晨的鸟鸣美好和昨夜的花落，矛盾而又统一，正因为春光易逝，才弥足珍贵，诗人的心灵就是为那刹那间的回忆而微微颤动。

要学会欣赏分析诗歌的特殊情感，最根本的办法就是要避免被动追随。而要主动分析，就得揭示隐含的感觉和意脉的变动，将其前后的差异、矛盾一一揭示出来。不抓住情绪的微观变动和矛盾，也就不可能从表层的感觉进入深层的人生感慨。

绝句虽然是比较单纯的，但对于优秀的绝句，其艺术灵魂就是瞬间从一种心情变动为另一种心情。和孟浩然的《春晓》同样“简单”的绝句，还有杜牧的《清明》：

清明时节雨纷纷，路上行人欲断魂。

借问酒家何处有，牧童遥指杏花村。

有一位作者赏析这首诗时说，“诗中的‘行人欲断魂’”“孤独、凄凉”，“情绪低落到似乎不可支持”，“沉湎在孤苦忧愁之中”。其实，诗中的“行人”仅仅是在路上的人、离家的人、有事出门的人、目的地在远方的人，他们偏偏碰到了雨，纷纷的细雨，下个不停的细雨，这引起了他们隐隐的焦虑。焦虑不是“断魂”，还没有到真正“断魂”的时刻，只是“欲断魂”之际，还没有到“情绪低落到似乎不可支持”的境地。这位作者，显然感到了“牧童遥指杏花村”的重要性，但是，不从感觉、情绪的变动和波澜上去看，就看不出名堂来，只能搬来打马虎眼的套话：说是由之想到了“让自己能置身于人和酒的热流之中”“结句使人感到悠远而诗意，又显得非常清新、明快”。其实，“借问酒家何处有”，是针对雨纷纷，不仅仅是为喝酒，更重要的是避雨，只要能避雨，则断魂之忧就消除了。最提神的是意象，遥指杏花村，虽在远方，但是其鲜明的色彩暗示了心情微妙的变化，“杏花村”这三个字带来的色调，与“雨纷纷”对比，让人眼睛为之一亮，心情为之一振，又和“欲断魂”

形成对照。这是一种下意识的心灵微波，电光石火，转瞬即逝。粗心的人，没有诗的素养的人，就忽略过去了，而诗人的天才就在于抓住下意识中刹那的喜悦和接近断魂之忧的对比。瞬间下意识的喜悦心绪的微妙波动被发现，就是意脉的精彩所在。一般读者凭着直觉也能有所感受，但那是混沌的、朦胧的、不确定的、肤浅的，甚至是有所歪曲的。所有这一切，有如作家的灵感一样瞬息即逝。文学阅读学作为一种专业，就是要把读者的直觉抓住，进行具体分析，把瞬间延长，把混沌澄清，把肤浅深化，把谬误消解，把情感的特殊性从感觉层次上升到理性层次，从而更好地感觉。

对于解读经典名作的唯一性，就是专业读者，如果光凭中国古典和西方现代的文艺理论也是不够用的，因为作品的唯一性、特殊性（如意脉的唯一性）已经被理论抽象掉了。

但这也并不神秘，在这方面，西方的权威理论认为文学作品写成以后，作家就退却了，作品不过是一种“召唤结构”，由读者把自己的体悟融入进去。西方理论在这里显示出了局限，召唤什么呢？如何使得召唤到位、有效而不至于落空乃至混乱呢？像纳西那样一直很甜蜜的召唤和杜甫的“两个黄鹂鸣翠柳”这种鲜明的图画，为什么不能成为上品呢？这就需要理论上更为明确的范畴。我们这里提出：召唤表层意象以下的意脉。意脉的感染力，对于读者来说往往是可意会不可言传的，而解读学的任务恰恰是切实地帮助读者，在自觉的意脉观念的启示下，把意脉的特殊性、唯一性还原出来，转化为有序的语言。困难在于意脉的唯一性，并不在它已经讲出来的，而是它没有讲出来的。解读之难，就难在它需要把直觉感悟概括为语言，这就需要命名的原创性，解读学之难就难在这种原创性上。不论从理论上，还是从实践上，意脉这个观念对于打破一望而知的遮蔽很关键，有必要再举一些比较复杂的经典加以阐明。

经典意脉：杜甫《春夜喜雨》、李清照《声声慢》

传统的解读预期是，《春夜喜雨》的杰出在于写出了春雨的特征，表现了诗人的喜悦。这就是停留在一望而知的表层直觉上，并没有揭示出这首诗艺术上的唯一性创造。严格遵循意象、意脉理念，就要不但坚决把春夜的雨当作自然现象，更要将其当作特殊感知来分析。但在这里是“夜雨”，提供了和《春晓》《清明》不同的感知特点，因为视觉和听觉都失去了作用。“随风潜入夜”，雨随着风，一般应该是有声势的，但这里却是“潜入”，偷偷的，看不见的。接着是“润物细无声”，不但看不见，而且听不到。感官无法直接感知，关键词是“细”和“润”。这就让读者感受到，雨的特点是细、是小、是微，细微到视觉和听觉都不能直接感知，但诗人还是感觉到了。这表现的是什么？想象的感觉，“润”的感觉，不用看，也不用听，外在感官不可感，却透露出内心感受的欣慰。杜甫自称自己的风格是“沉郁顿挫”的，但这里的内心却是精致的，好像是另一个杜甫。所“润”之物，当然是植物——农作物。说的是物之被润，意脉表现的却是心的滋润。无声的微妙胜过有声。在那以农为本的时代，在那个战乱频仍的岁月里，只有把国计民生放在心头的人，才可能有这样精致的心灵，才能具有这本来不可感觉的感觉；只有具有精致的内在感受力的诗人，才能表现出这种无声无息、无形无影的欣慰；独自一个人，默默地庆幸“好雨”啊，好到能知时节，春天到了，就下起来了。古典诗话中说，全诗没有一个字直接写到喜，但是喜却在其中，这样说还是不够的，应该仔细分析出几个方面。

第一，在这两个关键的感知（潜入和无声）中，表现出人在黑暗中，心与物交融，默默地独享，为一场无声的细雨体验这无声的欢欣。这种精致的感觉，就是在杜甫这样的大艺术家那里，也是猝然而遇，不可多得的，他的另一首《春雨》的感知不如这一首精致：“沧江夜来雨，真宰罪一雪。谷根小苏息，沴气终不灭。”很显然，既没有微妙的感觉，又谈不上豪迈。陆机的《文赋》就说了“诗缘情”。这大致不错，但还不完全，还要加以补充，追求意境的诗歌，情感直接说出来是不能感人的，要通过特殊的感觉来传达。如果在这里，杜甫直接说他为春夜的雨而感到喜悦，就没有意境了。杜甫在整首诗里只提供了一系列很微妙的喜悦的感知，内在的、无声的、默默的、独自的，这是一种发现，不仅是对春夜之雨的发现，而且是对诗人的生命体验的发现。

第二，下面两联，和前一联在感觉上形成对比，从侧重内在体验转换到侧重外部感官上来：“野径云俱黑，江船火独明。”这一方面是在提示地域特色——平原和江河，因为只有在平原上，视野开阔，云才会出现在田野的小路上。但关键在于“黑”，因为雨有利于国计民生，所以黑成一片也是美的。杜甫真是大胆，在唐诗中，几乎没有一个诗人敢于在大自然的黑暗面前写出这样的美（李贺的“黑云压城城欲摧”，不仅仅是大自然的景观，还体现在战事上：“云压城摧”），但光是这样黑，可能比较单调，于是，杜甫用光来反衬：以大幅度的黑云为背景，用船上唯一的灯火来反衬，更加突出雨夜之黑的生动，提示了人事温馨。

第三，光有这样一种大笔浓墨的图画，要显示春雨的可爱、可喜，在杜甫看来意脉还不够曲折。于是他用最后一联再来一个对比：“晓看红湿处，花重锦官城。”表面上没有昨夜的雨了，和昨夜的雨脱节了。但是，这样鲜艳的花却是昨夜的雨的效果。首先，这下子不是看不见了，而是看得很鲜明、耀眼，很有视觉的冲击力，这还不够，还要把感觉的分量加重：“湿”，这就点出了和一般红花的不同，红得水灵灵的，这是绘画上所强调的“质感”。其次，更为精彩的是：雨后红花的另一个特点，就是“重”的感觉。这是绘画艺术上强调的“量感”。花的茂盛，花的生机，既是昨夜雨的效果，又是自我潜在惊喜的突发。用重的分量来表现花的茂盛，杜甫是不是有意在突破声音符号（文字的抽象性）的局限呢？这是他的拿手好戏，他在另一首诗中写过：

黄四娘家花满蹊，千朵万朵压枝低。

不过这一次用的字眼是“压”而不是“重”，反过来，也有另外一种量感，比如秦观的《浣溪沙》：“自在飞花轻似梦。”突出花的量感，说它轻还不够，还要把它和缥缈的梦联系起来，让读者去体悟其中意味。杜甫这最后一联还好在是意脉（情感的和感知）的一个转折，使喜悦之情感脉络完整：先是默默的、内在的、不形之于色的喜悦；最后突然变成外在的、视觉的、鲜明的美，发现雨后的花的鲜艳质感和量感，几乎是带着爆发性地表现情不自禁的惊喜。如果没有最后的转折，意脉可能显得单调。

解读是解读主体和文本主体之间由浅到深的搏斗、同化和调节。而自发的主体图式，只能同化文本显性的表层，其封闭性使它难以触及隐性的中层和深层。而进入文本结构的深层，恰恰从意脉开始。意脉之所以难以直接把握，在于它不但是潜在的，而且在字面上往往是不连贯的。艺术感觉敏锐的读者，有了明确的意脉观念，就不难从断裂的文字中，开放性地梳理那隐藏的意脉，使得主体原本有点封闭的结构发生调节，这对于中国古典诗歌的解读可以说是一种基本功。

以李清照《声声慢》的结句“怎一个‘愁’字了得”为例，关于愁，在唐宋诗词中已经是车载斗量了，我们预期的愁，可能是李煜的“问君能有几多愁，恰似一江春水向东流”，可能是贺铸的“试问闲愁都几许？一川烟草，满城风絮，梅子黄时雨”，也可能是辛弃疾的“近来愁似天来大，谁解相怜？谁解相怜？又把愁来做个天”。这些愁都是意识到了的，而且是强烈的。怀着这样的预期，读李清照的这首词，产生“这首词十分独特，十分新颖”的直觉并不难，但是要把它的特殊性用明确的话语说清楚，就要以意脉的自觉，突破直觉的朦胧，使之转化为有序的语言。其艰巨的程度，可以用近千年来词话家未有能完全洞察者来解释。

从当时到当今，大多词评家的论述都集中在赞赏她的十四个叠词上。张端义《贵耳集》说：“本朝非无能词之士，未曾有一下十四叠字者。”“使叠字俱无斧凿痕。”罗大经在《鹤林玉露》中回顾了诗中用叠字的历史，列举了诗中一句用三叠字，连三字者，两句连三字者，有三联叠字者，有七联叠字者，只有李清照，“起头连叠十四字，以一妇人，乃能创出奇如此”[①]。还有人指出：元朝著名曲人乔吉的《天净沙》词中，有“莺莺燕燕春春，花花柳柳真

① 吴熊和主编：《唐宋词汇评·两宋卷（第二册）》，浙江教育出版社2004年版，第1426页。

真。事事风风韵韵，娇娇嫩嫩，停停当当人人”之句，是“由李易安‘寻寻觅觅’来”。[①]

叠字的使用，千年来引起这么大的反响，原因首先在于其韵律的特殊，因为叠词作为一种语言现象，是汉语的特点；其次在诗歌中如此大规模地运用，《声声慢》确系空前绝后。但是，从修辞技巧来说，这样连续性的叠词，并不是越多越妙，太多，也可能给人以文字游戏的感觉。如刘驾的“树树树梢啼晓莺……夜夜夜深闻子规”，前面两个叠字完全是多余的，单调烦冗。像韩愈的《南山诗》中，“延延离又属，夬夬叛还遘。喁喁鱼闯萍，落落月经宿。訚訚树墙垣，巘巘架库厩。参参削剑戟，焕焕衔莹琇……”一口气连用了七个对仗的叠词，也是十四个字，但给人以牙齿跟不上舌头之感。而同样是十四个叠词，断断续续，李清照却用得轻松自如，一个最为根本的原因，是其内容和情感特征集中在意脉的断断续续上，表达了她感情的高度和深度的统一和谐。

一开头就是“寻寻觅觅”，这是没有来由的。寻觅什么？不清楚。寻到了没有呢？没有下文。接着是“冷冷清清”，跟“寻寻觅觅”没有逻辑的因果。再看下去，“凄凄惨惨戚戚”，问题严重了，冷清变成了凄惨。这里有一种特别的情绪，是孤单的、凄凉的、悲戚的，这没有问题。但为什么弄出个“寻寻觅觅”来呢？一个寻觅不够，再来一个，又没有什么寻觅的目标。这说明，她自己也不知道寻觅什么，原因是她说不清自己到底失落了什么，这是一种不知失落的失落。在《如梦令》里，她还清楚地知道自己失落了的是青春（绿肥红瘦），别人不知道，她知道。但是她不凄惨，至少是不冷清。而在这里，她不但孤独、冷清，而且凄惨；一个凄惨不够，再来一个；再来了一个还不够，还要加上一个“戚戚”，郁闷之至。这表现的是失去的东西，是看不见、摸不着的，也是寻觅不回来的。她是朦胧地体验着孤独，忍受着失落感。这种失落感，和她词中叠词里断续的逻辑一样，是若隐若现的。这样的断续，造成了一种飘飘忽忽、迷迷茫茫的感觉。这是意脉的第一个层次，就是沉迷于失落感之中，不能自已，不能自拔。

下面转到气候，“乍暖还寒时候，最难将息”。是调养身体吗？照理应该是。但是从下文看，最难将息的可能不是躯体，而是心理。为什么？她用什么来将息、调理自己的身体？用“三杯两盏淡酒”。喝酒怎么调养身体？尤其是对于古代女性。是借酒消愁？但酒是淡酒，不太浓。有人问为什么是淡酒，而不是烈酒？这是由情感意脉的特点决定的。酒之淡是由于情感的性质不确定、缥缈。李清照所营造的感情状态就是失落，不知失落了什么，也不准备寻到什么。其程度是不强烈的、朦胧的。淡酒的淡，就是在这一点上与之呼应，为之定性。下面的“乍暖还寒时候，最难将息”，不但是气候，而且是情怀。“将息”调养的效果，也是不确定的。

① 吴熊和主编：《唐宋词汇评 · 两宋卷（第二册）》，浙江教育出版社2004年版，第1426页。

“冷冷清清，凄凄惨惨戚戚”，虽然性质不明，但效果却并不十分淡。这就是淡酒的双重的联想特点了。虽然淡，但仍然是酒，而不能是茶。那种“寒夜客来茶当酒”的情调，在程度上是不够强的。酒的性质，就是情感的性质；酒的分量，就是情感的分量。

这种淡的程度在分寸上是很精确的。

酒虽然淡，却不是范仲淹那样的“浊酒”（“浊酒一杯家万里”），与杜甫的“潦倒”联系在一起（“潦倒新停浊酒杯”），与经济上的贫困相关。这当然也不是“美酒”，李白的“新丰美酒斗十千”与“咸阳游侠多少年”联系在一起，那种酒代表一种豪情，这与李清照的精神状态相去甚远。当然也不是陆游的“腊酒”（“莫笑农家腊酒浑”），虽然质量不高，可也足以用作丰年的欢庆。淡酒之意不在酒，在于打发这漫长的日子。李清照的精神状态，只能以一个“淡”字来概括。

李清照这里的“酒”字，还有一个功能，就是引出下面的大雁。

酒本来是用来抵挡晚来的寒风，不过无效，抵挡不住，于是风把李清照的视觉从室内转移到室外，从地上转向了天空，这就是意脉过渡的严密。“雁过也”，空间视野开阔了，心情却没有开朗，原因是“却是旧时相识”，大雁激起的却是时间感觉——一年又过去了，顺理成章地使李清照产生了年华消逝之快的警觉。失落感产生的原因明确了，不再是迷迷蒙蒙的了。但是淡酒消愁没有用，敌不过“晚来风急”。风急了，就是冷，酒挡不住寒气，却引发了年华消逝之感伤。

“雁过也”中的“也”字，韵味不简单，是突然冒出来的语气词，有当时口语的味道（当然也是古典文言，但“也”本来就是上古的语气词，属于口语）。这个“也”字是不是有点喜悦轻松的语气？这个大雁是季节的符号，说明秋天来了，加上又“却是旧时相识”，是老朋友了。本该“有朋自远方来，不亦乐乎”，可是李清照却乐不起来。绿肥红瘦，春光明媚，尚且悲不自禁；秋天来了，群芳零落，更该悲了。本来“悲秋”在中国古典诗词中就有传统，李清照当然要悲凉一番。这种悲凉，又因旧时相识而变得更加沉重：又是一年了。这个雁还有一层暗示：鸿雁传书。早年她给丈夫的词中就说：“云中谁寄锦书来，雁字回时，月满西楼”（《一剪梅》）。岁月催人老，加上写此词时已是“靖康之难”之后，李清照已是家破夫亡，即便大雁能传书，也无书信可传，这自然更令人神伤。“将息”，心理调整不但失败，反而加重了悲郁。

这里隐藏着一个意脉的第二个节点，那就是时间太快，年华消逝得太快。

下半阕心事更加沉闷，“满地黄花堆积，憔悴损，如今有谁堪摘？”这比“绿肥红瘦”更加惨了，不但憔悴，而且有点枯干了。“有谁堪摘”，不说什么人摘。有人解释，说这个“谁”字是“什么”的意思，也通，但不能否认“谁”字也可作人称代词，指“什么人”。

是不是有人老珠黄之感，留给读者去想象。

青春年华只剩下满地枯败的花瓣。无计可施，只有消极忍受。没有办法排遣，希望这白天不要这么漫长，早点过去，让天色早点黑下来，眼不见，心不烦。但又不是干脆睡大觉，而是“守着窗儿，独自怎生得黑”。关键词是“独自”。一切愁闷，冷冷清清凄凄惨惨，都由于孤孤单单。守着窗子干什么？多多少少还能转移一点注意力。但是，时间是那样漫长。为什么那么漫长？就是因为是“独自”，只有一个人，怎么能熬到天色暗下去？

这是意脉的第三个节点、第三个层次，情感发生了对转，愁苦不是来自时间过得太快，而是相反，时间过得太慢了。以下所有意象，都集中在一个慢的心理效果上。

已经是对自己、对天都无可奈何了，于是李清照选择了认命，忍受时间慢慢过去。好容易等到黄昏到了，视觉休息了，心情可以宁静了吧？可是听觉却增加了干扰。那梧桐叶子上的雨声，一点一滴地，发出声音来。秋雨梧桐，本是古典诗词中忧愁的意象（白居易“秋雨梧桐叶落时”）。李清照突出了它的过程，点点滴滴，都在提醒时间过得很慢，而这种慢的感觉，恰恰是自己孤独寂寞、失落、凄惨的心理效果。这个“点点滴滴”，用得很有才华。一方面是听觉的无可奈何的提醒，虽然不强烈，但却持续漫长，不可休止；另一方面是和开头的叠词呼应，构成完整的、有机的风格。叠词的首尾呼应，中间快慢的对比，与情感上的一个层次性的推进，最后归结为“这次第，怎一个愁字了得”。“次第”就是层次，四个节点，四个层次，意脉都贯穿在一种性质、一个“愁”字上，从内容到形式，从情绪到话语，充满曲折，又高度统一。

原生形式和规范形式：形式征服、衍生内容

文本结构的第三层次乃是文学形式。这里说的形式，并不是克罗齐所说的直觉即形式——那属于原生形式。作为文学形象的深层结构，是文学的规范形式。这在文学形象中属于最深的层次，在文本结构上是最隐蔽、最深邃的。原生形式并不能保证审美价值超越自发占优势的实用功利和理性，在审美活动漫长的历史过程中，审美价值积淀下来，才对内涵具有了选择、变异、衍生、规范作用。这种作用是人类文学艺术活动进步的阶梯，形式对于文学解读学说来极其关键。但是，学人大都囿于黑格尔的内容决定形式说，把形式的特殊功能排除在学术视野之外。历代的美学家，出于形而上学的思维惯性，总是在哲学的主观客观中兜圈子。睿智如朱光潜、李泽厚、高尔泰，都未能超越二元对立的思维模式，没有意识到主观情感和客观对象猝然遇合者，并非其全部，而是主体之一侧，客体之一隅，

其现实形态本来是分立的，甚至扞格不通，全凭文学形式不相同之想象，使其在假定中投胎成形。[①]生活的某一特征和情感的某一特征的猝然遇合，只能算是形象的胚胎，并不一定能够达到审美的艺术层次。未经形式规范的情感，哪怕是真情实感，也可能是死胎。作家的观察、想象、感受以及语言表达，都要受到特殊形式感的制约，形象不是主观和客观的线性结构，而是主观客观再加上形式的三维立体结构，主观和客观并不能直接相互发生关系，而是同时与模范形式发生关系，规范形式、情感和对象统一为有机结构后才有形象的功能。脱离了多种形式规范的分化，文学理论只能是哲学或者美学的附庸，只有充分揭示主观、客观受到形式的规范、制约、变异和衍生的规律，文学理论才能从哲学、美学中独立出来，通向独立的文学文本解读学。

规范形式与原生形式最明显的不同。第一，原生形式是天然的，而规范形式是人为创造的。第二，原生形式是随生随灭的，与内容不可分离，而规范形式常常是千年积累才从草创走向成熟，因而是长期稳定的、不断重复的。第三，它与内容是可以分离、具有独立性的，在某些形式中（如西方古典主义戏剧中的三一律，我国的律诗绝句和十四行诗），还是严密规格化的。第四，原生形式是无限多样的，而规范形式是极其有限的，连同亚形式一起，也只有诗歌小说、散文、戏剧等不超过十种形式。规范形式通过对漫长的历史过程中审美经验（如从中国古体诗到近体诗就耗费了四百年）的积淀，成为某种历史水准的载体，从而迫使其内涵就范。这种规范是人类文学艺术活动的历史水准，是文学进步的阶梯。没有它，人类的审美活动只能一代一代从零开始，重复着如同从猿到人的原始积累。有了规范形式，历代的审美活动才能从历史的水平线上起飞。第五，规范形式不但不是如黑格尔所说是由内容决定的，而且可以征服内容，消灭内容，预期内容，强迫内容变异，衍生出新内容，甚至极端如俄国形式主义者什克洛夫斯基那样——“形式为自己创造内容”[②]。当然还有更为极端的，克莱夫·贝尔论断艺术本身就不过是“有意味的形式”，也许，这与他所论述的多为抽象美术有关。第六，不可忽略的是，内容决定形式这种说法并非绝对没有道理。形式的稳定性、有限性和内容的不断变幻、无限丰富是一对矛盾。内容是最活跃的因素，不断冲击着规范形式，虽然形式有规范作用，但规范与冲击是共生的，相对稳定的规范形式在积淀着审美的历史经验的同时，也不能不开放，不能不随着历史的发展而不断被突破、被更新。

在解读过程中，最大的误解就是以为只要读懂了内容，就读懂了艺术，以为形式是一望而知的。其实，第一，那是外部形式（如诗歌、小说、戏剧）。第二，混淆了原生形式和

① 参阅蔡福军：《马克思主义美学家孙绍振》，《东吴学术》2011 年第 3 期。

② 〔俄〕什克洛夫斯基著，刘宗次译：《散文理论》，百花文艺出版社 1994 年版，第 35 页。

艺术的规范形式之间的根本区别，或者说，混淆了原始素材形式和艺术规范形式之间的矛盾。歌德说："材料是每个人面前可以见到，意蕴只有在实践中须和它打交道的人才能找到，而形式对于多数人却是一个秘密。"

有了规范形式，审美活动才能以历史的积累的水平为起点。然而，人们习惯于传统的内容决定形式说，习惯于内容是作品的生命说，往往忘记如果离开了规范形式，作品就不存在了。从这个意义上说，规范形式和内容一起构成作品的生命。关于这一点，本书在绪论中已通过《清明上河图》的例子做过详细阐释，兹不赘述。

作家的观察、想象、感受以及语言表达，同样要受到形式感的制约，有了特殊的感情和客观对象结合在一起，还不能成为艺术形象或意象，这时不过是形象的胚胎，如果脱离了形式规范的制约，还可能是死胎。比如，同样的情感和对象的特点，要变成散文、诗歌、小说的形象，还是变成戏剧的形象，受到形式规范的不同改造后，会变成不同的形象。作家在这个时候不是绝对自由的，而是在形式的规范中争取表现生活和自我的相对自由。形式并不只有一种，而是多种多样的。每一种形式都有间不容发的区别。然而这种区别深藏于形象的第三层次，故需要对潜在区别的高度敏感，解读的水准正是建立在这种间不容发的区别的精度之上。黑格尔说：

> 假如一个人能看出当前显而易见的差别，譬如，能区别一支笔和一头骆驼，我们不会说这个人有了不起的聪明。同样，一个人能比较两个接近的东西，如橡树和槐树、寺庙和教堂，而知其相似，我们也不能说他有很高的能力。我们所要求的，是能看出异中之同和同中之异。①

文学解读者能看出诗歌和散文同为真情实感者比比皆是，但能从同为文学的诗与散文看出相异者，却是凤毛麟角。同样一个作家，在散文里和在诗里的精神面貌是不一样的。例如李白，在实用性散文中，并不像诗歌中那样以藐视权贵为荣（"安能摧眉折腰事权贵，使我不得开心颜"），而是有另外一副面貌。他在著名的《与韩荆州书》中以"遍干诸侯""历抵卿相"自夸，对于他所巴结的权势者，不惜阿谀逢迎之词。对那个韩荆州，是这样奉承的："君侯制作侔神明，德行动天地，笔参造化，学究天人。"②这类肉麻的词语在其他实用性章表（如《上安州裴长史书》《上安州李长史书》）中屡见不鲜。可以说在散文中和诗歌中有两个李白，散文中的李白是个大俗人，诗歌中的李白则不食人间烟火，这是一个人的两面，或者说得准确一点，是一个人的两个层次。章、表、书等散文是实用性的，是李白求得飞黄腾达的手段，具有形而下的性质，故李白的世俗实用心态袒露无遗。但李

① 〔德〕黑格尔著，贺麟译：《小逻辑》，商务印书馆1982年版，第253页。

② 〔唐〕李白，王琦注：《李太白全集（第三册，卷二十六、十八）》，中华书局1998年版。

白之所以是李白，就在于他不满足于这样庸俗，他的诗歌就表现了一种潜在的、深层的、藐视摧眉折腰、拒绝奴颜婢膝的冲动，上天入地、追求超凡脱俗的自由人格。在诗歌中，李白生动地表现了自己在卑污潮流中忍受不了委屈，苦苦挣扎，追求形而上的解脱。诗的想象为李白提供了超越现实的精神自由的空间，李白清高的一面，天真、风流潇洒、“天子呼来不上船，自称臣是酒中仙”“一醉累月轻王侯”的一面，就是借助诗歌形式想象，超越形而下的诱导而激发出来的，他的人格就在诗的创造中得到净化和纯化。文体功能对人的心灵丰富性和矛盾性的分化是很深刻的。诗中的李白和现实中的李白不同，不是李白的人格分裂，而是散文人格在诗化创造中的升华。正是因为这样，李白用来干谒的散文，实用功利太强，审美价值是不高的。他的另外一些散文，如《春日宴桃李园诸从弟序》就有所不同，一方面有现实的吟诗罚酒的形而下的散文性；另一方面又有“阳春召我以烟景，大块假我以文章”这种超越现实的、想象的诗性抒情。面对生命苦短（“浮生若梦，为欢几何”），表现出了李白式的潇洒、豪放，审美层次显然要高于那些卑躬屈膝的文章。

内容是不可能无条件地决定艺术形式的，相反，艺术形式是一种规范形式，可以规范内容。所谓规范包括几个层面：第一，先于内容，扼杀与之不相容的内容；第二，强迫内容就范；第三，预期并生成内容，即按形式规范的逻辑，诱导内容向预留空间生成，这在席勒那里叫作“通过形式消灭素材”。席勒的原话是：“艺术大师的独特艺术秘密就是在于，他要通过形式消灭素材。”[①]这句话意义比较复杂。感性冲动，或者审美情感，造成了人性的全面表现的限制。这就是说，情感可能扼杀或抑制其他方面的潜能，例如理性的潜能。要克服这种限制，就需要形式冲动。当形式被自由地驾驭的时候，生命就达到最高度的扩张。我的理解是，形式会让感性和理性得到和谐、协同的发展。席勒的这个说法，被很多理论家引用，但他至少在两点上说得并不完全。第一，素材也有其内容。第二，一般的原生的形式是与内容共存的，与内容一样无穷多样、随生随灭，双方不存在征服与被征服的问题。席勒说的形式，应该是艺术形式。艺术形式是人类超越实用理性进入审美自由历史经验的稳定形式，代表了一定历史时期的审美水准，不像原生形式那样无限多样，而是屈指可数的。例如，在文学中也就只有诗歌、小说、戏剧、散文，等等。正是因为这样，它是文学审美历史水平的基准，是文学创作的起点。对于规范形式这一点，我在 1987 年版的《文学创作论》和《美的结构》中就有过论述：

> 一般地说，内容和形式是矛盾的统一体，相互矛盾，又相互依存。但是，文学的规范形式有的时候可以“扼杀内容”，同时又可以让内容得到自由的表现。形式可以强迫内容就范。同样的内容到了散文里可以这样写，到了诗歌里再这样写就没有诗意了，

① 见〔德〕席勒著，徐恒醇译：《美育书简》，中国文联出版公司 1984 年版，第 114 页。

一定要强制性地改变它，才有诗意。人物的命运和结局，不完全是由作家的感受，也不完全是由生活决定的，它同时是由形式决定的，也就是说，形式是一种规范，有形式的约束、形式的诱导。规范是历史的一种积累，因为从作家的内心体验到艺术创造，太玄妙了，太复杂了，太精致了，难度太大了。一个人，哪怕他是天才，也不能完成一种艺术形式的确立。像中国古典诗歌、近体诗，从沈约搞平平仄仄，到盛唐写出成熟的律诗和绝句，其间经历了四百年左右，是好几代人的积累。形式规范是艺术成就的历史积累，对历史积累，我们不但欣赏其生活内容，作家的内心世界，也要欣赏作家对形式和语言的驾驭，从形式的规范中获得自由，开拓新的可能性。比如说，绝句只有四行，每行只能七个字或五个字，而且每一个字都有平仄的限制，还有韵的限制。在这么严格的限制里，能写得非常自由，非常自然，而且有突破，让你感觉不到限制。这就说明，对艺术的欣赏不仅是对内容的欣赏，也是对作家自由驾驭形式的欣赏。

形式是一种规范，是一种难度，要自由地驾驭，就要克服难度。艺术就是克服难度，克服了难度才有自由。从这个意义上讲，高尔泰说“美是自由的象征”是有道理的。难度是生命创造的，又用生命来克服，从而获得驾驭和突破的自由。

每一种形式都有优越性和局限性，所以我们讲审美、讲美的创造，关键是要按艺术形式的规律性去思维。艺术的规律像其他规律一样，有它的普遍性和特殊性，但从某种意义上说，特殊性是更重要的。①

不同的艺术形式有着不同的生成作用，有间不容发的区别。在《长恨歌》中，唐明皇和杨贵妃的爱情是绝对的，二者自始至终是心心相印的。“在天愿作比翼鸟，在地愿为连理枝，”爱情是不因空间的巨大距离而发生变化的，哪怕到撒哈拉大沙漠或者到北冰洋都是不变的。“天长地久有时尽，此恨绵绵无绝期。”那就是说超越时间的永恒，天长地久，说的是时间是有尽的，但感情是无尽的，这显然是由诗歌的强化、极化逻辑向形而上的境界生成的结果。但如果是戏剧呢，它预期生成的导向就不同，那就是要有戏剧性，也就要让相爱的人不能那么心心相印，而要让他们的情感发生“错位”，或者叫作“心心相错”。如前所述，在洪昇的戏剧《长生殿》里面，杨贵妃和唐明皇爱得昏天黑地，又闹矛盾。杨贵妃一共吃过两次醋，被赶回去两次，这是为什么？因为两次情感“错位”才有戏啊，这些内容并不全是素材提供的，而是戏剧形式的预期生成的。如果一味用写诗的办法来写戏，一见钟情、心心相印、生死不渝，就没有戏好演了，诗意与戏剧性是冲突的，不懂得这一点，就等于逼迫观众退票。

① 孙绍振：《文学创作论》，春风文艺出版社1987年版，第324—344页。又见《原生形式和规范形式对内容的不同作同》，见孙绍振：《美的结构》，人民文学出版社1987年版，第66页。

同样的素材，在诗与散文、小说、历史中会变成不同的形象。

在历史上，杨贵妃和唐明皇两个人恋爱，纲纪废弛，歌舞升平，但安禄山已经在起兵了，一路打过来。唐朝的府兵制，也就是义务兵役制，早就很腐败，故安禄山长驱直入，打到潼关，后来潼关一破，长安门户大开，唐明皇匆忙率领部分皇亲国戚开溜。根据《资治通鉴》的描述，李隆基出逃这一天“百官朝者十无一二”，是非常狼狈的：

是日，上移仗北内。既夕，命龙武大将军陈玄礼整比六军，厚赐钱帛，选闲厩马九百余匹，外人皆莫之知。乙未，黎明，上独与贵妃姊妹、皇子、妃、主、皇孙、杨国忠、韦见素、魏方进、陈玄礼及亲近宦官、宫人出延秋门，妃、主、皇孙之外者，皆委之而去。[①]

这是历史散文，过程和细节交代得很清楚，才成文章，可要全写到诗里去，诗情就可能被窒息了。白居易的艺术家气魄就表现在干脆“扼杀”一部分内容，写到《长恨歌》里就两句话：“渔阳鼙鼓动地来，惊破霓裳羽衣曲。”那边一起敲鼓，几百里外的这边就地震，然后杨贵妃的舞就停了，朝廷就赶紧溜。鼓声、动地、惊破、霓裳羽衣曲（奢靡），四个意象将这个过程一笔带过，这就叫形式扼杀内容，形式强迫内容就范，形式征服内容，不这样写，起码要二十行，就没法抒情了，只有这样，抒情的诗意、爱情的绝对性和对生死的超越，才有生成的空间。

诗歌不但与散文不同，与小说也不同。杨贵妃之死，陈鸿在小说《长恨歌传》中有写实的描述：

天宝末，兄国忠盗丞相位，愚弄国柄。及安禄山引兵向阙，以讨杨氏为词。潼关不守，翠华南幸。出咸阳，道次马嵬亭，六军徘徊，持戟不进。从官郎吏伏上马前，请诛晁错以谢天下。国忠奉牦缨盘水，死于道周。左右之意未快。上问之。当时敢言者，请以贵妃塞天下怨。上知不免，而不忍见其死，反袂掩面，使牵而去之。仓皇辗转，竟就绝于尺组之下。

而在白居易的笔下只剩下两句：

六军不发无奈何，宛转蛾眉马前死。

对过程和情节的想象性跨越是诗的基本法门，《长恨歌》开头就是一首美女幸运的颂歌。但在陈鸿的小说《长恨歌传》中，对玄宗晚年的纵情声色、政治腐败都有所暴露，就是杨贵妃是玄宗从其子寿王府邸取来亦直书不讳（这在诗歌中则以“杨家有女初长成，养在深闺人未识”加以掩盖）。在陈鸿笔下，“尤物”注定“乱阶”的逻辑正是现实正统政治观念的表现，但在《长恨歌》中，这种政治逻辑被颠覆了。

---

① ［北宋］司马光：《资治通鉴 · 四》，甘肃民族出版社 2003 年版，第 3605 页。

在此基础上，诗歌的形式以诗化的逻辑，为这个历史故事创造出了抒情的内容。

白居易给美女的定性是“天生丽质”，美是天生的，而且她与乱政的苏妲己和褒姒也不一样，她没有残害忠良。她的受宠，她的升腾，她的幸运，她走向死亡，都是因为她天生丽质。她是被“选”的，是身不由己的。在白居易的意脉逻辑中：美女的情感价值最重要，政治身份可以略而不计，美女就是美女。美女因为太美而成为牺牲，这是很不公平的，这是美女的大“恨”。把美女叫作“尤物”，意思是她不但是美丽的，而且是稀罕的，在美女稀罕这一点上，白居易和陈鸿是一样的。但在白居易看来，正因为稀罕，才更应该赞颂；而在陈鸿的小说里，正是因为稀罕，才是具有政治的危险性的，因而遭到杀戮是理所当然的。

在《长恨歌》中，贵妃死后开始了新的阶段，白居易赞美的对象从美女的美转向帝王感情的美。这时美女肉体上已经死亡，“重色”的君王，已经无色可重。权力对于死亡无可奈何。然而，帝王的憾“恨”却超越了死亡，遗“恨”持续不断意味着三个方面。第一，这是一种“长恨”，并不因远离死亡现场、距离死亡的时间渐行渐远而淡化。第二，造成朝朝暮暮“长恨”的原因是“情”，这就超越了“芙蓉帐暖度春宵”，表明在性质上有了改变，不再是色欲，“重色”变成了“重情”。“长恨”不仅仅是在时间上的朝朝暮暮，而且是在刻骨铭心的状态上，这是一种无可奈何、无限缠绵、不可磨灭的情感，更是一种不可挽回的遗恨。第三，这种遗恨是无限的，无所不在，它冲击着渐行渐远的环境景物，令一切生命感觉发生“变异”。阳光变得淡白，旗帜失去颜色，皎洁的月光令人伤心，雨中的铃声则更是令人肠断，这里的“变异”不仅仅是“形变”，而且是“质变”。变异的幅度之大、反差之巨，正是感情被深度冲击的结果，这比之“温泉水滑洗凝脂”更为高雅，上升到超越肌肤之亲、超越功利的审美层次，在性质上具备了恋情、爱情的特征。对于意脉来说则是进入了一个新的高度。这已经不是初始的宠幸，爱情不但在于超越了色欲，还在于超越了不可排解，进入了不可更换、不可代替的境界。在重返长安以后，李隆基并没有把色欲转移到另外的美女身上。帝王权力施恩的任意性，并不能排解李隆基的“长恨”。这就不仅仅是感情的深挚，而且是爱情的忠贞。

这样绝对的爱情在人间是不可能存在的，都是白居易按诗的逻辑创造出来的。陈鸿在小说《长恨歌传》的描写是写实的：“昔天宝十年，侍辇避暑骊山宫。秋七月，牵牛织女相见之夕……时夜殆半，休侍卫于东西厢，独侍上，上凭肩而立，因仰天感牛女事。密相誓心，愿世世为夫妇。言毕，执手各呜咽。”这不过是主观愿望而已，在小说家鲁迅看来，用赌咒发誓来表白爱情，就说明爱情已经灭亡了。白居易把现世的记忆诗化为“虚无缥缈间”的“海上仙山”，为绝对的爱情找到绝对自由的环境。在这“虚无缥缈”的环境中，绝对的爱情就是绝对的理想化：第一，对象是绝对唯一的，不可替代的；第二，感情是绝对不变的，生者是不变的，死者也是不变的；第三，死者因为感情不变而成了仙子，比活着更美，变成了“绰约仙子”“雪肤花貌”“仙袂飘举”。但是他们即使成仙，也不因此而欢乐，相反，仍然陷于“长恨”之中：憾恨不是一般的美化而是仙化。这里的美，不仅仅是丽质而欢乐的美，而且是坚贞而悲凉的美。

白居易并不满足于这种形而上学的绝对永恒，他坚定地把它变为现实的抒情、永恒的爱情，在现实中，只能是永恒的憾“恨”，永恒的悲痛，绝对的“长恨”。“天长地久有时尽，此恨绵绵无绝期。”“长恨”绵绵无尽，从意脉来说，正是白居易自己说过的“卒章显志”，成为意脉的脉尾，使全诗的构思达到了有机的统一。

对一种艺术形式的驾驭，已经是非常困难了，更何况不同的艺术形式之间的差异是很奥妙的。所以，古今中外，一个作家往往只能精通一两门艺术形式，很难有全能作家，就是大艺术家对艺术形式的驾驭也是有限的。写小说的不会写诗，写诗的不会写散文，写散文的不会写剧本，写剧本的不一定会写电影剧本，不一定会写京戏剧本。即使曹雪芹那样的天才也不例外，如果我们以纯艺术的眼光欣赏《红楼梦》，会发现书中各种艺术形式的水准是差异很大的，可以说，诗不如词，词不如曲，曲不如小说。就是鲁迅，其小说家和杂文家的双重身份之间也是有矛盾的。这一点，他自己也有所体悟，当他的学生孙伏园问他在《呐喊》中最喜欢哪一篇时，他没有说《狂人日记》《阿Q正传》，而是《孔乙己》，说是这篇文章有“大家风度”“从容不迫”，而《狂人日记》则是太“局促”了，“在艺术上是不应该的”[①]。这是因为在《阿Q正传》中，杂文的成分往往干扰了小说的规范。在鲁迅心灵中有小说艺术和杂文艺术两根弦，有的时候构成和弦，有的时候就互相打架。

对于《阿Q正传》，我跟所有推崇《阿Q正传》的人都没有分歧。但是《阿Q正传》里面有没有“太逼促”的东西？例如，漫画的、杂文的成分，这是可以讨论的。有些人认为伟大的经典的就是没有缺点的，其实，这个世界上所有伟大的作品都是有缺点的。

阿Q处在社会的下层，也就是精神等级的下层，这是严峻的现实。如果安于现实，就没有阿Q了。阿Q不安于现实，但是要现实改变，哪怕是鸡毛蒜皮的改变，他都要头破血流。于是就另寻门路，争取精神上的优越。但精神优越在现实中也不能实现，就在幻想中，也就是在“变异的感知”中，达到“假定的优越”。在“假定”中从弱势变成强势，把失败从感知中排除，在受辱中享受荣誉，在排斥异端中自慰，在欺凌弱者中自我陶醉。在惨败中营造精神胜利，当然是虚幻的胜利，一般论者认为，这是鲁迅的伟大发明。这没有错，但并不全面，鲁迅的第二个发明是，这样的精神现象，恰恰是卑微人物的强烈自尊的扭曲，

① 孙伏园：《关于鲁迅先生》，《晨报·副刊》1924年1月12日。

阿Q和鲁迅笔下的一切小人物（如孔乙己）一样，有着最后的自尊。他以“精神胜利法”，以虚幻的自尊来摆脱屈辱，麻痹自己。违反常识的“变异感知”、歪曲现实，成为他精神存活的条件。鲁迅的第三个发明是，把这种病态的自尊在现实中遭受的悲惨的失败用喜剧的形式加以淋漓尽致地表现。鲁迅用喜剧逻辑，夸张其荒谬性，不和谐、不统一。在喜剧性的悲剧中，寄寓着深邃的思想批判。就是在这种特殊艺术风格的追求中，鲁迅杂文家的才能不由自主地入侵到了小说当中。有时，两种文体得到了和谐的统一，有时，则并未达到水乳交融的境界。因为杂文是可以直接讲出深邃的思想的，而且可以相当夸张，以导致荒谬的逻辑，从而讲得痛快淋漓。但是，小说，特别是鲁迅的现实性很强的小说，其特点则是从人物的多元感知错位中展开，结论是不能直接表述的。稍稍超越人物的感知系统，就变成了作者的思想表达，两种文体就可能分裂了，不统一了，不和谐了。比如，在写阿Q一次获得精神胜利以后，鲁迅这样写：“阿Q永远是得意的。这或者也是中国精神文明冠于全球的一个证据了。”这是清朝末期普遍存在于官僚、文人中的精神的自我麻醉，这样的反讽的概括，不是阿Q的感知范围所能及的，而是鲁迅的杂文句式。这就产生了争议：在杂文中是深刻而警策的，在艺术上却冲击了感知错位的和谐。《狂人日记》发表的时候，对于其中所说，整个中国历史上写的都是“吃人”，不像现在只有一种意见，毫无保留地叫好。五四时期，就有两种意见，一种意见是在《狂人日记》发表八个月之后，傅斯年说：“唐俟君的《狂人日记》用写实笔法，达寄托的（Symbolism）旨趣，诚然是中国第一篇好小说。”[①]另一种意见认为他行文“过火”，就是说直接发表言论。第一个提出他行文过火的人是谁呢？不是评论家，而是诗人朱湘，一个非常有才华后来自杀了的诗人。后来有一个评论家叫张定璜，这个人对鲁迅无限崇拜，他认为鲁迅写得不过火。张定璜说鲁迅行文的特点有三个方面：第一冷静，第二冷静，第三还是冷静。这个后来被李敖学去了，李敖说：“五百年来，写文章写得最好的有三个人，第一李敖，第二李敖，第三还是李敖。”

鲁迅写得到底过火不过火呢？我们还是回到文本上来。

阿Q受了许多侮辱后碰到小尼姑，不由自主地去把人家的脸摸一下，被小尼姑骂了一顿。阿Q就说：“和尚动得，我动不得？”这是完全没有根据的，他怎么知道和尚动了她？尼姑就骂他“断子绝孙的阿Q”。他（阿Q）想：“不错，应该有个女人。”断子绝孙是个问题呀。我想这是阿Q的感知系统之内的，断子绝孙有什么坏处呢？下面是鲁迅的原文：

断子绝孙便没有人供一碗饭，……应该有一个女人。夫“不孝有三，无后为大”。

“不孝有三，无后为大，”这是很有文化的人才知道的经典语录，鲁迅用来讽刺阿Q，是鲁迅式的反语，不是人物的感知错位，而是脱位了，脱离了阿Q的感觉了，因为阿Q没

---

① 《书报介绍》，《新青年》1919年2月1日。

有这么文雅。下面就更严重了：

若敖之鬼馁而，也是一件人生的大哀，所以他那思想，其实是样样合于圣经贤传的，只可惜后来有些“不能收其放心”了。

“若敖之鬼馁而”是《左传》里的典故，就是说，人死了，没有人供饭呀，就像若敖一样做鬼也饿死了。即使今天的一般读者要彻底弄懂这句话，恐怕都要查注释，阿Q会有这样文雅的语言吗？至于“样样合于圣经贤传的”“不能收其放心”，这绝对是在阿Q想象之外的。这是杂文的文言风格的反语，不对中国古典文献相当熟悉是不可能说得出的。由此，鲁迅还代阿Q想下去：“即此一端，我们便可以知道女人是害人的东西。”下面原文是：

中国的男人，本来大半都可以做圣贤，可惜全被女人毁掉了。商是妲己闹亡的；周是褒姒弄坏的；秦……虽然史无明文，我们也假定他因为女人，大约未必十分错；而董卓可是的确给貂蝉害死了。

这是杂文，而不是小说！阿Q的感觉，再变异，再错位，也不至于错到这种程度，这就是过火地放纵了杂文的议论，破坏了小说的感知结构了，但是，鲁迅写阿Q画押可能有所不同。因为他不会写字，画了个圆圈，鲁迅写阿Q画圆圈时，“那手捏着笔却只是抖。于是那人替他将纸铺在地上，阿Q伏下去，使尽了平生的力气画圆圈。他生怕被人笑话，立志要画得圆，但这可恶的笔不但很沉重，并且不听话，刚刚一抖一抖地几乎要合缝，却又向外一耸，画成瓜子模样了。”阿Q不知道这画了圆圈就算招供，招供了就被定罪，就要被枪毙。而阿Q却为画不圆而羞愧，这种感知变异使这里有错位，有喜剧性，的的确确是小说。没有直接用鲁迅的思想风格来代替人物。接着，他发现人家并不计较他画得圆不圆，把他推进了监牢的栏杆里边。在这里，强调阿Q的麻木，喜剧性风格中带着一种杂文的讽刺和幽默，二者大体是和谐的，不算过火。阿Q进了监牢，他的感觉是：

倒也并不十分懊恼。他以为人生天地之间，大约本来有时要抓进抓出，有时要在纸上画圆圈。

这写得是不是有点过火了？什么过火？讽刺、夸张过火，杂文风格过火。因为杂文的作者是鲁迅，而“人生天地间……”的感觉，却只能是阿Q：

唯有圈而不圆，却是他“行状”上的一个污点。

即使麻木，即使变异、错位，也不能错到语言这么文雅的程度，对自己的人生有这样的反思能力，就不是阿Q了。下面写他感觉到要被杀头了：

但他突然觉到了：这岂不是去杀头么？他一急，两眼发黑，耳朵里嗡的一声，似乎发昏了。然而他又没有全发昏，有时虽然着急，有时却也泰然。

这是阿Q的感觉。但是，他意思之间，似乎觉得人生天地间，大约本来有时也未免要杀头的。

这是明显的过火。一个人到这个时候，知道自己要被杀头，居然能有“人生天地间，大约本来有时也未免要杀头”的感觉，对于死亡这么无所谓，对于一个像阿Q这样基本上是凭本能生存的人物，怎么可能？杂文家的反讽和小说家的心理探索的矛盾，就在这里。杂文家的才能始终强大，而小说家的才能时强时弱，一不小心就失去了平衡。看来这个“人生天地间”，鲁迅非常喜欢，第二次写了还不过瘾，过不久又来了：

他不知道这是在游街，在示众。但即使知道也一样，他不过便以为人生天地间，大约本来有时也未免要游街要示众罢了。

鲁迅作为一个伟大的艺术家完全有自由在写悲剧命运时用喜剧的荒谬来展示人的麻木的劣根性。但是在死亡面前这么无所谓，其可信度是要受到质疑的。第一个对此提出质疑的是何其芳先生。1956年，他写过一篇《论阿Q》，在那个鲁迅被神化的时代，他的勇气真值得敬佩。他认为写阿Q上刑场，鲁迅把“文人的玩世不恭、游戏人间”搬到了阿Q的头上，他自己读来感到“不安”。[①] 五十多年来，这几句话，大概许多人都忽略了，却让我受益匪浅。真正有艺术感的评论家，一句话够你享用一辈子。

鲁迅写阿Q之死，写得很讨巧，“像微尘一样迸散了”。但是鲁迅也有写得比较精彩的地方，比如阿Q死了之后人们的错位反应。孔乙己死了之后没人哭，祥林嫂死了以后没人哭，但阿Q死了以后有人哭了，举人老爷全家号啕大哭，但不是为阿Q，而是因为他们家被偷了，把阿Q枪毙了，没处追赃，金钱损失无法弥补。赵府上也全家号啕大哭，为什么？秀才因为上城去报官，被革命党剪了辫子，又破费了二十千的赏钱。阿Q被枪毙了，辫子并不能因而长出来，赏钱也不能赚回来。

这些都是小说人物的感知变异的错位和杂文笔法的统一。

更精彩的是未庄的舆论。阿Q死了以后人们怎么评论？鲁迅写道：

至于舆论，在未庄是无异议，自然都说阿Q坏，被枪毙便是他的坏的证据：不坏又何至于被枪毙呢？而城里的舆论却不佳，他们多半不满足，以为枪毙并无杀头这般好看；而且那是怎样的一个可笑的死囚呵，游了那么久的街，竟没有唱一句戏：他们白跟了一趟。

这体现了一种荒谬的喜剧性，带有杂文的讽刺性，又是多元错位的感知变异。这是鲁迅伟大的杂文才能和伟大的小说才能的结合，表现的是悲剧性的可笑、喜剧性的悲凉。我们说契诃夫写小人物的悲剧是含泪的微笑，鲁迅的阿Q则是叫你痛苦地笑，笑得好绝望。

---

① 何其芳：《论阿Q》，《人民日报》1956年10月16日。又见《何其芳文集（第五卷）》，人民文学出版社1982年版，第181—182页。

所以说，我感觉到鲁迅作为一个杂文家和小说家，都是很了不得的，以至于我们现在还找不到这样一个人。但鲁迅的两种才华的发展、成熟不一样，杂文家的才华发展是直线的，一下子就成熟了，在五四运动初期就成熟了，而小说家的艺术成熟却是曲线的，不断更新，不断突破，也不断遭遇挫折，非常曲折。

小说、戏剧和诗之间形式规范的差异非常微妙，就是托尔斯泰这样的大艺术家，也免不了犯一些错误，他写的剧本根本不能演出，但他曾非常凶狠地批评过莎士比亚：

> 莎士比亚缺乏主要的（如果不是唯一的）塑造性格的手段——语言，亦即让每个人都用合乎他性格的语言来说话。这是莎士比亚所没有的。莎士比亚笔下所有的人物，说的不是他自己的语言，而常常是千篇一律的莎士比亚式的刻意求工、矫揉造作的语言，这些语言，不仅塑造出的剧中人物，（而且）任何活人，在任何时间和任何地点都不会用来说话的。[①]

托尔斯泰忽略了不同的艺术形式之间的重大差异。莎士比亚的戏是一种诗剧，虽然不押韵，但是五步抑扬格，与诗的节奏一样，一个轻一个重，英文叫 blank verse，翻译成中文就是无韵素体诗。不押韵，但有诗的节奏。巴尔扎克批评过雨果，说雨果笔下的人物很不真实，这边的人在讲话，我们观众都听到了，那边隔壁的人站在舞台上却听不到，这是不懂得戏剧的假定性（这种假定性在我国戏曲中也能找到，比如自报家门）。他的批评有没有道理呢？好像有道理，因为他追求的是叙事文学的现实性，他是写小说的，必须尽可能地接近日常口语。所以，托尔斯泰就把他小说的起码规范强加给了诗剧。他非常反感莎士比亚写情人见面、烈士遭难时都作长篇大论。李尔王在草原上，对着无人的旷野大喊大叫，用诗的语言发表大段的独白，现实生活中这是发神经。罗密欧见了朱丽叶，第一次见面就对着人家的阳台说“我的太阳”，然后就朗诵一段诗。这在现实中不但是不可能的，而且是很危险的。但是，文学是一种假定，不能用生活中是不是这样来衡量。这是诗剧，是歌剧。斯坦尼斯拉夫斯基要求演员忘掉自我，进入角色的潜意识，这显然是有片面性的，而布莱希特则相反，讲究“间离效果”（德语为 verfremdung seffekt，英语有译成 alienation effect 的，那就和俄国形式主义者所说的陌生化差不多了）。诗剧和歌剧跟小说的假定性是不太一样的。这种不一样对艺术家是特别重要的。鲁迅写小说很棒，但他写白话新诗就往往带着过多的杂文，因而带上“打油”的味道。茅盾也是这样，他的剧本《清明时节》就全是演说。必须提高对特殊的艺术形式的审美感觉，不能把它们搅混了，不然就会付出代价。精致的修养和微妙的形式的敏感是分不开的。杨朔的散文曾在 20 世纪 60 年代风行一时，他有历史的贡献。在解放区，20 世纪 40 年代至 50 年代的散文都变成报告文学了，已经不完

---

① 杨周翰编：《莎士比亚评论汇编（上）》，中国社会科学出版社 1979 年版，第 504 页。

全属于艺术，而是实用的文体。到了杨朔，在1958年特别是1959年以后，提出散文应该是艺术，应该把每一篇散文都当作诗来写。原文是“我在写每篇散文时，总是拿着当诗一样写”①，这些主张是写在他那轰动一时的散文集《东风第一枝》的后记中的。应该说，这是杨朔的一个贡献，他恢复了散文的艺术生命。但诗与散文是两种不同的形式，有两种不同的规范。黄庭坚（1045—1105）早就强调过，诗文不混淆，连杜甫、韩愈都留下了教训："杜（杜甫）之诗法，韩（韩愈）之文法也。诗文各有体，韩以文为诗，杜以诗为文，故不工尔。"②

诗和散文好像两种血型或两种性别，不能混淆。但杨朔在这方面的修养不足，刚刚把散文从报告文学中解放出来，又把散文投入诗的牢笼，把诗歌、散文混淆了。他不懂得，特殊的艺术形式的优越性到了另一种艺术形式中，就变成局限性了。比如说，芭蕾舞只能用脚尖跳，这是它的一个看点，但你能用跳芭蕾舞的方法去演京剧吗？闻一多曾经讲过，诗是戴着镣铐的舞蹈。而杨朔不在乎这一点，他以为诗的优越性到了散文里还是优越性，他的艺术从一开始就酝酿着危机。笔者曾经在福建师范大学文学院课堂上分析过杨朔的成名作《荔枝蜜》：

> 他说他小时候很恨蜜蜂，因为被蜜蜂蜇过一下。后来人家说你不去侵犯它，它也不会来蜇你，蜇一下它就死了，所以他心里觉得应该原谅它，但感情上疙疙瘩瘩。等到长大了，都快50岁了，到广东的一个地方参观了养蜂场，养蜂员老梁给他介绍了有关蜜蜂的科普知识，他就大为感动起来，还感动得“心头一颤”。蜜蜂太伟大了，吃得很少，但奉献得很多，最后它老了，就不回来了，死在外面了。他联想到这很像我们国家的农民。他感动得夜里做了一个梦，梦见自己变成了一只小蜜蜂。这自然是一种抒情的赞歌，但他对抒情的局限性没有提高警惕。这里的抒情，是一种强化感情的套路，最根本的法门就是使感情突出。但这种感情的强化或极端化，是与诗的想象性、虚拟性结合在一起的，与散文的相对现实性有一定的矛盾。我们来推敲它一下。文章最后说自己变成了一只蜜蜂，按散文的现实性，细心的读者可能就怀疑了，作者快50岁了，还是小蜜蜂！有50岁的小蜜蜂吗？这不是太谦虚了吗？（大笑声）我看，老蜜蜂还差不多。（大笑声）

不可否认，杨朔的散文有历史的功绩，但就是那些有历史成就的散文，也很难不给人不够真诚的感觉。有许多人批评他，说他的文章有点“做作”。

---

① 杨朔：《东风第一枝 · 小跋》，见《杨朔散文选》，人民文学出版社1978年版，第220页。

② 转引自［宋］陈师道：《后山诗话》。见何文焕辑：《历代诗话（上）》，中华书局2006年版，第303页。

用理论的语言说，审美的思维就是在艺术形式的优越性和局限性双重制约下的思维。形式不同，各有其自由和局限，主要原因是工具不同，性能也不同。这里声明一下，暂时把语言作为一种“工具”，这是传统的说法。现在更多的学者认为，语言不仅是工具，还是文化、意识形态、人文价值观的载体。这个问题我们暂不讨论，因为就是人文学派，也不完全否定语言在一定层次上具有工具性。笔者只暂时把语言当成一种工具，因为这样比较简明，可以用来区别绘画、音乐和舞蹈等。

工具不同，发挥它的优越性，超越它的局限性，作家的想象力、观察力、表达力都要做出调整。作家的艺术水平如何，要看他是否善于把握艺术形式的共同规律，也要看他对间不容发的微妙的特殊规律有没有高度的敏感。这既体现了一个艺术家的水平，也体现了一个读者或一个文学教师的水平。这是个关键问题，不可含糊。在文学解读中，有一个权威的说法，那就是苏东坡在《书摩诘〈蓝田烟雨图〉》中所说：“味摩诘之诗，诗中有画。观摩诘之画，画中有诗。诗曰：‘蓝田白石出，玉川红叶稀。山路元无雨，空翠湿人衣。’”① 由于苏轼的权威地位，诗与画统一论似乎已经成了定论。

明朝张岱（1597—1684）曾对苏东坡的这个议论提出异议：“若以有诗句之画作画，画不能佳；以有画意之诗为诗，诗必不妙。如李青莲《静夜思》‘举头望明月，低头思故乡’，有何可画？王摩诘《山路》诗‘蓝田白石出，玉川红叶稀’，尚可入画；‘山路元无雨，空翠湿人衣’，则如何入画？”②张岱的观点接触到了艺术形式之间的矛盾，但未引起后人乃至今人的充分注意。

不过在艺术创作实践上，苏东坡却突破了他的理论。

对于苏东坡《惠崇春江晚景》：“竹外桃花三两枝，春江水暖鸭先知。蒌蒿满地芦芽短，正是河豚欲上时。”历代诗话家均以为“春江水暖鸭先知”为最佳，为什么呢？从苏诗题目可知，这本是一首为惠崇“春江晚景”图而作的题画诗。所以，画面上，鸭浮水上，一望而知，但“水暖”二字，其实是画不出、看不见的。最清晰可见的，仅仅是三两枝不太浓密的竹外桃花，透出点儿早春的讯息。但花发花开的原因在春暖，可“暖”属触觉，不可凭视觉而见。即使画面上有鸭浮于春江，亦无暖之提示。而诗却有与画不同的规律，以全方位感知超越画艺，从视觉引申出触觉，凭着那静止的鸭子，率领读者想象出既不存在于画上的江水之鸭脚，也不可能画出来的感受之暖，相当雄辩地把画的视觉美，转化为诗之全方位感官（包含触觉）之美。画中本来是没有这样的诗意的，画中的诗意焦点（鸭脚），是诗人想象出来的。诗对于画来说，好就好在无中生有，而画对于诗来说，则在于有中隐

① 傅成、穆俦标点：《苏轼全集》下册，文集卷七十，上海古籍出版社2000年版，第2189页。

② ［明］张岱：《琅嬛文集·与包严介》，岳麓书社1985年版，第152页。

无。这就应验了张岱所言，如就惠崇之画为诗，则无如此好诗，如就东坡此诗令惠崇为画，则不能画。

不同艺术形式间的不同规范在西方也同样受到漠视，以致在张岱一百多年后，德国的莱辛（1729—1781）认为有必要写一本专门的理论著作《拉奥孔》来阐明诗与画的界限。莱辛发现，同样是以拉奥孔父子被毒蟒缠死为题材，古希腊雕像与古罗马维吉尔的史诗所表现的有很大不同。在维吉尔的史诗中，拉奥孔发出“可怕的哀号”“像一头公牛受了伤”“放声狂叫”，而在雕像中身体的痛苦被冲淡了，“哀号化为轻微的叹息，”这是“因为哀号会使面孔扭曲，令人恶心”，而且远看如一个黑洞。“激烈的形体扭曲与高度的美是不相容的，”而在史诗中，“维吉尔写拉奥孔放声号哭，读者谁会想到号哭会张开大口，而张开大口就会显得丑呢？”“写拉奥孔放声号哭那行诗只要听起来好听就够了，看起来是否好看，就不用管。”①应该说，莱辛比张岱更进了一步，即使是肉眼可以感知的形体（而不是画中不能表现的视觉以外的东西），在诗中和在画中也有不同的艺术标准，不同艺术形式的优越性是如此不同，是值得奉献生命来钻研的。

关键还在于，画中之画是静止的，而诗中之画的优越性在于三个方面：第一，超越视觉的刹那，成为一种“动画”，有了动感，才便于抒情。感情的本性，就是和“动”分不开的，故曰感动，曰触动，曰动心，曰动情，曰情动于衷，反之则曰无动于衷。连英语的感动都是从“动”（move）引申出 to stir the emotions 的意味。从心理学来说，感情就是一种激动，激而不动，就是没有感情。以李白的月亮意象为例，“举杯邀明月，对影成三人”（《月下独酌》），“暮从碧山下，山月随人归”（《下终南山过斛斯山人宿置酒》），意象的持续性克服了画面的刹那瞬间，才显出情的动态。第二，诗中的画不但是“动画”，而且往往是“声画”，其妙处全在声音。“月出惊山鸟，时鸣春涧中”（王维《鸟鸣涧》），这是岑寂和鸣叫反衬的效果，听觉激起的微妙心动，视觉是无能为力的。第三，也是最主要的，诗中的画，不管是动画还是声画，最根本的还是“情画”，情不能在动画之上直接表现，必须要隐蔽在画面之外。即使出现了静态的画面，也不仅仅是视觉在起作用，而是心在被感“动”。

诗与散文的区别：形而上和形而下

归纳法的难点在于经验的有限性、狭隘性，因而要求最大限度地掌握经验材料。可是生也有涯，经验也无涯，以有涯求无涯，是生命本身的悲剧。但如果不是一味追求理论的

① 〔德〕莱辛著，朱光潜译：《拉奥孔》，人民文学出版社 1979 年版，第 16、22 页。

全面性，而是像胡适所主张的那样，在有限的经验中进行“大胆的假设”，又像波普尔所提倡的那样，不断地“试错”，反复排除经验狭隘性的局限，“小心地求证”，可能比之演绎法，比之从普遍的概念到特殊的概念，成功的概率要高得多。归纳法还有一种特殊的形态，那就是个案分析，即所谓从一粒沙子中看世界，从一滴水中看大海，不一定要把全世界所有的水都收集到自己的实验室里。在我看来，把归纳和比较结合起来，是更为有效的办法，对此，我们可以把既是诗人又是散文家的人的作品拿来加以比较，因为这有现成的可比性。

现成的理论不完善，就只有从现象中直接进行归纳。

以李白而言，在诗歌中李白是反抗权贵的，不能忍受向权贵摧眉折腰的，而在散文中，尤其是那些“自荐表”中，李白向权贵发出乞求哀怜是一点也不害臊的。在《与韩荆州书》中，他以夸耀的口吻说自己从十五岁起就“遍干诸侯”。阅读李白的全部作品，会发现有两个李白：一个在诗里，是颇为纯洁而且清高的；一个在散文里，是非常世俗的。在舒婷的散文和诗歌中也可以见到同样的分化。在诗歌中，她是形而上的，好像在精神的象牙塔里，为人与人之间难以沟通而感到哀伤、失落，为美好的爱情、友情而欢欣。诗人好像是不食人间烟火的，而在散文中，她又为作为妻子、母亲，为婆婆妈妈的家务事而操劳，发出“做女人真难，但又乐在其中”的感叹。在余光中的散文中和诗中，他的乡愁也是不尽相同的。在诗中，是超越了现实的、虚拟的，展示了单纯的精神境界，只需几个意象（邮票、船票、坟墓、海峡）就足以凝聚起大半生的生命乡愁体验。在这种象征的、空灵的、纯粹情感的境界的升华中，抒情主人公的经历，不是他一个人的，而是许多类似的居住在台湾地区的人的概括。在散文《听听那冷雨》中，恰恰相反，乡愁贴近了他的具体特殊的唯一经历，他从金门街到厦门街、长巷短巷、基隆港湾雨湿的天线、台北日式的瓦顶、在多山的科罗拉多对大陆的想望，甚至还有一点“亡宋的哀痛”的政治失落感，青春时代和爱人共穿雨衣的浪漫。散文中的余光中是一个现实的余光中，理解了这一点，就不难理解诗人柳宗元和散文家柳宗元的重大分化了。他在《小石潭记》中把他所发现的那个自然境界描写得那么空灵，那么美好。虽然是很“寂寥无人，凄神寒骨，悄怆幽邃”的，是远离尘世、超凡脱俗的，但“其境过清”，太冷清、太寒冷了，欣赏则可，却不适“久居”，只能弃之而去。尽管如此，还是要记录在案，把同游之人的名字都罗列一番。在他的诗歌里，却充满了不食人间烟火的境界。如《江雪》：“千山鸟飞绝，万径人踪灭。孤舟蓑笠翁，独钓寒江雪。”开头两句，强调的是生命的“绝”和“灭”，与这相对比的是，一个孤独的渔翁，在寒冷、冰封的江上，是“钓雪”，而不是钓鱼，也就是不计任何功利，是一点也不怕冷、不怕孤独的，相反，孤独本身就是一种享受。这和散文中“寂寥无人，凄神寒骨，悄怆幽邃”“其境过清，不可久居”的境界大不相同，散文中的柳宗元还是不能忘情于现实环境甚至居住条件，小而至于买一块便宜的土地，大而至于国计民生，乃至于朝廷政治都能引起他的忧愁和欢乐；而诗歌则可以尽情发挥他超现实的形而上学的空寂的理想，以无目的、无心的境界，超越一切功利，体悟大自然和人，达到高度的和谐和统一。这是诗的意境，而在散文中，作者对此可以欣赏，却接受不了。

将两种文学形式之间微妙而重大的区别从文本中归纳出来后，我们不难看出，散文从根本上来说是形而下的，而诗则是概括的、形而上的。这是从东西方任何宏观的理论中都不可能演绎出来的。

文学理论只能揭示多种文学形式的普遍性，而散文研究的对象却是散文作为一种形式的特殊性。实际上，在阅读过程中，普遍理念的召唤结构，随时随地都在吸纳、澄明、同化着特殊审美体验。但这种吸纳澄明和同化是充满矛盾的，理论的空疏和审美体验的饱和性，时时刻刻都在冲突着。对于理论所难以吸纳、澄明和同化的，必然遭窒息、扭曲和扼杀。故理想的理论不应该是封闭的，而应该是开放的，概念和范畴不应该是僵化的，而应该是可以在内涵上做弹性阐释的，可以衍生出从属的系列范畴来的。光是理论的开放还不够，还需要读者审美主体的自觉。

由于对形式规范的漠视，我们文学解读的水平，在诗与散文的区别方面常常表现出最可悲的现象。通过李白在诗中和散文中的不同表现，以及李隆基和杨玉环爱情题材在不同形式中的对比不难看出，诗与散文的最大区别在于，诗中的心灵和情感带着很强的形而上的特点，从形象来看，诗是概括的、类的，不是个别的，意象往往是没有时间、地点、条件的具体性的。这一点本来应该是常识，但连全民十分敏感的高考语文试卷都在这上面闹过大笑话。2000年的全国统一考卷中有一题涉及郑敏女士的诗，这是一首现代派的诗，其意味比之古典诗歌更具形而上的性质，就是专业的诗歌评论者也不敢对之做什么标准答案的，但是命题者却表现出一种专业评论家都望尘莫及的气魄。郑敏女士的诗题目叫作《金黄的稻束》，原文如下：

金黄的稻束站在／割过的秋天的田里，／我想起无数个疲倦的母亲，／黄昏的路上我看见那皱了的美丽的脸，／收获日的满月在／高耸的树巅上，／暮色里，远山／围着我们的心边／没有一个雕像能比这更静默。／肩荷着那伟大的疲倦，你们／在这伸向远远的一片／秋天的田里低首沉思，／静默。静默。历史也不过是／脚下一条流去的小河／而你们，站在那儿，／将成为人类的一个思想。

题目要求考生指出对这首诗解释不恰当的一项。标准答案是：“‘金黄的稻束站在／割过的秋天的田里’一句涉及时间，从全诗来看，除了‘秋天’外还隐指‘暮色’降临以前。”出题者的意图显然是让学生明白这首诗的时间应该是在暮色降临之时或者以后，因为诗中已经明确指出是“在暮色里”，而且还点明“收获日的满月”。但是，诗中同时又明明说是在“黄昏路上”，那“黄昏”是在暮色降临以前还是以后呢？这就很难说了。再说，这首诗写的并不是一个静止的场景，而是一个形而上的概括场景，暮色、黄昏只是一个背景，从这出发，延伸到“历史”（“不过是脚下一条流去的小河”）和“人类”（“站在那儿将成为人类的一个思想”），显然是超越了时间和场景（空间）的具体性的。关键是暮色和暮年的母亲在色彩与情调上的关联，确定具体的时间根本没有意义。抒情诗与散文的不同之处之一，就是它的意象是高度概括的，超越具体时间的确定性有利于它的深邃概括。故亚里士多德拿诗与历史比较，历史讲的是个别的事，而诗讲的是普遍的事。从这个意义上，诗是更接近于哲学的。后来华兹华斯也赞成此说。除了特殊的例外，诗在时间、地点上如果过分确定，会不利于它的想象，具体的时间、地点、条件可能使得它为散文同化。不论是艾青的《乞丐》《手推车》、闻一多的《死水》、徐志摩的《再别康桥》，还是臧克家的《老马》、郭沫若的《骆驼》，不论是戴望舒的《雨巷》、舒婷的《致橡树》，还是雪莱的《云雀颂》、普希金笔下的大海，不论是李白的月亮，还是苏东坡笔下的长江，大凡诗人笔下之物、之人，常有超越具体时间、空间的倾向。贺知章的《咏柳》（“碧玉妆成一树高，万条垂下绿丝绦。不知细叶谁裁出，二月春风似剪刀”）并没有点明柳树是农村的还是城市的，也没有暗示景色是早晨的还是黄昏的，正因为它地点、时间的不确定性，才有了早春气象的普遍性和想象的自由。如果点明是某一地点、某一时间、某一特殊的柳树，就太具体写实了，就与其细叶都是由春风裁剪而成的想象无法和谐了。对艺术家来说，时间、地点、人物具体性的递增会导致想象的自由性的递减，抒情性也会相应递减，而抒情性的递减必然导致叙事性的递增。

葡萄美酒夜光杯，欲饮琵琶马上催。

醉卧沙场君莫笑，古来征战几人回。

不但现场的时间的因素是淡化的，而且未来的时间也是虚拟的。难道经过行军的漫长过程，到了前线还不醒？如果真是这样，还有可能上战场吗？诗人与散文家之不同，就在于把这一切留在空白里。把什么都写得一清二楚，就可能成为散文了。最明显的是艾青的《乞丐》：

在北方，

乞丐徘徊在黄河的两岸，

徘徊在铁道的两旁。

不但时间、地点是不确定的，连性别、年龄都没有。诗中的乞丐是整个黄河两岸的乞丐的概括性意象，而不是某一个乞丐的具体描写，这就是艾青在《诗论》中所说的“灵魂的雕塑”的艺术效果，如果把年龄、性别、时间、地点、人数一一详加描述，就必然失去诗的概括性。

散文则更多是形而下的，接近实用功利价值的。柳宗元在《小石潭记》中描绘了一个远离尘世、超凡脱俗的清净美好的世界，因为是散文，所以作者坦然说，虽然如此，但“寂寥无人，凄神寒骨，悄怆幽邃”，“其境过清，不可久居”——虽然很美好，但欣赏（审美）则可，并不适合自己“久居”（实用）。散文表现了柳宗元性格的一个侧面，即比较执着于现实，而在诗歌里表现出来的则是他的另外一面，那里充满了不食人间烟火的境界。如《江雪》：

千山鸟飞绝，万径人踪灭。

孤舟蓑笠翁，独钓寒江雪。

这比《小石潭记》中更加“寂寥无人，凄神寒骨，悄怆幽邃”，应该是更加“不可久居”的，但是他笔下的渔翁却不怕冷，也不怕孤独。诗歌里的柳宗元，和散文中的他是有差异的。散文中的柳宗元，还是不能忘情现实环境；而诗歌则形而上得多，可以尽情发挥超现实空寂的理想，以无目的、无心的境界为最高的境界。如他的《渔翁》一诗，可谓达到物我两忘的境界：

渔翁夜傍西岩宿，晓汲清湘燃楚竹。

烟销日出不见人，欸乃一声山水绿。

回看天际下中流，岩上无心云相逐。

苏东坡说最后两句是可以删节的，这自然有一定道理，但其中的“无心”，却是诗的境界不同于散文境界的关键。在诗的境界中，无心的云就是无心的人，超越一切功利，大自然和人达到高度的和谐统一。而在散文中，作者对此可以欣赏，却不想接受。在诗歌里，恋爱是永恒的，心心相印；而在小说和戏剧里，一味心心相印，就没有性格、没有戏可言了。

规范形式和亚规范形式

对于文学文本的彻底解读，不能满足于隐性意脉的梳理，甚至不能止步于追求形式规范，还要深入到对亚形式的分析。例如，同样是古典诗歌，有效的解读就要分析出绝句和律诗的不同来。

历代诗话品评唐诗的艺术最高成就时，向来是李白、杜甫并称，但在具体艺术形式方面，二者却评价悬殊。历代评家倾向于认为绝句尤其是七言绝句的造诣，成就最高者为李白。高棅在《唐诗品汇》中说："盛唐绝句，太白高于诸人，王少伯次之。"①胡应麟在《诗薮》中也说："七言绝以太白、江宁为主，参以王维之俊雅，岑参之浓丽，高适之浑雄，韩翃之高华，李益之神秀，益以弘、正之骨力，嘉、隆之气运，集长舍短，足为大家。"②连韩翃、李益都数到了，却没有提到杜甫。沈德潜在《唐诗别裁》中则具体说到篇目："必求压卷，王维之'渭城'，李白之'白帝'，王昌龄之'奉帚平明'，王之涣之'黄河远上'，其庶几乎！终唐之世，绝句无出四章之右者矣。"③不但如此，《诗薮》还拿杜甫来对比："自少陵以绝句对结，诗家率以半律讥之。"④许学夷《诗源辨体》引用王元美的话说："子美七言绝变体，间为之可耳，不足多法也。"⑤究竟是哪些篇目能够获得"压卷"的荣誉，诸家看法不免有所出入，但杜甫的绝句从来不被列入"压卷"则似乎是共识。除个别偶然提及的篇目，普遍被提到的大致如下：

秦时明月汉时关，万里长征人未还。
但使龙城飞将在，不教胡马度阴山。

王昌龄《出塞二首》其一

黄河远上白云间，一片孤城万仞山。
羌笛何须怨杨柳，春风不度玉门关。

王之涣《凉州词》

朝辞白帝彩云间，千里江陵一日还。
两岸猿声啼不住，轻舟已过万重山。

李白《下江陵》

葡萄美酒夜光杯，欲饮琵琶马上催。
醉卧沙场君莫笑，古来征战几人回？

王翰《凉州词二首》其一

渭城朝雨浥轻尘，客舍青青柳色新。
劝君更尽一杯酒，西出阳关无故人。

王维《送元二使安西》

---

① ［明］高棅：《唐诗品汇·七言绝句叙目·第二卷》，明代汪宗尼校订本影印版，上海古籍出版社 1981 年版，第 427 页。

② ［明］胡应麟：《诗薮（内编卷六）（近体·绝句）》，上海古籍出版社 1979 年版，第 115 页。

③ ［清］沈德潜：《唐诗别裁集（卷十九）》，中华书局 1975 年版，第 262 页。

④ ［明］胡应麟：《诗薮（内编卷六）（近体·绝句）》，上海古籍出版社 1979 年版，第 115 页。

⑤ ［明］许学夷：《诗源辨体（卷十九）》，人民文学出版社 1987 年版，第 220 页。

回乐峰前沙似雪，受降城外月如霜。

不知何处吹芦管，一夜征人尽望乡。

李益《夜上受降城闻笛》

诗话并没有具体分析各首诗艺术上的优越性何在。最方便的是用直接归纳法，从形式的外部结构开始，和杜甫遭到非议的绝句代表作“两个黄鹂鸣翠柳，一行白鹭上青天。窗含西岭千秋雪，门泊东吴万里船”加以对比。不难看出，二者句子结构和语气有重大区别，杜甫的绝句四句都是肯定的陈述句，都是视觉图景，而被列入压卷之作的则相反，四句之中到了第三句和第四句在语气上发生了变化，大都是从陈述变成了否定、感叹或者疑问，“但使龙城飞将在，不教胡马度阴山。”“羌笛何须怨杨柳，春风不度玉门关。”“醉卧沙场君莫笑，古来征战几人回？”“劝君更尽一杯酒，西出阳关无故人。”“不知何处吹芦管，一夜征人尽望乡。”不但句法和语气变了，而且还从写客体之景转化为感兴，也就是抒主观之情。杜甫的诗虽然也有句法、语气、情绪的变化甚至是跳跃，但这心灵显得不够活跃，从意象来看，也流于平面。绝句在第三句时要有变化，是一种规律，元朝杨载在《诗家法数》中指出：

绝句之法，要婉曲回环，删芜就简，句绝而意不绝，多以第三句为主，而第四句发之。有实接，有虚接，承接之间，开与合相关，正与反相依，顺与逆相应，一呼一应，宫商自谐。大抵起承二句固难，然不过平直叙起为佳，从容承之为是。至如宛转变化工夫，全在第三句，若于此转变得好，则第四句如顺流之舟矣。①

杨载强调的第三句相对于前面两句，是一种“转变”的关系，而这种“转变”不是断裂，而是“婉转”的“变化”的承接，不是直接连续，其中有虚与实，虚就是不直接连续。如《出塞》前面两句是“秦时明月汉时关，万里长征人未还”，都是实接，也就是在逻辑上没有空白。到了第三句“但使龙城飞将在”，就不是实接，而是虚接，不是接着写边塞，而是发起议论来，但仍然有潜在的连续性：明月引发思乡，回不了家，有了李广就不一样了。景不接，但情绪接上了，这就是虚接。与之类似的，“黄河远上白云间，一片孤城万仞山。羌笛何须怨杨柳，春风不度玉门关”，从孤城万仞，到羌笛杨柳之曲，当中省略了许多，不完全连续，事实上是景观的跳跃，这是放得“开”；但在景观的跳跃中，有情绪的虚接、想象的拓开，不从实处接近景，而是从想象远处接情，在杨载，这叫作“合”。“开与合相关”，听到杨柳之曲，想到在玉门关外，春风不如家乡之催柳发青。此景象之大开，情绪又大合也。“葡萄美酒夜光杯，欲饮琵琶马上催。醉卧沙场君莫笑，古来征战几人回？”前两句是陈述，第三句是否定，第四句是感叹。语气的变化，所表现的是情绪的突转。本来是

① 何文焕编：《历代诗话（下）》，中华书局2006年版，第732页。

饮酒为乐，不顾军乐频催。不接之以乐，而接之以醉死之豪，则为杨载所谓“反接”。反接之妙并不为悲，而为更乐之由，此为“反”中有“正”之妙接也。

宛转变化的功能：情致的瞬间转换

然所举压卷之作，并非第三四句皆有如此之句法语气之变。以李白《下江陵》为例。第三句（“两岸猿声啼不住”）在句法上并没有上述变化，四句都是陈述性的肯定句（啼不住，是持续的意思，不是句意的否定）。这是因为句式的变化还有另一种形式：如果前面两句是相对独立的单句，则后面两句在逻辑上是贯穿一体，不能各自独立的，叫作“流水”句式。例如，“羌笛何须怨杨柳”离开了“春风不度玉门关”，逻辑是不完整的。“流水”句式的变化，表现得精彩的是情绪的瞬间转换，从一种情绪向另一种情绪婉转地转换。如果前面两句是描绘性的，后面两句再描绘，如杜甫的《绝句》（“两个黄鹂鸣翠柳，一行白鹭上青天。窗含西岭千秋雪，门泊东吴万里船”），就会缺乏杨载所说的“宛转变化工夫”，显得太合，放不开，平板。而“流水”句式使得诗人的主体更有超越客观景象的能量，更有利于表现诗人的情绪转化。李白的绝句之所以比之杜甫有更高的历史评价，就是因为他善于在第三、第四句上转换为“流水”句式。如《客中作》：“兰陵美酒郁金香，玉碗盛来琥珀光。但使主人能醉客，不知何处是他乡。”其好处在于：首先，第三句是假设语气，第四句是否定句式、感叹语气；其次，这两句构成“流水”句式，自然、自由地从第一、二句的对客体的美好意象描绘中解脱出来，瞬间转换为另一种情绪：只要能够喝个痛快，他乡就成了故乡。杜牧的《夜泊秦淮》中，“商女不知亡国恨”如果离开了“隔江犹唱后庭花”，句意是不能完足的。欢乐的歌声引发了亡国的感喟，其实《下江陵》这一首，第三句和第四句也有这样的特点。“两岸猿声啼不住”和“轻舟已过万重山”结合为“流水”句式，就使得句式不但有变化，而且情绪也从对猿声的出神，发展为突然发现已经到家的惊喜。这种情绪转换，既是瞬间的，又是“宛转”的。前面两句，“白帝”“彩云”“千里江陵”都是画面和视觉形象；第三句超越了视觉形象，“两岸猿声”转化为听觉。这种变化是感觉的交替，此为第一层次。听觉中之猿声，本为悲声（《水经注》引民谣曰：“巴东三峡巫峡长，猿鸣三声泪沾裳”），而李白将之转变为欢，显示高度凝神于听，而忽略视之景，由五官感觉深化为凝神观照的情致，此为第二层次。第三句的听觉凝神，特点是持续性（啼不住，啼不停），到第四句转化为突然终结，美妙的听觉变为发现已到江陵的欣喜，这是本来流放夜郎，中道意外遇赦，政治上获得解脱的安宁，同时安宁中又有欢欣，此为第三层次。猿啼是有声的，而欣喜是默默的，舟行是动的，视听是应接不暇的，凝神是持续不断的，到达江陵是突然终止的，总之，情绪转换是多重的。直到第四层次，才深入到李白此时感情纵深的最底层。迅捷、安全只是表层感觉，其深层中隐藏着无声的动静交替的喜悦。这种无声的喜悦是通过诗人对有声的凝神反衬出来的。通篇无一喜字，喜悦之情却尽在字里行间，在句组的“场”之中。许多古典诗话注意到了李白此诗写舟之迅捷，但是忽略了后两句情绪在宛转中突然转折，正是绝句抒情的最大优长。袁行霈先生说此诗最后一联表现了诗人对两岸景色欣赏不够的“遗憾”：

> 他一定想趁此机会饱览三峡壮丽风光，可惜还没有看够，没有听够，没有来得及细细领略三峡的美，船已顺流而过。在喜悦之中又带着几分惋惜和遗憾，似乎嫌船走得太快了。“啼不住”，是说猿啼的余音未尽。虽然已经飞过了万重山，但耳中仍留猿啼的余音，还沉浸在从猿声中穿过的那种感受之中。这情形就像坐了几天火车，下车后仍觉得车轮隆隆在耳边响个不停……究竟李白是希望船走得快一些呢，还是希望船行得慢一点呢：只好由读者自己去体会了。①

这样说，显然对绝句的特殊情绪结构，对其“宛转变化”的工夫缺乏理解，把李白因为流放夜郎中道遇赦，归心似箭，视听动静瞬间转换的欢欣歪曲成单层次的“欣赏不够的遗憾”。其实“千里江陵一日还”，既排除了船行的缓慢（三天才能过黄牛滩），又排除了长江航道的凶险（瞿塘、滟滪礁石），立意就在强调舟行之轻快、神速而且安全。若是如袁行霈所想象的那样，想让船走得慢一点，又何必这样夸张舟行速度呢。

正是因为这样，李白这首绝句被列入压卷之作，几乎没有争议，而王昌龄的《出塞》其一，则争议颇为持久。焦点在于第三四句，被一些诗话家认为不过是“中驷”而已，原因是“议论”太直。其实用杨载的理论来看，缺点在于后两句跳跃幅度太大，有情绪转换，但不够宛转。

绝句和律诗、古风：情感瞬间转换和长期情绪的概括

从这个意义上来说，绝句尤其是七绝艺术可以说是以表现心灵微妙瞬间、刹那变化见长的艺术。

当然，那种顿悟式的、从持续到猛醒的意脉，并不是唯一的表现形式，有时也包括持续转入短暂的凝神，如李白的《送孟浩然之广陵》：

---

① 袁行霈：《早发白帝城》。裴斐主编：《李白诗歌赏析集》，巴蜀书社 1988 年版，第 273 页。

故人西辞黄鹤楼，烟花三月下扬州。

孤帆远影碧空尽，唯见长江天际流。

艺术的微妙：一在孤帆的“孤”，于长江众多风帆之中只见友人之帆；二在远影之“远”，目光追踪不舍；三在“尽”，凝视目送到帆影消失；四在“天际流”，无帆，无影，仍然目不转睛，持续凝望，空白之江流正是忘情处之目无所见，心有所思。与之相似的还有王昌龄的《从军行七首》：

琵琶起舞换新声，总是关山离别情。

撩乱边愁听不尽，高高秋月照长城。

前三句写曲调不断变换，不变的是关山离别，听得心烦，最后一句突然意脉转换，写看月看得发呆。曲调撩起的乡愁，使人望月望得发呆。这也是从变幻不断的意脉转化为持续性的胜利。持续性在绝句中，脍炙人口的千古杰作很多。最有生命的要算是张继的《枫桥夜泊》：

月落乌啼霜满天，江枫渔火对愁眠。

姑苏城外寒山寺，夜半钟声到客船。

这个钟声的持续性，千年不朽，甚至获得了远达东瀛的声誉，原因在于落第的诗人从失眠的愁苦转向持续性的体悟，钟声因为来自“寒山寺”而渗入了出世意味，通过持续的体悟而变得更加深沉。再如杜牧的《秋夕》：

银烛秋光冷画屏，轻罗小扇扑流萤。

天街夜色凉如水，卧看牵牛织女星。

从“扑流萤”之天真无忧无虑的动作，转化为“卧看牵牛织女”之青春心事的默想，也是意脉的“宛转变化”，也是从动到静的持续性。类似的构思，五言绝句中也不乏杰作，如李白的《玉阶怨》：

玉阶生白露，夜久侵罗袜。却下水晶帘，玲珑望秋月。

女主人公呆坐，罗袜露湿（之冷），意脉转换，惊觉呆坐时间之长，回身放下帘子，本意结束呆坐，却不料意脉又变，忘情而持续凝神于月亮。这种心灵刹那的微妙转折，只有绝句这种短小的形式才能曲尽其妙。如果是律诗，情感的变化就不是瞬间的转变。如杜牧七律《九日齐山登高》：

江涵秋影雁初飞，与客携壶上翠微。

尘世难逢开口笑，菊花须插满头归。

但将酩酊酬佳节，不用登临恨落晖。

古往今来只如此，牛山何必独沾衣。

他触景所生的情感，就不是瞬时的，美好心情的“难逢”，说明感喟不是暂时的，而是长期的，是对“古往今来”的普遍情况的概括。至于号称唐人七律压卷之作的杜甫的《登高》就更是如此了。

风急天高猿啸哀，渚清沙白鸟飞回。

无边落木萧萧下，不尽长江滚滚来。

万里悲秋常作客，百年多病独登台。

艰难苦恨繁霜鬓，潦倒新停浊酒杯。

这种悲叹充满了诗人自诩的“沉郁”和“顿挫”，也就是感情的阔狭起伏：从空间的无边宏大，到时间的绝对不尽，再转入个人孤独的渺小，都是诗人长期的（百年）、不断（常作客）感到的悲郁，多重情绪起伏也是一种“宛转变化”，但是不同于绝句。七律不是单纯情绪的瞬间转折，它的阔狭起伏在时间上和空间上是概括性的，正因为是非瞬时的，所以七律就比较深沉。这种非瞬时性的情绪转化，在古风体中就更加明显了，比如李白的七古《金陵城西楼月下吟》：

金陵夜寂凉风发，独上高楼望吴越。

白云映水摇空城，白露垂珠滴秋月。

月下沉吟久不归，古来相接眼中稀。

解道澄江净如练，令人长忆谢玄晖。

这里的关键是“沉吟久不归”，它说明了情绪的持续性，不过当然不是没有变化，但这种变化不是瞬间的，而是“令人长忆谢玄晖”。不是突然的顿悟，而是“长忆”，长时期的怀想。这样的七言八句的格式，虽为七古，但其结尾“解道澄江净如练，令人长忆谢玄晖”，已经受到近体诗七绝的某种影响，多少有点蓦然心动之感。纯正的乐府古风则不追求瞬间的心动，如李白的《子夜四时歌·秋歌》：

长安一片月，万户捣衣声。

秋风吹不尽，总是玉关情。

何日平胡虏，良人罢远征。

和绝句、律诗相比，这里的时间是概括的（整个秋季），地点是概括的（全部长安），主人公也是概括的（捣衣的思妇是无名的），因而感情也是概括的、普遍的，是思妇共同的情感，而不是个人即兴的感想。从这一对比中可以看出，所谓绝句瞬间性的语境：第一，情境是具体的，甚至是有具体地点的；第二，是针对确定人物，甚至在标题上把对方的名字写出来；第三，是个人化的，现场即兴的，甚至是口头的。正是因为这样是即时、即地、即兴、即人的语境，是个人化的情绪激发，其杰作就不能不是以瞬间转折为上的。

最能体现绝句瞬间情绪转换的王昌龄《出塞》之二

王昌龄的《出塞》有两首，“秦时明月汉时关”被放在前面，备受称道。不过，另外一首在水平上大大高出这一首，最能体现绝句这种亚形式的优长，就是拿到历代诗评家推崇的“压卷”之作中去，也有过之而无不及，千年来，诗话家却从未论及。原诗是这样的：

骝马新跨白玉鞍，战罢沙场月色寒。

城头铁鼓声犹震，匣里金刀血未干。

盛唐绝句写战争往往在战场之外，从侧面着笔出奇制胜。王昌龄的《出塞》之二，以四句之短，而能从正面着笔，骝马、玉鞍，沙场、月寒，城头、鼓声，金刀、鲜血，不过是八个意象，写浴血英雄豪情，却以无声微妙之内审，构成情绪瞬间宛转变化的意境，功力在于：

第一，虽然正面写战争，但把焦点放在血战将结束又未完全结束之际。先是写战前的准备：不直接写心情，而写备马。骝马，黑鬃黑尾的红马，配上的鞍，质地是玉的。战争是血腥的，但是毫无血腥的预期，而是一味醉心于战马之美，这实际上是在表现壮心之雄。接下去如果写战争过程，剩下的三行是不够用的。诗人巧妙地跳过正面搏击过程，把焦点放在火热的搏斗以后，写战后的回味。

第二，审美与血腥的战事必须拉开距离，把情致放在回味中，一如王翰放在“醉卧沙场”（出自《凉州词》）的预想之中，就是为了拉开时间和空间的距离，拉开人身距离（如放在妻子的梦中），这有利于超越实用价值（如死亡、伤痛），进入审美的想象境界，让情感获得自由。这是唐代诗人惯用的法门。王昌龄的七绝的格外精致还在于，虽然他把血腥的搏斗放在回忆之中，但又不拉开太大的距离。把血腥放在战事基本结束，而又未完全结束之际。聚焦在战罢而突然发现未罢的转折之中，意脉的关键是猝然回味。其特点是一刹那，却又是多重的体验。

第三，从视觉来说，月色照耀沙场，不但提示从白天到夜晚战事持续之长，而且暗示战情之酣，酣到忘记了时间，战罢方才猛省，而这种省悟，又不仅仅因月之光，而且因月之“寒”。因触觉之寒而注意到视觉之月光，触感突然变为时间感。近身搏斗的酣热，转化为空旷寒冷。这样的意脉转折，就是杨载所说的“反接”，这意味着诗中人物的精神高度集中，忘记了生死，忘记了战场一切的感知，甚至是自我的感知。这种“忘我”的境界，就是诗人用“寒”字暗示出来的。这个“寒”字的好处还在于表现了意脉的突然急转。战斗方殷，生死存亡，无暇顾及，战事结束后方才发现，这既是一种刹那的自我召回，也是瞬间情绪转换的享受。

第四，在意脉的节奏上，与凶险的紧张相对照，这是轻松的缓和，隐含着胜利者的欣慰和自得。全诗的诗眼就在“战罢”两个字上。从情绪上讲，战罢沙场的缓和不同于通常的缓和，是一种尚未完全缓和的缓和。以听觉提示，战鼓之声未绝，说明总体是“战罢”了，但是局部战鼓还有激响。这种战事尾声之感，并不限于远方的城头，而且还能贴近到身边来：“匣里金刀血未干。”意脉的转换在唤醒回忆，血腥就在瞬息之前。谁的血？当然是敌人的。对于胜利者，这是一种享受。内心的享受是无声的、需要默默体悟的。当然城头的鼓是有声的，这正是激发享受的原因，有声与无声，喜悦是双重的，但都是独享的，甚至是秘密的。金刀在匣里，刚刚放进去，只有自己知道。喜悦只有自己知道才精彩，大叫大喊地欢呼，就没有意思了。

第五，诗人的用词，可谓精雕细刻。骝马饰以白玉，红黑色马配以白色，显其豪华壮美。但一般战马大都是铁马（正所谓铁马金戈），这里的玉马是不是太贵重了？这正是盛唐气象，立意之奇，还在于接下来是“铁鼓”，这个词炼得惊人。通常，诗化的战场上大都是“金鼓”。金鼓齐鸣，以金玉之质，表精神高贵。而铁鼓与玉鞍相配，则另有一番反差意味，超越了金鼓，意气风发中带一点粗犷甚至野性，与战事的凶险相关。更出奇的是金刀，金是贵金属，代表荣华富贵，却让它带上鲜血。这些超越常规的联想组合，并不是俄国形式主义者所说的单个词语的陌生化效果，而是在于一系列词语之间的错位。这种层层叠加的错位，构成豪迈意气的某种密码，表现出刹那间的英雄心态。

第六，诗人的全部意脉，集中在一个瞬间转折点上：就外部世界来说，从不觉月寒而突感月寒，从以为战罢而感到尚未罢；就内部感受来说，从忘我到唤醒自我，从胜利的自豪到血腥的体悟，这些情感活动都是隐秘的、微妙的、刹那交错的，而表现这种瞬间心灵转换，正是绝句的特殊优长。相比之下，律诗则要稍微复杂一些，起伏要多一些，古风的情感则更加概括一些，因而就显得更加浑厚。

亚形式规范中的不同风格

即使是亚形式，相互之间也有不同的风格范畴。同样是戏剧，喜剧有喜剧的规范，悲剧有悲剧的规范，正剧有正剧的规范。忽略了相互间风格的差异，就难以进入文学解读的深处。形式规范是强制性的，在悲剧中，崇高的人物必然走向毁灭，如果不毁灭，就不会有悲剧的净化（即亚里士多德所说的“卡塔西斯”）作用。梁山伯、祝英台不仅是因为生活要让他们死，更是因为悲剧要求他们走向死亡。不管你是多么善良、多么无辜、多么多情、多么伟大的好人，只有把他们逼上死路，才有悲剧的效果。《红楼梦》也一样，要有悲剧的震撼力，就得让有情人不成眷属。古话说“天上落下无情剑，斩断地上有情人”，这话不全面，应该是“悲剧高悬无情剑，斩杀书中有情人”。而喜剧就是另外一回事了，《秋菊打官司》讲述了一个没有文化的农村妇女到城里打官司，“讨个说法”，结果官司打赢了，因为她处处遇到好人。有人说这不真实，但这是喜剧，喜剧的假定性给她一种幸运，到处遇到好人的幸运。当然，喜剧也不是一个抽象的概念，喜剧的亚形式下面，还有不同的风格。像《秋菊打官司》，虽然是喜剧，也只能属于轻喜剧，如果要表现正剧的基调和更强的喜剧性，需要有一种荒谬感，有更强的假定性。契诃夫的《小公务员之死》是一篇具有很强的喜剧风格的小说。这个小公务员到剧院里看戏，坐在他前面的是他的一个上级，一个很高的官，当时叫“将军”，实际上是文官。小公务员打了个喷嚏，可能是唾沫星子喷在了将军的光头上。他连忙向将军道歉，将军并不觉得这是什么了不起的事情，表示无所谓。这个小公务员却以为将军拒绝了道歉，就一直纠缠着将军要道歉，还跑到将军家里，以致将军发火了。结果小公务员吓坏了，回到家以后就死了。如果是轻喜剧风格，会让人感到不真实，而荒诞喜剧就可以用连锁性荒谬的逻辑表现小人物的卑微。荒诞喜剧的风格给了作家以特权，使他们拥有更大幅度的超越生活的逻辑，比如说阿 Q，最后莫名其妙被枪毙了，这本来是很悲惨的事情，可鲁迅却把这个悲剧用喜剧的形式来表现。这样，阿 Q 就显得不是很悲惨，而是很可笑、很荒唐。他被绑赴刑场时还要在人群中找一找有没有吴妈，吴妈其实根本不爱他，还给他带来了很大的灾难。死到临头了，他还想出风头，觉得自己还应该唱唱京戏，那才显得英雄好汉，最后就冒出了一句“二十年后又是……”，这就显得非常荒谬，好像他慷慨就义一样。从正剧的眼光来看，从诗的眼光来看，这是不是很真实呢？何其芳先生就这样发出过疑问。[①]除了鲁迅用杂文笔法过火以外，还可能是因为他没有考虑到喜剧风格。关于喜剧性，笔者在课堂上曾经举过这样一个例子：

> 卓别林的《城市之光》里有这么一个情节：一个有钱人，经常醉醺醺的，有天晚上就到河边去投河，一个流浪汉把他救起来了。有钱人非常感激流浪汉，把他带回家里，让他住非常豪华的公馆。但第二天有钱人就把他忘得光光的，不认识他了。到了晚上，有钱人又去投河，流浪汉又把他救起来。隔一天有钱人又把流浪汉忘记了。这在正剧中根本不对头，不可信。但喜剧就以这种逻辑为基础，反复地呈现一种荒谬的

① 何其芳：《论阿 Q》，《人民日报》1956 年 10 月 16 日。又见《何其芳文集（第五卷）》，人民文学出版社 1982 年版，第 181—182 页。

逻辑，把人生的困惑升华为艺术的发现。不懂得这一点，就说你这个不真实啊，你的政治倾向性有问题啊，等等，都是外行话。我们经常见到，越是外行越是大言不惭，就越好玩了。傻乎乎，死心眼，还自以为很可爱，很了不起啊。（笑声）谁乐意把自己的傻相笑眯眯地公之于众呢？要有一定的勇气的嘛。（笑声）

观察、感受、深沉的智慧、想象力、不错的表达力，这些都很重要，但只有这些还不够，这一切还要受到形式的规范。不过形式是公用的，如果大家都遵守同样的规范，结果可能造成雷同，因而语言不但要跟着形式转，还要以特殊的风格冲击规范。俄国形式主义文论家，后来成为结构主义先驱的雅可布森也感觉到了这一点：

> 一首诗的读者或一幅画的观者深刻地意识到两个系统：传统规范和由于偏离那个规范而产生的艺术新奇性。正是在与那个传统背景发生对照的情况之下，创新才能被设想出来。形式主义研究清楚地说明，这种同时保留传统又与传统决裂的情况构成了每一部新的艺术作品的实质。[①]

不管作家采用何种形式、亚形式，都不得不面临一种不可逃避的矛盾：一方面，形式规范是他创造历史水准的平台；另一方面，如果他只是遵循规范，则无创造可言。因而，最有出息的作家总是力图突破规范，遵循规范的作家，总是努力把诗写得像诗，把小说写得像小说。但越是对规范亦步亦趋，越是没有大出息，乾隆皇帝写了几万首诗，格律规范上可以说没有多少缺失，但从艺术风格的创新来说，没有明显的缺失就是最大的缺失。几万首诗还不及金昌绪那一首《伊州歌》："打起黄莺儿，莫叫枝上啼。啼时惊妾梦，不得到辽西。"因为这首诗虽然是描写闺怨抒情，却不含任何幽怨，而是带着很鲜明的喜剧性，这种喜剧性恰恰能表现出这个少妇的天真和无邪。文学形式发展到一定程度，规范就成了枷锁，这时就产生了另外一种潮流，那就是把诗写得不像诗，如现代新诗在五四时期那样，但是，恰恰是那些不像诗的诗，战胜了那些像诗的诗。艺术的本性就是不断地更新，不断地反叛旧的规范。从这一点来说，艺术的历史就是不断积累和不断破坏规范的历史。关于这一点在文本解读中的理论意义及其实践操作程序，本书将在第十三章详述。

---

① 转引自〔美〕罗伯特·休斯著，刘豫译：《文学结构主义》，三联书店1988年版，第140页。

第七章

文学感染力来自审美情志还是语言（上）
——俄国形式主义陌生化批判

西方文论的相对主义不管有多大的局限，至少有一点好处，就是它总是很谨慎地追求概括的全面性，总是在得出一种看法之时，为另外可能的看法留下空间。这其实与黑格尔的辩证法相通，事物观念总是与其对立面相联系，不过辩证法过分强调了二元对立，也就是相反相成的方面，拘守于二元，而忽略了多元，这就可能会限制思维的空间，导致自我蒙蔽。从这个意义上说，二元对立、二分法是不够用的，所以本书以三分法为基础，其哲学根据乃是老子的“道生一，一生二，二生三，三生万物”，强调真善美的三维错位，文学形象的结构为主观情感特征、客观对象特征与文学规范形式的三维结构，形象的构成乃表层意象、中层意脉和深层形式规范的立体结构。其功能乃上通感知、下及规范形式的以情感为核心的审美价值。这样系统的三分法超越了现实反映论和自我表现论的线性思维，但这样是不是穷尽了一切可能性呢？这是不能不严肃考虑的问题。俄国形式主义者在 20 世纪的 20 年代、美国的新批评在稍后的 50 年代前后另辟路径，倡言文学的感染力并不来自审美情志，而是来自语言。形式主义主张文学性来自语言的陌生化，而新批评则认为文学性来自语言的“反讽”“悖论”等。这就是 20 世纪西方文论所谓文学理论的语言学转向的发端。

从文学文本解读学来说，这是一种根本性的挑战。不回应这个挑战，解读学可能就会失去基础。

非诗的陌生化和诗的陌生化

俄国形式主义所谓的陌生化，本是20世纪二三十年代俄国诗学诗潮的观点，陌生化并不限于词语的陌生化，而且还包含形式、手法的陌生化。到了晚年，什克洛夫斯基看到绝对强调陌生化会导致流派更迭过速，导致先锋派文学中的各种文字游戏，甚至是垃圾。他承认自己犯了错误，最彻底的反思是在20世纪七八十年代，他反复强调说："放弃艺术中的情结，或是艺术中的思想意识，我们也就放弃了对形式的认识，放弃了认识的目的，放弃了通过感受去触摸世界的途径。"（见什克洛夫斯基的《弓弦——论似中之不似》）"艺术的静止性，它的独立自主性，是我，维克托·什克洛夫斯基的错误。"（见什克洛夫斯基的《两卷集（第一卷）》。）" 我曾说过，艺术是超于情绪之外的，艺术中没有爱，艺术是纯形式，这是错误的。"①他还说自己的остранение（陌生化），少写了一个н，这个多了一个н的词来自остранный（奇怪的），原意包含了童话中既奇怪又明朗的意味，而少了一个н的остранение，就有点神经过敏，一味摆脱、躲开。确切的陌生化应该是多一个н的остраннение，而在这个词里就没有少了一个н的остранение那样混乱了。②但这样的反思还是肤浅的，仍然值得国内学界对这种所谓陌生化的理论继续加以批判。但是，令人大惑不解的是，仅据超星阅读器搜索，国内期刊以陌生化为题，以陌生化原则为前提的论文竟有3487篇。

这显然不仅仅是信息不灵所能解释的，而是对陌生化理论缺乏学理性批判造成的。

古希腊人把学问分为两类，一类是理性的，另一类是感性的，只不过理性的学问得到了长足的、系统的发展。而关于感性的学问，直到18世纪的鲍姆嘉通（1714—1762），才采用"Aesthetica"的术语，提出并建立了感性学科，这在学术上具有划时代的意义。但是，在后来的发展中，特别是到了19、20世纪，把文学定义为纯粹感性学科的观点遭到质疑。因为从根本上说，感性学的基础乃是心理学，从胡塞尔（1859—1938）以来，几乎所有的前赴后继的文学理论流派都对心理学持拒绝态度。说得最为明确的是新批评派的瑞恰兹：

> 真与知两领域的认同不会引起争议；真与善息息相关，通过下文可以理会；但是，试图把美与情纳入划一的分类则是令人不堪的歪曲，现已普遍为人放弃。③

---

① 〔俄〕什克洛夫斯基：《散文理论》，百花文艺出版社1994年版，第73页。

② 出处同上书，此处的阐释参考了苍耳《陌生化理论新探》（中国戏剧出版社2011年版，第34—35页）的解释。

③ 〔美〕艾·阿·瑞恰兹著，杨自伍译：《文学批评原理》，百花文艺出版社1992年版，第7页。

这就是说，在真善美三者的关系中，真和善，也就科学的认识和道德的意志都是确定的，这没有问题，唯独把美与情感联系在一起，则是一种歪曲。虽然审美情感仍然为东方许多理论家广泛认同，但在20世纪初期到中期的西方文论中，不约而同的倾向是把情感审美看成是浪漫主义的陈词滥调。本来俄国的传统文艺理论以别林斯基（1811—1848）的“形象思维”论为代表，亦即科学是理性的“三段论”思维，而文学是感性的画图思维：

诗歌也进行议论思考，这是不错的，因为它的内容，正像思维的内容一样，也是真理，可是诗歌用形象和图画，而不是用三段论或两段论来进行议论和思考的。一切感情和一切思想，都必须形象地表现出来，才能够是富有诗意的。[①]

俄国形式主义反对这样的学说，不过不知为什么，他们把矛头指向了继承这个观念的俄国象征主义者，他们把语言分为三类——日常语言、科学语言和情感语言，提出文学理论应该更接近语言学，日常语言是实用的，而文学语言却不同，它有独特的表达和配置方式。“诗的材料不是形象，不是激情，而是词。”甚至对于果戈理的《外套》，他们也不认为是对现实中小人物的悲喜的同情和对大人物的批判，而只是用特殊语言“夸大无意义的东西，缩小重要的东西，把本来不能连接的东西连接起来”[②]。首先，日常和情感语言这样的划分本身就成问题，好像情感语言和日常语言之间有什么不可逾越的鸿沟似的。其实二者时刻处于相互转化的过程之中。例如，古文中之、乎、也、哉这样的语气词，不能算是日常语言，但是在特殊语境中（“弃我去者，昨日之日不可留”）却有特别的情趣；《镜花缘》中的酒保问客人“要酒一壶乎，要酒两壶乎”，孔乙己对孩子说“多乎哉，不多也”，则是可笑的；同时，这样的文言在先秦时代（如在《论语》中）却是日常口语，只是用在上述小说文体和语境中，又带上了反讽色彩。鲁迅在《论“他妈的！”》中论到旧时骂人的话“他妈的”，说这个词使用率很高，是很不文明的“国骂”，但鲁迅说这个词有时会变成类似“我亲爱的”：

我曾在家乡看见乡农父子一同午饭，儿子指一碗菜向他父亲说：“这不坏，妈的你尝尝看！”那父亲回答道：“我不要吃。妈的你吃去罢！”则简直已经醇化为现在时行的“我的亲爱的”的意思了。[③]

侮辱人的话在特殊的日常语境中，可能成为极为亲切的语言；而最亲切的语言，在特殊的语境中又会造成虚伪肉麻的感觉（如称关系一般的孩子为“心肝宝贝”）。可是这样的

① 〔俄〕别林斯基著，钱锺书译：《吉尔查文作品集》。中国社会科学院外国文学研究所研究资料丛刊辑委员会编：《外国理论家、作家论形象思维》，中国社会科学出版社1979年版，第68页。

② 〔俄〕日尔蒙斯基：《诗学的任务》。〔俄〕维克托·什克洛夫斯基等著，方珊等译：《俄国形式主义文论选》，生活·读书·新知三联书店1989年版，第83页。

③ 鲁迅：《鲁迅全集（第一卷）》，人民文学出版社2005年版，第245页。

陌生化，并不属于俄国形式主义者所宣称的属于文学语言。

其实，文学语言的基础就是日常语言，一切日常语言在不同场合下，在不同的人际交流中，在不同的情感默契中，在不同的文体中，在不同的媒介（书面的、视频的）中，语义会发生无限的变异，这就是德·索绪尔（1857—1913）所说的语言与言语的联系的转化。俄国形式主义者在形成之初（大约在1914年）还没有接触到索绪尔的学说。不过他们的先驱之一雅各布森在他的《语学与诗学》中把人类语言交流分为六要素和六功能图，其中影响信息发送与接收效果的首先就是“语境”。这只能说明他们把日常语言与情感语言割裂，把文学与人的心灵绝缘，否定诗歌，尤其是他们所面对的古典诗歌的抒情性质，根本是一叶障目的狂想。

虽然他们深陷这样的理论误区，但他们还是对文学语言、诗歌语言提出了影响不可低估的见解。所谓语言的陌生化，俄语的原文是остранение，英语译成Defamiliarization，其实也可以翻译为“奇特化”。意思是，日常生活使人们由于习惯、“自动化”而对事物失去了感觉，文学就是要赋予事物以新鲜的感觉。什克洛夫斯基在《艺术作为手法》中提出陌生化是针对“自动化”的。这个理论一般说是俄国形式主义者的发明，但实际上不能不看到西方浪漫主义文学思想也为之准备了某些前提。英国浪漫主义诗人科罗列奇（1772—1834）在《文学传记》（Biographia Literarial，1817）中就写过，“熟悉的薄膜使人们对世界奇观盲目”（‘filmoffamiliarity’ that blind susto the wonders of the world），华兹华斯（1770—1850）也提出诗歌应该把熟悉的面纱揭开，让熟悉的对象变成不熟悉的（‘makes familiar objects bea sift hey were not familiar’ by stripping ‘the veil of familiarity from the world’）。这些说法都和什克洛夫斯基后来所说的陌生化有着一定的渊源关系。这种学说后来还影响到布莱希特戏剧学的“间离效果”说。不过，陌生化作为学说，还是应该归功于俄国形式主义，尤其是什克洛夫斯基。他说：

> 为了恢复对生活的感觉，为了感觉到事物，为了使石头变成石头，存在着一种名为艺术的东西……艺术的目的是提供视觉，而不是识别事物的感觉；艺术手法就是使事物“奇特化”的手法，是使形式艰深化，增加感觉的困难和时间的手法，因为艺术中的感觉行为本身就是目的，应该延长。①

这个理论在俄国形式主义文论中很有代表性，说得更为明确的是日尔蒙斯基：

> 诗的材料不是形象，不是激情，而是词。②

---

①〔俄〕什克洛夫斯基：《艺术作为手法》。见〔法〕托多罗夫编，蔡鸿滨译：《俄苏形式主义文论选》，中国社会科学出版社1989年版，第63页。

②〔俄〕日尔蒙斯基：《诗学的任务》。〔俄〕维克托·什克洛夫斯基等著，方珊等译：《俄国形式主义文论选》，生活·读书·新知三联书店1989年版，第83页。

雅各布森说得更坚决：

诗歌性表现在哪里呢？表现在词使人感觉到词，而不是所指之对象的表示者，或者情绪的发作。[①]

他们纲领性的论断就是诗歌不是抒情的艺术，而是语言陌生化的艺术。这个学说长期受到相当的重视，可能是因为被认为对传统的诗的抒情论的突破：超越了康德的审美价值、情趣论，不是从感性与理性的对立，而是从语言的原生态及其变异态中寻求文学的规律。西方文论长期徘徊于模仿现实、理念或者表现主体自我的两极，总是在文学文本以外寻求本源，而忽略了文本本身内部的奥秘。俄国形式主义者的重要性可能就在于破天荒地向文本内部探求奥秘。如果前者可以归属于他律论的话，后者无疑属于自律论。从思想方法上来说，这就突破了内容与形式二元对立的模式，把内容与形式统一于语言之中。可能就是在这样的意义上，这种说法被认为带着划时代的价值。但是，就其理论本身所达到的水准来说，却是比较粗疏的。

首先，陌生化理论隐含着悖论，它反对从心理角度来分析文学，但是，感觉陌生、感觉新异、感觉延长，这些本身就属于心理功能。其次，陌生化或者“奇特化”，被表述为“恢复对生活的感觉，为了感觉到事物，为了使石头变成石头”。关于这一点，什克洛夫斯基还有一个更为明确的说法：

为了能感觉到词语，人首先感觉到不可感觉的东西，缩小自己同世界的距离，通过触觉促进对世界的理解。[②]

但是，感觉是人的感觉，人的感觉是离不开人的心理、人的情和志的，而情志的渗入，越是贴近主体的心灵，就越不可接近原生的客观事。诗之所以要想象，不是要与世界缩短距离，而是要扩大与世界的距离。故雪莱在《云雀颂》中，不是回到云雀，而是说，你从不是鸟禽，而是“欢乐的精灵”：

Hail to thee，blithe Spirit！

Bird thou never wert

正如关汉卿在“单刀会”中让关公看那滔滔的江水：

（带云）这也不是江水，（唱）二十年流不尽的英雄血！

不是江水，才有诗意。回到对江水的感觉，倒反没有诗意可言了。不是鸟禽，比之是鸟禽更有诗意，如果回到客体，云雀就是云雀，就不成其为诗了。这就是清代诗话家吴乔

---

① 参见《马克思主义文艺理论研究》编辑部编选：《美学文艺学方法论（下卷）》，文化艺术出版社 1987 年版，第 530—531 页。

② 〔俄〕什克洛夫斯基，刘宗次译：《散文理论》，百花洲文艺出版社 1994 年版，第 229 页。

所说的“形质俱变”（下文详述）。诗的语言就是要通过扩大与客观事物的距离来缩短与心灵的距离。故普希金歌颂大海时，并没有让大海回归大海，而是把它变异为“自由的元素”，这种变异乃是诗的想象的普遍规律，而且是因人而异的，在想象中与客体拉开了距离，陌生化才可能是无限的。

为了回避情感，不惜留下漏洞，什克洛夫斯基的软肋就在这里。这使得漏洞里还隐藏着一个更大的漏洞：把艺术（文学）仅仅归结为“视觉”（“艺术的目的是提供视觉”）。文学语言所能表现的并不限于视觉，而是涵盖五官感知，如听觉（“关关雎鸠”）、嗅觉（“暗香浮动月黄昏”）、触觉（“清辉玉臂寒”）和味觉（“谁谓荼苦，其甘如荠”）。这不但是普遍存在的，而且每每正是使事物奇特化、陌生化的重要途径。早于他们40年的法国象征派就把五官感知的“契合”（correspondence）作为流派的自觉。再次，什克洛夫斯基论断陌生化使感知艺术化，而“自动化的习惯，就成了感知的坟墓”。“对我们来说，古典作家的作品，被习惯性的玻璃铠甲保护起来……现在都成了我们心里的茧子。”[①]他举月亮为例，说它本来有“测量器”的意义，自动化却使之丧失了。这种表述很幼稚，就是恢复到“测量器”的感知上也并不就是诗，正等于汉字里的“瓶”，从瓦，本来是瓦器，而现代汉语并不固定于这样的联想，玻璃、不锈钢、景泰蓝等都可以是瓶的质料。就算按什克洛夫斯基的理想，恢复了“使石头变成石头”“月亮就是月亮”、瓶子就是瓦器的感知，那也肯定不是诗（审美），而可能是科学的、理性的真。例如，石头是碳酸钙，月亮是地球的卫星；也可能是实用的善，如石头是建筑材料，从月亮的形态可以判断阴历是上旬还是下旬。这样的“恢复”，由于过分强调理性，一点诗意也没有。

其实，光有一个词的陌生化联想，对于诗来说是绝对不够的。诗意存在于词义与词义之间，俄语里面的月亮（луна）和英语中的月亮同源（luna），本来都源自罗马神话，是月亮女神的名字。她看到一个美少年就爱上了，为了不让这个少年变老，就让他长睡不醒，每逢她经过就给他一个吻。这是有点疯狂的，故其形容词和名词 lunatic 就是“疯狂”的意思（莎士比亚在《仲夏夜之梦》中就把 lunatic——疯子和诗人、情人并举）。但是，光是恢复了“疯狂”的意思，还不一定成为诗。余光中先生在《月光光》中，表现故土的乡愁，把它和祖国的圆月结合起来，写出了“恐月症”（由于不能回归本土，而见到月亮就感到恐惧）和“恋月狂”（但是又对月亮怀着疯狂的爱恋）。把对圆月的“恐”和西方月神的“狂”（lunatic）凝聚在月的意象上，以两个自动化的联想构成一个陌生化的意象，产生了创造性的诗意。

什克洛夫斯基在另一篇文章中说，不仅是为了恢复对象的感知，而且是要抛弃事物自

① 〔俄〕什克洛夫斯基：《词语的复活》，《外国文学评论》1993 年第 2 期。

动化了的“旧名字”，用比喻赋予对象以“新名字”：

> 艺术家永远是挑起事物暴动的祸首。事物抛弃自己的旧名字，以新名字展现新颜，便在诗人那里暴动起来。诗人使用的是多种形象——譬喻、对比……以此实现语义学的发展，他把概念从它所寓的意义系列中抽取出来，并借助于词（比喻）把它掺杂到另一个意义系列中去，使我们耳目为之一新。[①]

但是，这种“新名字”的说法不但与他所谓“回到事物本身”（使石头成为石头）、“缩短与世界的距离”相矛盾，而且很狭隘。李清照在写她的愁的时候，根本就不用比喻，而是说它“才下眉头，却上心头”，或者以“梧桐更兼细雨，到黄昏，点点滴滴”，来提醒自己“这次第，怎一个愁字了得”，并没有给本体以新的名字。譬喻并不是构成形象的唯一途径，甚至也不是主要途径，而且把比喻当作新的命名，也不准确。比喻固然如朱熹所说是“以彼物喻此物也”，但是，当李煜用“一江春水向东流”来比喻忧愁的时候，没有废除愁本来的名字，以喻体来表现本体。更不可忽略的是，一旦运用了比喻，就不是回到事物本身，而是离开事物了。

更关键的是，诗意并不存在于单个词语的修辞之中，而是存在于整体的呼应和互补中。中国古典诗歌中，除了运用典故（“望舒”）以外，一般并不给予月亮以新名字，而千古流传的杰作比比皆是。

月亮早在《诗经》中就是姣好的意象：“月出皎兮，佼人僚兮。”（《诗经·国风·陈风·月出》）以月光临照、天宇清净显示形象的纯净。经过了千百年的审美积淀，在曹操的《短歌行》中，“明明如月，何时可掇？忧从中来，不可断绝”，是以月的无边透明，美化忧愁的无限。陶潜的《归园田居·其三》“晨兴理荒秽，带月荷锄归”，以月光临照写诗人之悠然。谢灵运的《岁暮》“明月照积雪，朔风劲且哀”，写月光之透明与雪色之洁白融为一体。让朔风劲吹其间，长驱直入，从质上将这个纯净的宇宙定性为“哀”，从量上显示充满天地的悲凉。到唐代月亮意象的符号意味在思乡的亲情上趋于稳定，具备了公共性，诗人的才华并不表现在给月亮以新的命名。李白的“举头望明月，低头思故乡”之所以不朽，就是因为本来是为确定地上之霜还是天上之月而“举头”，结果却忘却了原本的目的而“低头”了，表现了乡愁在潜意识中敏感到不触而发的程度。李白并没有废除月亮这个旧名字，而是就在这个旧名字上突破了其公共意象的单一性，展开了情感冲击下的多样性。前已有所论述，李白赋予月亮以自己的生命，改变了它作为观赏对象的潜在成规，月亮和李白不可羁勒的情感一样运动起来，静态的联想机制被突破了，随着李白的情感而变幻万千，并

---

① 〔俄〕什克洛夫斯基：《故事和小说的结构》。见托多罗夫编，蔡鸿滨译：《俄苏形式主义文论选》，中国社会科学出版社 1989 年版，第 19 页。

没有用比喻来为月亮作新的命名：当友人远谪边地，月光就化为他的友情对之形影不离的追随（“我寄愁心与明月，随君直到夜郎西”）；月亮可以带上他孤高的气质（“万里浮云卷碧山，青天中道流孤月”）；也可以成为豪情的载体，在功成名就后供他赏玩（“一振高名满帝都，归时还弄峨眉月”）；金樽对月意味着及时享受生命的欢乐（“人生得意须尽欢，莫使金樽空对月”）；对月可比可赋，无月亦可起兴（“独漉水中泥，水浊不见月。不见月尚可，水深行人没”）；抱琴弄月，可借无弦之琴进入陶渊明的境界（“抱琴时弄月，取意任无弦”）；“明月出天山，苍茫云海间”中的月带着苍凉而悲壮的色调，“长安一片月，万户捣衣声。秋风吹不断，总是玉关情”，思妇闺房的幽怨弥漫在万里长空之中，幽怨就变得浩大。对于李白来说，月不但可以“待”（“浩歌待明月，曲尽已忘情”），而且可以“邀”，视之为自己孤独中的朋友（“举杯邀明月，对影成三人”），还可以当作有生命的对象来“问”（“青天有月来几时，我今停杯一问之”）。但是这种问并不仅仅限于屈原式的对神话经典的质疑（“白兔捣药秋复春，嫦娥孤栖与谁邻”），其深邃之处是对生命苦短的传统母题的反思和突破。不但可以咏歌之，“弄”（弹奏）之（“何处名僧到水西，乘舟弄月宿泾溪”），甚至可以“揽”（“欲上青天揽明月”），使之交织着“逸”兴和“壮”思。月亮的名字还是旧的，并没有变化，其诗意却千古不朽。

这样的粗疏理论不但与中国古典诗歌矛盾，而且也与俄国古典诗歌相矛盾。“恢复”对事物的新鲜感，更新事物的感知，回避石头、月亮的旧名字，创造新名字，都属于意象范畴，其特点是把情感渗透在意象之中，不直接表述出来，属于间接抒情，这并不是西方俄国诗歌的特长。以意象群落（景观和人物）为核心间接抒情，是中国古典诗歌尤其是近体诗歌的特点，因而才有所谓“不著一字，尽得风流”，也才有蓝田日暖，良玉生烟，可望而不可置于眉睫之前的境界。俄国古典诗歌并不以意象为主体，而是以直接抒情为主。不论是普希金的《致恰达耶夫》，还是莱蒙托夫的《哥萨克摇篮曲》，都不但在形式上模仿西欧古典诗歌的轻重交替格律，而且在内涵上也和西欧浪漫主义的“强烈感情的自然流泻”同出一辙。这种直接把感情抒发出来的诗歌很容易变成缺乏可感性的抽象议论。因而，就在俄国形式主义形成之同时，美国有了师承中国古典诗歌的意象派，后来又有了为情志寻求客观对应物（objective correlativeness）的后期象征派。就俄国诗歌而言，他们觉悟得显然比美国意象派和法国象征派晚，他们没有寻求从意象中解脱，就不必面临情志这种“黑暗的感觉”，为了避免抽象，唯一的出路就是修辞了。美国新批评把反讽和悖论当作关键手段（下章详述），而俄国形式主义，如什克洛夫斯基所说，“用多种形象（譬喻、对比等）使之转换到另一个意义系列中去”，词义更新了，陌生化了。他们天真地以为这样诗意就产生了，这就是日常感觉走向诗（广义的文学）的必由之路了。但是其中潜藏着重大的理论危机，因为修辞是局部的，以句子为单位的，而要“用多种形象（譬喻、对比等）使之转换到另一个意义系列中去”是个动态的过程，是以整个作品为单位的。如何把分散的修辞“转换为另一个意义的系列中去”，在他们的理论中是一个空白。西方古典诗歌的直接抒情，是以情感的、非理性的逻辑演绎为脉络的，这样的诗面临的主要难度显然不是意象（石头、月亮）的新颖感，而是如何把抽象的感情脉络变得有可感性，也就是化不可感为可感，化抽象为具象，同时使得情感运动富于整体的有机统一性。试以普希金的《К Чаадаеву》(《致恰达耶夫》) 为例：

Любви，надежды，тихой славы
爱情、希望和宁静的荣誉
Недолго нежил нас обман,
没有长久地将我们欺诳，
Исчезли юные забавы,
就是那青春的欢乐，
Как сон，как утренний туман;
也像梦、像朝雾一般消亡；
Но в нас горит еще желанье;
但我们心中还燃烧着愿望；
Под гнетом власти роковой
在宿命的桎梏重压下辗转，
Нетерпеливою душой
我们的怀着焦急的心情
Отчизны внемлем призыванье.
谛听着祖国的召唤。
Мы ждем с томленьем упованья
忍受着期待的煎熬，

Минуты вольности святой,
翘望着那神圣的自由的时光，
Как ждет любовник молодой
就像年轻的恋人，
Минуты верного свиданья.

在等着那忠贞的约会一样。

Пока свободою горим，

趁着自由还在炽热地燃烧，

Пока сердца для чести живы，

趁着为荣誉献身的心还没有死亡，

Мой друг，отчизне посвятим

我的朋友，把我们心灵的

Души прекрасные порывы！

美好的激情，奉献给我们的祖邦！

Товарищ，верь：взойдет она，

相信吧，同志：

Звезда пленительного счастья，

迷人的幸福之星必将升起，

Россия вспрянет ото сна，

俄罗斯会从沉睡中惊醒，

И на обломках самовластья

在专制制度的废墟上，

Напишут наши имена！

将写上我们的姓名的字样！

普希金这首经典名作（写于十八岁）并没有描绘物象，与“事物”被陌生化无关，他是直接抒发着强烈的浪漫的激情。把爱情、希望、光荣和梦与“朝雾”联系起来，如果硬说有陌生化的性质，其功能也是把抽象的、不可感的“爱情”（Любви）、“希望”（надежды）、“光荣”（славы）变成朝雾（утренний туман），使之富于具象的可感性，而梦（сон）则把不可感的“青春的欢乐”（юные забавы）和消失（Исчезли）化为可感。这样，词语就成了形象，而形象就成了感情的载体，词语、意象和情感三者水乳交融，怎么可以武断地说“诗的材料不是形象，不是激情，而是词”？整个作品的激情的特点是呈现起伏状态，形成统一的脉络（意脉）：开头的四句就是从青春的天真欢快降落到希望的消亡。如果可以用几何线条来表现其意脉的话，那么会是一条下降的直线。接着是：在“宿命的桎梏重压下”还“燃烧着愿望”（горитеще желанье），甚至“谛听着祖国的召唤”（Отчизны внемлем призыванье），“翘望着那神圣的自由的时光”（Минуты вольности святой），用线条来表现的话，则意脉转而上扬。这种上扬不是词义变动的上扬，而是情绪的（意脉）上扬。

诗人明确地宣告，是“美好的激情”（Души прекрасные порывы），是心灵，而不是他们所说的“词”（слово），这对形式主义者日尔蒙斯基宣告的诗“不是激情，而是词”和雅可布森所强调的“不是……情绪的发作”的理论无疑是一种粉碎性的打击。

接下去的“迷人的幸福之星必将升起，俄罗斯会从沉睡中惊醒，在专制制度的废墟上，将写上我们的姓名的字样！”，其语词固然可以用陌生化来解释，但这只是表层，其深层功能则是把不可感的预言、信念，变成美好可感的“晨星”，把专制（самовластья）的灭亡这种抽象的意念用具象的“废墟”（обломках）来代替。最后一句，书写（Напишут）的具象性和灭亡的抽象性本来是无法相容的，但由于有了“晨星”“废墟”这个暗喻，使得书写这个抽象的动作有了从天空到大地的可感的巨大空间。这一系列陌生化的修辞（明喻、暗喻、象征）手段，如果是分离的、各不相关的，可能会导致联想相互干扰和形象碎片化，而这里之所以成功，则是因为意脉的运动进一步提升到了最高处，“美好的激情”变成了胜利的预言。用线条来表现意脉的话，整首诗的意脉是由高到低，转而为次高，结尾则不但超越了次高，而且超越了开头的高。

俄罗斯形式主义者强调陌生化是为了增加“难度”“延长时间”，其实，经典的诗歌并没有什么“难度”，把不可直接感知的情感转化为可感的、统一的、和谐的意脉，是降低了难度。从这一点来说，用别林斯基的“形象思维”来解读可能更到位，但要把“思维”两个字暂时去掉，因为光有感性形象是不能思维的。思维所借助的是抽象的语词，仅有感性、情绪最多只能构成意象，而要转化为形象，则必须要有意脉的贯穿。在意脉的连续和起伏中，情离不开思，故中国古典诗论一方面有陆机“诗缘情”的学说；另一方面还有更权威的“诗言志”理论，而志则是思维和感情的统一。

陌生化和熟悉化的统一

总的来说，陌生化作为一个诗学范畴是不成熟的，因为它孤立地强调了问题的一个方面，而忽略了与之共生的另一个方面。陌生化不是孤立的存在，而是和熟悉化（有人称为亲近化）相反相成，在对立中统一的。

俄罗斯形式主义者声言，他们的陌生化是针对日常语言的自动化而言的，也就是与自动化的暗示和表层的语义是绝对对立的，这在思想方法上是片面的。任何陌生化都是相对于熟悉化（自动化）而言的，俄罗斯文学理论家曾经把文学典型叫作“熟悉的陌生人”。熟悉和陌生是对立的，在一定条件下又是可以转化的，甚至是互为表里的。就单句的修辞而言，陌生化还可以分为两种：一种是与母语自动化联想机制互为表里的陌生化；一种是脱离了自动化联想机制的任意陌生化。前者有可能成为“艺术陌生化”；后者则以任意性为特点，肯定是“非艺术陌生化”。

《世说新语》载谢安以“白雪纷纷何所似”为题设问，谢朗回答说“撒盐空中差可拟”，谢道韫说“未若柳絮因风起”。这两个比喻哪个更好？

以空中撒盐比降雪，符合陌生化的观念，甚至还暗含某种熟悉的成分——盐的形状、颜色与雪相通，但以盐下落比喻雪花的飘飘下落，却不及柳絮因风起舞，因为盐在熟悉化的程度上不及柳絮：盐粒是有硬度的，雪花则没有，盐粒的质量大，决定了下落是直线的，速度比较快，而柳絮本来质量是很小的，下落不是直线的，而是飘飘荡荡的，很轻盈，速度比较慢，加上“因风”，方向就更加不固定了。再说，柳絮飘飞，在当时的诗歌中早已和春日景象联系在一起，不难引起美好的联想，而撒盐空中，并不是熟悉的现象，撒的动作也和手联系在一起，是人工的现象，和满天雪花纷纷扬扬的联想是不够“熟悉”的。

从这个意义上来说，谢道韫的比喻，由于陌生化和熟悉化在联想上有更高度的统一，胜于她的堂兄谢朗。

并不是一切陌生化的感知和词语都是富有同等的诗意的，只有那些“陌生”而又“熟悉”的，才是诗意的。清代李渔在《窥词管见》中说：

> 有蜚声千载上下，而不能服强项之笠翁（李渔号）者，“红杏枝头春意闹”尚书是也。“云破月来”句，词极尖新，而实为理之所有。若红杏之在枝头，忽然加一“闹”字，此语殊难着解。争斗有声之谓“闹”，桃李“争春”则有之，红杏“闹春”，予实未之见也。“闹”字可用，则“吵”字、“斗”字、“打”字，皆可用矣。宋子京当日以此噪名，人不呼其姓氏，意以此作尚书美号，岂由尚书二字起见耶？予谓“闹”字极粗极俗，且听不入耳，非但不可加于此句，并不当见之诗词。近日词中，争尚此字者，子京一人之流毒也。

这个问题提得很尖锐，很有理论价值。既然“红杏枝头春意闹”可以是佳句，为什么春意斗，春意打，春意吵，就不成呢？因为它们虽然都是反常的，也可以说是陌生化的，但是艺术效果却相反，它们意涵中的陌生不能与熟悉共存，陌生而缺乏熟悉的潜在底蕴的支持。

在汉语词语里，存在着一种潜在的、自动化的联想机制，比如热和闹、冷和静。红杏之花本来是无声的，但在汉语里，“红”和“火”自然地联系在一起，如“红火”。“火”又和“热”联系在一起，如“火热”。“热”又和“闹”联系在一起，如“热闹”。所以红杏春意可以“闹”，这个“闹”既是一种自由的、陌生的（新颖的）突破，又是对汉语潜在规范的发现。正是因为这样的语言艺术创造，作者获得了“红杏尚书”的雅号。故王国维在

《人间词话》中说："'红杏枝头春意闹'，着一'闹'字，而境界全出。"为什么不可以说，"红杏枝头春意'打'"，或者春意"斗"呢？打和斗虽然也是一种陌生的突破，但却不在汉语潜在的联想机制之内，"红"和"斗""吵"和"打"没有现成联系，没有"热打""热斗"和"热吵"的现成说法。词语之间的联想机制是千百年来积累下来的潜意识，是非常稳定的，不是一下子能够改变的。虽然现代科学有了进展，有了"白热"的说法，但在汉语里，仍然没有"白闹"的自动化联想。这是因为"白热"这一词语形成的时间太短了，还不足以影响民族共同语联想机制的稳定性。

就文本整体而言，艺术的陌生化修辞至少有两种可能：一种是从意象到意脉都是相互分裂的、不统一的陌生化，也就是片段的、缺乏统一的贯通，联想相互干扰，应该属于非艺术的陌生化；一种是和谐的陌生化，从意象到意脉都是统一的。在前文普希金的诗中，从开头的"消亡"的"朝雾"，到最后的幸福的"晨星"和大地上的"废墟"，都是大自然的背景，而主体意脉则从"欺诳""桎梏重压""焦急""谛听""期待的煎熬"到"翘望""炽热地燃烧""为荣誉献身""相信吧""从沉睡中惊醒"，有相近、相似、相反的联想的贯通，在一系列陌生化感知的深层，意脉表现了情绪由高到低、再到次高、结尾达到最高的完整脉络。故陌生化不是个别词的陌生化，而是陌生意象与潜在意脉（熟悉化的）的自然结合，一体完整。

从某种意义上来说，欣赏艺术陌生化，就是看出作家颠覆一种熟悉化后，又依托另一层次的熟悉化，营造出更高层次的陌生化。

陌生化以心理情志为底蕴

从这个意义上说，任何一个词，在任何一次文学书写中，都应该是一次新的探索、新的拓展。但是，这种探索并不是像形式主义者所说的那样，仅仅是语言问题，与心理无关。恰恰相反，这种探索的艺术性与作家的情感和智性息息相关。这在现代诗歌中，比之古典诗歌更为复杂诡异一些。

余光中在《月光光》这首诗中，把"月光"比作"冰过的砒霜"。在传统意义上，月光是与思念亲人的亲情和温情联系在一起的，即使是忧愁，也是美好的、甜蜜的，而余光中则进行了彻底的颠覆，月光不是温馨甜蜜的感觉，而是有毒的感觉。它是一种陌生化，但它是合理的，与自动化的汉语联想机制是有联系的，而这种联系在深层则是自动化，这个自动化与余光中特殊的文化乡愁有关。如果一点关系都没有，那就不是艺术了，就是乱写了，例如，“月光光，月光是泥巴”，这肯定是不行的。

月光光，月是冰过的砒霜，

月如砒，月如霜，

落在谁的伤口上？

“伤口”这个词语本来是生理层面的，但这里显然不是，而是心理层面的。这是第二层次的陌生化，逗引人思乡的月光居然变成了落在伤口上的砒霜，这肯定是思乡而不得回乡的痛感。联系余光中的经历，我们不难明白这里诗人心灵深处的隐痛。

正是作家的情感特征使语言的陌生化和熟悉化、自动化统一了。看到月光就害怕，已经成为一种病了；他看到月光又非常喜欢，已经达到爱恋的程度了。“月光”的语义衍生、颠覆、陌生化了还不算，还要在颠覆的基础上再颠覆，在陌生化的基础上再陌生化，使之互相矛盾：既有“恐月症”，又是“恋月狂”。

如前所述，这个“恋月狂”中隐藏着很复杂的学问，它不但因为诗人的经历而合理，而且因为文化上的中西合璧而精彩。月亮女神的爱恋是相当疯狂的，故其形容词 lunatic，就有了疯狂的意思。把月亮和爱恋联系在一起，就有了疯狂的意味。

把月光掬在掌，注在瓶

分析化学的成分，

分析回忆，分析悲伤

恐月症和恋月狂，

月光光。

分析月光是合乎科学的，但这里分析的对象却是抓不住、摸不着的回忆和悲伤。这是很陌生化但又很合情感的逻辑，因而也是熟悉化的。因为月光而想到了故乡，因为不能回到故乡，所以看到月光就有一种解脱不出的怀念。可见，恋月、恐月的矛盾，都统一于思念之深、之痛。如果没有正面的“伤口”作为衍生的根据，没有“回忆”“悲伤”“恐月症和恋月狂”等互为表里、互为依托，那么“月是砒霜”也只是奇思怪想而已，没有多大深刻的内涵。作家要进行自动语义的颠覆和重构，同时又要尊重自动语义。所谓颠覆，就是把它遮蔽起来；所谓尊重，就是让它含而不露。

在当代散文中，哪怕是并不抒情的、以智性见长的文章，也是一样。南帆的散文《论躯体》在论述了躯体是自我的载体和个人私有的界限之后，接着说，传统的文化总是贬低肉体而抬高灵魂。在此他做起陌生化的文章：肉体比灵魂更加个人化。肉体只能个人独享，不能忍受他人的目光和手指的触摸；而精神可以敞开在文字中，坦然接受异己的目光的入侵。从这个意义上说，“躯体比精神更为神圣”，这样一来，陌生化就向熟悉化转化了，这还是第一层次。接着他说，只有爱人的躯体才互相分享、互相进入肉体。他得出结论：“爱情确属无私之举。”爱情是无私的吗？这的确相当陌生，然而他说，爱情使对方互相进入肉体，又是非常熟悉的，这是第二层次的转化。接着他又说，如果感情破裂，女方不在乎男方动她的手提包或书籍之类，但一旦碰到她的身体，她就会尖叫起来：“不要碰我！”这样的事情读者太熟悉了，陌生第三次转化为熟悉。

其原生的语义被三次陌生化、三次熟悉化，变得如此新异而新颖，读者不但能接受，而且还能从中感到一种艺术的享受，如果按石头变成石头的逻辑，真的要让躯体变成躯体，就没有任何艺术可言了，而这里恰恰是陌生化和熟悉化的三次对转，才使得感知和思想同步进行了三次深化。这与什么延长感知时间和增加难度，可以说是毫无瓜葛的。

吴乔论诗：“形质俱变”

俄国形式主义所谓陌生化，虽然名声远播，但可以说是浪得虚名，因为他们的陌生化不但是片面的，而且是平面的，妄图以一个这么简单的范畴解决一切文学问题。缺乏文体自觉乃是西欧哲学化的思维模式，形象是立体的三维结构，决定性的一环乃是文学的形式规范，因此，就算陌生化能够成立，不同的形式也有不同的陌生化。

在这一点上，中国古典诗话家吴乔在《答万季野诗问》中早就有过天才的发现。首先，他强调了不同的形式规范，他不独立地概括诗歌语言的特点，而是在诗歌与散文的矛盾中进行分析。

> 又问：“诗与文之辨？”答曰：“二者意岂有异？唯是体制辞语不同耳。意喻之米，文喻之炊而为饭，诗喻之酿而为酒；饭不变米形，酒形质尽变；啖饭则饱，可以养生，可以尽年，为人事之正道；饮酒则醉，忧者以乐，喜者以悲，有不知其所以然者。”①

把诗与文的关系比喻为米（原料）、饭和酒的关系。当时中国的散文（不是五四以来抒情叙事的散文）由于是实用文体，如米煮成饭，并不改变其原生的材料（米）的形状；而诗是抒情的，感情使原生材料（米）“变尽米形”成了酒，不但形变了，而且质地也变了。这个说法比之陌生化要更加经得起分析。在感情的冲击下，对事物的感受发生种种变幻是相当普遍的规律，正如情人眼里出西施，敝帚自珍，看自己，一朵花，看别人，豆腐渣。抒情的诗歌形象正是从这日常感知和语言变异的规律出发，进入了想象的假定的境界：“一日不见，如三月兮”“谁谓荼苦，其甘如荠”“露从今夜白，月是故乡明”“回眸一笑百媚

① ［清］王夫之等撰：《清诗话》，上海古籍出版社1978年版，第27页。类似的意思在吴乔的《围炉诗话（卷二）》中有更为详尽的说明。

生，六宫粉黛无颜色”。感知不但有形变和质变，而且有功能的变异：“结庐在人境，而无车马喧”“海内存知己，天涯若比邻”“狂风吹我心，西挂咸阳树”“只恐双溪舴艋舟，载不动许多愁”。这就不但指出了诗歌语言陌生化的规律，而且回答了其中的原因，以情感冲击感知，使其发生变异作为结果，提示着情感的强烈冲击的原因。

情感冲击感知，使之发生变异，是心理上的一般规律，其实并不限于诗歌，就是小说中也屡见不鲜。但是，小说中经典的陌生化（除了像心理分析风格的）和诗歌中的不一样，不像西欧俄国诗歌那样直接抒发出来，也不像中国古典诗歌那样，隐藏在意象群落的意脉中，而是表现为在感知中透露某种潜意识的萌动过程。

《战争与和平》中的安德烈王爵在遭受一系列挫折以后，感到生活在31岁已经完结。后来遇到了少女娜塔莎，给他留下了极美好的印象，在不经意间偷听她与女友夜话时，虽然他对自己说他们二人的生命是毫不相干的，但是又产生了一种想法：不知“为什么缘故希望她提到他，又怕她提到他”。在意识领域中，他还像往常一样平静，并没有感觉到娜塔莎已吸引了他的感情，但在潜意识领域已经发生了翻天覆地的变化，娜塔莎的出现已经从根本上改变了他的人生观。这样的变化要用心理分析的办法来写，可能太理性、太枯燥了。托尔斯泰用对比方法来突出感觉知觉的变异，显示了这场内心变动的巨大。在安德烈王爵见到娜塔莎以前，他在路上见到一株橡树：

> 路旁有一棵橡树。它大概比树林里的桦树老九倍，大九倍，高一倍。这是一棵巨大的、两人合抱的橡树，有些树枝显然折断了很久，破裂的树皮上带着一些老伤痕。它像一个年迈的、粗暴的、傲慢的怪物，站在带笑的桦树之间，伸开着巨大的、丑陋的、不对称的、有瘤的手臂和手指。只有这棵橡树，它不愿受春天的蛊惑，不愿看见春天和太阳。①

在托尔斯泰笔下，不可见的感情不但是由感觉表现的，而且往往是由感觉唤醒的。对于老橡树的感觉，唤醒了安德烈王爵隐秘的情感，虽然春天来了，爱情幸福也存在这个世界上，但与老橡树无关，老橡树不接受这种“欺骗”，这使安德烈想到自己的生活已经完了，他从这棵老橡树想到一系列“绝望的、悲哀的”思想。他没有希望，不用做新的事情，不用做好事，也不用做坏事。但是在见了娜塔莎以后，他在回家的路上又见到了那棵老橡树：

> 老橡树完全变了样子，撑开了帐幕般的多汁的暗绿的树叶，在夕阳的光辉中轻轻地摆动着，激动地站立着。没有了生节瘤的手指，没有斑痕，没有老年的不满与苦

---

①〔俄〕列夫·托尔斯泰著，董秋斯译：《战争与和平（第二册）》，人民文学出版社1988年版，第699页。

闷——什么都看不见了。从粗糙的、百年的树皮里，没有枝柯，便长出了多汁的幼嫩的叶子，使人不能相信这棵老树会生长它们。[①]

从心理学来说，这是由于感情的变化引起了感觉知觉的变化，从创作论来说，应该是找到了知觉感觉的变化的特征才能揭示情感的深层。在许多作家笔下，形象萎缩，并不一定是因为感情缺乏逻辑的独特性，更可能是缺乏与之相应的感觉和知觉系统。从一方面来说是情决定了感；从另一方面来说，是感决定了情。情是比较单纯的，而感却丰富得多。如果情没有达到某种强度、某种饱和度，感的变化可能会被认为是做作的，缺乏逻辑性的。没有饱和的感觉基础，情的变化会造成空虚的感觉。古典小说的经典作家往往不满足于做情的艺术家，他们的天才往往是把情的艺术放在感知（对话、动作）变异的基础上。

情感冲击感知发生全方位变异

为了把这个相当关键的问题说得更透彻一点，也为了揭露形式主义所谓陌生化在理论上的简陋，我们试以托尔斯泰《安娜·卡列尼娜》中对安娜回家看儿子的描写，来看情感如何使感觉、知觉发生系统的陌生化的变异。

本来安娜为了爱情，不顾名誉，和沃伦斯基逃到西欧，但是，对儿子的想念使她不能安宁。她不顾一切，从西欧回到俄国，目的是看望儿子，庆祝儿子的生日。她提前一天就选购好了玩具作为礼物。这在心理学上叫作动机，动机在人的心理活动中占据极其重要的地位，人的行为、人的意识活动、人的感觉知觉、人的记忆和语言，无不受到动机的制约。在动机范围以内的心理活动常常被强烈地记忆和感知，而在动机以外的心理活动有时甚至被视而不见、听而不觉、感而不知，就是一时感觉到了，也容易遗忘。人物的心理活动都受动机的主宰，动机往往是很明确的，与人的行为、语言、记忆、想象、思维之间有着直线的联系。但是这样的描述和刻画，往往并不太动人。人的心理活动是很复杂的，动机和人的其他心理要素处于一种复杂的有机结构之中，每一个要素都与其他一切要素互相依存，一个要素的变动必然引起其他相关要素的相应调节。这个变幻和调节的过程就是我们要欣赏的心理奇观。

安娜回家之所以成为艺术经典，就在于托尔斯泰通过安娜淋漓尽致地写出了我们既熟悉又陌生的感知变幻，既唤醒了读者的潜在记忆，又发现了人物心灵的深层结构。

安娜看儿子的要求，遭到丈夫卡列宁的拒绝。她决意反抗，不经卡列宁同意就闯去看

---

① 〔俄〕列夫·托尔斯泰著，董秋斯译：《战争与和平（第二册）》，人民文学出版社 1988 年版，第 703—704 页。

儿子，她“买了玩具，想好了行动计划”“手头预备下给门房和仆人的钱”。所有这一切都是一种理性规划，都是为了实现她的动机。如果托尔斯泰让安娜的理性规划——她明确意识到的动机——圆满地实现，就没有什么艺术可言了。

小说艺术的特点就在于让人物的心理活动越出常规，首先是越出理性的常规。导致这种越规的动力，就是人的情感。由于情感的冲击，人的心理结构失去了平衡，越出了理性的规范，于是人的感觉、知觉、记忆、思维、语言、行为就都发生了变异，这种变异就是心理恢复平衡前的调节或反馈。

安娜在进入家门时，突然产生狼狈的感觉，这就使她的听觉越出常规，失灵了，当门房的新助手问她“找谁”时，安娜狼狈得居然没有听到他的问话，因而也没有回答。她没有预料到丝毫没有变化的门厅会这样深深地撼动她。这种感觉激起了她的记忆（欢乐和痛苦的激情），使她忘了她来这里的动机，她一时不知道是来干吗的了。这就是说环境的刺激使她早已被遗忘的情感记忆活跃了起来，进入意识，淹没了一切，而前来看孩子的动机却被遗忘了。这是情感的奇妙的陌生化作用，使一部分沉睡的记忆复活，使另一部分新鲜的记忆麻痹。

对于听觉，这种陌生化作用就更奇妙了。一方面，她在走上那熟悉的楼梯的时候听不明白老门房说的话；另一方面，她单凭打呵欠的声音，就知道这是她儿子，而且这种听觉影响了她的想象，使她“仿佛已经看到他在眼前了”。看到儿子以后，因为卡列宁很快会到来的焦虑，安娜的听觉的陌生化就更奇妙了：

> 她听着他（按：儿子）的声音，注视着他的脸和脸上表情的变化，抚摸着他的手，但是她却没有听明白他所说的话。她非走不可，她非离开他不可——这就是她唯一想到和感觉到的事。她听到走到门边咳嗽着的（仆人）瓦西里·卢基奇的脚步声，她也听到了保姆走近的脚步声；但是她好像成了石头人一样地坐着，没有力量开口说话，也没有力量站起身来。

我们可以用还原的方法来分析安娜的感觉变异：在通常情况下，近处的听得清晰，远处的听不清晰，可是在这里，由于一种焦灼感（害怕看到她即将到来的丈夫），一种特殊的情感的冲击，使安娜的心理功能发生了变异——空间距离相近的（儿子的语言）听不清，空间距离远的（卢基奇和保姆的脚步声）反而听清楚了。这种感知变异也许只是一种表面现象、表层结构，但决定这种表面现象、表层结构的则是深层的情感的作用。深层的焦灼（必须在卡列宁来到儿子房间之前离去，不能与他见面）使安娜的感觉、知觉特别是听觉发生了变异。深层的情感是看不见、摸不着、感觉不到的，可由于情感冲击而变异了的感觉、知觉（在这里是听觉），却以一种陌生的功能，成为一种强化的效果出现了。

在常规状态中，安娜的听觉和语言功能是没有障碍的。但是由于人物关系和客观环境越出了常规，安娜的情感越出了常规，越出的幅度是这样大，不但使她的听觉发生了变异，而且使她的语言机能也发生了障碍。当老仆人认出了安娜，默默地向她低低地鞠躬，说“请进，夫人”时，她想说什么，但是她的嗓子发不出声来。当她迫于形势终于不得不离开她儿子时：

她不能够说再会，但是她面孔上的表情说了这话，而他（儿子）也明白了……以后她想起了多少要对他说的话呀！但是现在她却不知道怎样说好，而且什么话都说不出来。但是谢辽沙明白了她要对他说的一切。他明白她不幸，而且爱她。

这里就出现了一种心理陌生奇观，在常规情况下，失去语言表达能力的人，是不能和他人交流思想情感的，但是奇迹出现了，安娜失去了发出语音的能力，却并没有妨碍她与儿子交流思想和情感。这是因为在特殊情感的冲击下，语言并不是交流思想和情绪的最有效工具。这时有一种比语言更有效的交流手段，那就是人的表情。语言是以声音为媒介的概念符号系统，它传达的是概念。概念对丰富多彩的直觉和情感来说太贫乏了，而表情虽然不及概念那样明确，但它是一种直觉，直觉的丰富性是任何概念赶不上的，孤立的直觉虽然不如概念深刻，但在艺术里，表情作为直觉的对象不是孤立的，而是处在一种复杂的人物情感结构之中，结构的功能大于要素之和，一个很平常的表情都可能有比概念更深广丰富的含义。

人的内心情感活动是一个很复杂的整体，如果仅仅限于上述知觉和语言的层次，那还是比较表面的。托尔斯泰的高明之处就在于他不但揭示了知觉和语言的变异，而且直接深入到情感的深层结构中去，剖析其中丰富的变幻。

人物的主要情感特征是比较稳定的，但不是一成不变的，它在外部刺激作用下会发生多彩的变异，产生瞬时的变态，如安娜憎恨、厌恶卡列宁。在安娜来到她过去的家之前，由于见儿子的要求遭到拒绝，这种憎恨化为一种受到屈辱的痛苦，引起她一种毅然反抗的情绪。一旦她进入了她过去的家就变化了，当一个不认识的门房助手问她来找谁的时候，她感到狼狈，而当她熟悉的门房助手向她深深鞠躬的时候，她的眼光却是“羞愧、恳求的”。走上楼梯的时候她的运动机能不正常了，“套鞋绊着梯级”。后来当保姆通知她卡列宁即将出现的时候，托尔斯泰让她的儿子看到她脸上露出“惊惶和羞愧的神色”，感到“她害怕他”。在正常情况下，那么无畏地反抗世俗道德，蔑视、厌恶、憎恨卡列宁的她，居然惊惶、羞愧而且害怕了。

由此可见，人的情感、固然有一种稳定的基本性质特征，但这种基本性质不是固定的、僵死的，相反，在外界环境和语境的作用下，它不断变幻出派生的形态来。写出这从属性态的丰富的变幻，正是托尔斯泰作为艺术家的过人之处。同样的情状到了才能不济的作家笔下也许就变得缺乏变化，只剩下憎恨这样一个僵化的概念了。

许多作家缺乏这样的能耐，其原因不仅在于缺乏这样的追求，而且在于不了解情感、知觉之间互相影响的规律。通常，洞察情感冲击感觉也许并不难，因为感觉、知觉是表层的，情感是深层的，深层决定表层。但是很少有人注意到，二者的作用也可能倒过来，感觉决定情感。在这一点上，托尔斯泰有深刻的发现。当安娜即将与儿子离别时，她感到儿子的表情在问她该如何看他的父亲，安娜说：

爱他。他比我好，比我仁慈，我对不起他。

这是一种歉疚的情感，自认为有罪的情感。这种情感发自内心，是十分真诚的，但这种表白与其说是一种情感，不如说是一种理智，因为这种表白是发生在没有对卡列宁的现场感觉、知觉的基础上的。一旦安娜看见卡列宁，对卡列宁有了现场的感觉和知觉，她的情感就发生了变幻：

亚历克赛·亚历山特罗维奇迎着她走过来。一看见她，他突然停住脚步，垂下头来。虽然她刚才还说过他比她好，比她仁慈，但是在她匆匆忙忙看了他一眼之后——那一眼把他整个的身姿连所有细微之点都看清楚了——对他的嫌恶、憎恨和为她儿子所起的嫉妒心情就占据了她的心。她迅速地放下面纱，加快步子，差不多跑一般地走出了房间。

由于对卡列宁有了具体的感觉，在具体感觉基础上建立起的厌恶和憎恨就代替了自己的有罪之感。于是，安娜的情感性质又恢复了原状。

在托尔斯泰笔下，人物的情感既是这样具有顽强的稳定性态，又是这样变幻不定，在一切外界的、内部的刺激作用下，它不断发生变异，好像阳光透过多个旋转的三棱透镜发生了令人惊异的奇妙变异，这种变异是那样令人意外，那么偶然，然而又是那样必然，那样合乎人类的心灵辩证法，因而也就那样富于认识人类内心的普遍意义。当我们看到这一节的最后一句：

她昨天怀着那样的爱和忧愁在玩具店选购来的一包玩具，她都没有来得及解开，就原封不动地带回来了。

安娜在情感焦灼的优势兴奋中心的负诱导作用下，导致了对送礼物的动机的抑制。如果没有对人的心理活动规律的熟谙，托尔斯泰不可能对人物内心有这样的洞察。

从以上分析可知，人物在情感冲击下，心理的变异不是感知的陌生化这样贫乏的概念可以概括的。它无限丰富的超常变异，有动机与行为、感情与感知、语言与意识、视觉与听觉、近距离感觉和远距离感觉、直觉与理解之间丰富、神奇的变异。用陌生化这样贫乏的观念来涵盖这样丰富的艺术无异于粗暴践踏。

正是因为他们漠视潜在的熟悉化或自动化的交织，所以往往热衷于列举表面上强烈变异的诗句，这种诗句常常与明喻、暗喻、象征等手法结合在一起，显出新颖的、陌生的效果。例如，普希金的《假如生活欺骗了你》：

Если жизнь тебя обманет,

假如生活欺骗了你，

Не печалься，не сердись！

不要悲伤，不要生气！

В день уныния смирись,

烦恼时要保持冷静，

День веселья，верь，настанет.

请相信，快乐的日子会来临。

Сердце в будущем живёт;

我们的心向往未来；

Настоящее уныло,

现在则令人悲伤，

Все мгновенно，все пройдёт;

一切都是暂时的，一切都会消逝；

Что пройдёт，то будет мило.

而逝去的又使人感到可爱。

整整一首诗，可以称得上是陌生化的词语，也只有欺骗（обманет），用拟人化手法，使无生命的“生活”有了意志。除此之外，所有的词语都在正常语法、词法规范之中，可这并没有妨碍这首诗成为经典之作。可见，诗歌的动人，不仅仅在局部的词义的变异，更在其整体，在其意脉中情感逻辑的统一和曲折。不仅俄语诗如此，汉语诗更是如此，毫无语义陌生化的，甚至毫无变异的诗歌，也存在着大量不朽的经典之作。不可忽略的是，最后两句“Все мгновенно，все пройдёт（一切都是暂时的，一切都会消逝）；Что пройдёт，то будет мило（而逝去的又使人感到可爱）”，在高度和谐统一的意脉中成为诗情的高潮，这里似乎有些陌生化，但不是词语的陌生化，而是逻辑的陌生化，为什么过去了的就不再令人伤心烦恼，而变得可爱（戈宝权译为“变成亲切的怀恋”）？如果从审美价值论、文艺心理学来解释，就很简单，那就是审美距离拉开了时间的距离，把眼前的想象变为过去的回忆，也就超越了实用理性，使情感获得了自由。在回忆中展开情感，在中国古典诗歌中是最常用的手法，比如，孟浩然的“夜来风雨声”，李商隐的“昨夜星辰昨夜风”，李后主的“多少恨，昨夜梦魂中”，李清照的“昨夜雨疏风骤”。至于把现实的逆境放在未来的想象中，亦比比皆是，如杜甫在被俘中将思念妻子的痛苦转化为日后相逢的回忆：“何时倚虚幌，双照泪痕干。”李商隐把归期不能确定的憾事，转化为来日相逢的欢聚：“何当共剪西窗烛，却话巴山夜雨时。”这样的经典用话语的陌生化来解释是文不对题的，其精粹都是情感在想象中、在时空转化中的逻辑变异。这在我国古典诗话中叫作“无理而妙”，关于这一点将在后文细述。

中国古典诗歌神品和词语非陌生化

其实不论在俄语、英语诗歌中，还是在中国诗歌中，都有陌生化不能解释的现象，那就是诗歌的语言和感知并没有陌生化，所有语言都似乎是日常语言，但整体的结构效果超越了词语的局部，表现为有机的圆融。在这种融洽中，意象与意象，意象群落与意脉，可谓疏可走马，密不透风，情感与语境之间达到高度和谐，这就是整体感的最高层次，在中国古典诗歌中属于“意境”范畴。如王维的《山居秋暝》：

空山新雨后，天气晚来秋。
明月松间照，清泉石上流。
竹喧归浣女，莲动下渔舟。
随意春芳歇，王孙自可留。

要在这样的诗中寻找什么陌生化，甚至是变异的词语和感知，无异于缘木求鱼。徐增（1612—？）在《说唐诗》中谈到这首诗时说：其中的“暝”字是诗眼。[①]从诗眼说来看，我国古典诗话看重的不是什么陌生化的感知和诗语，而是表层上并不陌生但深层意境新颖的焦点。这个焦点可能并不在“暝”字上，因为“暝”字引起的联想是昏暗，一味暝，就太单调了。王维的拿手好戏，就是从单纯语境中显出丰富来。这种丰富至少可以从三个方面来看：第一，表面上“暝”“晚”是昏暗的，实质上却是明净的。“新雨”之后的空山，有一种清净的意味，再加上“明月松间照，清泉石上流”，空山因明月之照、清泉因流于石上（而不是溪底）而更加明净，明净的景观透露出明净的心境，景之明净和内心的清净完全对应。第二，“空山”表面上强调的是山之“空”，实际上突出的并不是“空”，而是“空”的反面：有浣女归于竹林，有渔舟移向莲塘。这种不空还不仅仅是外部的，而且是内心的一

① ［清］徐增，樊维纲校注：《而庵说唐诗（卷十五）》，中州古籍出版社1990年版，第344页。

种闲逸自适，所以听到竹喧，知是浣女归来，看到莲叶浮动，知是渔舟下水。空山明月是宁静的，渔舟浣女是喧响的，二者虽然相反，但是诗人的心境却是不变的、自足的、自洽的，不为其宁静，也不因其声响而变化。第三，这种意脉，在最后一联以“随意春芳歇”来做注解。题目明明是“秋暝”，这里却变成了“春芳”（这里可能与陌生化沾一点边），意涵应该是哪怕“春芳”消逝也不在意，不像有些诗人那样惜春，为之激动、感叹，这就是王维特有的“随意”。这种“随意”在中国古典诗歌中是有深厚传统的，其特点并不是词语或者感知的陌生化，而是相反——熟悉化。每一个词语句子表面上都是平常的，在情绪上很淡定。“采菊东篱下，悠然见南山”“寒波澹澹起，白鸟悠悠下”“江流天地外，山色有无中”，这些诗句的精彩就不在词语的陌生化，韦应物有“采菊露未稀”“举头见南山”（《答长安丞裴说》诗：“临流意已凄，采菊露未稀。举头见秋山，万事都若遗。”）无异于狗尾续貂。本来陶诗之神韵在于“见南山”，有别于望南山。“见”，是无意得之，才“悠然”，这和陶氏的《归去来兮辞》中“云无心以出岫”的“无心”以及柳宗元的“岩上无心云相逐”的“无心”是同一境界，而“望南山”则是有意的，既然是望，自由自在的意味就丧失了。“见”和“望”一字之差，两种境界。韦诗又加上个“举头”，把有意突出了，无意的意味是渗透在整个诗作中的，这种境界的高雅，并不依仗哪一个词语的陌生化、奇特化。盖陶诗不仅以“无意”为诗，而且为文。武陵人于无意得“桃花源”之境界，南阳刘子骥有意去寻访，就无功而返了。

戴望舒在《诗论零札》中说：“新诗最重要的是诗情上的 nuance，而不是字句上的 nuance。”nuance 在英语和法语中，是“精微玄妙、细微差别”的意思。他说的是新诗，用来说明古典诗歌，特别是王维的诗，也完全适用。王维的拿手好戏，就是在极其单纯的情景中显示极其微妙精致的 nuance。他的《鸟鸣涧》也是这样：

人闲桂花落，夜静春山空。

月出惊山鸟，时鸣春涧中。

全诗写春山之空，夜之静。在一般诗人那里，就是静罢了，而在王维的诗里，静却分化了：一方面是无声，相对于有声；一方面是静止，相对于动。王维就从这两个方面写静：一是以月出光影之动，惊醒静眠之山鸟（月光之变，是无声的，居然惊醒了鸟）；二是以鸟鸣之声，反衬出春山之宁静（一如“蝉噪林逾静，鸟鸣山更幽”）。如此这般，一方面系春山之空；另一方面则系心境之“闲”。这种高度统一而丰富，感知全方位融通，构成境界，用俄国形式主义的陌生化语言来阐释，则南辕北辙。就是仅依金圣叹的起承转合、“关锁”（连贯），甚至“意脉”去阐释，也可能捉襟见肘，问题在于，意脉只是许多诗歌的一种抒情法门，而整体意境的微妙变化（nuance）中的圆融，则是另一法门。

如果说意象的着眼处是意群的表层和深层，意脉的着眼处是潜在的脉络贯穿，那么意境的着眼处则是全相的融通。从这个意义上来说，感知或者词语的陌生化，只局限于点块，连意脉的线性贯穿都不如，与意境的整体全相融通相比，其片面性则更是显而易见了。故文学细胞形态当从整体处着眼，西方文论之所以拘执于词语，原因在于西欧北美和汉语不同，他们的名词性数格，动词的人称、时态，都有复杂的变化，一个句子中，诸多因素务求系统的一致性，因而他们以语言为基本单位，以词句为细胞形态研究文学（甚至把情节简化为主语——谓语的结构），但是，研究汉语文学时，我们的名词在性数格、动词时态和人称方面与之相异，如以陌生化为纲领，本身就有削足适履的弊端。中国和西方语言的区别还只是比较表面的现象，在表面外，还有哲学背景的不同。

宋代禅宗大师青原惟信提出参禅的三重境界：

参禅之初，看山是山，看水是水。

从艺术创作来说，就是模仿自然，反映现实。按照形式主义文论，就是看石头就是石头。

禅有悟时，看山不是山，看水不是水。①

从艺术创造来说，就是主体的自我表现，情感使物象发生变异，用形式主义文论的话来说，就是看石头不是石头，给石头以新名字。

禅中彻悟，看山仍然山，看水仍然是水。

这就是禅的最高境界了，此时的山，表面上是无为的，但这又是充满了主客体深度默契的山，与一般人纯粹感知的山有根本不同，在无意中是有禅意的，在无为中是有为的。最能代表这种境界的是王维的《辛夷坞》：

木末芙蓉花，山中发红萼。涧户寂无人，纷纷开且落。

这里的意味在于：第一，花木开得鲜艳，发生在山野之中；第二，在无人之境，与人无关；第三，这并不妨碍它们自开自落，既不待人的感官和情感，也不待人的语言的陌生化。但是，这恰恰是人对大自然的一种顺从，人的自我与大自然的默契。也许这就是海德格尔所说的“人与存在的契合”。在海德格尔的惊异中，还有诗的审美。因而，他的惊异又是一种心境、兴致，在这种心境中，心灵开窍了，发现了，顿悟了，顿悟什么呢？用海德格尔的话来说，就是“人与存在的契合”。西方文论中缺乏理解东方的禅意者，因而近一个世纪不得要领，其原因就是，机械唯物主义把青原惟信的第一重境界当成了全部，浪漫主义则把青原惟信的第二重境界当成了全部。实际上，第三重境界才是最高境界：人与自然达到绝对的和谐，解除了人的美丑、善恶、真假。人和自然的关系，最理想的就是天人合

① ［宋］普济：《五灯会元 · 卷十七 · 青原惟信禅师》，中华书局1992年版，第1135页。

一的境界。虽然西方理论家囿于哲学、宗教的原因，达不到这个境界，但是，部分西方艺术家却歪打正着地猜到了。20世纪杜尚以来，波普艺术、偶发艺术、表演艺术、躯体艺术、大地艺术、环境艺术等，走马灯似的轮番登场，在出发点上一脉相承，奉行“生活的一切莫不是艺术的”原则。一些风云人物还声称吸收了中国天人合一、禅宗的理念，提出艺术应该最大限度地弃绝人为因素，艺术的最佳状态，就是人的无意识与宇宙相通的境界。人不可靠，人的生命被传统文化、科学，甚至是经典艺术的潜在成见所污染，只有反抗这一切，生活才能自然呈现。他们其实并不真正理解禅，只是把西方流行的心理分析学说中的潜意识加以哲学化、审美化，笼统地归结为禅的深度精义。其目的不过是把意识层次的不言而喻的传统观念（好坏、善恶、美丑、主体客体），都看成是可恶的成见和生命的负担。他们想象进入无意识层次后人就能解脱出来，达到一种无差别，甚至没有主客体之别的境界，生命就能享受到最自由的感觉，在这种情境中，“现成物”（最极端的是杜尚以小便器作为艺术品参展，题目为“泉”）就成为自由精神的载体，当然也就是艺术。

海明威的电报文体：白痴一样的叙述

其实，陌生化就是对于俄英语言而言亦有诸多疏漏，特别是到了20世纪中叶，海明威的“电报文体”出现以后，感知和语词均以非陌生化为特点。如海明威早期的作品，写政变以后，枪毙一个部长的场景：

清晨六点钟，他们在一家医院的墙枪毙了六名部长。院子有好些个小水坑，柏油路面上覆满湿淋淋的落叶。雨下得很大，医院的百叶窗都关死了。有一个部长得了伤寒病。两名士兵把它抬了下楼，抬到楼外的雨地里。他们费劲地想扶他靠墙站着，后来那军官说让他站着不行。他们刚一放排枪，他就应声倒到泥水里，头奄拉在膝盖上。

写的是非常残忍的事件，但是语词没有陌生化，而是保持着日常语义，而且都是叙述，细节好像就是细节，作者的态度似乎很宁静，不带感情，没有血腥，没有恐怖的形容和渲染。这里的语词有限，省略了的应该更多，这就是海明威所追求的“冰山风格”“电报文体”，也就是废除了形容词，只剩下名词和动词的文体，这种风格甚至被称为“白痴一样的叙述”。他说：

我总是试图根据冰山的原理去写它。关于显现出来的每一部分，八分之七是在水面以下的。你可以略去你所知道的任何东西，这只会使你的冰山深厚起来。[1]

① 董衡巽：《海明威研究》，中国社会科学出版社1985年版，第73页。

在这有限的细节中，那省略了的八分之七仍然以一种强大的浮力激发着读者的想象。潜入读者意识深处，足以构成一种深沉悲郁的情调：医院本来是救人的地方，却成了杀人的刑场，百叶窗本来是透气的，却关得死死，显得紧张压抑；生伤寒的人，路都不能走，是垂死的，还要把他抬下来，让他淋雨行刑。特别雄辩的细节是，他站都站不直，是不适合枪毙的，但还要扶着。最后一个细节"头耷拉在膝盖上"，堪称天才。一般的击毙，是应声而扑，这里却是软瘫。从词语来说，没有什么陌生化，但就整体而言，却渗透着恐怖、凶残和惨无人道。不要说光从语词和感知的陌生化去分析是徒劳的，就是仅仅从前面所说的意象的点块、意脉的线索去分析也是不够的，而要用全部意象的有机性构成的圆融的氛围去阐释。从这一点上来说，中国古典诗歌的"意境"的精神与西方现代"冰山风格"的叙述可以说遥遥相对又息息相通。

解读就是把人的活生生的感知还原出来，难处并不在于陌生化的语言，而在于非陌生化的叙述。如《水浒传》中描写武松的几回，金圣叹都有相当精彩的评点，但对于血溅鸳鸯楼，金圣叹的批注却有点让人摸不着头脑了，只是说几处写到月亮，几处交代朴刀，又穿插麻鞋，等等，结论是"妙岂容说"[①]。其实，这是个杀了十几个人的复仇的英雄。英雄之所以感动人不是因为他做了什么，做对了什么或者做错了什么，而是他做的时候有什么样的感觉。这里的武松就是有条不紊、心满意足的感觉，具体来说，就是凶残得很满足、很冷峻、很平静，一点没有紧张的感觉，而这一切，没有用描写来铺张，也没有感性很强的形容词，而只用叙述。从这一点来说，和海明威可以说是异曲同工。且看武松杀人以后，从城墙上跳下来，仍然是有条不紊的：

> 把哨棒一拄，立在濠边。月明之下，看水时，只有一二尺深。此时正是十月半天气，各处水泉皆涸。武松就濠堑边，脱了鞋袜，解下腿绊，抓扎起衣服，从这城濠里走过对岸，却想起施恩送来的包裹里有双八搭麻鞋，取出来穿在脚上。听城里更点时，已打四更三点。武松道："这口鸟气……今日方才出得松臊。"

杀了这么多人，犯下了弥天大罪，逃出城了，如果是一般人物，三十六招，走为上，还不赶紧溜？可是武松居然从容到在月光下看城濠里的水，看出只有一二尺深。看得这么细致，不愧当过公安局局长，端的是寓从容于紧迫之中。在这样的危机中，心思不乱，动作有层次：脱鞋袜，解腿绊，扎脱衣服，蹚水走过对岸，还顾得上把湿鞋袜换了，还有闲心去想，干鞋是哪个朋友送的。写武松过河的从容，就是写武松的平静。更精彩的是："听城里更点时，已打四更三点。"充分写出了听觉的放松，而听觉的放松暗示了心情的放松：

① ［清］金圣叹：《金圣叹批评第五才子书〈水浒传〉（上卷）》，天津古籍出版社 2006 年版，第 278 页。

“这口鸟气”终于出了，说明在这以前憋着一口鸟气。憋气憋得这样深，这样冷峻，这样清醒，这样有余暇。这种平静的叙述，功力之深，在中国小说史上，如果不算绝后，也可以说是空前的。为什么连金圣叹都说不出什么名堂来呢？因为这是叙述，而且以非陌生化语言见长。

要破译文本的深层密码，光凭简陋的陌生化是不可能有什么成效的。

最后应该说明的是，俄国形式主义文论的陌生化，并不限于词语的陌生化，而且还包含形式、手法的陌生化。到了晚年，什克洛夫斯基认识到了绝对强调陌生化的不足，这一点前文已有论述，此处不再重复。

不过，虽然什克洛夫斯基对形式主义的反思看上去很无情，甚至可以说几乎已经宣布了它的死刑，但是，纯粹从语言而非从人的心灵、情感和审美价值对文学进行分析的纯形式化理论，在中国仍然有比比皆是的鹦鹉学舌者。在西方也不乏改头换面风行一时者，其中最有代表性的，就是美国的新批评。

第八章

文学感染力来自审美情志还是语言（下）

——美国新批评中的“反讽”批判

美国的新批评比俄国形式主义更加强调以文本为中心，一切都在文本之中，但是，他们的文本解读和形式主义一样，排除心理、情感，把理论囚禁于语言上，不过新批评比之形式主义更加狭隘，他们把文学感染力仅仅归结为修辞，在修辞中，又仅仅集中在“悖论”“反讽”“张力”等极其有限的范畴中。这个流派的粗疏远远超过了形式主义，可是20世纪中叶却在美国风行一时，至今在中国还为学人所称道，钱中文先生曾批评说一些杂志似乎成了“‘新批评’的分销店”。因此，不论从理论还是实践上，都有必要对之做一番清算。

反讽向抒情转化的条件

我们首先来看一下新批评的核心范畴“反讽”“悖论”。首先，他们把一切外延与内涵相异，与平常观感相异者都笼而统之地说成是反讽。反讽本来就是反语（To express something different from and often opposite to their literal meaning），字面意义和实际内涵相反。但是，与平常观感相异的书写，并不一定就是相反的书写，有时还可能是错位的、从属的或者不同类别的书写。其次，新批评把一切反讽和悖论一概当作诗，但不论在西方诗歌中，还是在中国古典诗歌中，外延与内涵相异，与平常观感相异者并不一定就有反讽意味，反讽的前提是直接对立而不和谐，但在大量诗歌中，相反的意味在层次渐进中转化，最后进入和谐境界，是为抒情，而抒情恰恰是拘泥于智性的新批评所要回避的。

新批评发轫于20世纪二三十年代，四五十年代一度风行美国学院，60年代走向消亡。号称新批评，意在对旧批评进行反拨，针对旧批评的两个方面：一是作者中心论，把文学研究变成作家生平、传记的考订，作品成了作家传记的零件；二是把文学作品当作时代经济、宗教、政治状况的图解。此二者表面上看背道而驰，一个强调客观现实，一个强调主观心灵，但是在根本上是相同的，那就是把作品和作家心灵、现实完全混为一谈，无视其间的矛盾和差异，从而导致了对文学本体的麻木。新批评和形式主义者一样，不屑于到作品"外部"去寻找根源，他们坚持"内部研究"，坚信一切奥秘全在作品中，"作品就是文学的本源""文学作品就是本体"。

他们的研究聚焦在文本上，提出了所谓"close reading"（细读），这个词组原本的意思是精密的、封闭的、忠实于原作的解读。翻译成"细读"并不太准确（当然，翻译成"封闭性解读"也不太周全），但是也不太离谱。"细读"还有文雅一点的说法，叫作"peruse"，意思是彻底地、深入地精读（to read thoroughly）。限定在文本以内，又要深入，当然难度极大。文本，尤其是经典诗歌文本，是天衣无缝、水乳交融、有机圆融的，解读如果停留在表层，就只能重复读者一望而知的信息。他们追求的目标，在文本"内部"，其实是在文本以下。当然，文本以下信息是多元的，他们又自己设定了一个禁区，那就是不能涉及情感（下文详述）。这样一来能够供他们施展功夫的就只有语言了。难得的是，他们看到了存在于语言背后的冲突。首先，诗歌的词语与科学词语不同，科学语言是严密的，有着字典语言的确定性，而诗歌语言的生命来自诗人随机赋予的文本意涵。这样，显性的文本意涵就与潜在的心照不宣的字典语义有了反差。例如，新批评的干将布鲁克斯分析华兹华斯描写夜晚的十四行诗：

甜美的夜晚，安然，随意
这神圣的时刻静如处女
屏息膜拜……

他说："甜美、安然、随意、神圣、静寂、屏息，这些词的并置并不奇特，但请注意，夜晚和处女屏息而且膜拜。'屏息'这个形容词暗示了巨大的激越。可是，夜不但寂静而且安详。"[①] 他的意思是，激越（屏息）和静寂、安然，隐含着冲突，二者是不相容的，他把它叫作"悖论"（paradox），并将此概括化为诗歌的核心规律："诗人表达真理只能依靠悖论。"[②] 就是说，这不仅仅是词语的个别现象，而且是诗歌的普遍规律。布鲁克斯引用华兹华斯的话说，他总是把平常的现象写得不平常，这是诗歌之所以成为诗歌的根本原因。悖论

① 〔美〕克林斯·布鲁克斯著，郭乙瑶等译：《精致的瓮》，上海人民出版社2008年版，第11页。
② 〔美〕克林斯·布鲁克斯著，郭乙瑶等译：《精致的瓮》，上海人民出版社2008年版，第5页。

的修辞模式，他们叫作“反讽”（Irony）。新批评几乎一致拥护“反讽论”，甚至有人提出把新批评改名为反讽诗学（Ironic Poetics）。许多被认为是新批评派的理论家，都不同意以新批评为自己冠名，但却乐于用“反讽批评”“张力批评”“本体批评”指称自己的批评方法。那究竟什么样的结构才是反讽结构呢？新批评理论家退特1938年在《论诗的张力》中提出诗歌语言中有两个经常起作用的因素：外延（Extension）和内涵（Intention）。在形式逻辑中，外延适合某一词的一切对象，而内涵则是指这一词的属性的总和。新批评把外延用来指称词的词典意义，内涵理解为文本的暗示意义或者感情色彩。[①]二者之间构成了反差，诗歌艺术感人的奥妙尽在其中。如布鲁克斯喜爱的丁尼生《无端的泪》中的头一节：

泪啊，无端的泪，我不知道它为了什么，（Tears idle tears I know not what they mean）

泪啊，它来自神圣的绝望的深渊。（Tears from the depth of some divine despair）

这里的idle勉强译成“无端的”（“没有来由的”），这和眼泪不言而喻的痛苦隐含着冲突，接着说它来自“绝望的深渊”：一方面说是没来由的，另一方面又说是因为绝望，这是不相容的，这里就有反讽。这还是第一层次。下面又说，这是“神圣的”，和绝望的深渊的冲突就强化了，这是第二层次的反讽。接着是：

当我眺望秋日欢乐的田野，（In looking on the happy Autumn fields）

回想那再也不会重来的日子，（And thinking of the days that no more）

这里的冲突就更明显了：秋日美景眺望的快慰，却成为流泪的缘由（好景不再）。美景引起欢欣，在文本中，却衍生出悲凉和无奈，常规意蕴和文本意涵之间的冲突，就成为他们的反讽。诗意就在外延和内涵意蕴的反差之中，这就难怪他们要说“内涵越多越好”了。最具体的内涵多样应该是燕卜荪的“朦胧”。但是，燕卜荪不太自信，没有克鲁斯曼那样简单以词义的对立为纲。他承认无法给朦胧下一个准确的定义，而只是感到这是一个词“增添细微的歧义”的现象。朦胧“可以是一个词代表几种事物的意图，可以是一种这种东西或那种东西，或两者同时被意指的可能性，或是一种陈述有几种含义”[②]。不过，燕卜荪显然感到这样的定义可能“过分含糊”“范围划得太宽，使其几乎没有什么意义”，因而，“究竟如何界定朦胧，我举的例子是否应称为朦胧，要整本书来作出解答”[③]。故按严格的学术理论来说，燕卜荪还不能说是新批评的代表。

但是，不管差别如何，他们都表现出一种共同的追求，那就是把诗歌感染力归结为修

① 转引自赵毅衡：《重访新批评》，百花文艺出版社2009年版，第48页。

② 〔英〕威廉·燕卜荪著，周邦宪等译：《朦胧的七种类型》，中国美术学院出版社1997年版，第7页。

③ 同上。

辞结构的胜利。当然，他们还把这种内在的意蕴对立的分析扩展到整体“结构”中，去揭示其由暗喻构成的“整体关联性”[①]。“领会一首诗的真正含义，首先要学会识别诗中的反讽和悖论，然后对之进行分析。所谓分析，就是找出诗中不同成分之间的关系，比如词与词的关系，诗行与诗行之间的关系，诗节与诗节的关系，意象与意象的关系，观点与观点的关系。这些关系一起构成了诗歌的结构，诗歌的反讽和悖论都是通过这些关系或结构表达的。所以分析了这些关系之后，其反讽和悖论的意义也就昭然若揭了。”[②]

总的来说，作为他们的理论代表，布鲁克斯对反讽和悖论的分析十分粗糙。

首先，把一切与平常观感相异的，都笼而统之地说成是反讽是十分牵强的。其实诗中的反讽本来就是反语，字面意义和实际内涵相反，而与平常观感相异的抒写，并不一定是相反的，除了词义有时是交叉、从属和不同类别的以外，更多的是科学的、实用的和情感的价值的错位。反讽（Irony）源自古希腊语 eirwnei/a，用拉丁字母拼写起来就 eirōneía，意思是装糊涂，是一种修辞策略和文学技巧，语言和行动超出了简明意图和情境，表现出尖锐的不和谐、不统一和不一致（incongruity）。典型的反讽语言或者动作，就是表面意思暗示内在相反的意味。反讽本来的意味是很丰富的，至少可能有喜剧性的（comedy irony）、幽默的（humourous irony）、戏剧性的（dramatic irony，观众或者读者眼睁睁看着作品中人物犯错误）、悲剧性的（tragic irony，人物的行为导致自己愿望反面的悲剧后果）或者苏格拉底式的（socratic irony，人物装作无意把对方引入逻辑的陷阱），等等（参阅 Wikipedia 相关条目）。这里之所以不无烦冗地在词源上引证，不过是为了说明，irony 这个词或者说修辞范畴的多种内涵主要不在诗歌方面，而是更多地集中在戏剧性、讽刺方面，而美国新批评却把一切反讽和悖论一起当作诗。

反讽和悖论，作为一种修辞手段并不一定是诗，要转化为诗是有条件的。悖论是一种似是而非的自相矛盾的说法，或者一种看起来自相矛盾但可能正确的说法（A seemingly contradictory statement that may nonetheless be true）；反讽则是词语表达的含义与它们的字面意思相反，带着某种讽刺的意味。就以布鲁克斯在他号称为新批评的经典之作《精致的瓮》中细读过的邓恩的《宣布成圣》（“Canonization”或译《圣谥》）为例，该诗写的是为了平凡的爱，愿意放弃世俗的荣誉和恩典，甘于如蜉蚁之渺小，不惜以死亡相酬，不管世俗怎么非议，坚持爱情就是生命：

鹰和鸽深藏在我俩心怀

我们使凤凰之谜更增奇妙

① 〔美〕兰色姆著，王腊宝等译：《新批评》，江苏教育出版社 2006 年版，第 8 页。

② 赵毅衡：《重访新批评》，百花文艺出版社 2009 年版，第 49 页。

我俩合一，就是凤凰的写照，

两性结合构成这中性的鸟

我们死而复生，又照旧起来

神秘之力全来自爱

如果不能为爱生，总可为爱而死

以新批评的思路试行分析，无疑充满了悖论和反讽。首先，诗人说双方的生命就是爱（We are made such by love），但是，又可以为爱而死（at our cost die），这是第一层次的反讽。其次，诗人又说，爱又使他们死而复生（We die and rise the same），甚至使得凤凰死而复活的典故更加智慧（The Phoenix riddlehath more wit），这是第二层次的悖论和反讽。接下去是第三层次：如果不可能为爱而生，就为爱而死（We can die by it，if not live by love）。可是，前面已经说过了，为爱而死是可以死而复活的，死不就是活吗？在这种颠颠倒倒的逻辑中，读者感到的是什么呢？全是反语吗？是对爱情的反讽吗？这里有自相矛盾，但是读者没有感到讽刺，而是感到一种对爱的不朽的赞美。

这是爱的颂歌，而不是讽刺，是因为其间矛盾变得统一和谐。

从形式上看，反讽和悖论，属于隽语（Epigram），往往是一个简短的句子，矛盾因为直接对立而荒谬，讽喻和格言式的智慧并存，但《宣布成圣》是诗歌，诗歌中的悖论和隽语中的悖论不同。隽语的悖论是在逻辑上直接、绝对的对立，以子之矛攻子之盾，中间没有过渡和递进，而在诗歌中，矛盾并不直接对立，而是在多个层次中，间接地、向反面有序地、婉转地转化，尖锐的对立在多个层次的转换中变成和谐。这是兰色姆所说的“隐喻的整体关联性原则”①在起作用。如情人之矛对情人之盾，情感使功能发生变异，或使矛变得柔软，或使盾变成不设防的暗示。荒谬感和讽刺性在矛盾层次转化中逐步递减，情感价值就超越了实用理性，审美价值就相应递增。在《宣布成圣》中，读者之所以不感到讽刺，而是为赞歌的庄重所感动，就是因为从平凡到神圣之间，从生命到死亡又到永生之间，有着向抒情转换的婉转的层次。对于讽刺转化为抒情，作者布鲁克斯是意识到了的，不过只是轻描淡写：“第三节的开始表明这种反讽的倾向仍然会继续，诗人向朋友指出许许多多诸如此类的荒谬，都可以用在恋人们身上。‘你可以把她和我唤作飞蛾，我们也是灯芯，不惜以自身殆尽为代价……’，在这个问题上，恋人们可以为自己做出大量异想天开的比较：他们知道这个世道是怎么看他们的。但是第三节的这些比喻（figures）将恋人比作凤凰，十分认真，由于这个比喻，本节的调式从反讽的玩笑转变到一种反抗但有节制的温柔。”②用“有

① 〔美〕兰色姆著，王腊宝等译：《新批评》，江苏教育出版社 2006 年版，第 8 页。

② 〔美〕克林斯 · 布鲁克斯著，郭乙瑶等译：《精致的瓮》，上海人民出版社 2008 年版，第 15 页。

节制的温柔”来代替反讽向抒情的转化，是太过羞羞答答了。

我们可以模仿新批评的方式，对布鲁克斯做些必要的补正。

生命——死亡的对立如果不和谐，则是反讽，如果转化为和谐，就变成了抒情。凤凰并不是导致和谐的唯一环节，而是一系列精致的、微妙的联想过渡的一个层次而已。

把不和谐转化为和谐的，是暗喻的联想的整体关联性，以其字面以下隐性的、渐进性的衍生为特点。在不惜以死相酬之后，如果直接说死就是生，那就有点反讽的意味了。但是，诗人以“鹰和鸽深藏在我俩心怀”（the Eagle and the Dove）作为过渡，Eagle 和 Dove 开头字母都是大写的，这就不仅仅是男性和女性生命的象征了，更是带着某种生命神圣的契合。这里的隐喻，埋伏着两个系列的整体关联。一是合二而一（We two being one）。Eagle 象征强健，Dove 象征纤弱，蕴藏强弱两种生命的结合。老鹰与鸽子各为炼金术过程中两个阶段的名称，暗示二者如炼金之融合，不但躯体合一，而且连性别差异都消失了（So to one neutral thing both sexes fit）。二是死亡即永生。“飞蛾”“蜡烛”不但与死亡联想水乳交融，而且为下面凤凰在火中飞翔做了铺垫。复活意念是由“凤凰”呈示的，但它不突兀，因为是前承鹰和鸽子乃至飞蛾的升华。把 Phoenix（没有性别差异的）翻译为中国的凤凰是勉强的。它本是古埃及的不死鸟，在沙漠中生活 500 年后自焚，然后从其焚灰中再生。凤凰的自焚和前面的为爱而死相呼应（在意象上是“飞蛾”“蜡烛”），凤凰的再生又为下面的“死而复生”（We die and rise the same）作了自然的铺垫。这里的联想过渡十分严密，连 Phoenix 的无性别差异也和前面两性合一的中性（neutral thing both sexes fit）相统一。有了这样密集的、错综的、递进的联想的交织，矛盾的对立就被淡化了，和谐就逐步建构起来，讽刺的意味就被颂歌所取代。没有这样精致的渐进层次，那就只剩下“如果不能为爱生，总可为爱而死”这样的格言式警句或者隽语了。

新批评的理论偏执在于把悖论反讽看死了、看僵了，忽略了它在不同语境、不同形式中的分化和转化，无视于它既可能产生诗，也可能破坏诗；可以有利于他们所追求的智趣，也可能构成幽默的谐趣，更可能凝聚为审美的抒情。

新批评在这方面的概括力显然很有限，布鲁克斯推崇华兹华斯把“平常之事”写得“不平凡”的主张，并以华氏的《威斯敏斯特大桥上有感》为例，说他把污秽狂躁的伦敦写成“清纯美丽的晨装”“在城市死亡之际”“看到城市其实蕴藏着生机”，断言这一定是悖论和反讽。从理论上来说，这暴露了他对具体矛盾的分析力的薄弱。很简单，“二月春风似剪刀”因为有前面“不知细叶谁裁出”中的“裁”作铺垫，和前面的“裁”呼应，故达成了和谐，这不是反讽，而是抒情，而“二月春风似剪刀”因为没有铺垫，显得怪异，因而是反讽。从这个意义上说，新批评的反讽比俄国形式主义的陌生化偏颇更大，但这并不妨碍新批评理论家坚信，一切诗歌中的现象，只要不同于日常感知，或者只要文本语义不同于字典语义，就可以通通当作悖论反讽，而未认识到这样会把悖论反讽（还有张力）的外延无限度地扩大。从逻辑学来说，外延的递增只能导致内涵的递减，无限扩大的外延只能意味着内涵的无限贫困，从而造成他们献身的“细读”的无限牵强。

苏轼的“反常合道”更全面

其实，丢开这种牵强，用中国古典诗话的“反常合道”（释惠洪《冷斋夜话》卷五，吴乔《围炉诗话》卷一）来阐释要全面得多，反讽可以说接近于反常，而光有反常并不能成为诗，还要合道才能转化为诗。苏东坡（1037—1101）的这个命题，是通过分析柳宗元的《渔翁》提出来的。“渔翁夜傍西岩宿，晓汲清湘燃楚竹”，为什么要突出渔翁夜间宿在山崖边上？因为他的生活所需，取之于山水，暗示的是和大自然融为一体。“燃楚竹”与“汲清湘”对仗，更加显示其环境的整体和人的统一依存的生存状态。接下去是“烟销日出不见人，欸乃一声山水绿”，这一句很有名，可以说是千古“绝唱”。苏东坡评价这首诗说：“以奇趣为宗，以反常合道为趣。”这话很有道理，但并未细说究竟如何“反常”，又如何“合道”。“烟销日出不见人”，人就在烟雾之中，看不见是正常的，“烟销”了，本来应该看得出人，又加上“日出”，更应该看得出，然而还是看不出，这就把读者带进一种刹那间两个层次的感知“反常”转换之中。第一层次的“反常”：点燃楚竹之火，烟雾是人和自然统一，烟雾散去了，人却不见了。第二层次的“反常”：在面对视觉的空白之际，“欸乃一声山水绿”，传来了听觉的“欸乃”，突然从视觉转变成了听觉。这就带来视听转换的微妙感悟，声音是人造成的，应该是有人了吧，但是只有人造成的声音的效果。第三层次的“反常”：循着声音看去，却仍然是“不见人”，只有一片“山水绿”的开阔的空镜头。三个层次“不见人”，连续三个层次的“反常”，不是太不合逻辑了吗？然而所有这一切又是“合道”的，“烟销日出不见人”和“欸乃一声山水绿”结合在一起，突出的首先是渔人的轻捷、悠然而逝、不着痕迹，转瞬之间就融入青山绿水之中。其次，“山水绿”留下的是一片单纯色彩的美景，同时也暗示是观察者面对空白镜头的遐想。不是没有人，而是人远去了，令人神往。正如“山回路转不见君，雪上空留马行处”“孤帆远影碧空尽，唯见长江天际流”一样，空白越大，画外视觉持续的时间越长。三个层次的“反常”，又是三个层次的“合道”。这个“道”不是一般的道理，而是视听交替和画外视角的效果，这种手法在唐诗中被运用得很是普遍和熟练（如钱起《省试湘灵鼓瑟》“曲终人不见，江上数峰青”）。所以，这个“道”是渔人飘然而来、飘然而去，有“岩上无心云相逐”为之注解，这个“无心”之道，就是天人合一之“道”，前面的三个层次的反常，都合乎这个“无心”之道。

回到前述丁尼生的《无端的泪》，明明是眺望秋日美景，反而引来了眼泪，原因就在那和秋日美景联系在一起的美好不再重来（thinking of the days that no more）。这和李商隐的“夕阳无限好，只是近黄昏”是一样的命意。用反常合道、抒情言志来解释，迎刃而解，可新批评偏执地回避抒情，就连分析华兹华斯的诗，也千方百计回避抒情，强行用悖论反讽来硬套，岂不知华兹华斯在《抒情歌谣集》（1880）的序言中，就直言“一切的好诗都是强烈的感情自然流泻”（spontaneous over flow of powerful feelings）[①]。虽然华兹华斯也提醒要经过沉静和反思，但经过提炼的强烈感情毕竟还是感情。事实上，平常的事物在诗人眼中变得不平常，原因并不是诗人用了悖论和反讽，而是诗人的感情冲击了感知，发生了变异。感觉和情感的这种关系是普遍规律。“情人眼里出西施”“月是故乡明”“良言一句三冬暖，恶语伤人六月寒”都是变异的表现。桑德堡的经典诗句“有一种低声道别的夕阳”，平常的夕阳是无声的，低声道别是有声的。难道这里有什么反讽或者悖论吗？从理性来说，这可能是悖理，但这是情感对夕阳西下亲切化的变异。“大江东去，浪淘尽，千古风流人物。”苏轼把平常的长江写得不平常，用的是中国古典诗歌传统的办法，就是把不可感的时间变成可感的流水，把空间的辽阔转化为时间（千古）的无穷，这是反讽和悖论所不能概括的，甚至可以说是风马牛不相及。周瑜在东吴大臣心目中本是一个“衔命出征，身当矢石，尽节用命，视死如归”的雄武勇毅的将军，[②]而苏轼用“风流”来概括，还把小乔初嫁的时间推后了十年，把属于诸葛亮的“羽扇纶巾”转给了周瑜，不是反讽，而是歌颂，寄托着苏轼豪杰智者化的梦想。

在情感冲击下的感知变异是无限丰富的，而新批评却将其硬性纳入“悖论”“反讽”“张力”为核心的，包括“隐喻”“结构”“机理”“含混”等在内的不到十个范畴之中。狭隘的理论预设造成了大量盲点，把平常的现象写得不平常并不是诗的全部。中国的山水诗歌中有把平常景象写得平凡甚至平淡的传统：“明月松间照，清泉石上流”“暧暧远人村，依依墟里烟”“野老念牧童，倚杖候荆扉”“秋风吹渭水，落叶满长安”“柴门闻犬吠，风雪夜归人”，都是靠在平淡景象中显示出结构性的和谐意韵取胜。

当然，从表面上看，他们和形式主义者过分拘泥于词语有所不同，多多少少意识到诗歌结构的丰富性，瑞恰兹认为：诗歌中包含了种种冲动，如平行，如包容，如冲突，但都

---

① William Wordsworth，“Preface to Lyrical Ballads”（1800），Famous Prefaces，The Harvard Classics，1909，p.14.

② ［西晋］陈寿：《三国志（下）》，中华书局 2005 年版，第 937 页。

不一定是伟大的，只有“对立的冲动的平衡是最有价值的审美反应的基础”。其实他所说的对立冲动的平衡就是反讽，[①] 所以李欧梵批评他们把“细读方法禁锢在文本语言的结构之中”[②]。殊不知，纯用修辞是阐释不了感情的特殊性的。“近乡情更怯，不敢问来人”，表层形式是悖论，但这种悖论表现的是回乡的喜悦，只是到了紧张到有点恐惧的程度。“蝉噪林逾静，鸟鸣山更幽”，动静之间是矛盾的，但这不是悖论，而是一种特别宁静的感情，一种对喧闹的蝉声的“变异”之感。

笼统的反讽和多元的文体

所有这一切都足以说明，新批评作为理论，在思维方法上存在重大的漏洞。

首先，在论证悖论反讽是诗歌的普遍规律时，采用了个案分析办法，但是极不系统，从论证结构来说，这在逻辑上属于简单枚举，充其量不过是起了举例说明的作用，显然是比较粗疏的。以波普尔为代表的现代科学家指出，要论证“一切天鹅是白的”的命题，举多少正面的例子，都是无效的，一旦发现有一只天鹅是黑的，就被证伪了。新批评颇为执着地追求文学批评的科学化，但他们对当代科学理论中证伪高于证明的原则一无所知。

其次，更大的漏洞是：他们通过文本细读不厌其烦地说明，从古典主义、玄学诗派、浪漫主义到现代诗歌中均不得不运用反讽和悖论，对于诗来说，二者须臾不可或缺，但却无视悖论和反讽不仅仅存在于诗歌中，在日常口语交流中同样存在。新批评理论家的差异感（对复杂现象的辨析力）是比较欠缺的，他们仅仅看到诗歌的语言有别于字典语言，以为这就是诗的特点了。但是，赋予语词以新的内涵并不是诗歌的专利，每一个词语，在任何语境中都会发生内涵的变异，把富豪的精神贫困说成“穷得只剩下了钱了”，把秃顶叫作“绝顶聪明”，把问题提得多的儿童叫作“问题儿童”中，“穷”的内涵、“绝顶”的内涵、“问题”的内涵，都发生了变异，但这些都不是诗，而是日常交际中的幽默。

新批评对反讽、悖论在散文、小说、诗歌中显而易见的区别同样视而不见，从来也没有将之作为探索的课题。用他们的理论可以阐明“不能为爱而生，但可为爱而死”是诗中的悖论，却不能解释范仲淹的“先天下之忧而忧，后天下之乐而乐”为什么只是散文。他们对命题、逆命题、逆反命题之间的关系缺乏起码的思考，好比看到了水对于人体不可或缺，却拒绝面对水不等于人的事实，更不去思考在猪狗身体内也有着不亚于人体比例的水。把猪狗的血输入到人体内是要出人命的，这一切都在他们的想象之外。分析的任务本来是

---

① 赵毅衡：《重访新批评》，百花文艺出版社2009年版，第46页。

② 〔美〕克林斯·布鲁克斯著，郭乙瑶等译：《精致的瓮》，上海人民出版社2008年版，第9页。

揭示其间不可混淆的特殊矛盾，新批评却满足于其间的抽象的统一。

“逻辑的非关联性”和中国古典诗话的“无理而妙”“痴而入妙”

如此众多不乏睿智的学者这样作茧自缚，在世界文学批评史上，实属咄咄怪事。缘由相当深邃，但是并不神秘：他们对于不同形式之间的不同规范，其中间不容发的差异一无所知。这就不难理解，他们靠诗歌中的悖论和反讽的理论起家，但对其不同于小说、散文的特殊性，在他们头脑中，却是一片空白。

问题还出在他们想象中只有抽象的诗歌，对于诗歌千年发展过程中的流派漠然无感。他们最权威的理论代表艾略特说得很清楚：“诗不是放纵感情而是逃避感情，不是表现个性而是逃避个性。”艾略特这个说法是很极端的。其中包含着两层意思，一是反对浪漫主义的滥情主义，二是诗人的个性其实并不是独异的，而是整个文化传统所塑造的。因而，个性和感情只是作品的形式：“我的意思是诗人没有什么个性可以表现，只有一个特殊的工具，那只是工具，不是个性。”①兰色姆则更是直率地宣称：“艺术是一种高度思想性或认知性的活动，说艺术如何有效地表现某种情感，根本就是张冠李戴。”②这种反抒情的主张和俄国形式主义者如出一辙，但显然与西方诗歌浪漫主义理论纲领——华兹华斯的“强烈感情的自然流泻”背道而驰。新批评把价值的焦点定位在智性上，在理论上坚持现代主义的特色，这无可厚非，如果仅仅阐释现代派诗作，可以说不太离谱。可他们偏偏把狭隘的、贫乏的修辞格强加于一切诗歌流派。当他们不得不肯定抒情的浪漫主义诗歌时，就偷天换日，把抒情当作修辞，这就暴露了他们的狭隘：修辞（而且是狭义的修辞）是他们仅有的话语，离开了修辞就失语了。

他们已经看出诗歌的某些特点，瑞恰兹甚至还提出了诗歌“逻辑的非关联性”③，布鲁克斯提出了“非逻辑性”。布鲁克斯说：“邓恩在运用‘逻辑’的地方，常常是用来证明其不合逻辑的立场。他运用逻辑的目的是要推翻一种传统的立场，或者‘证实’一种基本上不合逻辑的立场。”④只要向前迈出一步就不难发现，情感逻辑与抒情逻辑存在不同，但由于对抒情的厌恶，他们始终不能直面情感逻辑和理性逻辑的矛盾。

理性逻辑遵守逻辑的同一律，以下定义的方式来保持内涵和外延的确定。情感逻辑则

① T.S.Eliot Slected Essays，London：Faberand Faber Ltd，1932，p.8.

② ［美］兰色姆著，王腊宝等译：《新批评》，江苏教育出版社2006年版，第11页。

③ ［美］兰色姆著，王腊宝等译：《新批评》，江苏教育出版社2006年版，第8页。

④ ［美］克林斯·布鲁克斯著，郭乙瑶等译：《精致的瓮》，上海人民出版社2009年版，第196页。

不遵守形式逻辑的同一律（排中律、矛盾律是为了保证同一律），以变异、含混、朦胧为上，苏东坡和他的朋友章质夫都以杨花为题材写了《水龙吟》进行唱和。章质夫的如下：

燕忙莺懒芳残，正堤上杨花飘坠。轻飞乱舞，点画青林，全无才思。闲趁游丝，静临深院，日长门闭。傍珠帘散漫，垂垂欲下，依前被、风扶起。

兰帐玉人睡觉，怪春衣、雪沾琼缀。绣床渐满，香球无数，才圆却碎。时见蜂儿，仰粘轻粉，鱼吞池水。望章台路杳，金鞍游荡，有盈盈泪。

苏东坡的和作如下：

似花还似非花，也无人惜从教坠。抛家傍路，思量却是，无情有思。萦损柔肠，困酣娇眼，欲开还闭。梦随风万里，寻郎去处，又还被、莺呼起。

不恨此花飞尽，恨西园、落红难缀。晓来雨过，遗踪何在？一池萍碎。春色三分，二分尘土，一分流水。细看来，不是杨花，点点是离人泪。

两首词都表现思念远离家乡的丈夫之贵族妇女的伤感情绪，感叹青春像杨花一样地消逝。章质夫对杨花形态的描摹可谓曲尽其妙，其中还有些前人所未曾达到的那种精致之处。但是，他用的基本上都是写实的手法，在他笔下，杨花始终是杨花，他不敢突破杨花的固有形态，不敢让它发生变异，完全符合逻辑的同一律，而在苏东坡笔下，杨花带上了更强烈的变异的形态，它不完全是现实中杨花本来的样子了。苏东坡一开始就是："似花还似非花。"又是杨花，又不是杨花。到最后，则干脆宣称："细看来，不是杨花，点点是离人泪。"勇敢地超越了逻辑的同一律，杨花变异了，变成了眼泪，客观的对象变成了主观的感情，这种变异是只有在诗的想象中才会出现的逻辑。苏东坡作为一个大诗人，大就大在想象力大大超过了章质夫，而这种勇敢地突破事物原始形态的变异逻辑，从形式逻辑来说，要让新批评来细读，肯定又是悖论了，又是反讽了，可这里没有一点悖论的机智，也没有任何讽刺，这里是闺中仕女在思念丈夫的情感（闺怨）冲击下，感知使杨花发生了变异。变异是情感的效果，变异造成的错位幅度越大，感情越是强烈。

抒情还超越充足理由律，以"无端"为务。无端就是无理。前文所引《无端的泪》就是一例。对于诗来说，完全合乎理性逻辑，可就是无情感，很干巴，而无理无端才可能有诗的感染力。在这方面，我国古典诗话有相当深厚的积累。贺裳《载酒园诗话》卷一、《皱水轩词筌》和吴乔的《围炉诗话》，都提出过"无理而妙"①的重大理论命题。贺裳《载酒园诗话》卷一中说："诗又有以无理而妙者，如李益'早知潮有信，嫁与弄潮儿'，此可以理求乎？然自是妙语。至如义山'八骏日行三万里，穆王何事不重来'（李商隐《瑶池》：瑶

① ［明］吴乔：《围炉诗话（卷一）》。见郭绍虞编选：《清诗话续编（上）》，上海古籍出版社1999年版，第477—478页。

池阿母绮窗开，黄竹歌声动地哀。八骏日行三万里，穆王何事不重来？），则又无理之理，更进一层。总之诗不可执一而论。又唐李益《皱水轩词筌》词曰：'嫁得瞿塘贾，朝朝误妾期。早知潮有信，嫁与弄潮儿。'子野《一丛花》末句云'沉恨细思，不如桃杏，犹解嫁东风'，此皆无理而妙，吾亦不敢定为所见略同，然较之'寒鸦数点'（宋秦观《满庭芳》词句：斜阳外，寒鸦万点，流水绕孤村。'万'，一作'数'），则略无痕迹矣。"不但比艾略特的"扭断逻辑的脖子"早出了三个世纪，而且不像艾略特那样片面，把"无理"和"有理"的关系揭示得很辩证。

当然，古人的道理还有发挥余地。

无理就是违反充足理由律。李清照的《声声慢》"寻寻觅觅，冷冷清清，凄凄惨惨戚戚"，如果让新批评中的反讽悖论来分析，可能要抓瞎，这里压根儿没有什么反讽、悖论，也没有他们所热爱的暗喻。可是从情感逻辑上来分析，可能会有很多启发。首先，寻寻觅觅是没来由的，寻什么呢？模模糊糊，不知道寻找什么。妙处就在某种失落感，不知道失去了什么。其次，从因果逻辑来说，结果怎样呢？寻到没有呢？也没有下文，可妙处就是不在意结果，不在乎寻到了没有。没有原因，也没有结果。再次，长期受到称赞的十四个叠词，互相不连贯，正好表现了失落感的隐隐约约、飘飘忽忽、断断续续和若有若无。

无理就是可以自相矛盾。布鲁克斯说："如果诗人忠于他的诗，他必须既非是二，亦非是一：悖论是他唯一的解决方式。"[①]即使是悖论，也不仅仅是修辞的特点，而且是情感的特点，修辞不过是用来表达情感的手段。千百年来，众说纷纭的李商隐的《锦瑟》在神秘而晦涩的表层，掩藏着情感的痴迷。"此情可待成追忆，只是当时已惘然"，词语之间是很矛盾的。"此情可待"，说感情可以等待，未来有希望，只是眼下不行，但是又说"成追忆"，等来的只是对过去的追忆。长期以为可待，可等待越久，希望越空，没有未来。虽然如此，起初还有"当时"幸福的回忆，但就是"当时"也已明知是"惘然"的。矛盾是双重的，眼下、过去和当时都是绝望，明知不可待而待。自相矛盾的层次越是丰富，越是显得情感的痴迷。缠绵的绝望，绝望的缠绵，这一点用中国诗话中的"痴而入妙"来解释，可以迎刃而解。

无理不仅是形式逻辑的突破，而且是辩证逻辑的突破。辩证逻辑的要义是全面性，至少是正面反面、矛盾双方的互相联系、互相制约，最忌片面化、极端化、绝对化，而强烈的诗情逻辑恰恰是以片面性和极端化为上。就以邓恩的《宣布成圣》而言，诗中那种生生死死，为爱而死，为爱而生，为爱死而复生，从生的极端到死的极端，在辩证的理性逻辑来看，恰是大忌，但是这种极端，恰恰是情感强烈的效果，是爱的绝对造成这逻辑的极端。

① 〔美〕克林斯·布鲁克斯著，郭乙瑶等译：《精致的瓮》，上海人民出版社2009年版，第21页。

这和白居易《长恨歌》中的“在天愿作比翼鸟，在地愿为连理枝。天长地久有时尽，此恨绵绵无绝期”一样，不管空间如何，不管时间如何，爱情都是绝对的、不可改变的，超越了生死不算，还要超越时间和空间。有了逻辑的极端才能充分表现感情的痴迷。中国古典诗话中“痴”的范畴，非常深邃而丰富，可惜的是长久以来没有得到文艺理论界的起码重视。最初，明代邓云霄在《冷邸小言》中提出这个范畴：“诗语有入痴境，方令人颐解而心醉。”如：“微雨夜来过，不知春草生。”“庭前时有东风入，杨柳千条尽向西。”钟惺、谭元春《唐诗归》卷十三谭评唐代万楚《题情人药栏》曰：“思深而奇，情苦而媚。此诗骂草，后诗托花，可谓有情痴矣，不痴不可为情。”焦袁熹《此木轩论诗汇编》说：“如梦如痴，诗家三昧。”黄生《一木堂诗麈》卷一说：“极世间痴绝之事，不妨形之于言，此之谓诗思。以无为有，以虚为实，以假为真。”刘宏煦在《唐诗真趣编》中说得更坚决：“写来绝痴、绝真。”徐增《而庵说唐诗》卷十四同样把痴境当作诗歌的最高境界：“妙绝，亦复痴绝。诗至此，直是游戏三昧矣。”这个情痴的观念，影响还超出了诗歌，甚至到达小说创作领域，至少可能启发了曹雪芹，使他在《红楼梦》中把贾宝玉的情感逻辑定性为“情痴”（“情种”）；吴修坞《唐诗续评》卷三把痴作为诗的入门：“语不痴不足以为诗。”贺裳《载酒园诗话》卷一评王甄《闺情诗》“昨来频梦见，夫婿莫应知”“情痴语也。情不痴不深”，也就是只有达到痴的程度，感情才会深刻，甚至是“痴而入妙”。这个“痴而入妙”，和他的“无理而妙”相得益彰，应该是中国诗歌鉴赏史上的重大发明，在当时影响颇大，连袁枚都反复阐释，将之推向极端：“诗情愈痴愈妙。”与西方诗论相比，其睿智有过之而无不及。“痴”这个中国式的话语构成，经历了上百年，显示了中国诗论家的天才，完全不亚于莎士比亚把诗人、情人和疯子相提并论。莎士比亚的意思不过就是说诗人时有疯语，疯语当然超越了理性，但近于狂，狂之极端可能失之于暴，而我国的“痴语”超越理性，不近于狂暴，更近于迷（痴迷），痴迷者，在逻辑上执于一端也，专注而且持久，近于迷醉。痴迷，迷醉，相比于狂暴，更有人性可爱处。怪不得清代谭献的《谭评词辨》从“痴语”中看到了“温厚”。莎士比亚的话语天下流传，而我国的痴语却鲜为人知。这不但是弱势文化的悲哀，而且是我们有人对民族文化不自信的后果。

把情志艺术化的密码还原出来

作为细读的对象，我们把它当作人的精神艺术化的结晶来看待，而新批评则仅仅把它当作客观的文本。把文本绝对客观化，其实也就是非人化。说得最为极端的是艾略特，他有一个著名的比方，说诗人好像是在制造硫酸时，放在二氧化硫和氧气中的催化剂白金丝。硫酸是二氧化硫和氧气的化合，白金丝并未改变，它还是白金丝。“一个艺术家的前进是不断牺牲自己，不断地消灭自己的个性。”新批评诸公并非弱智，导致他们走向文本的非人化的，是他们对文本的科学化的追求。“要做到消灭个性这一点，艺术才可以说达到科学的地步了。”[①]从正面说，是致力于为文本寻求唯一正确的解读；从反面说，是对解读过程中的人，特别是人的心理的盲目否定。他们不但拒绝作者的心理，说那样可能产生“意图谬误”，而且拒斥读者的心理，说那样可能产生“感受谬误”。在他们看来，心理的介入有碍于科学的、标准化的、一元化的解读，解读多元化和他们所信奉的科学主义不相容。更为奇怪的是，他们还拒绝对文本作心理分析。[②]但是，既然涉及人，一些重要批评家如瑞恰兹，难免涉及情感等方面，这就引起了新批评的重镇兰色姆的不满。他在《新批评》的《前言》中说：新批评的两个具体错误之一就是运用“心理学上情感性的语汇，试图根据诗歌的情绪感觉和态度，而不是根据其对象来评判文学”[③]。这种反心理主义的理论和中国古典诗歌理论以及小说评点传统可以说是水火不相容。汉语古典诗论是以抒情言志为纲的，用陈伯海的话来说就是：“发端于情志，成形于意象，而完成于意境。”[④]抒情言志，意象和意境既离不开诗人，也离不开作品中人物的心理。就是按照康德在《判断力批判》中的说法，美也是属于感知、情感范畴的。新批评对康德漫不经心，导致他们在学理上陷入致命的武断。

---

① 〔美〕艾略特:《传统与个人才能》,《艾略特诗学文集》，国际文化出版公司1989年版，第1—8页。

② 赵毅衡:《重访新批评》，百花文艺出版社2009年版，第69—71页。

③ 〔美〕兰色姆著，王腊宝等译:《新批评》，江苏教育出版社2006年版，第4页。

④ 陈伯海:《中国诗学之现代观》，上海古籍出版社2006年版，第17页。

第九章

叙事学建构：打出常规和情感错位

苏联式的情节四要素教条的腐朽

至今在大学和中学课堂上，讲到小说或者叙事文学（包括叙事诗）时，大抵都要讲到情节。但是，关于情节的理论，几乎众口一词地都说情节就是开端、发展、高潮和结局。其实，到了19世纪下半叶，以契诃夫、莫泊桑和都德为代表的短篇小说家，就废弃了这种古典式的全过程式的情节，代之以"生活的横断面"的结构。不再追求一环扣一环的叙述模式，而是从生活中截取一个侧面。最明显的是，开端显得非常不重要，往往是从事件的当中讲起，发展退化为后来的某种不着痕迹地交代，更不在乎严格意义上的结尾。像《项链》就没有结尾，从完整的情节模式来说，主人公知道耗费了十年青春的项链是假的后，结尾应该是把真项链拿回来以弥补青春的代价，但是，小说却戛然而止。这种横断面式的结构，早在五四时期，胡适就在《论短篇小说》中做了理论的总结。他说，所谓短篇小说，并不是篇幅短小的意思，而是有一种特别的性质："用最经济的文学手段，描写事实中最精彩的一段或一方面，而能使人充分满意的文章。"对于这个带着定义性质的"横截面"原则，他这样阐释：

譬如把大树的树身锯断，懂植物学的人看了树身的"横截面"，数了数树的"年轮"，便可知这树的年纪。一人的生活，一国的历史，一个社会的变迁，都有一个"纵剖面"和无数"横断面"。纵面看去，须从头看到尾，才可看见全部。横面截开一段，若截在要紧的所在，便可知这个"横截面"代表这个人，或这一国，或这一个社会。

这种可以代表全部的部分，便是我所谓“最精彩的”部分。[①]

胡适举了他翻译的都德的《最后一课》《柏林之围》和莫泊桑的《羊脂球》《二渔夫》的例子，说明这种情节构成方法，针对的就是所谓有头有尾、环环紧扣的传统情节构成。这在五四时期新锐小说家那里，几乎已成共识。鲁迅有时走得更远，他的《狂人日记》几乎取消了情节，而《故乡》和《孔乙己》则几乎谈不上情节的高潮，《祝福》虽有情节，但几乎没有正面表现，而陷入事后的交代。

把情节划分为开端、发展（再发展）、高潮和结局平行的四个要素，属于形式逻辑的划分，是极其落伍的。充其量只是素材的形式外部形态，正等于把人分为头部、躯干、四肢，并不能揭示其内部的机制。俄国形式主义者早就指出素材和情节的不同，果断地说，形式可以消灭素材，甚至可以创造内容。但是直到21世纪，这种把原生素材和文学创造混为一谈的四要素理论，在大学教材中和全部中学教参中、在见诸报刊的情节分析文章中，却还是屡见不鲜。

这种四要素的弱智理论，是20世纪50年代从苏联季莫菲耶夫的《文学原理》中搬来的。原文是这样的：“和生活过程中任何相当完整的片段一样，作为情节基础的冲突也包含开端、发展和结局。”在阐释“发展”时，又提出“运动的‘发展’引到最高度的紧张，引到斗争实力的决定性冲突，直到所谓‘顶点’，即运动的最高峰”。[②]这个补充性的“高峰”，后来就被我们国家没出息的理论家和英语的“高潮”（climax）结合起来。半个多世纪过去了，季莫菲耶夫的理论，诸如“形象反映生活”“文学的人民性”“文学的党性”“社会主义现实主义”早已被历史所淘汰，而“开端、发展、高潮、结局”的教条仍然在大学、中学课堂上被奉为经典。其实这样的“理论”，就是从常识层面来说也是千疮百孔的。首先，这并不是文学作品所特有的，而是任何小道新闻、末流的花边故事所共有的，并没有显示文学情节的特殊性。其次，它给人一种印象，情节就是四个并列的要素，只有表面的时间顺序的联系。再次，四个要素似乎并没有内在的逻辑关系。

西方结构主义模式和叙事学批判

一些更为深刻的论者不满足于这种肤浅的“理论”，转向了情节结构的概括。俄国形式主义者的先驱弗拉基米尔·普洛普研究了100篇俄国民间故事，发现每一个故事中的主人

---

① 胡适：《论短篇小说》，《中国新文学大系·建设理论集》，上海良友图书印刷公司1935年版，第272页。

② 〔苏〕季莫菲耶夫著，查良铮译：《文学原理》，原版为苏联教育部核准之文学系教材，莫斯科教育教学出版局1948年出版，平明出版社1955年中文版，第203页。

公及其一系列行为，虽然各不相同，却是由一些基本要素构成的，这些要素（他叫作“功能”）不但是相同的，而且其后果也是一致的。基于此，他把俄国民间故事分成31种模式。例如:（1）沙皇赐给一名英雄一只雄鹰，雄鹰驮着他去到另一个王国;（2）一位老人送给苏森林一匹骏马，这匹骏马驮着苏森林去到另一个王国;（3）巫师给了伊凡一只船，小船载运伊凡到另一国度;（4）公主给了伊凡一个指环，从指环中跳出一个年轻人背负伊凡至另一个国度。尽管身份不同，但是，主人公凭借特殊手段去往异地却是一样的，等等。普洛普得出的结论是:（1）人物的功能在童话中是稳定的、不变的因素，它如何实现，由谁来实现，没有关系，功能构成童话的基本要素;（2）童话已知的功能数量是有限的;（3）功能的次序总是一致的;（4）就结构而言，童话都属于一种类型。他从民间故事中分析出来的人物类型，至少有七种，可以适用于其他媒体：第一种是反派（villain，或译恶棍），是和英雄（或者译“主人公”）人物对抗的；第二种是奉献者，给予英雄以神奇的物体的；第三种是协助者（helper），帮助英雄实现目标的；第四种是公主（princess），和英雄结婚，总是在追求探索之中；第五种是公主的父亲；第六种是协调者（dispatcher），帮助英雄出走；第七种是英雄或者牺牲者，追求者对奉献者作出反应，最后和公主结婚。[①]只要稍做变动，很多功能也适用于现代叙事，比如小说、戏剧、连环画、电影、电视节目。

这样的模式明显是没有任何生命的肤浅描述，却引来了不少的追随者，如格雷玛斯、科凯、热拉尔·热奈特，等等。尽管西方文论享有高度的话语霸权，但实践却是更严峻的裁判官。把这样的模式用之于小说或者其他叙事形式，显然是带着机械、空想的性质。第一，这完全是脱离了内容（人与人的心灵活动）的公式，与文学的审美价值脱节，把形象抽象化，是文学的大忌。第二，这样的归纳是不完全的。叙事模式是无限丰富的，就是把它弄到31种样式，也还是片面的，而且文学创作并不是这样机械刻板和可以批量组装的。普洛普没有意识到，同样的要素，由于情调、心境、个性、风格的不同，其艺术成就可能是相当悬殊的。很显然，要建构文学文本解读学，普洛普和格雷玛斯这种简陋而烦琐的公式是应该废弃的。关于这一点，罗兰·巴特曾经清醒地说道：

> 据说某些佛教徒依持苦修，最终乃在芥子内见须弥。这恰是初期叙事分析家的意图所在：在同一的结构中，见世间的全部故事（曾有的量，一如恒河沙数）；他们盘算着，我们应从每个故事中，抽离出它特有的模型，然后经由众模型，导引出一个包纳万有的大叙事结构（为了检核），再反转来，把这大结构放用于随便哪个叙事。[②]

他批判结构主义寻求单纯统一模式自然有道理，但他自己却陷入了烦琐。他把巴尔扎

---

① V.Prott，Morphology of the Folk，Austin University of Taxes Press，1968，p.21—23.

② 〔法〕罗兰·巴特著，屠友祥译:《S/Z》，上海人民出版社2000年版，第55页。

克的《萨拉辛》分成了561个阅读段，虽然得到许多慑于其权威的理论侏儒的喝彩，但却没有什么人追随。实践说明，理论越是烦琐，越是自取灭亡。

就普洛普而言，他的不足还在于，作为学科理论，31种功能太复杂，失去了科学必要的简明性。如果说文艺理论讲真善美的话，那么学科理论的要求就是真简美。从哲学上来说，一分为二虽然不全面，但是可以操作的，因而才被普遍接受。一分为三更全面，但接受的范围就小一些，一分为四,一分为五,一分为六，全面性越是递增，可操作性越是递减。

格雷玛斯也许是感到了这一点，试图另辟蹊径，以语义学建立起一套叙事结构法则，提出叙事是由显性的叙述层面（表层结构）与隐性的结构（深层结构）所组成。出于西方语言学在主谓宾、性数格、时态、语态等方面的变格、变位和丰富的文化传统，他把叙事的深层结构归结为类似于句法结构：把叙事结构的“行动元”（actant，或译行为体）叫作“主语”，人物的“行为”叫作“谓语”。这样的模式比之普洛普的模式似乎是更简明了，但却更为浅陋了，丰富复杂的故事，在季莫菲耶夫那里，还有开端、发展、高潮、结局四个要素，在格雷玛斯这里，只剩下主语和谓语两个要素了。这两颗芥子，无论如何也是纳不下大千世界恒河沙数的故事的。幸而，格雷玛斯按照“二元对立”的思想及其组织关系，又分别建立起“行动元模式”与“语义方阵”。二者被广泛运用于人类学、文化研究等相关领域。不能否认，这对于文学文本解读学来说有一定参考价值，最主要的是，他把叙事情节中的人物关系分成相辅相成的三组二元对立的成分，多少接近了文学作品的机制：

主体／客体

送信者／受信者

助手／敌手

在此基础上，格雷玛斯在《符号学约束规则之戏法》中提出了深层概念模式的“符号方阵”（matrix，或译矩阵）：四个方位分别代表结构发展的四个不同阶段，这显然超越了简单的二元对立，人物之间关系有等值（全同）、全异（矛盾和反对）、交叉（全交叉和内交叉）、蕴含、反蕴含、独立等。他把“四项结构”中两组“二元对立”的四个概念，放在“逻辑方阵”的四角，构成了“X型语义方阵”（以“黑”“白”为例，以S为符号）：

在这个“方阵”中，（S1）与（非S1）、（S2）与（非S2）为“矛盾关系”；（S1）与（非S2）、（S2）与（非S1）为“包含关系”；（S1）与（S2）为“反对关系”；（非S1）与（非S2）为“内交叉关系”①。用这样的模式来解读文学作品，比之把人物简单地分成正面反面、好人坏人要丰富得多。这对于文学解读来说，似乎是别开生面的，

① 这里参考并运用了黄卫星《叙事理论中的“语义方阵”新探——兼论学术界对“语义方阵”的误用》中的研究成果，该文发表于《江西社会科学》2008年第11期。

比之二元对立的分析方法要细致得多了。但是，这样成系统的划分，与文学作品人物内心的丰富变幻相去甚远。

在叙事和戏剧作品中，最根本的特点就是人物是在环境、条件作用下不断变化的，根本不存在一个固定的X人物、反X人物、非反X人物。在小说和戏剧中，如果人物自身和人物之间的关系一成不变、一见钟情、心心相印、生死不渝，那就是诗，那就没有性格，没有戏可演。李隆基和杨玉环在诗歌《长恨歌》的爱情中可以说是超越时间、空间，甚至是超越生死的，但是在小说《太真外传》和戏剧《长生殿》中则是要闹矛盾的，情感是要发生错位的。杨玉环会因为吃醋而被送回家两次，又两次被迎归。小说或戏剧中的人物并不是矩阵模式设想的那样正X和反X是永恒不变的，而是在一种条件下，对方是X（爱），在另一种条件下，则是反X（不爱），到后来，又变成了X（更爱），而李、杨两角色的生命就在于，二者的关系一直处于运动状态之中。格雷玛斯所说的二者蕴含、反蕴含、矛盾、交叉、等值（全同）并不是分别存在的，而是互相转化的。在叙事文学和戏剧文学中，人与人之间等值、全同，就是人物性格的灭亡。在《红楼梦》中，林黛玉和贾宝玉每时每刻都在非X、反X和非反X之间运动，叙事艺术的感染力源出于此。薛宝钗呢？按格雷玛斯的模式，无论将之归到反X，还是非反X中去，都可能扼杀其艺术生命。在《安娜·卡列尼娜》中，最初安娜不爱沃伦斯基，应该是X与非X的关系，后来爱上了，则转化为X1与X2的包含关系，再后来发生了矛盾，安娜用自杀来惩罚沃伦斯基，则转化为X与反X的关系。在这一点上，钱锺书在《围城》中说得最到位，恋爱时是一个人，等到结婚以后，才发现变成了另外一个人。叙事文学中人物的运动状态是永恒的，而所谓X、反X、非反X，则是僵化的符号，用在文本解读上，肯定是格格不入的。但是，我们一些学者却运用这种僵化模式去硬套文学文本，以之解读《项链》。按“格雷玛斯语义方阵”，《项链》可以被表述为如下的方阵：

列出了这样的方阵的黄卫星，[①] 但并不能对文本的唯一性有任何的揭秘，有教授还据此而证明《项链》之情节为“环形结构者”，就算“环形结构”没有错误，也仍然对人物的艺术生命的唯一性没有丝毫触及。原因就在于论者满足于将无限丰富复杂的精神内涵纳入普遍的、机械的框架，其结果最多只是主观的生搬硬套。

事实上，女主人公玛蒂尔达原来是个追求虚荣的浅薄女人，项链失落以后，不惜十年青春的代价，终于偿还了债务，并因此变得异常艰苦朴素，表现出非同小可的坚强，以至于莫泊桑用“英雄气概”（英译本上是“horoism”）来形容她。极端虚荣的女士，被逼迫

① 黄卫星：《叙事理论中的“语义方阵”新探——兼论学术界对“语义方阵”的误用》，《江西社会科学》2008年第11期。

到灾难性的境遇中，居然激发出如此坚强的意志，显出如此强烈的反差。她好像变成了另外一个人，可是这另外一个人并不是别人，而是她自己，是她自己的心灵里所潜藏的自己冒了出来。这又不是人格分裂，而是有机统一的。统一的条件就是她什么都可以不顾，什么都可以付出，什么都可以忍受，破产的风险、“未来的苦恼”“残酷的贫困”“肉体的苦楚”“精神的折磨”，她都不在乎，唯一不能放弃的是她的自尊：她最不能忍受的是朋友把自己“当成一个贼”。一切的一切，都是为了把朋友的项链偿还，这就是她道德的底线。正是这条底线把两个互相矛盾的方面有机地统一为一个人格的整体。一个人似乎变成了另外一个人，却更深刻地表现了这个人。

所有这一切，都是格雷玛斯的符号方阵所遮蔽了的，而遮蔽了这一切，就遮蔽了小说的艺术生命。

老托尔斯泰说过：

> 有一个流传得很普遍的迷信，说是每一个人有所独有的、确定的品性。说人是善良的、残忍的、聪明的、愚蠢的、勇猛的、冷淡的，等等。人并不是这个样子。我们讲到一个人的时候，可以说他是善良的时候多，残忍的时候少；聪明的时候多，愚蠢的时候少；勇猛的时候多，冷淡的时候少，或者刚好相反。至于说，这个人善良而聪明，那个人卑劣而愚蠢，那就不对了。不过，我们总是把人们照这样分门别类，这是不合实际的。
>
> 人同河流一样，天下的河水都是一样的，每一条河都有窄的地方，有宽的地方。有的地方流得很急，有的地方流得很慢，河水有时澄清，有时混浊，冬天凉，夏天暖。人也是这样。人身上有各种品性的根苗，不过有时这种品性流露出来，有时那种品性流露出来罢了。
>
> 人往往变得不像他自己了，其实他仍旧是原来那个人。①

有学者在《人与故事》一书中，对《蒋兴哥重会珍珠衫》作了这样的图解：这充其量显示了一种贴近文本的描述的努力，对于作为一种艺术品的文本，对了解其深邃的奥秘，仍然是隔靴搔痒，这种说明性的描述对于精神含量在结构中如何得到升值毫无揭示。对于文学文本解读学来说，X 和反 X、非 X、非反 X，只是没有生命的符号骨架而已。有教授据此分析《祝福》，X、反 X、非 X、非反 X 地套用了一番，竟然得出结论说柳妈才是封建礼教文化的代表，并直接导致了祥林嫂的死亡。这真可谓种下的并非龙种，收获的肯定是跳蚤。其实，《祝福》最深邃的特点乃是祥林嫂的死亡是没有凶手的，真正的凶手乃是一种

---

① 〔俄〕列夫·托尔斯泰著，汝龙译：《复活》，人民文学出版社 1979 年版，第 262—263 页。

对于寡妇的荒谬的、野蛮的成见，这种成见之所以能杀人，就是因为它存在于鲁镇每一个人头脑中，被当成天经地义的准则。

结构主义不管怎样改进，也只是概括某种共时性的公式，并没有把评价其优劣作为自己的任务。这一点连罗兰·巴特都意识到了。但是，罗兰·巴特的“评价”只是把文本分成两类：一是多义的、开放的、不断再生成的，意义不确定的“可写性文本”；二是单义的、封闭的、供消费的、意义固定性的“可读性文本”。他认定所有的古典作品都是封闭的“可读性文本”，但他的《S/Z》所选择的却是巴尔扎克的《萨拉辛》这本古典作品，也就是被他认为最封闭的、单义的作品，然而他的评价却用了几百页，事实上是无结论的、再生式的。[①] 罗兰·巴特的自相矛盾并不重要，重要的是，他的这种“评价”是没有标准的。

不管普洛普、格雷玛斯还是罗兰·巴特之间有多么大的区别，但从方法论来说，他们都不约而同地采取了孤立地研究叙事文体的方法，而忽略了叙事文体和抒情、戏剧文体之间的关系，特别是它们之间的差异、矛盾和在一定条件下转化的关系。如果他们充分考虑到罗蒂的关系主义的精神，就不至于如此粗疏了。

这就注定了文学解读的有效性不仅仅取决于文学形式的模式，而且取决于文学的内在价值。这涉及文体、历史、流派、风格、语言，尽管这种规范和准则是开放的，解密是历史性的、不断深化的，有其继承的脉络，但是，格雷玛斯和罗兰·巴特却都对此不屑一顾。

要解读文本的唯一性，对于西方诸如此类的理论怀着期待，本身就是找错了对象。

文学解读学的目的：一是文学感染力唯一性的奥秘，而不仅仅是对文本进行概括和描述；二是探究文学文本感染力高下的构成原因，而不仅仅是结果；三是对具体的、特殊的、个别的文本的感染力的解密，而不是一般原理的概括；四是如果可能，还应该揭示文学创作的具体操作，而不是从理论到理论的演绎。从这个意义来说，到目前为止，正如李欧梵先生所说，当下西方前卫文论还没有一个流派能够胜任解读具体文学文本的工作。[②]

对情节因果律的补充：假定的情境和特殊情感

既然西方当代文论不能提供有效的资源，作为我们演绎的前提，唯一的出路，就是从文本的历史和现状中，重新进行逻辑的和历史的梳理，必要时还要直接进行第一手的概括，并在此基础上建构文学文本解读学。当然，在此过程中，也不排除对西方某些富有启发的

① 此观念得益于赵毅衡编选：《符号学文学论文集》，百花文艺出版社 2004 年版，第 551 页。
② 〔美〕李欧梵：《世纪末的反思》，浙江人民出版社 2002 年版，第 274—275 页。

理论资源加以批判的吸收。

就情节而言，西方传统的理论从古希腊以来并不缺乏宝贵的遗产，这就为我们提供了可靠的台阶。亚里士多德早在《诗学》中，对悲剧分析出情节（“动作”“行动”）就是一个“结”和一个“解”，当中还有一个“突转”和“发现”。“结”就是结果，“解”就是“原因”，而“突转”就是从结果的谜到原因的“发现”。①《诗学》第九章说：“如果一桩桩事情是意外发生而彼此间又有因果关系，那就最能产生这样的（按：引起恐惧与怜悯之情）效果。这样的事情比自然发生，即偶然发生的事件更为惊人。”②应该说明的是，同样的问题，到了20世纪初，关于情节因果，俄国形式主义者有了另外一种说法，他们把这里所说的故事称为“本事”（俄语“法布拉”），把情节叫作“休热特”，而要使本事和素材变成情节，就要进行陌生化。至于如何陌生化，似未见系统论述，只是在论述情节时有些值得重视的见解（将在本章“打出常规的功能之二：人物情感错位”一节中详述），因而在世界范围内并不流行。倒是一个英国作家福斯特（1879—1970）在《小说面面观》中把这个意思说得很通俗，他认为故事就是按时间顺序的陈述。他举例说，国王死了，王后随之也死了，这是故事，还不能算是情节。情节则蕴含着因果关系，如国王死了，王后悲伤过度，也死了，这就是情节了。③也许，这就等于回答了如何陌生化的问题，因而在世界理论界颇有影响。

当然，福斯特的理论并未真正解决陌生化的问题，仍然有质疑的余地。从理论上来说，并非一切有因果关系的故事都具有文学性的陌生感。拘于理性的、实用的因果，就很难有多少文学性。例如，国王死了，王后也死了，原因是得了癌症，这样的因果关系构成的情节，就不能说是及格的情节。需要明确的是，艺术的陌生化因果不是一般的因果关系，而是包括以下几个特征：第一，情感的因果关系；第二，特殊的、不可重复的情感因果关系；第三，更重要的是，这种因果关系不是事实的，而是假定的。如在《武松打虎》中，只有假定武松不被老虎吃掉，才能把人物内心潜在的情感因果暴露出来。

《范进中举》的原始素材出自《广阳杂记》中袁氏“神医”的故事，主旨乃心理疾病非药石可治，当以心理方法（死期将近）治之，情节之因果性属于实用价值，而《范进中举》成为文学不朽经典之原因则不然：第一，胡屠户的一记耳光治愈范进之疯病，是超越实用价值之情感审美因果。第二，进入了与素材不同的假定境界，才能突出特殊的情感因果。胡屠户之前的物质优越感在中举以后的范进面前变成了精神自卑感和人身依附的自豪感。如果用格雷玛斯的模式则无从解读，胡屠户自己一下子从X变成了反X，胡屠户和范

---

①〔希腊〕亚里士多德：《诗学》。见伍蠡甫主编：《西方文论选》，上海译文出版社1979年版，第60页。

② 赵毅衡编选：《符号学文学论文集》，百花文艺出版社2004年版，第31页。

③〔英〕福斯特著，苏炳文译：《小说面面观》，花城出版社1984年版，第75—76页。

进的关系，又从反 X 变成反反 X。第三，这种自相矛盾聚焦在现场、转化之荒谬感，构成了喜剧性，他的公然的自我否定、坦然的自鸣得意，使得他并不显得十分可恶，反而有点如评点家所说的“妩媚”可爱。第四，与范进之母由大悲到大喜而暴亡，形成双重喜剧性，乃是对中国小说大团圆结局之突破。

要解读出这样的个别性，这种不可重复性的情节因果，不但西方当代文论，甚至我国的古典文论，都没有现成的资源。唯一的出路就是从叙事作品历史和现状进行直接概括。这里最为震撼的是：胡屠户一反常态，变成了另外一个人；范进之母从大悲之痛，变成大喜之亡。如此这般的情节，有什么特殊规律在起作用呢？答案就在文本之中，在一望而知的情节之中有一望无知的艺术奥秘，这就需要我们对之进行第一手的概括。此时，就不能不把什么 X、反 X、非反 X 丢开，甚至把因果也暂时放在一边，从感情的直观进行原创的概括。

把人物打出常规的功能之一：深层心理的暴露

古典小说情节的最大特点就是命运的大起大落，从极端穷困卑微到极端富贵显赫，或者反之。如果极端穷困和卑微是常规状态，那么极端富贵和显赫就是超常规状态。情节的功能，就是把人物打出常规，或者说打入第二情境，使之显出非常规心态或者第二心态，把人物隐藏在深层的心态甚至是潜意识心态揭示出来。

普洛普和格雷玛斯说了那么多，罗兰·巴特对《萨拉辛》又分析出复杂得叫人头昏眼花的 561 个阅读段，都没有增加读者的文学解读智慧，反而把读者引入五里雾中。普洛普所谓的故事模式里有个共同的成分，那就是“到另外一个国度”，找“另外一个国王”，从更高的抽象来说，都是使人物脱离一般的状态，也就是把人物打出常规，从而表现常规状态中处于隐蔽状态的情志。至于他所谓的人物的七种类型——反派（villain，或译恶棍）、英雄、奉献者、协助者（helper）、公主（princess）、公主的父亲、协调者（dispatcher），在正常情境下都是静止的，只有在突破常规的状态下，才能帮助英雄在出走和牺牲的过程中，显现出新的人物关系和异常心态。格雷玛斯把叙事情节中的人物关系分成相辅相成的三组二元对立的成分，多少接近了文学作品的机制——主体 / 客体、送信者 / 受信者、助手 / 敌手的“符号方阵”，其弊端是它们都是静止的、原生态的，人物心理是平面的，而情节就是人物关系、人物情感是变动的。打破常规以后，静止的 X、反 X、非反 X 发生了超越常规的变动，人物心态的深层就显现出来了。

为什么要超出正常的轨道呢？因为在正常情况下，人的知觉、感情、意志、欲望的层次结构是稳定的，不但他人，就是人物自己也是意识不到的，人物在常规环境中能意识到的也只是表层。如荣格所言，人都是有角色面具的；即使情境有所变化，也能够在意识的作用下迅速调整。只有在动态、动荡的情况下，把人物打出正常的轨道之外，使其来不及调整，其内心深层才能暴露出来。小说艺术就在于冲击人物静态的感觉、知觉，使之发生动乱，使得他的意识来不及调整。这样，他内心的情感、深层结构就不难解放出来了，心灵的秘密也就可能被发现。钱谷融先生曾经引高尔基的话说文学是人学，虽然高氏的话是如何说的还有争论，但是，高尔基的话还是不太完全，并没有触及文学的特殊性，因为历史学也是人学。应该补充一句，文学是人的感情学，小说是人的感情动态学。严格地说，文学是人以感情为核心的包括感觉和智性的动态变幻艺术，所以说，文学是人的情感表层和人的智性的深层学问，小说中人与人的关系，就是让人的表层瓦解，深层暴露，使人与人的感情发生错位的过程。

从文学解读的有效性来说，根本不用像普洛普、格雷玛斯那样麻烦，弄出那么多烦琐的名堂，只要把人物打出常规，就足以揭示人性隐秘的心态了。《水浒传》中的英雄都是被逼上梁山的。逼，就是打出常规。

有人说，川端康成的方法是把人放在试管中，其实这不是他的发明，而是左拉的。左拉早就提出“实验小说”理论，并以《贝姨》为例，说明巴尔扎克的方法是“通过情况和环境”加工修改，“好像用试剂法分析感情”一样，做出一份人物的“实验报告”。①

在小说里，实施“用试剂分析感情”的方法就是打出常规，不是一般的常规，而是常规的极端。

以巴尔扎克的《贝姨》为例，于洛男爵极端好色，可是他的夫人对他却非常忠贞。暴发户勾引她，被拒绝了。于洛不争气，引诱下属华莱丽做情妇。这就非常极端了，妻子忠于丈夫，丈夫却非常花心。华莱丽表面上跟他好，暗里又和自己的老公联合起来捉奸，强迫于洛提拔她老公为科长，而且要赔钱。于洛为了赔钱，只好派一个亲戚到非洲去做生意，结果亏了二十万法郎。如果不补上亏空，作为一个贵族，于洛就要被逮捕，这是很丢脸面的事。他的妻子则走向另一个极端——救他。为了要弄二十万法郎，她试图委身于被她拒绝过的暴发户，没想到暴发户已有了新情人，拒绝了她。丈夫的荒淫无耻是一个极端，妻子以贵族身份委身平民暴发户是另一个极端。第三个极端是，本来是个好色之徒的暴发户，对于洛夫人垂涎三尺，现在却拒绝了她。于洛在渡过了难关后从家里溜走了，去和一

---

① 伍蠡甫编：《西方文论选（下）》，上海译文出版社 1979 年版，第 251 页。

个小女子同居，夫人把他找回来，原谅了他。于洛又穷又无所作为。第四个极端是，妻子发现于洛和厨房女工在睡觉，而且对女工说夫人身体不好，将来总有一天要女工当男爵夫人。这个夫人果然病体缠身，临终前和丈夫说了一句话："你不久以后，就有一位新男爵夫人了。"

这样的情节结构就是一层一层地将故事推向极端，把人物推出了心理正常轨道，在常规之外，揭示表面难以发现的秘密。这种办法不仅在《贝姨》里运用，巴尔扎克的全部小说几乎都脱离不了这种以极端情境层层逼迫、层层深挖的方法。严格地说，这也不是巴尔扎克的特殊嗜好，许多小说家都不自觉地遵循着这个规范。不管是左拉还是梅里美，不管是狄更斯还是马克·吐温，不管是曹雪芹还是川端康成，都不约而同地在这样一个无形无声的磁力线诱导下展开天才的想象。

把人打出正常的生活轨道，让他到另外一种生活环境里去，他内心深处那连自己都没有意识到的强烈的内在感情及意志品质全部都显示出来了。

都德的《最后一课》也是这样的。原来小孩弗朗西非常厌恶法语，但后来把他推到一个极端，也就是一种不可逆的情境——这是最后一课，从此以后不能再学法语了——他就突然觉得法语非常可爱，希望上课的时间越长越好。由于打出了常态，平常潜在的对母语的热爱就充分显现出来了。关于《最后一课》有一个重要的事实需要澄清：文中描述的被德国侵占的法国领土最初属于德国而不是法国，当地居民本来就说德语而不是法语……普法战争结束，阿尔萨斯重新成为德国领土后，150 万居民中只有 5 万说法语的居民。但在《最后一课》中，写的是似乎全阿尔萨斯的人都把法语当母语，显然和历史大相径庭。虽然如此，当年德国当局强迫说法语的人只能学德语，也是野蛮的。如今，阿尔萨斯地区的居民大都能讲三种语言：阿尔萨斯语、法语和德语。德法之争的那一页已经成为历史，今天的阿尔萨斯是一个语言多元化的地区，在学校里，孩子们不仅学法语和德语，也学英语和西班牙语。

从这个意义上来说，项链的"功能"不过是左拉所说的用"试剂法分析感情"中的一个"试剂"，也就是把人物内心潜在的另一面揭示出来。至于项链最后证明是假的，本身并不重要，所以情节到发现是假的就戛然而止了。因为再写下去，把真项链拿回来，弥补物质上的损失，就把重点放在实用价值上了，而 10 年青春的精神损失属于审美价值，是无法弥补的。这一点可以用莫泊桑的另一篇小说《珠宝》来反证。作家运用了差不多同样的手法：一个女人喜爱假珠宝，她的丈夫就以为她的珠宝都是假的，可在她死后却发现这些珠宝都是真的，价值连城，是一个大款订做了送给她的。就在这一假一真之间，读者发现，原来的女士变成了另外一个人。在这以前，作家说她：

仿佛是规矩女人完美无缺的典型，每一个明智的年轻人都梦想把自己的一生托付给这种典型的女人。她的纯朴美里有一种天使般的贞洁的魅力。

在他人眼中则是：“娶她的人肯定会幸福。再也找不到比她更好的人了。”在结婚以后，这种视觉渐渐过渡到丈夫的视觉中：“跟她在一起，他幸福得简直难以用笔墨形容。”在她突然死了以后，她丈夫的表现是：“差一点跟她进了坟墓。”

所有这一切都在说明，丈夫对她的爱情之深厚，然而就在她死亡以后，她丈夫却发现，本以为不值钱的假首饰，原来是真的，价值超过他的年收入五六十倍。为什么一个富豪要对这个女人这么慷慨，为一个女人支付如此昂贵的代价？个中缘由不言自明。此女人生前曾经与富豪有过金钱与情感的交易，对丈夫不忠的勾当昭然若揭。让妻子死亡还有一个目的，就是把丈夫的情感作为揭秘的对象。这一点和《项链》中的丈夫又很不同：在《项链》中丈夫在事前和事后完全和妻子一样，包括不顾一切地借钱，没有任何错位，是一个跑龙套的角色，没有任何艺术生命；但在《珠宝》中，丈夫并不像《项链》中那样沦为一个跑龙套式的道具，而是一个具有独立价值的人物，他同样有着双重反差悬殊的心理层次。在他对自己妻子的不忠毫无所知的很长时间里，他似乎是个幸福的、痴情的丈夫，面对妻子的珠宝，他是一个心地单纯的被欺骗者。在意识到自己的感情被欺骗以后，他的灵魂深处发生了剧烈的震荡：

可怕的疑窦掠过脑海。莫非她？这么说，其余的珠宝也都是礼物了！他觉得地在摇晃，觉得面前的一棵树倒下来。他伸出双臂，倒在地上，失去了知觉。

他的痛苦绝对是真实的。如果作家就满足于这样写，那这个人物就和当年二流小说家笔下的以纯洁的爱情为生命的浪漫男性没有什么两样了。然而，莫泊桑这篇小说的唯一性在于这个男人比之女人虚伪多了。起初，他还为自己拥有妻子的珠宝而感到羞耻，甚至作家还特意说明，他第一次去支取金钱，完全是出于饥饿的逼迫。越过第一次后，羞耻感开始被讨价还价的斤斤计较所代替。大量的金钱进入他口袋以后，他的感觉是：自己“身轻如燕”，走在街上，“恨不得向行人嚷叫：‘我也有钱，我有二十万法郎！’”到了小说最后，作家居然让他“和妓女混了一夜”。从这里可以看到，借助假珠宝向真珠宝的转化，莫泊桑塑造出了和通常情况下多情丈夫完全不同的另外一个人，而这个恰恰是托尔斯泰所说的，他还是原来那个人，只是变得更丰富、更立体、更深刻了。

《水浒传》的主题是逼上梁山，逼也就是反复打出常规，其中最有代表性的英雄要算林冲。

作者先是让顶头上司的儿子调戏他老婆，再让他在野猪林差一点被公差暗害，但是林冲的心态一直未改变，直到林冲发现仇家又来烧草料场，要他的命，他的心态才真正被打出常规，显出英雄本色，义无反顾地把来人杀了。从此他就变成另外一个人，甚至在柴进庄上，无端向人家要酒喝，人家不答应，这个高级军校的长官居然就把人家通通打倒在地，喝个痛快。上了梁山，又是他主动火拼王伦，最后，在决定梁山命运的问题上，又和李逵一样坚决反对接受招安。

卡夫卡在《变形记》中，为什么要把他的主人公萨姆沙变成一只甲壳虫？就是为了把主人公萨姆沙放进假定境界，然后看他与父亲、母亲、妹妹之间的关系的变异。父亲觉得非常恼火，因为房客被吓走了，没有钱了，原来和他感情挺好的妹妹也躲避他了，他受到了家庭的歧视。父亲把一个苹果扔过去打在他的背上，他非常痛苦。温情脉脉的家庭现在把他当成了累赘，仇恨他、讨厌他，他失去了亲情起码的关怀，感到痛苦，感到厌恶。这就是把人物打入假定性的熔炉，进入假定性状态，以此看出人世、人生、家庭、亲情的变态，暴露平时不能暴露的奥秘。不打出常规，他家庭中父子、母子、兄妹亲情外面温情脉脉的面纱就不会被撕破，就不会暴露出面纱下的严酷无情。所以，英国作家罗斯金宣称，你如果写不下去了，就杀死一个孩子。

逆境、倒霉或灾难是打出常规最起码的办法。美国好莱坞的灾难片，常用这种套路，人死了，楼倒了，感情的深层显露出来了，连张爱玲的《倾城之恋》也出此种套路。

把人物打出常规，还有一种办法，就是反过来，把人物安置在极端顺境中，同样可以破坏人物感情结构的稳定性，使表层心理结构瓦解，暴露出人的内心隐秘来。例如，马克·吐温的《百万英镑》，平白无故给一个一文不名、衣衫褴褛的青年一张100万英镑的钞票。百万英镑的大钞，不好用，找不开，但有了这张不好用的大钞，这个贫穷的美国青年就到处受欢迎了，爱情的天使就降临了。这就像炸弹一样，把人生中最卑俗、最势利眼和最纯洁的爱情，都从灵魂深处爆炸到了生活的表层。

情节：现代派——荒谬性因果

当然，这里说的文学审美的因果关系并不是绝对的，通常仅限于现实主义、浪漫主义小说、戏剧和现代派的小说。从艺术上来说，探索性很强的小说，其因果也具有某种荒诞属性，最特别者，表现为某种反因果的因果。这在戏剧中还形成了一种荒诞主义的流派，如《等待戈多》《秃头歌女》之类。在小说中则有黑色幽默，其代表作是美国作家海勒的长篇小说《第二十二条军规》，主要情节是：在第二次世界大战期间，一支美国空军驻扎在一个虚构的小岛上。上尉轰炸手尤索林怕死，觉得人人都想陷害他，千方百计地保全自己的生命，逃避去轰炸德国的基地。根据第二十二条军规，只有精神错乱的疯子才能获准停止飞行；然而这条军规又规定停止飞行必须由本人提出申请，可一旦本人提出申请，又恰恰证明他不是疯子，而是头脑清醒，那就得继续飞行。他最后终于醒悟，这条可笑的第二十二条军规是自己恐怖的根源。

第二十二条军规后来就成了人类生存状态中既无望解脱又可笑挣扎的象征。在黑色幽默作家看来，人类的生活就像第二十二条军规那样荒唐可笑而又阴森恐怖，无端地被置于绝望的境地，所有对真理的追求都被第二十二条军规式的悖论变成一场残酷的玩笑。20世纪60年代以来，西方新一代作家力图以他们绝对自由的意志论打破一切偶像和一切现成的礼法、传统的规范，但这又是不可能的，因而他们就有点绝望。这就使他们感到人类生活不是由人自己所左右，而是被一种悖谬的成见所控制。从这个角度来看，人的一切奋斗都是可笑而又可悲的西西弗斯式的徒劳，这就是西方文学中黑色幽默的本来意义。

在中国也有类似黑色幽默的小说，影响比较大的如余华的《十八岁出门远行》，其情节进展恰恰是遵循着反因果的逻辑。

在这篇小说中，“我”以敬烟对司机表现出善意，司机接受了我的善意，却引出粗暴地拒绝乘车的结果；我对他凶狠呵斥，他却十分友好起来。整个小说的情节的原因和结果都是颠倒的，似乎是无理的。半路上，司机车子发动不起来了，本来应该是焦虑的，但他却无所谓。车上的苹果让人家给抢了，本该引发愤怒和保卫的冲动，他却无动于衷。“我”本能地去和抢夺者作搏斗，被打得头破血流，鼻子软塌塌地挂在脸上，本该是非常痛苦的，却一点痛苦的感觉也没有。一车苹果被抢光了，司机的表情却“越来越高兴”。抢劫又一次发生，“我”本能地奋不顾身地反抗抢劫，被打得“跌坐在地上，再也爬不起来”，司机不但不对我报以同情和慰问，相反却“站在远处朝我哈哈大笑”。这就够荒谬的了，可是作者显然觉得这样的荒诞还不够过瘾，又对荒诞性再度加码：抢劫者开来了拖拉机，把汽车上的零件等能卸走的都拿走了。司机怎么反应呢？作者这样写道：

> 这时我看到那个司机也跳到拖拉机上去了，他在车斗里坐下来后，还在朝我哈哈大笑。我看到他手里抱着的是我那个红色的背包。他把我的背包抢走了。背包里有我的衣服和我的钱，还有食品和书。

如此荒诞，是不是绝对荒唐、绝对无理呢？如果真是这样，那么小说就不成其为小说，而是一堆呓语了。仔细研读，你会发现，在表面上绝对无理的情节中，包含着一种深邃的道理。这个道理，至今还没有一个能得到广泛认可的归纳。有人认为，小说的立意就是让孩子来感受成人世界，成人世界的残酷暴力使孩子震动，使他“无限悲伤”“像汽车一样冰凉”。这种震惊感，就是青春心理的一个阶段性的总结。

但我觉得这个解读还可以继续深化下去，小说展示成人世界的暴力，特别强调了其荒谬性，荒谬的焦点不在抢劫者的快乐而在于被劫者的快乐。如果只有抢劫者的快乐，就没有荒谬感，没有现代派小说的艺术探索了。小说的荒谬感虽然是双重的，但是施暴者的快乐与受虐者的快乐，在小说里并不是平行的，而是有侧重的。首先，被损害者对于强加于己的暴力侵犯，毫无受虐的感觉，相反却感到快乐；其次，被损害者对为之反抗抢劫付出代价的人，不但没有感恩，相反对之加以侵害，并为之感到快乐；再次，除了施虐和受虐，还有更多的荒谬，渗透在文本的众多细节之中。这篇小说有时很写实，有时又好像超越现实。妙就妙在这种漫不经心地、自由地、突然地滑向极端荒诞的感觉，比如说，“我”被抢苹果的人打得很惨：“被打出几米远。爬起来用手一摸，鼻子软塌塌地，不是贴着而是挂在脸上了。”在写这样的血腥事件时，居然连一点疼痛的感觉都没有。如果用传统现实主义的“细节的真实性”原则去追究，肯定是要作出否定的判决的。

文学解读不能用一个尺度，特别不能光从读者熟悉的尺度去评判作家的创造。

余华之所以不写鼻子打歪了的痛苦，那是因为他要表现人生有一种特殊状态，是感觉不到痛苦的痛苦：在鸡毛蒜皮的小事上痛苦不已、呼天抢地，而在性命交关的大事上麻木不仁。这是人生的荒谬，但人们对之习以为常，不但没有痛感，相反乐在其中。

不明白这一点，就看不明白余华为什么要用一个孩子的眼睛来看这个现象。

孩子第一次看到，就不可能习以为常，人生的怪异、人生的荒谬就凸显出来了。

余华的这个作品不是现实主义的，而是有意向传统情节的因果性挑战，将之解构。在小说结尾，他并没有承担给读者揭示谜底的责任，相反，他好像无缘无故地让这个司机跳到了拖拉机上，把自己的背包抢走，在车子里还朝“我”哈哈大笑。这是现实的悲剧，然而在艺术上却是喜剧。这让我们想到了阿Q死到临头还想要出风头，鲁迅也是把人生的悲剧当作喜剧来写的。

喜剧的超现实的荒诞，是一种扭曲的逻辑。然而这样的歪曲逻辑，启发读者想起许多深刻的悖谬现象，甚至可以说是哲学命题：为什么本来属于你自己的东西被抢了你却感觉不到痛苦？为什么自己的一大车子东西被抢了而无动于衷，却把别人的一个小背包抢走还沾沾自喜呢？缺乏自我保卫的自觉，未经启蒙的麻木、愚昧，从现实的功利来说，是悲剧，从艺术哲学的高度来看，则是深刻的喜剧。

从这个意义上来说，在这最为荒谬的现象背后潜藏着深邃的睿智：没有痛苦的痛苦是最大的痛苦。整个行文极端怪诞，然而又不完全是怪诞，而是在怪诞中有某种深沉的启示。

为什么追不到车，起初没有懊丧，反而哈哈大笑？这里的原因比较复杂。首先，主人公还年轻，是第一次出远门，对于人生的险恶还没有体验，对于自己生命和前途还没有多少痛苦的思索，因而把人与人之间的冷漠只当作好玩。其次，在觉得好玩之后，或者在更深的意识深处，就产生了仇恨，在纯洁的心灵上居然冒出了抓起一把石子去砸司机的邪恶念头，而这种邪恶的可怕，在于主人公并不觉得邪恶，相反觉得好玩。在余华看来，对于是非善恶的麻木，并不仅仅是成人世界的特点，未成年世界也是同样存在的，同样也有暴力（丢石子）的潜在动机，只是和成人世界相比有程度上的不同。这实在是人生的荒谬，但这种荒谬又有余华的特点，他与许多作家肯定人的善良不同，他刻意突出人性恶。从这个意义上来说，这是严峻的现实，并不完全是作家艺术想象中的荒谬。作家以无理的外部形式揭示了内在的邪恶，既是思想的也是艺术上的创新。

"我看到那个司机高高翘起的屁股，屁股上有晚霞。"晚霞应该是很诗意的，为什么要和屁股联系在一起？而且这样的用语在后面还重复了。这说明作家刻意追求的恰恰不是诗意，不是美化，而是一种反诗意、"丑化"，造成一种煞风景的趣味。因为作家要表现的不是人们美好、善良的方面，而是丑恶、麻木、愚昧的方面。不但如此，而且还故意夸张地显示出自己对于这类人性的一种厌恶。这一切在余华的作品中并不是孤立的、偶然的现象，而是有其普遍性的（如《在细雨中呼喊》）。

当然，余华这篇小说的唯一性，不仅表现在煞风景的反讽上，还有相反的一面，那就是颇有诗意的象征。小说中有许多词都是重复使用的（如哈哈大笑、屁股），重复率最高的"旅店"这个词重复了15次之多。

为什么作家要这样不厌其烦地提醒读者呢？

原来，这个"旅店"是"我"原本追寻的目标，"我"在路上走了整整一天，已经"看了很多山和很多云"，他反复提示读者，他"为旅店操心"这一句是带有象征意义的，也就是说，人生已经有了一定经历，需要一个歇脚的地方，一个人生的阶段性休整，当然这不是体力的休整，而是精神上的休整。因为一时还没有"旅店"，才有"搭车"的念头，在某种意义上，"搭车"和"旅店"是对立的，这个词有着丰富深邃的哲理内涵。人生是个旅程，旅程的象征是汽车，汽车是不断运动的，但人生又要有驿站也就是旅店来休整身心。汽车、旅程是如此残暴、如此野蛮、如此荒谬，看来和休整身心的要求是不相容的，但是小说写到最后，作者对汽车的感觉却发生了转折，这是小说思想的另一个焦点：

> 天色完全黑了，四周什么都没有，只有遍体鳞伤的汽车和我。我无限悲哀地看着汽车，汽车也无限悲哀地看着我。我伸出手去抚摸了它。它浑身冰凉。那时起风了，风很大，山上树叶摇动时的声音像海涛的声音，这声音使我恐惧，使我也像汽车一样浑身冰凉。我打开汽车门钻了进去，座椅没被他们撬去，这让我心里稍稍有了安慰。我就在驾驶室里躺了下来。我闻到了一股漏出来的汽油味，那气味像是我身内流出的

血液的气味。外面风越来越大，但我躺在座椅上开始感到暖和一点了。我感到汽车虽然遍体鳞伤，可它心窝还是健全的，还是暖和的。我知道自己的心窝也是暖和的。我一直在寻找旅店，没想到旅店你竟然在这里。

整篇小说似乎都在通过旅店和汽车的对立，强调汽车象征着人生的险恶、人生的荒谬和精神的无处可归。可到了这里，不但突然没有了荒谬感，没有了邪恶，相反，还有了诗意的、温暖的归宿，而这个归宿恰恰就是象征心灵没有归宿的汽车。作者显然向读者显示，虽然人性是邪恶的，世界是荒谬的，但是即使被剥夺得如汽车那样，如同被损害的伤口，也还有一点值得注意：残存的座椅、漏汽油的气味，都使他的心灵稍有安慰，因为“那气味像是我身内流出的血液的气味”。这就是说，即使被损害者、被剥夺者遍体鳞伤，他们的心灵也不会被剥夺，不会遍体鳞伤，作者唯恐读者不明白，又从正面提示说，“汽车……心窝还是健全的、暖和的”，而“自己的心窝也是暖和的”。正是在这个意义上，在“心窝”未曾受到摧毁这一点上，这部受尽伤害的汽车，成了“我”的心灵的旅店，成了我精神健全、心窝温暖的确证。

正是因为这样，小说的笔调从最初的反讽，到最后变成了象征的抒情。

这里还有一个关键词：红背包。它和旅店、汽车一样是有象征意义的。

在小说的结尾，这个被司机抢去了的红背包又出现了。作者把背景选择在“我”十八岁，父亲让“我”出门，为“我”准备好这个红背包，对“我”说：“你已经十八岁了，你应该去认识一下外面的世界了。”

“我”就这样背着红背包，“像一匹兴高采烈的马一样欢快地奔跑了起来”。整个故事本来是很灰暗的，为什么作者要让背包是红的，而不是其他颜色呢？红色的象征意味，虽然不一定是革命的，但肯定不是邪恶的，而是带着光明和希望的色调的。

这就是说，作者显然有意在结尾让读者不要太悲观、太阴暗，这个“光明的尾巴”，是作品主题的一个重要组成部分。这一笔显然是很重要的，但是为什么会被绝大多数的读者和评论家忽略呢？无非有两种可能：一是读者和评论家太粗心，或者太缺乏修养了；二是作者的这一笔、这一转化表现得不够充分、不够饱和。我想，后者应该是主要的原因，因为作者为了表现人性的邪恶，用了独创的荒诞手法，真是别出心裁，让读者惊异，让读者沉思，但结尾处主要是用诗意的象征手法，这个方法就其形象的感染力和手法的独创性来说，可能是略逊一筹。

当然，就现代派而言，余华的荒诞因果还是带有中国式的温情，和西方黑色幽默的冷酷有着很大的不同。在西方黑色幽默作家看来，整个世界和全人类都已经糟到了不能再糟、荒谬得不能再荒谬。美国学者莫里斯·迪克斯坦这样说：“黑色幽默把调子定在破裂点上，一旦达到这一点，精神上的痛苦便迸发成一种喜剧和恐惧的混合物，因为事情已经糟到你尽可放声大笑的地步。”[①]黑色幽默所表现的内容大致可以概括如下：第一，是对人类和世界的绝望；第二，这种绝望与一般的绝望不同，一般的绝望是悲剧，而这种绝望是喜剧。奥尔德曼说：“它要求同它认识到的绝望保持一定的距离，它似乎能以丑角的冷漠对待意外、倒退和暴行。”[②]面对绝望，不是感情泛滥而是冷峻应对，从悲剧中看出可笑，甚至毫无忌惮地放声大笑。

把人物打出常规的功能之二：人物情感错位

就单个人物而言，打出常规，暴露其潜在的心态是纵向的探索（如《项链》），但小说中的人物并不是单个的，而是多个的。打出常规的人物内心变异如果是相同的（如《长恨歌》中遭遇杀戮的杨玉环和无能为力的李隆基），感情变异是同值的、统一的，那么就可看作浪漫的抒情诗。但是，在小说《杨太真外传》和戏曲《长生殿》中，打出常规的人物之间的感情发生了错位（错位就是在同一情感结构中的人物拉开了情与感的距离），但是又没有分裂（如李隆基和杨玉环，两个人吵架了，分开了，但是又很想念，又和好了），这就是显示出了打出常规的第二种功能。

这种错位可以分为两种，一种是人物本身的情感错位。

在长篇叙事作品中，人物的个性是统一的，在黑格尔的美学中，这叫作“整体性”。“这种整体就是具有具体的心灵性的及其主体性的人，就是人的完整的个性，也就是性格。”[③]但是，这种个性/性格又不是单调的、抽象的（“任某一种情欲去支配的”），而是丰富的、“充满生气的总和”，这种丰富性并不是在常态下就能表现出来的。黑格尔以希腊史诗为例说“阿喀琉斯是个最年轻的英雄，但是他一方面有年轻人的力量，另一方面也有人的一些其他品质”。这种其他的品质如何才能得以表现呢？黑格尔认为“荷马借助各种不同的情境把他的这种多方面的性格都提示出来了”[④]。

人物的多方面性格是要通过“不同的情境”才能显示出来的。为什么要通过“不同的情境”呢？因为同一的情境是常规情境，而“不同的情境”乃是超越常规的情境。把人物打出了常规，多方面的性格才能显示出来。黑格尔强调，这种多方面的性格是统一的、完

① 参阅孙绍振：《幽默基本原理·附录》，广东旅游出版社2002年版，第228页。
② 同上。
③〔德〕黑格尔著，朱光潜译：《美学（第一卷）》，商务印书馆1981年版，第300页。
④〔德〕黑格尔著，朱光潜译：《美学（第一卷）》，商务印书馆1981年版，第302页。

整的，“凝聚于一个主体”，但是，打出常规的多方面的个性，除了统一性凝聚于一个主体以外，不可忽略的是，它们还是充满差异的。《伊利亚特》中的阿喀琉斯战胜了他的劲敌赫克托尔，把他的尸体绑在车后，绕着特洛伊城拖了三个圈子，这无疑是在肆无忌惮地表现他作为英雄对敌人的仇恨，但是荷马把他打出了常规：让赫克托尔的父亲来到他的军营，要求领回他儿子的尸体，他答应了。黑格尔说：“他的心肠就软下来了，他暗地里想到自己的老父亲，就伸出手来给哭泣的老国王去握，尽管这老国王的儿子是他亲手杀了的。”①

这就是一个军人，在战场上和在军营里、在战胜之初和战胜之后、在敌人的尸体面前和在敌人的父亲面前的不同表现。这里显然有巨大的差异，这种差异很动人，甚至比他战胜敌人更动人。这显然不是绝对统一的，但又不能简单归结为矛盾的，这两个方面既是势不两立的，又是“同情”的，最恰当的概括应该是“错位”。

人物的情感“错位”往往比黑格尔所强调的丰富的整体性的统一更为动人。

对于单个人物如此，对于多个人物来说，则更是如此。

人物心理的距离保持扩大的趋势，但是又没有互相脱离，这是叙事和戏剧艺术的根本特点。

传统理论认为小说的特点是情节、性格、环境等，其实都没有说到点子上。情节产生于人物心理距离的扩大，性格也依赖于人物心理拉开距离的趋势，而环境则是把人物心理打出常规，构成拉开距离的条件。在一定限度内，人物心理（感知、情感、语言、动机、行为等）拉开的距离越大，其艺术感染力越强；人物心理的距离越小，其感染力越弱；当人物之间的心理距离等于零时，小说不是变成诗，就是走向结束或者宣告失败了。因而，同样是李隆基与杨玉环的恋爱故事，在诗人白居易看来，两个人要心心相印才有诗意，尤其是七月七日长生殿里那一段生死不渝的誓言，可谓淋漓尽致。可是在小说家鲁迅看来则恰恰相反，经过一场冲突以后，二人的真正感情已经完结，因此才需要赌咒发誓以取得对方信任。郁达夫在《历史小说论》中回忆说：

L先生（按：指鲁迅）从前老和我谈及，说他想把唐玄宗和杨贵妃的事情来做一篇小说。他的意思是：以玄宗之明，哪里看不破安禄山和她的关系？所以七月七日长生殿上，玄宗只以来生为约，实在是心里已经有点厌了，仿佛是在说“我和你今生的爱情是已经完了！”到了马嵬坡下，军士们虽说要杀她，玄宗若对她还有爱情，哪里会不能保全她的性命呢？所以这时候，也许是玄宗授意军士们的。后来到了玄宗老日，重想起当时行乐的情形，心里才后悔起来了，所以梧桐秋雨，就生出一场大大的神经

---

① 〔德〕黑格尔著，朱光潜译：《美学（第一卷）》，商务印书馆1981年版，第303页。

病来。一位道士就用了催眠术来替他医病。终于使他和贵妃相见，便是小说的收场。[①]

这条材料所说的事实，在冯雪峰的《鲁迅先生计划而未完成的著作》中提到过，鲁迅在给山本初枝的信中也有过类似的意思。1924 年鲁迅因为想写关于唐朝的小说，到西安去了一次。可见鲁迅这个念头动了很久，创作的冲动很强烈，很可惜，这篇小说并没有写出来。鲁迅对李隆基和杨贵妃的恋爱关系的看法和《长恨歌》大相径庭。在诗人白居易看来那最富诗意的是七月七日长生殿爱情誓言，生生死死，超越了时间和空间，永恒不变；可是在小说家鲁迅的眼中，这恰恰表示爱情已经不可挽回了，而且在关键时刻被背叛了，已经错位到最大限度了。至于后来的天上人间的寻觅，只不过是神经病和催眠术（骗术）而已。很显然，在诗人白居易眼中，以情感的永恒来强调诗意的地方，在小说家鲁迅看来恰恰是情感走向反面、绝对煞风景、毫无诗意可言的地方。

白居易和鲁迅对同一题材的不同理解，恰恰是诗意和反诗意、抒情文学和叙事文学的差异。在诗人看来，感情的永恒是令人震撼、叫人感动的；可是在小说家看来，一见钟情、心心相印，不但毫无性格可言，就是连情节也无从发展。小说艺术最忌心心相印，个性全在心心相错之中。错位不是对立，而是部分心理重合，部分拉开距离。如果是单纯对立，就简单化了，人物就变成了劝善惩恶的概念的符号。错位就是闹别扭、摩擦，但是还是相爱，就是“恨”也是爱得深的结果，虽然这种爱也许是潜在的，甚至连主人公自己都不一定意识到的。俄国形式主义者什克洛夫斯基在《故事和小说的构成》中说“美满的互相倾慕的爱情并不形成故事”：

> 故事需要的是不顺利的爱情。例如当 A 爱上 B，B 觉得她并不爱 A；而 B 爱上 A 时，A 却觉得不爱 B 了……可见故事不仅需要有作用，而且需要有反作用，有某种不一致。[②]

要构成叙事性、戏剧性，从而让人物有个性，就不能让主人公之间心心相印，心心相印只能构成诗，而要构成小说或者戏剧，只能让人物心心相错。相爱之人不能心心相印，这恰恰是小说的艺术生命所在。这不但可在成熟的古典小说中，而且可在现代、当代的小说中得到广泛的印证。它不但可以解释《欧也妮·葛朗台》和《安娜·卡列尼娜》中男女主人公之间的关系，而且可以解释《红与黑》和《飘》中男女主人公的关系。说起来有点奇怪，那些越是写得好的爱情小说，男女主人公往往越是陷于互相折磨的恶性循环中。相反，如果男女主人公一点矛盾也没有，没有互相折磨，没有心口不一，也没有猜忌和变态，

---

① 郁达夫：《历史小说论》，《创造月刊》1926 年第 2 期。

② 〔俄〕什克洛夫斯基：《故事和小说的构成》。见〔英〕乔治·艾略特等：《小说的艺术》，社会科学文献出版社 1999 年版，第 86 页。

小说就没有什么看头了。

在俄国形式主义理论中，这一点可能是最有价值的，如果可以为之作出范畴的概括的话，可以用二元错位来表述。但是，严格用西方和中国的经典文本来比照，俄国形式主义的概括还不够周延，至少存在着以下缺失：这个错位公式只是二元错位，而在爱情小说中，往往并不是只有男性和女性两个角色，还有第三个角色，其错位乃有三元的性质。

这第三个角色情况比较复杂，第一种就是曹雪芹在《红楼梦》开头所批判的“假拟出男女二人名姓，又必旁出一小人其间拨乱”[①]。由于小人拨乱造成男女双方的情感错位，可以称之为“外恶性”错位。在这种错位模式中，也产生了莎士比亚的经典《奥赛罗》，由于小人亚戈的挑拨，奥赛罗和黛丝德蒙娜的心理错位达到极限，奥赛罗掐死了自己心爱的妻子。第二种情况则并非“外恶性”的，不是出于小人的挑拨，而是好心办错事。比如《西厢记》中的红娘，一片好心传递诗简，成全崔张好事，奈何莺莺女孩儿家，明明写诗约了张生赴约，自己已经来到花园，却临时害羞反悔，此时的红娘并不是小人，她看穿了他们的“一个怒发，一个无言，一个变了卦，一个悄悄冥冥，一个絮絮答答”，暗地里调侃张生“背地里硬嘴哪里去了？”但是，当莺莺口头上要把张生“扯去老夫人那时去”时，红娘表面帮着莺莺要张生下跪，责备张生“读孔孟之书”“达周公之礼”“不去跳龙门，却来学骗马”，一面又替张生说情，莺莺遂顺水推舟，放走了张生。在这一场戏中，红娘这个丫环变成了审判官，把少爷小姐耍弄于股掌之间。金圣叹在评点中，对这一场戏中角色的错位给予了极高的评价：

> 看他双文唤红娘，红娘唤小姐，张生唤红娘，三个人各自胸前一片心事，各自心中一样声唤，真是好看煞人……写红娘既不失轻，又不失重，分明一位极滑脱问官。红娘此时一边出豁张生，正是一边出豁双文也。[②]

金圣叹三言两语，道破了这场心理和语言错位的喜剧性：表面上站在莺莺的立场上，义正词严地责备张生，其实是既让张生开溜，又让莺莺下台。

俄国形式主义者概括力所不及的地方，不仅于此，更为普遍的是爱情的叙事和戏剧性——出现了第三者，但是这第三者并不一定是小人，只是加深了双方情感的错位。这本来是极其常见的现象，俄国最为经典的爱情小说《安娜·卡列尼娜》就是这样，吉蒂和沃伦斯基的感情已经达到相当程度，吉蒂已经在即将举行的舞会上期待沃伦斯基向她求婚。

由于来了个安娜，托尔斯泰让吉蒂看到了沃伦斯基的目光中对安娜流露出“狗一样的

---

① 冯其庸：《脂砚斋重评石头记汇校》，北京图书馆出版社 2008 年版。

② ［清］金圣叹：《金圣叹评点才子全集·第六才子书〈西厢记〉评点（第二卷）》，光明日报出版社 1997 年版，第 177—178 页。

驯顺”，但安娜并不是坏人。故爱情小说往往是三角的，这在古今中外几乎成了最为普及的公式，如果光是A与B二元，双方的情感错位不但可能比较平面，而且可能也是比较单调的。有了第三者C，A与B的情感结构就变成了三元错位，由于C的介入，其结果就不单纯是A与B的错位，而且是A和B分别与C的错位了。错位结构因为要素的增加不但更加错综了，而且幅度也加大了。三元错位的功能就等于将二元错位乘以三次方。

从这个意义上说，俄国形式主义的爱情模式概括力的不足十分明显。第一，表述上抽象度不够，A—B的不同步，更加全面的情况是A爱上B，B也可能爱上了A，但此时可能出现了C，A有可能爱上了C，也可能动摇于B与C之间。在这样的错位结构中，人物的心理无疑更加复杂丰富。

更准确的学术表述应该是二元错位或者多元错位。

巴金在《家》中写了那么多的爱情，其中最动人的是觉慧和觉新的悲剧，最不动人的是觉民的爱情。这是因为觉民和琴不但在感情上水乳交融，而且在行为上也互相支持。在任何事变中，他们的动机都没有任何错位，因而其感知也完全统一，没有拉开任何距离，而觉慧与觉新在各自的爱情中，与对方在动机上都发生了微妙的错位。高老太爷要把鸣凤送给六十多岁的冯乐山为妾，鸣凤去找觉慧，如果顺利地告诉了觉慧，没有发生任何错位，事情就不至于严重化。然而由于觉慧忙于办刊物，很少在家，拖延了时间。到了期限的最后一天，五内俱焚的鸣凤不顾一切地冲进觉慧的房间，她的动机是把危机告诉觉慧，而觉慧忙得不可开交，请鸣凤等一两天，他会主动去找她。仅仅因为这一点小小的时间上的错位，便导致鸣凤产生了后续动机——自杀殉情。这是因为，在关键时刻，两个人处在不同的感知世界中。他们之间不但拉开了心理错位，还拉开了行为上的距离，而且是永远不可能缩短的距离，因而产生了悲剧的震撼力。如果巴金在此时心慈手软，把两个人暂时的动机错位取消，使之重合，二人的感觉、知觉、动机、行为逻辑很快合二而一，觉慧就可以带走鸣凤，发出比翼齐飞的豪言，这就成了郭沫若式的诗情了，与小说形式的审美规范背道而驰。

觉新的爱情悲剧更动人，这是由于他处在爱的三角关系中，每一方的动机都有相当大的错位，都不像觉慧那样单纯，都不是由一个因子或者正反两个因子构成的，而是由一系列因子交错而成的，因而在他的情感结构中饱和着错位的潜在量。觉新和梅相爱甚深，然而不能结合。觉新和瑞珏结婚后，二人也甚相爱，但觉新由于梅的存在，与瑞珏有错位；梅与觉新之间则由于瑞珏的存在也有错位。梅与瑞珏在爱情上虽有矛盾，但在相处之间却互有好感，这也是一种错位。觉新沉溺于瑞珏的温存抚爱之中，又不能忘情于梅，他对梅的追寻和询问，得到的只是梅的回避，这更是一种错位。觉新的形象被有些评论家称为

“世界性的典型”，其特点是当他内心的动机与外部环境相矛盾的时候，他总是在行为上扼杀自己内心的动机，然而在许多场合又杀而不死，还在行为上表现出来，结果是他的动机经过多层次的变异，变得畸形而扭曲。这种扭曲了的动机就注定他总是与他喜爱的、应该保护的人之间拉开心理错位的距离。

第二，俄国形式主义的这个公式的局限还在于把处于恋爱关系中的人物关系仅仅定位于爱的先后错位，没有看到在经典作品中，爱的错位并不完全由主人公的情感决定，同时还要由婚姻关系决定。最典型的是《红楼梦》，林黛玉、贾宝玉和薛宝钗的关系，并不是A—B—C的三角关系。林黛玉把薛宝钗当作假想敌是一时的误会，到了第四十五回，林黛玉向薛宝钗有过剖白：“你素日待人，固然是极好的，然我最是个多心的人，只当你心里藏奸，往日竟是我错了。”[①]误会已经消解。林与贾的悲剧并不是薛的积极介入造成的，因为薛得知有金玉良缘之说后，并没有表现出嫉妒，而是觉得“越发没意思起来”，对宝玉是主动回避的。[②]林、贾相爱的悲剧是由于他们的爱情与家长制婚姻（父母之命媒妁之言）不能相容，爱情的错位的深层原因乃是婚姻的错位。她眼见贾宝玉为林黛玉发疯，对自己并没有感情，还是服从家长的安排成为他的妻子。《红楼梦》的悲剧是有爱情的没有婚姻，没有爱情的却有婚姻，如此这般的双重错位构成了《红楼梦》深邃的艺术感染力。

第三，俄国形式主义者这个情节模式的不足还在于狭隘地将其局限于爱情，其实，类似的感情错位并不是恋爱小说独有的，而是一切情节性小说的普遍规律。在叙事和戏剧结构中，处于亲密情感结构之中的人物要有个性，盟友、同志、亲人一定要在一定条件下分化，在情节中拉开的情感错位的幅度决定了其艺术感染力的强度。

在整个《西游记》九九八十一难中，那些师徒四人同心协力的节，读者印象不深，因为不管多大的危机，他们的心理都没有任何错位。

为什么《西游记》中最富于艺术感染力的人物不是沙僧，而是猪八戒呢？这是因为猪八戒和孙悟空、唐僧之间的心理错位幅度很大，而沙僧则一贯随大流，没有与别人迥然不同的动机和行为，没有和任何人物拉开心理错位的距离，也就没有多少艺术生命。“三打白骨精”为什么成为经典呢？就是因为由于女性的出现，使得本来相当统一的心理关系失去平衡，师徒们对同一对象的感知、情绪、思维发生分化。白骨精在孙悟空的眼中是一个邪恶的妖精，在唐僧眼中是一个善良的妇女，而在猪八戒眼中则是一个颇具魅力的女性——他内心长期遭到抑制的性意识萌动了。由于感知错位，就产生了不同的情感、动机和行为。孙悟空一棒子把白骨精打死，如果唐僧竖起大拇指大加赞赏：好得很！那就没有心理错位

① 冯其庸：《脂砚斋重评石头记汇校》，北京图书馆出版社2008年版。

② 同上。

可言，也就没有性格可言，没有戏了。正是由于感知的错位，造成了情感、动机、语言、行为的分化，而且发生了连锁反应，使错位幅度层层递增。猪八戒出于对女性的爱好，挑拨孙悟空和唐僧的关系，以致孙悟空被唐僧开除了。这时，猪八戒、孙悟空和唐僧的个性才有足够的反差，性格才有了深度。

传统的小说理论强调人物要有个性，强调个性与共性的统一，并没有涉及文学形象。其一，从观念上说，共性与个性、共相与殊相的矛盾统一，并不是小说人物的特点，而是一切事物的特点，从一本书到一个水果，都是共性与个性的统一，因而分析来分析去，总是隔靴搔痒。其二，从方法上说，孤立地分析单个的人物，往往会不得要领，小说的情节是人与人之间关系的动态过程，离开了人物与人物心理错位关系的具体分析，只能是缘木求鱼。

人物生活在共同的世界里，但是由于情感的冲击、感知变异的分化，每一个人又生活在各自感觉的世界里，各有其不同的色彩和音响，此一人物感到的，彼一人物可能完全麻木无感。同样一阵风吹来，一万个人物有一万种不同的感觉，在错位的感觉基础上产生了错位的动机。如果猪八戒完全同情孙悟空，或者与唐僧的感觉完全一致，那就只可能会产生诗意；对于小说来说，猪八戒之所以有艺术生命，就是因为他的感知和情感既不同于孙悟空，也不同于唐僧。在对待白骨精的问题上，猪八戒有他自己的潜在动机：一是他的性意识，二是他感到平时老受孙悟空欺压，此时正好乘机刁难他一下。这种刁难并不纯系恶意报复，其中还包含着猪八戒意识不到的愚蠢。他与孙悟空为难，并非出于对唐僧取经事业的忠诚。他藏着二分银子，随时随地都准备在取经队伍散伙时，当作路费回到高老庄去当女婿。这种潜在的深层动机，在常规状态下是朦胧的，由于性意识的刺激，猪八戒就和孙悟空、唐僧的想象、梦幻、判断乃至思维和行为逻辑发生了错位，而且这种与唐僧、孙悟空错位的感知和情感还相当饱和、相当强烈。在《西游记》中有那么多妖魔鬼怪，艺术生命力普遍不强，原因就在于他们只有共同的动机：千方百计吃唐僧肉，以求得长生不老，却没有在感知上、情感上互相拉开距离的错位。

拉开人物的感知距离，同时得拉开动机的距离。这里的动机主要不是意识层的动机，而是潜意识中的动机。感官对于情感、动机，包括潜在动机以内的信息最为灵敏，而对于在此以外的信息则相当迟钝，有时甚至视而不见、听而不闻、嗅而不觉。

对文本分析来说，关键在于辨析人物潜在的初始动机的微妙差异，洞察其经过反复打出常规，后续动机的差异就可能递增性地扩大，从而引起整个心理错位的距离扩大。如果不善于作这样细致的辨析，则可能离开人物自身的心理深层运动，而求诸外部的表面的动作。

在关系越是亲密的人物之间洞察潜在的动机，反差就越是深邃。鲁迅和胡适在很大程度上都对《三国演义》持否定态度，二人对《三国演义》的主角诸葛亮的否定是不约而同的。鲁迅说得比较幽默：《三国演义》把他写得“多智而近妖”[①]。胡适则认为作者们“极力描写诸葛亮，但他们理想中只晓得‘足智多谋’是诸葛亮的大本领，所以诸葛亮竟成一个祭风祭星，神机妙算的道士”。就是对于他认为不乏精彩的舌战群儒，读了也“只觉得平凡浅薄，令人欲呕。至于‘三气周瑜’，仍是很浅薄的描写，把一个风流儒雅的周郎写成了一个妒忌屈服的小人，并且把诸葛亮也写成了奸刁险诈的小人”[②]，这一观念也在易中天的《品三国》中得到继承。

但是从古至今的《三国演义》的阅读史却并不买权威的账，《三国演义》不但在中国仍然家喻户晓，就是在日本和韩国也受到广泛喜爱。阅读的历史实践颠覆了权威的论断，那么《三国演义》艺术生命的奥秘何在？限于篇幅，本文谨以胡适认为“此书最精彩，最有趣味的部分”——“赤壁之战”做一番细胞形态的解剖。

就“多智而近妖”或者“祭风祭星，神机妙算的道士”而言，论述的着眼点就有悖于小说艺术的特性。其一，我们不能简单以科学的真为唯一的标准而加以否定。超越科学的真的情节，不过是小说（尤其是传奇小说，还有鲁迅早期的带神话色彩的《不周山》）常用的假定功能。其二，小说是人物与人物之间情感结构的艺术，个性存在于人物与人物之间情感互相依存、互相触发、互相纽结和互相错位的结构中。结构功能大于要素之和，人物的艺术性不能由孤立的要素决定，而要由其结构动态调节决定，正如水的灭火性质，不能由助燃的氧和自燃氢决定一样。鲁迅和胡适之误在于把人物从人物的情感结构中分离出来，孤立地加以分析。诸葛亮形象不朽的艺术奥秘在于：其一，作者把他和他的盟友打出常规，以揭示其心理深层的奥秘；其二，揭示盟友的心理错位。

“草船借箭”情节的形成，并不是历史文献的照搬，而是几百年的艺术想象的积累。从历史上看，这事原来是孙权的，在《三国志平话》中转到了周瑜名下，原文为“周瑜一只大船，十只小船出，每只船一千军，射住曹军，蒯越、蔡瑁令人数千放箭相射。却说周瑜用帐幕船只，曹操一发箭，周瑜船射了左面，令扮棹人回船，却射右边。移时，箭满于船。周瑜回，约得数百万支箭。周瑜喜道：丞相，谢箭了。曹公听后大怒，传令：‘明日再战。依周瑜船只，却索将箭来！’”，还是与诸葛亮八竿子打不着，而到了《三国演义》中则变成了诸葛亮的事迹，关键是这种改动使得情节发生了根本功能的转变，由孙刘与曹操的斗争变成了诸葛亮与周瑜的斗智和斗气。作者在借箭的情节中，增加了一个自然气象“大

① 鲁迅：《鲁迅全集》，人民文学出版社 2005 年版，第 135 页。

② 胡适：《胡适文存（卷一）》，上海亚东图书馆 1921 年版，第 52—53 页。

雾”，让诸葛亮超人地预料到三天以后有大雾。其艺术匠心不在显示诸葛亮的神机妙算和近妖的多智，而是：（1）把它放在诸葛亮与周瑜的精神错位之中，让周瑜看到诸葛亮的神机妙算，激化了他对诸葛亮的杀机；（2）把它放在与曹操的矛盾冲突之中，使得他的妙算不但表现在气象上，而且表现在把握曹操的心理上。如果孤立地看，诸葛亮的确可谓近妖的道士，但是，让他有超人的智慧，目的并不是使他像《水浒传》中的公孙胜那样仅限于以超人的法术惊人，而是显示他的“多智”是由他的盟友周瑜的“多妒”逼出来的。从表面上看，周瑜每与诸葛亮谋划军情，堂而皇之的目的都是为了打败曹操，但实际上是要把诸葛亮往死里整。周瑜是个“好人”，诸葛亮也是个“好人”，但是周瑜这个好人却有个心理毛病，那就是多妒，他的多妒是近距离的、有现成可比性的，容不得身边有人在智慧上超越他。作者让处于劣势的诸葛亮智慧超越周瑜，并且取得绝对胜利，仅仅靠其“多智”到可以准确地预报天气显然是不够的。料定三天之后有大雾容或有某种几率，但取胜还是缺乏充分的必然性的，也就是有点冒险主义的。此时作者的天才表现在设计了敌手曹操的心理特点：“多疑。”这样军事三角就变成了心理三角的错位：多妒逼出了多智，多智又碰上了多疑。于是多智的冒险主义取得了重大的胜利，于是多妒的就更加多妒，多智的就更加多智（多智到不但可以预报天气，而且可以向老天借东风的程度），多妒的屡计屡失。《三国演义》中这个盟友的“多妒”的设计实在是很伟大的，他不是在军事完全失败而死，而是自己把自己气死的。这个好人，这个英雄，是为着自己的智谋优越感而活的，一旦确信自己不如盟友多智，就活不成了。临死之时，留下了“既生瑜，何生亮”的名言，揭示了人类妒忌心理的特点：近距离和有现成的可比性。周瑜死了许多年，但周瑜的多妒仍然活着，活在我们心里，武大郎开店的谚语就是证明。

草船借箭和借东风，这两个超现实的假定把军事三角的斗争变成了敌我友三方的心理三角错位，也就把斗智变成斗气，把战争的实用理性升华为审美价值。

由此可知，人物的个性不是从哲学的范畴共性与个性的矛盾统一中演绎出来的。哲学的普遍大前提中没有文学的特殊性。仅仅从哲学范畴中演绎，只能弄出公式化、概念化的作品和解读，文学文本的特殊性存在于文学形式的特殊性中，存在于小说与诗的不同中，存在于关系紧密的人物之间的情感错位中。

关于《三国演义》中的曹操行刺董卓不成出逃被捕，本来史书上写的是人家主动把他放了，但《三国演义》中却做了改变：这个抓住他的人叫陈宫。此人原本与曹操八竿子打不着，把他写进来干什么？答案就是为了让他和曹操后来的杀人行为错位。

为了扩大这个错位的幅度，作者先让陈宫被曹操被捕后的视死如归感动得放弃身家性命、仕宦前途，和他一起亡命天涯。后来让他看到曹操多疑，错杀吕氏一家八口，又让他看到曹操明知错杀好人，又凶残地杀死沽酒归来的吕伯奢，还发出了“宁教我负天下人，不教天下人负我”的狂言。陈宫就与他拉开了心理距离，想在夜间把他杀了；但又考虑到这样不义，就没有杀他，而是连夜逃去，从此与曹操势不两立。陈宫没有杀曹操，实在是典型的错位。如果把曹操杀了，就不是错位，而是对立了。这种人物设置无疑是《三国演义》的一大创造，也在《三国演义》中被一再运用，而且运用得出奇制胜。这种手法无以名之，我暂时把它叫作“中介反照人物”（如在周瑜和诸葛亮之间安排一个忠厚的鲁肃，他是周瑜的部下，不但不主张杀诸葛亮，而且十分同情他），这个“中介反照人物”的功能，就是为了让他和主角发生感知上的分化，发生错位。这是《三国演义》作者驾驭得很熟练的小说艺术的法则，后来为许多小说尤其是长篇小说所继承。[①]

自然，拉开距离越大，就越能提高小说的艺术感染力，但这也不是绝对的，而是有条件的。一是拉开距离的人物之间必须要有相当紧密的情感联系，如兄弟（觉新、觉慧）、情人（宝玉、黛玉）、盟友，等等。严格地说，越是处在紧密的情感联系之中，越是拉开了心理距离，就越能提高形象的审美价值。二是如果距离拉得太大，大到完全失去联系，比如梅出嫁以后，就再也不到觉新面前来了；觉新有了瑞珏以后，就把梅淡忘了。这就不但不能导致审美价值的提高，反而会使审美价值下降。正是因为这样，巴金才找了一个避难的借口，让梅又出现在觉新面前。托尔斯泰也并没有让沃伦斯基不爱安娜，而是并不如安娜期望的那样把一切生命全都凝聚在爱情上。如果真正不爱了，就如心心相印一样，是很难激起人物心理立体纵深结构的充分调节和翻腾的。

这一点不但体现在情节的设计上，而且渗透在小说的一切细部之中，例如许多第一人称小说中的“我”往往成为多余人物，原因就是他们常常与某一主人公的心理完全重合，而在鲁迅《祝福》中的那个“我”，正是因为与祥林嫂拉开了心理错位幅度才有了生命。如果祥林嫂问“我”人死了以后有没有灵魂，我回答说：“没有。”祥林嫂的心灵痛苦自然会减轻些，可是这样就使得《祝福》的悲剧性被大大削弱了。

非情节性的错位

说到这里，我们涉及的还只限于情节性小说，那么对那些非情节性或者说回避情节的小说，该如何阐释呢？比如在《孔乙己》中，鲁迅并不像《范进中举》那样正面展开情节，对于孔乙己几十年的坎坷经历，特别是偷书、挨打、残废等，都没有作正面表现，而是把

① 参阅孙绍振：《孙绍振如是解读作品》，福建教育出版社2007年版，第251页。

情节当作某种背景间接地交代。情节在这里只是当作对出场人物的心理的一种刺激，以便展示人物间神奇的错位。

鲁迅安排了一个叙述者——小店员，此人表面看来是多余的，与孔乙己的命运八竿子打不着，不管是孔乙己考试还是挨打，都和他没有关系，他只是在孔乙己喝酒的时候能够看到他而已。和孔乙己命运有关的人物很多，如那个打他致残的丁举人老爷，还有请他抄书的人家，一定都和孔乙己有更多的接触，而且有更多的冲突，相比起来，这个小店员就所知甚少了。然而，鲁迅却偏偏选中了这个小店员作为叙述者。这是为什么呢？

鲁迅的立意是让孔乙己的命运在且只在小店员有限的视角里展开。孔乙己的落第、偷书，甚至挨打致残，都发生在幕后，只让小店员从别人的嘴巴中听到，如果做全知全能的叙述，对事变作在场的观看，只能是对受虐者的痛苦和屈辱的感同身受而已，而事后的追叙，作为局外人，则可能作有趣的谈资。受辱者与叙述者的情感就拉开了错位的距离，其间的情致就丰富复杂得多了。遵循小店员的视角，小说只选取了三个场面，而孔乙己本人在咸亨酒店只出场了两次。从某种意义来说，这两个场面和孔乙己的命运关系并不大。第一个场面是他偷书以后，已经被打过了，来买酒，被嘲笑了；第二个场面是他被打残了，又来买酒，又被嘲笑了。一些评论说，《孔乙己》的主题是揭示孔乙己潦倒的根源，批判科举制度把人弄成废物，但这两个场面的描述显然不可能有这样的功能。

两个正面描写的场面，写作的焦点，是看待孔乙己的目光的错位，最不可忽略的是小店员的特殊的眼光。其动人之处在于，小店员对孔乙己的善良和潦倒，流露出的都是不以为意的观感，对于孔乙己的命运，对于他的遭遇，小店员只是觉得“无聊”“单调”，所看的都是“凶面孔”“教人活泼不得”。在这样的沉闷氛围中，“只有孔乙己到店，才可以笑几声”。这里的笑声不是一般的描述，而是整篇小说错位的起点。

在他观感以内的，就大加描述；在他观感以外的，通通省略。从这个意义上来说，小说写的并不仅仅是孔乙己。其实，这正是鲁迅的匠心，也就是创作的原则，或者是鲁迅小说的美学原则，重要的不是人物遭遇，而是这种人物在他人眼光中错位的观感。鲁迅之所以弃医从文，就是因为他看到日俄战争时期，中国人为俄国人当间谍，在被执行枪决之前示众，中国同胞却麻木地当看客。在鲁迅看来，为他国做间谍送死固然是悲剧，但是，对同胞之悲剧漠然地观看，更是悲剧。《孔乙己》中的笑蕴含着多重的错位，因而从某种意义上说，笑是这篇小说的主角。

第一次出现时，孔乙己这个时常被抓住的小偷，命运是很悲惨的，他为整个沉闷的酒店带来了欢乐的氛围，“店内店外，充满了快活的空气。”

鲁迅不无深意地点出孔乙己是唯一穿着长衫来喝酒的。长衫是读书人的穿着，说明他有着最后的自尊，但是，他否认偷书的论据却十分薄弱："窃书不能算偷"，这就显得荒谬了。文言文的用语"污人清白""君子固穷"，为一般酒客所不懂，也不能改变大家目睹的事实。因而，孔乙己这种对最后的自尊的维护显然是无效的（这一点与阿 Q 有相近之处），甚至是理屈词穷的表现，只能使"众人都哄笑起来"。

这种可笑构成了小说的幽默基调，正是小说的第二重错位。

但是，这种笑的错位还在于大家都笑，带来欢笑的孔乙己自己没有笑，不但没有和大家一起笑，相反是越来越尴尬了，这就使笑中有一点沉郁感。对弱者的连续性的无情嘲弄、不放松的调侃，会使弱者狼狈，越是狼狈越是笑得欢乐；而弱者不但笑不出来，而且不能流露出难以忍受的表情。这是小说的第三重错位。

更为深刻的错位，是发出残酷的笑声的人并没有太明显的恶意，其中还有知其理屈、予以原谅的意味。号称冷峻的鲁迅，没有让他在大庭广众之下承认自己是小偷，没有让他自尊心公开、彻底地崩溃，没有让他由于蒙羞而不要脸，丧失善良之心。相反，鲁迅特别写道孔乙己在酒店里的"品行"比别人好，酒钱不大拖欠，主动教导小店员茴香豆的"茴"字有四种写法，对围过来要吃他的茴香豆的孩子，软弱地说着"多乎哉？不多也"。这些都在提示，在他自己的感觉中，他活得还是残留着一点"读书人"的身份和自尊的。

小说对孔乙己并没有明显厌恶的成分，只是调侃而已，在调侃中又隐含着忧郁的同情。小说的幽默虽然是沉郁的，但并不是讽刺的，并没有揭露孔乙己的品质恶劣，就是偷书，即使是屡屡提及，也隐含着为之辩护的成分。这是小说中的第四重错位。

在鲁迅看来，孔乙己不过是科举制度的牺牲品。科举制度是可恶的，但是孔乙己却是值得同情的。他要揭示的不是孔乙己偷书的恶，而是周围人对他缺乏同情的丑，读者感觉不到严酷的讽刺的因素，其间调侃的笑是带着温情的。

孔乙己最后一次出场，已被打折了腿，不能走路。只能盘着两腿，臀下垫着一个蒲包，用手撑着地面"走"。躯体残到这种程度，在与平常这么不同的情况下，掌柜的"仍然同平常一样，笑着对他说"：

"孔乙己，你又偷了东西了！"发现一个熟人只能用手"走"路，是很悲惨的事，本该有惊讶、有同情，至少是礼貌性的沉默，可是掌柜的却不但当面揭短，而且还"笑着"。可怕的是，笑着的人并没有感到严酷的伤害性，相反，倒是感觉并无恶意、很亲切地开玩笑似的。这是小说的第五重错位。

但他这回却不十分分辩，单说了一句："不要取笑！""取笑？要是不偷，怎么会打断腿？"孔乙己低声说道："跌断，跌，跌……"他的眼色，很像恳求掌柜，不要再提。此时已经聚集了几个人，便和掌柜都笑了。

鲁迅在这里揭示的，是所有人似乎都没有敌意，都没有恶意，甚至说话中还多多少少包含着某种玩笑、友好的性质，但这对孔乙己来说，却是对残余自尊的最后摧残。因为从一开始，他的全部努力就是讳言偷，就是为了维护最后的自尊，哪怕无效，也要挣扎的，这是他最后的精神底线。但是，众人，无恶意的人们，却偏偏反复打击他最后的残余的自尊。这是很恶毒的，但又是没有明确的主观恶意的。鲁迅所揭示的，就是这种含着笑意的恶毒。鲁迅的深刻在于，这种貌似友好的笑中，包含着冷酷，对人的自尊的麻木不仁，对人的无形摧残。

孔乙己已经被逼到无法通过文言词语来维护自己自尊的程度，连“跌断”这样的掩饰性的口语，都没有信心说下去了，可是酒店里的人却都“笑了”。这种“笑”的内涵太丰富了，一方面当然有不予追究的意味；另一方面，又有心照不宣地识破孔乙己的理屈词穷，获得胜利的意思。这是小说的第六重错位。

这一切明明是鲁迅式的深邃的洞察，但是在文字上，鲁迅却没有任何形容和渲染，只是很平淡地叙述，“仍然同平常一样，笑着对他说”，连一点描写都没有，更不要说抒情了。但是，唯其平静、平常、平淡，才显出诸如此类的残酷无情，由于司空见惯而没有感觉、没有痛苦，鲁迅的笔墨就是要揭示这种无形的精神虐杀的可怕。“不一会，他喝完酒，便又在旁人的说笑声中，坐着用这手慢慢走去了。”

孔乙己如此痛苦，如此狼狈地用手撑着地面离去，酒店里的众人居然一个个都沉浸在自己欢乐的“说笑声”中。人性麻木至此，这是何等的惨烈。更有甚者，孔乙己在粉板上留下了欠十九个铜钱的记录，年关没有再来，第二年端午也没有来，而此时的人们记得的只是“孔乙己还欠十九个铜钱呢”。过了中秋，又到年关，孔乙己仍然没有再来。小说的最后一句是：“我到现在终于没有见——大约孔乙己的确死了。”

一个人死了，留在人们心里的就只是十九个铜钱的欠账，这笔账是写在水粉板上的，是一抹就消失的。一个人的生命，在众人心目中竟然是这样的无所谓。在世的时候，人们拿他作为笑料；去世了，人们居然既没有同情，也没有悲哀，甚至连一点感觉也没有。这里不但有鲁迅对于人生的严峻讽喻，而且有鲁迅在艺术上的创造性探索。

错位：内在深度的强化和外部动作的淡化

对于上述方法，有人认为是属于结构主义和叙事学的方法，但二者之间有根本的不同。普洛普早就有过对叙事文学进行结构分析的经典，他把俄国民间故事分成31种模式。普洛普研究了100多个俄罗斯民间故事，发现许多故事具有某种一致性，普洛普得出的结论是：（1）人物的功能在童话中稳定的、不变的因素，它如何实现，由谁来实现，与它毫无关系，功能构成童话的基本要素；（2）童话已知的功能数量是有限的；（3）功能的次序总是一致的；（4）就结构而言，所有的童话都属于一种类型。他所发现的31种功能，只要稍做变动，很多也适用于现代叙事——小说、戏剧、连环画、电影、电视节目。追随者有格雷马斯、科凯、热拉尔热奈特等。尽管西方叙事学取得了很大成就，但是，其描述性多于艺术感染力生成机制的揭示。格雷马斯把普洛普的31种模式简化为六个功能，即相辅相成的三组二元对立的成分：主体／客体、送信者／受信者、助手／敌手，发明了深层概念模式的“符号方阵”（或译矩阵）：四个方位分别代表结构发展的四个不同阶段，它们之间的关系可按照形式逻辑的对立、矛盾、包涵等关系来解释。按照这种模式，有位教授在分析《祝福》时把人物设为X、非X、反X和非反X：

（1）X与反X，如祥林嫂与鲁四的关系；（2）X与非X，如祥林嫂与柳妈的关系；（3）X与非反X，如祥林嫂与“我”的关系；（4）反X与非X，如鲁四与柳妈的关系；（5）反X与非X，如鲁四与“我”的关系；（6）非X与非反X，如柳妈与“我”的关系。[①]

分析的结果居然是把柳妈简单地当成非X的代表，定性为“超个人的社会礼仪体系的直接代理人”，说是“由她出手把祥林嫂推向死亡的深渊”。原文是：“非压迫者柳妈就成了超个人的社会礼仪体系的直接代理人，由她出手把祥林嫂推向死亡的深渊。柳妈才是封建礼教文化的代表，直接导致了祥林嫂的死亡。”这样的论断在根本上违背了祥林嫂的死亡是没有凶手的悲剧特征。

这个模式的最大漏洞在于对小说人物的定位是固定不变的。殊不知，小说人物的特点，乃是处于被打出常规的动态之中的。把柳妈定位于非X，但又论断“由她出手把祥林嫂推向死亡的深渊”，就可以说明，非X变成了反X。这样的情况比较比比皆是：在武松打虎中，武松原本声言怕老虎的不是好汉，但真见了老虎，却把刚刚喝的酒都做冷汗出了；在《最后一课》中，本来最讨厌法语的变得无限热爱法语；《项链》中，爱虚荣的女人变成了艰苦朴素的女人；《水浒传》中，高级军官林冲，一直逆来顺受，但因为再三被逼，走投无路，杀了人以后，就变得义无反顾，主动出击了。

严格地说，人变成了另外一个人，他就更是这个人了。柳妈这个形象的第一元错位，就是她完全是出于同情才向祥林嫂建议捐门槛的。第二元错位正是因为一派好心导致了严重的后果。这正体现了人物心理“错位”是处于同一心理结构中的特征。

鲁迅的深邃之处在于，杀死祥林嫂的不是某一个反X的个人，其最大的凶手，是一种

① 王一川：《文学理论讲演录》，广西师范大学出版社2004年版，第38页。

对再嫁寡妇的成见，而这种观念被所有人都视为天经地义的。简而言之，这种观念象征了封建礼教。鲁迅揭示了其中的错位：一是夫权，丈夫死了要求妻子守节。二是族权，妻子出逃，婆婆可以侵犯人身，强迫其改嫁。三是神权，阎王不追究抢亲者，却不问青红皂白，以酷刑惩罚寡妇。冠冕堂皇的礼教，竟是一种如此自相矛盾的荒谬而残酷的成见。这一点不仅在思想上很重要，而且在艺术也很重要。这里有一个很重要的问题，那就是祥林嫂自己的观念与自己根本利益的“错位”。X 不是只和非 X、反 X 或者非反 X 发生关系，而且也和 X 自己发生关系。格雷马斯的模式之所以不深刻，就是因为：第一，他忽略了 X 不仅仅是二元对立的；第二，X 的“错位”不仅仅是外部的，而且是自我内心的。凶手不仅来自他人，而且来自自我。礼教明明这么荒谬，她完全可以不在乎，而她却非常在乎，以至于精神受到打击，丧失了劳动力。她的悲剧中有她自己不觉悟的因素。这就是鲁迅的“哀其不幸”中的“怒其不争”。这样，“错位”范畴就多元化和深化了，它不仅仅存在于多种人物与人物之间的被感知，而且深入到人物内心的自我感知和自我折磨。

正是由于他把小说的魅力聚焦在人物的相互感知和自我感知错位上，因而情节，也就是外部的动作性，就不是他全部的注意所在。因而，他把人物的多元“错位”范畴延伸到“氛围”中去。在他看来，比之情节，错位的“氛围”在艺术上有相同的重要性。他指出祥林嫂被这种成见摧残致死以后，鲁迅用了很长的篇幅来营造《祝福》的悲剧“氛围”。在这个“氛围”中，用二元对立来分析显然就不够了，几乎所有人物反应都对死亡的悲剧感发生了“错位”，这种错位特点是多元：

（1）茶房：反应很冷淡，死得很自然，“还不是穷死的。”

（2）鲁四：死在年关，不是时候，可见是个“谬种”。

（3）鲁镇所有的人：毫无悲哀之感，都忙着过年、祝福，祈求来年的幸福，而这些人都曾经是怀着礼教成见，歧视过、嘲弄过祥林嫂的。

（4）连神灵都在享受香烟中懒散而舒适。

（5）唯一的例外，是一个外来的“我”，感到内疚，承受着沉重的压力，却又深感孤独，不得不自我排解。

正是这种多元的情感“错位”，构成了《祝福》的沉重的悲剧“氛围”，这种隐含着无奈甚至无望的悲剧感，是用抒情的笔法加以突出的。

“错位”范畴，把西方文论所遗漏了的“氛围”也涵盖了进去，而这一点恰恰不但是非情节小说的特点，也是西方现代小说最常用的手法，西方人的盲点本该是我们加以照亮（澄明）的，但是盲目的权威崇拜心态却导致了艺术感觉的麻木。用“氛围”的多元情感“错位”结构来分析小说无疑有利于澄明矩阵模式的遮蔽，经典作品那些长期的死角，无疑有望得到有效、深邃的阐释。例如，对于《阿Q正传》的结尾的分析，就有了新的契机。鲁迅善于在人物死亡之时用“错位”的情感“氛围”来加以渲染。同样是悲剧，阿Q的死亡，不是抒情的悲剧，而是喜剧性的。他的全部感知都和自己的生存发生着内在的“错位”：为圆圈画得不圆而遗憾，而画圆圈恰恰是他被判死刑的手续。在围观的人群中找吴妈，而吴妈又是给他带来“破产”的灾难的人。他是被冤枉的，但他没有悲痛和冤屈之感，却像英雄义士一样说出“过了二十年又是一个……”这一切都是因为与严峻悲剧现场不和谐、不统一、错位，而构成了喜剧性，和《祝福》的抒情“氛围”相比，是别出心裁的。写阿Q的死亡，躯体“像微尘一样迸散了”，表面上没有祥林嫂的死亡那样大笔浓墨，是轻描淡写的，但鲁迅这样强调了“氛围”的“错位”结构：

（1）举人老爷没有追到赃，赵府损失了辫子和赏钱，故皆号啕。

（2）舆论：

未庄：阿Q坏，被枪毙就是证据。

城里：枪毙不如杀头好看，又没有唱一句好戏。

对于人命关天的大事，居然这样麻木，这样自私，这就构成了喜剧感。[①] 情节对于小说毕竟只是文本的骨架，而在没有情节起伏的地方，其动人之处往往在于某种情感“错位”的“氛围”。凡是权威理论不能解释的地方，理论越是有发展的机遇。因而，比之情节模式，鲁迅更为关注的是“氛围”。

在西方文论的盲点中进行原创性的概括

我们要在西方人视野之外进行第一手的原创性的概括，值得提起的是，我们不能指望西方人直接提供现成的法宝，而要在西方文论遗落了的空白中，用第一手的抽象，进行原创性的范畴建构。

研究固然不能毫无理论，凭空作第一手的原创概括只能是空想，但仅凭理论注定要被遮蔽，对那些西方（还有东方）理论遗漏了的大量盲点视而不见。只要不迷信，许多盲点都可以直接概括，这比之追踪西方文论，并不一定会消耗更多的生命，而仅仅凭演绎，却可能使西方的空白变成世界性的盲点。对于盲点的自觉搜索意识应该成为文本分析理论衍生的支点。小说艺术的质量并不完全在所谓人物刻画，比之人物更为重要的是场景和“氛

① 以上分析见孙绍振：《孙绍振如是解读作品》，福建教育出版社2007年版，第274页。又见孙绍振：《名作细读》，广西师范大学出版社2006年版，第486页。

围”的浓度的饱和（如《孔乙己》中，所有人都几乎谈不上有性格）。[1] 这种“氛围”不仅在相关人物之间，而且可能在不相关人物之间。例如，海明威的《老人与海》经过作者删节，十几万字只剩下几万字，但在情节结束后，却留下了一个似乎多余的尾声：老人在海上历经千辛万苦，得到的是一副鱼骨头，横在海滩上，老人睡着了，只有那个对他有信心的孩子守护着他。这副鱼骨头的尾巴被潮水冲得晃来晃去。这时来了一群旅游者，其中一个漂亮女士向侍者问明白了这是鲨鱼骨头。

这个女人说：“我还不知道鲨鱼有这么漂亮的，样子这么好看的尾巴呢。”

“我也不知道。”她的男朋友说。

在路那边，老头儿又睡着了。他依旧脸朝下睡着，孩子在一旁守护他。老头儿正在梦见非洲的狮子。

用“错位”的范畴来阐释则不难解密：这样的场景就蕴含着三重的错位情感：失败的硬汉子，并没有挫折感，他正在梦见非洲的狮子；那个守护着他的孩子虽然守护着他，但只是出于对他的同情和信任，并没有失败的硬汉子的感觉；那个漂亮的女游客对这一场失败的英雄硬汉子的精神之美没有任何理解，只是在赞叹鱼的骨架之美。这个场景是在情节结束之后出现的，对于人物似乎并没有直接的作用，但如果没有这个与故事情节毫无关系的女士的赞叹，光是梦见狮子，就只是单纯的象征而已，由于女士赞叹的肤浅和老头儿的精神拉开了幅度很大的错位，使得整个场景“氛围”变得深厚浓郁，审美价值得到相应的提升。

同样值得重视的，还有安娜·卡列尼娜观看沃伦斯基赛马的场面。这个场面，卢卡契在《叙述与描写》中特别欣赏，将之与左拉的《娜娜》中赛马的场面相比。左拉对赛马作了全面准确的刻画，从马鞍到骑手都精细、生动地描写到了。卢卡契称赞这种描写“可以说是现代赛马业的一篇小小的专论”，“观众席像第二帝国时代的巴黎时装表演一样五光十色。连幕后的世界也描写得十分精细，并按照它的一般关系加以表现”[2]，而托尔斯泰在《安娜·卡列尼娜》中则不像左拉那样采取全能全知的角度来写赛马，但是卢卡契只看出左拉的自然主义的写实，并没有充分阐释托尔斯泰的优越。如果我们从情节参与者的“错位”范畴来分析，则可以有别开生面的发现。首先，从安娜的角度加以展开。在赛马之前，安娜知道自己怀孕了，她把这告诉了沃伦斯基，安娜完全沉浸在自己的感情世界中去看沃伦斯基赛马。其次，又让她的丈夫在旁边以另一种错位的情感去看、去担忧，去掩饰安娜“不成体统”的反应。沃伦斯基的领先、堕马都在场外。托尔斯泰安排了夫妇二人之间心理

① 孙绍振：《文学创作论》，海峡文艺出版社 2004 年版，第 468 页。

② 〔匈〕卢卡契：《卢卡契文学论文集（一）》，中国社会科学出版社 1980 年版，第 38 页。

情感的“错位”：

托尔斯泰为什么要让安娜的丈夫卡列宁也一起去看赛马呢？这就是为了多一重（错位）效果，从卡列宁的角度看安娜的效果。沃伦斯基领先了，沃伦斯基摔下来了，沃伦斯基只是受了一点轻伤等，都在幕外，这与左拉完全相反。事情并不重要，它对人物心灵的错位效果才重要。更重要的是，心灵对心灵的刺激的（错位）效果，这就是效果的效果。心灵互动的（错位）情境过程更有艺术的独创性。安娜为沃伦斯基提心吊胆已经是很痛苦了，但是更使她痛苦的是丈夫抑扬顿挫的尖厉声音，好像永无休止似的。这说明她的厌恶情绪，因为她不愿听，每一个字在她听来都是虚伪的，刺痛着她的耳朵。这种（错位）效果，表明她内在的情绪高度集中在情人身上，丈夫的声音是一种干扰，令她恼火。这就使情节的进展带上了安娜厌烦的感情色彩。后来，一个骑手坠马了，又一个骑手坠马了，事情紧张起来了，因为不知道是谁掉下来了。托尔斯泰就不完全限于从安娜的感情效果去表现事件，而是从卡列宁观照安娜的感情（错位）效果加以表现。他从安娜的脸上看到了异常的效果，看出了他所不愿意看到的东西，他知道安娜的心全在沃伦斯基身上。一个大臣的妻子与别人发生这样的感情，陷得这么深，在正常情况下他的心里是很恼火的，但是他不，他把面子看得更重要，把他的名声看得更重要，因而竭力地掩饰自己，同时掩饰安娜，以免太暴露了，有损尊严。

卡列宁的心理（错位）效果有两个层次：一是为安娜担心而不顾体统；二是感到非常不愉快，但为维护自己的尊严，不但要克制自己，而且要掩护安娜不被人看到。赛马的紧张，安娜情感的紧张，加上卡列宁表面平静而内心紧张的感情色彩，三重错位使艺术的感染效果增加了三倍。

后来，消息证实了，沃伦斯基只是摔了，但是没有受伤。这时，安娜控制不住感情，她连忙坐下来，用扇子遮住自己的脸。卡列宁看到她在哭泣。她控制不住她的眼泪和使她胸膛起伏的呜咽。卡列宁站着遮住了她，给她时间来恢复镇静。然后跟她讲：我第三次把我的手伸给你。可是安娜的心理错位是如此之强烈，居然没有听明白，只是望着他，不知说什么好。

她的内心世界是多么执着，完全忘掉了外部世界，完全忘了自己在丈夫身边。这就是内心（错位）效果的内外交织。[①]

这里的关键是安娜的眼泪和呜咽是由卡列宁的眼睛看到的，这是卡列宁自己不想看到，但是更怕别人看到的。他平静的外在动作和内在的紧张，与安娜从无意识地流露到有意识地控制也控制不住自己，构成了多层次多元的情感“错位”，恰似涂上了多层感光剂的彩色

① 见孙绍振：《文学性讲演录》，广西师范大学出版社2006年版，第161页。

胶片一样，使形象的感情“氛围”达到十分饱和的程度。和托尔斯泰比起来，左拉在外表特征的刻画上也许并不逊色，但在内心色彩的调配和组合上，就显得逊色多了。

所有这一切的错位效果，都是西方小说理论、叙事学所遗漏了的。

正是在这里，有我们大有可为的天地。

中国当代小说大场面中的错位问题：以贾平凹和陈忠实为例

“错位”理论是经得起经典小说的检验的，特别是长篇小说中的大场面，如林黛玉初入贾府时：林黛玉细心、谨慎体察，不敢多说一句话；贾宝玉任性，初见便公开声言这个妹妹我见过的，接着又任性摔玉，造成很大的惊慌；王熙凤入场时，未见其人，先闻其声，不着痕迹地赞美黛玉来讨好贾母。各人感知表现不同，但是，在敬畏讨好贾母这一点上是重合的，而贾母也以其雍容大度，接受众人奉承，如此这般，营造了饱和的氛围。同样，茅盾的《子夜》的开头也是大场面。在20世纪30年代远东第一大都市灯红酒绿的背景上，一个二十五年不接触社会、只守着“万恶淫为首，百善孝为先”的《太上感应篇》的吴老太爷出场了。首先，吴老太爷受不了二女儿身上时髦的香水气；其次，受不了满眼的声光电火、满耳的风驰电掣的轰响，而二女儿却大谈上海共产党和工潮，幸亏有《太上感应篇》在身边，才似乎虽入“魔窟”，亦未必竟堕“德行”。陪伴他的四女儿担心自己一身乡下打扮会惹人笑话，与从乡下来的四女儿感知错位的是吴老太爷：

> 他第一次意识地看清楚了二小姐的装束；虽则在五月，却因今天骤然闷热，二小姐已经完全是夏装：淡蓝色的薄纱紧裹着她的壮健的身体，一对丰满的乳房很显明地突出来，袖口缩在臂弯以上，露出雪白的半只臂膊。一种说不出的厌恶，突然塞满了吴老太爷的心胸，他赶快转过脸去，不提防扑进他视野的，又是一位半裸体似的只穿着亮纱坎肩，连肌肤都看得分明的时装少妇，高坐在一辆黄包车上，翘起了赤裸裸的一只白腿，简直好像没有穿裤子。“万恶淫为首！”这句话像鼓槌一般打得吴老太爷全身发抖。

而另一重错位发生在吴老太爷和一直在乡下陪伴他的金童七儿子阿萱：

> 他眼珠一转，又瞥见了他的宝贝阿萱却正张大了嘴巴，出神地贪看那位半裸体的妖艳少妇呢！老太爷的心卜地一下狂跳，就像爆裂了似的再也不动，喉间是火辣辣的，好像塞进了一大把的辣椒。

小说的场面越大，人物的感知错位就越丰富，这应该是20世纪30年代新文学作家的常识，可是到了20世纪50年代（如《青春之歌》中写北大红楼集会的场面）时却似乎被忽略了，到了20世纪90年代，则更可以说是被遗忘了。以备受赞扬的《白鹿原》为例，在写大场面上，艺术上幼稚的败笔皆出于缺乏对大场面人物间错位的规律的把握。

在盛大场面的描写中，作者十分卖力地写了求雨的仪式和丧葬仪式。白嘉轩率领全村全族求雨的描写长达数千字，但是所有的人都失去了自己独特的感知、情绪、想象的逻辑，互相之间没有任何距离和错位，因而没有生动的人物形象可言。陈忠实在描绘鹿兆海之死时也花了好几千字的篇幅，同样也只有笼统的、集体的、统一的情绪。所有参加者的个性都被统一的文化"氛围"淹没了。陈忠实显然没有意识到，花这么大的篇幅来展示没有人物心理错位的"氛围"，是对小说形式规范的冒犯，更没有意识到，让那么多人的情感和行为没有任何错位和距离，只能导致个性的泯灭。[①]这也许是由于陈忠实太迷恋于小说的文化价值了，殊不知文化价值是群体的，而人物的艺术感染力是个体的、不可重复的。

为了说明问题，把《白鹿原》的大场面描写和贾平凹的《废都》加以对比也许是必要的：在贾平凹的《废都》中，有一些冗长的文化风习的描写是令人厌倦的，但值得庆幸的是，贾平凹以他的才气和灵气似乎直觉式地领悟到"氛围"中错位心理的微妙，所以在《废都》中，一些婚丧仪式大体都还生动，尤其是写书法家龚靖元丧礼的那个场景时十分精彩，比之他同样用力描写的柳月的婚礼（嫁给市长跛脚的儿子）要生动多了。原因在于，每一个参加丧礼的人表面上都是为追悼亡友而来，而主人公庄之蝶却多少意识到，正是自己乘他入狱，以极低价收购了他收藏的名人书法的精品，才导致他发疯而死。庄之蝶表面上是悲伤——他流汗、手发抖，写出十分悲痛的挽联，但心里却是十分痛苦的，因而最后哭晕了过去，而别人还以为他对朋友十分有感情。

这里充满了错位的趣味和意味，不但由于主人公的情感本身，而且也由于主人公的情感与其他人物的情感发生了深刻的错位，这既不是统一，也不是对立。这正是小说艺术的根本规律，不管是情节性小说还是非情节性小说都是如此。没有情感、动机、想象、语言、行为的错位，就没有戏可看，没有性格可言。柳月和市长儿子的婚礼之所以还算可看，就是因为柳月并不十分掩饰自己对这位新郎的不满，两个新人的情感错位时时可见，字里行间渗透着轻喜剧的意味。[②]

贾平凹的文化价值追求并没有完全离开艺术形式规范。原因就是他在刻画人物时，时时刻刻让人物的情感处于"错位"之中。小说的情感系统是一个（多方位的）动态系统，一个方位的"错位"，引起了另一个方位的"错位"，这个层次的调节又引起了另一关键的"错位"。在表层上好容易达到了平衡，在深层结构上又因拉开了距离而失衡，在深度上达

① 参见孙绍振：《挑剔文坛：孙绍振如是说》，福建人民出版社2001年版，第66页。

② 孙绍振：《挑剔文坛：孙绍振如是说》，福建人民出版社2001年版，第67页。

到统一了，可在表层又因心口误差（错位），使情感系统远离了平衡态。这种远离平衡态的、复合的、多维的、立体的情感系统的每一个方位、每一个层次的错位，都要引起全部系统的一切方位的反馈和调节。粗浅地说，在一定条件下，小说作为一种特殊的多维情感结构，各种情感在性质和量度分化的程度与小说的审美价值成正比，各种情感错位距离越大，小说的艺术感染力就越强，情感错位的距离越小，艺术感染力越弱。①

托尔斯泰让安娜的丈夫卡列宁以特殊眼光洞察到他所不愿意看到的她的心灵秘密，罗贯中让陈宫看到曹操两次杀人（反应相反），两个作家、两种民族文化背景，在不同的历史时代，并没有在理论上事先进行沟通，可是却在创作实践中，在使人物心理发生错位这一点上，异曲同工、殊途同归。在这里，我们不能完全依赖任何西方文论，而是要依靠原创性的、超越时空的概括。不管是中国文论还是西方文论，已经讲出来的肯定比文本中早已存在的要少得多，因而，学习西方文论，光是展开系统的“知识谱系”不过是复习了人家已经洞悉了的，这并不是最高的目的。中国文论家的任务，应该是对照文本，探寻西方文论家的目光遗漏了的东西。正是因为这样，直接归纳才特别重要，但是在这样做时，又不能不清醒地意识到，归纳要求周延、普遍和无限，而人的阅读经验因为其有限性，不能绝对周延，因此，在归纳得出一定结论的时候，要十分警惕其经验的狭隘性。为了打破狭隘经验的局限，故在论述时：第一，要十分重视以证伪高于证明的原则，来保证经验的广度的拓展，进行具体分析；第二，要以直接归纳弥补其不足，使二者保持“必要的张力”。

---

① 参阅孙绍振：《论小说的横向结构和纵向结构》，《文艺理论研究》1987年第1期。又见《审美价值结构和情感逻辑》，华中师范大学出版社2000年版，第66页。

第十章

以直接概括冲击贫乏的散文理论

——建构现代散文理论基础

对于文学文本解读学的建构，最为艰巨的可能是散文，这是因为：第一，中国现当代散文作为一种文体，和其他形式有很大的不同。其他形式如小说、诗歌、戏剧在西方文学中均有相对应的体裁，而现当代散文作为一种文体，却没有相对应的形式。第二，西方理解的“散文”，从外延到内涵，都重智性随笔，往往横跨纯文学与非文学，与我们所理解的以抒情为主的散文相去甚远，因而西方文学中基本没有散文理论。第三，西方文学中也没有流派，因而，中国现当代散文不像其他形式那样可以随西方文学流派而频繁地更迭，在根本上，它是封闭性发展的。正是因为封闭，所以才先天不足，发展迟缓，理论匮乏，但是，这对于散文解读来说也有好处，因为没有多少西方权威理论的遮蔽；其坏处是理论的自觉性不足，以致一些风行一时的所谓“理论”缺乏深厚内涵，肤浅到不成其为理论，从杨朔的把每一篇散文都当作诗来写，到林非的“真情实感”论，充其量不过是审美抒情而已，并没有涉及散文作为一种文学形式区别于小说、诗歌的特征，因而经不起阅读的检验。从五四时期以来，我国的散文就并不只是审美抒情的，智性的成分在鲁迅的杂文中（如《魏晋风度及文章与药及酒之关系》）可以说占主要成分。钟敬文在《试谈小品文》中早就提出了散文“有两个主要的元素，便是情绪与智慧”：情绪是“湛醇的情绪”，而智慧则是“超越的智慧”。[①]也许当时钟敬文的权威性不够，因此并没有引起足够的重视。1933年，郁达夫接着提出“散文是偏重在智的方面的”[②]，亦未引起广泛响应。显然，片面强调抒情，

① 钟敬文：《试谈小品文》。杨哲编：《钟敬文生平、思想及著作》，河北教育出版社1991年版，第463页。

② 郁达夫：《文学上的智的价值》，《现代学生》1933年第2卷第9期。

忽略智性已成为现代散文发展中的一个突出障碍。问题是如此之严重，以至于流行的散文理论对丰富多彩的散文现象失去了起码的阐释功能。在这种情况下，除了从历史的发展中直接归纳，在逻辑和历史的发展中进行原创性的建构以外，别无选择。

当代散文理论的弱智是无可讳言的，但是，这种弱智也是历史的产物，有其深邃的历史根源。

现代散文审美“小品”的历史选择和
中国散文审智“大品”的失落

现代中国散文由于其封闭性发展，逐渐形成一种中国和世界文学史上都未曾有过的文学体裁。在近一个世纪之中，给国人造成一种印象，好像全世界都有这样一种文体。

在西方并没有一种叫作散文（Prose）的文体。在《大英百科全书》（Encyclopedia Britannica）的Ultimate Reference Suite中没有单列的Prose条目，只有关于Prose的从属条目，例如：alliterative prose（押头韵的散文）；prose poem（散文诗）；nonfictional prose（非小说类 / 非虚构写实散文）；heroic prose（史诗散文）；polyphonicprose（自由韵律散文）。在另一本百科全书（The Nuttall Encyclopedia）中，则认为这种文体是用来描述只属于艺术领域的文学，不但包括诗歌、小说、戏剧，甚至还包括文学批评。《大英百科全书》第11版更加强调的是诗歌、传奇等艺术的想象的文学形式，而不包括那种比较呆板的亦步亦趋的文学批评，但包括了演说、书信和讽刺的、幽默的随笔，故在英国散文研究方面享有权威的王佐良先生的《英国散文的流变》（商务印书馆1994年版）中，散文的外延就包括了《圣经》、吉本的《罗马史》，甚至达尔文的《物种起源》和萧伯纳戏剧中的台词。在俄语中，“散文”（прозα）的外延则囊括了除了诗歌以外所有的文章。故什克洛夫斯基的《散文理论》论述了诗、童话、小说、戏剧，一般地说，在俄语里，是“泛指非韵文以外的所有的文学体裁”①。

和我们所理解的散文比较接近的并不是prose，而是essay和belles lettres，也就是我们通常所说的随笔（小品）和美文。Essay在牛津词典2版中，指的是比较小型的文学作品。按西方的理解，随笔是一种分析、思索、解释、评论性质的具有一定文学性的作品；较之论文，篇幅短些，不太正式，也不太系统；它往往从一个有限的、经常是个人的角度来讨论一个观点。很显然，它是以议论为主，一方面是与抒情错位的；另一方面又是与理性错位的，大抵可以说属于智性。理论性强的不叫作essay，而叫treatise，或者dissertation。在英

① 刘宗次：《散文理论·译者前言》，〔俄〕什克洛夫斯基：《散文理论》，百花文艺出版社1997年版，第8页。

语里，单独使用的 prose，与其说是一个独立的文体，不如说是一个系列文体的总称（还包括小说、传记），有时作为表述方法（而不是文体），有平淡无奇的意思。属于文学性散文的文体，并不笼统地叫作 prose，而是 bellesl ettres（美文）。另一种百科全书（Wikipedia）中提及“美文”（belles lettres），则说这是来自法语的词语，意思是 finewriting。它包括了所有的文学性质的作品：小说、诗歌、戏剧或者是随笔，其性质取决于语言运用上的审美原创，而不是其信息和道德的内涵。作为文学，具体是指轻松的、有趣的、意深语妙的随笔，也用于指文学研究，同时也包括了诗歌、戏剧和小说。

在现代散文作为一种文体被提出来之前，中国文学史上也不存在一种叫作散文的文体。按姚鼐的《古文辞类纂》，它是相对于辞赋类来说的，形式很丰富：论辩类、序跋类、奏议类、书说类、赠序类、诏令类、传状类、碑志类、杂记类、箴铭类。这些显然包含了文学性和非文学性、抒情和智性两个方面。五四时期的周作人要提倡一种文学性散文，面临的就是这样一个局面，那就是在中国和西方都没有现成的文体。周作人在《美文》中把这一点说得很清楚，后来被我们称为散文的文学形式，在他那个时候的“国语文学里，还不曾见有这类的文章”[①]。为这个世界上最年轻的甚至可以说还没有成型的文学体裁确立一个规矩（或者规范），气魄是很大的，也是很冒险的，留下偏颇甚至混乱，也许不可避免。

从字面上看，周作人立论的根据在西方。他说，外国有一种所谓“论文”，大致可以分成两类，第一类是“批评的”“学术性的”。对于这一类，他没有再加以细分，其实是把 essay、treatise 或者 dissertation 都包含在内了。另一类则是“美文”，这是周作人发明的一个汉语词语，肯定就是 belles lettres 的翻译。他给这类文章规定了“叙事与抒情”的特征，相当于今天审美性的散文。正因为在当时新文学中还没有这种文体，所以他主张应该去“试试”。这个“试试”可能是从胡适的《尝试集》得到的启示，岂不知新诗的尝试，不论中国还是西方，都是有稳定的诗体可稽的，而散文却是中西方都没有的。“叙事与抒情”的规定，说明周氏倾向于 belles lettres（美文），但是，他又把它归入“论文”一类，说“他的条件，同一切文学作品一样，只是真实简明便好”[②]。这说明他有点动摇，觉得应该把主智的 essay 囊括进来，可是他的题目又是“美文”。显然，周作人在理论上一直摇摆在主智的 essay 和主情的 belles lettres 之间，只是在具体行文中，他又明显倾向于主情的 belles lettres。

虽然他的主张号称来自西方，但西方的文论并不足以支持他作出主情的决策。1928 年，他在《燕知草·跋》中明确宣言晚明的公安派是“现在中国新散文的源流”[③]。其实，在他

① 周作人：《美文》，《晨报副刊》1921 年 6 月 6 日。又见俞元桂主编：《中国现代散文理论》，广西人民出版社 1984 年版，第 3 页。

② 同上。

③ 俞元桂主编：《中国现代散文理论》，广西人民出版社 1984 年版，第 433 页。

心目中，那就是现代散文的楷模。推动他作出如此坚定的论断的，可能有两个原因：第一，是他的艺术趣味，具体表现为他对晚明公安派性灵小品的执着。“叙事与抒情”和“真实简明”都不是西方 essay 和 belles lettres 的特点，而是他所热爱的公安派的风格。

促使他作出这样的论断还有一个更为深刻的历史原因。五四时期，先驱们对晚清占统治地位的桐城派散文极其厌恶，骂他们是“桐城谬种”，称他们文章选集为“选学妖孽”。桐城派是强调文以载道的，主张义理、考证、辞章三者的结合。“义理”就是正统理学，“考证”就是文义、字句有古代文献的准确根据，“辞章”就是讲求文字功夫。这样的散文虽然并不排斥抒情叙事，但是以智性的议论为主的。他们以追随先秦两汉和“唐宋八大家”为务。这在以强调“人的文学”为宗旨的周作人那里，理所当然地遭到厌弃。首先，文以载道，正统理学，是五四新文学运动的革命对象，与个性解放可谓迎头相撞。其次，这个流派规定的文章体制和规范也与追求文体解放的潮流相悖。既然桐城派遭到厌恶，周作人就从被遗忘了几百年的明末公安派那里找到了经典源头，说散文应该像明末的公安派那样“独抒性灵”，以“抒情叙事”为主就是这样来的。以个人化的情感解放为目的，文章须有个我在，直至语丝派兴起的时候，还是散文家的共识；于是“义理”的智性为主的文章格局，和旧体诗词一样被当作形式的镣铐遭到无情的抛弃。

周作人此文虽然很短，只有 1000 多字，但却成为中国现代散文理论的经典，其权威性造成了现代散文后来矛盾的奇观：近百年的发展成就和种种曲折，甚至数度的文体危机都和这篇文章有着密切的关系。

周作人的这个带有个性解放性质的理论，至少在最初的一二十年产生了冲决罗网的效果，最突出的是大大解放了中国散文的创造力。鲁迅在《中国新文学大系·小说集·导言》中认为，五四新文学运动第一个十年内，散文成就超过了小说和诗歌。这是因为它迎合了个性解放的时代潮流。郁达夫说：“五四运动的最大成功，第一要算‘个人’的发现。”郁达夫曾经以一个亲历者的身份谈论到这两者的关系：“现代散文的最大特征，是每一个作家的每一篇散文里所表现的个性比从前的任何散文都来得强。”[①]但这只是问题的一个方面，导致长期忽略了智性，给中国现代散文留下了无穷的后患。

周作人把桐城派散文的糟粕和精华一起抛弃了，最主要的是造成了现代散文智性长期贫弱的后果。桐城派固然腐朽，但他们十分重视智慧，十分强调对先秦、汉魏、唐宋散文传统的继承。如果把正统的载道内涵加以扬弃，其文学形式的审美积淀是深厚的，思想境界也不乏宏大的历史视野，而周作人选择的是“独抒性灵”的公安派，其所针对的乃为明中叶后，前后“七子”以拟古为准则的“文必秦汉，诗必盛唐”。提倡文章“不拘格套”，

① 郁达夫：《中国新文学大系·散文二集·导言》，上海良友图书印刷公司 1935 年版，第 3 页。

其文以自然率真为尚，自然也有其历史的重大贡献，但缺乏智性的制约，也使得袁氏兄弟难免存在滥情倾向。其后继者竟陵派主观上力矫“公安”俚俗、浮浅，倡导“幽深孤峭”，其结果是艰涩隐晦。忽略深厚的智性和文化传承的结果是其思想境界越来越窘迫，竟陵派的末流，甚至有为性灵的独特而独特，滥情变成矫情因而被斥为“文妖”者。

此派文章往往被论者称为“小品”，不但是指其规模，而且也指其境界，相比之下，中国自秦汉以来的传统散文则显然是思想情感宏大的“大品”。

周作人对前七子的“文必秦汉”显然缺乏历史分析，未将“文必秦汉”的教条和“秦汉散文”的伟大传统加以区分，把没有出息的前七子和先秦诸子混为一谈。余光中先生批评周作人的这个重大失误时说：“认定散文的正宗是晚明小品，却忘却了中国散文的至境还有韩潮澎湃，苏海茫茫，忘了更早，还有庄子的超逸、孟子的担当、司马迁的跌宕恣肆。”[①] 余光中先生的批评可谓一针见血，中国现代散文沦为抒情“小品”，或者如鲁迅所忧虑的“小摆设”，缺乏宏大的高贵精神品位，周作人难辞其咎。

周作人的错误犯得很低级，起码在逻辑上是不周延的，就抒情叙事来说，把公安派作为源头起码与历史不符。余光中的质疑只限于先秦诸子和司马迁，其实并不十分全面。再往上推，抒情叙事的成就相当惊人，就是被刘勰称为“诏、策、奏、章”之“源”的《尚书》也是丰碑。《尚书》是最具实用性的，很接近于当代政府文告和首长讲话，具有“记言”属性。恰恰是这些“记言”的权威公文，强烈地表现出起草者、讲话者的情结和个性。《盘庚》篇记载商王为了避免水患，抑制奢侈的恶习，规划从山东曲阜（奄）迁往河南安阳（殷），遭到了安土重迁的部属的反对。盘庚告喻臣民说：“迟任有言曰：‘人惟求旧，器非求旧，惟新。’”这是对部属的拉拢，用了当时谚语，翻译成今天的话就是：东西是新的好，朋友是老的好。接着说自己继承先王的传统，不敢“动用非罚”，这就是威胁。不敢动用，就是随时都可用。接着说，你们听话，我也“不掩尔善”，不会对你们的好处不在意。“听予一人之作猷”，听我的决策，我负全部责任，邦国治得好，是你们的，治得不好，我一个人受罚（“邦之臧，惟汝众；邦之不臧，惟予一人有佚罚”）。话说得如此好听，表面上全是软话，但不过是硬话软说，让听者尽可能舒服，绵里藏针，到了最后，突然来了一个转折，锋芒就毕露了：大家听着，从今以后“各恭尔事，齐乃位，度乃口。罚及尔身，弗可悔”。你们要安分守己，把嘴巴管住，否则，受到惩罚可不要后悔。这样硬话软说，软话硬说，软硬兼施，把拉拢、劝导、利诱和威胁结合得如此水乳交融，其表达之含而不露，必要时咄咄逼人，其时的神情姿态，实在是活灵活现。这样的文章，虽然在韩愈时代读起来就“佶屈聱牙”了，但今天看来，只要充分还原出当时的语境，就不难看出这篇演讲词用

① 余光中：《自序》，《余光中·散文选集（一）》，时代文艺出版社1997年版，第5页。

的全是当时的口语。怀柔结合霸道，干净利落，实在是杰出的情理交融的散文。这样的政府公文中透露出来的情智交融的特征，不管用什么样的“独抒性灵”、用什么样的“义理”来衡量，都是大手笔。

如果这一点能够成立，至少《左传》《论语》《孟子》等中许多篇章，如《论语》中的《子路、曾皙、冉有、公西华侍坐》《季氏将伐颛臾》，还有屈原的《渔父》，用历史的眼光来看，都可以算是相当精彩的散文。这样的散文甚至在形式上也和古希腊、罗马早期的散文息息相通。古希腊的散文很大程度上就是演讲和对话，柏拉图、苏格拉底和孔夫子一样，留下了情智交融的对话录，西赛罗留下的著作中三分之一都是演讲，而这一切是周作人式的抒情叙事所不能包含的。智性的恢宏、精神的博大，是东西方散文不约而同的传统。后来西方的随笔，不管是蒙田的还是培根的，其荦荦大端者都不是抒情小品，而是审智的“大品”，不仅在篇幅上，而且在情思和哲理的深邃上，都是小家子气的小品所望尘莫及的，但周作人的抒情叙事观念，从理论上来说乃是排斥审智的审美观念，导致在很长一个时期智性（审智）话语失去了合法性。

虽然周作人的散文写作与他狭隘的散文理论背道而驰，但是周作人的权威性却把中国现代散文领上了封闭性的道路，除了对中国传统散文的封闭，还有对世界文学形式和潮流的封闭，这种双重的封闭性和中国现代文学其他形式的完全开放性形成了奇异的对照。

中国现代文学诸多形式基本向西方开放后，把中国古典格律诗形式当作镣铐打碎，照搬了西方自由诗的形式，从而有了现代新诗的诞生。话剧原来是没有的，整个是从西方移植过来的。现代短篇小说受到西方的影响，摆脱了以史传体和情节为主、一环扣一环的章回体形式，追求胡适提倡的“生活的横断面”，摆脱了章回体的延续性，建构了超越情节的意脉的完整性。诗歌、小说、戏剧和世界文学接轨造成了一种奇特的文化历史景观。几乎每个大作家背后都有一个师承的大家，鲁迅背后有安德列夫、契诃夫，茅盾背后有左拉，巴金后面有托尔斯泰，等等。诗歌更明显，郭沫若背后有惠特曼、海涅、泰戈尔，艾青背后有凡尔哈伦，戴望舒背后有波德莱尔，田间、郭小川、贺敬之背后有马雅可夫斯基，曹禺背后有奥尼尔，外国作家的巨大权威构成了现代文学大家艺术的基础。就流派而言，也是一样，新诗的浪漫派、象征派、现代派、后现代派，小说的自然主义、现实主义、社会主义现实主义、魔幻现实主义，意识流，等等，此起彼伏，走马灯似的追随西方流派，其更新速度之快、追踪之紧，可能是世界之最。散文家却没有追随西方，虽然也有一些英国散文的幽默的影响，但总体来说，散文是关门的、封闭的。从五四到 21 世纪，散文没有流派更迭的纷纭景观，这大概是因为西方也没有。中国现代散文家背后也没有外国大家的旗号，中国散文史上的公安派这样的“小家”给人以“廖化当先锋”的感觉。但是，封闭也不是一无是处，第一个十年中散文取得巨大成就，毕竟成为当时思想解放、人的解放和人的文学有力的一翼。关起门来发展使得我们的散文居然也有“中国特色”的长处。奇怪的是，散文与世界不接轨，但还是发展起来了，还取得了很大成就；但是不可否认，理论上的幼稚和混乱，可以说是中国散文特有的基因残缺（这种基因残缺，是在中国现代小说、诗歌中所不可想象的）。这就导致了散文隐藏着阵发性的文体危机，其严重性威胁到了散文的生命，散文文体先后两次面临被颠覆的危险。

历史发展总是带着某种“片面的深刻”的。周作人凭着有限的西方文学阅读经验，又从明人性灵小品中，找出了二者之间的最大公约数，首先把散文作为一个独立的文学文体，和理性的“论文”分开；其次，在文学中又和诗歌、小说分立起来；再次，在智性与情感的矛盾中选择了抒情。后来王统照提出“纯散文”[①]（pure prose）的口号，也是沿着这条思路。接着胡梦华提倡“絮语散文”（familiar essay），强调的是“不同凡响的美的文学”“抒情诗人的缠绵的情感”“人格动静的描画”“人格色彩的渲染”“个人的主观”“非正式的”。胡梦华搬用了厨川白村论 essay 的说法。[②] 这里的关键词是“美的文学”“抒情诗人的缠绵的情感”。

1928 年，周作人为俞平伯的散文集《杂拌儿集》作跋，就用“絮语散文”的观念来阐释“论文”，认为其特点是“不专说理叙事，而以抒情分子为主”。他在编选《中国新文学大系·散文一集》时还明确宣布：“议论文照例不选。”[③] 他所选的也的确几乎全是抒情性质的散文。

这里有两点不可忽略：第一，这不是周作人一个人的选择，而是一种历史的选择。在重大历史关头，抒情审美价值取向独具民族和时代特色。中国现代主情的、审美散文和欧美主智倾向的“essay”就这样走上了不尽相同的道路。第二，这种理论上的选择，与实践有相通的一面，又有错位的一面，但长期以来没有引起注意。理论性的反思只能是在实践经验饱和之后，和现代新诗中理论往往走在实践前面不同，散文的实践总是走在理论前面。

中国现代散文被周作人定义为对晚明公安派性灵小品的传承，以“抒情与叙事”[④] 为特点，也就是仅仅限于审美，这样一来，鲁迅的随感录式的智性文章，就无法为周作人的散文定义所包容，于是就创造了一个全世界都没有的名目，叫作“杂文”。这一方面说明周作人的定义不周延，另一方面也说明鲁迅的独创在历史实践过程中迟早会突破抒情叙事的定

① 王统照：《纯散文》，《晨报副刊·文学旬刊》第 3 号，1923 年 6 月 21 日。

② 厨氏的观念见《鲁迅译文集（第二卷）》，人民文学出版社 1954 年版，第 305—306 页。

③ 周作人：《中国新文学大系·散文一集·导言》，上海良友图书印刷公司 1935 年版，第 8、13 页。

④ 周作人：《美文》，《晨报副刊》1921 年 6 月 6 日。又见俞元桂主编：《现代散文理论》，广西人民出版社 1984 年版，第 3 页。

义，增加散文定义的内涵，“审智”散文在实践中的存在，终究要突破狭隘的定义。

这样，解读散文比之解读小说、诗歌就多了一层任务，那就是在解读的过程中对之进行理论的建构。首先，周作人将散文局限于“抒情与叙事”，本身就把这一对矛盾放在了一个极其狭隘的框架中。在一定历史条件下，如20世纪30年代红色文学风靡一时的时候，散文的叙事性发展到极端，散文乃为报告文学所遮蔽，所谓“文学的轻骑队”成为先锋。1942年以后，由于自我表现受到批判，诗歌已经以“时代精神的号角”为务，散文岂能成为自我表现的避风港？丁玲、周立波、吴伯箫、刘白羽等人的散文开始向表现新人新事的新闻性质的通讯报告方面转移。流风所及，散文遂为新闻性的通讯报告的附庸。新闻、通讯、报告，得到行政方面的高度重视，以近乎群众运动的方式，形成空前的热潮，胡乔木甚至为文曰《人人要学会写新闻》[①]。1941年至1946年，《解放日报》报道有关新闻、通讯的组织工作如下：1943年8月8日第4版《贯彻全党办报与培养工农通讯员》；1944年1月10日第2版《延属地委召集延安县市通讯员举行通讯工作座谈会》；1944年1月18日第2版《延市、志丹检查通讯工作，发动大家大量为党报写稿》；1944年2月11日第2版《加强通讯员教育与实际工作结合》；1944年2月20日第2版《延长整顿通讯工作，今后每人每月写稿两篇》；1944年3月18日第4版《提倡工农同志与知识分子的结合》；1944年3月18日第4版《“长城”部一年来的通讯工作》；1944年3月3日第2版《每区设党报通讯组》；1946年1月6日第2版《三旅八团二连通讯小组组织“通讯联手”互助写稿》；1942年7月25日《论通讯员的写作和修养》；1942年8月25日《展开通讯员工作》；1942年10月28日《新闻通讯》第1期；1942年11月17日《给党报的记者和通讯员》；1943年9月15日《谈谈靖边组织通讯工作的几点经验》。这当然是战争环境下强化实用宣传功利所致，但在胜利进军的热潮中，狭隘政治功利对于散文的伤害，导致1954年短篇小说、诗歌、独幕剧均可出版选集，而散文却只能出版《散文特写选》，这可以说是散文的第一次文体危机。

1956年百花齐放以后，人们开始有所反思，不久就有杨朔、刘白羽和秦牧把散文诗化的潮流，在这方面，杨朔成就最高，他提出的把每一篇散文都当成诗来写的主张引起轰动。原文是“我在写每篇散文时，总是拿着当诗一样写”[②]，这是因为，这样的主张把散文从实用的通讯报告中解放了出来，恢复了其审美价值。可惜的是，他又轻率地把散文放到诗的牢笼中去了。殊不知诗与散文在根本上属于不同的类型，有如血型有A型B型之别，把A型的血输到B型中去是要出人命的。然而，彼时杨朔的主张风靡一时，滔滔者天下皆是，把

---

① 胡乔木：《人人要学会写新闻》，载《解放日报》1946年9月1日。

② 杨朔：《东风第一枝·小跋》，见《杨朔散文选》，人民文学出版社1978年版，第220页。

将散文当成诗来写误解为唯一的选择，再加上杨朔散文的政治宣传和结构模式化倾向，这就造成了散文的第二次文体危机。新时期开始以后，有了对杨朔模式的批判，但往往限于其内容作为政治宣传的附庸，而对于其把散文当作诗来写，却没有认真清算。正是因为这样，20世纪80年代起，产生了杨朔散文诗化理念的变种，那就是林非的真情实感论。

“真情实感”论：归纳和演绎法的局限

从20世纪80年代直到今日的散文理论中，影响最大的无疑是林非的真情实感论：“散文创作是一种表达内心体验和抒发内心情感的文学样式”，“它主要是内心深处迸发出来的真情实感打动读者”。不难看出，这种表述事实上是把散文的特殊性定性在“真情实感”，也就是抒情性上。当然，林非也看到了抒情性的狭隘：“狭义散文以抒情性为侧重，融合形象的叙事与精辟的议论。”[①]这里很有分寸感地用了一个“侧重”，带出了“议论”，不过议论当然是为抒情服务的。这种真情实感论在相当一个时期内拥有相当的权威，至今仍然得到学界很多人士的广泛认同。

真情实感论如果能够成立——其实真情与实感是矛盾的，[②]应该代表了文学的普遍规律。在当前文艺理论、解读学理论界中，逻辑方法主要是演绎法，所依据的理论，主要是传统的表现论。虽然这是一种历史影响甚大的学理，但是，这种学理毕竟只是文艺学的，就其本身来说，并不包含散文的特殊规律；而用演绎的方法，直接推演到散文中去，不能到达散文的特殊矛盾。这不是表现论的局限，而是演绎法的局限。真情实感作为大前提，必须是周延性的：

大前提：一切文学都是真情实感的表现

小前提：散文是一种文学

结论：散文是真情实感的表现

这个推理完全符合小逻辑的三段论的规范，但这里却隐含着形式逻辑的内在悖论。演绎的目的是从已知的大前提中引申出未知的结论（散文是真情实感的表现）。表面上是从已知演绎出未知，但是，这个本来尚未知的结论早就隐藏在已知的大前提中了。当人们说一切文学都是对真情实感的表现的时候，是不是已经把散文包含在内了呢？如果不包含在内，那么，就不能说一切文学现象都是真情实感的表现，而只能是这样：

① 林非：《关于当前散文研究的理论建设问题》，见《散文论》，华中师范大学出版社1992年版，第5页。

② 参阅孙绍振：《“真情实感”论在理论上的十大漏洞》，《江汉论坛》2010年第1期。

大前提：一切文学，除了散文以外，都是真情实感的表现

小前提：散文是文学

结论：无法推出

大前提不周延，就不能推出结论，因而在大前提和小前提之中，有一个共同的中间项，这个中间项如果不是周延的，是不能进行三段论的演绎推理的。只有大前提是周延的，才能进行推论：

大前提：一切文学（包括散文）都是真情实感的表现

小前提：散文是文学

结论：散文是真情实感的表现

这就产生了一个悖论：为了证明散文是真情实感的表现，必须先肯定散文是包括在真情实感的文学之中的。这在逻辑上就犯了同语反复的错误，所以早在恩格斯时代就有了共识，演绎法的最大局限，就是结论早已包含在大前提中了。因而，演绎法只能从已知到已知，并不能从已知到未知，所以说，演绎法是不能产生新知识的。这是人类思维的局限，正如人类的语言符号有局限性一样，人类思维的逻辑也是有局限的。在这一点上不清醒，就可能导致盲目性。不管用西方的还是中国的权威的、普遍的哲学文化理论作为大前提，都不可能把文学性包括散文性、诗性演绎出来，因为普遍的大前提里面没有小前提里的特殊性。

演绎法的特点，恰恰是不能无中生有。以演绎法当作唯一的思维方法，这是盲从，甚至是麻木。当然，人类并未因此而束手无策，与演绎法相对和互补的，就是归纳法。归纳法不是从推论开始，而是从具体的、特殊的感性上升为普遍的抽象。古希腊以权威的、经典的观念为大前提进行演绎，遇到了危机，文艺复兴时代的大师以培根为代表，致力于观察和实验，像蜜蜂一样收集经验事实。这就产生了以经验的归纳为主的时代潮流，为近代科学的发展开拓了新的历史阶段。当然归纳法也有局限，因为理论的基本要求是具备普遍性，但不管是个人的，还是时代的，经验毕竟是有限的，经验的狭隘性和理论的无限普适性，是一对永恒的矛盾。作为演绎法的一种互补形式，归纳法有显而易见的优越性，那就是不是从概念定义出发，而是从事实出发，不但有相对的可靠性，而且可以在实证的基础上，提供超越普遍理念的特殊知识。人们不能从水果（普遍）演绎出苹果（特殊）的味道，但却可能从苹果（特殊）归纳出水果（普遍）的性质来。正是因为这样，要真正建构可靠、严密的散文理论，不能单纯依赖演绎法，有必要从经验的归纳去寻求其特殊奥秘。这就是在自然科学方法论上要自觉地在二者之间“保持必要的张力”的原因。

是真情实感还是虚实相生

真情实感论在方法上是跛脚的，因为真情和实感是一对永恒的矛盾，动了情，感觉就要发生变异。拿历史上的散文经典来检验，则更会显出这个论点的漏洞百出。范仲淹写《岳阳楼记》，根本就没有亲临其楼，哪来的“实感”？从袁中道的《游岳阳楼记》中可知：岳阳楼前的洞庭湖，并不永远像范仲淹所写的那样“衔远山，吞长江”“阴风怒号，浊浪排空”“日星隐曜，山岳潜形”“沙鸥翔集，锦鳞游泳”“长烟一空，皓月千里”“浮光跃金，静影沉璧”，等等，这些都是范仲淹的想象，亲到其地的袁中道的“实感”是：“洞庭为沅湘等九水之委，当其涸时，如匹练耳；及春夏间，九水发而后有湖。”《岳阳楼记》中的洞庭湖并不是范仲淹的“实感”，而是他的“虚感”。大凡散文于写作之时，都是回忆或者预想，其意象群落必有排除和优选，按文体准则，在想象中进行重组、添加，就是作家的情致，也要在散文感知结构中发生变异。袁中道的感觉并不是“先天下之忧而忧，后天下之乐而乐”的豪言，而是“四望惨淡，投箸而起，愀然以悲，泫然不能自已也”。经典抒情散文中的感知，与其说是实感，不如说是在与“虚感”的冲突中建构起来的，真情的原生状态是若隐若现，若浮若沉，电光石火，瞬息即逝，似虚而实，似真而幻，外部的实感由于深情的冲击，变成想象的虚感，要抓住它，在语词上给以命名，“想象的虚感”才能变成“语言的实感”。20世纪80年代中期女作家唐敏笔下的“虹”曾经有过较大影响。作家描述了她在山岭上走近虹彩时的经验。她的感觉是“很细很淡”“像一道无力而忧伤的眉毛”，接着是“彩虹溅起气流，激起蒸气般颤动的气流，亿万缕升浮的细弦交织着，形成并不存在的平面”。如果不能说没有“实感”的成分的话，那么其中虚感的成分的确是明显的，不然，何以解释“像一道无力而忧伤的眉毛”和“并不存在的平面”？退一万步说，这至少是“虚实相生”的，没有虚就没有实，没有实也就没有虚，但在这里，与其说是实感，还不如说是虚感更艺术，请看作家在这“忧伤的眉毛下”如何“虚”法：

猜不出有怎样的一只眼睛来与之相配。想象不出真是那样的眼睛，怎么让这它和短命的虹一起消失，没有眼睛的眉毛啊，寂寞的虹。

越是追随“实感”（形态、色彩等），就越是被动，越是把艳丽的虹当作虹，想象就越不自由；越是超越了虹的“实感”，不把虹仅仅当作虹，让它变成眉毛和眼睛的关系，转化到人的寂寞和忧伤的心情中去，也就是越有“虚”的想象，而不是“实”的描摹，才越是生动。并不是情愈真，感就相应愈实；相反，情愈真，则感愈虚。“情人眼里出西施”“月是故乡明”“敝帚自珍”“瘌痢头的儿子自家的好”“海内存知己，天涯若比邻”“良言一句三冬暖，恶语伤人六月寒”，真情都与虚感相表里。要表真情，必先虚化感知，进入想象境界。真情实感论似乎并没有面对任何创作实践作起码的检验。尽管林非也非常真切地感到，当时的散文“追求自我封闭的单一化模式化”，呼吁“打破旧的规范”[①]，但他并不知道，他自己的真情实感论就是抒情诗化、单一化、模式化的美学基础，就是某种意义上的“旧规范”。明显的事实是，越是面对杰出的文本，真情实感论就越是显得混乱。在余秋雨笔下，三峡潮水声中有两个主题，一个是对大自然的朝觐，一个是对山河主宰权的争逐，那日日夜夜奔流的江涛，就是这两个主题在日夜不停地争辩。这种在真情冲击下变异了的感觉，明显不是“实感”，而是“虚感”。通过这种“虚感”传达出来的感情是真情还是假情？任何一个研究，对这样的矛盾实际视而不见，还能成为理论吗？

我们来看20世纪90年代崭露头角的刘亮程的《对一朵花微笑》：

> 我一回头，身后的草全开花了。一大片。好像谁说了一个笑话，把一滩草惹笑了。
>
> 我正躺在土坡上想事情。是否我想的事情——一个人脑中的奇怪想法让草觉得好笑，在微风中笑得前仰后合。有的哈哈大笑，有的半掩芳唇，忍俊不禁。靠近我身边的两朵，一朵面朝我，张开薄薄的粉红花瓣，似有吟吟笑声入耳；另一朵则扭头掩面，仍不能遮住笑颜。我禁不住也笑了起来。先是微笑，继而哈哈大笑。
>
> 这是我第一次在荒野中，一个人笑出声来。

这里精彩的显然不是实感，而是作家想象中的虚感。这是文学、艺术最起码的道理。情感审美都是想象的，都是需要假定的。何其芳成名的抒情散文集的名字叫作《画梦录》，沈从文宣言他要写的是“心和梦的历史”[②]，朱自清也提出散文“满是梦”[③]，刘亮程自述写作经验是“向梦学习”：

> 梦是一种学习。很早的时候，我一定通过梦熟悉了生活。或者，梦给我做出了一种生活。后来，真正的生活开始了。我出生、成长。梦渐渐隐退到背后。早年的梦多被忘记。
>
> 还是有人记住一种叫梦的生活。他们成了作家。
>
> 作家是在暗夜里独自长成的一种人，接受夜和梦的教育。梦是一所学校。夜夜必修的功课是做梦。
>
> 我早期的诗和散文，一直在努力地写出梦景。作文如做梦。在犹如做梦的写作状

---

① 林非：《散文创作的昨日和明日》，《文学评论》1987年第3期。

② 沈从文：《习作选集代序》，《沈从文选集（第五卷）》，四川人民出版社1983年版，第228页。

③ 朱自清：《山野掇拾》，《朱自清散文选集》，百花文艺出版社1987年版，第71页。

态中，文字的意味向虚幻、恍惚和不可捉摸的真实飘移，我时而入梦，时而醒来说梦。梦和黑夜的氛围缠绕不散。我沉迷于这样的幻想。写作亦如暗夜中打捞，沉入遗忘的事物被唤醒。

梦是我的启蒙老师。我早年的写作一定向梦学习了许多，我却浑然不知。

……做梦似乎是天生的，不需要向谁学习。我的写作，却一直在向梦学习。

我不知道自己一直向梦学习。我很早懂得隐喻、夸张、跳跃、倒叙、插叙、独白这些作文手法。后来，我写作多年，才意识到，这些在文学写作中常用的手法，在梦中随处使用。做梦用的手法跟作文一模一样。

……梦的多义性是文学的重要特征。我写一个句子时，希望语言的意义朝无数个方向延伸，在它的主指之外有无限的旁指，延伸向远方。这也是梦的特征。

梦呓、梦话也叫胡话。说胡话。一个已经睡着不该说话的人说的话。突兀的一两句，没前没后，自言自语，他对着梦说话，我们看不见他的梦。

最好的文学语言是梦语言。

梦呓被多少文学家借鉴发展为超现实的语言叙述方式。[①]

这是因为人的主体的情感是不可感的，这是人的局限性，人对自己的这个局限性是无可奈何的。只好借助假定的梦，或者说“移情”，把它当作是客体的可感的属性；不借助假定，主体的情感是不能进入可感的客体的。真情实感论之所以缺乏生命，完全是因为其拘泥于贫乏的“真”和“实”。殊不知，文学作品的情和感都离不开幻觉，都以莱辛所说的“逼真的幻觉”为基础，都是经过虚实相生，经形式同化所到达的艺术境界。在这一点上，韦勒克和沃伦在《文学理论》中说得更彻底：与其说文学作品体现作家的实际生活，不如说它体现作家的“梦”；或者说，艺术作品可以算是隐藏着作家真实面目的“面具”或“反自我”。[②]

刘亮程本来是写诗的，后来闯入散文界，一鸣惊人。他对散文的贡献，并不是什么实感，而是借着这样的虚虚实实的感和情，表现了他不可重复的生命的体验。他把他的散文集叫作《一个人的村庄》，给人的感觉是他真是一个孤独的农民，成日无所事事，其实，他是一个农机员，他所假定的、虚拟的，是孤独一人，与没有语言的植物和动物相对。在这个世界上，也有能独享的生命的欢乐，更有比群居更深邃、更美好、更自由的思索和解读，而刘亮程的生活经历和生命体验环境，对于文化人来说是不可重复的。

---

① 刘亮程：《向梦学习》，《扬子江评论》2011 年第 1 期。

② 〔美〕勒内·韦勒克、奥斯汀·沃伦著，刘象愚等译：《文学理论》，江苏教育出版社 2005 年版，第 79—80 页。

看不到情与感的内在矛盾，也就看不到运动的发展、变化，对情与感的历史的消长视而不见。

晚明小品中提出“独抒性灵”，五四时期散文继承了这个传统，对于散文的抒情主潮，其深层的矛盾其实不仅在于情与感，而且在于情与理。主情的极端就是用变异的感觉来抑制理性，走向极端，就是情感的泛滥，变成了滥情、矫情、煽情。故到了20世纪中叶，西方产生了抑制抒情的潮流，在诗歌中干脆提出“放逐抒情”。在中国，“放逐抒情”是在1939年由诗人徐迟提出的，他套用了英国诗人戴·刘易斯（1904—1972）在*A Hope for Poetry*中的话，旨在从更宽阔的视野探究抒情传统与历史现实的种种纠结和角力，以西方现代主义思潮对抒情精神（lyricism）的迎拒作为参照，以发现文学上所谓“抒情”的意义和局限。五四以降，sentimentalism一直被翻译为感伤主义，近来就变成了滥情主义。在我国先锋诗人和小说家那里，跳过情感，直接从感觉向审智方面深化，追求冷峻的智性成为主流，而散文却停留在真情实感的抒情中。就在这个时候，余秋雨出现了，他把诗的激情和文化的智性水乳交融地结合在一起，迈向了散文的新阶段，实现了从主情到主智的历史过渡，一批散文作家成了他的追随者。可是就在这个时候，余秋雨却引发了空前的争论。除开某些人事因素以外，主要还在于余秋雨的散文是从审美情感到审智散文之间的一座“断桥”。从真情实感也就是审美情感论来看，他的文章存在过多的文化智性，而从先锋的、审智的眼光来看，又有太多的感情渲染，被视为滥情。

真情实感在文体中的分化

真情实感论最大的缺失还在于，它号称散文理论，却并未接触散文本身的特殊矛盾。就算马马虎虎以真情实感为逻辑起点吧，那么摆在面前的首要任务是，揭示散文在真情实感上与诗歌、小说的不同。同样的真情实感，在诗歌里和散文里如何分化？其实这并不神秘，只要抓住情与感彻底分析，就不难显出端倪。真情实感，事实上就是内情与外感，不管是内情还是外感，都得是有特点的，一般化的、普遍性的、老一套的情感，是缺乏审美价值的。情感和物象结合成为意象，作为文学形象胚胎结构，只是艺术形象的一种可能性，要真正成为艺术的形象，内情和外感的特点还有待于形式规范。

从形式上来说，在诗歌中，内情具有特殊性，这不成问题，但其外感是不是同样也要有特殊性呢？诗歌经典文本显示，在诗歌中的外物的感受可以是普遍的，没有具体时间、地点条件的规定。舒婷笔下的橡树，艾青笔下的乞丐，雪莱笔下的西风，普希金笔下的大海，里尔克笔下的豹，都是概括的，并不交代是早晨的还是晚上的，是城市的还是农村的，是一种普遍的类的概括。外感越是概括，诗歌想象的空间越是广阔，情感越是自由。如果盲目追求具体特殊，追问艾青笔下的“乞丐”究竟是男是女，究竟是老是少，诗歌就会变得越具体特殊，越缺乏诗意，也就越向散文转化。这也就是说，散文的艺术奥秘在于，同样是特殊的情感，它的外感越是特殊越好。从这里，我们可以看到杨朔把“每一篇散文都当作诗来写”之所以会造成模式化、概念化，当时的历史条件只是外部原因，而混淆了文学形式的审美规范，才是其内在原因。这种区别本来应该是常识性的，但是，竟弄得连高考试卷上都出错，可见问题严重到了什么程度。

林肯总统被刺，惠特曼写过《船长啊，我的船长》，只写一艘航船到达口岸，船长突然倒下的场景。这个场景没有具体的时间，没有地点，连船长倒在什么人身上都没有交代。然而只有这样，才有诗的想象的单纯集中，也才有展开丰富想象的难度，这才是诗，但在同样题材的散文中，惠特曼写林肯被刺，就明确写出了具体的时间：1865 年 4 月 14 日，晚间。地点：华盛顿的一家剧院。当时的气氛：观众都沉浸在欢乐之中，凶手突然出现舞台上，观众来不及反应，沉默。凶手向后台逃走。群众情绪震惊、愤激、疯狂。几乎要把一个无辜的人打死。[①]这一切都说明，诗和散文的真情实感所遵循着的形式规范是多么的不同。

不是矛盾的普遍性，而是矛盾的特殊性，才是学科研究的对象。

抓住现成理论不能解决的难题：审丑

事实上，不管是拘守于僵化的“真情实感”，还是从西方生命哲学、文化哲学中去演绎，都注定超不出普遍大前提已知的属性，还不如回到散文浩如烟海的文本中来，一旦发现权威理论所不能解决的问题，就抓住不放，对之进行直接归纳，上升为理论。从五四时期，散文就被归结为“美文”，顾名思义，美文就应该是美化的、诗化的，既美化环境，又美化主体精神。这种普遍得到认同的理论，遇到并不追求美化和诗化的文章，就捉襟见肘了。例如，对于三峡风光，我们已经见到过许多美化、诗化的经典诗文了，但楼肇明先生从三峡的自然景观中看到了什么呢？

不成规划的球形、椭圆形、圆锥形、圆柱形，你挤我压，交叠黏合，隆起上升，沉落倾斜，那经过生命和死亡的大轮回、大劫难的一堆堆岩石的云团、岩石的羊群和牛群，被排闼而来的长江水挤开，在两边站立……岩石被送上旋风的绞刑架，从地质

---

① 〔美〕惠特曼：《林肯总统之死》。张禹九编：《惠特曼经典散文选》，湖南文艺出版社 2000 年版，第 129 页。

年代的墓坑里被挖到阳光下，让苍天去冷漠地解读……[①]

如果真情实感论是放之四海而皆准的普遍规律，那么，能把这样的散文列入美文之列吗？这里，三峡不是壮丽的河山，而是很丑陋，作者的真情是什么的呢：冷漠——整个苍天对这一切无动于衷，他自己也无动于衷。这里有什么真情实感呢？真情实感论所描述的情感是什么样的呢？

古今中外，多少优秀的散文，都充分流露和倾泻着作者自己的情感，有的像炽热耀眼的阳光，有的像奔腾呼啸的大海，有的像壮怀激烈的咏叹，有的像伤痛欲绝的悲歌，有的又像欢天喜地的赞颂。当然也有与此很不相同的情形，那就是异常含蓄地蕴藉地表达自己的感情，从表面看来似乎并不强劲猛烈，但在欲说还休的抑扬顿挫之中，可以让读者感受到这股情感潜流的曲折回旋，因而产生更多的回味，值得更充分的咀嚼。[②]

很显然，在作者所理解的情感中，炽热的阳光、奔腾的大海、壮怀的咏叹、欲绝的悲歌、欢天喜地的赞颂、情感潜流的曲折回旋，等等，不外属于激情范畴，带着“流露和倾泻”的力度，就是情感的“潜流”，也是以“曲折回旋”为特点的，但是我们也看到南帆在经过三峡的时候，却和诸如此类的激情拉开了距离：

三峡雄奇险峻，滩多水浊。朝辞白帝，轻舟逐流，涛声澎湃，李白遇到的那些猿猴还在不在？

江流两岸峭壁耸立，嵯岈峥嵘，威风凛凛地仿佛要吓唬人一样。这些峭壁合谋挤压长江，仅留了一条狭窄的通道让长江出逃。我们仰面看着千峰万崖，敛声屏息，老老实实地从一群巨人脚下溜过。这些巨人们守候在四川的后门，让我们领教四川的最后威严。

穿透三峡之后，江流与天空一下子辽阔了起来。两边的江岸依稀朦胧，江心的船似乎缓慢地停住了。这时不用说也明白，四川已经把我们吐出来了。

作者对那些传统的雄伟壮丽的“嵯岈峥嵘”的“千峰万崖”，虽然“敛声屏息”，但并没有流露出多少诗意的虔敬，相反，还特别提到并没有感到经过李白渲染的两岸猿声的诗意，而两岸连山，其“威风凛凛”也只是“仿佛要吓唬人一样”，自己不过从中“溜过”而已，穿过三峡之后，居然是觉得“四川已经把我们吐出来了”。这种煞风景的话语就变成对传统激情的反讽了：抒写三峡的壮丽，并不一定需要林非所说的炽热的阳光、奔腾的大海、壮怀的咏叹、欲绝的悲歌、欢天喜地的赞颂、情感潜流的曲折回旋，等等，一味沉迷于林

① 楼肇明、林燕：《三峡石》，《第十三位使徒》，中国对外翻译出版公司 1995 年版，第 213 页。

② 林非：《关于当前散文研究的理论建设问题》，《林非论散文》，江西高校出版社 2002 年版，第 5 页。

非式的夸张，实际上可能导致矫情，相反，像南帆这样，漫不经心潜藏着对传统对三峡的壮丽的解构，倒有一种突围的美。

真情实感论者笔下所描述的感情，实质上就是强烈的激情，抒发这种感情并不能保证写出诗化、美化的散文，而苏珊·朗格早在1942年的《哲学新解》中就反驳过这种观念，认为发泄情感的规律，是自身的规律，而不是艺术的规律：

> 以私刑为乐的黑手党徒绕着绞架狂吼乱叫；母亲面对重病的孩子不知所措，刚把情人从危难中营救出来的痴情者浑身颤抖，大汗淋漓或哭笑无常，这些人都在发泄着强烈的感情，然而，这些并非音乐需要的东西。[①]

她这里说的是音乐，对于文学来说也是一样。更何况，就是写出诗化的散文，也还不是散文的全部，林非理论的片面性是显而易见的。楼肇明式的感情，既没有热情，也没有温情，而是以无情冷漠为务。这时候，如果我们迷信演绎法，只能是成全它，硬说这也是一种真情实感（“佯情”“隐情”？），但这显然是强词夺理，因为这里没有美文的诗化。这条路走不通，就只能走相反的道路，把经验材料作为反例，进行直接归纳，明明不是美文，不是美化，不是诗化，那么是不是可以大胆地假设“丑化”呢？李斯托威尔在《近代美学史述评》中这样说道：

> 审美的对立面和反面，就是广义的美的对立面和反面，不是丑（按：应该是“醜”），而是审美上的冷淡，那种太单调、太平常、太陈腐或者太令人厌恶的东西，它们不能在我们身上唤醒沉睡着的艺术同情和形式欣赏的能力。[②]

是不是可以把某种不抒情的、情感冷淡的散文，列为和审美散文相对的、在情感价值上相反的散文呢？是不是可以把它叫作“审丑”的散文？

这种“审丑”，不但是逻辑的划分，而且是历史的发展。抒情、美化、诗化，成为潮流，成了普及的套路，达到可以批量生产的程度，抒情就滥了，为文而造情，就变成矫情，甚至虚情假意了。抒情变成俗套，也就引起了厌倦，就走向了其反面，干脆不动感情。不动感情也可以写成别具一格的散文。台湾有一个散文家叫林彧，他的一篇散文《成人童话》，创造出了一个荒谬而无情的境界：

> ——我的甲期爱情到期了吗？
>
> ——你的爱情签账卡来了吧？
>
> ——爱情可以零存整付。
>
> ——幸福可以分期付款！

---

① 〔美〕苏珊·朗格著，刘大基等译：《情感与形式》，中国社会科学出版社1986年版，第9页。

② 〔英〕李斯托威尔著，蒋孔阳译：《近代美学史述评》，安徽教育出版社2007年版，第242页。

——真理换季三折跳楼大拍卖！[①]

把爱情变成一种交易，变成银行的账户，变成单据，变成程序性的金钱来往。真理也不是什么精神追求的高尚境界，而是商店里的生意经，真理怎么能换季呢？跟衣服一样，这个真理不流行了，要换一个新的真理，那还能称为真理吗？这就是一种冷漠。幸福不是一种情感的共享和体验，而是非常商业化的、完全没有了情感的价值，有的是一种交换的实用价值。这是对浪漫爱情的一种温情反讽，否定，不抒情，反抒情，没有感情就不能说是美文，而是美文的反面。

我们直接把这种散文归纳为“审丑”散文。

审丑，不一定是对象丑，也可能是情感非常冷，接近零度。冷漠是最根本意义上的丑。

爱情、友情、亲情、热情的反面不是仇恨，而是冷漠，因为仇恨还不失为感情，而且是强烈的感情，哪怕是“醜”的，在美学领域，“醜”不“醜”无所谓，外物的“醜”（如京戏《苏三起解》中的丑角崇公道，就是个三花脸，但他是个好人）所激起来的，如果还是强烈的、浪漫的感觉，那还算是审美。只有无情才是“丑”，审丑和对象的关系并不太大，不管对象是美是“醜”，只要有强烈、丰富、独特的感情，就仍然是审美的。因为英语中的 aesthetics（美学）讲的本来就是和理性相对的情感和感觉学。表现强烈的、婉约的感情叫作审美，那么表现冷漠、无情的呢？应该叫作审丑。

从总体上说，严格意义上的审丑散文，在我国散文领域，作为一个流派，或作为一种思潮，还没有成熟，没有一个完整的作家群体。有的则是不成熟的探索，如得到某些评论家赞赏的刘春的散文：

> 农村的厕所其实就是公用的化粪池，人类猪牛粪便都混在一块儿，不结块，反而显得挺稀的，这归功于蛆虫。粪便经过发酵、稀释，浇到园子里，即使不怎么长了的菜株也晃着脑袋蹿一蹿。沼气发出致命的气味，只有最强壮的苍蝇才可以待得住，它们图的是随时享受“美味”。踏木板彻底地朽掉了。黑漆漆的，如炭烤。野地里的茅房偶尔会有死婴浸泡在屎中，他们无分男女，五官精细，体积小得出奇，比妈妈从城里给我买的第一只布娃娃还要小，骨殖如一副筷子，脸上和四肢挂着抑扬过的痕迹。我低头看他们，感到童年的无力和头晕。有一只死婴都瘦成了皮包骨，可是他依然保留着人的样貌，我记得他正好挂在树枝上，就好像一脚踏在生命的子午线上，那树显然是人们有意为之的，位置那么恰好。

这里描绘的景象，显然很丑陋、很肮脏、很悲惨。在诗化美化的“真情实感”论的散文家笔下，这种可能引起生理嫌恶的现象，肯定是要回避的，但作家却津津有味地详加展

① 郑明娳：《现代散文现象论》，台湾大安出版社 1992 年版，第 63—64 页。

示，目的就是要刺激读者产生恶心的情绪。作者的笔墨给人一种炫耀之感，炫耀什么呢，在丑恶面前无动于衷，醜之极致，不觉其醜，转化为无情之丑，转化为艺术的“丑”。这就是审丑散文家所追求的。

当然，这种审丑散文还是比较幼稚的、不成熟的，因为审丑虽然无情，但在丑的深层还有理念。林彧的“爱情可以零存整付”中，有对现代城市精神生活的深邃的讽喻。刘春突破审美的、真情实感的勇气引起了一些评论家的欢呼（如祝勇），但刘春的不成熟、浮浅、精神性欠缺，也引起了另一些散文专家的愤慨，斥之为“恶劣的个性”。[①]

审丑是艺术发展的普遍思潮，中国散文的审丑，相对于小说、戏剧而言，相对于绘画、雕塑而言，是有点落后了。在五四时期最早的象征派诗歌中，代表性诗人李金发的审丑（“生命是死神唇边的微笑”）创作几乎和郭沫若的浪漫诗篇同步。连浪漫激情的闻一多，也不乏审丑的作品，如《死水》，但奇怪的是，在诗歌小说突飞猛进地更新流派的时候，散文却一直沿着抒情审美的轨道滑行近80年，审丑的散文到目前为止还不能说已经成了气候。

亚审丑：幽默散文

即使在文以载道的时代，也有韩愈的《送穷文》（要把穷鬼送走，它偏偏死也不走），还有金圣叹的《不亦快哉》等，也有大量与审丑相接近的散文，那就是幽默散文。它们不追求诗意、美化，而是把表现对象写得很煞风景，甚至令人恶心，有某种不怕丑的倾向；你说他审丑吧，它又并不冷漠，它有感情，不过不是诗意的感情，而是一种诙谐的感情，所以不能笼统叫“审丑”，而只是接近于审丑，叫它“亚审丑”可能比较合适。

鲁迅的《阿长与山海经》写一个保姆，晚上睡觉，不照顾孩子，反而占领全床，摆上一个“大”字，鲁迅的母亲给了她暗示，以后更加糟糕，不但摆上“大”字，而且把手放在鲁迅的脖子上。她还会讲非常恐怖、荒唐、迷信的故事：说像她这样的妇女要被掳去，敌人来进攻的时候，长毛就让她们脱下裤子，站在城墙上，城外的大炮就炸了。这是非常荒谬的，按理说鲁迅批评一下她迷信、胡说是可以的，但那就太正经了，所以鲁迅并不正面揭露，而是采取一种将错就错、将谬就谬的方式，说她有“伟大的神力”，对她产生了“空前的敬意”，幽默感就从这里产生了。幽默恰恰是在这些不美的、有点丑怪的事情中。显而易见的荒谬和十分庄重的词语之间产生了一种叔本华所说的不和谐、不统一

① 陈剑晖：《新散文往哪里革命？——兼与祝勇、林贤治商榷》，《文艺争鸣》2005年第5期。

（incongruity），用笔者的话来说，就是“逻辑错位”[①]。

长妈妈越是显出“丑”相，鲁迅越是平心静气，也就越是显示出宽广的胸襟、悲天悯人的精神境界。

幽默致力于“丑”化，“丑”加上引号，是表面的“丑”，因为长妈妈并不怀自私、卑劣的目的，不是有意恐吓小孩子，她自己是非常虔诚地相信这一切的。她很愚昧，但心地善良。鲁迅的内心状态并不是冷漠的，也不是无动于衷的，而是表面上沉静，内心感情丰富的：一方面“哀其不幸”；另一方面“怒其不争”。从结构层次上分析，表层是愚昧的、丑的，深层的情感则是深厚的、美的，这就是幽默在美学上的“以丑为美”。这就是我们所说的“亚审丑”。

张洁在一篇散文中这样写：在一条清洁的街道，看到一个孩子随便吐甘蔗皮，就告诉孩子不可以这样。孩子看了她好久，又吐了一口甘蔗皮来回答。张洁后来发现所有的大人都买了一根甘蔗，两尺来长的，一边咬一边走，以致城市的街道都是软软的。再看，这个城市没有果皮箱，环保部门也没有尽到责任。这种正面批评不是幽默的，而是抒情的。用幽默风格来写怎么写呢？梁实秋的散文：“烈日下，行道上，口燥舌干，忽见路边有卖甘蔗者，急忙买得两根，才咬了一口，渐入佳境，随走随嚼，旁若无人，随嚼随吐，人生贵适意，兼可为‘你丢我拣’者，制造工作机会，潇洒自如，不亦快哉。”完全是破坏环境卫生，却心安理得，还要说出两条堂堂正正的理由：一是人生贵适意，上升到世界观的高度；二是为清洁工人创造就业机会。这完全是逻辑颠倒，正话反说，因而好笑。表面上是贬低自己，实质上是批评一种普遍存在的恶习。不以居高临下的姿态批评世人，却把这些毛病写成是自己的，这是荒谬的，显而易见是一种艺术假定，读者不会真的以为这是梁实秋缺乏公德心，在会心一笑时，与梁实秋的心灵猝然遇合了。李敖以玩世的姿态写愤世之情：

> 得天下之蠢材而骂之，不亦快哉！
>
> 仇家不分生死，不辨大小，不论首从，从国民党的老蒋到民进党的小政客、小瘪三，都聚而歼之，不亦快哉！在浴盆里泡热水，不用手指而用脚趾开水龙头，不亦快哉！逗小狗玩，它咬你一口，你按住它，也咬它一口，不亦快哉！看淫书入迷，看债主入土，看丑八怪入选，看通缉犯入境，不亦快哉！[②]

李敖故意把自己写得很不堪（看淫书）、很无聊（和小狗咬来咬去）、很散漫（用脚趾开水龙头），但就是在这种无聊和顽皮中，显示了他在政治上和学术上的原则性与坚定性，

---

① 孙绍振：《论幽默逻辑的二重错位律》，《文学评论》1996 年第 5 期；《论幽默逻辑》，《文艺理论研究》1998 年第 5 期，《新华文摘》1999 年第 1 期转载。

② 雷锐、宋瑞兰编著：《李敖幽默散文赏析》，漓江出版社 1993 年版。

并为自己极其藐视世俗的姿态而自豪。他的幽默好就好在亦庄亦谐，以极“醜”反衬出极“丑”。

贾平凹在散文《说话》里，说自己说不好普通话，这没什么了不起，普通话嘛就是普通人说的话，毛主席都说不好普通话，那我也不说了——好像有点阿Q。他又说，说不好普通话，就不去见领导、见女人。好像见领导就是为了去讨好领导，让领导留下好印象一样；和女人在一起，有什么不纯的动机似的。这些本来都是隐私，但作者公然袒露。这明显是虚构，不是写实，心照不宣是借自己来讽喻世人、世风。他说普通话说不好，但他会用家乡话骂人，骂得非常棒，很开心。表面看来，这是有点丑，有点恶劣，但从深层来说，他非常天真，非常淳朴。对幽默而言，丑化是表层的，深层隐藏着感情的美化，自己很坦然，无所谓，不拘小节，表现了宽广的心胸，而不是用虚荣心来掩盖自己的本性；同时，所写的缺点并不是个人的，往往是人类普遍的弱点，以丑为美就美在这里。

审智：既不抒情，亦不幽默

中国现当代散文艺术积累最为丰厚的是抒情和幽默，作家进入散文的艺术天地，最为方便的入门就是抒情和幽默，但不管是抒情的审美还是幽默的“亚审丑”，在逻辑上都存在着无可否认的局限。钱锺书把某些文学评论家讽刺为后宫的太监，多有机会，而无能力，是很片面、偏激的。王小波对中国传统的消极平均意识的批评，以诸葛亮砍椰子树作类比，从严格理性的角度来看，也失之粗浅。从逻辑上来说，类比推理是不能论证任何命题的。这就促使一些把思想、文化深度看得特别重要的散文作家，在抒情和幽默的逻辑之外寻求反抒情、反幽默的天地。

从美学上说，我们把情感和感觉的文本理解为“审美”，而且简单地宣称这是康德的学说，将其和黑格尔对立起来，是不够严谨的。比较深刻的文学作品，除了情感和感觉，都是有着自己独特的理念的。不论是屈原还是陶渊明，不论是古希腊悲剧还是安徒生的童话，都渗透着作家生命的，甚至是政治的理念。大作家都是思想家，应该把与情感联系在一起的理念结合起来。对智慧哲理的追求，在20世纪50年代以后的西方现代派文学中形成潮流，加缪甚至宣称，他的小说就是他的哲学图解。乔纳森·卡勒对此是这样解释的：

指出下面一点是极其重要的，即对某一哲学作品的最真实的哲学读解，应是把该作品当作文学，当作一种虚构的修辞学构造物，其成分和秩序是由种种本文的强制要求所决定的。反之，对文学作品的最有力的和适宜的读解，或许是把作品看成各种哲学姿态，从作品对待支持着它们的各种哲学对立的方式中抽取出含义来。[①]

这样说，可能是走向了另一个极端，但是值得我们反思纯粹审美的不足，我们可以称之为“审智”。[②]

20世纪80年代以来，国人片面理解了康德，把审美仅仅归结于情感，过分强调他的情感的美独立于实用理性的善和真，而忽略了他同时也强调三者的互相渗透，特别是美向理性的善的提升，而这是康德审美价值观念的一个重要支点。康德的“美”和理念，实际上是一种“美的理想”，存在于心灵中，比之现实中的具体事物，它具有一种“范型”的意味、“圆满”的意蕴，催促祈向的主体向着最高目标不断逼近，又令祈向着的主体“时时处于不进则退的自我警策之中”，美的超越性超越感官，使美向善的理念提升。康德虽然把美与善当作不同的价值观念，但他强调在更高的层次上，美与善可以达到统一，甚至最后归结到“美是道德的象征”。康德的审美价值论兼具“审善”和“审智”的双重取向，自然会产生一种“零缺陷的，最具审美效果的极致状态下的事物”，有一种“祈向至善之美”的“最高范本”，而这种范本在康德看来“只是一个观念”，“观念本来就意味着一个理性概念，而理想本来就意味着符合观念的个体的表象”[③]。康德的审美价值论在表面上是强调感性的审美，但其深层兼具“审善”和“审智”的双重取向。从这个意义上讲，这和黑格尔的“美是理念的感性显现”可谓息息相通：

> 当真在它的这种外在的存在中是直接存在于意识，而且它的概念直接和它的外在现象处于统一体时，理念就不仅是真的，而是美的了。美因此可以下定义：美就是理念的感性显现。[④]

黑格尔的意思就是“艺术的任务在于用感性形象来表现理念”，理念和形象达到相互融合而成为统一的程度，就是艺术价值的高度。然而，恰恰是这一点被我们长期忽略了。对于大量的智性文章，我们往往以审美的“真情实感”论去演绎，其结果是窒息了审智流派，既不抒情又不幽默的散文大量存在，除了直接抽象为“审智”散文以外，别无出路。

20世纪八九十年代的中国，学者散文成了气候，产生了一种以智取胜的倾向。这是历史的必然，也是逻辑的自然：抒情太滥，幽默太油，走向极端，走向反面，必然要逼出反审美、反抒情、反幽默的审智散文来。

余秋雨之所以重要，就是因为他成了这个历史关键的过渡桥梁，他在抒情散文中水乳

---

① 〔美〕乔纳森·卡勒尔：《论解构：结构主义以后的文学理论和批评》。见〔美〕理查德·罗蒂著，李幼蒸译：《自然和哲学之镜》，商务印书馆1987年版，第376页。

② 孙绍振：《从西方文论的独白到中西文论的对话》，《文学评论》2001年第1期。

③ 陈峰蓉：《祈向“至善”之美——重温康德的“美的理想”》，《东南学术》2006年第3期。

④ 〔德〕黑格尔著，朱光潜译：《美学（第一卷）》，商务印书馆1981年版，第142页。

交融地渗入了文化人格的思考和批判，达到了情智交融的境界，但他并没有完成从审美向审智美学的过渡，只是突破了审美抒情，并没有到达完全审智的彼岸。更为鲜明的智性倾向，周国平可以作为代表之一。他在《自我二重奏·有与无》中这样写道：

庄周梦蝶，醒来自问："不知周之梦为蝴蝶与，蝴蝶之梦为周与？"这一问成为千古迷惑。问题在于，你如何知道你现在不是在做梦？……这是个哲学命题，现实世界是不是虚幻的？就像我在这里教了几十年的书，是不是另外一个人做了几十年的梦，"我的存在不是一个自明的事实，而是需要加以证明的，于是有笛卡尔的命题：'我思故我在'。"……但我听见佛教教导说："诸法无我，一切众生都只是随缘而起的幻象。"……从佛教的角度来讲，周国平也是一种虚幻，当他在为他的存在苦苦思索的时候，电话铃响了，电话里叫着他的名字，他不假思索地应道："是我。"

从抽象的意义上来讲，我的存在与否是个大问题；但从感性世界来说，我的一声回答就把这个问题解决了。周国平的自我二重奏、我的苦恼，从哲学上来说，是很深刻的智者的散文，但读周国平的散文，有时觉得它不像散文，也不像审智的散文，这有两个原因：首先，审智散文，虽然排斥抒情，但并不排斥感性，感性太薄弱，就显得很抽象，与艺术无缘。在这里，感知是感性的关键。现代派诗歌也排斥感情，但紧紧抓住了感觉和知觉，从感知直接通往理念，而周国平几乎完全忽略了感觉，因而从理性到理性，是纯粹的哲学思考，而不是完全审智的散文。其次，智性形成观念直截了当，径情直遂，缺乏审视心灵变幻的层次，不足以把读者带到观念和话语的形成与衍生的过程中去。只有在过程中，智性才会因为"审"而延长，"视"的感觉才会强化了，向审美作某种程度的接近，也才有了可能。关键在于把智性观念、话语形成、产生、变异、转化、倒错乃至颠覆的过程，在读者的想象中展示出来。一般作家没有意识到这一点，也缺乏这样的才力，因而造成了有智而不审的现象。这就失去了从抽象到具象、从智性到感性、从审智到审美渗透的机遇。李庆西引宋代周密《齐东野语》曰：

一道人于山间结庵修炼。一日，坐密室入静。道人叮嘱童子："我去后十日即归返，千万别动我屋子。"数日后，忽有叩门者，童子告知师父出门未还。其人诈称："我知道，你师父已死数日，早被阎王请去，不会回来了。尸身不日即腐臭，你当及早处理。"童子愚憨，不辨其诈，见师父果真毫无气息，便将其投入炉火中焚化。旋即，道人游魂归来，已无肉身寄附。其魂环绕道庵呼号："我在何处？"喊声凄厉，月余不绝，村邻为之不安。一老僧游经此地，闻空中泣喊，大声诘道："你说寻'我'，你却是谁？"一问之下，其声乃绝。[①]

① 李庆西：《禅外禅》，人民文学出版社 2005 年版，第 126 页。

这是个悖论，既然“我”没有了，那么谁来问“我在哪里”？这就提出了一个相当深奥的问题：“我是不是我？真我究竟在哪儿？”李庆西引用的文章显然比周国平的文章更富有感性，更具有审视的过程性。他把“我”这个抽象的观念，与老道人的尸体联系在一起，这就有了感性（当然，没有抒情），把思索过程用故事的形式展开，智性的观念就有了一个从容审视的过程，也就有了审智散文的特点；而周国平的文章，除了最后电话来了，他不由自主地答“是我”以外，其余都是抽象的演绎、哲学家式的阐释。智性散文不同于纯粹的智性抽象，它必须有感性，就是讲思想活动，也要有感觉、感受的过程，要有智性被审视的过程。它往往要从纷纭的感觉世界作原创性的命名，衍生出多层次的纷纭的内涵，作感觉的颠覆，在逻辑上做无理而有理的转化，激活读者为习惯所钝化了的感受和思绪，在几近遗忘了的感觉的深层，揭示出人类文化历史的精神流程。

中国当代最早集中出现的审智散文，是南帆的《文明七巧板》。它既不幽默也不抒情，既不审美也不“审丑”，追求的是智性和感知的深化，还有话语内涵的“颠覆”。

在他最好的散文中，他层层演化、派生出的观念，超越了现成理性话语的无形钳制，对智性话语的内涵加以重构，使得智性话语带上了审美感性逻辑。在此基础上，他创造了一种“南帆式”的话语。在审智向审美的转化中，使本来熟悉到丧失感觉的词语发出陌生的光彩。光是描述“枪”这样一个普通的器械，他就让许多被用得像磨光了的铜币一样的词语焕发出新异的感觉，“一支枪的扳机在食指轻轻勾动之中击发，一个取缔生命的简洁形式宣告完成”“拉动枪栓的咔嗒声如同一个漂亮的句号”“躯体与机器（指枪）的较量分出了胜负，这是工业时代的真理”“枪就是如今的神话”。他还非常严肃地将枪和男性的生殖器相类比，“两者都隐藏着强烈的侵略性、进攻性；射击的快感与射精的快感十分类似”“男性的性器官制造了生命……枪的唯一目的是毁灭生命……是对于男性器官的嘲弄”。他的关键词语基本上是普通的书面语，如句号、取缔、真理、神话、快感、嘲弄等，他并没有像余光中那样广博地采用从古代书面雅言到日常口语乃至现代诗歌的复杂修辞手段，但这些普普通通的词语不但获得了新异的感觉，而且有新异的智性深度。

他在论述了躯体是自我的载体和个人私有的界限以后，接着说，传统文化总是贬低肉体而抬高灵魂。在审智话语的逻辑自然演绎中，他做着翻案文章：肉体比灵魂是更加个人化的。肉体只能个人独享，不能忍受他人的目光和手指的触摸；而精神可以敞开在文字中，坦然承受异己的目光的入侵。从这个意义上说，“躯体比精神更为神圣”。只有爱人的躯体才互相分享，互相进入肉体。他得出结论说“爱情确属无私之举”。“私有”“神圣”“无私”，原本的智性意义大部分被颠覆、解构的同时，新的智性就带着新的感性渗透进来了，这是一种智性和感性的解构与建构的同步过程。

学者散文、智性散文、审智散文，审丑（审美）散文，这是一个多层次转化的过程，在中国当代学者散文中，这样的转化才刚刚开始，就是在世界散文史上，一系列理论问题（如由罗兰·巴特提出的“文体突围”）也还有待研究。

中国现代散文的历史到此走完了一个周期，这个周期既是逻辑的，又是历史的。二者的起点和终点在某种程度上是统一的，也可以说是逻辑和历史的统一。

第十一章

具体分析之一：隐性矛盾
——感知和逻辑还原

不管是马克思主义还是解构主义，都力戒硬搬普遍原理，作为学术，其活的灵魂都是具体问题具体分析，文学文本解读学自不例外，但是具体分析之对象乃是矛盾和差异，然而文学形象是有机统一的、水乳交融的、天衣无缝的。分析之难，难在没有切入口，不得其门而入。最表面的原因在于，把作品当成固定的成品，满足于被动接受，其所谓解读，不过是把作品当作理论的例子，以现成的框框加以硬套，把不符合理论的全部排除，或者以华丽的词语赞叹，重复作品的表层感知，但大量权威学者沉迷于此，乃成流行顽症。揭示个案深层独一无二的奥秘，对于西方文论来说，可以声言这不属于其学科范畴，但对于文学文本解读学来说，却是其核心课题。

其实这本该不成问题，因为事物、形象在其被命名以前，都包含着内在的丰富差异和矛盾，不过有些是显性的，作者是直接讲出来的，如朱自清在《荷塘月色》中写了一个宁静的诗意境界，但是作者相当诚实地告诉读者这并不是全部，而是局部。清华园内还有喧闹的一面："这时最热闹的要算树上的蝉声和水里的蛙声，但是，热闹是他们的，我什么也没有。"这就把矛盾提供在文本中了，问题在于，读者没有揭示矛盾的意图，则可能对此视而不见。接着写他惦记着的江南了，并由此联想到梁元帝的《采莲赋》中"妖童媛女，荡舟心许，鹢首徐回，兼传羽杯"的场面，接着又感叹"这是一个热闹的季节，也是一个风流的季节，可惜我们无福消受了"。因为内心宁静，所以对外界的热闹可以充耳不闻，但内心又想着"热闹的季节"，如果能够抓住这个矛盾，就有很深刻的分析余地了。从这个意义上说，就是作者写在字面上的显性矛盾，但因为在行文中并不是直接对立的，而是在统一的意脉中如行云流水似的滑行的，所以很容易被忽略。从这个意义上说，就是显性的矛盾，也带着隐性的性质。至于完全隐性的地方，则更难以发现了。

解读学不能满足于纯粹的理论建构，还要特别强调实践的可操作性。文学形象往往是隐性高于显性，隐性决定显性，故文学文本解读学的任务就只能是化隐性矛盾为显性矛盾。不管是意象、意脉、意境，都以客观的事物和人物的形象出现，莫不是主观情感特征与客观对象特征猝然遇合之统一体。其实，原生的生活到了形象中，已经发生了变化。《论变异》第四章的第三小节的标题就是“情感使知觉发生变异”，第四小节的标题是“美学——在情感冲击下的科学”。[①] 后来，我们发现中国17世纪的诗话家吴乔说诗的形象“形质俱变”，领先西方100年，这就为我们对散文界的权威理论——“真情实感”论持坚定的批判态度提供了经典的根据：一旦动了真情，感知就要发生变异，真情和感知是虚实相生、真假互补的。[②]

变异和矛盾就隐藏在形象的和形式规范的统一之中，因而解读的首要任务，就是要把矛盾从中揭示出来，具体方法之一，就是“还原”。

把潜在的原生状态还原出来，发现差异和矛盾

作品的现成状态是统一的，但是这种统一是客观生活被作者的情感同化的结果。只有把形象的原生状态还原出来，二者之间的差异或者说矛盾才能显现出来，分析才有对象。需要说明的是，我们这里的“还原”和现象学的“还原”有某种共同之处：现象学不承认任何观念、现象是绝对客观的，而认为它们是经过某种主体同化的，因而要研究一个问题，首先就要把隐含着潜在成规的观念“悬搁”起来，进行“还原”，目的是“去蔽”，也就是“去”潜在观念之“蔽”；而我们的“还原”，则是为了揭示原生状况与艺术形象之间的差异和矛盾，以便进入分析程序。从文学文本解读学来说，意象、意脉和意境，都是在感情的冲击下对事物的感受，“形质俱变”是相当普遍的规律。从日常生活来说，“情人眼里出西施”“敝帚自珍”“看自己，一朵花；看别人，豆腐渣”。从形象来说，抒情诗歌正是从这种日常感知和语言变异的规律出发，进入了想象的、假定的境界——“一日不见，如三月兮”“谁谓荼苦，其甘如荠”。感知不但有形变和质变，而且有功能的变异——“结庐在人境，而无车马喧”“海内存知己，天涯若比邻”“狂风吹我心，西挂咸阳树”“只恐双溪舴艋舟，载不动许多愁”。这就不但提示了语言形象化的规律，而且揭示了其与日常生活、心灵之间的矛盾，这种矛盾本来有两个方面，但显性的呈现只是一个方面，这个方面是某种结

① 参阅孙绍振：《论变异》，花城出版社1987年版，第2—3页。

② 参阅孙绍振：《“真情实感”论在理论上的十大漏洞》，《江汉论坛》2010年第1期。

果（如“回眸一笑百媚生，六宫粉黛无颜色”“露从今夜白，月是故乡明”），提示着情感的强烈冲击的原因。

作为分析方法，要把矛盾的潜在方面揭示出来，就需要摆脱被动的接受，改为主动在想象中还原，也就是把未经情感冲击同化的原生状态还原出来。文学作品本来就是一种召唤结构，因而日常原生经验的唤醒并不是太困难，但是把潜意识层次的自动化、情绪化为意识明确的语言，则是需要主体的高度修养的。

俄国形式主义者说，在俄语里，月亮本来有“测量器”的含义，但在长期的自动化使用中消失了。他们把这当作绝对消极的事情，其实，从解读学来说，这恰恰有利于“还原”，通过“还原”揭示出矛盾。不过俄国形式主义者这个还原不到位，原因是满足于孤立地从俄语简单地枚举。其实，对这个中西诗学中很重要的意象，应该有更为广阔的跨文化的比较结合起来。

中国古典诗歌中的月亮是诗的意象，并不是客观的反映，而是主观的某种情感特征与客体的某一特征的猝然遇合，极富中国的民族特色。

全世界人民心目中的月亮各有特色，飞白先生在《比月亮——诗海游踪之二》中说：

> 诗人代表着民族的眼睛。据我的统计，圆月在中国诗中（另外还有日本诗中）出现的频率远远高于世界其他地区，因此完全可以概括地说“中国的月亮比外国圆”。这证明我们见到的月亮，不是月亮的物象，天上的月亮同是一个，但是我们见到的月亮是不同语言的格式塔，中国月亮的格式塔是圆月（按：因为有团圆的联想），法国和中东月亮的格式塔是新月，这甚至在法国和中东的民族特色食品上也有体现。你们知道，中国月饼是圆的，而著名的法国“月饼”croissant，直译时词义就是新“月”，形状也是新月形的（按：这就是所谓的羊角包）。[①]

飞白先生还指出，在法国人的想象中，新月和镰刀联系在一起，意味着“丰收”“光辉的前景”“善”“吉祥”和“完成”。这一点和中东人的想象有相近之外，不过在阿拉伯人的想象中，新月的颜色是绿的。他们的历法是根据月亮的盈亏来计算的，“新月是人事和朝觐的计时，斋月的开斋和封斋也是看新月。为了迎接新月，专用白银制作祭祀法器。作为牧民，他们的原始图腾是一对公羊角，两角弯成弧形，构成的正是一对新月的形状。”故中东和法国乃至印度诗歌中，多有歌颂新月而不是圆月之作。[②]

有了这样的还原和比较，就有了矛盾的切入口，分析就不难进行了。

分析月亮这一意象的指向如果仅仅限于与异族的相异，还只是文化价值，而不是艺术

---

① 飞白：《比月亮——诗海游踪之二》，《名作欣赏》2010 年第 28 期。

② 同上。

价值。真正到位的艺术分析，乃是具体作家具体作品的对民族共同意象的突围乃至颠覆。这就得把还原进一步操作化：凡正面所表现者，必含反面的前提。钱锺书先生在《宋诗选注》中说：

按逻辑说来，“反”包含先有“正”，否定命题总预先假设着肯定命题。……山峰本来是不能语而“无语”的，王禹偁说它们“无语”，或如龚自珍《己亥杂诗》说“送我摇鞭竟东去，此山不语看中原”，并不违反事实；但是同时也仿佛表示它们原先能语、有语、欲语而此刻忽然“无语”。这样，“数峰无语”“此山不语”才不是一句不消说得的废话。改用正面的说法，例如“数峰毕静”，就减消了意味。[①]

这种在还原基础上的分析，在叙事作品中就比较复杂、比较隐蔽了，因而，对夏曾佑对武松打虎真实性的质疑，就需要有精致的辨析能力，如果按客观“真实”，武松只能被老虎吃了，但是那样一来，就什么情节也没有了，只有假定武松把老虎打死了，对武松见老虎以前和见到老虎以后的近“神”与近“人”的心理差异才能充分揭示。当然直接还原是比较困难的，这时，历史资源、文献就是必不可少的了，如参看金圣叹的批注，又比如参看鲁迅对诸葛亮形象的批评。这些文献之所以重要，就是因为揭示了原生状态与文学形象之间的差异，帮助我们看到了艺术感觉与生活实感的矛盾，有了矛盾、差异，就不难分析了。

艺术感觉是在情感冲击下发生变异的结果。这个结果越是新异，越是让读者感到既陌生又熟悉，就越能动人。

有了自觉的还原意识，发现潜在的矛盾和差异，就有了可操作的途径。许多在胡塞尔看来“自然的态度”和天衣无缝的作品，就有矛盾可以分析了。杜甫诗中写道：“昆明池水汉时功，武帝旌旗在眼中。”稍稍还原一下，就不难看出在诗的变异想象中，不但空间是可以压缩的，而且时间也是可以压缩的。杜甫一下子就把从唐朝到汉朝间几百年的时间距离，压缩到目力所及的范围里。这就是艾青所说的“把互不相关的事物通过想象，像一根线串联起来，形成一个统一体”[②]。千载以来，没有读者对李白“黄河落天走东海，万里写入胸怀间”发出质疑，我们对于苏轼“大江东去，浪淘尽，千古风流人物”，浪花在空间流动中如何淘尽千古（时间）的英雄，也心领神会。对于这样的变异，在诗人与读者间有一种不言而喻的默契，但是，文学文本解读学却要把这种默契中潜在的矛盾还原出来，无怪乎德国的布来丁格在《批判的诗学》中把想象称为“灵魂的眼睛”。

---

① 钱锺书：《钱锺书集·宋诗选注》，生活·读书·新知三联书店2002年版，第12页。
② 艾青：《诗论》，人民文学出版社1980年版，第31页。

逻辑还原：理性逻辑和我国古典诗话中的“痴”的范畴

应该提出的是，以上所说还只限于艺术感知层面的意象群落，如果不是这样，而是直接抒情诗歌，光用感知还原就不够了，更为深层的还原则是在情感逻辑层面。情感逻辑不同于理性逻辑，只有通过“还原”，矛盾才能显现，从而进入具体分析程序。艺术形象中表现出来的情感逻辑，不同于科学家的理性逻辑。艺术之所以为艺术，就是因为其逻辑是违反理性逻辑的。个人主观情感“歪曲”了，或者用我的术语来说“变异”了理性逻辑，这种表面上看来是非逻辑的话语才成为深层情结的可靠索引。

明代邓云霄在《冷邸小言》中提出，“诗家贵有怪语。怪语与癫语、凝语相类而兴象不同。杜工部云：‘砍却月中桂，清光应更多。’（杜甫《一百五日夜对月》）李太白云：‘我且为君槌碎黄鹅楼，君亦为吾踢却鹦鹉洲。’（李白《江夏赠韦南陵冰》）此真团造天地手段。苏东坡云：‘我持此石归，袖中有东海。’（《文登蓬莱阁下……作诗遗垂慈堂老人》）抑又次之。”邓云霄在起初提出这个范畴时，还飘浮在“怪”“颠”等话语中，后来就发展为“痴”，“诗语有入痴境，方令人颐解而心醉。如：‘微雨夜来过，不知春草生。’（韦应物《幽居》诗句）‘庭前时有东风入，杨柳千条尽向西。’（唐刘方平《代春怨》诗句）。”他们所举的例子，把表层的非理性突出了，与潜在的理性的对比就鲜明了。清代贺裳《载酒园诗话》卷一更进一步，诗只有痴了，才会妙（“痴而入妙”）。清代徐增（1612—？）《而庵说唐诗》卷十四也把痴作为诗的最高档次：“妙绝，亦复痴绝。”所有这些诗话提出的“颠”“怪”“痴”，特别是“痴”，都涉及了正常逻辑不当如此的意味，这就起了还原的作用。其实，说得最为彻底、又最为系统的是出生更早于他们的黄生（1601—？），他在《一木堂诗麈》卷一中把“痴”的范畴提升到极端“痴绝”上，可以说是诗学上的一大突破：“凡诗肠欲曲，诗思欲痴，诗趣欲灵。意本如此，而语反如彼，或从其前后左右曲折以取之，此之谓诗肠。狂欲上天，怨思填海，极世间痴绝之事，不妨形之于言，此之谓诗思。以无为有，以虚为实，以假为真，灵心妙舌，每出人常理之外，此之谓诗趣。……唐人唯具此三者之妙，故风神洒落，兴象玲珑。”这里特别值得重视的是“每出人常理之外”。这一切可以充分说明，中国诗歌理论家已经有了辩证看待抒情逻辑和理性逻辑矛盾的自觉。[①]

关于情与理的矛盾，宋代严羽早就说过：“诗有别趣，非关理也。”但是，诗和理究竟是怎么样个“非关”法呢？经过上百年积累，偏于感性的诗词评家在情与理之间凝聚出一

① 陈一琴、孙绍振：《聚讼诗话词话》，上海三联书店2012年版，第20—36页。

个范畴——“痴”，建构成“理（背理）—痴—情”的逻辑构架，这是中国抒情理念的一大创造，也是诗词欣赏对中国古典诗学乃至世界诗学的一大贡献。所谓“痴”（怪、癫），还原出来的是情感与理性逻辑相背，是不言而喻的：月中桂不能砍，砍之亦不能使月光更明；黄鹤楼槌之既不能碎，其碎之后果可怕；说微雨不知春草生长，似乎本该有知；说东风为杨柳西向之因，其间因果皆不合现实之理性逻辑。于实用理性观之为“怪”为“癫”，但于诗恰恰十分动人。为什么呢？谭元春在评万楚《题情人药栏》《河上逢落花》诗时说：“思深而奇，情苦而媚。”“此诗骂草，后诗托花，可谓有情痴矣，不痴不可为情。”[①]这样就把“痴”还原为“情”，痴语（悖理）之所以动人，就是因为它强化了感情。感情并不就是诗，直接把感情写在纸上，可能很粗糙，很不雅，很煞风景，可能会闹笑话。要让感情变成诗，就要进入“痴”（悖理）的境界，“痴”的本质，是“情痴”。

在中国古典诗话家看来“痴”的境界的特点至少有以下几个方面：首先，就是超越理性的“真”，进入假定的境界、想象的境界。不管是槌楼还是骂草，都是不现实的、假定的境界，说白了，不是真的境界。

这在理论上，就补正了一些把“真”绝对化的成说。绝对的真不是诗，为了真实表达感情，就要进入假定的想象。真假互补，虚实相生。如清代焦袁熹所说：“如梦如痴，诗家三昧。”[②]恰恰是在这种“如梦”的假定境界中，才可能有诗。又如黄生所说：“极世间痴绝之事，不妨形之于言，此之谓诗思。”刘宏煦说得更坚决：“写来绝痴、绝真。”进入假定境界，才能达到最真的最高的“绝真”境界。徐增同样把痴境当作诗歌的最高境界：“妙绝，亦复痴绝。诗至此，直是游戏三昧矣。”这个情痴的观念，影响还超出了诗歌，甚至到达小说创作领域，至少可能启发了曹雪芹，使他在《红楼梦》中把贾宝玉的情感逻辑定性为“情痴”（“情种”）。

其次，为什么“无理”“痴”会成为诗的境界呢？清代沈雄说：“词家所谓无理而入妙，非深于情者不辨。”可以说相当完整地提出了无理向有理转化的条件，乃是“深于情”。这些理念相互生发，相得益彰。

痴的境界的优越还在于，只有进入这个境界，情感才能从理性逻辑和功利价值的节制中解脱出来。黄生说：“灵心妙舌，每出人常理之外，此之谓诗趣。”出人常理之外，就是痴的逻辑超越了理性逻辑，才有诗的趣味。吴修坞把痴作为作诗的入门：“语不痴不足以为诗。”贺裳评王諲《闺怨》“昨来频梦见，夫婿莫应知”二句说“情痴语也。情不痴不深”，也就是只有达到痴的程度，感情才会深刻，甚至是“痴而入妙”。

① 陈一琴、孙绍振：《聚讼诗话词话》，上海三联书店2012年版，第21页。
② 陈一琴、孙绍振：《聚讼诗话词话》，上海三联书店2012年版，第27页。

中国古典诗话“无理而妙”

其实，17 世纪是我国古典诗论发展的高潮，在“痴”的范畴上又发展出“无理而妙”的命题：前述沈雄已经有了这样的意念，但未能充分展开，吴乔在《围炉诗话》卷一中引用他的朋友贺裳的话说：

> 严沧浪谓“诗有别趣，非关理也”，而理实未尝碍诗之妙。如元次山《舂陵行》、孟东野《游子吟》等，直是《六经》鼓吹，理岂可废乎？其无理而妙者，如“早知潮有信，嫁与弄潮儿”，但是于理多一曲折耳。①

贺裳便明确提出了诗词中的一种法则，叫作“无理而妙”。谓这类诗词，自是“妙语”“无理”，是还原出通常的“理”的结果，是“无理之理”，“是于理多一曲折”，“更进一层”。有了这样的矛盾的还原，就不难对之加以彻底的分析了，那就是“诗不可执一而论”。什么叫作“不可执一而论”？从字面上推敲，就是不能老在“理”这个字上拘泥，不要以为道理只有一种。许多诗词，从一方面看似乎是“荒唐”的，是“无理”的，而从另一方面来看，又是有理的，不但有理而且是“妙理”，是很生动的。

为什么是生动之“妙理”呢？贺裳的好友吴乔在援引其论时说，把矛盾以悖论的形式展开：“无理之理”是唐诗的“理”，和宋人诗话所谓的“理”不是一回事。这就是说，宋人的理是所谓“名言之理”，即抽象教条的理；而这里的“理”则是合乎人情之理，是诗家之理，是一种间接的理，和一般的实用理性不同。直接就是从理到理，而间接又是通过什么达到的呢？同时代的徐增，尝试以李益的诗为例做出回答：

> 嫁得瞿塘贾，朝朝误妾期。早知潮有信，嫁与弄潮儿。

“此诗只作得一个‘信’字。……要知此不是悔嫁瞿唐贾，也不是悔不嫁弄潮儿，是恨‘朝朝误妾期’耳。”②正因为还原出了矛盾，才分析了二者（恨与爱）的主导方面是爱，还分析出了正是深层的爱构成了转化为表层的恨的条件。前文已有论述，这意味女子不是真正要嫁给弄潮儿，而只是要表达一个“恨”字。恨什么呢？恨商人无“信”，没有准确的归期，一天又一天，误了她的青春。这里解读的就不完全是“理”，而是一种“情”。从“情”来说，这个“恨”是长久期待的“信”的反面，这个期待之“恨”，其实是爱造成的，从这个意义上说，也有道理，不过不是通常的理，其中包含着矛盾，因为太期待、太爱，反而

① ［明］吴乔：《围炉诗话（卷一）》。郭绍虞编选：《清诗话续编（第一册）》，上海古籍出版社 1983 年版，第 478 页。

② 陈一琴、孙绍振：《聚讼诗话词话》，上海三联书店 2012 年版，第 237 页。

变成了“恨”，这是爱的理，和平常之理相比，是逻辑的悖逆，可以叫作“情理”。

还原，就是要把通常的理和诗中之理的矛盾揭示出来。诗歌表层显示一种逻辑上的因果关系。因为所嫁的商人行踪不定，常常误了她的期待，所以有情绪。因为船夫归期有信，所以说还不如嫁给他。这仅仅是表面的原因，即通常之理。但在这原因背后，还有原因的原因。为什么发出这样的极端的幽怨呢？因为期盼之切。而这种期盼之切、之深，则是一种激愤。从字面上讲，不如嫁给船夫，是直接的、实用的因果关系，而期盼之深的原因，其本质则是情感，审美情感是隐含在实用的因果深处的。这就造成了价值层次的转折，也就是所谓“于理多一曲折耳”。

贺裳其实是用了还原的方法把事理与情理的矛盾揭示了出来，“词家所谓无理而入妙，非深于情者不辨”。很可惜的是，对于这样一个重要的命题，不但论者评家没有给予应有的重视，连他自己也没有十分在意，以至于许多论者还热衷于在字句上钻牛角尖，如李渔把“云破月来花弄影”的“弄”字，说成是“词极尖新，而实为理之所有”，可谓隔靴搔痒。贺裳这样重要的理论之所以没有得到充分的重视，和他在阐释的时候所用的作品经典性不够有关。如果用李白的《月下独酌》其二，则可能雄辩得多：

天若不爱酒，酒星不在天。
地若不爱酒，地应无酒泉。
天地既爱酒，爱酒不愧天。
已闻清比圣，复道浊如贤。
贤圣既已饮，何必求神仙。
三杯通大道，一斗合自然。
但得酒中趣，勿为醒者传。

这里的逻辑推理是不合充足理由律的：第一，论断天是爱酒的，因为天上有个酒星，地是爱酒的，因为地上有个酒泉，这因果关系是不能成立的；第二，以此为理由，推论出爱酒无愧于天，以不能成立的前提来推理，则结论（爱酒不愧天）更是主观；第三，又以此为前提，推出更为极端的结论，爱酒不管清浊，都不但可比圣贤，而且可比神仙；第四，在此基础上，更可达到通大道，合自然的高度，这是道家的最高境界；第五，这种境界和趣味只有爱酒者可以尽情独享，对于那些自以为清醒的人士，没有必要传授。而恰恰是这样的主观情绪化，这样的极端，这样从第一个极端走向第五个极端，通过逻辑的盘旋上升到极端无理的层次，却充分显现了情感的五重强化。这种越来越不成理由的理由，恰恰构成了越来越强烈的情感。故从这个意义上说，“于理多一曲折耳”，似乎是不够的，应该是“于理多几重曲折耳”。

中国的“情痴”和莎士比亚的“情疯”

这个“痴而入妙”和“无理而妙”说相得益彰，应该是中国诗歌鉴赏史上的重大发明，在当时影响颇大，连袁枚都反复阐释，将之推向极端：“诗情愈痴愈妙。”与西方诗论相比，其睿智有过之而无不及。可惜，这个以痴为美、属于中国独创的命题，至今没有得到充分的阐释，从而也就没有在中国诗学上得到应有的地位。“痴”这个中国式话语经历了上百年，显示了中国诗论家的天才，如果拿来与差不多同时代的莎士比亚相比，可以说并不逊色。莎士比亚把诗人、情人和疯子相提并论，在《仲夏夜之梦》第五幕第一场借希波吕特之口这样说：“疯子情人和诗人都是想象的同伙（the lunatic，the lover，and the poetare of imagination all compact）。”其意思不过就是说诗人时有疯语，疯语当然超越了理性，可谓“情疯”。但近于狂，狂之极端可能失之于暴，而我国的“痴语”超越理性，不近于狂暴，更近于迷（痴迷）。痴迷者，在逻辑上执于一端也，专注而且持久，近于迷醉。痴迷、迷醉相比于狂暴更有人性可爱处，怪不得清代谭献从“痴语”中看到了“温厚”。莎士比亚“以疯为美”的话语天下流传，而我国的痴语却鲜为人知。

其实，所谓“理之所有”，正是情之所在。从严格的逻辑看来，痴的范畴实际上是逻辑的绝对化的表现。中国的“在天愿作比翼鸟，在地愿作连理枝。天长地久有时尽，此恨绵绵无绝期”，强调的是超越了时间和空间甚至生死的爱情，从逻辑的极端中，读者不难还原出感情的绝对。中国古典诗歌在成熟期时以情景交融为主，较少采用直接抒情方式，故白居易此等诗句比较罕见。倒是在民歌中直接抒情比较常见，如汉乐府的《上邪》：

上邪！
我欲与君相知，
长命无绝衰。
山无陵，
江水为竭，
冬雷震震，
夏雨雪，
天地合，
乃敢与君绝。

这种爱到世界末日的誓言，在世界爱情诗史上并非绝无仅有，如苏格兰诗人彭斯的

"to see her is to love her, and love but her forever"，见了她就爱上她，爱上她就爱到底，爱到海枯干，石头熔化：

Tilla' the seas gang dry my Dear,

And the rock smelt wi' the sun:

I will love thee still, my Dear,

While the sand so' life shall run①

和《上邪》的"山无陵，江水为竭""天地合"异曲同工，都是世界末日挡不住爱情。这种绝对的爱情，和白居易超越空间时间的爱情在绝对性上是一样的，正是不通而妙、无理而妙的抒情逻辑。西方浪漫诗人雪莱的格言式名句"假如冬天来了，春天还会远吗？（If winter comes, can spring be far behind？）"②，其动人也在于其情感的绝对化。还原为理性逻辑则不难看出其片面，冬天象征着严酷，春天意味着美好，二者是矛盾的，就现实而言，冬天已经来了，则矛盾的主导方面是严酷，而诗人偏偏弃现实的主导性的严酷而不顾，硬说离春天的美好更近。这是极端片面的，也是极端无理的、极端痴的，可情感也是极端强烈的。

自然，情感逻辑的特点不仅是绝对化的，还可以违反矛盾律、排中律和充足理由律。人真动了感情就常常不知是爱还是恨了，明明相爱的人，却偏偏互称冤家，明明爱得不要命，可又像贾宝玉和林黛玉那样互相折磨。情感逻辑的特点，在绪论部分对《示儿》和《锦瑟》的解释中也可见一斑。

古典的情景交融和现代的情理交融

当然，"无理而妙"主要是抒情范畴内的，但它并不是永恒的，因为艺术形式是开放的，是随着历史的发展而发展的，等到中国新诗古典美学原则走向式微，受到现代派诗歌的美学原则冲击的时候，"无理"的形态就不完全限于抒情了，而是也开始表现理性。"无理"的表层隐含着的不是感情的"痴"，而是更高层次的理性洞察。北岛的《回答》的经典性就在于体现了中国新诗从古典浪漫阶段向现代阶段的过渡：

卑鄙是卑鄙者的通行证

高尚是高尚者的墓志铭

这样的写法，逻辑的跨越到了颠倒的程度，用古典的"痴"来解读是困难的。这首诗写于1976年春天天安门事件之后，"四人帮"镇压广大人民群众悼念周恩来，时代本身就

① en.wikipedia.org/wiki/A Red, Red Rose.

② en.wikipedia.org/wiki/Ode to the West Wind.

是是非颠倒的。“卑鄙是卑鄙者的通行证”，只有卑鄙的人才能通行无阻；“高尚是高尚者的墓志铭”，非常高尚的人，为了信念不怕牺牲的人，反而被摧残，甚至因此而牺牲。“看吧，在那镀金的天空中，飘满了死者弯曲的倒影”，好多人倒在了广场上。直接说倒在广场上，是散文的写实；说广场上死者的身影倒映在夕阳照耀的天空上，在地面上看不见，在天上有目共睹，则是诗的想象。“我不相信天是蓝的，我不相信雷的回声”，这不是疯了吗？你讲的那一套我都不相信，连天是蓝的都不相信。也就是说，普遍共识的东西，流行的东西，都是假的。“我不相信梦是假的”，“梦”就是对未来的期待和向往，是理想，不是假的，就是说是可以实现的。“我不相信死无报应”，牺牲的人总是会得到历史的回报的。“新的转机和闪闪星斗，正在缀满没有遮拦的天空”，天空是没有遮拦的，也就是真相是遮拦不住的。那星星“是五千年的象形文字”，那就是历史的眼睛，象形文字很难懂，但眼下看不懂，五千年后会有人读懂。这样的想象，虽然比古典的“痴”更为怪异，但一点也不做作、不矫情；虽然有一点隐晦，但很深刻。这完全是以一种崭新的情理交融的美学原则，站在历史的高度发言。

关于这一点，涉及流派的还原问题，本书下面将有专章阐释，此处不赘。

第十二章

具体分析之二：价值还原

审美价值的自发的劣势

从严格的意义来说，感知和情感逻辑的还原还只是比较表层的现象，隐藏在背后、决定着这种变异的，则是审美价值的取向。创作就是从科学的真和实用的善，向艺术的美的价值作错位性的转化。因为人类在自然界承受着生存压力，科学求真的价值和实用求善的价值自发地占着优势，二者都是理性的，审美价值则是既不科学也不实用的，自然处于被压抑的地位。正因为这样，科学家可以在大学课堂中成批地培养，而艺术家却不能。只有那些少数情感审美价值强大到可以很轻易超越科学的真和实用的善的人，才可能将情感的美与之错开，构成艺术形象。

要解读艺术、摆脱被动，就要善于从艺术感觉、情感逻辑中还原出科学的理性，从其间的矛盾中分析出情感的审美价值。为什么李白在白帝城向江陵进发时只感到“千里江陵一日还”的速度，而感觉不到三峡礁石的凶险呢？因为他归心似箭。为什么李白觉得并不一定很轻的船很轻呢？因为他流放夜郎，“中道遇赦”，用今天的话来说，就是解除政治压力后，心里感到轻松，因而即使船再重、航程再险，他也不在话下了。为什么明明是他心里轻松，却不说“轻舟已过万重山”，却偏偏要说“轻舟已过万重山”呢？这是因为诗人情感的审美价值对实用理性的超越要以感知变异来表现。为什么“春风知别苦，不遣柳条青”这样不合科学理性的诗句能够千年不朽呢？诗人用这种可感的外在的强烈的效果去推动读者想象诗人情感的原因，只有通过价值还原，发现其间的矛盾才能进入分析层次。为什么阿 Q 在押上刑场之时不大喊冤枉，反而为圆圈画得不圆而遗憾？按理性来还原，正是因为画了这个圆才完成了判死刑的手续。通过这个荒谬的还原，才见得阿 Q 的麻木。阿 Q 越是麻木，在读者心目中越是能激发起焦虑，从而感到反讽，这就是艺术（喜剧性）的感染力，这就是审美价值。如果阿 Q 突然叫起冤枉来，而不是叫喊“过了二十年又是一个（好汉）”，就和逻辑的常规缩短了距离，这样，喜剧的效果就消失了。正因为此，逻辑的还原最后必须走向价值的还原，而从价值的还原中，就不难分析出真正的艺术奥秘。

把理性的“真”与情感的“美”的矛盾、错位揭示出来

文学形象是以审美情感为核心的，但是情并不是一切，作为核心的底蕴，乃是志（诗言志），带着理性深度的志，称得上情感的基础。机械唯物主义把文学当作客观生活的本质反映，从美学上说，这就是说美等于他们所谓的“真”，这是认识论美学的基本出发点。而“本质”的真、典型的“真”，则被认为是不以主观意志为转移的，但就是在科学理论上，绝对客观的“真”也并不可能，正是因为这样，才有康德的“物自体”不可知论。举一个感性的例子：20 世纪初，物理学的发展曾经使得物理学家感到物理学已经接近完美，物理学的天宇中，只剩下两片乌云，各派物理学家对之争论不休。年轻的海森堡对爱因斯坦说，他要发明一种仪器，通过测量出来的客观数据来判定是非。爱因斯坦笑答，海森堡的仪器就是根据他的（主观）理论设计的。就认识论原理而言，他们又断言，“真”乃是主观与客观的统一。所谓统一，不言而喻，乃是主观统一于客观。但是，主体不是死的，其价值取向、文化背景、个体特殊性（个性、修养、旨趣）决定了主体不可能是绝对被动的，人的心理并不如洛克所言，是一块“白板”，按皮亚杰的发生认识论，只有与主体的心理结构（schema）相通的才能被同化，而一经同化（assimolation），就带上了主体的倾向。故认识论所强调的“真”，往往带着机械论的烙印，20 世纪中叶的正统理论以反映生活真实为基本纲领，但其生活真实乃是现行的政治原则，遵循这种所谓生活真实的创作，就是公式化概念化的创作，历史无情地证明了这种创作其实并不真实，恰恰是歪曲了生活，遵循这种观念的解读乃是公式化、概念化的解读，这样的解读不过是以一时的政治观念去“同化”作品，其结果乃是抛弃了文学的审美血肉，只看到政策概念化的图解，把虚假的骷髅当成鲜活的生命，这种偏颇当然是比较极端的。就一般规律而言，文学形象无限丰富与主流意识形态的概念的狭隘存在永恒的矛盾。文学的审美价值与认识的理念并不是绝对统一的，而是相互错位的。因而，分析“真”（政治概念）与美的矛盾、错位，具有方法论上的意义。

虽然历史已然证实了以政治概念解读作品的谬误，然而观念是以普遍性的更深层的思想方法为基础的，因此，观念被淘汰了，“新”观念产生了，但作为方法，追求生活本质的“真”（以意识形态为真）和文学形象的统一性，在许多论者意识中仍然别无选择，以形象与生活的“本质”（意识形态）为核心的形而上学在相当程度上还占着统治地位。不过，从根本上说，事物的统一性只是其表层，而非这些方法的奉行者所向往的“本质”，现象与“本质”如果没有矛盾，永远表里如一，凭着直觉就可以一望而知，满足于从现象到现象的滑行，学术研究就可以取消。正是因为现象与内在属性有矛盾、有错位，才要分析，才有研究的必要。要从表层深入到文本的中层和深层，就需要对文本的整体做具体分析。而统一性不可能提供分析的对象：矛盾或者错位。故要深入解读文本的密码，就不能不具有分析矛盾的自觉。

首先就要把文本的政治观念、意识形态、概念和文本的情感的矛盾还原出来。在方法论上的不自觉，造成了经典文本解读的概念化，也就是非审美化甚至反审美化。以《红楼梦》为例，论者往往把一切矛盾归结于贾宝玉反抗仕途经济这样的理念，他痴迷林黛玉、远离乃至最后弃绝薛宝钗的缘由就是出于这样的理念。似乎对于仕途经济、科举、八股文的态度成了林黛玉和薛宝钗的分水岭。薛宝钗对贾宝玉有所规劝，而林黛玉则相反。史湘云劝说贾宝玉“讲些仕途经济的学问”，往往为论者不约而同地引用——

宝玉听了道：“姑娘请别的姊妹屋里坐坐，我这里仔细污了你的经济学问的。”袭人道：“云姑娘快别说这话。上回也是宝姑娘也说过一回，他也不管人脸上过得去过不去，他就咳了一声，拿起脚来走了。这里宝姑娘的话也没说完，见他走了，登时羞得脸通红，说又不是，不说又不是。幸而是宝姑娘，那要是林姑娘，不知又闹到怎么样，哭得怎么样呢。提起这个话来，真真的宝姑娘叫人敬重，自己讪了一会子去了。我倒过不去。只当他恼了。谁知过后还是照旧一样，真真有涵养，心地宽大。谁知这一个反倒同他生分了。那林姑娘见你赌气不理他，你得赔多少不是呢。”宝玉道：“林姑娘从来说过这些混账话不曾？若他也说过这些混账话，我早和他生分了。”袭人和湘云都点头笑道：“这原是混账话。”宝玉说：“不错，不错！”①

对仕途经济的拒绝被认为是贾林爱情的思想基础，也是贾薛无缘的原因，这几乎成了定论。但这其实是片面的，因为林黛玉也并不绝对反对八股文，相反倒是对贾宝玉有过这样的正面规劝：

黛玉道：“我们女孩儿家虽然不要这个，但小时跟着你们雨村先生念书，也曾看过。内中也有近情近理的，也有清微淡远的。那时候虽不大懂，也觉得好，不可一概

① 冯其庸：《脂砚斋重评石头记汇校》，第三十二回，文化艺术出版社 1989 年版。

抹倒。况且你要取功名，这个也清贵些。”宝玉听到这里，觉得不甚入耳，因想黛玉从来不是这样人，怎么也这样势欲熏心起来？又不敢在他跟前驳回，只在鼻子眼里笑了一声。①

不但说八股文“不可一概抹倒”，而且劝宝玉“要取功名，这个也清贵些”。后来，怡红院里海棠本来枯萎了几棵，忽然不应时地开了花。众人诧异，李纨认为是“喜事”，黛玉“听说是喜事，心里触动，便高兴说道：‘如今二哥哥认真念书，舅舅喜欢，那棵树也就发了。’贾母王夫人听了喜欢，便说：‘林姑娘比方得有理。’”这表现了林黛玉对八股文的态度和薛宝钗是相差无几的，但是，面对同样的思想，贾宝玉的态度却不同，他对薛宝钗可以说是毫无礼貌，“不管人脸上过得去过不去，他就咳了一声，拿起脚来走了”，而对林黛玉虽然“觉得不甚入耳”甚至“利欲熏心”，但却“不敢在他跟前驳回”。可见，情感是在理性之上的，思想可以不同，但对情感却毫无影响。对仕途经济的观念，很难说是他们生生死死的爱情的基础。贾宝玉与花袭人的关系，也可作为旁证。袭人也不止一次如此这般地劝过宝玉，但是宝玉并不厌恶她。倒是有一次，袭人假说自己年纪大了，终究要回去，离开贾宝玉，宝玉就急得不得了，坚决要求袭人留下来，袭人提出的条件之一是：

“你真喜读书也罢，假喜也罢，只是在老爷跟前或在别人跟前，你别只管批驳诮谤，只作出个喜读书的样子来，也教老爷少生些气。在人前也好说嘴。他心里想着，我家代代念书，只从有了你，不承望你不喜读书，已经他心里又气又恼了。而且背前背后乱说那些混话，凡读书上进的人，你就起个名字叫作‘禄蠹’；又说只除‘明明德’外无书，都是前人自己不能解圣人之书，便另出己意，混编纂出来的。这些话，你怎么怨得老爷不气，不时时打你？叫别人怎么想你？”宝玉笑道：“再不说了。那原是那小时不知天高地厚，信口胡说，如今再不敢说了。”②

宝玉的理想只是“只求你们同看着我，守着我，等我有一日化成了飞灰”，只要这样，他对于袭人的一切条件都爽爽快快答应：“都改，都改。”他心目中的造化就是“趁你们在，我就死了，再能够你们哭我的眼泪流成大河，把我的尸首漂起来，送到那鸦雀不到的幽僻之处，随风化了”。

可见爱情毕竟是情，而不是理，故其基础并不完全在思想（理性），而在情感（审美）。贾宝玉痴迷林黛玉到有逆耳之言而“不敢”反诘的程度，对袭人之言比黛玉更露骨，可以说是完全顺从，缴械投降，这更可说明，情感超越理性、与理性错位才动人。贾和薛的距离，很难说是思想的、仅仅是针对八股科举的。

---

① 冯其庸：《脂砚斋重评石头记汇校》，第八十二回，文化艺术出版社 1989 年版。

② 冯其庸：《脂砚斋重评石头记汇校》，第十九回，文化艺术出版社 1989 年版。

把受到消解的实用理性还原出来

林黛玉和薛宝钗的对立，不但被一些论者定性为思想的，而且定性为道德的。一些学者出于功利论的狭隘观念，硬把薛宝钗分析成像是个“女曹操”，其理论根源乃是把审美情感与道德理性混为一谈。但是，《红楼梦》从四十回以后，由林黛玉来否定薛宝钗“藏奸”，就说明了林薛之间的对立并不在道德理性方面。早期俞平伯力主钗黛互补，二者“遥遥相对，息息相通”，应该说不是没有根据的。但俞氏的结论仍然没有充分揭示出二者的“息息相通”是在道德上，而其“遥遥相对”乃是在情感上。

林和薛的对立是鲜明的，一个是把情感视为生命，甚至看得比生命更重要，追求的是百分之百的感情占有，最初总是把薛宝钗当作假想敌（以为她总是“藏奸”），在情感的纯粹度上容不得有半点含糊。薛宝钗并不是没有感情，但为了恪守女孩儿家“三从四德”的本分，自觉地消灭自己的感情，对林黛玉并不妒忌，甚至还对她一片好心，主动关切照顾，以至于感动得林黛玉向她表白以往对她怀有成见的不是——

> 黛玉叹道：“你素日待人，固然是极好的，然我最是个多心的人，只当你心里藏奸。从前日你说看杂书不好，又劝我那些好话，竟大感激你。往日竟是我错了，实在误到如今。细细算来，我母亲去世的早，又无姊妹兄弟，我长了今年十五岁，竟没一个人像你前日的话教导我。怨不得云丫头说你好，我往日见他赞你，我还不受用，昨儿我亲自经过，才知道了。比如若是你说了那个，我再不轻放过你的；你竟不介意，反劝我那些话，可知我竟自误了。若不是从前日看出来，今日这话，再不对你说。”①

《红楼梦》对她们的关系的根本好转，用的是反复皴染之笔法，不但让读者直接看到林薛之间的化解，而且还借贾宝玉的眼睛增了一层墨色：“他两个素日不是这样的好，今看来竟更比他人好十倍。”这还不算，作者又让林黛玉对贾宝玉来了一次独白：“谁知他竟真是个好人，我素日只当他藏奸。”一连三笔，反复提醒，作者用心之良苦，亦可见艺术创作原则的不含糊。

把感情放在什么位置上是她们精神价值的分野。林黛玉是把感情价值放在一切之上，甚至在生命之上。明知贾宝玉对她的感情深厚，一听说自己要回苏州，就发了疯，已经足以证明一切，后来贾宝玉被她逼得发出“你死了我当和尚去”的誓言。但是，她对感情的要求是百分之百的把握，宝玉配金锁的说法使她十分警惕，以致她把薛宝钗设为“假想

---

① 冯其庸：《脂砚斋重评石头记汇校》，第四十五回，文化艺术出版社1989年版。

敌”，哪怕有微不足道的蛛丝马迹，她都要试探、讽喻、挑剔、折磨（“歪派”）贾宝玉。折磨宝玉，实质上是折磨自己，从心理的折磨转化为生理的折磨。她越是执着于此，她的生存状态越是脆弱。情感递增，健康递减，婚姻竞争力相应递减。在得知宝玉和宝钗要结婚的信息以后，就干脆万念俱灰，但求速死，故意损害自己的健康。最后贾母在决策时，没有选择她就是因为她“心重”，“寿数”上处于明显的劣势。而薛宝钗则相反，明知在现实环境中宝玉是唯一的对象，又加上宝玉和金锁的传言，本来是好事，可是她却觉得“没意思起来”，处处逃避着贾宝玉。在她母亲决定把她嫁给已经有点疯傻的贾宝玉并征求她的意见时，她既没有喜欢，也没有悲哀，而是非常正色地对妈妈说，这种事不应该问自己，父亲不在的话母亲决定，就是要问，也应该由哥哥做主，而此时她的哥哥薛蟠正在监牢里。要她冒充林黛玉和贾宝玉成亲，她固然也痛苦，但她选择了默默顺从。她是一个很漂亮的人，很有道德修养，但却是一个感情的空壳，一朵纸花。

在她身上体现着文学感染力的奥秘：实用理性（道德）与情感和审美价值的错位。其特点是二者既不重合，也不分裂。重合会成为公式化、概念化的图解，而分裂则成为诲淫诲盗。在既不分裂亦不重合的条件下，二者拉开的错位距离越大，感染力就越强；反之，二者错位的距离越小，则感染力越弱。

正是在道德理性和情感的错位中，人物的精神得到了最为恢宏也是最为微妙的展示。

道德理性价值和情感的审美大幅度错位，善与美拉开了最大距离，才是薛宝钗这一形象不朽的原因。

从理论上来说，王熙凤的形象生命也是实用价值与情感价值的错位。但是，她的实用价值不仅有善（能力超过男性），而且有恶（造成人命）。曹雪芹并不是偶然地把她写成一个美人，其目的可能就是要让她的美与她的恶拉开最大的距离，其形象不朽的原因和蘩漪有点相似：同样是一朵恶之花。

让情感之美与实用道德理性拉开大幅度的错位，可能是世界文学史上刻画女性的一种相当普遍的现象。从梅里美的《卡尔曼》到托尔斯泰的玛丝洛娃（《复活》），从郝斯嘉（《飘》）到安娜·卡列尼娜，莫不如此。而在中国现代文学中，《骆驼祥子》中的虎妞也正是借助情感的追求与道德的恶错位的巨大幅度，对中国现代文学创作论美学中美与善的统一（例如对巴金的《家》中的鸣凤和沈从文《边城》中的翠翠）有了历史性的突破。虎妞形象中的恶与她对情感的执着的错位大到几乎要脱离的程度，表明了老舍在艺术上的勇敢。而更勇敢、拉开更大幅度距离的则是曹禺。曹禺自己在《雷雨》的序言中说到蘩漪：

> 我想她应该能动我的怜悯和尊敬，我会流着泪水哀悼这可怜的女人的。我会原谅她，虽然她做了所谓“罪大恶极”的事情——抛弃了神圣的母亲的天责。我算不清我

亲眼看见多少蘩漪（当然她们不是蘩漪，她们多半没有她的勇敢），她们都在阴沟里讨着生活，却心偏天样的高……在遭遇这样的不幸的女人里，蘩漪自然是值得赞美的。她有火炽的热情，一颗强悍的心，她敢冲破一切的桎梏，做一次困兽的斗。虽然依旧落在火坑里，情热烧疯了她的心，然而不是更值得人的怜悯与尊敬么？这总比阉鸡似的男子们，为着凡庸的生活，怯弱地度着一天一天的日子更值得人佩服吧。有一个朋友告诉我：他迷上了蘩漪，他说她的可爱不在她的“可爱”处，而在她的“不可爱”处。诚然，如若以寻常的尺来衡量她，她实在没有几分动人的地方。不过聚许多所谓“可爱的”女人在一起，便可以鉴别出她是最富于魅惑性的。①

从道德上来说，蘩漪无疑是恶的，用曹禺的话来说是“罪大恶极”，违背了母亲的天职，与周萍的乱伦，对四凤的阴毒，这些都是“不可爱”的。但为什么她又是值得“赞美”、值得“尊敬”的呢？因为她“有火炽的热情，一颗强悍的心，她敢冲破一切的桎梏”“落在火坑里，情热烧疯了她的心”。正是因为被“火炽的热情”“烧疯了”，她的审美价值与道德的恶拉开了大幅度的错位，才使得这个形象的“不可爱”转化为“可爱”，审美价值在这里达到最高值。之所以没有变成诲淫诲盗，审美与道德理性没有分裂，原因就在于，她的恶是有社会环境的逼迫的：她是在冲破周朴园的精神牢笼，作着困兽犹斗的挣扎。

蘩漪的不朽在于恶与美的错位，是以正剧形式展开的，而另一个经典形象——《范进中举》中的胡屠户同样有着恶与美的错位，但是是以喜剧逻辑展示的。

《范进中举》并不完全是作者的虚构，它是有原始素材的。清朝刘献廷的《广阳杂记》卷四中有一段记载：

明末高邮有袁体庵者，神医也。有举子举于乡，喜极发狂，笑不止。求体庵诊之。惊曰：“疾不可为矣！不以旬数矣！子宜亟归，迟恐不及也。若道过镇江，必更求何氏诊之。”遂以一书寄何。其人至镇江而疾已愈，以书致何，何以书示其人，曰：“某公喜极而狂，喜则心窍开张而不可复合，非药石之所能治也。故动以危苦之心，惧之以死，令其忧愁抑郁，则心窍闭。至镇江当已愈矣。”其人见之，北面再拜而去。吁！亦神矣。②

“吁！亦神矣。”这句话是这段小故事的主题：称赞袁医生的医道高明。他没有按常规以药物从生理的病态上治这个病人，而是从心理方面治好了他。

这个故事的全部旨趣都集中在实用价值方面——不是用生理治疗方法，而是用心理疗法治疗精神病，实用理性占了压倒优势。而在《儒林外史》中，“范进中举”一段则展开了

---

① 曹禺：《雷雨·序》，《曹禺经典戏剧选集》，新华出版社 2010 年版，第 500 页。
② 李汉秋编：《儒林外史研究资料》，上海古籍出版社 1984 年版，第 170 页。

一幅多元的直觉，展现了情感变幻的价值。这种神妙性大大超越了医道的神妙性，审美价值超越了实用价值。

一、物质优越感变成精神优越感

在《范进中举》中，吴敬梓把袁医生的治病法门改为胡屠户的一记耳光。这说明，在医生看来最实用的医术（“你死定了”的恐吓），在文学家看来是要放弃的。杀猪的人在当时社会地位极端低下，和读书人（官僚阶层的候补者）是不能相比的。但是，由于范进屡考屡败，经济上陷入极端困境，在精神上极端自卑，胡屠户敢于在任何场合下公然显示对他的藐视。就是范进考中了秀才，他带着猪大肠来庆贺，其行为和所说的话都不像是庆贺，根本就是辱骂（“现世宝”“穷鬼”）；再就是毫无道理的自我表扬，连范进中了秀才都是因为他“积了什么德”。把祝贺变成了训斥和奚落，充分表现了胡屠户心灵深处的病态自尊和粗野的自大。

他在范进面前，怀着显示优越的冲动，把范进压得越低，他的自尊和自大就越是得到满足。但是，读者看得清楚，这种精神上的优越感完全是虚幻的。因为他的言行完全是违反社会礼仪的恶；范进中了秀才，又想考举人，向胡屠户借旅费，他不借，精神优越感转化为野蛮的恶行：“一口啐在脸上，”公然侮辱他说，举人是天上文曲星下凡的，范进却“不三不四，就想天鹅屁吃”。用语极端的恶，依照的完全是一种迷信愚昧的逻辑，举人是天上文曲星下凡，而范进则不可能是。

二、精神优越感变成了精神自卑感

待到范进中了举人以至发疯，为了治疗范进的疯狂，要求胡屠户打范进一耳光，告诉他根本没有中时，胡屠户却不敢了：精神优越感顿时变成了精神自卑感。这时的胡屠户好像变成了另外一个人，但他的思维逻辑却是一以贯之的。在他的情感深处，真诚地以为举人都是天上的文曲星下凡，即使为了救这文曲星的命，他也缺乏勇气。他这样说：

> 虽然是我女婿，如今却做了老爷，就是天上的星宿。天上的星宿是打不得的！我听得斋公们说，打了天上的星宿，阎王就要拿去打一百铁棍，发在十八层地狱，永不得翻身。

胡屠户的恐怖来源于他自己的情感逻辑。这种逻辑的特点是：第一，表面上是迷信逻辑，实质上是一种根深蒂固的势利；第二，这种情感逻辑是极端荒谬、可笑的，带着很强的喜剧性：自我折磨的负罪感。齐省堂增订本《儒林外史》评语说：“妙人妙语。这一作难，可谓妩媚之至。”[①]

胡屠户这样的语言明明是很丑恶的，怎么会“妩媚之至”呢？这就是恶与情感的错位，化恶为美。这是因为胡屠户的恶行之中有一种迷信逻辑，不但荒谬可笑，而且还被胡屠户执着地贯彻，执着到不顾自相矛盾。一方面是前后反差巨大，本来应该会引起惭愧之感的；另一方面是这本来应该是内心的隐私，一般人是不会公然讲出来的，这个胡屠户却心直口快地说了出来，而一旦说出来，他往日那种病态的自尊、自大，那种精神优越感，就变成了自卑感。这种自卑当然可鄙，然而又可怜、可笑。此时的胡屠户已经不是施害于人者，而是变成为自己的观念所苦的人了，这就达到了化恶为美的境界。

这就是吴敬梓所追求的艺术的价值核心所在。他所在意的并不是神医不神医，而是这个起了神医作用的小人物的精神内在的矛盾荒谬，而这种荒谬并不十分可恶，而是有点可笑，而且有点天真，有点可爱，有点“妩媚”。在这里，吴敬梓对胡屠户并不完全是揭露，同时还有调侃，在调侃中又有悲悯之情。越到后来，在让胡屠户为自己的观念所苦这件事上，吴敬梓显得越宽容。胡屠户还从一个滥施侮辱者，变成了被嘲弄者。邻居内一个“尖酸”的人说道：

罢么！胡老爹，你每日杀猪的营生，白刀子进去，红刀子出来，阎王也不知叫判官在簿子上记了你几千条铁棍；就是添上这一百棍，也打甚么要紧？只恐把铁棍子打完了，也算不到这笔账上来。或者你救好了你女婿的病，阎王叙功，从地狱里把你提上第十七层来，也未可知。

这表面上是邻居的嘲弄，实际上是吴敬梓遵循着胡屠户的迷信逻辑，推导出了和胡屠户相反的结论，使胡屠户处于荒谬的两难之中。接下去的“连斟两碗酒喝了，壮一壮胆”，虽然仅仅是叙述，但是也很精彩，写出了胡屠户为自己的迷信所苦的可笑和为情势所逼的可爱。他硬着头皮打了范进一耳光，使范进清醒过来以后，吴敬梓对胡屠户的感觉的描写，真可以称得上神来之笔：

不觉那只手隐隐的疼将起来；自己看时，把个巴掌仰着，再也弯不过来。自己心里懊恼道：“果然天上‘文曲星’是打不得的，而今菩萨计较起来了。”想一想，更疼的狠了，连忙向郎中讨了个膏药贴着。

这是吴敬梓对胡屠户的调侃，进一步使胡屠户变得更加可笑、更加可恨，但也更加好玩、更加可爱了。可恶的胡屠户变得可笑，可爱的原因是他虚幻的自卑感变成了严重的负罪感。吴敬梓改变原始素材的功力，就在于超越了实用的价值，进入了人物非理性的情感

---

① 李汉秋辑校：《〈儒林外史〉会校会评本》，上海古籍出版社 1984 年版，第 45 页。以下所引《儒林外史》，皆出此本，不再详注。

世界。感动我们的不再是实用的心理治疗方法，而是不实用的情感变幻喜剧性。

到此，胡屠户的内心已经经历了三个阶段。第一个阶段是自尊自大，充满物质的和精神的优越感；第二个阶段是丧失了优越感，充满了自卑感；第三个阶段则是自卑变成了自我折磨的负罪感。但吴敬梓对他的调侃还没有完结，接着是第四个阶段：当人家嘲弄他说，他这打过文曲星的手杀不得猪了，胡屠户说：

“我那里还杀猪！有我这贤婿，还怕后半世靠不着也怎的？我每常说，我的这个贤婿，才学又高，品貌又好，就是城里头那张府、周府这些老爷，也没有我女婿这样一个体面的相貌。你们不知道，得罪你们说，我小老这一双眼睛，却是认得人的。想着先年，我小女在家里长到三十多岁，多少有钱的富户要和我结亲，我自己觉得女儿像有些福气的，毕竟要嫁与个老爷。今日果然不错！”说罢，哈哈大笑。

他如此迅速地忘却了自卑感和负罪感，迅速恢复了自豪感。而这种自豪感，比之开初所说的（考中秀才，不是因为才学，而是因为考官可怜他年纪老了，尖嘴猴腮，癞蛤蟆想吃天鹅屁，不是天上下凡的文曲星，撒泡尿自己照照，等等），更加自相矛盾，更加荒谬，更加虚幻，更加不可信；但是，他又更加坦然。这种大言不惭的自白，除了自我暴露、自我安慰、自鸣得意以外，没有任何人相信。吴敬梓把胡屠户置于这样一种境地，他所说的一切，目的是让听者尊敬自己，可是实际上却是自我丑化。这已经是很可笑了，更可笑的是，胡屠户自己却没有任何可笑的感觉。这与此前范进感觉不到自己的可悲一样深邃。待到范进回家：屠户和邻居跟在后面。屠户见女婿衣裳后襟滚皱了许多，一路低着头替他扯了几十回。到了家门，屠户高声叫道：“老爷回府了！”

这里十分深刻地提示了，胡屠户的自豪感是建立在对于权势者自卑的依附感上的。等到他视为老爷的张乡绅来临，他就“连忙躲进女儿房里，不敢出来”。他大呼小叫的势利（恶）和他的真诚、执着（审美性质的情感）是互为表里的。

第十三章

具体分析之三：历史语境还原

这里所说的历史语境还原，不是通常意义上的时代背景。时代背景尤其是政治经济军事文化背景，只是所有文本的共同背景，而不是作品唯一性的背景。解读文本的历史语境，是独一无二的语境，我们要从文本中分析出语境的历史积淀。历史首先不在文本以外，而是在文本以内，在具体的意象、话语之中，因而只能通过具体分析文本来揭示它。

感知的、逻辑的和价值的还原，并不是机械的操作程序，而是应该综合运用的。光是感知、逻辑、价值还原，可能就不能完全奏效了。

艺术感知还原、逻辑还原和价值还原，都不过是分析艺术形式的静态的逻辑的方法，属于一种初级的入门方法。入门以后，对于作品的内容还有一个动态的分析问题，因而需要更高级的方法，就是“历史还原”。不管什么样的感知、逻辑和价值，都是离不开历史的，都不能不包含在历史的还原之中。

作家精神史还原

从理论上来说，对一切对象的研究的最起码要求就是把它放到历史环境里去。不管什么样的作品，要做出深刻的分析，光是从今天的眼光去观察是不行的，必须放到产生这些作品的时代（历史）背景中去，还原到产生它的那种政治的、经济的、文化的和艺术的气候中去。但历史背景也是分层次的。政治和经济状况的背景毕竟是外部的，对于不同作家都是一样的。

历史的还原，必须还原到作品的唯一性中去，最为常见的是作家特殊的精神史。新批评的所谓“意图谬误”是很盲目的。在中国有几千年的“知人论事”的传统，用作家的生命遭遇来说明作品的特征，虽然也有过“穿凿”过甚的偏颇，但也有相当合理的成分。对《下江陵》的解读，就很难离开李白生命中一次重大的危机和突然的转折。

当时船行三峡并不是那么直线式乘流而下的，而是迂回曲折的，更严重的是相当险恶；可是在近六十高龄的李白心目中，不但快捷，而且安全，一切凶险居然不在眼下，这种感觉更说明李白当时是如何的归心似箭了。

为什么会归心似箭到不顾安危呢？安史之乱中，李白犯了一个相当严重的政治错误，但“充军”途中又得到赦书，政治上的压力突然消失，一种获得解脱的情感通过轻快安全的感觉得到淋漓尽致的表达。在被俘以前，李白没有意识到他兴奋无比地参加的永王李璘集团的政治性质，永王战败，李白成了罪犯。这种罪名属于大逆不道，连永王李璘都死于非命了，这对于李白来说，不但是个政治问题，而且是个人的尊严问题。李白没有想到他要付出的政治和道义上的代价这么沉重。不管他感到多么冤屈，还是被判了个流放夜郎（后来，等到下一代皇帝接位以后，这个冤案得到平反）。天才诗人早期自夸的“试涉霸王略”“将期轩冕荣”，此时完全成了反讽。这是李白一辈子最惨的时候，声名狼藉，应该说是相当孤立的。他的朋友杜甫在《不见·近无李白消息》中说得极其真切：“世人皆欲杀，吾意独怜才。”就在李白作为罪犯，到达白帝城（或者附近）的时候，赦书到了，这就是李白自己所说的“中道遇赦”。此时再看“世人皆欲杀”的处境，可能就有一点后怕的感觉了。这时的李白，顿时感到轻松无比，不但政治压力没有了，而且可以和家人团聚了。李白毕竟是李白，年近花甲，居然青春焕发的感觉油然而生，不再把三峡航道的凶险放在心上。

一个从政治灾难中走出来的老人，居然能有这样轻松的感觉，甚至让后世一些研究他的学者狐疑，觉得不可思议：如此充满青春朝气的诗作，竟然出自一个历尽政治坎坷的垂暮老人之手。但是，李白的可爱正是在这里。

当然，这样的传记式分析，可能并不是最深刻的，而且弄得不好会陷入新批评所谓“意图谬误”的歧途上去。

母题史的还原

要真正把这首诗的艺术奥秘讲透，还要把它放到类似主题的系列中去。例如，他的“千里江陵一日还”，是袭用了郦道元的《水经注》的“朝辞白帝，暮到江陵”的陈说，但郦道元没有到过三峡，他的三峡描述，完全是从历史文献中综合出来的。其次，猿声出自民歌“巴东三峡巫峡长，猿鸣三声泪沾裳”，本是悲凉的，唐代诗人通常都是在这样的意味上运用这个典故的（如杜甫“听猿实下三声泪”）。

更为深刻一些的分析，则需要还原到母题的历史中去。

孤立地分析文本很难避免就文本论文本，往往深入的程度有限。原因在于，文学作品的创造并不仅仅靠个人才能。《儒林外史》写王冕仅仅凭个人不懈地写生，毫无师承，就成为自成一格的大家，这是空想。每一个作家并不是从零开始的，而是从传统积累的水平线上出发的，因而还原到历史语境时如果仅仅限于个人的经历，是比较肤浅的。文学杰作只有在传统的继承和突破中才能得到唯一性的阐释。

但是，传统是浩瀚的、纷纭的，对于具体分析来说是缺乏操作性的。最简便的方法就是把作品的成就放在同一母题的历史发展过程中考察。为什么要放在同一母题中？因为同一母题提供了现成的可比性。通过历史母题的还原和比较，就不难超越作家精神史的局限，梳理其在母题系列中的定位，从而发现其在母题史中的突破或倒退了。

母题还原的目的是显示差异。关键是内在的、人物内心情智探索和表现的进展，比如，对于武松打虎，如果光从文本来分析，当然也可能洞察其对英雄内心矛盾的揭示：从力量和勇气来说，他是超人的；但是从心理上说，从未见老虎之前自吹“怕老虎的不是好汉”，可见了老虎酒都做冷汗出了，活老虎打死了，死老虎拖不动，再见老虎时不知是假的，于是感到悲观绝望。如此这般，他又是平凡的，和一般小人物差不多，英雄化和平凡化统一了，分析到这个层次，可以说已经进入深层了。但是，如果把它放到中国古典小说对于英雄人物的想象的过程中去，就可能发现，这对于早于《水浒传》的《三国演义》是一个伟大的进步。在《三国演义》中，英雄人物是超人的，罕见其平凡的一面。面临死亡和磨难是没有痛苦的，如夏侯惇眼睛中了箭，大叫一声，连眼珠都拔出来，还把它吃到肚子里去，原因是身体发肤，受之父母，不可丢弃，但作家并没有写到他的疼痛感。关公之刮骨疗伤，虽然医生刀刮出声音来，但他仍然面不改色，谈笑自若，并没有武松那种局限。不过，对于人的洞察却标志了历史的深化。

要深刻解读李白的《将进酒》，就不能不把它放到诗歌史人生苦短的母题中去。李白诗曰：“君不见黄河之水天上来，奔流到海不复回。君不见高堂明镜悲白发，朝如青丝暮成雪。人生得意须尽欢，莫使金樽空对月。”“朝如青丝暮成雪”，强调生命短暂得如此极端，但并没有多少苦的意味，相反，和“黄河之水天上来，奔流到海不复回”联系在一起，却平添了豪迈的气势。人生苦短的历史母题早在《离骚》中就有“老冉冉其将至兮，恐岁月之不吾与”的表述，基调是充满了悲忧和无奈的。后来到了《古诗十九首》里，这个母题转化为及时享受生命的欢乐；但从感情的性质来说，基调仍然是悲凄的：“出郭门直视，但见丘与坟。古墓犁为田，松柏摧为薪。白杨多悲风，萧萧愁杀人！”更多的是并不悲凄，而是欢乐，但又是不得已的、被动的游戏人生。“生年不满百，常怀千岁忧。昼短苦夜长，何不秉烛游！为乐当及时，何能待来兹？”抒写的是直面生命大限的苦闷和及时享受生命的天真。到了曹操的“对酒当歌，人生几何”（《短歌行》），开始把焦点放在“去日苦多”中的“苦”字上，作为整首诗的基调。但是，接下来“慨当以慷”，又把二者结合起来，把生命苦短的慨叹变成了雄心壮志的慷慨，从而从实用理性的层次，上升到审美情感的层次。苦和忧本是内在的负面感受，而慷慨则是积极的、自豪的心态。因为有实现政治上的“天下归心”的理想，忧苦就上升为慷慨的豪情，这在生命苦短的母题史上是一个突破。相比起来，更大的突破是李白，把人生苦短表达得很豪迈，不但没有忧愁的压抑，相反倒是有一种享受的感觉。这就把苦忧变成了“享忧”；不但是享忧，而且发展到“人生得意须‘尽欢’”的程度。这里有着天才诗人的自信“天生我材必有用”的格言为之提供了充分的底气。

不仅在诗中应该这样，而且在小说和戏剧中也应该这样。

爱情母题史还原

要理解《西厢记》中“赖简”一折为何会成为经典，只有还原到母题的历史发展中才能洞察其间的深层奥秘。

中国小说和戏剧的产生晚于诗，因而在探索表现人的情感世界时都不由自主地依附于诗（这是因为情感世界太难以认识和表现了），而诗的本性是概括的。把情感效果强化、浪漫化是中外古典诗歌的共同倾向。白居易的“在天愿作比翼鸟，在地愿为连理枝”，说的是爱情永恒，不受空间限制。苏格兰诗人罗勃特·彭斯的“看见她就爱上她，爱上她就爱到底”（to see her is to love her，and love but her forever），说的是爱情不变，不受时间影响。最初的戏剧和小说就是受诗的这种影响，所以唐传奇《倩女离魂》写一个姑娘只见了小伙子一面，就爱上了，魂就跟小伙子飞了，到长沙去同居、生孩子，十几年不变。直到魂归原体，都没有吵过一次架。这和白居易的《长恨歌》与莎士比亚的《罗密欧与朱丽叶》一样，一见钟情，心心相印，生死不渝。这种爱情的特征是从开始到结局都没有变化。所谓“天长地久有时尽，此恨绵绵无绝期”，爱情的痛苦不但比有限的生命，而且比无限的时间还要永恒，这就叫浪漫，也叫诗化。在这样的作品中，男女双方即使有矛盾，酿成悲剧，往往也是由外部原因造成的。这在牛郎织女的故事中是家长专制，在《奥赛罗》里是小人亚戈挑拨离间。

但人是不是真的这样呢？艺术家是不是满足于这样的水平呢？自然不是。诗的法度森严而神圣，把人的想象捆住了，要想突破很难。于是在依附于诗的歌剧（诗剧）中，谁能突破，谁就有历史的贡献。

王实甫（1260—1336）在《西厢记》“赖简”一折写莺莺明明主动写诗约人家跳墙来幽会，但等人家来了，却把人家大骂一顿轰走；人家垂头丧气走了，她又吃不下饭，睡不着觉；虽躲躲闪闪，终于还是梳妆打扮送上门去了。这不但在中国戏剧文学史上是一个伟大的独创，而且在世界文学史上也是一大突破，其对女性心理表层和深层矛盾的揭示，比之晚他三百年的莎士比亚笔下的朱丽叶要曲折、深刻多了。在王实甫以前的中国戏剧和小说中，爱情常是美化、诗化、浪漫化的，也就是绝对化地不变的。美好的爱情总是善的，但是王实甫这里所表现出来的却是另一种奇观：虽然是不守信用的，美和善错位了，却是深刻的。如果崔莺莺很善，很守信用，把人家约来了就和人家好上了，那还有什么戏好看，有什么性格之美的发现呢？当然，《西厢记》从爱情母题的发展中看，也不是没有败笔，那就是追随董解元，把元稹小说原作《莺莺传》中的张生后来把崔莺莺遗弃了的悲剧改成了大团圆的结局，那是一个在当时就滥俗的公式。

许多本中国文学史都称赞话本小说《卖油郎独占花魁》和《杜十娘怒沉百宝箱》，但是如要放到母题史中去衡量，则无疑后者艺术水平更高。《卖油郎独占花魁》仍然是诗化小说，对爱情的理解是很简单的。卖油郎辛辛苦苦积累了一笔钱去妓院，仅仅因为没有乘花魁酒醉而追求肌体之欢，花魁就永生永世地爱上他了，人物情感完全平面化了。而《杜十娘怒沉百宝箱》则不同，即使杜十娘与李甲相好甚笃，但仍然对他留一手，把百宝箱藏着；等到李甲动摇，把自己出卖了，她就不但不要李甲这个人，就连百宝箱，甚至自己的命也不要了。对女性的理解，哪一篇更表现出对这个母题的历史突破，不是很清楚吗？

对女性的理解，在《红楼梦》中又有了突破。曹雪芹进一步发现，最相爱的人之间最热衷于互相挑剔，互相猜疑，互相折磨，互相无端地争吵，没有道理地歪曲对方的话语，眼泪多于微笑，痛苦多于幸福，但还是爱得连命也不要。爱是要折磨人的，爱是要摧残人的，爱是要死人的，杜十娘死了，玛格丽特死了，林黛玉死了，安娜·卡列尼娜死了，可是还是要爱。不要命地爱，才是真正的爱。在曹雪芹笔下，那种一见就好，大抵是以诉诸肉欲为目的，不是贾瑞、贾琏之类，就是宝玉的书童茗烟与一小丫环在过道里的苟且。所有这些缺乏情感基础的肉欲，曹雪芹都十分宽容地以喜剧风格处理之。

解读艺术作品的历史还原，不能仅仅局限于本国，更要将之还原到中外古今经典中的同类母题中去。在这一点上，曹雪芹与意大利的薄伽丘（1313—1375）在《十日谈》中的风格有异曲同工之妙。薄伽丘对那些克制不住肉欲的少男少女和教士也是以幽默风格调侃的。和《倩女离魂》一见钟情、生死不渝的女性一样，在薄伽丘笔下也有惊人的刚烈的女性。《十日谈》第四则故事中，国王的女儿和国王的侍卫相爱，哪怕国王把侍卫杀了，她也不变，居然把浸满她情人的血的酒喝下去。对于这样一爱就爱到死的刚烈女子，曹雪芹笔下的尤三姐堪与之相比，她爱上了柳湘莲，得不到理解，抹脖子了事。这两个女子都是把爱情看得比生命更重要的，作者也都是用悲剧风格来表现其崇高，同样强调她们的悲剧是外部社会等级和成见逼迫的结果。

在写这样的女性时，薄伽丘的喜剧性才华似乎高于曹雪芹，当然，曹雪芹也不乏以喜剧性写女性的地方，不过所写只是傻大姐之类。相比之下，曹雪芹的悲剧性才华则远胜过薄伽丘。薄伽丘不可能把林黛玉之死写得那样回肠荡气，刻骨相思却用“歪派”的猜疑来折损对方并自我摧残。在 17 世纪莎士比亚之后，19 世纪西方小说艺术高潮到来之前，没有一个艺术家能洞察到女性这么丰富复杂的心理层次。

当然这种创造性后来又被西欧的一系列文学家接续了。托尔斯泰笔下爱情的幸福追求不仅与痛苦相连，而且与恐怖的紧张相融，最后，安娜为了得到沃伦斯基更多的心灵关注，不是去正面追求，而是以自己的死去“惩罚”他。

在托尔斯泰笔下，相爱过程中的意识、动机、目的并不是某种单纯的意向，可以决定自己的语言和行动。它是一个多层次的复合结构，那埋得很深的、起初最不强烈的，才是最有决定力量的；而那表面的，看来是最明确的自我选择，往往是假象。以安娜为例，她一见沃伦斯基就要躲开他，后来又不由自主地投入他的怀抱，在怀了他的孩子难产时，她本来已经决意忏悔，让丈夫卡列宁与情夫沃伦斯基和好。这些都是她主动做出的抉择，可是一旦她身体复原了，卡列宁一接触她的手，她就不能忍受了，她就背弃了自己的诺言，这是一种什么样的神奇生命啊！托尔斯泰是个道德至上主义者，他主张道德的自我完善。因而他起初写安娜，觉得这是个邪恶的女人，可是越是写她抛弃丈夫、孩子以及和情人反反复复闹别扭，托尔斯泰越觉得她美，这种美就是人的灵魂深处的生命精灵。最后，他眼睁睁地让这种生命在它与自身作对的逻辑中走向毁灭。这就是悲剧，是很庄严的，一代又一代的读者每读一次都感受到一次灵魂的震颤。很可惜，当代许多作者在处理人物时，往往满足于在托尔斯泰早就不屑逗留的低层次的台阶上徘徊一辈子。

值得一提的是书中的一个次要角色，已准备好在林中散步时向一位女士求婚了，但是冥冥中有一种奇怪的力量，使他一再推迟，直到走到某一处树桩时，他忽然莫名其妙觉得已经失去愿望了。尽管女士仍然在等待，朋友们也期望着，然而他的感觉却不可逆转，连他自己也不明白这是怎么一回事，其他的人也都有点莫名其妙。过了很久，这个人物才自己悟出来，原来是自己不能忘却已经失去的爱人。

过去的爱情会潜藏得这么深，深到连自己都意识不到，然而其力量又是那么强，强到连自己意识明确的动机都抵挡不住，这就是托尔斯泰的伟大深邃之处了。

宏观：英雄母题史还原

历史的还原还可以从更为宏观的视野中展开。就英雄母题而言，汉人的美是和农业联系在一起。所以男子汉的“男”，就是一个人在田里出力。从美学来说，中国男性的力量是一种征服自然的美；但是，光出死力，日出而作，日落而息，面朝黄土背朝天，还美不起来。农业太不保险，洪水瘟疫，说来就来，种族绝灭的危机很大，人的再生产就比五谷丰登还重要得多。所以，《山海经》里最大的女中豪杰叫女娲，她唯一的能耐就是批量生孩子，这就是伟大的母亲英雄。古希腊和古印度直接表现性事的“性美学”也一样，谁都不害羞，害羞的反而不美了。男英雄的任务和女性不同，是和大自然搏斗。夸父以疯狂地追赶太阳而成名，结果是渴死了。他的手杖化为“桃林”，有一种解释说是让后人在大旱时期解渴。另一个男英雄后羿，把天上十个太阳射下来九个，征服了大旱，当然是豪杰。还有一个大禹，让他战胜洪水还不够，还要强调他三过家门而不入，对于女色无动于衷而扬美名于千古。所有这一切都说明，男女在美学上是有分工的：女性管繁衍，多生孩子的就受到崇拜；男性则要遏制本能，保证不让老天欺侮。

在老祖宗那里，男性的美都和超级的力量有关，以力为美，叫作阳刚之美。《史记》上形容项羽力拔山兮气盖世；京戏《甘露寺》中乔国老有著名的唱段形容张飞：“长坂坡，一声吼，吼断了桥梁，水倒流。”武松赤手空拳，花了半个小时把吊睛白额大虎给报销了。这些英雄都以超人的勇力为特点。把武松打虎放到母题系列中比较，就可看出，他的特色是在体力和魄力上，他是超人的，但在心理上又是凡人的。这样的英雄，就比《三国演义》中的英雄如关公、张飞更具平民百姓的气质。

一、从以力为美到以智为美

在中国史传文学和小说史上，这样的勇力超人的英雄，往往级别都不高，有时都不及一些书生。

力拔山兮的项羽，垓下之战输给了外貌如妇人的张良，关公在摇鹅毛扇的诸葛亮面前也显得天真肤浅，在外交上和战略上没有高瞻远瞩的气概。在中国古代的传奇中，最有超人勇力的英雄逐渐变成了羽扇纶巾的智者。以力为美，变成了以智为美，其阳刚之气结合着阴柔。这时的赳赳武夫，如张飞甚至关公，总是在诸葛亮眼皮底下出点喜剧性错误，李逵也老是在宋江眼皮底下出洋相。关公不听诸葛之言，终于断送了性命，还破坏了刘备和孙权的统一战线。《说唐》中，在瓦岗寨当过几天土皇帝的程咬金，老是被“牛鼻子道人”徐茂公戏弄；《封神演义》中，有本事的神仙妖魔生前都归姜子牙指挥，死后等他封神。

力的美学就这样让位给智的美学。

但光是有智慧也可能会变成曹操式的白脸奸臣，曹式大花脸之所以低于小白脸的档次，就是因为他无情。“宁教我负天下人，不教天下人负我”，像蛇一样冷血。很有智慧的人变成了最大的丑角，男性美学就这样衍生出男性丑学。什么人才是美学上最上档次的男人呢？情义为美，宋江什么武艺都不行，却在梁山坐上了第一把交椅。因为“义”是社会理想和人格理想的蓝图，包含了平等的社会理想和平等的人格理想，建构了拔刀相助和仗义疏财两种英雄，但是，处在领导地位的不是路见不平、拔刀相助的义士，而是仗义疏财的义士。

二、从以智为美到以情痴为美

后来的传奇小说里，超人的勇力逐渐消退，成为解读焦点的，并不是仗义，而是“多情”。这个多情是很理想化的，到了《红楼梦》中，这种情感的绝对化则变成了相反的形态。脂砚斋的评注把贾宝玉说成是“情种”“情痴”，这就和中国古典诗歌中抒情理论的“痴而入妙”“无理而妙”不谋而合了。其追随者有《聊斋志异》中的许多穷书生，都是从以情为美升华为“以痴为美”了。

在这一点上，林黛玉和安娜·卡列尼娜如出一辙。到了蘩漪，甚至脸面都不要，那就是以疯为美；甚至人伦都不顾，那可以说是以“恶”为美。

把感情看得比生命还重要的人，是顾不上理智的，爱是美的，但爱是不讲理的。当然也可以不痴、很清醒，这就意味着爱得太累、懒得纠缠，导致了凶杀。不过，这就导致了美学的大倒退——从情之美学、智之美学，回到了原始的力之美学。到了当代，尤其是在美国，情之美学又遭到嘲笑，审美的文学性不值钱了，变成了身体的美学，所以模特儿、运动员、歌星一唱千金，身体美学流行了。

任何在历史上有影响的主题，都不是凭空产生的，经典杰作都是历史母题发展史上的一环。

微观：话语（意象）的历史还原

宏观的历史还原还不是文学文本解读学的最高宗旨，因为它是一个历史阶段中许多文学作品的共性。解读的最高宗旨是对个案的唯一性的具体分析，把它放在宏观的历史的话语（意象）的演变中去，不应该忘记微观的唯一性。

艺术和文学的历史是对人类内心的探索的历史记录，一代又一代的艺术家虽然表面上各自独立，但在表现人物内心的发现方面，在语言的潜在能量方面，却是前赴后继，既继承而又对之有所突破的，只有把历史的差异揪住不放，才能把那隐性的进展揭示出来。

例如，月的意象在中国古典诗歌中是一个贯穿千年的传统意象，如果只是孤立地看待，可能无从深入，但只要将其放入历史的发展过程中去，发现其演变的差异，其艺术奥秘就不难分析出来。

在对月亮的天体性质有科学认识的时代，月亮和太阳一样很容易触发想象。最初，在诗人们心目中，太阳不但可以被赞美的，而且也可以被咒骂："时日曷丧，予及汝偕亡。"（《尚书·汤誓》）在农业社会，太阳对于农作物太重要性了，这就决定了歌颂性的意象在太阳上凝聚起来。扶桑、若木的典故，驾苍龙、驰赤羽的形象，最后竟成了至尊所独享，日为君象的性质就固定下来，而诗人与太阳的关系，除了葵藿倾心（葵藿倾太阳，物性固难夺）的忠贞以外，竟没有任何想象余地。赞美太阳，就得贬低自己；自己跪下来，君王才显得伟大。但是月亮却不同，月亮在中国古典诗歌里比较平民化、比较人性化，和人的悲欢离合紧密相连。赞美月亮不但不意味着一定要贬低自己，恰恰相反，往往是在展示自我、美化自我。月亮早在《诗经》中就是姣好的意象："月出皎兮，佼人僚兮。"（《诗经·国风·陈风·月出》）以月光临照天宇，吸净显示感情的纯净。经过了千百年的审美积淀，在曹操的《短歌行》中，"明明如月，何时可掇？忧从中来，不可断绝"，是以月的无边透明，美化忧愁的无限的。谢灵运的"明月照积雪，朔风劲且哀"，写明月透明与雪色之白融为一体，让朔风劲吹其间，长驱直入，从质上将这个纯净的宇宙定性为"哀"，从量上显示整个宇宙的悲凉。唐代月亮意象的符号意味在思乡的亲情上，可能是从张若虚的《春江花月夜》开始在思妇游子关系上趋于稳定。这个意象的乡愁意味具备了公共性。李白的"举头望明月，低头思故乡"之所以不朽，就是因为它表现了乡愁在潜意识中敏感到不触而发。但是李白在月亮这个意象上的贡献在于突破了这个意象公共的单一性，展开了想象的多样性。在李白现存诗作中，不算诗篇中间出现的月亮意象，光是以月为题的就达二十余首，从月亮意象衍生出来的群落，其丰富和深邃都大大超过唐宋以来的一切诗人。李白赋予月亮以自己的生命，使月亮焕发出多元的生机，改变了它作为观赏对象的潜在成规，月亮和李白不可羁勒的情感一样运动起来，静态的联想机制被突破了，随着李白的情感变幻万千。如前所论，当他童稚未开，月亮就是"白玉盘""瑶台镜"（"小时不识月，呼作白玉盘。又疑瑶台镜，飞在青云端"）；当友人远谪边地，月光就化为他的友情对友人形影不离地追随

（“我寄愁心与明月，随君直到夜郎西”）；月亮可以带上他孤高的气质（“万里浮云卷碧山，青天中道流孤月”），也可以成为豪情的载体在功成名就后供他赏玩（“一振高名满帝都，归时还弄峨眉月”）；金樽对月意味着及时享受生命的欢乐（“人生得意须尽欢，莫使金樽空对月”）。对月可比可赋，无月亦可起兴（“独漉水中泥，水浊不见月。不见月尚可，水深行人没”）；“明月出天山，苍茫云海间”中的月带着苍凉而悲壮的色调；“长安一片月，万户捣衣声。秋风吹不断，总是玉关情”，思妇闺房的幽怨弥漫在万里长空之中，幽怨就变得浩大。在他以前，甚至在他以后，都没有一个诗人有这样的才力营造这样统一而又丰富的意象。虽然皎然也曾模仿过，写出“吾将揽明月，照尔生死流”（《杂寓兴》），但只是借月光的物理性质，而不见其丰富情志。千年以后，毛泽东“可上九天揽月，可下五洋捉鳖”（《水调歌头·重上井冈山》），艺术上亦粗放，不能望李白之项背。

白居易以月为题的诗作，最难能可贵的是“山中问月”，但是，他问的却仅仅是长安的友人：

为问长安月，谁教不相离。昔随飞盖处，今照入山时。借助秋怀旷，留连夜卧迟。如归旧乡国，似对好亲知。松下行为伴，溪头坐有期。千岩将万壑，无处不相随。

在那远距离交通不发达的古代，月亮的意象和思亲、思乡、思友结合为一体，似乎已经成了想象的定势。白居易在这里抒写的是思长安之友，想象的是昔日之共处，预期今后之松下为伴、溪头共坐。题目是“山中问月”，诗中却并没有对月亮发出什么出奇制胜的问题。可以说，在拘泥于律诗法度之时，把题目中的“问月”做丢了。看题目，读者期待的是对李白已经突围的想象再突围，阅读后却发现诗人退回了因循的窠臼。回过头来再看李白这首古诗（古风），却对月亮的固定母题进行了一次突围，就显得难能可贵了。突围的关键，就在题目中的一个“问”字。

为什么会“问”起来呢？

关于月亮的流行书写大抵都是描述性的，如春江花月夜，或者闺中月、关山月，最老实的就是一个字：月。或者还有咏月，到了拜月、步月、玩月，就是挺大胆的了。在《全唐诗》中，光是“望月”为题者，就有五十首。向一个无生命的天体、一种司空见惯的自然现象发出诗意的问话，是需要才情和气魄的。在唐诗中，同样是传统母题的“雪”，也有对雪、喜雪、望雪、咏雪、玩雪，但就是没有问雪。“问”就是一种对话的姿态，李白不是一般的问问，而是“把酒问”：

青天有月来几时，我今停杯一问之。

这是李白式的姿态，停杯是把酒停下来，而不是把杯子放下来，如果是把酒杯放下来，就和题目上的“把酒问月”自相矛盾了。这种姿态和中国文学史上屈原那样的问天是不太相同的：老天怎么安排天宇的秩序？为什么分成十二等分？太阳月亮星星是怎么陈列的？太阳从早到晚，走了多少里？而月亮的夜光，消失了怎么会重新放光？凭着什么德行？这是人类幼稚时代的困惑，系列性的疑问中混淆着神话和现实。屈原的姿态是比较天真的，但是，李白的时代文明已经进化到不难将现实和神话加以区别的程度。故李白要把酒而问，拿着酒杯子问，姿态是很诗意的、很潇洒的。酒是令人兴奋的，也是令人迷糊的；酒是兴奋神经的，又是麻醉神经的。酒在诗中的功能就是让神经从实用规范中解脱出来，使想象和情感得以自由释放。故在诗中，尤其是在李白的诗中，“把酒”是一种进入想象境界，尽情浪漫的姿态：“人攀明月不可得，月行却与人相随。”

这里提出了一个矛盾，人攀明月不可得，说明是人与月之间十分遥远，而月亮与人相随，则说明二者之间是十分近的。这就构成了一种矛盾，似乎是很严肃的。但是，这完全是想象的，并不是现实的，因而是诗意的“无理而妙”。人攀明月，本身就是不现实的。月行却与人相随，关键词是“相随”，也是不是现实的。人的情感的特点是月亮对人既遥远，又亲近到紧密地追随。这种矛盾的感觉，把读者带进了一个超越现实的境界，一个天真的、浪漫的境界。接下去想象一下子跳到：

今人不见古时月，今月曾经照古人。

这种孤独感从哪里来的呢？这是这首诗的主题的关键，值得细细分析。

第一，生命在自发的感觉中，并不是太短暂的，而是相当漫长的。然而，一旦和月亮相比照，就不一样了。“今月曾经照古人”，那就是说，古月和今月是一个月亮，今人中却没有古人，古人都消失了。生命短暂的主题就显现出来了。第二，“今人不见古时月”，本来月亮只有一个，今古之间，月亮的变化可以略而不计，不存在古月和今月的问题，但李白作为诗人，却把“古时月”和“今月”做了区分。有了古今月亮的区别，古人和今人的区别就很明显了，由于古人已经逝去了，他们感觉中的月亮已经不可能重现了。把古月今月对立起来，不过是为了强调古人和今人的不同（暗示生命的大限）。第三，虽然古人今人是不同的，但他们在看月亮的时候，其命运又是相同的：

古人今人若流水，共看明月皆如此。

古人今人虽是不同的人，然而在像流水一样过去这一点上是一样的。这两句似乎是暗用了王羲之《兰亭序》中的“后之视今，亦犹今之视昔”，不过是反其意而用之。和明月的永恒相比，在生命的短暂这一点上，古人今人都是毫无例外的。这似乎有点悲观、有点宿命。但全诗给读者留下的印象似乎并不如此，相反倒是相当开怀的。原因在于，李白对生命苦短看得很达观，并在最后用这样的话来作结：

唯愿当歌对酒时，月光长照金樽里。

对酒当歌中的“当”，是门当户对的“当”，对也就是当。这是用了曹操诗歌中的典故。但曹操是直接抒发人生几何的苦闷，而李白则是用一幅图画，这幅图画由两个要素构成，一个是月光，一个是金樽。本来月光是普照大地的，可如果那样，就没有诗的意味了。只让月光照在酒樽里，也就是把其他空间的月光全部省略，让月光所代表的永恒和金樽所代表的对短暂生命的欢乐统一为一个意象。短暂的生命由于有了月光，就变得精致了。永恒不永恒的问题被诗人置之脑后，诗人就显得更加潇洒了。

这几句诗在中国古典诗歌中属于千古绝唱，除了因为表现出当时士人对生命的觉醒之外，还因为其思绪非常特殊。在自然现象的漫长与生命的短暂、在人世多变与自然相对稳定不变的对比中显示出一种哲理的深刻。在艺术上之所以能够把这种生命短暂的悲歌转化为欢歌，原因还在于其月亮意象的奇特和心灵对话的自由。

李白这首诗对后世许多诗人产生了巨大影响。如苏东坡的《水调歌头》（“明月几时有，把酒问青天”），辛弃疾的《太常引》（“一轮秋引转金波”）、《木兰花慢》（“可怜今夜月”）。王夫之在《唐诗评选》卷一中说这首诗“于古今为创调，乃歌行必以此为质，然后得施其体制”[①]。关键词是“歌行”，即李白时代的“古诗”。这种古诗与律诗、绝句不同，不讲究平仄对仗，句法比较自由，句间连贯性比较强，古人、今人，古月、今月，相互连绵地生发，明明是抒情诗，却似乎在推理，用的不是律诗的对仗，而是流水句式，情绪显得尤为自由、自如。

关键词还原

历史的还原难在微观，话语史的还原难在保持作品形象的浑然一体，宏观的历史还原不足以揭示作品的唯一性。而作品的精彩并不如某些传统文论所说的那样“字字珠玑”。事实上，字字珠玑是不可能的，诗句是大量非珠玑的字句的有机构成，有些关键的字眼成了诗眼，可以被称为珠玑。解读文本的唯一性，有时就是在一望而知的作品中，发现少数关键词中凝聚着的诗的奥秘，因此，抓住关键词对解读就具有非常大的挑战性。

以苏轼的《赤壁怀古》为例，主要是需要还原其中的几个关键词：一是“风流”，二是“豪杰”，三是“小乔初嫁”，四是“羽扇纶巾”，五是“梦”。“大江东去，浪淘尽，千古风流人物”，光从生理性的视觉去看，不管如何也不可能看到“千古”（时间范畴）风流人物。苏轼的才华恰恰是对“风流”二字作了历史性的突围，要真正读懂这首词，就不能不对“风流”作历史的还原。

---

① 张忠纲主编：《全唐诗大辞典》，语文出版社2000年版，第161页。

“风流”本来有稳定而且丰富的内涵：或指文采风流（词采华茂，婉丽风流），或指艺术效果（不着一字，尽得风流），或指才智超凡，品格卓尔不群（魏晋风流），或指高雅正派，风格温文（风流儒雅，风流蕴藉），或与潇洒对称（风流谢安石，潇洒陶渊明），实际是互文见义，合二而一。所指虽然丰富，但大体是指称才华出众，不拘礼法，我行我素，放诞不羁，当然也包括在与异性情感方面不受世俗约束，可以用“是真名士自风流”来概括。风流总是和名士，也就是落拓不羁的文化精英互为表里。“风流”作为一个范畴，是古代中国精英知识分子特有的理想精神范畴，把深邃和从容、艰巨和轻松、高雅和放任结合了在一起。在西方只有骑士精神可能与之相对称，但骑士献身国王和美女，缺乏智性的深邃，更无名士的高雅。这个范畴本来就相当复杂，而到了苏轼这里，又对其固定的内涵进行了突围。主要是风流从根本上说，是在野的风格，而《赤壁怀古》所怀的却是在朝的建功立业。

“赤壁怀古”，怀的并不是没有任何社会责任的名士，而是当权的、创造历史的豪杰，是叱咤风云的英雄。苏东坡把“风流”用之于“豪杰”，其妙处不但在于使这个已经有点僵化的词语焕发了新的生命，而且在于用在野的向往同化了周瑜。一开头的“千古风流人物”，为后半片周瑜的儒雅化埋下了伏笔。这个词语的内涵的更新如此成功，以致近千年后，毛泽东在《沁园春·雪》中禁不住用“风流人物”来概括他理想中的革命英雄。

“风流人物”的内涵这样大幅度的更新，层次是十分细致的。在开头还是一种暗示，一种在联想上潜隐性的准备。

在苏轼的心中，有两个赤壁，两种“风流”：一个是《念奴娇·赤壁怀古》中壮丽的、属于豪杰的赤壁，一个是如《前赤壁赋》中“清风徐来，水波不兴”“白露横江，水光接天”所描述的，婉约优雅的、智者的赤壁。两种境界都可以用“风流”来概括，但这是两种不同的“风流”，这种不同并不完全由自然景观决定，也是由诗人不同心态所选择的。元丰五年（1082），苏轼先作《前赤壁赋》，又作《赤壁怀古》，显然是因为前者表现了一种风流，意犹未尽，要让自己灵魂深处的豪杰“风流”得到正面的表现。不再采用赋体，而用词这种形式，无非是因为它更具超越写实的、想象的自由。在《前赤壁赋》中，苏轼写曹操是“一世之雄”，但是苏东坡借一个朋友（客）之口提出了一个否定性的质疑：“舳舻千里，旌旗蔽空”的霸气和“酾酒临江，横槊赋诗”的豪情固然豪迈，但只能是“一世之雄”，在智者眼中，终究逃不脱生命的大限，这个生命苦短的母题早在《古诗十九首》中就形成了。曹操在《短歌行》中把《古诗十九首》的及时行乐提升到政治上、道德上“天下归心”的理想境界。但是，这个母题苏东坡在这里还有质疑的余地，也就是还不够“风流”。他借朋友之口提出来（按：这个“客”实有其人，是一个道士，叫杨世昌，是苏轼的朋友，曾经在苏轼黄州府上住过一年[①]），随即在自答中把这个母题提升到哲学的层面上：

苏子曰："客亦知夫水与月乎？逝者如斯，而未尝往也，盈虚者如彼，而卒莫消长也。盖将自其变者而观之，则天地曾不能以一瞬；自其不变者而观之，则物与我皆无尽也，而又何羡乎！且夫天地之间，物各有主，苟非吾之所有，虽一毫而莫取。惟江上之清风，与山间之明月，耳得之而为声，目遇之而成色，取之无禁，用之不竭，是造物者之无尽藏也，而吾与子之所共适。"

这里有庄子的相对论，宇宙可以是一瞬的事，生命也可以是无穷的，其间的转化条件，是思辨方法的灵活，是从绝对矛盾中看到其间的转化和统一。自其变者而观之，则生命是短暂的；自其不变者而观之，则生命与物质世界皆是不朽的。这里还有佛家的哲学，七情六欲随缘而生："耳得之而为声，目遇之而成色，取之无禁，用之不竭。"宇宙空间和时间的无限，就变成了生命的无限，这就是苏轼此时向往的通脱豁达的自由境界。在苏轼那里，这个境界是可以列入"风流"（潇洒）范畴的。

这种随缘自得哲学之所以被青睐，和他当时的生存状态有关。在乌台诗案中，他遭到的迫害是严酷的，这个不乏少年狂气的壮年人，不但受到政治的打击，而且受到精神的摧残，这一切都使这个生性豪放、激情和温情俱富的诗人受到严重的精神创伤。在如此严酷的逆境中，以诗获罪的诗人不得不寻求自我保护，表现出对贬谪无怨无尤、随遇而安的样子，但是他又岂能满足于庸庸碌碌地苟且偷生？因而创造出一种超越礼法的生活态度，对人生世事采取了一种豁达淡定、放浪形骸的姿态。

《东坡乐府》卷上《西江月》自序说："春夜行蕲山水中，过酒家，饮酒醉，乘月到一溪桥上，解鞍，曲肱醉卧少休。及觉已晓，乱山攒拥，流水锵然，疑非尘世也，书此语桥柱上。"这样的姿态，和他的朋友柳永的"今宵酒醒何处？杨柳岸，晓风残月"有一脉相通之处。醉卧溪桥的自由浪迹、从容豁达，就成为此时期的词作中名士"风流"的主题。

但是苏轼的不拘礼法的放浪，毕竟和柳永有所不同：其一，这里有他的哲学和美学基础，因而，他的风流不仅仅是名士之风流，而且是智者（在哲学思辨基础上）之风流。正是因为这样，在《前赤壁赋》中，不但诗化了江山之美，而且将之纳入宇宙无限和生命有涯的矛盾之中，把立意提升到生命和伟业的矛盾的高度。其二，正是因为苏轼是智者，他的不拘礼法是很自然、很平静、很通脱的。因而，长江在他笔下宁静而且清净："清风徐来，水波不兴""白露横江，水光接天"，这正是他坦然脱俗的心境。在这种心境的感性境界中，融入了形而上的思索，这就成了《前赤壁赋》中苏轼的心灵图景。

如果这一切就是苏东坡内心的全部，那他就没有必要接着写《念奴娇·赤壁怀古》了。

① 见孔凡礼：《苏轼年谱》，中华书局1998年版，第543、545页。

张侃《拙轩词话》中说："苏文忠'赤壁赋'不尽语，裁成'大江东去'词。"①不尽语是什么语呢？《前赤壁赋》中心灵图景虽然深邃，然而毕竟是以智者的通脱宁静为基调，而苏东坡并不仅仅是个智者，在他内心还有一股英气豪情，他不能不探寻另一种风流。在《念奴娇·赤壁怀古》中，读者看到的是另一个赤壁，《前赤壁赋》中天光水色纤尘不染的长江，到了《念奴娇·赤壁怀古》中变成了波澜壮阔、撼山动岳、激情不可羁勒的怒潮，这当然不仅仅是自然景观的特点，其间还涌动着苏东坡压抑不住的豪情。但光有豪情还算不上风流，《赤壁怀古》的任务，就是要把豪情和风流结合起来。"千古风流"的人文景观，有"一时多少豪杰"为之作注。自然景观的雄奇，正是他内心深处的政治和人格的理想的意象。作为上片和下片之间意脉的纽结，这里是一个极其精致的转折，名士"风流"转换成"豪杰"风流。意脉的密合就在从英雄的多数，凝聚到唯一的英雄周瑜身上。《前赤壁赋》中主角是曹操，而《赤壁怀古》中主角则是周瑜。曹操从"一世之雄"变成了"灰飞烟灭"，很显然是为了衬托周瑜，在成败生灭的矛盾中，周瑜成为颂歌的最强音。当然，这并不完全是歌颂周瑜，同时也有苏东坡的自我期许在内，元好问说："东坡赤壁词，殆戏以周郎自况也。"②实际上，苏轼对历史上的周瑜进行了升华。

首先是把以弱搏强、充满了凶险和血腥的赤壁之战，诗化为周瑜"谈笑间"便使"樯橹灰飞烟灭"。"谈笑间"应该是从李白《永王东巡歌》"但用东山谢安石，为君谈笑静胡沙"中脱胎而来，表现取胜之自如和轻松。这种指挥若定、决胜千里、轻松潇洒的形象，正是从苏轼一开头的"千古风流"的基调中演绎出来的。

其次，这种理想化的"风流"还蕴含在"雄姿英发"的命意之中。苏轼对曹操的想象是"一世之雄"，定位在一个"雄"字上，而对于周瑜，如果要在"雄"字上做文章，笔墨驰骋的余地是很大的。那个"破荆州，下江陵""酾酒临江，横槊赋诗"的曹操就是被周瑜打得"灰飞烟灭"的。但是，如果一味在"雄"的方面发挥才思，那就可能远离"风流"了，苏轼的思路陡然一转，向"英发"的方面驰骋笔力，让周瑜在豪气中渗透着秀气。"羽扇纶巾"，完全是苏东坡自我期许的同化，把一个"衔命出征，身当矢石，尽节用命，视死如归"③的英雄变成了手拿羽毛扇的军师、头戴纶巾的儒生智者。从诗意的营造上看，光是斩将拔旗的武夫，是谈不上"风流"的，带上儒生智者的从容甚至漫不经心，才具备"风流"的属性。从中我们不但可以看出苏东坡的政治理想，而且可以感受到苏东坡的人生美学。一方面，在正史传记中，谋士的价值是远远高于猛士的。汉灭项羽后，论功行赏，萧

① 张侃：《张氏拙轩集（卷五）》，《影印文渊阁四库全书》，第1181册，第429页。

② ［元］元好问：《题闲闲书"赤壁赋"后》。姚奠中、李正民主编：《元好问全集》增订本下，山西古籍出版社2004年版，第843页。

③ ［西晋］陈寿：《三国志（下）》，中华书局2005年版，第937页。

何位列第一，而曹参虽然攻城夺寨，论武功第一，但是位列萧何之后。刘邦是这样解释的："夫猎，追杀兽兔者狗也，而发踪指示兽处者人也。今诸君徒能得走兽耳，功狗也。至如萧何，发踪指示，功人也。"[①]（《史记·萧相国世家》）故张良的军功被司马迁总结为"运筹帷幄之中，决胜千里之外"。这一点，由于宋朝不信任武将、强调以"半部论语治天下"而显得尤为突出。另一方面，苏东坡不是范仲淹，他没有亲率铁骑克敌制胜的实践，他理想中的英雄只能是充满谋士、军师气质的英才。故黄苏《蓼园词评》说："题是怀古，意谓自己消磨壮心殆尽也。总而言之，题是赤壁，心实为己而发。周郎是宾，自己是主。借宾定主，寓主于宾，是主是宾，离奇变幻。"[②]不可忽略的是，苏东坡举重若轻，笔走龙蛇，仅仅用了四五个意象（羽扇、纶巾、谈笑、灰飞烟灭），就把豪杰风流和智者的风流统一了起来。但是，这个"羽扇纶巾"的儒者名士形象并不是周瑜这位武将的，而是诸葛亮的。鲁迅在《古小说钩沉》中引晋裴启《裴子语林》中"诸葛武侯"条：诸葛武侯与宣皇，在渭滨，将战，宣皇戎服莅事；使人观武侯。乘素舆，着葛巾，持白羽扇，指麾三军。众军皆随其进止，宣王闻而叹曰："可谓名士矣。"[③]

诸葛亮"乘素舆，着葛巾，持白羽扇，指麾三军"的形象见于裴启以后、苏东坡以前的许多书籍：《北堂书钞》，唐初虞世南辑；《艺文类聚》，欧阳询主编，武德七年（624）成书；《初学记》，徐坚撰，唐玄宗时人；《六帖》，白居易撰；《太平御览》，宋太宗命李昉等编，成于太平兴国八年（983）；《事类赋注》，宋初吴淑撰。这些书都在苏东坡以前，可以看出诸葛亮这样的形象几乎算是某种共识。其实，苏东坡是明知这一点的，所以他把原来属于诸葛亮的形象转嫁给了周瑜，这是很有气魄的。周瑜形象的理想化，还带上了苏东坡式的"风流"。在一开头，苏轼把"千古"英雄人物用"风流"来概括，后来又渐渐演化为把"豪杰风流"和"智者风流"结合起来，但是苏轼意犹未尽，进一步按自己的生命理想去同化周瑜。在这位毫不掩饰对异性爱好的坦荡诗人感觉中（甚至敢于带着妓女去见和尚），光有政治上的雄才大略，兴致还不够淋漓，还要加上红袖添香才过瘾。正是因为这样，"小乔初嫁"才被他推迟了十年，放在赤壁之战的前夕。其实，这个小乔初嫁，从历史上来说并没有多少浪漫色彩，孙策指挥周瑜攻下了皖城，大乔、小乔不过是两个战利品，

① ［西汉］司马迁：《史记·萧相国世家》，中华书局1982年版，第2015页。

② 黄苏：《蓼园词评》。唐圭璋：《词话丛编（第四册）》，中华书局1986年版，第3077页。

③ ［唐］欧阳询：《艺文类聚（下册）》卷六十七。引晋裴启《裴子语林》："诸葛武侯与宣皇，在渭滨，将战。宣皇戎服莅事，使人视武侯，乘素舆，葛巾毛扇，指麾三军，皆随其进止。宣王闻而叹曰：'可谓名士矣。'"上海古籍出版社1982年版，第1187页。又（唐）徐坚等《初学记（第三册）》卷二十五引《语林》："诸葛武侯持白羽扇，指麾三军。"中华书局1962年版，第604页。据鲁迅考证，这段佚文亦见《北堂书钞》《太平御览》《六帖》《事类赋注》等书。见《古小说钩沉》，人民文学出版社1955年版，第7页。按：《裴子语林》为东晋裴启作，后《世说新语》多取材于此。

孙策和周瑜平分，一人一个。《三国志·吴书》这样说：“策欲取荆州，以瑜为中军，领江夏太守，从攻皖，拔之，时得乔公两女，皆国色也。策自纳大乔，瑜纳小乔。《江表传》曰：‘策从容戏瑜曰：乔公二女虽流离，得吾二人作婿亦足为欢。’”（按：周瑜娶小乔是建安三年攻取皖城胜利之时，十年后才有赤壁之战，具体可见陈寿的《三国志·下》）。苏东坡把身处“流离”的小乔，转化为周瑜的红颜知己，英雄灭敌，红袖添香。在豪杰风流、智者风流之中，再渗入一点名士风流的意味，就把严峻的政治军事、智慧、诗情和人生的幸福结合起来。从这里，读者不难看到苏轼与他的朋友柳永的相通之处，而且可以看到苏轼比之柳永的高贵之处。这不仅是个人的相通，而且是宋词豪放派与婉约派的错位。

这种错位的深刻性在于，赤壁诗赋中不但出现了两个赤壁，而且出现了两个苏东坡：一个是出世的智者，在逆境中放浪山水，作宇宙人生哲学思考，享受生命的欢乐；一个是入世的英才，明知生命短暂，仍然珍惜着建功立业的豪情。两个苏东坡在他内心轮流值班，似乎相安无事，但又不无矛盾；就是把这两个灵魂分别安置在两篇作品中，矛盾仍然不能回避。

英才的业绩是如此轻松地建立，阵前的残敌和帐后的佳人都是成功的陪衬，在“故国神游”之际，英雄气概迅速达到高潮，所有的矛盾似乎杳然隐退，但是有一点无法回避，那就是短暂的生命。周瑜三十四岁就建功立业了，而自己“早生华发”，四十八岁却滞留贬所，远离中央王朝，这就引发了“多情应笑我”：这是生命对理想的嘲弄，英雄伟业不管多么精彩，自己也是遥不可及。这是很难达到潇洒“风流”的境界的。不管苏轼多么豁达，也不能不发出“哀吾生之须臾，羡长江之无穷”的喟叹。但苏轼的魄力在于，就是在这种局限中，也能进入潇洒“风流”的境界。

关键在“一尊还酹江月”。

虽然自己是年华虚度，但是古人的英雄业绩还是值得赞美、值得神往的。不能和周瑜一样谈笑灭敌，但却可以和曹操一样“酾酒临江”，这也是一种“风流”，但是达不到智者的最高层次。从结构上讲，“一尊还酹江月”，酾酒奠古，和题目“赤壁怀古”是首尾呼应的。但如果仅仅是这样，只是散文式的呼应。从诗的意脉来说，这里还潜藏着更为深邃丰富的关联勾锁。诗眼在“江月”，特别是“江”字，在结构上，是意脉的深邃的纽结。

第一，开头是“大江东去”，结尾回到“江”字上来。不但是意象的呼应，而且是字眼的密合。第二，所要祭奠的古人，开头已经表明，不管是曹操还是周瑜，都被大江的浪花“淘尽”了，看不见了，看得见的只有不变的月亮。但是，光是不变的月亮，还没有时间感。一定要是江中的月亮，大江是时间的“江”，把英雄淘尽的浪花是历史的浪花，“江”是在不断消逝的，可是月亮，“江”中的“月”，却是不变的，当年的“月”超越了时间，今天仍然可见。“江”之变与“月”之不变，是消逝与永恒的统一。在这里，苏东坡是有意为之的。《前赤壁赋》有言：“客亦知夫水与月乎？逝者如斯，而未尝往也。盈虚者如彼，而卒莫消长也。”时间不可见，流水可见，逝者已逝，月亮未逝。所以才有“挟飞仙以遨游，抱明月而长终”的向往，明月是“长终”——不朽的象征，但是这一切并不能解决“哀吾生之须臾，羡长江之无穷”的矛盾，水中的月亮虽然是可见的、不变的，但毕竟不同于直接可捉摸的实体。就是照佛家六根随缘生灭说，江上的明月、山间的清风虽然是无穷的，但仍然要有耳和目去得它。

而耳和目却不是永恒的，如果耳和目不存在了，这个无穷就变成有限了。

所以人生局限一如耳目之短暂，这就不能不产生“人间如梦”（一作“如寄”）的感叹。如果一味悲叹，就“风流”潇洒不起来了。但是苏东坡的“梦”并不悲哀。他是一个入世的人，他的“梦”不是佛家所说的梦幻泡影、妄执无明。他说“人间如梦”，不过是强调人生是短暂的，但并不是佛家要求的六根清净，相反，他倒是强调五官开放，尽情享受大自然和历史文化的美好。这种美好的信念使苏轼得到了如此之慰藉，主人与客人乃率性享乐：“洗盏更酌。肴核既尽，杯盘狼籍。相与枕藉乎舟中，不知东方之既白。”就是在人生如梦的阴影下，也还是可以潇洒风流起来的。

就算是“梦”吧，在世俗生活中，并不一定是美好的，乌台诗案就是一场噩梦，但尽管如此，噩梦毕竟过去了，就是在厄运中，人生之“梦”还是美好的。究竟美到何种程度，至少在《念奴娇·赤壁怀古》中还是比较抽象的。也许这样复杂的思想，这样自由的境界，短小的词章实在容纳不了，于是就在几个月以后的《后赤壁赋》中出现了正面描写的美梦：

> 时夜将半，四顾寂寥。适有孤鹤，横江东来。翅如车轮，玄裳缟衣，戛然长鸣，掠予舟而西也。须臾客去，予亦就睡。梦一道士，羽衣蹁跹，过临皋之下，揖予而言曰：“赤壁之游乐乎？”问其姓名，俯而不答。“呜呼！噫嘻！我知之矣。畴昔之夜，飞鸣而过我者，非子也邪？”道士顾笑，予亦惊寤。开户视之，不见其处。

这个“梦”比之现实要美好得多了。为什么美好？因为自由得多了，也就是“风流”潇洒得多了。这里是出世的境界，诗的境界是神秘的境界，是孤鹤、道士的世界，究竟是孤鹤化为道士，还是道士化为孤鹤，类似的命题连庄子都没有细究，不管如何，同样美妙。贬谪的现实的严酷是不能改变的，忘却却能显示精神超越的魄力，只有美好地忘却，才有超越现实的自由。只有风流潇洒的名士，才能享受这种似真似幻的“梦”。

这里出现了第三个苏东坡，把豪杰风流的豪放与名士风流和智者风流的婉约结合起来了。

总之，还原的内涵是很广泛的，比如作家的精神史、母题史、话语史、关键词语史，等等。近来，在一些文学文本解读学者那里，受到西方文学理论的影响，上述一切往往被归入到话语史的内涵中去，这是很简陋的。从思想方法来说，这种单因单果的思维，是文本个案具体分析的大敌。

第十四章

具体分析之四：隐性矛盾的分析

所有上述还原方法，都是进入具体分析层次的重要方法，但是所有这些方法，从某种意义上说都是为了引出矛盾，从而分析作品本身。任何作品，像任何事物一样，都是对立的统一体，对于一个目光敏锐、艺术感觉强烈的大家来说，就是不依赖上述还原方法，也有可能进入分析层次。原因就在于，作品的矛盾是可以从直观中感觉到，而且可以直接抓住的。

在客观意象中隐含着主观情致

就形象的胚胎形态而言，意象是主体情感局部特征和客体局部特征的猝然遇合。但是，客体特征是显性的，而主体情感特征则渗透在意象之内，是隐性的。二者水乳交融的状态是艺术的基础，故一般情况下，二者之间的矛盾作者是有意隐瞒的。特别是在中国古典诗尤其是近体诗中，意在象中、境在象外，这些是普遍的规律。作者的情感除了在其创作的自白中可能被谈及以外，一般在文本中是很少涉及的。只有在特殊的文体中，在非常特殊的情况下，作者才会将之透露出来。例如，在《荷塘月色》中，作者营造的是个人独处的、宁静的境界。但是，在享受这种美好的宁静之时，作者漫不经心地流露了一句：

这时，最热闹的是树上的蝉声和水里的蛙声，但热闹是他们的，我什么也没有。

这就是说，从原生的客观状态来说，清华园的这一角，既有宁静的一面，又有喧闹的一面。作者选择了宁静，排斥了喧闹，因为其内心宁静，故对外部世界的喧闹充耳不闻。这样的话虽然说得明白，但是在文章中只是一个过渡，故至今未曾引起论者的充分注意，因而对于其后继的思绪与宁静的心态矛盾就视而不见了。作者所引用的梁元帝的《采莲赋》中描述的场面是“妖童媛女”（帅哥靓妹）“荡舟心许”（眉目传情）和“鹢首徐回，兼传羽杯”（画着鸟头的船，缓缓地转，相互敬酒）。女孩子的姿态分外夸张，“棹将移而藻挂，船欲倾而敛裾”。这明明不是宁静的场面，作者唯恐读者忽略，还特地提示道：“这是一个热闹的季节，也是一个风流的季节，可惜我们无福消受了。”这就说明，作者内心并不像外部感知那样宁静，而是在享受个人独处时的自由随想。余光中先生曾批评朱自清夜晚外出散步不带太太，说明他没有读懂朱自清，就是因为独自出来散心，才能摆脱为人父、为人夫、为人子的家庭职任的压力，才能如作者前面所说——“超出平常的自己”，作自由的遐想。等回到家中，看到太太孩子，就又恢复了“平常的自己”。

这样的宣示在篇幅更大、议论更自由的小说，尤其是中篇或者长篇小说中，更为多见。例如托尔斯泰在《复活》中写大学生聂赫留朵夫暑假到姑母庄园度假，认识了女仆卡秋莎，发生了感情。当时他还比较纯洁，后来他参了军，在部队里学坏了。又一次来到姑母的庄园，再见卡秋莎，就有了在肉体上占有的欲望。在一个夜晚，当他走向卡秋莎的卧室时，托尔斯泰分析他的心理，在神性和兽性的矛盾斗争中，最后兽性占了上风。最后导致了卡秋莎怀孕，由此引发了卡秋莎被逐、沦为妓女的惨剧。将人的特殊性归结为人的内心矛盾并将之直接宣示，也是陀思妥耶夫斯基的拿手好戏，他甚至把自己的一部作品叫作《两面人》。莫言在《红高粱》中一开头就这样直截了当地说：

> 我曾经对高密东北乡极端热爱，曾经对高密东北乡极端仇恨，长大后努力学习马克思主义，我终于悟到，高密东北乡无疑是地球上最美丽最丑陋、最超脱最世俗、最圣洁最龌龊、最英雄好汉最王八蛋最能喝酒最能爱的地方。

这几乎成了《红高粱》家庭系列的艺术纲领。一方面，他解构了抗日战争的烈士，直接称之为“土匪”；一方面又显示了在对敌斗争中的英雄气概。更为突出的是，他的人物既非常传统，不乏齐鲁文化的民间传承，又极富水泊梁山的原始野性。不过不同于梁山泊的禁欲，莫言是把性本能当作生命力来张扬的。

但是，这样明确的宣示在文本中是很罕见的。一般说来，作品中的意脉是十分潜隐的，尤其是在规模比较小的抒情诗中。文本分析之不到位，往往就是因为未能将这潜在的矛盾提示出来，作精细的梳理。

有老师在课堂上反复说，白居易的《钱塘湖春行》中的“乱花渐欲迷人眼，浅草才能没马蹄”很精彩，写出了早春的美丽景色，花是如此美好，都把眼睛看花了，春草长出来，就在我的马蹄下。春天是多么迷人啊，这个迷字用得多么传神啊。学生感到不满足，问我为什么。

我想，这是由于没有抓住诗中潜在的矛盾，我们先看原诗：

孤山寺北贾亭西，水面初平云脚低。

几处早莺争暖树，谁家新燕啄春泥。

乱花渐欲迷人眼，浅草才能没马蹄。

最爱湖东行不足，绿杨阴里白沙堤。

“水面初平”是说春水充盈，关键在“平”字，这是江南平原特有的。如果是在山区，水越是充盈，就越是汹涌澎湃、滔滔滚滚。这里不但突出了地势的平坦，而且突出了视野的开阔。“云脚低”中的“低”很传神，说明在平原上一望无际，极目远眺，天上的云彩才能在地平线上连接在一起。只说“几处早莺”，并不夸张，却给人“到处”的感受。“争暖树”中的“争”字，则更含蓄地表现了鸟语的喧闹，“暖”是触觉，可是是从听觉中感到的，看来也很有匠心，留下的想象余地比较大，是树和天气一起暖了起来，是黄莺在树上感觉到了暖气，还是黄莺的争鸣造成了树林间“暖”的氛围呢？可能不去细究更好。“谁家新燕啄春泥”，对仗很工细，“几处”和“谁家”，把句子语气变成了感叹和疑问，避开了一味用肯定句和陈述句的单调。看来，作者的技巧是很娴熟的，写的是很规范的，但如果要求苛刻一些的话，是不是可以说，所写的意象大都是唐代诗人共用的，没有多少独特的发明，就是到了颈联的第一句“乱花渐欲迷人眼”，也还是平平，情绪上、感觉上都太常规了。苛刻的读者可能觉得，这样写下去，难免要陷入套话，有危机了。幸而，接着一句神来之笔，把诗的境界提高了一个层次：“浅草才能没马蹄。”这是通过青草来写早春的。在一般情况下，在早春时节，草比花应该更早繁茂，但这里却是花都开得迷人眼了，草才浅浅地发芽。这当然是有特点的，但仅仅是钱塘湖畔物候的特点，隐性的感觉在“没马蹄”之中。写马而不写全部，只写马蹄，这在唐诗中已经是通用的技巧了，比如孟郊的《登科后》：“春风得意马蹄疾，一日看尽长安花。”再比如王维的《观猎》：“草枯鹰眼疾，雪尽马蹄轻。”有了马蹄就有了马，这不言而喻，更为精彩的是，不但有了马，还把人的感受和发现带出来了。“浅草才能没马蹄”和“草色遥看近却无”一样，有发现的喜悦。发现这早春的景象，不是任意一看，也不是认真的观察，而是一种不经意的、偶然的激动：花已经这么繁茂了，可草还没有淹没马蹄呢。这个经验，也许常人也有过，但是没有人感到这里有诗意，所以轻轻地将其忽略过去了。白居易的功劳，就在于发现了这种被轻轻忽略过去的现象，传达出一种内心的微微的激动。这首诗的价值在很大程度上就是由这个句子决定的，懂得了这一点，才能明白下面一联“最爱湖东行不足，绿杨阴里白沙堤”的好处，这是意脉上的一个转折、一个反差，虽然乱花迷人，但浅草却比花更为精彩，因而，步行和浅草亲近，比之骑马更精彩。

越是经典的作品，其内在的结构越是有机的，越难以找到分析的切入点，其结果不是重复表层的信息，就是主观任意的歪曲，因而揭示诗歌意脉有机结构中差异的方法的自觉性就显得特别重要。

作品本身关键语句的矛盾

21 世纪初，徐志摩的《再别康桥》第一次入选中学语文课本，给语文教育界出了难题，流行的机械反映论和狭隘的社会功利论遭遇到难以回避的挑战。

一些解读《再别康桥》的文章一味沉溺于感性的赞美，但解读却显然是错误的。最有代表性的是，一看到是告别，就连篇累牍地大谈“千种离愁，万重别绪”，诗篇“徐徐打开思绪沉重的闸门”等。但是，这完全是古典诗歌离别母题的记忆的同化。其实，到了徐志摩时代，交通状况与古典不可同日而语，离别的母题已经基本上并不与愁苦必然相联系。这种“离愁别绪”论，完全是主观意念对作品的硬套。

不论是根据辩证法，还是根据现象学，都不应该把对象和艺术形象的一致性作为方法的出发点。相反，应该从艺术形象中，把文本内在的矛盾分析出来。

分析就从这首诗的题目开始，所谓再别，就是第二次告别，从原生的语义来说，应该是和人告别，但是这里并没有和人告别，也不是和校园告别，而是：“我挥一挥手，作别西天的云彩。”矛盾的第一层次摆在面前了。在现实生活中，有和云彩告别的吗？接下去，“那河畔的金柳，是夕阳中的新娘；波光里的艳影，在我的心头荡漾。软泥上的青荇，油油的在水底招摇；在康河的柔波里，我甘心做一条水草！”这是在歌颂康河的美，美到自己不想做人，而是想化为康河的一个细节。但需要分析的是，这仅仅是康河之美吗？不完全是。康河之美是表层的，深层的是徐志摩的特殊情感：“那榆荫下的一潭，不是清泉，是天上虹；揉碎在浮藻间，沉淀着彩虹似的梦。”这里，第二层次的矛盾出现了：一方面是康河之美，　方面它的美是因为这里的“梦”。现实的康河和梦化的康河的矛盾，二者哪个是主导呢？是梦化的情感。“那榆荫下的一潭”怎么会变成天上的虹那么美呢？因为，这里有他的“彩色的梦”。梦这个字是关键，不能轻易放过，要分析：梦有两种，一种是过去的，一种是未来的。这里的是属于过去还是属于未来呢？“沉淀”二字，暗示是过去的。

矛盾揭示了，深层的情意也就有所透露了。康河之美，原因在于过去的、长期的沉淀在这里的“梦”，“彩色的梦”，就是彩色的记忆。

第三层次，为什么要和云彩告别？为什么要轻轻的、悄悄的？因为他说是来告别，实际上并不完全是，而是来“寻梦”的。梦是不可寻的，实际上就是重温旧梦，享受往日美好的记忆。往日的梦美好到什么程度呢？“满载一船星辉，在星辉斑斓里放歌。”美好到要放歌，放歌就大声歌唱。接下来，又一个层次的矛盾出现了。

但我不能放歌，

悄悄是离别的声箫；

夏虫也为我沉默，

沉默是今晚的康桥！

当他写到“载一船星辉”，要唱出歌来的时候，好像激动得不能控制自己了，但他又说，歌是不能唱出来的。这里出现了一个理解这首诗的最为关键的矛盾，也是全诗意脉的高潮：既是美好的、值得大声歌唱的，但是又不能唱——“沉默是今晚的康桥”。

“悄悄是离别的笙箫”是关键的关键，悄悄是无声的，而笙箫则有声，在英语中，这属于矛盾修辞（paradox），和中国古典诗歌中的此时无声胜有声是一类的效果，但白居易写的是对他人的理解，这里写的却是自我体验。无声比有声更为美好，这是全诗最为纲领、也最精彩的一句，这种悄悄的独享才是美好的、充满诗意的，无声是回忆的特点，是个人独享的，因为独享，才是最美妙、最幸福的音乐。这说明这个旧梦构成的意境是：诗人默默地回味，自我陶醉，自我欣赏。这种自我体悟有个重大的特点，即它是秘密的，是不能公开的，不能和任何人共享的。

把这层矛盾分析透了，就可以回答开头的问题，为什么说既然是“再别康桥”，却不是和康桥，而是和云彩告别？因为云彩是无声的，你知，我知，天知，地知，还有云知，而云恰恰是无声的、可以保守秘密的。懂得了这一点，才能更好地理解、体验最后一段：

悄悄地我走了，正如我悄悄地来，

我挥一挥衣袖，不带走一片云彩。

在这四句中，潇洒地来，悄悄地回味和云彩告别，就是和自己的记忆无声地告别。为什么是轻轻的呢？就是因为和自己的内心、自己的回忆在对话。这里所写的不是一般的回忆，而是一种隐藏在心头的秘密。大声喧哗是不适宜的，只有把脚步放轻、声音放低，才能进入回忆的氛围，融入自我陶醉的境界。

有了这样的直接分析，如果还要再深入还原一下的话，可以从徐志摩的传记中获得资源。这首诗写于 1928 年 11 月，刊于同年 12 月的《新月》。1920 年 10 月上旬，徐志摩在伦敦结识林长民、林徽因父女，徐志摩和林徽因二人“曾结伴在剑桥漫步”。1921 年林徽因随父归国。1928 年 3 月，林徽因与梁思成在加拿大结婚，游历欧亚直至 8 月归（据韩石山《徐志摩传》）。徐志摩此诗作于当年 11 月，当为获悉林梁成婚之后。据此，似可推断，徐志摩此诗当与林漫步剑桥有关。为什么要轻轻、悄悄？因为过去的浪漫的回味已经不便公开了，不像他和陆小曼的关系，可以从《这是一个怯懦的世界》中觉察到，而且他和陆小曼已经在一场轰轰烈烈的恋爱后结婚了。值得注意的是，徐志摩的这首诗写得很优雅、很潇洒，在他的精神世界里没有一点世俗的失落之感，更不要说“痛苦”“忧愁”了。退一万步说，就是有一点“忧愁”，也是他在《沙扬娜拉》中所说的“蜜甜的忧愁”，这显然来自雪莱《西风颂》中所写的“sweet though in sadness”，这种潇洒正是徐志摩所特有的，他把过去的美好情感珍贵地保留在记忆里，非常甜蜜地独享。

艺术形式发展过程中的突破

如果还要深入一点作艺术的分析的话，从中国新诗的艺术发展中，还可以做些历史的比较：在新诗草创时期，郭沫若片面地理解了华兹华斯在《抒情歌谣集·序言》中所说的“一切的好诗都是强烈的感情的自然流泻”（spontaneous overflow of powerful feelings）。这是一种浪漫主义的诗歌美学的纲领，受到这种诗风影响的郭沫若早期的诗歌往往以“暴躁凌厉”的“火山爆发”式的感情著称，但是，郭沫若多多少少是片面地理解了华兹华斯的话，因为华兹华斯还强调说，这种感情是要经过沉思（contemplation）和提纯的。郭沫若早期还只能比较自如地表现诗人的激情，就是到了闻一多和徐志摩登上诗坛之初，也是以强烈的感情著称的。而在这里，徐志摩则进了一步，不但可以表现激情，而且可以表现潇洒的温情了，这在中国新诗史上是一个巨大的历史飞跃。如果对于新诗的艺术发展具有比较好的修养，还可以从《徐志摩诗全集》中找到他在四年前写过的《康桥再会吧》，那首诗就写得比较粗糙、芜杂。徐志摩把自己在康桥的生活罗列得太多，四年前写告别家园，先到美国，母亲临别的泪痕，在美国学习的情况，花去了近三十行以后，才写到和康桥告别。又先写自己一年中“心灵革命的怒潮”，次写明年燕子归来怀念自己。然后想象自己去身万里，梦魂常绕康桥：

> 任地中海疾风东指，我亦必纡道西回，瞻望颜色；归家后我母若问海外交好／我必首数康桥，在温清冬夜／蜡梅前，再细辨此日相与况味／设如我星明有福，素愿竟酬／则来春花香时节，当复西航／重来此地，再捡起诗针诗线／绣我理想生命的鲜花，实现／年来梦境缠绵的销魂足迹。

接着就是一连写了六个“难忘”，给人一种流水账的感觉。对自己在乘船归国的过程舍不得割爱，甚至连归国以后如何怀念母校都写到了。这样的写法虽然表现了相当强烈的激情，但是激情却被芜杂的过程和烦琐的意象淹没了。应该说，述及离别时的感情时倒是有一点痛苦的："昨宵明月照林，我已向倾吐 / 心胸的蕴积，今晨雨色凄清 / 小鸟无欢，难道也为是怅别 / 情深，累藤长草茂，涕泪交零。"很明显，这样的诗句还没有完全脱出古典诗词的窠臼，感情仍然在离愁别绪的模式之中，所用语言如"小鸟无欢""心胸的蕴积""怅别情深""涕泪交零"，都是比较陈旧的，这说明徐志摩还不能摆脱旧诗词情调和语言的拖累。到了《再别康桥》，不但情感脱出了古典诗词的窠臼，语言也从纯粹的接近口语的白话中提炼出来。但是，片面地摆脱旧诗词的拖累，又可能落入散文的圈套，停留在早期的俞平伯、康白情、胡适、郑振铎、叶圣陶乃至周作人等人幼稚的大白话的水平上。徐志摩毕竟是才子，他很快就学会了驾驭西方浪漫主义抒情诗歌的构思方法，把意象和情绪集中在一个心灵的焦点上，这个焦点不是一般事物意象的焦点，而是一个动作的焦点。没有这个焦点，他就不能摆脱从散文向诗歌升华的拖累。摆脱这两个拖累不但是徐志摩的任务，而且是新诗的历史任务。不过五六年的工夫，徐志摩就学会了提炼，学会了古典诗话所说的"精思"，把感情集中在"轻轻""悄悄"、无声地和"云彩"作别的动作上。本来花一百五十多行都说不清的感情，只用了三十几行，就很精致地表现出来了。从这里可以看出，把构思集中到"轻轻""悄悄"上来，这种凝聚式的构思模式，正是把新诗从散文的束缚中解放出来的历史的里程碑。这不但是徐志摩的，而且是整个新诗的。不做这种历史的还原，是不可能将这首新诗的艺术价值充分阐释清楚的。

经典形象的深度矛盾

对于比较复杂、规模比较大的形象，其隐性的矛盾由于分别潜在于作品并不直接连贯的总体中，故很容易被忽略，以致使我们对形象的具体分析失去纲领。经典人物形象往往具有某种突出的特征，人们往往满足于作单纯的概括，造成只知其一，不知其二。如口耳相传的阿Q的精神胜利法、贾宝玉的泛爱，等等，都有把复杂的形象简单化、阉割形象的丰富内涵的嫌疑。其实，阿Q的精神胜利——在受到欺凌之后说"儿子打老子"，表面上是自我抬高，实质上则是自轻自贱。贾宝玉对所有没有结婚的女性存在一种泛爱，说女孩子都是水做的，吃女孩子嘴巴上的唇膏，但是对于林黛玉，他又是专一的。即使换成漂亮的薛宝钗，他也还是疯傻了，最后当和尚去了。至于《西厢记》中莺莺的形象，孤立地欣赏其"赖简"，充其量也是一个片面，关键是在这以前，她有主动邀约的诗，暗示人家跳墙；等到人家应约而来，却义正词严地把人家轰了回去；人家回去以后，她又开始后悔，还抱着被子送上门去。有了这样全面的矛盾揭示，才能看出莺莺是空前勇敢的，可事到临头，未免又是胆怯的。

片面性是由于局限于一个片段，全面性则有赖于完整的过程。对于曹操的形象，人们不难抓住他的多疑。的确，多疑是曹操性格的重要特点，但把多疑孤立起来，作为奸诈的核心，就不全面了。罗贯中的天才在于：

第一，抓住了一个要害，曹操从一个舍生取义的志士，变成一个冷血的杀人狂，源于其心理不健康：多疑。这是推动曹操从被动防御到主动杀人、从奋不顾身的义士到血腥屠夫的转折点。后来每每作为情节发展的关键，成为曹操一生的性格核心，甚至他最后就死在对名医华佗不相信的多疑上。

第二，一般的怀疑，作为一种心理活动就是不确定，《三国演义》揭露曹操怀疑的特点就是极端：其一，根据极端薄弱，结论极端确定。其二，确定对方有恶意，就不是一般的恶意（如告密之类），而是最极端的恶意。其三，一般的疑，在汉语里有“犹疑”“狐疑”“迟疑不决”这类词汇，就说明了对于一般的疑，行动是迟缓的，但曹操的疑则是带来速动，以果断出手为特点。他的多疑逻辑是：由极疑变成极恶，由极恶变成了极凶、极血腥，所谓穷凶极恶，此之谓也。

第三，极恶的出手，就造成更恶的后果：明知是错杀了好人一家，曹操不但不悔过，反而又将好心的家长吕伯奢本人也杀了。错杀了、野蛮了、血腥了，却以更错、更野蛮、更血腥来保全自己。极端的多疑心理推动了连锁的罪行，构成了恶性循环逻辑。

第四，从误杀到有意杀人本来是极其丑恶、极其罪恶的，在原始素材中，“宁我负人，毋人负我”还是只是曹操的自言自语，有点“凄怆”，而在这里，“宁教我负天下人，不教天下人负我”却成了公开的宣言，大言不惭，理直气壮，坦然自得。

作为曹操个性的核心，多疑（或者其衍生心理：奸诈）是其性格逻辑的起点。他的多疑可以说是多方面的，但又是统一的，因而从某种意义上，他又是相当单纯的，不过没有因此而陷入单调、单薄。因为他的性格当中隐含着矛盾，还有不疑的一面，这就使得他个性的统一变成了深刻的统一。

曹操的不疑除了体现在之前我们讨论过的其对待刘备一事上，还体现在他的一些军事行动上，比如草船借箭中，从诸葛亮那边来说，他的胜利是冒险主义的奇迹；从曹操这边来说，也跟他对自己的“不疑”有关。曹操认为诸葛亮平时做事情非常谨慎，今天居然大举进攻，而且江上大雾，肯定是这个家伙有诡计、有埋伏，我早就看穿了，不要迎敌，我们就用箭射死他。其实他如果不是那么自信，不怀疑自己的判断，只要稍稍和身边的谋士商量商量，结果就大不一样。赤壁之战前夕，蒋干到周瑜那儿去睡了一觉，周瑜故意弄了一封假信，暗示曹操水军的将领蔡瑁、张允跟周瑜有勾结。曹操看了，没有怀疑，一下子把这两个人的脑袋砍了；等脑袋砍下来以后捧上来，他才终于醒悟：上当了！但他是不会承认错误的，他说：“二人怠慢军法，吾故斩之。”

曹操的多疑和不疑（自恋）是矛盾的，又是有机统一的，其中包含着相当精致的内在逻辑。他的多疑是疑别人，他的不疑是迷信自己，而且很顽固，不怀疑，就不怀疑到底，就是错了也错到底。

第十五章

具体分析之五：流派和风格

从创作论来说，一切艺术创造都不是凭空的，而是在前人的审美经验积累基础上提升而来的。这种积累首先是形式和流派。艺术是审美情感的表现，任何审美情感都是不可重复的，但这并不意味着每一次艺术创作都从零开始，因为审美情感虽然不能重复，但艺术形式和流派却是不断在重复着的。正是在形式和流派中，积累着人类的审美情感，并升华为审美的规范。有了这种规范，作家就不用从零开始了，而只需把艺术的历史的水准作为自己的起点。但是，形式和流派毕竟是共通的，作家不能不遵循它的规范，但是又不能完全拘守它。完全拘守它，就变成重复了，就没有创造可言了。因而，艺术的特性乃是不断突破和颠覆形式与流派的积累。最可贵的是不但遵循其规范，而且突破其规范。最大的突破就是对形式和流派的全部规范的颠覆。但是，这需要一个漫长的历史时期，像近体诗从沈约改变古风的自由体，开始研究平平仄仄的格律，到李白等盛唐诗人写出成熟的近体诗篇来，前后就经历了 400 年。新诗打破旧诗的镣铐，已 90 多年，至今形式规范仍然得不到广泛的认同。至于流派，当然比之形式的变动要快一些，但不能指望大部分作家都有创立流派的才能。一般有才华的作家，其个性、情感的独特性有许多方面与现成的流派和形式不能相容，如果不是毫无才能，往往只能在遵循形式和流派的审美规范的同时，作小量的突破，有了这种突破，就能表现出一些前人所没有表达出来的精神气质，这就算是有风格了。

在同样的形式和流派中，在同样的历史条件下，有风格就是有创造，没有风格就是没有创造。没有创造，就只能因循，而因循与艺术的本性是不相容的。艺术家总是在追求突破，突破可以说是一种质变，是长期量变积累的结果，并不是经常发生的，往往要上百乃至上千年，因而一般作家的创新，常常不是颠覆性的，而是某种程度的微调。哪怕有了十分微妙的一点变化，也就算是有了贡献。例如，宋词中从婉约到豪放，形式并没有多么明显的变化，但对词人苏轼和辛弃疾来说，这就是一种了不得的历史贡献了。余秋雨之所以屡攻不倒，原因就在于他创造了一种崭新的散文风格。他把自然景观和人文景观相互阐释，而且把宏大的文化思考放到和小品联系在一起的散文中去，突破了审美的局限，用审智扩大了审美的空间，把小品化的中国现代散文变成了“大品”，这在中国当代散文史上的贡献是历史性的。

对于作品分析来说，最为精致的分析就是在经典文本中，把潜在的、隐秘的、个人的创造性风格分析出来。比如，同样是抒情，朱自清的《荷塘月色》和郁达夫的《故都的秋》不同。朱自清的抒情是一种温情，用温情把环境美化，而郁达夫却不写温情，他所强调的是一种悲凉之情，说秋天的美在于它的萧索、幽远严厉和落寞。这两个人的风格的不同，显示了他们不同的文化和美学追求。只有在对比中分析其不同，才能开拓精神的和艺术的境界。如果满足于把这两种风格的文章说得差不多，就可能把学生的心灵窒息了。

而要做到这一点，就得把文本还原到历史语境中去。

流派的还原和比较

还原到历史语境中去还只是一个比较笼统的说法，一切历史语境，在文学作品来说，都是历史的审美语境。一切审美语境都不但与形式（文类）而且与流派分不开。要真正理解经典文学作品的艺术奥秘，必须分析其流派的艺术特征。徐志摩的《再别康桥》、闻一多的《死水》和戴望舒的《雨巷》，把这三首诗的艺术倾向联系起来，就不难发现其中有流派的重大区别。

徐志摩的最著名的抒情诗《再别康桥》是相当潇洒优雅的，以美化为目标，而闻一多的代表作《死水》则是以丑为美的。这不仅是个性不同，而且是属于两个不同流派。徐志摩是受了欧洲浪漫主义诗潮的影响，这个诗潮的艺术主张，大致可以拿华兹华斯的《抒情歌谣集·序言》中所强调的“一切的好诗都是强烈的感情的自然流泻”来概括。但是这种强烈的感情，是经过沉思提炼的，达到一种宁静的境界的结果。所以徐志摩的诗，不像郭沫若早期的诗那样暴躁凌厉。郭沫若的《天狗》写道：“我把月来吞了，我把日来吞了……我剥我的皮，我食我的肉，/我在我神经上飞跑，/我在我脑筋上飞跑。/我便是我呀！我的我要爆了！”徐志摩不是郭沫若这样的狂暴风格。到了闻一多，诗情绪也是强烈的浪漫主义的，但是，很明显地把本来很强烈的情绪提炼成一种统一的情绪，例如：《发现》表现他归国以后失望的情绪——

我来了，我喊一声，迸着血泪，
“这不是我的中华，不对，不对！”
我来了，因为我听见你叫我
鞭着时间的罡风，擎一把火，
我来了，不知道是一场空喜。
我会见的是噩梦，哪里是你？
那是恐怖，是噩梦挂着悬崖，
那不是你，那不是我的心爱！
我追问青天，逼迫八面的风，
我问，拳头擂着大地的赤胸。
总问不出消息；我哭着叫你，
呕出一颗心来——在我心里！

这样就把粗糙的情感提炼成单纯统一的情感，情感因为提纯而美化，诗歌也就有着浪漫主义的特征了。而同样是浪漫主义的徐志摩则抒写感情相当强烈：

这是一个怯懦的世界，
容不得恋爱，容不得恋爱！
披散你的满头发，
赤露你的一双脚，
跟着我来，我的恋爱！
抛弃这个世界，
殉我们的恋爱！

但是并不粗糙，因为其中情感的脉络和意象是相当统一而单纯的。徐志摩也善于作不强烈的、温情的、潇洒的抒发。如《再别康桥》是很收敛的，反复强调“悄悄的”，一再说，本来是来寻梦的：

满载一船星辉，
在星辉斑斓里放歌。
但我不能放歌，
悄悄是别离的笙箫；
夏虫也为我沉默，
沉默是今晚的康桥！
悄悄的我走了，

正如我悄悄的来，

我挥一挥衣袖，

不带走一片云彩。

无声的重温旧梦，是最美的音乐。默默地自我体验，是很潇洒的。这样并不强烈的情感，也是很浪漫的。从这个意义上说，华兹华斯的所谓“一切的好诗都是强烈的感情的自然流泻”，并不太准确。

但是，有时，我们会遇到另一种并不强烈的感情，如戴望舒的《雨巷》——

撑着油纸伞，独自

彷徨在悠长、悠长

又寂寥的雨巷

我希望逢着

一个丁香一样的

结着愁怨的姑娘

这里的关键，“我希望”有一个这样的女郎，这个女郎其实并不存在：

她静默地远了、远了

到了颓圮的篱墙

走尽这雨巷

在雨的哀曲里

消了她的颜色

散了她的芬芳

消散了，甚至她的

太息般的眼光

这个女郎消失了，但是，作者还是说：

我希望飘过

一个丁香一样的

结着愁怨的姑娘

许多学者把这首诗说成是“抒情诗”，是空洞的。其实，这首诗的精粹，就是诗人的希望，也就是诗人的内心一种忧郁的情感，但是他并不像浪漫主义诗人那样直接把感情倾泻出来，而是经营一种客观的可感对象，代替感情的直接抒发，这就是象征派的“客观的对应物”。

戴望舒在《雨巷》中所显示的就是把主观的情绪变成客观对应物的艺术。

他独自行走在狭窄的雨巷，希望遇到一个拿着雨伞的、像“丁香一样的／结着愁怨”的、有着“太息一般的眼光”的姑娘。这个姑娘的动作是徐缓的、无声的，哀愁是淡淡的、朦胧的，而这一切正是戴望舒自己的特点：“像我一样地”无声地缓缓地走在孤独的哀怨之中，这正是客观对应的联结点。

据考证，写作的当时，正是在戴望舒失恋之后不久。这个女性的形象，正是戴望舒自己内在的无声的忧愁的外在对应物。

拘泥于浪漫主义的情感直接抒发，碰到闻一多的《死水》，从情感来看，也是挺强烈的，用浪漫主义的思想来解读，就很难到位。《死水》的感情虽然强烈，但是，其艺术方法并不是直接抒情，而是把感情寄托在一个客观对应物“一潭死水”。闻一多把对整个中国现实的感受集中到“死水”这样一个意象上，和戴望舒的《雨巷》一样，都很集中很纯粹。

如果光有这样一个主体，就单调了。闻一多不单纯追求美化，从第一节，就开始极尽丑化之能事，不但是死水，而且是绝望的；不但是破铜烂铁，而且还有剩菜残羹。到了第二节，又反过来，把铁锈转化为桃花，铜绿变为翡翠，油腻升华为云霞，发臭的死水居然还能成为碧酒，泡沫化为珍珠。从极丑的派生意象突然走向反面，变得极其美好、贵重。其间有一种相反相成的统一性。但又不是一般的浪漫主义的极端美化想象，而是把极端的丑化转化为极端的美化，这一切都显示了他所追求的是另外一个流派的美学原则，那就是象征派的“以丑为美”的原则。正是这样的美学原则，帮助闻一多表现了对现实黑暗特有的激愤情绪，哪怕拿给恶魔来“开垦”，也比什么都是老样子、死水一潭好得多。这个真诚的诗人，本来是有国家主义的倾向的，可是后来却接受了共产党的主张，投身民主运动，奋不顾身，义正词严，最后为民主运动奉献出了自己的生命。从这一首诗中，明眼人不难看出他日后的选择的端倪。从文本里分析出来，才能使学生对人文精神有所感觉，有了感觉，才能在心里播下种子，一味在详写略写上纠缠，还是片面工具论的阴魂不散。

遵循这样的逻辑所派生出来的意象系列，构成了高度有机而且统一的艺术效果。这种美学原则、美化环境和自我的情感与浪漫主义的不同，还在于，它不是直接把情感抒发出来，而是借助客观对应物，把美化和“丑化”相结合起来间接抒情。这是另一流派象征派“以丑为美”的艺术原则。正是因为这样的艺术原则，使得《死水》的含义特别深刻。

这是一沟绝望的死水，
这里断不是美的所在，
不如让给丑恶来开垦，
看它造出个什么世界。

情感脉络的突兀反转，极丑向极美的转化，象征主义的美学原则的坚决贯彻，把诗人的悲愤、绝望表现得极端，而且把诗人希望也表现得极端。

要真正讲通戴望舒和闻一多的这两首经典之作，难点在于要对诗歌的艺术流派有所理解，要解密艺术本身的奥秘。离开了流派的分析和比较，就可能成为艺术的外行。

风格、流派对形式规范的冲击

艺术的发展并不是永远以形式的更迭为标志的，相反，艺术的进化往往需要形式的、也就是审美规范的相对稳定，因为内容总是无限的，而审美的规范形式却是极其有限的。没有规范形式，艺术发展的成就就无从积淀。但这种稳定不是静态的，而是动态的。有限的形式时时刻刻遭到无限的内容的冲击。作家既然不可能不断创造新形式，那就只能扩展形式的表现力，对固有的形式规范进行某种突破，还原到历史语境中，还原到这种风格、流派的动态过程中。

在共同形式的规范下，只要能表现新的生活、新的情感、新的主题、新的情调，对形象、意象作出新的组合等，就可以说创造了一种风格。虽然没有摧毁旧的形式规范，没有建立新的规范，但如果这种风格取得了一定的成就，有了一定的号召力，吸引了众多作家参与，从不自觉地参与到自觉地发表宣言，有意识地对客观对象、主观情志和形式规范进行冲击，迫使其调整，这就是文学史上的巨大变革了。

如果一个作家一味遵循形式规范，中规中矩，什么毛病也没有，那他就免不了与人雷同，没有自己的风格。什么毛病都没有即最大的毛病。就像清朝的律诗、绝句，日本人写中国的汉诗，挑不出多少毛病，但就是没有什么创造。

审美规范一旦在形式中稳定下来，它就表现出一定的强制性，即使与内容发生矛盾，也仍然长期地迫使内容就范，并不是每一个作家都能在形式规范面前获得主动和自由的。绝大多数作家在受到形式规范与内容相适应的那部分诱导的同时，屈从于形式规范不适应内容的那一部分，被它钳制。不管什么样的作家都不能不受到权威的有形规范和无形的潜在的陈规的束缚，就连钱锺书、陈寅恪那样的大师，写起律诗来，也在遵循某种无声的命令，舒舒服服地放弃自由。因而从艺术质量上来说，是比较一般的，其中迁就于形式是关键的原因。

此时，最可贵的、最能显出作家才气的，是对陈规无屈从之意，有叛逆之心。

流派问题是比较复杂的，第一，并不是每一个流派都有共同的宣言的，即使有宣言，也往往只为部分人士认同，而遭到其他人士的否定。第二，多数作家对于流派并不自觉，故在作品中并不是显性的存在，而只是某种隐性的趋同的倾向，分散在不同作家的作品中，具有不同的社会政治、意识形态、情感内涵和话语差异。第三，同一作家的作品，往往表现出不同流派的交错、交融特征，很难绝对确定其为何种流派。第四，流派既有一种共时性创作方法，又是一种历史的发展过程，其形成和交替并没有任何外在的稳定的标记，相反，对于同样的流派，其特征是在不断变化发展之中的。英国的浪漫主义、法国的象征主义流传到中国，必然会因时代、民族文化和作家个性的不同而不断发生重大的变异。因而，流派的复杂和变幻有某种不可定义的丰富性。分析作家作品的流派性质，往往难以作绝对的定性，作品的流派性质不是现成的，对这个问题不能采取以定义为前提的方法，而要将之从纷纭的历史现象中概括出来。在这步工作完成之前，最忌笼而统之地贴抽象的流派的标签。在这里，我们暂时取一个细胞形态，对之作内在矛盾转化条件的分析，以便对具体流派有比较深入的理解。

对于文学文本解读学而言，其关键在于在同类诗歌中读出流派的差异来。

不要以为浪漫派的诗歌的好处是一望而知的，相反，在一望而知的背后，可能有原生理解一望无知的奥秘。

余光中和洛夫的乡愁诗：两个流派

余光中的“小时候，乡愁是一枚小小的邮票”这句就很精彩，为什么呢？我们通常不是这样讲的，通常我们讲：一张小小的邮票寄托着我的乡愁。那么“乡愁是一张小小的邮票”好在哪里呢？第一，这个“意象”非常富于感性，乡愁是看不见、摸不着的，邮票就可感了；第二，它非常集中，把整个乡愁就凝聚在一张邮票上。如果死心眼，就要问了，除了邮票，就没有信封啦？答案是，信封不说也行，因为只要有了邮票，就足以想象信封了。邮票是信的局部，却是它的特征，因而这个局部比之整体更有想象的启发性、更美、更有感情的分量，这就叫作“意象”。“意象”的性质，一是可感性和凝练性。“我在这头，母亲在那头”，意思是说最为亲密的母亲不能直接相见，邮票的使用是人不能相见的结果。这个邮票意象，就不仅仅是邮票了，而且蕴含着忧愁的情感。这就是意象的第二个性质，那就是凝聚着诗人特殊的情感。事物的局部特点和情感的某个特点猝然遇合，就是意象不同于细节的地方。中国传统的诗歌（主要是近体诗）是以意象为主的，和西方以直接抒情为主不同。从某种意义上可以说，中国诗的思维就是意象思维。由于意象有建构事物特征和情感特征的功能，因此，意象可以派生出更多的意义，如这里的邮票还暗示着大陆和台湾在政治上的睽隔。“长大后，乡愁是一张窄窄的船票，我在这头，新娘在那头。”邮票隔离了的是亲情，而船票这个意象隔离了的则是爱情。船票这个意象，和邮票又形成一种对称，两个本来非常普通、非常单纯的意象的内涵就结构性地深化了。这里暗示的是人都长大了，乡愁的暌隔却日益沉重。到第三节就更进一步了，“后来啊，乡愁是一方矮矮的坟墓，我在外头，母亲啊在里头”，这是全诗的核心，前面的邮票、船票虽然有阻隔，但是还能通信，将来还有希望和母亲、新娘团聚，而一个小小的坟墓的意象，就把邮票和船票的忧愁化为不可挽回的悲痛了。诗句的对称结构的延伸，仅仅因为增加了一个意象，就使得感情进入了高潮。亲情和爱情的悲剧、个人命运的悲剧，已经到了顶点，但更为严峻的是：“而现在，乡愁是一湾浅浅的海峡，我在这头，大陆在那头”，由于“海峡”这个意象的切入，隐性的政治变得显性化了，个人的亲情爱情的痛苦转化为民族的悲剧。原因在哪里呢？“一湾浅浅的海峡”，读的时候不要忘了“浅浅的”三个字：虽然付出的感情代价这么大，但是两岸的距离并不远，海浪并不深，地理行程所带来的风险并不严重。许多人付出一辈子的生命，两代人在精神上承受了沉重的悲剧，却没能解决这样简单的问题。

这样以“浅浅的”（还有小小的、窄窄的、矮矮的）为主导性质的对比结构，显示出余光中的中国古典诗歌修养，让笔者想起《迢迢牵牛星》中牛郎织女可望而不可即的艺术母题：

河汉清且浅，相去复几许？盈盈一水间，脉脉不得语。

“盈盈一水”“清且浅”，其物理距离虽短，心理距离却大。“脉脉不得语，”“脉脉”是含情的意思，等于英语中的 affectionately，但是说不出。《乡愁》表现的是民族的悲剧，蕴含着传统的古典意味。

《乡愁》艺术的唯一性还表现在虽然情感相当深厚，但是意象非常单纯，就是四个：邮票、船票、坟墓和海峡。四者平衡地在各自对称的位置上，但却形成了有机的结构。表现上互相独立，实质上互相呼应，互相补充，互相支撑，结构的功能大于要素之和。科学研究表明，如果人的一只眼睛的视力是 1 的话，两只眼睛的视力并不是 2，而是 7。说得更通俗一点，人的手是 1 只大拇指和 4 只手指的结构，如果光有 4 只手指，那么人的手的功能就不是减少了 1/5；人的两脚跑百米的速度，不是一只脚跑百米的 2 倍，而是 10 倍以上。正是因为这首诗的结构功能，故其整体意蕴大于词语的总和。如果只是堆砌相加，而不是形成对称结构，那 4 个名词就只是 4 个名词。但是，如果 4 个名词形成结构，就不但使形象变得有机了，而且意义也递增了。正是因为这样，这首诗用词很简朴。一般的抒情诗往往讲究感情的强烈，因而形容词往往相当华彩，可在这里却主要是 4 个普通名词承担起了抒情的任务，这是很有气魄的。

当然，这首诗并非绝对没有形容词，可是其在形容词的使用上非常简单，只有 4 个，就是：窄窄的、小小的、矮矮的和浅浅的。表面上一点夸张的色彩都没有，但是其结构的内在张力却是紧密的。虽然邮票、船票、坟墓和海峡，都是小小的、窄窄的、矮矮的、浅浅的，照理说，应该轻易可渡，但时间的漫长（两代人）却暗示了其难度的巨大和情感的沉郁。难度和浅浅的对比、沉郁和明快的对比，使情感大幅度增值。这个结构的特点是平行的，4 个章节之间几乎是没有变化的，每节的结句均在重复“这头”“那头”，这种抒情诗歌中的常用手法叫作“复沓”。但这首诗一连复沓了 4 次，为什么不显得单调？这是因为排比结构使得内涵呈现出一种递进性深化：平静的叙述中有逐渐严峻的危机，甚至到了“坟墓”（母亲死了，不可挽回），从而构成强烈震撼。虽然章节的结构没有变化，但是其意念却在层层递进。从邮票、船票到坟墓，再到海峡，情感的变化和不变的句法又构成张力。其中的意味就升腾起来了，亲情和爱情的牺牲，从青春到壮年，看得见却跨不过。这里所谓乡愁的渴望，实际是统一的渴望，显性的亲情在隐性中升华为政治性质。

但是，读懂了余光中的这首《乡愁》，只意味着读懂了一般浪漫主义流派的诗歌，如果要解读用现代派手法来抒发乡愁的洛夫的《边界望乡》，就需要更多的流派知识准备了。如果能够真正读懂这首诗，就不会不感动。洛夫这首诗在艺术上更优秀，因为它突破了浪漫派的许多陈规。与余光中的诗相比，这首诗有更为深邃的智性，也更具有艺术话语的创新性。

说着说着
我们就到了落马洲
雾正升起，我们在茫然中勒马四顾
手掌开始生汗
望远镜中扩大数十倍的乡愁
乱如风中的散发
当距离调整到令人心跳的程度
一座远山迎面飞来
把我撞成了
严重的内伤
病了病了
病得像山坡上那丛凋残的杜鹃
只剩下唯一的一朵
蹲在那块“禁止越界”的告示牌后面
咯血。而这时
一只白鹭从水田中惊起
飞越深圳

又猛然折了回来

而这时，鹧鸪以火发音

那冒烟的啼声

一句句

穿透异地三月的春寒

我被烧得双目尽赤，血脉贲张

你却竖起外衣的领子，回头问我

冷，还是

不冷？

惊蛰之后是春分

清明时节该不远了

我居然也听懂了广东的乡音

当雨水把莽莽大地

译成青色的语言

喏！你说，福田村再过去就是水围

故国的泥土，伸手可及

但我抓回来的仍是一掌冷雾

落马洲是香港最靠近内地的地方（1949 年，国民党有支部队打了败仗，没地方去，就赖在落马洲，后来成为一个特殊群落），是遥望内地的景点。作为台湾诗人，洛夫很期盼大陆和台湾统一。他采取抑制抒情的方法，用智性覆盖情感，冷峻地表现内心的激动。

诗人一点也不浪漫，“说着说着 / 我们就到了落马洲”，好像很随便的样子，与下面手中的汗水（出冷汗，紧张）形成反差。茫然“勒马四顾”，是以落马洲为谐音，暗示这与军旅有关，当然他并没有骑马。“望远镜扩大数十倍的乡愁 / 乱如风中的散发”，这是洛夫式的语言，把望远镜的物理特点转移到心理效果（乡愁）上，又把心理上乡愁的特点（非常乱）和外在的头发结合起来。这些都是与祖国统一的理念水乳交融的。“当距离调到令人心跳的程度”，这是通常的语义，但“一座远山迎面飞来 / 把我撞成了 / 严重的内伤”，可以说是超现实主义的手法。这与古典诗歌的“两山排闼送青来”（王安石）不同，因为王安石仅仅是写美好的情趣，而这里却是写内心的痛苦。山会飞过来，妙就妙在：第一，强调望远镜的特殊功能；第二，对乡土无限苦恋，一看就心灵震动，本来是心灵飞过去，却写山飞过来，更突出了可望而不可即的痛苦；第三，撞成内伤是无声的痛苦，只有自己才明白。这里所用的语言大多是现代语言，一部分是科学语言，如“望远镜”“扩大”“内伤”等，也有古典语言，如“勒马四顾”。

洛夫花了很大的力气对古典诗意进行当代转化，力求在多重情志的错综交叉和叠加中构成一种奇崛、陌生而自然流畅的风格。远处只有一朵凋残的杜鹃（特别点明在“禁止越界”的牌子下）“咯血”，古典诗歌中本来有“杜鹃啼血”的典故，但这里翻新为“咯血”。“啼血”是古典的诗意，《西厢记》中，张生“绿杨声里听杜宇（即杜鹃），一声声道：不如归去”，而“咯血”则为现代医学的术语。这就把感情的痛变成了生理的病，病因全在潜意识里，潜藏在杜鹃一声声的“不如归去”中。这可能是洛夫式的词法，特点是从古典转向现代，在错综的语义中转化；在章法上，潜藏语义在暗示中呼应暗示，形成若隐若现的暗示链接。“咯血”和前面的“病了，病了”呼应，而接下来鹧鸪的啼声，在古汉语诗歌的典故中有“行不得也，哥哥”的意蕴，与“鹧鸪”的“不如归去”典故呼应。

当然，洛夫不满足于照搬古典的意蕴，他的目标是古典意蕴的当代转化。“鹧鸪以火发音／那冒烟的啼声／一句句／穿透异地三月的春寒／我被烧得双目尽赤，血脉贲张。”杜鹃啼血，鹧鸪思归，是符合古典诗意的，但鹧鸪以火来发音，这样粗犷的语言与怨而不怒、哀而不伤的古典优雅情调是有点冲突的，而从语义上来说，“火”“血脉贲张”是现代诗歌甚至是浪漫主义诗歌的常见意象。与古典的呼应链接的潜隐性不同，洛夫话语中的当代性存在于语言的表层。这一点在接下来的诗句中越来越明显：明明是被这种情感冲击得“双目尽赤，血脉贲张”了，但身边的朋友却问“冷还是不冷”，从语义上讲，这没有什么内在蕴涵，完全是日常语言、散文意味，一种潜隐意脉的断裂，但从章法上讲，这是一种反差、一种张力，益发突出了“内伤”隐痛之深，不足为外人道也。

“当雨水把莽莽大地／译成青色的语言／喏！你说，福田村再过去就是水围／故国的泥土，伸手可及／但我抓回来的仍是一掌冷雾”，这里就完全是现代语言了，有诗歌的成分。雨水让大地发青，被洛夫说成是“译成青色的语言”，这种想象风格不属于中国的古典传统，而是来自西方的诗歌语言。大地返青被当成“语言”，是把感性的色彩变成抽象的“语言”，充满了智性的内涵（平平常常的雨对洛夫诉说了什么？只能从上下文中去体悟他的故土之思了）。尤其见功力的是“译”字，这是只有懂得外语的人才能具备的智慧，是只有文化水平很高的人才能表达出的诗意。洛夫的话语转换、诗意想象和联想是比较曲折的，但接下来却是平平常常的日常口语，不但来了一个口语虚词“喏”，而且“福田村再过去就是水围”近于现象罗列。这不像前面那样寻求古典诗意潜在的链接和呼应，而是在表层突出和现代日常（散文的）语言的反差，所以，它仍然让人感到其中有一种章法上的张力。到了最后，诗人又来了一句诗性语言：“故国的泥土，伸手可及／但我抓回来的仍是一掌冷雾。”为什么说这是诗性语言呢？因为这完全是想象的、虚拟的，可以理解而不能坐实。不可忽略的是，抓回来的一把冷雾与前面的手掌生汗形成呼应。链接和张力，构成了章法上绵密的肌理。

之所以这样详尽地分析洛夫的这首诗，旨在说明流派只是一种大体的划分，严格地说，每一个有出息的诗人都应该有自己突破流派框框的成就。从这个意义上，完全用现代派的观念来解读洛夫是不够的。可以肯定地说，从流派来说，他基本上不是浪漫派，他的抑制情感，他的智性思绪，都属于现代派的性质；但洛夫在这首诗歌中，所追求的又和北岛不同，他所运用的手段又不完全是现代派，而是表现出一种与中国古典诗歌接轨的努力。相比而言，余光中倾向于审美情感，洛夫则更倾向于审智，虽然余光中也有审智的成分，而洛夫也不乏审美之作。审智比起审美来，更富于才智的挑战性，更需要超越和颠覆现成话语的才能。这种挑战，不仅是对内心的挑战，而且是对语言的挑战。洛夫的语言成分是丰富的，包括古典诗语的现代转化，现代诗语与古典诗意在潜在意韵上的密合，现代日常口语和古典诗歌语言、现代诗歌语言在表层语义反差和呼应中的统一。其反差之大、密合之严，都为现代汉诗开拓了一片崭新的想象的天地。当然余光中也不是完全缺乏这三种成分，但在反差的程度和呼应的精密上，应该说是略逊一筹的。

把作品的形式发展、作家的审美价值观念、所属的流派、所处的历史背景等都弄清楚了，是不是就解决了作品分析的一切问题了呢？答案是还没有。

因为上述的一切都还只是揭示了所要分析的作品和其他同样的形式、同样的流派、同样的历史语境中作品的共同性，而作品分析的最终目标却不应该是此一作品与其他作品之间的共同点，而应该是其特殊点、唯一性和不可重复性。

从比较中看没有爱情的恋爱小说《围城》的冷酷风格

对于风格的分析，不能蜻蜓点水，要层层深入。同样是分析幽默的风格，要找出不同作家的不同特点，这样比较才可提高其有效性。例如钱锺书、王小波和舒婷都是幽默的，但我们不能以指出他们都是幽默的为满足，而是要把他们的特点分析出来，这是需要精致的比较的。比如，舒婷的散文虽然是幽默的，但她的幽默是带着抒情性的；而王小波的幽默则更带着智性的深邃；钱锺书的幽默和王小波不同，他更有进攻性，也就是有更多讽刺的尖锐性。

同样是写学人回到故乡，同样是讽刺，如果能把鲁迅和钱锺书的不同看出来，就算有了一点文学解读的功夫。如鲁迅在《祝福》里写“我”回到家乡见到四叔：

> 一见面是寒暄，寒暄之后说我胖了，说我胖之后，便大骂其新党。

四叔的反应，第一，是没有逻辑，第二，这个老道学愚昧落伍，所骂的“新党”还是康有为，而此时康有为已经是“保皇派”了，鲁迅相当含蓄地点出了这个道学家的愚昧和守旧。而钱锺书在《围城》里则这样写：

回来所碰见的还是四年前的那些人，那些人还是做四年前所做的事，说四年前所说的话。甚至认识的人里一个也没有死掉。

这是说家乡人守旧、麻木成这样，本来早该死了，却一个没死！更为愤世嫉俗。他的愤世往往用反语、反讽，反话正说，歪理歪推，显示出奇趣，这使其幽默和讽刺带有一种进攻性和尖锐性。钱锺书在《围城》里反复说方鸿渐说话“损”，可能是夫子自道。当然，这样的比较还是初步的，比较功能应该在更广阔的视野中，比如扩展到整部作品，才能充分显示出来。

钱锺书的小说《围城》通篇写的都是恋爱，如果不从流派和风格上看出它与现代小说中恋爱母题的差异，就不能说读懂了其中的艺术奥秘。他写了一连串的恋爱，忙忙碌碌，叽叽喳喳，哭哭啼啼，实际上是不是有真正的恋爱呢？按照学术研究的通行方法，我们要先把它还原到具体的历史语境中去。

恋爱在中国现代文学史上是一个核心母题，从五四时期开始，就与人格独立、个性解放、社会进步联系在一起，自由恋爱是受到歌颂的。在鲁迅的《伤逝》中，涓生和子君的爱情是强烈到不要命的，但是社会压迫造成了两个人的悲剧。在巴金的《家》中，觉慧和鸣凤的感情是美好的，但是高老太爷要把鸣凤嫁给一个老头子，当鸣凤和觉慧不能沟通时，鸣凤就为爱情自杀了。把感情看得比生命还重要，这就是浪漫。郭沫若的恋爱就浪漫得不能再浪漫了，在《女神》的前言中，他宣告：永恒的女性引导我们前进。《再别康桥》描写了诗人对爱情的秘密的、悄悄的、偷偷的回忆，成为现代诗的经典。曹禺的《雷雨》里面的蘩漪、周萍、四凤和周冲等，感情纠缠得不可开交，弄得都活不下去。茅盾的恋爱小说里面还夹杂着革命，后来产生了一个公式叫作“革命加恋爱”。

爱情是浪漫的、美好的、充满诗意的，而环境是丑恶的，所以反抗社会环境是美丽的。在《边城》中，为成全他人的爱情而牺牲是纯洁高尚的。就是在老舍的《骆驼祥子》中，极丑的虎妞伪装大肚子，赖上祥子，也有些许的浪漫；小福子则因为穷困和祥子浪漫不起来。《月牙儿》浪漫不到底，是因为社会的罪恶把人逼得丑恶了。男女主人公之间冲突之后走向悲剧结局，大都由于社会黑暗，甚至是因为与革命的冲突。到了萧军的《八月的乡村》，仍然一以贯之，萧队长和安娜之间的爱情就是被革命的纪律“咬伤”的。

《围城》里的恋爱却反其道而行之：恋爱与社会、与时代的关系是不重要的，就是在抗战期间，国难当头之时，爱情与国难的关系仍然是游离的。虽然书中也写到了抗日战争中的长沙大火，可是这么大的历史事件对主人公的命运仍然没有多大影响，作者只是一笔带过。从这里我们可以看出，钱锺书的小说美学流派和巴金、鲁迅、郭沫若、曹禺、老舍、茅盾相比是不同的，完全是另外一种人生价值：后者的小说美学是把恋爱的价值与社会人生结合在一起的，恋爱的产生、发展和结局都是由社会环境决定的，恋爱的价值是要从社会环境中去寻求的；而在钱锺书这里，则是由人自己来决定的。他在《围城·序》中说："我没忘记他们是人类，只是人类，具有无毛两足动物的基本根性。"

把人当作"无毛的两足动物"，就意味着不把人当作"社会关系的总和"，不从社会环境中去寻找心灵的根源，而是从人心灵本体中去挖掘。这样就无怪乎他总是用非常严厉挑剔的眼光来看恋爱过程中的心灵变幻了。在他眼中，这些"无毛两足动物"的恋爱并不是像巴金、沈从文笔下的那样神圣和富有诗意，悲剧的根源也不是鲁迅、曹禺所写的为社会经济生活所困，而是由人本身的"根性"决定的。鲁迅把他笔下人物的精神奴役的创伤，看成是中国人的劣根性，带着中国受屈辱的历史根源，不过是一个民族的毛病而已；而钱锺书却把恋爱现象看成是人类本身的根性，或者是心理变态造成的，是全人类都普遍具有的一类精神现象。在《围城》中本来最可能有一点浪漫意味的，是方鸿渐与唐晓芙的恋爱，可是钱锺书只是让他们发生了一场误会，就把唐晓芙打发走了，再不让她出场。本来苏文纨和赵辛楣门当户对，也可以青梅竹马，但是，钱锺书偏偏不让他们恋爱。而苏文纨为了婚姻把方鸿渐作为猎物，一开始，作者好像不想把她写得很低俗，让她冷眼看着浪荡的鲍小姐，体验自视清高的优越感。她对方鸿渐的主动拉拢也不无浪漫情怀。钱锺书特地设计了两个人月下接吻的场面，这个场面，从苏的视角看是很浪漫的了，在方看来是无可奈何，而读者看来则是再滑稽不过了。作者的目的完全出于调侃，花前月下，苏文纨以为已经抓住了方鸿渐，在等待方鸿渐的动作。但是方鸿渐心里在爱着另外一个人，怕抵挡不住月光和女性魅力的诱惑而想溜走。但是苏文纨却不让他走，还把身体移到离方更近的地方：

> 方鸿渐说："我要坐远一点——你太美了！这月亮会作弄我干傻事。"
>
> 苏小姐的笑声轻腻得使方鸿渐心里抽痛："你就这样怕做傻子么？"

苏小姐用法语要求方鸿渐吻她，而钱锺书是这样描写这个吻的："这吻的分量很轻，范围很小，只仿佛清朝官场端茶送客时的把嘴唇抹一抹茶碗边，或者从前西洋法庭见证人宣誓时的把嘴唇碰一碰《圣经》，至多像那些信女们吻西藏活佛或罗马教皇的大脚趾，一种敬而远之的亲近。"

这一吻，用了幽默修辞中的复合比喻，把浪漫的吻和清朝官场上送客时的"吻"茶杯、西方法庭主人宣誓吻《圣经》和信女们吻罗马教皇的大脚趾放在一起，其中包含着多重的不伦不类，构成了丰富的幽默感，比在轮船上和鲍小姐逢场作戏的接吻要深刻多了。但是，吻鲍小姐那场也写得挺幽默的：在方鸿渐只是“馋嘴”，而鲍小姐的感觉是：“我给你闷死了！我在伤风，鼻子透不过气来——太便宜你了。”一夜情，其实一点情也没有，以并不浪漫开端，以煞风景结束，这当然是可笑的，但怀着浪漫幻想的人物，又何尝不可笑呢？

小说后半部分的范小姐，是一心要浪漫一番的。一心要找个如意郎君的女人，本无可厚非，但钱锺书却用漫画的笔法把她的爱情理想描写得空虚而荒唐，如她喜欢一些浪漫的诗句：我们要“勇敢！勇敢！勇敢！”这显然是从曹禺的剧本《家》中抄来的，原来是法国大革命时代丹东的话，是觉慧的台词。她还着迷于“黑夜已经那么深了，光明还会遥远么？”，这是对雪莱的诗句（“冬天已经来了，春天还会远吗？”）的拙劣模仿。向往爱情的人，变成了自我欺骗的人。她当女生指导，发现自己的哲理警句没有什么用处：

> 黑夜似乎够深了，光明依然看不见。悲剧里的恋爱大多数是崇高的浪漫，她也觉得结婚以前，非有伟大的心灵波折不可。就有一件事，她委决不下。她听说女人恋爱经验愈多，对男人的魔力愈大；又听说男人只肯娶一颗心还是童贞纯洁的女人。假如赵辛楣求爱，自己二者之间，何去何从呢？请客前一天，她福至心灵，想出一个两面兼顾的态度，表示有好多人发狂地爱过自己，但是自己并未爱过谁，所以这一次还是初恋。

钱锺书冷酷地把这个向往浪漫的女人放在两难之中，已是可笑，还让她在虚构中自得，就让其显得不但可笑，而且可怜了。已经不年轻的处女向往爱情，如果让孙犁来写，如果让巴金来写，如果让老舍来写，如果让茅盾来写，都肯定是充满了同情的，而钱锺书则仅有嘲弄。在《围城》里，那么多的恋爱都不过是虚荣的游戏，甚至连偷情也是无情的。

即使写到抗战，写到抗战与政治形势，写到太平洋战争爆发之前欧美对日本的纵容和对中国的打压，写这些外部环境改变了主人公的行动方向，也没有写以上对主人公的情感发生冲击，改变主人公的情感状态。在情感状态与抗战无关这一点上，他好像是因为当年梁实秋的“与抗战无关论”。1938 年，梁实秋在重庆主持《中央日报·平明副刊》，其间在副刊上写了一篇编者按：“现在抗战高于一切，所以有人一下笔就忘不了抗战。我的意见稍为不同。与抗战有关的材料，我们最为欢迎，但是与抗战无关的材料，只要真实流畅，也是好的，不必勉强把抗战截搭上去。至于空洞的‘抗战八股’，那是对谁都没有益处的。”小小的编者按引发一场大围剿，梁实秋的文章虽然不合时宜，但围剿者也的确过分意气用事了。提供了一个样本，梁实秋因之遭到围攻，甚至被毛泽东在《在延安文艺座谈会上的讲话》中点名，后来还不欢迎他到延安去访问。钱锺书在思想上和梁实秋是异曲同工的。其实，钱锺书在某种意义上走得比梁实秋更远，他不但认为文学与抗战无关，就是涉及与抗战有关的题材时，他也没有巴金、茅盾、老舍等人的那种民族情绪。他早期的短篇小说

《纪念》可能是在《围城》之前写得最为成熟的。从沿海地区逃难到了山城的女士曼倩，由于无聊，和丈夫的表弟——一个空军教练员发生了关系。关系的性质并不因为空军教练后来在与敌机交战时以身殉国而带上了英雄的浪漫色彩，相反，这个烈士不过是一个花花公子。他和曼倩的关系不过是出于男性的“虚荣心”、一种“完成征服”女人的“义务”。虽然达到了肉欲上的目的，但双方都有一种“空虚感”，弄不清“这是成功，还是进一步的失败”。曼倩不过是把“鼓励人家来爱慕自己”当作“最有趣的消遣”。得到教练牺牲的消息以后，她的感觉是“领略到一种被释放的舒适”，像剪下的指甲一样，和自己无关。甚至丈夫提出以后生孩子要以表弟的名字为孩子命名来表示纪念时，女主人公居然冷漠到加以拒绝。

可以设想，要是让巴金或者茅盾甚至让孙犁来写，这个为国牺牲的英雄，特别是空军英雄，精神会这样空虚吗？会这样没有英雄的光彩吗？从这里，我们可以看到钱锺书的眼睛有多冷，有多酷。张爱玲笔下的恋爱虽然是脱离了政治的，但她还是会有一点社会的关联在里面。在《倾城之恋》开始的时候，两个人都是逢场作戏，玩的都是感情游戏。后来日本进攻了，香港沦陷了，在灾难中，两个人却弄假成真了，开始了真正的恋爱。张爱玲的感情游戏有一个限度，不管多么无聊的感情游戏也会终止于民族遭难之时。但是钱锺书不同，哪怕是在国难当头，其所揭示的还是假凤虚凰，还是没有爱情的爱情。在《围城》中，恋爱不成功，导致悲剧，其中并没有社会环境的压迫，也没有坏人干扰，结局都是自己搞的。为什么呢？这里有钱锺书的指导思想。他可能是觉得要把人性本身表现出来，把人的“根性”挖掘出来，就要把政治环境、社会环境等通通淡化；恋爱不成功，不能归咎于社会环境。什么叫“倾城之恋”？就是城倒下去以后，人的感情变成了真的，张爱玲相信了，但钱锺书还是不相信。

这多少让人们对钱锺书既感到尊敬又有些胆寒——那令人胆寒的幽默啊！

在钱锺书的作品深处，深深地埋藏着一双冷眼，从这双冷眼中看出来的“根性”，既无道德上的善良，也无情感上的诗意，但里面的人物也不是大奸，即使堕落为汉奸，也不是大恶，如果涉及道德堕落，那么他要表现的就是感情的空洞、可笑、可悲。他的批判刀刃好像是专对着文人的这种精神状态的，他最热衷于把同辈竭力掩藏的庸俗和虚荣，用辣椒水磨刀样的语言去解剖。越是把近在眼前的文人加以挖苦，他越能享受到揭露无遗的乐趣；越是靠近他的人物，他的批判锋芒就越是尖锐，他的幽默感就越有进攻性，他的笔力也就越是潇洒自如。

这不是因为钱锺书太冷酷了，而是因为钱锺书追求的不是现实主义，也不是浪漫主义的流派，而是地地道道的现代派：把人看成“无毛的两足动物”，冷眼旁观其“根性”的可笑和可怜。

第十六章

具体分析之六：想象在创作过程中与作者对话

形式征服衍生内容

对于一切作品，如果只限于对成品进行鉴赏，既不能打破读者心理的封闭性，又不能穿透文本的结构层次。要达到读者主体和文本主体的深度同化与调节，最方便的法门就是进入文本写作的过程，这个过程是作者主体的价值观念、形式的驾驭和原生素材互相搏斗的过程。这个过程是一个创造的过程，也是一个艺术升华的过程，只有在这个过程中，艺术的深度奥秘才会比较清晰地显示出来。这就需要读者不仅仅满足于以读者的身份去阅读，而且要以作者的身份去参与创造。克罗齐说："要了解但丁，我们必须把自己提升到但丁的水准。"[①]朱光潜先生说："读诗就是再做诗，一首诗的生命不是作者一个人所能维持住，也要读者帮忙才行。读者的想象和感情是生生不息的，一首诗的生命也是生生不息的，它并非一成不变的。一切艺术作品都是如此，没有创造就不能欣赏。"[②]"读诗就是再做诗"，就是设想你和作者一样，面对题材和形式规范进行提炼与构思。只有不仅以读者的身份和作品对话，而且以作者的身份和作者对话，才能摆脱被动，进入主动境界。此时解读的理论基础，就不再限于宏观的本体论，还延伸到了创作论。这就是我们的解读学与新批评最大的区别，这个分歧不仅仅是笔者与新批评的，而且是笔者与几乎所有解读学者的分歧。文学文本解读学的基础是创作论，解读的深化不是被动地接受成品，而是追随作者体验创作的过程。百年来的文艺理论，包括西方的和中国的，却是以哲学本源论和本体论为主导的，

① 朱光潜：《克罗齐哲学述评》，《朱光潜全集（第四卷）》，安徽教育出版社1987年版，第337页。
② 朱光潜：《谈美》，《朱光潜美学文集（第一卷）》，安徽教育出版社1987年版，第497页。

可以说，越是哲学化，离创作论越远。就是某些鉴赏论的文艺理论，也都毫无例外地把作品当作成品，所谓与作品对话，也只是与不可改变的成品对话。但是，成品解读最大的局限，是只能看到现存的结果，看不到成品中大量提炼、生成的过程。沉迷于结果，就看不到建构的机制。不满足于做被动的读者，就要设想自己是作者。还原的最高境界，就是把作者未经创造的原生状态想象出来，与作品的艺术状态对比，把作品还原到它历史的、个体的建构的起点和终点的全部过程中去。在客体对象，在主体情致，在形式的、流派的、风格的互动中，首先，我们要看出它排除了的东西；其次，要看出它变形变质了的东西，最后，要看出它被形式强迫就范，结合生成的过程。中国文学教育百年来，文本解读长期无效、低效，其理论根源乃在文艺理论脱离了创作过程。人们喜欢把艺术比喻为花朵，静止地观察，所以看到的往往是花的现成状态，难以深入洞察，只有在其萌芽、生长、开花、结果的过程中，才能充分地显示出其深邃的特性。

以形象为例，说来说去都是从哲学的高度上出发，论述主观客观的统一，其实从创作来说，这是文不对题。因为客观与主观统一了，还只是科学的真。艺术的基本细胞是意象，在意象中，客观并不是全部，而且获取主要特征，就意味着排除大量非主要特征。由什么因素来决定排除呢？是作者主体，但作者主体也不是全部，还要涉及“主要感情”，这种主要感情是特殊的、不可重复的，有时存在于一个很长的阶段，有时只是一时、一瞬间的事。事物的主要特征和主体的主要感情，一个是客观的，一个是主观的，二者并不能按现实的样态拼合；而要进入想象的、假定的境界，就要由主要情感选择主要特征，赋予主要特征以性质。然而，这还只是形象的胚胎，要使之投胎为形象，还得用形式特征加以开放性的规范。在创作过程中，主体客体进入形式的三维结构，经过结构同化，形象才能构成。[①]与我们的三维结构同化思维模式不同，流行的文艺理论中，形象的构成是单维的，不是反映现实的真实论，就是自我表现论（真情实感论）；不是文化决定论，就是语言决定论。从思维方法来说，就是单维因果论。

这种单维因果论之所以流行，还因为另有一种理论在作为其潜在的基础，那就是黑格尔的内容决定形式论，客体和主体的特征被笼统地归结为内容，形式处在被决定的地位，也就可以略而不计了。虽然克莱夫·贝尔提出的“艺术就是有意味的形式”在中国20世纪80年代的文坛上曾经被人们所熟知，但是事后却失去影响，他的“艺术最重要的特性是形式性的”几乎无人理睬。这是因为20世纪90年代以降，西方马克思主义者的意识形态绝

① 有兴趣的读者可以参阅孙绍振：《文学创作论》，1986年春风文艺出版社初版，后在海峡文艺出版社多次重印。另外还可参考孙绍振：《文学性讲演录》，广西师范大学出版社2006年版。

对论占据了理论的制高点。[①]殊不知，客观生活和主观情感特征，与规范形式的特征猝然遇合为形象的三维结构，在这个三维结构中，第三维极为重要，其功能是极为复杂的。它不但不是被决定的，而且可能以其规范反过来决定甚至扼杀内容，它可以先于内容，读者可以期待之，更可以形式的艺术逻辑衍生之、创造之。

形式规范代表了形式的普遍性，但作品却是个别的，每一件艺术品，从最理想的意义上来说，都可能对形式规范有所冲击，这就是风格独特性。风格对形式规范的冲击和突破可以形成某种共同的倾向，这就有了流派。形式规范因而发生开放性的变异，产生分化和异化，这个多层次的建构，其中的密码，比第一维和第二维要深邃丰富得多。而我们百年来的主流，却是习惯以单维因果论的思维模式来解读文本密码，怪不得极大部分以悲惨的失败告终。文学解读离不开对文本的具体分析，所谓具体分析，就是多层次的具体分析，这种分析不是把形象作为静态的结果，而是把它当作动态的建构过程还原出来。其关键之处，在于把建构中牺牲、转换、回避、变异掉的生成和变异、曲折和飞跃还原出来。

应该这么写和不应该那么写

中国古典诗话中，鉴赏学色彩十分强烈，也大都是将诗词作为成品来欣赏的。乔亿在《剑溪说诗》卷下中，从创作论出发，把情感的特殊性的追求回归到创作过程的矛盾中去：“景物万状，前人钩致无遗，称诗于今日大难。”乔亿从创作过程和对困难的克服来展开论述：景观万象已经给前人写光了、“无遗”了，经典的、权威的、流行的诗语已经充满了心理空间，怎样才能在想象中写出独特的情感呢？乔亿提出“同题而异趣”，也就是同景而异趣。“节序同，景物同”，景观相同，是有风险的。如果以景之真为准，则千人一面；如果以权威、流行之诚为准，则于人为真诚，于我为虚伪。真诚不是公共的，因为“人心故自不同”。他提出“唯句中有我在，斯同题而异趣矣”，自我是私有的，人心不同，各如其面，找到自我就是找与他人之心的不同。“以不同接所同，斯同亦不同，而诗文之用无穷焉。”只要找到自我心与人之“不同”，即使面对节序景物之“同”，只要矛盾能转化，“斯同亦不同”，诗文才有无穷的不同。[②]乔亿同题异趣的方法，事实上提出了一个原则，那就是不仅仅满足于看到作品这么写，更重要的是要想到作品应该避免那么写。这就意味着，读者不仅仅是以读者的身份，而且是作者的身份和作品对话。对于这个原则，鲁迅在《不应该那么写》中这样说：

---

① 贝尔的话转引自〔美〕苏珊·朗格：《情感与形式》，中国社会科学出版社 1986 年版，第 347 页。

② 参阅陈一琴、孙绍振：《聚讼诗话词话》，上海三联书店 2012 年版，第 44 页。

凡是已有定评的大作家，他的作品，全部就说明着“应该怎样写”。只是读者很不容易看出，也就不能领悟。因为在学习者一方面，是必须知道了“不应该那么写”，这才会明白原来“应该这么写”的。这“不应该那么写”，如何知道呢？惠列赛耶夫的《果戈理研究》第六章里，答复着这问题——应该这么写，必须从大作家们完成了的作品去领会。那么，不应该那么写这一面，恐怕最好是从那同一作品的未定稿本去学习了。在这里，简直好像艺术家在对我们用实物教授。恰如他指着每一行，直接对我们这样说——“你看——哪，这是应该删去的。这要缩短，这要改作，因为不自然了。在这里，还得加些渲染，使形象更加显豁些。”①

惠列赛耶夫的《果戈理研究》第六章分析果戈理写《外套》的过程。原来的故事是一个彼得堡的小公务员，千方百计节约，终于买了一支猎枪，划着船到芬兰湾去打猎。没想到湾边的芦苇把横在船头的枪带到水底去了，从此他一提此事便面如土色。光有这样一个小小的逸事，是写不成艺术品的。果戈理为了突出这个小公务员的悲剧性，把猎枪改成了“外套”（其实应该译成“大衣”才是），因为在寒冷的彼得堡，外出上班穿大衣，进门脱大衣，大衣是必要的行头，而猎枪则是奢侈品。小说的艺术创造性还在于，果戈理写了小公务员失去了大衣以后，将衍生出的喜剧性与悲剧性交融起来，接着虚构了一连串的情感。先是向大人物申请补助，遭到呵斥，结果是郁郁而死。更艺术的也更精彩的是，果戈理又让这个小公务员的阴魂一直徘徊在彼得堡卡林金桥附近，打劫行人的大衣。警察有一次都把这个幽灵抓住了，可是打了一个喷嚏，又被他溜走了（悲剧中的喜剧性强化了）。直到那个呵斥小公务员的大人物被这个幽灵抢走了大衣，幽灵才销声匿迹。这样的结尾，使这个悲剧的喜剧性又回归了正剧，完成了意脉丰富而统一的贯通。

这说明，原始素材中有许多不该那么写的东西，而果戈理按喜剧逻辑衍生出来多重喜剧性，就是应该怎么写的典范。

经典文本的修改过程，在世界叙事文学中比比皆是。在抒情文学和中国古典诗话中，也是不胜枚举。“推敲”已经进入口语，春风又“绿”江南岸，也已成为人所共知的佳话。值得一提的是林逋的“疏影横斜水清浅，暗香浮动月黄昏”，它被公认为千古绝唱，但这恰恰是经过修改，排除了“不该那么写”的成分后的结果。

首先，为什么是“疏影”而不是繁枝？繁花满枝不是也很美吗？那当然是美的，但那是生命旺盛、生气蓬勃的美，而“疏”则是稀疏，是生命在严酷环境中的另一种美。在“众芳摇落”之时，“疏影”被表现为一种“暄妍”，一种鲜明。如果把梅花写得繁茂，就不但失去了环境寒冷的特点，而且失去了与严寒抗衡的风骨，更重要的是，忽略了以外在的

① 鲁迅：《且界亭杂文二集》，《鲁迅全集（第六卷）》，人民文学出版社 2005 年版，第 321 页。

弱显示内在的强的艺术内涵。其次是“影”。为什么是“影”？为什么要影影绰绰？因为淡一点才雅，正所谓淡雅，淡和雅是联系在一起。而雅往往又与高联系在一起，故有高雅之说。让它鲜明一点不好吗？林和靖另有梅花诗：“人怜红艳多应俗，天与清香似有私。”太鲜艳、太强烈，就可能不雅，变得俗了，只有清香才是俗的反面。

雅不但在“影”，而且在“疏”，这里渗透着中国古典的美学趣味。要把“疏影”两字建构得这样精致和谐并不容易，诗句原来并不是林逋的原创，而是来自五代南唐诗人江为。明代李日华《紫桃轩杂缀》曰：“‘竹影横斜水清浅，桂香浮动月黄昏’。林君复改二字为‘疏影’‘暗香’以咏梅，遂成千古绝调。”[①]只改动了两个字，两句诗就有了不朽的生命，这种文学史的奇迹很值得研究。当系五代南唐江为佚诗断句，《全唐诗》江为卷无此二句。

原因大概可从两个方面来考察。

第一，江为的原作有瑕疵。把竹写成“横斜”，与竹的直立特征相矛盾，而与梅的曲折虬枝相符，从这个意义上来说，林和靖抓住客体的特征是很重要的。但这并不是最重要的，因为横斜的并不是只有梅花。据《王直方诗话·二十八》记载：

> 王君卿在扬州，同孙巨源、苏子瞻适相会。君卿置酒曰：“‘疏影横斜水清浅，暗香浮动月黄昏。’此林和靖梅花诗。然，咏杏与桃李皆可用也。”东坡曰：“可则可，只是杏李花不敢承担。”一座大笑。

“疏影横斜”和“暗香浮动”也可以用来形容杏花与李花，这不无道理。苏东坡说“杏李花不敢承担”，从植物学的观念来说，仅仅是玩笑而已，但从审美意象来说，这里却有严肃的道理。“疏影横斜”和“暗香浮动”写的已经不纯粹是植物，诗人把自己的淡雅高贵气质赋予了它，使之成为高雅气质的象征。正因为这样，《陈辅之诗话》的“体物赋情”中也议论到这个颇为尖端的问题：“林和靖梅花诗‘疏影横斜水清浅，暗香浮动月黄昏’，近似野蔷薇也。”而王楙在《野客丛谈》卷二十二中反驳他：“野蔷薇安得有此标致？”从植物的形态来说，野蔷薇的虬枝也是曲折的，用来形容野蔷薇很难说有什么不合适，因为野蔷薇不但有屈曲的虬枝，而且有淡淡的香味，和梅花是没有什么区别的，但是从诗人个体的审美感知特征来说，它没有这样高雅。原因就是，梅花作为一种意象在长期积淀的历史过程中，特别是经过林和靖的加工后，其高雅性质变得稳定了。如果某一古典诗人因为野蔷薇有和梅花在形态上类似的特征，而将之作为自我形象的象征，就可能变得不伦乃至滑稽了。

当然这还要看句中的其他意象，不可忽略的是，诗句把“疏影横斜”安放在“水清浅”之上，这是野蔷薇所不具备的。这并不是简单地提供一个空间“背景”。为什么水一定要清

---

① 参阅陈一琴、孙绍振：《聚讼诗话词话》，上海三联书店 2012 年版，第 377 页。

而浅？“清”已经是透明了，“浅”就更透明了（深就不可能透明了）。“疏影”已经是很淡雅的了，再让它横斜到清浅透明的水面上来，淡雅就更为纯净和谐了。要注意这个“影”字的内涵是比较丰富的，它可能是横斜的梅枝本身，更可能是落在水面上的影子。有了这个黑影，虽然是淡淡的，但是水的透明就更明显了。宋代费衮《梁谿漫志》卷七中说：“陈辅之云：林和靖‘疏影横斜水清浅，暗香浮动月黄昏’，殆似野蔷薇。是未为知诗者。予尝踏月水边，见梅影在地，疏瘦清绝，熟味此诗，真能与梅传神也。”意象组合达到如此和谐，才构成了“高洁”的风格。

第二，王君卿提出的问题很机智，但是说得并不准确，因为桃李花并没有梅花所特有的香气，林和靖把“桂香”改为“暗香”，表现出了更大的才气。对于这一点，不但王君卿忽略了，而且当代的一些分析文章也忽略了。有位教授笼统地说“下句写梅花之风韵”，这是不到位的，因为“暗香”写的主要不是梅花这一客体的“风韵”。

对这个“暗香”做具体分析是不能回避的。

首先，桂香是强烈的，而梅花的香气则是微妙的。其次，和梅花的“疏影”“横斜”为视觉可感的不同，“暗香”是视觉不可感的。“暗香”的神韵就在“暗”，它是看不见的，但又不是绝对不可感的，妙在另外一种感官（嗅觉）的被调动，其特点是“浮动”，也就是不太强烈，是隐隐约约、若有若无的。再加上“月黄昏”，视觉的蒙眬反衬出嗅觉的精致。这就是提示了梅花的淡雅高贵不是一望而知的，而是在视觉之外，只有嗅觉被调动出来才能被感知的。“遗世独立”的人格象征并不是凭空而来的，而是意脉有机结构的功能。这里视觉和嗅觉的交替，并不是西方象征派的“通感”（不同感官的重合沟通），恰恰相反，它强调的是，感知不是直接贯通，而是先后默默递进。

赋予不可见的香气以高雅品格的属性，已成为一种历史的发现，不断被后世所重复。唐诗中就不乏对梅的赞美，李白、杜牧、崔道融、罗隐等均有咏梅之诗作，甚至也有提及其“香”者，但均未赋予其不可见的“暗香”和飘飘忽忽的“浮动”的气息。李峤的《梅》是“雪含朝暝色，风引去来香”；郑谷的《梅》是“素艳照尊桃莫比，孤香黏袖李须饶”。

这里是客体的属性，是嗅觉和视觉并列的对于客体的感知。林逋把“暗香”和视觉分离开来，“暗香”就有了更多主体的脱俗的品格。宋代王淇的《梅》说：“不受尘埃半点侵，竹篱茅舍自甘心。只因误识林和靖，惹得诗人说到今。”到了王安石笔下：“墙角数枝梅，凌寒独自开。遥知不是雪，为有暗香来。”不但表现了从视觉到嗅觉感知递进过程的微妙，而且还以暗香来作整体的定性。后来陆游的《卜算子·咏梅》把这一点发挥到极致：“驿外断桥边，寂寞开无主。已是黄昏独自愁，更著风和雨。无意苦争春，一任群芳妒。零落成泥碾作尘，只有香如故。”哪怕是可见的花“零落成泥”了，作为品格象征的香气也是不可磨灭的。

林和靖改动了两个字，看起来轻而易举，可是时间上从五代江为开始算起，至少耗费了半个世纪的工夫，实在是举世罕见的，可能只有西方用上百年的工夫建造大教堂可与之相媲美。这说明，五十年中，人们被动地忍受着竹影和桂香之间的矛盾和不统一，但对此感而不觉，而林和靖感觉到了，并且勇敢地把别人眼中本来不相隶属、只是由于外部的形式对仗而并列的竹和桂变成了统一梅的意脉，使之成为千古绝唱。离开了它被修改、被融通的过程，光是接受现成的诗句，其中的艺术奥秘是不会得到充分显示的。

虽然在我国作家手稿能保存下来的是凤毛麟角，但我们也有得天独厚的优势，那就是大量传奇小说、戏曲往往均系托前人之作而改编续编。就续编而言，大量作品都是狗尾续貂，而改编后的作品往往成为经典，如《三国演义》之于《三国志平话》等。每一部经典作品创作修改的多种过程多多少少地能够保存下来，这就为文学解读在理论创造和解读实践上提供了丰富的矿藏。在《红楼梦》的种种评点本中，有特别丰富的资料。例如第六回刘姥姥初进大观园，为什么要这样大笔浓墨地写？作者正面交代说："按荣府中一宅人合算起来，人口虽不多，从上至下也有三四百丁，虽事不多，一天也有一二十件，竟如乱麻一般，并无个头绪可作纲领。正寻思从那一件事自那一个人写起方妙，恰好忽从千里之外，芥豆之微，小小一个人家，因与荣府略有些瓜葛……"对此甲戌本侧批曰：

略有些瓜葛，是数十回后之正脉也。真千里伏线。①

如果从大排场写起，三四百口人、一二十件事，写起来头绪纷繁，十分困难，而"从千里之外，芥豆之微，小小一个人家，因与荣府略有些瓜葛"之后，就可以从这小处着手，用刘姥姥的眼光来展示荣府的豪华排场了。这种写法不是孤立的，因为在之前的第二回中已经出现过，对此甲戌本批曰：

借用冷子一人，略出其文，使阅者心中，已有一荣府隐隐在心，然后用黛玉、宝钗等两三次皴染，则耀然于心中眼中矣。此即画家三染法也。②

这就把作者的匠心揭示出来了：为了使读者对荣国府盛况有一个全面的印象，作者用了三个层次的手法，第一个是冷子兴的概说，第二个是用林黛玉初入贾府时的心理体验，第三个是用刘姥姥的眼光，好比国画家用的"三重染法"。这三重染法中，刘姥姥的作用还不仅仅在此，作者还要用她的眼光看贾府如何从极兴旺走向极败落，故曰"是数十回后之正脉也。真千里伏线"。这样的评点就不仅仅是和现成的文本对话了，更是在和作者对话，把作者在创作时的用心揭示出来。克罗齐说，要理解但丁，就要达到但丁的水准。同理，

① 冯其庸：《脂砚斋重评石头记汇校》，第六回，文化艺术出版社 1989 年版。
② 冯其庸：《脂砚斋重评石头记汇校》，第三回，文化艺术出版社 1989 年版。

要理解曹雪芹，就要至少达到看透曹雪芹的苦心的水准了。

这里的精彩在于指出作者为什么要这样写，而对于第十六回中写贵妃省亲、建造大观园，评点揭示的是作者为什么不那样写。那么大的一个工程，不是从正面写，而是从贾琏的奶妈赵嬷嬷向贾琏、凤姐为儿子讨差事写起，对此庚辰本双行夹批曰：

> 一段赵妪讨情闲文，却引出通部脉络。所谓由小及大，譬如登高必自卑之意。细思大观园一事，若从如何奉旨起造，又如何分派众人，从头细细直写将来，几千样细事，如何能顺笔一气写清？又将落于死板拮据之乡，故只用琏凤夫妻二人一问一答，上用赵妪讨情作引，下文蓉蔷来说事作收，余者随笔顺笔略一点染，则耀然洞彻矣。此是避难法。①

前面评说的是三重染法，这里说的是避难法。也就是揭示作者为什么不那样写。

武松打虎之后，《水浒传》又写了李逵杀虎，而通行的七十回本中的杀虎是经过金圣叹修改的。在读者感觉中，李逵杀四虎绝对不如武松打一虎那样有动人的效果。为什么呢？虽然李逵杀虎比武松打虎更有可信度，但读者和作者之间有一种默契，即通过假定的想象，用超出常规的办法，体验英雄非常规的内心，关键是表现在杀虎的过程中，人物内心有什么超出常规的变动。李逵一连杀四虎，他的内心只有杀母之仇，这种仇恨到了什么程度呢？李逵看到母亲的血迹，“一身肉发抖”，看到两只小老虎在舐着人的一条腿，“李逵把不住抖”，等到弄清就是这只老虎吃了自己母亲以后，李逵“心头火起，便不抖”。金圣叹在评点中说：“看李逵许多‘抖’字，妙绝。俗本失。”②所谓“俗本”，就是金圣叹删改以前的本子，也就是一百二十回本的《水浒全传》，这个本子现在还存在，的确是没有“一身肉发抖”“李逵把不住抖”“心头火起，便不抖”之类的描写。事情明摆着，三个“抖”法都是金圣叹加上去的。金圣叹为什么要加？就是因为原来的本子工夫全花在不重复武松那只老虎的一扑、一掀、一剪上，却忽略了李逵内心的感受是否超越常规。原来的本子写李逵看到地上母亲的血迹时，不是“一身肉发抖”，而是“心里越疑惑”，看到两只小虎在舐一条人腿，他居然还是没有感觉，倒是让叙述者冒出来了一段“正是”：

> 假黑旋风真捣鬼，生时欺心死烧腿。
>
> 谁知娘腿亦遭伤，饿虎饿人皆为嘴。

这就完全背离了李逵的内心痛苦加仇恨的感受。李逵是个孝子，他回来就是为了把母亲接到梁山上去“快活”的。母亲被糟蹋得这么惨，“假黑旋风真捣鬼”，这和老虎吃他母亲一点关系都没有；“饿虎饿人皆为嘴”，这是旁观者的感受，近乎说风凉话，完全是败

---

① 冯其庸：《脂砚斋重评石头记汇校》，第十六回，文化艺术出版社 1989 年版。

② 陈曦钟等辑校：《水浒传会评本（下）》，北京大学出版社 1981 年版，第 803 页。

笔。金圣叹把这煞风景的、不三不四的四句韵语删去了，谨慎地加了三个“抖”，应该说是很艺术的：第一，是意识到眼前是自己母亲的鲜血，不由得发抖；第二，看到母亲被老虎咬食的一条腿，控制不住自己发抖；第三，是仇家相对，分外眼红，尽情砍杀，忘记了发抖。金圣叹加得是很有才气的。但这并没有从根本改变“李逵杀虎”在艺术上的缺陷，李逵在发抖了以后，杀虎过程那么长，内心居然没有什么变动。最为奇怪的是，他本是为母亲杀虎的，杀完四只老虎后，他这个孝子应该想起母亲了吧，但他对死去的母亲有什么感觉呢？不管是原本还是金圣叹的本子，都是这样写的：

那李逵一时间杀了子母四虎，还又到虎窝边将着刀复看了一遍，只恐还有大虫，已无踪迹。李逵也困乏了，走向泗州大圣庙里，睡到天明。

这也许是想表现李逵杀得筋疲力尽了，毕竟是人嘛！武松打虎以后不也是浑身酥软吗？但不同的是，武松是与老虎偶然遭遇，而李逵是为母亲讨还血债。母亲的鲜血未干，残腿还暴露在身边不远的地方，这个孝子怎么能睡得着！刚才的失母之痛还使得他发抖，才半天不到，就忘得一干二净了？其实李逵是不会忘记的，而是作者把这件事忘记了，他为了刻画四只老虎，让它们死得各有特点，但忙中有错，忙中有漏，直到第二天早上才让他想起母亲的腿来，收拾起来，埋葬了。这是一笔交代，可以说是平庸的交代，对一部精致的经典作品来说，好比一架钢琴上一个不响的琴键。

我国古典小说、戏曲的评点，基本上都是从创作论出发的，可惜的是，我们不是从这样的宝库中进行发掘，建构中国式的文学文本解读学，反而是用西方美学去硬套（如叶朗先生），好像如果不能上升到美学的层面上，就不是学问。可越是把它上升到美学上去，就越带形而上的性质，越是脱离文学文本的有效解读，这样盲目跟风的可怜结果，正如瑞恰兹所说：“竹篮打水。”不论中国还是西方，似乎都陷入了一个误区，那就是文艺理论只能是宏观的、概括的本体论，于是就产生了李欧梵先生的困惑，文学理论越是发达，文本解读越是无效，最终使文学理论陷入了自我循环的怪圈。之所以陷入这样的怪圈，原因就在于，几乎绝大多数的文学理论都仅仅以读者身份解读作品，总是被动的，不能像朱光潜先生所说的那样，读诗就是再作诗，设想自己和作者一样，面对题材作提炼和构思，这样就可能摆脱被动，进入主动境界。一旦不再局限于以读者的身份和作品对话，而是同时以作者的身份和作者对话，那么此时的理论基础就不再是通常的本体论，而是创作论了。只有这样，才有可能实现克罗齐所说的在了解但丁的过程中，把自己提高到但丁的水准上去。

文学文本解读学是在文学创作论的基础上建构起来的。两百年来的文艺理论，包括西方的和中国的，却是以哲学本源论和本体论为主导的。这就造成了两个后果：第一，越是哲学化，离创作论越远；第二，就是某些鉴赏论的文艺理论，也都毫无例外地把作品当作成品，所谓与作品对话，也只是与不可改变的成品对话。成品解读最大的局限，是只能看到现存的结果，沉迷于结果，就看不到建构的机制。要摆脱被动，就要设想自己是作者。还原就是把未经作者创造的原生状态想象出来，与作品艺术状态对比，把作品还原到它历史的、个体的建构的起点和终点的全部过程中去。在客体对象和主体情致以及形式、流派、风格的互动中，首先我们要看出它排除了的东西，其次要看出它变形变质了的东西，最后要看出它凝聚起来的被形式强迫就范的机制。中国文学教育百年来在文本解读上一直无效，根本原因是在文艺理论中缺乏对创作过程的揭示。读诗就是再写诗，需要补充的是，这是一个生活、自我和形式规范、风格、流派搏斗的过程，写诗就是人格和艺术品位的创造，读诗或者说解读文学也就是与作家一起经历文品和人品的升华。

附录

从《文学创作论》到《文学文本解读学》：我的学术道路①

1959年（大学四年级），谢冕率领我、孙玉石、刘登翰和洪子诚等写作《新诗发展讲话》，到如今跨度达四十多年，著作三十余部，涉及文学理论、美学理论、幽默学等文学诸多领域，要总结一下，真有头绪纷繁、不知如何谈起之感。但是，来龙去脉的重点还是心中有数的。那就是出版于1987年的《文学创作论》为第一阶段的标志，出版于2015年的《文学文本解读学》，则是第二阶段的总结。贯穿其间的主线就是文学的坚守和中国学派文学理论的突围。《文学创作论》虽然坚守文学，思想资源还是以西方古典文论为主；《文学文本解读学》则自觉地批判西方前卫文论，在中国古典文论创作论的基础上，发出中国文学理论的独特声音。

学术营养期：从黑格尔、马克思到康德

大学生时代虽有一些文章，只是习作而已。接下来，从1961，我从北大被调出来到福建省的华侨大学中文系，到1980年写出《新的美学原则在崛起》，中间有二十年的空白：长期在讲台上消失。值得庆幸的是，在打入冷宫期间，我没有辜负生命，广泛阅读了哲学、经济学（包括黑格尔的《小逻辑》、马克思的《资本论》）和历史经典（如《资治通鉴》，还尽可能找到毛泽东的各种著作，包括他在中国人民抗日军事政治大学（抗大）的哲学讲义（手抄本），还有刘少奇的《人为什么会犯错误》（手抄本）。当时并不是为了做什么学问，只是想在书本里找到自己总是在思想上走钢丝的答案。十多年后，回到教学一线，当年的

① 本文原题为《我的桥和我的墙——从康德到拉康》，原载《山花》2000年第1期。本次收入文集作了较大修改，并增补部分内容。

教研组长惊讶地说，这小子，这些年把你在学问上养肥了。我也不知道他是开玩笑还是真心的。但是，从那以后直至20世纪末，我自己也莫名其妙，居然写出了二三十部著作，2006年韩国学术情报出版社还出版了《孙绍振文集》八卷。

后来，一个偶然的机会，我将过去二十年的学术论文浏览一通，第一次清晰地认识到，自己的全部理论和批评其实只包含五种成分。第一，作为美学观念基础的康德的审美价值论；第二，作为具体方法的结构主义；第三是作为内容的弗洛伊德的心理层次分析。第四是将这三者统一起来，使之形成系统的、符合黑格尔—马克思辩证法的“正反合”螺旋上升模式。第五是我作为作家的身份，在小说、诗歌和散文创作方面的直接经验。

除了黑格尔的哲学，我是有意识地花了两年的工夫对原著进行过钻研以外，其他两方面，却是无心插柳柳成荫。

第一次得知自己和康德的思想有联系，是在1985年的某一天，我在中国社会科学院文学研究所的一个讲习班，作了一次讲座，人民文学出版社理论编辑室的李昕先生听后对我说：“你的文艺思想，属于康德的体系。”

我不禁大吃了一惊。把我的名字和这样的大师联系在一起，实在不但有点愧不敢当，而且惶惑莫名。

那时我还没有认真地念过康德的原著。康德那从概念到概念的玄虚演绎，和我的天性不太相容。康德的三大“批判”一直放在我的书架上，连封面的灰尘都轻易不敢造次去拂拭。读康德的书所要下的决心，可能不亚于参加喜马拉雅山登山队。多少比我刻苦的朋友，都感叹康德的原著有如“妖书”。康德对于概念细部的微妙关系像科学家对于原子核中的微粒子那样着迷。大师在概念的演绎的迷宫中流连忘返，享受创造的满足，完全不管演绎法的局限，丝毫没有露出以实证、归纳来弥补演绎法不足的苗头，连稍带感性的例子都懒得举一举，除了一个名不见经传的小鱼小虾一样的诗人以外，甚至对同时代的歌德、席勒都不屑一顾。他的神秘和抽象，他的经院哲学的烦琐，把作为大学生的我吓住了。读这样的天书，不拿出生命的几分之一，不可能有任何成效。作这样生命的赌注，真是太奢侈了。

我告诉李昕先生，我对于康德一向有一种敬而远之的谦卑，生命于我只有一次，与其奉献给康德去折磨，不如痛饮一些令人心旷神怡的学术的甘露。但是李昕的微笑中含义十分明显，过分谦虚恰恰是美德的反面。他以不容分说的坚定宣布：约我为他们这样的权威出版社写一本书，就以我演讲中康德的价值观念为中心。如果没有足够的新著，也可以将已经发表的论文，按一个主题系统地编辑起来也行。

临行他补充说：这不是他个人的意见，而是编辑部的计划。虽然明知可能要亏本，但编辑部一致的意见是：“要亏就亏个值。”

反正，和康德这样的大师联系在一起除了增加我名字的含金量以外，没有什么坏处，我也就横下一条心答应了下来（值得庆幸的是，这本《美的结构》后来发行一万多册，并没有让人民文学出版社亏本）。

接着，我比较系统地阅读了我的绝大部分的论文，我不得不承认，我对自己的了解不如李昕准确。在我的论文里的确充满了康德的审美价值观念。白纸黑字，无可否认。

从写那篇《新的美学原则在崛起》的时候开始，我就非常坚定地相信文学的特殊价值和政治的、实用理性价值的区别，在稍后的《论诗的想象》中，就发展到集中揭示文学（诗歌）在想象和逻辑上与科学和实用功利价值之间的不同。尽管当时，我刚刚从文学创作的直觉中解脱出来，还不善于用康德的“鉴赏判断”这样的术语讲话。我甚至还没有注意到表示“审美”的话语，在宗白华的译本中叫作“鉴赏判断”，而朱光潜先生却坚持把它翻译成“情趣判断”。

我不得不硬着头皮读了一点康德的原著。

这个过程，在现在的回忆中是“亲切的怀恋”，但是在当时，为那艰涩的话语而弄得痛不欲生的体验却至今历历如在目前。康德的确是博大精深，走进他的庄严的哲学大厦，我只有眼花缭乱的感觉，哪里来得及分析。我是一个不可救药的无神论者，对他头上的星空，胸中的道德律，尤其是他的宗教观念，不甚了了。

但是这绝不妨碍我沉醉在他的文艺美学中，享受着醍醐灌顶之感。

我读任何学术著作，都没有像读康德这样，感到的智商不足，就是我反复钻研过的《判断力批判》，至今也只能算是一知半解，读到艰难处，我不能不几度颓然长叹，几度自怨自艾。但是，这并不妨碍我把康德当作经典，根据我自己文学创作和欣赏的经验，对他采取为我所用的立场，凡他的神秘体系中，与我不合的地方，我决不歪曲自己，而是公然地采取“六经注我”的方法，用我的文学经验和理解去填充乃至修改他。

康德在审美价值论中对于非功利性、非认识性、非逻辑性的论述，为我的思想提供了强有力的经典根据。我终于有信心把我长期酝酿的《审美价值结构及其升值和贬值运动》写出来，对传统的“真善美统一”的说法发出挑战，我没有像康德那样让真善美三者在一般层次上处于对立的地位，而是让它们处在互相交叉的关系中，提出了真善美三维“错位”的观念。从此“错位”形成了我日后整个学术思想的核心范畴。由此延伸出去，不论是我的小说，还是幽默理论，都是以“错位”范畴为基础。小说（与散文和诗歌的区别）拉开人物与人物心理的感知的错位，而人物对话的深层规律是人物与人物之间以及人物心理的表层和深层的感知“错位”。

20世纪90年代初，鉴于西方现代和当代的幽默学研究大都集中在心理学方面，我力图从幽默逻辑学方面获得突破。幽默在心理学上的特点，康德、叔本华、柏格森等已经说了不少，而在逻辑学方面的特殊性西方理论家的成果却并不太丰富。我得出的结论是：西方大师，往往囿于西方强大的一元理性逻辑，连康德也不例外。其实，幽默在逻辑上的特点超越了一元理性逻辑，但是它并没有陷入一元逻辑，而是在中途滑入另一重逻辑。我把它叫作“二重错位逻辑”。我指出康德的“背理—预期—失落”说和叔本华的对象与概念不一致说、柏格森的机械镶嵌说之所以不完善，其原因都在于陷入一元理性逻辑而不能自拔。其实，康德在《判断力批判》中“美的分析”的第一节就有一句很重要的话：“鉴赏判断是审美的……从而不是逻辑的。”可惜他没有往非一元逻辑上发挥。

正是在这样的文献系统研究的基础上，我完成了从《新的美学原则在崛起》以来整个学术思想的系统化。

有很长一段时间，我不太明白，为什么康德的价值观念和我的一拍即合。

朱光潜先生的影响

细想起来，这可能是因为当时我在北京大学读书的时候，受到了朱光潜先生的重大影响。虽然在20世纪50年代中期，朱先生由于众所周知的原因，失去了讲授理论的权利，只能在西语系教英语作文。有好几次，由于不满足于蔡仪先生在课堂上反复强调“美是典型”，我很想跟随我的朋友，英语专业的一个班长，一起去到朱先生家里，借交英语作文之机向他请教。后来，我的一个好朋友阎国忠还成了朱先生的助教，走访的条件更加成熟，但苦于对权威的矜持，历史的机遇随着念头的一闪而一去不返。

朱先生在20世纪50年代中期，尤其是反右时期的沉默过去以后，已经活跃起来了。对于当时朱先生和蔡仪、李泽厚的美学大辩论的每一进展，我都是紧紧追随的。尤其是朱先生的文章，包括那些“批判”康德的和批判从康德系统出来的克罗齐学说的文章。还有那具体分析中国经典作品的小品（如《谈美：给青年的十二封信》），我广为涉猎。现在想来，朱先生的观念就是这样深深地塑造了我最初的美学观念。

最近，我在《新的美学原则在崛起》中发现一段话，谈到同样的一棵树在诗人、科学家和木材商人的眼光中是不一样的。这就是康德的科学的真与实用的善与艺术的审美之间的区别的观念，恰恰是朱先生的《我们对于一棵古松的三种态度：实用的、科学的、美感的》意思的翻版。严格地把政治的实用和认识的真区别开来，是朱先生对我最大的影响，也因此使得我与蔡仪先生的“美是典型”、周扬所推崇的车尔尼雪夫斯基的“美是生活”（的真）长期格格不入。

朱光潜的文章，对我从20世纪50年代就开始了潜移默化的影响。到了20世纪80年代初，审美价值观念可能已经根深蒂固，正因为这样，我才敏锐地感到朦胧诗的艺术价值，不能用传统的时代精神等社会功利的价值去解释，相对于传统的美学原则来说，它是一种“新的美学原则”。

当时我还不能从艺术上正面去回答它究竟是什么样的价值，直到我写出了《文学的三维结构和作家的内在自由》和《审美价值结构及其升值和贬值运动》，对于康德学说的零碎的知识，才系统化起来，并且加以发展，在康德那里，真善美三者是并列的，而我则认为三者不是分离的而是交错的，我给了它们一个范畴：错位，以此为核心范畴构成了真善美三维错位的系统自洽。

我的说法是，在文艺美学中，真善美不是统一的，而是三维错位的。在不完全脱离的前提下，三者的错位幅度越大，则审美价值递增，反之则递减。朱光潜先生所谓主观与客观的统一，既不能统一认识的真，又不能统一道德的善，只能统一于美，由于认识价值和道德的实用价值均是理性的，在人类社会生活中（通过是学校教育和社会教育）占有优势，所以只有通过艺术形式的审美规范，才能保证超越理性，统一于情感的审美，在这种统一中，审美价值的与认识价值、道德的实用理性的错位是和艺术的审美形式规范的定位结合在一种张力结构中的。

而在审美的形式规范中，人物与人物的心理关系如果是统一的，也就是说心心相印的，则形成诗性，如果人物与人物之间的心理是错位的，则形成叙事文学的，尤其是小说的特性。而幽默逻辑结构的特点则是，它不是认识论的一元逻辑的贯通，也不是二元逻辑的分裂，而是二重错位逻辑。亦即，在一元逻辑行不通而导致失落的时候，另一重逻辑突然贯通了，达到了顿悟。

现在看来，在系统化的过程中，所依仗的不仅仅是康德的审美价值论，还有另一个要素，那就是结构主义。

这一点，也不是我自己首先感觉到的。

20世纪90年代初，我的研究生陈加伟不止一次对我说，我的文艺思想核心是结构主义。

这种说法给我的震动，不亚于李昕所说的我是属于康德体系。

我虽然零零碎碎地读过一点结构主义的著作，可是从来没有认真读完过任何一本。我所关注的结构范畴，大都是属于自然科学和心理学的。至于文学流行一时的符号学、语言学和结构主义，我并没有十分用功地钻研过原著。

朱德熙先生的影响

为了编辑论文选集，我又一次浏览了我的学术论文。我不得不承认，我的学生说的比我想的要更正确些。在我最重要的学术论文中，有很多文章是分析艺术文本的内部的、深层的结构和层次的。不论是对中国古典诗歌节奏，还是对于绝句结构的分析；不论是对小说的艺术形式规范、人物心理的错位结构，还是对于幽默的逻辑结构的二重错位结构的分析，都明显带着早期结构主义的特点。

对结构分析的爱好，似乎是自发的，但是并不是从娘胎里带来的，而是在20世纪50年代对语言学老师耳濡目染的结果。我指的主要是王力老师、高名凯老师和朱德熙老师。王力、高名凯都是从法国语言学院留学归来的，在他们的讲授和课本中，德·索绪尔是经常提到的名字。显然，当时，他们不能不把德·索绪尔符号学说披上一层社会交际工具的主流话语的外衣。但是他们研究语言的方法，却充分强调了语言超越逻辑，约定俗成的性质。在这方面，朱德熙先生尤其令人难忘，他的理论基础是结构主义的，从他那里我知道了美国结构主义者布龙非尔德。他在课堂上分析现代汉语的语法结构，完全抛开了内容，醉心于语法内在结构的剖析。他好像不是一个教师，而是一个古希腊罗马的雄辩家。他的课程是北大中文系最为叫座的，去得稍晚就难找到座位。往往是连走廊上、暖气管上都坐满了人。现在看来、我在“文化大革命”浩劫期间为了自娱而写作的《论绝句的结构》和《我国古典诗歌节奏的结构》(原名)在方法上几乎是对他的亦步亦趋的模仿。

虽然我对于现代汉语语法毫无兴趣，但是朱先生那种把自我肯定与自我非难结合起来，推进论点深化的思考方式，魅力四射的雄辩，却深深地迷住了我，只能用如痴如醉来形容。和许多教授着重于结论的宣布加例子的“证明”不同，朱先生并不着重结论，他把主要精力放在得出结论的曲折过程中。从他那里我第一次体会到学术研究要有如打乒乓球一样，要左推右挡地防守，作理论上的免疫，才能自由地拓开思维的空间，获得自由创造的前提，得出可靠的结论。从他那里，我明白了，为什么大多数同学厌恶流行的文风：引用某种权威话语作为大前提，举几个相应的例子，就算完成了论证。朱先生习惯于在材料的基础上，得出初步的结论，以正例说明，接着又以反例限制，甚至动摇这个论点，把论点也就是语言深层结构的研究，推向新的层次。如此反复再三，最后得出自己的结论。但是他并不以为这就是真理的终结，常常又举出新的材料，说明自己的学说的局限，目前对于这些材料，还不能作恰当的阐释。他跟着又指出，如果不用这种阐释，而改用其他学者（包括当时很权威的苏联汉学家——如龙果夫、鄂山荫教授）的说法，虽然能够解释这些例子了，但是却有更大的漏洞。他举些例子，引起了我们的微笑。这种微笑不仅是对他的赞赏，而且是体验到自己心智成长的喜悦。

许多权威的教授，虽然令我肃然起敬，但是，他们只有证明，却没有证伪，只有正例，而没有反例，连黑格尔的正反合的模式都很少能遵循。他们传授的知识启迪了我的心灵，奠定了我最初的学术信息的基础，但是，他们却不能给我以思考问题的方法。虽然，他们习惯于把结论当作终极真理，却不能让我无条件信仰，而朱德熙先生却并不是要求我信仰，他的全部魄力就在于逼迫我们在已经有的结构层次上，进行探求，他并不把讲授当作一种真理的传授，而是当作结构层次的深化。他特别强调的是：如何攀越重重障碍，而不是回避无处不在的绊脚石。

我的心智得到了最大的满足，如今想来，正是这样的满足，养育了我最初的追求形象内在结构奥秘的学术信仰。

五十多年过去了，当我重读关于绝句的结构、古典诗歌节奏的动态和稳态结构的文章，深深感到朱先生的精神烙印和他的学术遗传基因。

结构主义的初步涉猎

正是这样的结构主义的语言学基础的深刻影响，使我对于俄国形式主义、布拉格学派、法国结构主义者和叙述学的许多文本分析一见钟情。

这种一见钟情，有一点奇特的地方，那就是：很少是先从他们那里得到理论，然后作文本的验证，更多的是，我自己先对文学形式有了一定的体悟，形成了观念，甚至已经在写作论文了，才发现了他们的一些说法，完全可以成为我的佐证。这在我写《论小说的审美规范》（后改为《论小说的横向结构和纵向结构》）时，最为明显。当我在论文写作的过程中，得出“小说与散文和诗歌的区别在于即使相爱的人物之间也存在心理错位”的结论时，中途去天津参加文学观念的学术讨论会，从一个精通法语的青年学者那里，得知托多罗夫研究法国爱情小说得出一个模式：当A爱上B，B并不爱A，A设法让B爱A时，A却发现他已经不爱B了。我不禁兴奋莫名，立刻请他将法文翻译出来。并且把它写在了我的论文里，作为一个学术佐证。等到文章刊登出来，书也印刷出来了，我才知道，这并不是托多罗夫的发明，而是俄国形式主义者维·什克洛夫斯基的首创①。

现在看来，对于结构主义和俄国形式主义和布拉格学派文献的涉猎不足，是一种不幸，但是，从另一方面来说，也是一种幸运。因为，结构主义者力图从文学的文本概括出某种公约的通式，这与文学的不可重复的创造性是不相容的。

心理学和结构主义层次的结合

使我逃避了这种致命的弱点的，还有两个原因。

第一就是上面已经提到过的我对于西方许多文论，采取的并不是系统接受的方式，而是根据我对于文学特殊性的理解，能为我所用则留之，不能为我所用则弃之。在我看来，最重要的不是结构主义文论中许多深层的模式的揭示，而在于对于艺术特殊性阐释的深度。我有过从事创作的体验，文学特殊性，是生命的生命。结构主义乃至叙事学对于叙事模式的揭示，不可能满足我对于文学特殊奥秘的追求。如果屈服于结构主义的权威，就不能忠于我自己对艺术形象的体验。在克服结构主义抽象通式的不足这一点上，弗洛伊德、荣格的心理学说帮了我很大的忙。结构主义的探索的叙事模式，是空洞、抽象的，但是，弗洛伊德和荣格的无意识和人格面具的心理学说却帮我把这个空白填充了。

当然，我认真地钻研现代心理学的著作的时候，也并没有忘记心理学作为一种学科，它探求的人类心理的共同性，而文学则相反，它的目的是揭示每一个人物内心的独特的、不可重复的密码。我却并不想委屈文学，把它当作心理学原理的例证。我不过是把弗洛伊德和荣格的学说，作为一种方法来加以吸收，把多层次意识和结构主义结合起来，如果结构是形式，而心理的复合层次则赋予之以纵深的内涵。

我的文论里充满了那么多的心理学的内容，这使得我和当代西方的语言转向，尤其是权力话语学说和某种意义上的现象学发生了矛盾。因而，在这方面，我时常怀疑自己，是不是显得保守了一些？我的朋友南帆先生也不倦地向我灌输福柯的学说，我当然也时时为之怦然动心。在南帆先生的大量学术文章的软性的包围中，我不得不认真对待当代文论的语言转化问题。我被迫去读读现象学文论，读福柯的著作，但是，不知道为什么，收效不是很大。这也许是因为，现代心理学对于人的心理深层的分析，早在20世纪50年代读鲁迅翻译的《苦闷的象征》时，就深深渗透进了我的灵魂，它帮助我理解文学的许多奥秘，

① 维·什克洛夫斯基：《故事和小说的构成》，乔·艾略特等《小说的艺术》，张玲等译，社会科学文献出版社1999年版，第86页。

然而，语言学却是排斥心理分析的。我非常困惑，既然把文学当作召唤结构，如果读者没有任何艺术的心理储存，你能召唤出多少深厚的东西来呢？至于权力话语学说，它过于把意识形态当作研究的中心，而相对忽视文学形象的特殊性，因此在我看来就显得不那么可亲近了。

顶住西方文论所谓语言转向的冲击

最能调和我的心理学倾向和西方文论语言学转向的矛盾，莫过于拉康了。他把精神分析学与结构主义语言学结合起来的考察，用语言符号学来解释精神分析学的经典命题，用能指与所指的关系重新阐释了弗洛伊德的无意识。这使我备受鼓舞。他认为无意识不像弗洛伊德所说的那样是混乱的，而是和语言一样是有组织、有结构的，语言的作用正是对欲望加以组织。他把无意识的研究从弗洛伊德的心灵内部解放出来，而放到了人们外部网络关系中去。他认为，能把这种复杂网络关系说清楚的只有语言。这就是拉康所谓的“语言革命”。但是他的一个相当武断的命题又阻挡了我和他的沟通。他宣称，不是无意识先于语言，而是语言先于无意识，至少是二者几乎同时出现，无意识事实上是语言的产物。这种学说，在我看来，类似于先有鸡还是先得蛋的伪问题，与我长期以来对文学的欣赏和创造惊心动魄的体验相冲突。创作的痛苦常常是明明是有一种微妙、精彩的感觉，然而，只可意会而不可言传。歌德就曾说过，艺术家就是能够把别人说不出来的潜在的感觉用恰当的语言说出来的人。我国古典文论关于言与意之间的论述向来就是以二者的矛盾为基础的。古典诗话和文论中留下了那么多“苦吟”和“推敲”的经典范例，都是为了一种只可意会而不可言传的潜在的感觉寻找恰当语言的。按拉康的理论这一切都无法解释。

这也许是我的传统语言观念的顽固性在作怪罢。在我年轻的时候，就形成了语言是“思想的物质外壳”的观念，当无意识还没有孕育成意念的时候，从哪里来的语言呢，如果有了明确的语言，无意识就成了意识了。

拉康的“语言革命”对我是有冲击的，然而，似乎却没有强烈到促使我在理论上作根本调整的程度。正是由于这样，其他的一些西方文论，包括福柯和罗兰·巴尔特，虽然在意识形态的深刻上，我对他们十分敬佩，他们的文学思想也有令我惊叹不已之处，但是却没有把我打动到调整自己去适应他们的体系的程度。

以文本的悟性检验理论

使我逃脱了结构主义抽象模式的第二个原因是，我的许多文学观念并不是首先从某种文论中得到的，而是从作品的欣赏、解读中慢慢体悟到的，在形成观念以后，才用黑格尔的“正反合”模式和螺旋式层次上升的方式转化为逻辑系统的。在西方文论中，我很少享受到为某一种观念所迷、对百思不解的文学现象突然恍然大悟的幸福。我的许多比较深刻的思想，大都是从自己读经典文本中体悟到的。西方文论中许多精彩的东西，如果没有这样的文本体悟作现象学者所说的“预结构”，肯定是不能达到皮亚杰所说的那样“同化”的，很有可能如水浇鸭背，在思想中留不下任何痕迹。

我想，任何一个文学理论家，必须有两种功夫。第一是对理论文本的理解力，第二是对文学文本的悟性。我觉得，前者虽然经常在发挥作用，可是后者却更加重要。直接从文本中洞察文学的奥秘，抽象出观念来，形成自己的话语。这种直接抽象的功夫，正是一切理论原创性的基础。这种功夫太难了，并不是每一个人都能直接构成自己的话语的，因此，大多数人才不得不采取间接的办法，借助西方的和中国古典文论和现成话语，不是从文本出发，而是从权威的话语出发。当我读到中国和西方的理论大师的经典之作中的精辟的语言时，兴奋是自然的。从这里我们看到了人的才气、人的原创力，不接受大师的熏陶是不行的。即使是充满原创性的天才人物，生命也是有限的，人不能指望自己像祖先那样在理论上作从猿到人的进化，一切从零开始，人类文明的积累性，迫使我们不得不把生命中最大部分时间投入到接受经典理论成果的钻研上。

显然，这里包含着风险。

用伽达默尔的说法，权威的话语既是思想的桥梁，又是阻隔心灵视觉的墙。任何权威的话语的澄明作用和障蔽作用是互相渗透的。所以，在接受任何权威、大师的话语的时候，不能忘记：接受不是为了重复，而是为了把他们当作自己思考的桥梁。忘记了这一点，大师和权威就可能变成横在自己心灵视觉前面的黑色的墙。不管经典理论是多么的优秀，总是有其障蔽的成分。因而，发现其障蔽，就和接受其澄明成了同样重要的任务。否则，就不能完成自己的创造的天职。从这个意义上来说，我深深赞赏福柯的权力话语学说，正是他从理论上揭示了人们在无意识取消自己思考权力的秘密。但是目前，我觉得最值得忧虑的是一种倾向，接受了大师的观念，往往却忘记了大师的精神的根本：即使是桥，也不能停留在桥上，花上一辈子时间，看人家的学术风景。造物主赋予我们只有一次的生命的意义如果仅仅消耗于此，那就太奢侈了。

正是在这种意义上，自然科学理论家波普尔的只有证伪才能发现新的真理的学说对我具有特别的鼓舞力量。我佩服西方文论学者，他们一般并不以师从某一大师为荣，相反以向大师提出挑战和怀疑为荣。正是因为这样，我才在《西方文论的引进和中国经典文本的解读》中提出，以中国经典文本检验西方文论，在检验的过程中，光是满足于证明他们的有效适应范围，是没有出息的。从这个意义上来说，证伪高于证明，以证伪来推动学术的发展，是一种规律。

当然，这种“六经注我”的方法，有利于我充分发挥想象，开拓了思维的空间，赋予我在话语和范畴上创造和放达地将自己的观念体系化的自由，甚至让我有勇气在字里行间保留某种情感的冲动。但是它也使我在文献的系统化上，在对基本范畴、概念的内涵的界定上比较薄弱。因而，我的文论虽然有比较强的可读性，但却缺乏严格的、积极意义上的学院气息。

当然，我可以安慰自己，一切学术不可能完美，但是，我要弄明白的是，目前根据自己的气质和学养作出的选择，是不是宿命的？是不是还有一些自由的空间被我自己习惯的话语障蔽了？我想，答案是肯定的。在今后的岁月里，我所能够做的只是，在历史和遗传气质给我划定的圈子里，发现并解脱任何自我遮蔽。

从2000年以来十多年，我以手工业式的方式，对四百余篇文学文本作出个案审美分析，分别出版几本书，出乎意料受到读者的热烈欢迎，其中《名作细读》已经重印到29次。这使我更自信，不再对西方文论，尤其是当代西方文论一味洗耳恭听，我的取向不再是在人家取得胜利的地方学步，而是在他们失足的空白中，在他们宣告无能为力，徒叹奈何的审美阅读方面作出自己系统的建构。其总结性成果就是北京大学出版社的《文学文本解读学》。这本书的序言《西方文论的危机和中国文论的历史性建构》在《中国社会科学》一发表，《文艺报》的熊元义先生就以令人感佩的敏感，在该报发表了一整版对我的访谈。这个访谈又引起了解放军艺术学院的前院长朱向前教授的注意，他在《解放军艺术学院的学报》2013年第4期上发表了《超越“更有难度的写作”》，又谈到学院派理论与文学本体的问题、西方文论和中国文学批评、文学理论的生命问题时，谈到了我：

> 今天人们把80后批评家称为“学院派”，当然是褒义，是肯定，如前所引的“博”“专”“后”的概括等，放眼当下的理论批评阵地和队伍，也几乎都成了清一色的“学院派”（曾经所谓的“作协派”批评家大概也只剩下雷达、白烨、贺绍俊等三五人了），总体反映了当代文学理论批评队伍素质的专业化提升过程。但我的意见却是要反其道而行之，越是在学院派一统天下的情况下，越要对学院派的弊端保持警惕。

记得近30年前——1984年秋，由于我的引荐，徐怀中先生特邀福建师范大学的孙绍振教授北上首届军艺文学系，讲述他那本即将问世的洋洋60万言的填补当代文学理论批评空白的开山巨作《文学创作论》。在我看来，孙著是一本“在森严壁垒的理论之间戳了一个窟窿的于创作切实有用的好书”，为此还应《文学评论》之邀撰写了万字书评《“灰”与“绿”——关于〈文学创作论〉的自我对话》(载《文学评论》1986年第1期)。孙绍振亦借此创造了一个在军艺文学系讲课最系统持久（一连5个半天）的纪录，至今无人企及（一般情况下，任何专家、教授、作家都只给每届讲一堂课)，而且深受学员好评。此后多年，莫言等人都曾著文忆及当年听孙先生讲课时所受到的震动和启发。而孙先生，就是一位当代文学理论前辈中为数不多的才子型且西学修养极为深厚的资深学院派，他与谢冕、张炯等同为北京大学同班同学，但又操得一口流利的英语。1982年冬，我有幸与孙先生同为福建省文学奖评委，入住鼓浪屿某宾馆比邻而居一礼拜，每天清晨听他在阳台上面对大海用英语朗读西方经典原著一小时，那份优雅的做派真真把我佩服得五体投地。结果他却摇摇头，淡然道，当年我是我们班英语最好的，再不捡捡就真要忘光喽。

然而，就是这位孙先生，数十年来，立足本土，鹰视前沿，及时追踪西方文论英美诸学派，“入乎其里，出乎其外”，始终对学院派坚持一种扬弃的姿态。恰巧，半个月前——2013年6月17日的《文艺报》“理论与争鸣”整版发表了《建立中国特色的文学批评学——文艺理论家孙绍振访谈》，文中观点一以贯之，他认为，带着西方经院哲学传统胎记的“西方文论一味从概念（定义）出发，从概念到概念进行演绎，越是向抽象的高度、广度升华，越是形而上和超验，就越被认为有学术价值，然而，却与文学本体的距离越来越远。文学理论由此陷入自我循环、自我消费的封闭式怪圈”，“归根到底，这使文学理论不但脱离了文学创作，而且脱离了文本解读。”他具体指出其根本软肋——

“第一，号称‘文学理论’却宣称文学实体并不存在，伊格尔顿在《二十世纪文学》、乔纳森·卡勒在《文学理论导论》中坦然如此宣称。这样的危机对2000多年来西方文学理论来说如果不敢说是绝后的，至少可以说是空前的。第二，他们几乎不约而同地宣称，对于具体文学作品的解读的‘一筹莫展’是宿命的，因为文学理论只在乎概念的严密和自洽，并不提供审美趣味的评判。第三，他们绝对执着于从定义出发的学术方法，当文学不断变动的内涵一时难以全面概括出定义，便宣称作为外延的文学不存在。第四，他们的理论预设涵盖世界文学，可是他们对东方，尤其是中国古典文学和理论却一无所知，他们的知识结构和他们的理论雄心是不相称的。”

孙绍振的结论是："西方文论失足的地方，正是我们的出发点，从这里对他们的理论（从俄国形式主义到美国新批评，从结构主义到文学虚无主义的解构主义，从读者中心论到叙述学）进行系统的梳理和批判，在他们徒叹奈何的空白中，建构起文学文本解读学，驾驭着他们所没有的理论和资源，和他们对话，迫使他们与我们接轨，在文学文本的解读方面和他们一较高下。也许这正是历史摆在我们面前的大好机遇。"

我觉得，如果由我来总结从20个世纪80年代的《文学创作论》到如今的《文学文本解读学》的学术探索，头绪如此纷繁，虽苦心孤诣，亦难以提纲挈领，不免陷于烦琐，不如引用他的论述，可能比较客观、中肯，这样讨巧的事，何乐而不为？

2015年1月15日

在西方文论一筹莫展处崛起[①]

在此书交稿前不久，笔者在《文学评论》上，看到美国解构主义著名学者，耶鲁四君子之首希利斯·米勒的文章，他坦言：

> 您问我是否相信有一套“系统完整的批评方法，可以为一般的文学批评提供具有普遍意义的指导”，我的回答是，在西方有很多套此类的批评方法存在，其中也包括解构主义，但是，没有一套方法能够提供“普遍意义的指导”。不存在任何理论范式可以保证你在竭力尽可能好地阅读特定文本时，帮助你有心理准备地接受你所找到的内容。因此，我的结论是，理论与阅读之间是不相容的。[②]

此等学说并不新鲜，韦勒克、沃伦在《文学理论》中就坦承西方文论诸大师面对文学文本解读时“一筹莫展”[③]。笔者对此等学说素不以为然，坚定地认为正确的理论来自解读，不但能指导解读，而且能提供某种可操作的方法。故在十余年中，苦心孤诣，反其道而行之，对古今中外经典文本作大量的解读，据赖瑞云教授统计，有近六百篇。仅已经出版的单行本就有《名作细读》《孙绍振如此解读作品》《月迷津渡：古典诗歌个案微观分析》《孙绍振解读经典散文》《经典小说解读》等。笔者在海量具体分析的基础上进行直接归纳，形成原创性的范畴系列，同时适当结合西方前卫文论演绎法，志在建构中国式的解读学。呈现在读者面前的，就是笔者建构的初步系统。

看到米勒先生这样勇敢地断定“理论与阅读之间是不相容的”，笔者深深为他的谨慎而感动。米勒先生只说西方诸多理论，包括解构主义对于文学文本解读无能为力，并没有排除非西方文论可能有的例外。同时，笔者又为米勒先生的思辨中断而深感惋惜。既然发现

---

① 本文为《文学文本解读学》（北京大学出版社版）第三次印刷前言。题目为编者所加。

② 〔美〕J. 希利斯·米勒：《致张江的第二封信》，《文学评论》2015 年第 4 期。

③ 〔美〕勒内·韦勒克、奥斯汀·沃伦：《文学理论》，刘象愚等译，江苏教育出版社 2005 年版，第 155—156 页。

文学理论与文学阅读不相容，作为西方文论学派的杰出代表，对一代理论家陷入这样的困局，为什么不发挥西方学术思辨的特长，追问其原因呢？

其实，这个问题，并不复杂，马丁·海德格尔早就指出产生这种悲剧的原因：

> 作品的被创作存在只有在创作过程中才能为我们所把握。在这一事实的强迫下，我们不得不深入领会艺术家的活动，以便达到艺术作品的本源。完全根据作品自身来描述作品的作品存在，这种做法业已证明是行不通的。①

在我看来，西方学界，几乎没有什么人听懂了海德格尔对他们“行不通”的警示。一味把文本当作某种现成物，把自己仅仅当作文本被动接受者，完全没有意识到只有进入“作品的被创作”的“过程”中，也就是设想自己也是作者与之对话，才能化被动为主动，洞察艺术和思想的奥秘。这一点，说起来很玄，但是，并不神秘。鲁迅先生有一段话，可以作为海德格尔这一思想的注解：

> 凡是已有定评的大作家，他的作品，全部就说明着“应该怎样写”。只是读者很不容易看出，也就不能领悟。因为在学习者一方面，是必须知道了“不应该那么写”，这才会明白原来“应该这么写”的。这“不应该那么写”，如何知道呢？惠列赛耶夫的《果戈理研究》第六章里，答复着这问题——“应该这么写，必须从大作家们的完成了的作品去领会。那么，不应该那么写这一面，恐怕最好是从那同一作品的未定稿本去学习了。在这里，简直好像艺术家在对我们用实物教授。恰如他指着每一行，直接对我们这样说——‘你看——哪，这是应该删去的。这要缩短，这要改作，因为不自然了’。在这里，还得加些渲染，使形象更加显豁些”。②

西方前卫学者几乎毫无例外地只看到作品这样写了，没有意识到只有明确了作者为什么没有那样写，在想象中进入海德格尔所说的创作过程，才能从文本一望而知的表层进入一望无知的深层。

也许这样的思路，在西方文论及其追随者看来，有空谈之嫌。并不是所有经典之作，都有原稿、修改稿可资对照，但是，笔者在本书中，提出还原和比较，多层次的具体分析方法等系统的可操作方法。

克罗齐说：“要了解但丁，我们必须把自己提升到但丁的水准。”③这对一般读者来说，要求是太高了，但是，换一个说法，阅读的最高效果，应该是从低于经典的水准向经典的高度攀登，这是认真的读者追求的目标。对理论家来说，则应该是天职。当然，就现实而

---

① 〔德〕马丁·海德格尔：《艺术作品的本源》，《海德格尔选集（上）》，孙周兴选编，上海三联出版社 1996 年版，第 297 页。

② 鲁迅：《且界亭杂文二集》，《鲁迅全集（第六卷）》，人民文学出版社 2005 年版，第 321 页。

③ 朱光潜：《克罗齐哲学述评》，《欣慨室逻辑学哲学散论》，第七册，中华书局 2012 年版，第 34 页。

言，绝大多数理论家的文学禀赋低于经典作家是不言而喻的，但是，这并不是“一筹莫展”的合法性的充分理由。阅读之初，也许距离但丁远甚，但是，在阅读中通过具体分析创作过程，在某种程度上，升腾到接近作家的水准，是可能的。

阅读的胜利，是需要一定理论向导的，毫无理论向导，必然导致阅读的自我蒙蔽。一千个读者就有一千个哈姆雷特，恐怕有九百个以上是非哈姆雷特，甚至是假哈姆雷特。正如鲁迅所讽刺的，一部《红楼梦》，“经学家看见《易》，道学家看到淫，才子看见缠绵，革命家看见排满，流言家看见宫闱秘事。”[①]他们看到的是自己，而不是《红楼梦》。此等自我蒙蔽的原因和西方文论一样，一味被动，未能进入作品生成的过程。一代西方文论家面临前赴后继的失败，付出惨重的代价，不做反思，反而大言不惭地宣言一切理论都宿命地与阅读不相容，并不是其有出息的证明。说不尽的哈姆雷特，说不尽的阿Q，说不尽的林黛玉，这不是米勒先生所设想的纯粹文字游戏，而是一代又一代的读者把生命奉献上经典文本解读的祭坛，不管是智慧的、愚昧的，还是闪光的、阴霾的，包括米勒先生许多荒谬的学说，都需要我们根据文本做系统的批判和分析，作原创性的建构。这对一代国人的智慧是一项重大的、历史的挑战。

肩负起这样的历史任务，并不需要多大的学术勇气，因为，西方大师已经宣布“一筹莫展”“理论与阅读之间是不相容的”了，他们已经放弃本来属于他们的强势话语阵地，徒叹奈何了，面对这样的历史机遇，中国人，此时还不当仁不让，更待何时？

2017年3月13日

① 《鲁迅全集（第八卷）》，人民文学出版社2005年版，第179页。

文论危机与文学文本的有效解读

20世纪80年代以来，西方文论尤其是其研究方法被全面、系统和细致地介绍到中国，从而改变了中国文学的研究格局与思维模式，这是中国当代文学及其研究得以快速、健康发展的关键。然而，在世纪之交，特别是进入21世纪，西方文论之于中国文学研究的局限性、低效或无效逐渐暴露出来，且有愈演愈烈之势，这在文学文本解读上表现得尤为突出。究其原因，一方面，与中国学者唯西方文论是从有关，另一方面也与西方文论自身的局限有关。显然，欲更好地研究中国文学，必须考虑中国语境、中国特色、中国立场、中国方法，建构文学文本解读的科学理念是提高解读有效性的途径。关于这一点，以往学术界较少给予关注，更缺乏深入的研究和探讨。

一

对文学文本解读的低效或无效，正威胁着文学理论的合法性，这是世界性的现象。早在20世纪中期，勒内·韦勒克和奥斯汀·沃伦就曾宣告："多数学者在遇到要对文学作品做实际分析和评价时，便会陷入一种令人吃惊的一筹莫展的境地。"[①] 此后50年，西方文论走马灯似的更新，但情况并未改观，以至有学者指出：西方文论流派纷纭，本为攻打文本而来，旗号纷飞，各擅其胜。结构主义、解构主义、现象学、读者反应派，更有"新马"、新批评、新历史主义、女性主义等，"在城堡前混战起来，各露其招，互相残杀，人仰马翻"，"待尘埃落定后，众英雄（雌）不禁大惊，文本城堡竟然屹立无恙，理论破而城堡

① 勒内·韦勒克、奥斯汀·沃伦：《文学理论》，刘象愚等译，江苏教育出版社2005年版，第155—156页。

在”。[①] 在此，李欧梵只指出了严峻的问题，但未分析其原因。

探究其深层原因，对于提高文学文本解读的有效性十分必要。应清醒地看到，西方文论在获得高度成就的同时也深藏着一些隐患。首先，是观念的超验倾向与文学的经验性发生矛盾；其次，因其逻辑上偏重演绎、忽视经验归纳，这种观念的消极性未能像自然科学理论那样保持“必要的张力”而加剧；最后，由于对这些局限缺乏自觉认识，20 世纪后期出现西方文论否定文学存在的危机。

这一切的历史根源是西方文论长期美学化、哲学化的倾向。西方美学作为哲学的一个分支，其源头就有柏拉图超验的最高“理念”，后来的亚里士多德虽倾向于经验之美，但西方文化源远流长的宗教超验（超越世俗、经验、自然）传统使得美学超验性跨越启蒙主义美学而贯穿至 20 世纪。从早期的奥古斯丁到中世纪的托马斯·阿奎那，他们都将柏拉图超验的理念打上了神学的烙印，认为最高的美就是上帝，一切经验之美的最大价值就是作为超验之美——上帝的象征。从内容上看，中世纪的神学美学不完全是消极的，也有一定的积极意义，它至少是脱离了自然哲学的束缚，以神学方式完善和展现自己。神学不过是被扭曲和夸大的人学，或是以异化形式呈现的人学，体现在美学上，就是把超越了自然的上帝，或将人类总体当作思维总体，由此主体出发去探求美的起源和归宿。这种美学的许多范畴，如本体意识、创造意识、静观意识、回归意识等大都为近现代美学所继承。[②] 也许正因如此，虽然在文艺复兴强调经验之美的启蒙主义思潮中，神学美学被冷落，但在康德的学说中，经验性质的情感审美与宗教式的超验之善仍在更高层次结合。德国古典哲学浓郁的超验的神学话语和以审美或艺术代替宗教的倾向，也曾遭到费尔巴哈和施莱尔马赫感性实践理念的批判，此外，它还受到克尔凯郭尔的论说以及车尔尼雪夫斯基的“美是生活”的反拨，但康德式的超验的哲学美学思辨仍是西方文论的主流形态。虽然超验美学在灵魂的救赎上至今仍有其不可忽视的价值，但超验的思辨形而上的普遍追求，却给文学理论带来致命的后果。卡西尔曾对此反讽道：“思辨的观点是一种非常迷惑人的解决问题的方法，因为好像通过这种方法，我们不但有了艺术的形而上的合法根据，而且似乎还有神化的艺

---

① 李欧梵：《世纪末的反思》，浙江人民出版社 2000 年版，第 275 页。其实，李欧梵此言似有偏激之处，西方学者也有致力于经典文本分析者。如德里达论《尤利西斯》《在法的门前》，罗兰·巴尔特论《追忆似水年华》《萨拉辛》，德·曼论《忏悔录》，米勒评《德伯家的苔丝》，布鲁姆评博尔赫斯等，但他们微观的细读往往旨在演绎出宏观的文化理论，德里达用 2 万多字的篇幅论卡夫卡仅 800 字左右的《在法的门前》，解读象征寓言的同时从文类、文学与法律等宏观方面进行后结构主义的延异书写，其主旨在超验的文化学，并不在审美价值的唯一性。

② 参见阎国忠：《超验之美与人的救赎》，《学术月刊》2008 年第 5 期。又见阎国忠：《美是上帝的名字：中世纪神学美学》，上海社会科学院出版社 2003 年版，第 79—83 页。

术，艺术成了‘绝对’或者神的最高显现之一。”[①]

西方文论这种美学、形而上、超验的追求，实际上使得文学文本解读与哲学的矛盾有所激化。第一，哲学以高度概括为要务，追求涵盖面的最大化，在殊相中求共相，而文学文本却以个案的特殊性、唯一性为生命，解读文学文本旨在于普遍的共同中求不同。文学理论的概括和抽象以牺牲特殊性为必要代价，其普遍性原理中并不包含文学文本的特殊性。由于演绎法的局限（特殊的结论已包含在周延的大前提中），不可能演绎出文学文本的特殊性、唯一性。第二，这种矛盾在当代变得更加尖锐，是由于当代西方前卫文论执着于意识形态，追求文学、文化和历史等的共同性，而不是把文学的审美（包括审丑、审智）特性作为探索的目标。即使是较为强调文学“内部”特殊性的韦勒克、沃伦和苏珊·朗格，他们的《文学理论》和《情感与形式》，也是囿于西方学术传统而热衷于往哲学方面发展。苏珊·朗格指出：她的著作“不建立趣味的标准”，也“无助于任何人建立艺术观念”，“不去教会他如何运用艺术中介去实现它”。所有这些准则和规律，在她看来，“均非哲学家分内之事”。“哲学家的职责在于澄清和形成概念……给出明确、完整的含义”。[②]而文学文本的有效解读恰与此相反，要向形而下方面还原。第三，长期以来，西方文论家似未意识到文学理论的哲学化与文学形象的矛盾，因为哲学在思维结构和范畴上与文学有异。不管是何种流派，传统哲学都不外乎是二元对立统一的两极线性思维模式（主观与客观、自由与必然、形式与内容、道与器等），前卫哲学如解构主义则是一种反向的二元思维；文学文本则是主观、客观和形式的三维结构。哲学思维中的主客观只能统一于理性的真或实用的善，而非审美。而文学文本的主观、客观统一于形式的三维结构，其功能大于三者之和，则能保证其统一于审美。二维的两极思维与三维的艺术思维格格不入，文学理论与审美阅读经验为敌，遂为顽症。

20世纪80年代以来规模空前的当代西方前卫文论，堂而皇之地否认文学的存在，以致号称“文学理论”的理论公然宣言，它并不准备解释文学本身。乔纳森·卡勒宣称，文学理论的功能就是“向文学……的范畴提出质疑”。[③]伊格尔顿直截了当地宣告，文学这个范畴只是特定历史时代和人群的建构，并不存在文学经典本身。[④]号称文学理论，却否认文学本身的存在，还被当成文学解读的权威经典，从而造成文学解读和教学空前的大混乱，无效和低效遂成为顽症。问题出在哪里？很大程度上是文学理论的学术规范使然。西方文论

---

① 卡西尔：《语言与艺术》，张法译，刘小枫选编：《德语美学文选（上卷）》，华东师范大学出版社2006年版，第400页。

② 苏珊·朗格：《情感与形式》，刘大基等译，中国社会科学出版社1986年版，第1—2页。

③ 乔纳森·卡勒：《文学理论入门》，李平译，译林出版社2008年版，第16页。

④ 参见伊格尔顿：《二十世纪西方文学理论》，伍晓明译，北京大学出版社2007年版，第11页。

一味从概念（定义）出发，从概念到概念进行演绎，越是向抽象的高度、广度升华，越是形而上和超验，就越被认为有学术价值，然而，却与文学文本的距离越来越远。文学理论由此陷入自我循环、自我消费的封闭式怪圈。文学理论越发达，文学文本解读越无效，滔滔者天下皆是，由此造成一种印象：文学理论在解读文本方面的无效，甚至与审美阅读经验为敌是理所当然的。文学文本解读的目标恰恰相反，越是注重审美的感染力，越是揭示出特殊、唯一，越是往形而下的感性方面还原，就越具有阐释的有效性。

归根到底，文学理论不但脱离了文学创作，而且脱离了文学文本解读。苏联的季莫菲耶夫和美国的韦勒克、沃伦都主张将文学研究分为三部分：一是文学理论，二是文学批评，三是文学史。这是有一定道理的，但这三部分的基础首先应是文学创作。

理论只能来自实践，文学理论的基础只能建立在文学创作实践上。创作实践不但是文学理论的来源，而且应是检验文学理论的标准。创作实践尤其是经典文本的创作实践是一个过程，艺术的深邃奥秘并不存在于经典显性的表层，而是在反复提炼的过程中。过程决定结果、高于结果。从隐秘的提炼过程中去探寻艺术奥秘，是进入解读之门的有效途径。如《三国演义》中的“草船借箭”，其原生素材在《三国志》里是“孙权的船中箭”，到《三国志平话》里是“周瑜的船中箭”，二者都是孤立表现孙权和周瑜的机智。到了《三国演义》中则变成“孔明借箭”，并增加了三个要素：盟友周瑜多妒；孔明算准三天以后有大雾；孔明算准曹操多疑，不敢出战，必以箭射住阵脚。这就构成了诸葛亮的多智是被周瑜的多妒逼出来的，而诸葛亮本来有点冒险主义的多智，因曹操多疑而取得了伟大胜利，三者心理的循环错位，把本来是理性的斗智变成了情感争胜的斗气，于是多妒者更妒，多智者更智，多疑者更疑，最后多妒者认识到自己智不如人，发出“既生瑜，何生亮”的悲鸣。情感三角的较量被置于军事三角上，实用价值由此升华为审美经典。这样的伟大经典历经一代代作者的不断汰洗、提炼，耗费时间不下千年。这一切奥秘全在于文学文本潜在的特殊性，无论用何种文艺理论的普遍性对之直接演绎，只能是缘木求鱼。

此外，文学作品的价值和功能最终只有在读者阅读过程中实现。文学文本解读以个案为前提，它关注个体而非类型。由于文学作品的感性特征往往给读者一望而知的感觉，但这仅是其表层结构，深层密码却是一望无知甚至是再望仍无知的。因此，文学需要解读，深刻的解读就是深层解密。让潜在的密码由隐性变为显性，并化为有序的话语，这是提高文学文本解读有效性的艰巨任务。

理论的基础及其检验的准则来自实践，理想的文学理论应是在创作和阅读实践的基础上作逻辑和历史统一的提升。然而，西方文论家大都是学院派，相对缺乏创作才能和体验（这和我国古典诗话词话作者几乎都是文学创作者恰成对照）。本来，这种缺失当以文学文本个案的大量、系统解读来弥补，但学院派却将更多精力耗于五花八门的文学理论（如“知识谱系”）的梳理。[①]这些文论家的本钱，恰如苏珊·朗格所说，只有哲学化的“明晰”和“完整”的概念。他们擅长的方法也就是逻辑的演绎和形而上的推理。这种以超验为特点的文学理论可批量生产出所谓的“文学理论家”（学者、教授、博士），但这些理论家往往与文学审美较为隔膜。这就造成一种偏颇：文学理论往往是脱离文学创作经验、无力解读文学文本的。

在创作和阅读两个方面脱离了实践经验，就不能不在创作和解读的迫切需求面前闭目塞听，只能是从形而上的概念到概念的空中盘旋，文学理论因而成为某种所谓的“神圣”的封闭体系。在不得不解读文学文本时，便以文学理论代替文学文本解读学，以哲学化的普遍性直接代替文学文本的特殊性。这就导致两种倾向：一是只看到客观现实、意识形态和文学作品间的直线联系，抹杀文学的审美价值和作家的特殊个性；二是以文学批评中的作家论，以作家个性与作品的线性因果代替文学文本个案分析，无视任一作品只能是作家精神和艺术追求的一个侧面和层次，甚至是一次电光石火般的心灵的升华，一度对形式、艺术语言的探险。即使信奉布封“风格就是人”的著名命题，以文学批评中的作家论代替文学文本分析，也不可避免会带来误导。用鲁迅的国民性批判思想去解读《社戏》中对乡民善良、诗意的赞美，就文不对题；用“哀其不幸，怒其不争”解读《阿长与〈山海经〉》也不完全贴切，因为文中另有“欣其善良”的抒情。

在某种意义上，即使是黑格尔所说的“这一个”，也是一种普遍性追求的表现，而文学文本个案只是作家的这一次、一刻、一刹那（如我国的绝句和日本的俳句）体验与表达。在文学作品中，作家的自我并不是封闭、静态的，而是以变奏的形式随时间、地点、文体、流派、风格等处于动态中。作品的自我，并不等于生活中的自我，而是深化了艺术化了的自我。余光中将此叫作“艺术人格”。他在《井然有序》的序言中说，“我不认为‘文如其人’的‘人’仅指作者的体态谈吐予人的外在印象。若仅指此，则不少作者其实‘文非其人’。所谓‘人’，更应是作者内心深处的自我，此一‘另己’甚或‘真己’往往和外在的‘貌己’大异其趣，甚或相反。其实以作家而言，其人的真己倒是他内心渴望扮演的角色，这种渴望在现实生活中每受压抑，但是在想象中，亦即作品中却得以体现，成为一位作家

① 知识谱系的学术方法以理查德·罗蒂为代表，参见理查德·罗蒂：《哲学、文学和政治》，黄宗英等译，上海译文出版社2009年版。这种知识谱系方法常常表现为对“关键词”在不同历史语境中的内涵的梳理，在西方有雷蒙·威廉斯的《关键词》，在中国有《二十世纪中国文学批评99个词》（南帆主编，浙江文艺出版社2003年版）、《当代文学关键词》（洪子诚、孟繁华主编，广西师范大学出版社2002年版）。

的‘艺术人格’。”[①]正是因为这样，朱自清《荷塘月色》中的“我”，并非“平常的我”，那是“超出了平常的我”，是超越了伦理、责任压力，享受校园中散心的“独处的妙处”的“我”，那是短暂的“自由”的自我。当回到家中，看到熟睡的妻儿，“我”又恢复了“平常的我”。有时，文学作品中的“我”还是复合的，既是回忆中当年的自我，又是写作时的自我。鲁迅《阿长与〈山海经〉》中的“我”，并不完全是童年鲁迅，同时还有以宽容心态看待长妈妈讲太平军荒诞故事的中年鲁迅。小说故作蠢言，说长妈妈有“伟大的神力”，对她有“空前的敬意”，这种幽默的谐趣是中年的，却又以童年的感知来表现。有时，作家自由地进行自我虚拟，在刘亮程《一个人的村庄》中，不但环境是虚拟的，人物和自我也是虚拟的。更不可忽略的是，同一作家在不同文体中也有不同表现。在追求形而上的诗歌中，李白藐视权贵，在表现形而下的散文中，李白则“遍干诸侯”，“历抵卿相”。[②]因此，文学文本解读不仅应超越普遍的文学理论，而且应超越文学批评中的作家论。

追求普遍性而牺牲特殊性，这是文学理论抽象化的必要代价。从某种意义上说，文学理论越普遍，涵盖面越广，就越有价值。然而，文学理论越普遍，其外延越大，内涵则相应缩小。而文学文本越特殊，其外延递减，内涵则相应递增。不可回避的悖论是，文学文本个案以独一无二、不可重复为生命，但文学理论是对无数唯一性的概括。在此意义上，二者互不相容。文学理论的独特性只能是抽象的独特性，并非具体的唯一性。文学文本个案的唯一性，与理论概括的独特性构成永恒的矛盾。

当然，这并不仅是文学理论，也是文学文本解读理念的悖论，甚至是一切理论都可能存在的矛盾。但是，一切理论并不要求还原到唯一的对象上去。对于万有引力，并不要求回到传说中牛顿所看到的苹果上去；对氧气的助燃性质，也不用还原到拉瓦锡的实验中去。就是马克思在经济学中对商品的基本范畴的还原，也不用追溯到某件具体的货物中去。所以，马克思在《资本论》中，主要采取英国的数据，所得出的结论也同样符合德国，因为理论价值不在特殊性，而在普遍的共性。文学文本解读则相反，个案文本的价值在于其特殊性、唯一性。由此可知，文学文本解读学与文学理论虽不无息息相通，但又是遥遥相对的。

追求个案的特殊性正是文学文本解读的难点，也是它生命的起点；但是，对于文学理论来说，局限于文学文本的特殊性却可能是它生命的终点。理论的价值在于作“文本分析”的向导，但是，它对所导对象的内在丰富性却有所忽略。水果的理念包罗万象，其内涵并不包含香蕉的特殊性，而香蕉的特殊性却隐含着水果的普遍性。文本个案的特殊内涵永远

① 余光中：《为人作序——写在〈井然有序〉之前》，《书屋》1997年第4期。

② 《李太白全集》第3册，中华书局1957年版，第1251页。

大于理论的普遍性。因而，以普遍理论（水果）为大前提，不可能演绎出任何文本个案（香蕉）的唯一性。因此，文学理论不可能直接解决文学文本的唯一性问题，理论的“唯一性”“独特性”只能是一种预期（预设）。说得更明确些，它只是一种没有特殊内涵的框架。文学文本的特殊性、唯一性只有通过具体分析才能将概括过程中牺牲的内容还原出来。这是一个包括艺术感知、情感逻辑、文学形式、文学流派、文学风格等的系统工程。

二

文学文本解读力欠缺的文学理论之所以如此盛行，不能不说与人们对西方文论的局限缺乏清醒的反思和认识有关。固然，西方学术有不可低估的优长，也是在此意义上，五四时期我国学术界才放弃了诗话词话和小说评点的模式，采用西方以定义严密、逻辑统一和论证自洽为特征的范式。应该说，这是文学研究的一种进步。定义的功能是：第一，保持基本观念的统一性，防止其在内涵演绎过程中转移，确保范畴在统一内涵中对话的有效性；第二，稳定的定义是长期研究积淀的结果，学术成果因之得以继承和发展。中国古典文学理论就是因其基本观念（如道、气）缺乏严密的定义，长期在歧义中徘徊。但西方文论又过于执着定义，所以难免西方经院哲学超验烦琐造成的许多荒谬（如中世纪的神学辩论竟然在探讨，一个针尖上能站几个天使）。一味地对概念作抽象辨析，既容易把本来简明的事物和观念说得玄而又玄，又容易脱离实践而陷入空谈。一些被奉为大师的西方人物，其权威性中到底隐含了多少皇帝的新衣，是值得审视的。以米克·巴尔为例，她曾为其核心范畴“本文”下了这样一个定义：“本文（text）指的是由语言符号组成的一个有限的、有结构的整体……叙述本文（narrative text）是叙述代言人用一种特定的媒介，诸如语言、形象、声音、建筑艺术，或其混合的媒介叙述（“讲”）故事的本文。”①在此，定义的对象是文学艺术，但其内涵中并无文学艺术的影子。以这样的定义作大前提，根本就不可能演绎出任何文学艺术的特殊内涵。然而，许多理论大家对定义的局限和功能缺乏审思，在概念的迷宫中空转者更是代不乏人。

在定义的文字游戏中，最极端者是解构主义者，他们的所谓文学理论权威著作堂而皇之地宣布文学的不存在，把文学理论引向灾难性危机。其根源在于，他们把追随定义的演变视为一切，而不是从定义（内涵）和事实（外延）的矛盾提出问题。其实，严格意义上说，一切事物和观念都具有不可定义的丰富性：第一，由于语言作为声音象征符号系统的局限，事物和思维的属性既不可穷尽，又不能直接对应，它只能是唤醒主体经验的“召唤结构”。第二，一般定义都是抽象的内涵定义，将无限的感性转化为有限、抽象的规定，即

① 米克·巴尔：《叙述学：叙事理论导论》，谭君强译，中国社会科学出版社2003年版，第3页。

使耗费千年才智，也难达到普遍认同的程度。第三，一切事物和观念都在发展中，不管多么严密的定义都要在历史发展中不断被充实、突破和颠覆，以便更趋严密。一切定义都是历史过程的阶梯，而非终结。在学术史上，并不存在超越时间的绝对的定义。即使是西方前卫文论用来替代“文学”的“文化”，其定义也多至百种。由此观之，定义不应是研究的起点，而是研究的过程和结果。若一切都要从精确的定义出发，世上能研究的东西就相当有限。如萨义德的“东方学”这个论题本身就无法定义，从外延上说，东方不是一个统一的实体；从内涵上说，它也不能共享统一的理念。

自然，离开严密的定义，文学研究也难顺利、有效地展开。在此关键问题上，马克思主义文论的经典作家具有相当深刻的认识，普列汉诺夫在《论艺术》中说过，研究不能没有“严格地下了定义的术语”，但是，一个“稍微令人满意的定义，只有在它的研究的结果中才能出现”，所以，研究就面临着为“还不能够下定义的东西下个定义”的难题。对此，他提出“暂且使用一种临时的定义，随着问题由于研究而得到阐明，再把它加以补充和改正”。[①]

严密的定义实际上是内涵定义。不完善的内涵定义与外延（事实）的广泛存在发生矛盾。轻率地否认对象的存在就放弃了文学理论生命的底线。西方文论家也强调问题史的梳理，但他们的问题史只是观念、定义的变幻史，亦即为定义和概念（知识）的历史。这就必然造成把概念当成一切，在概念中兜圈子的学术。成功的研究都只能是先预设一个临时定义，然后在与外延的矛盾和历史发展中继续深化、不断丰富它，最后得出的也只能是一个开放的定义，或曰“召唤结构”而已。观念和定义的变幻是一种显性结果，它的狭隘性与对象的丰富性及历史发展变幻的矛盾，正是观念谱系发展的动力。谱系不仅是观念和定义的变幻系统，更是观念与对象的矛盾不断被丰富、颠覆和更新的历史。

片面执着于观念演变梳理的失误还在于，对“理论总是落伍于创作和阅读实践”这一事实的忽视。与无限丰富的创作和阅读实践相比，文学理论谱系所提示的内容极其有限。同样是小说，中国的评点和西方文论都总结出了“性格”范畴，但我们却没有西方文论的“典型环境”范畴。这并不意味着中国小说创作没有“环境”因素，《水浒传》的“逼上梁山”为其一，只是尚未将之提升到观念范畴。同为诗歌，中国强调“意境”“乐而不淫，哀而不伤，怨而不怒”，西方文论却强调“愤怒出诗人”“强烈感情的自然流泻”。其实，许多中国古典诗歌也注重强烈感情的表现，如屈原“发愤以抒情”，并有相关实践，如“长太息以掩涕兮，哀民生之多艰”；西方的文学中也有非常节制情感的诗歌，如歌德、海涅、华兹华斯的一些诗作。因而，仅梳理理念只能达致概念的完整性和系统性，实际上与复杂对

① 普列汉诺夫：《论艺术》，曹葆华译，生活·读书·新知三联书店1973年版，第3页。

象及其历史性相比则不成谱系。

中国现代散文史正是历史实践突破观念定义的历史。最初，周作人在《美文》中为散文定性时只称“叙事与抒情”“真实简明”，[①]这实际上是指审美抒情。此定义很有权威性，但与实际不符，鲁迅、林语堂、梁实秋、钱锺书的幽默或审丑散文就不在其列。定义的狭隘性导致了现代散文的解读长期在抒情和叙事间徘徊。在20世纪30年代，叙事被孤立强调，散文成为政治性的“文学的轻骑队”。到了40年代的解放区，主流意识形态提倡“人人要学会写新闻”。[②] 50年代最好的散文就成了魏巍的朝鲜通讯《谁是最可爱的人》。文学散文成为实用性的通讯报告，由此造成散文文体的第一次危机。后来，杨朔强调把每篇散文都当作诗来写，[③]把散文从实用价值中解脱出来，却又认为散文的唯一出路在于诗化。此论风靡一时，无疑又把散文纳入诗的囚笼，由此造成散文文体的第二次危机。以后，散文的主流观念为“形散而神不散”之类，[④]如果一味作谱系式研究，则此谱系将十分贫乏；但如果将之与创作和阅读实践的矛盾作为出发点，对二者的矛盾进行直接概括，就不难发现，创作和阅读实践不断在突破狭隘的抒情叙事（审美）理论。严格地说，幽默散文属于亚审丑范畴，如王小波、贾平凹、舒婷的谐趣散文，审美的狭隘定义被突破，有着审丑的倾向。余秋雨的功绩为，在抒情审美的小品中带有智趣，把诗的激情和历史文化人格的批判融为一体，使散文恢复了传统的大品境界，但他只是通向审智的断桥。南帆的散文，既不审美抒情，也不审丑幽默，而是以冷峻的智慧横空出世，开拓了审智散文的广阔天地。从审美抒情的反面衍生出幽默审丑，继而又从二者的反面衍生出既不抒情又不幽默的审智。

可见，推动知识观念发展的动力是创作实践，而非知识观念本身。文学理论的生命来自创作和阅读实践，文学理论谱系不过是把这种运动升华为理性话语的阶梯，此阶梯永无终点。脱离了创作和阅读实践，文学理论谱系必定是残缺和封闭的。问题的关键在于，文学理论对事实（实践过程）的普遍概括，其内涵不能穷尽实践的全部属性。与实践过程相比，文学理论是贫乏、不完全的，因而理论并不能自我证明，实践才是检验真理的准则。对此，马克思早在《关于费尔马哈的提纲》中说过：“人的思维是否具有客观的真理性，这并不是一个理论的问题，而是一个实践的问题。人应该在实践中证明自己思维的真理性，即自己思维的现实性和力量，亦即自己思维的此岸性。关于离开实践的思维是否现实的争

---

① 周作人：《美文》，《晨报》副刊1921年6月8日。

② 胡乔木：《人人要学会写新闻》，《解放日报》1946年9月1日。

③ 原文是“我在写每篇文章时，总是拿着当诗一样写”。（杨朔：《〈东风第一枝〉小跋》，《杨朔散文选》，人民文学出版社1978年版，第220页）

④ 语出肖云儒《形散神不散》，《人民日报》1961年5月12日，但这是秦牧在《海阔天空的散文领域》和《思想和感情的火花》中提出的“一个中心”说和“一线 串珠”的翻版。（参见秦牧：《秦牧论散文创作》，张振金编，暨南大学出版社1990年版）

论，是一个纯粹经院哲学的问题。”①

在此意义上，一味梳理观念谱系的方法即便再系统也带有根本缺陷，这表现在：从概念到概念，从思想到思想，脱离了实践的推动和纠正机制，带着西方经院哲学传统的“胎记”。当然，观念史梳理的方法也许并非一无是处，它所着眼的并不是文学，而是观念变异背后社会历史潜在的陈规。但无论是在性质还是功能上，它与文学解读最多也只能是双水分流。

西方阅读学最前卫的“读者中心论”，是经不起阅读实践的历史检验的。作家在完成作品后会死亡，读者也不免代代逝去，然而文学文本却是永恒的。文本中心应顺理成章。“读者中心论”带着相当的自发性，其症结在于将读者心理预设为绝对开放的机制。

其实，读者心理并不是完全开放的，也不像美国行为主义所设想的那样，外部有了信息刺激，内心就会有反应。相反，按皮亚杰的发生认识论，外来信息刺激，只有与内在准备状态——也就是他所说的“图式”（scheme）相一致，被“同化”（assimilation）后才会有反应。② 读者心理具有一定的封闭性，这是人性的某种局限。中国古典文献早有“智者见智，仁者见仁”之说。黄宗羲在《明儒学案》中说：“仁者见仁，智者见智，释者所以为释，老者所以为老。”③ 张献翼在《读易纪闻》中说：“惟其所禀之各异，是以所见之各偏。仁者见仁而不见智……智者见智而不见仁。”④ 李光地在《榕村四书说》中说：“智者见智，仁者见仁，所秉之偏也。”⑤ 仁者的预期是仁，就不能看到智；智者的预期是智，就不能看到仁；智者仁者，则不能见到勇。预期是心理的预结构，也是感官的选择性，感知只对预期开放。马克思说：“对于没有音乐感的耳朵说来，最美的音乐也毫无意义。”⑥ 由于读者主体的心理图式本身有强点和弱点，有敏感点和盲点，因而其反应是不完全的。罗曼·英加登也承认：“读者的想象类型的片面性会造成外观层次的某些歪曲；对审美相关性质迟钝的感受力会剥夺了这些性质的具体化。”⑦ 文学作品各层次和形式的奥秘极为复杂丰富，读者要同时进行毫无遗漏的注意、理解和体验，几乎是不可能的。“一千个读者就有一千个哈姆

---

① 《马克思恩格斯全集（第三卷）》，人民出版社 1960 年版，第 3—4 页。

② 皮亚杰：《发生认识论原理》，王宪钿等译，商务印书馆 1981 年版，第 60 页。他完整的意思是：“一个刺激要引起某一特定反应，主体及其机体就必须有反应刺激的能力。”每一个人的大脑中都有某种认识客体的格局（shame），当外界刺激能够纳入人的已有“格局”中时，用皮亚杰的术语来说，就是刺激能被固有的“格局”“同化”时，它才能作出反应，否则，就不能作出反应。

③ 黄宗羲：《明儒学案》，《四库全书（第四百五十七册）》，上海古籍出版社 1987 年版，第 141 页。

④ 张献翼：《读易纪闻》，《四库全书（第三十二册）》，第 548 页。

⑤ 李光地：《榕村四书说》，《四库全书（第二百一十册）》，第 14 页。

⑥ 《马克思恩格斯全集（第四十二卷）》，人民出版社 1979 年版，第 126 页。

⑦ 罗曼·英加登：《对文学的艺术作品的认识》，陈燕谷等译，中国文联出版公司 1988 年版，第 93 页。

雷特”，这种“读者中心论”的名言，不断遭到有识者的强烈质疑，赖瑞云曾提出“多元有界”与之抗衡。[①]读者以具有封闭性的主体图式解读经典文本，常产生一种与文本内涵相悖的情况。提到《红楼梦》，鲁迅说过：从中“经学家看见《易》，道学家看见淫，才子看见缠绵，革命家看见排满，流言家看见宫闱秘事……”[②]显然，这种看法是针对主观歪曲的混乱和荒诞而言的，可谓语带讥讽。阅读心理存在主体同化（在此是歪曲）规律。读者一望而知的往往不是文本深层的奥秘，而是主体已知的先见。如囿于英雄的“雄”为男性的偏见，许多学者解读《木兰辞》时，几乎众口一词地把花木兰看成和男英雄一样的英勇善战，鲜有明确指出其文本的独特性在于：勉强可称为正面书写战争之诗的只有“将军百战死，壮士十年归”，全诗的主旨为，作为女性的木兰，她主动担起男性职责，立功不受赏，并以恢复女儿身为荣。

三

建构文学文本解读理念的关键在于，必须认识到文学文本解读无效或者低效，是由于读者的心理预期状态的平面化，以表层的一望而知为满足。其实文学文本是一种立体结构，它至少由三个层次组成。一是表层的意象群落，包括五官可感的过程、景观、行为和感性的语言等，它是显性的。在表层的意象中渗透着情感价值，这就构成了审美意象。正如克罗齐所说：“艺术把一种情趣寄托在一个意象里，情趣离意象，或是意象离开情趣，都不能独立。”[③]需要说明的是，意象中的情趣并不限于情感，更完整地说应是情志，趣味中包含智趣。意象派代表人物庞德给意象下的定义是：“在一刹那的时间里表现出一个理智和情绪复合物的东西。”[④]表层的意象是一望而知的，但其潜在的情志往往被忽略。如柳宗元的《江雪》：“千山鸟飞绝，万径人踪灭。孤舟蓑笠翁，独钓寒江雪。”如果把“钓雪”解读为“钓鱼”，就是被显性的感知遮蔽，把意象当成细节，消解了隐性的审美情志。其实，表层意象不仅是对客体的描绘，而且也是主体的表现，是主体的情志为之定性，甚至使之发生变异的，如清代诗评家吴乔所说，如米之酿为酒，“形质尽变”。[⑤]此诗表层的形而下的钓鱼，为深层的形而上的精神境界所改变。前两句是对生命绝灭和外界严寒的超越，后两句是对内

① 赖瑞云：《混沌阅读》，福建教育出版社 2010 年版，第 286 页。

② 鲁迅：《〈绛洞花主〉小引》，《鲁迅全集（第八卷）》，人民文学出版社 2005 年版，第 179 页。

③ 参见《朱光潜美学文集（第二卷）》，上海文艺出版社 1982 年版，第 54—55 页。

④ 参见彼德·琼斯：《意象派诗选》，裘小龙译，桂林：漓江出版社，1986 年，第 5 页。庞德并不绝对地反对情感，只是坚持情感不能直接抒情，情感和智性浑然一体。故他在《严肃的艺术家》中对于诗与散文的区别这样说：“在诗里，是理智受到了某种东西的感动。在散文里，是理智找到了它要观察的对象。”（参见杨匡汉、刘福春编：《现代西方诗论》，花城出版社 1988 年版，第 54—55 页）

⑤ 吴乔：《答万季野诗问》，丁福保编《清诗话（上册）》，上海古籍出版社 1978 年版，第 27 页。

心欲望的消解。诗人营造的氛围是，不但对寒冷没有感觉和压力，而且并不在意是否能钓到鱼。这是一种内心凝定到超脱自然、社会功利，自我与大自然浑然一体的境界。

意象不是孤立的而是群落式的有机组合，其间有隐约相连的情志脉络，这是文学文本的第二个层次，可称之为意脉（或为情志脉）。其特点为：第一，意脉以情志深化表层的意象；第二，在形态和性质上对表层的整体意象加以同化；第三，意脉所遵循的不是实用理性逻辑，而是超越实用理性的情感逻辑。这在中国古典诗话叫作“无理而妙”，[①]其具体表现为情感的朦胧性，不遵循形式逻辑的同一律、排中律，情感的主观独特性更使它超越充足理由律：情感强烈时，往往是无缘故的。情感逻辑有时还以片面性与辩证法的全面性相对立：不管是爱是恨，都是非理性和片面的。遵循逻辑规律是人同此心、心同此理，实用理性准则是唯一的；而超越逻辑规律则是人心不同、各如其面，情感的可能性是无限的。第四，在具体作品中，不管是小型的绝句，还是大型的长篇小说，意脉都以“变”和“动”为特点。故汉语有“动情”“动心”“感动”“激动”“触动”之说。（在英语中感动“move”也是从空间的移动中转化而来）在长篇小说中，事变前后大起大落的精神曲折和变异，乃是意脉的精彩所在。在绝句中，最动人处往往就是意脉的瞬间转换。[②]意脉是潜在的，可意会而难言传。要把这种意味传达出来，需要在具体分析中具有原创性的话语。缺乏话语原创性的自觉和能力，往往会不由自主被文学文本之外占优势的实用价值所窒息。

在中层的意脉中，最重要的是真、善、美价值的分化。与世俗生活中真善美的统一不同，文学文本是真、善、美的“错位”。它们既不完全统一，也非完全分裂，而是部分重合又有距离。在尚未完全脱离的前提下，三者的错位幅度越大，审美价值就越高。三者完全重合或脱离，审美价值就趋近于无。[③]

保证审美价值最大限度升值的是文学的规范形式，[④]这是文学文本结构的第三层次。形式对于文学文本解读学极其关键，但学术界大都囿于黑格尔的“内容决定形式”说，把形式的审美功能排除在学术视野外。历代美学家出于哲学思维的惯性，总在主观和客观里兜圈子。睿智者如朱光潜、李泽厚、高尔泰等，都未能超越二元对立的思维模式，未能意识

---

① 贺贻孙在《诗筏》中提出“妙在荒唐无理”，贺裳和吴乔提出“无理而妙”“入痴而妙”。沈雄在《柳塘词话》中说：“词家所谓无理而入妙，非深情者不办。”

② 参见孙绍振：《绝句：瞬间转换的情绪结构》，《文艺理论研究》2010 年第 6 期。

③ 参见孙绍振：《美的结构》，人民文学出版社 1987 年版，第 48 页；《文学性讲演录》，广西师范大学出版社 2006 年版，第 55—65 页。

④ “规范形式”的范畴，最先是笔者在《文学创作论》第 6 章第 2 节“文学形式的审美规范作用”（春风文艺出版社 1987 年版，第 337 页）中提出的，后在论文《审美价值的错位结构》（《文艺理论研究》1988 年第 3 期）中有所发挥。本文在前二文的基础上对审美规范形式作了更系统深入的阐释，如，其有限性，其与内容的可分离性，其有可重复性地积累审美历史经验的功能，以及主体特征和客体特征并非直接发生关系而是分别与规范形式发生关系等观点，则是本文第一次提出的。

到主观情感特征和客观对象特征的猝然遇合只是胚胎，没有形式就不能化胎成形，更不能达到审美的艺术层次。[①]未经形式规范的情感，哪怕是真情实感，也可能是“死胎”。作家的观察、想象、感受及语言表达，都要受到特殊形式感的制约和分化，主观和客观并非直接发生关系，而是同时与形式发生关系。只有当形式、情感和对象统一为有机结构后才具备形象的功能。只有充分揭示主观、客观受到形式的规范制约，文学理论才能从哲学美学中独立出来，通向独立的文学文本解读学。

克罗齐曾提出，一切直觉都是抒情的，“只要经过形式的打扮和征服就能产生具体形象”，他又说，“形式是常驻不变的，也就是心灵的活动”。[②]此说的缺陷在于，一是自相矛盾，形式是“常驻不变的”，而心灵却瞬息万变；二是形式并非常驻不变，而是随着历史从草创走向成熟。因而，他所指的形式，与黑格尔所说的均是自发的原生形式。只是黑格尔说的是生活的原生形式，克罗齐说的是心灵的原生形式，与此相似的还有中国《诗大序》所谓的“在心为志，发言为诗”。三者均混淆了原生形式与文学的规范形式之间的差异。

原生形式与文学的规范形式有根本的不同。第一，原生形式是天然的，随生随灭，无限多样，与内容不可分离；文学的规范形式是人造的、有限的（就文学而言不超过十种）、不断重复的，与内容是可分离的。第二，原生形式并不能保证审美价值超越实用理性的自发优势，规范形式则通过对漫长历史过程中审美经验的积淀，化为某种历史水准的相对稳定的形态（如小说从片断情节的志怪到情节完整、环环紧扣的传奇，到以情节表现性格的话本，到性格为环境所逼出常规的变化，到生活的横断面，再到非情节的场景组合），从而对形象的主客体特征进行规范。规范形式是人类文学活动进步的阶梯，没有规范形式，文学活动只能进行原始的重复，有了规范形式，文学活动才能从历史的水平线上起飞。第三，规范形式不但不是由内容决定，而是可征服内容、消灭内容，强迫内容就范，并且衍生出新的内容。如同席勒所谓的“通过形式消灭素材”。[③]没有规范形式的视角，哲学化的文学理论就往往处在文学文本静态的表层，而形式从草创到成熟的曲折历程，风格、流派对形式的冲击，流派对规范形式的丰富、发展和突破，乃至颠覆和淘汰（如大赋、变文、六言绝句、弹词、宝卷）等动态结构则一概成为空白。值得注意的是，形式的稳定性与内容的丰富发展是一对永恒的矛盾。内容是最活跃的因素，它不断冲击着规范形式，规范与冲击共生，相对稳定的规范形式在积淀历史经验时也不能不开放，不能不随着历史的发展而突破和更新。

---

① 参见蔡福军：《马克思主义美学家孙绍振》，《东吴学术》2011年第3期。

② 克罗齐：《美学原理·美学纲要》，朱光潜译，人民文学出版社1983年版，第11—12页。

③ 席勒的原话是：“艺术大师的独特的艺术秘密就是在于，他要通过形式来消灭素材。”参见席勒：《美育书简》，徐恒醇译，中国文联出版公司1984年版，第114—115页。

无可讳言，任何一种理念或理论的建构，都是共同性的概括，不能不以个案文本特殊性的牺牲为代价，而文学文本解读的任务却是把独一无二的特殊性还原出来。这是文学文本解读不可回避的矛盾。至于如何对个案文本作具体分析。鲁迅在《不应该那么写》中提出了一个很有价值的思路："凡是已有定评的大作家，他的作品，全部就说明着'应该怎样写'……在学习者，一方面，是必须知道了'不应该那么写'，这才会明白原来'应该这么写'的……'应该这么写，必须从大作家们的完成了的作品去领会。那么，不应该那么写这一面，恐怕最好是从那同一作品的未定稿本去学习了。'"[①]有了正反两面，就有了差异或者矛盾，具体分析就有了切入口。传统的文学理论大都并不正面提供这样的差异和矛盾，没有可比性，因而分析难以着手。正因如此，涉及这正反两方面的文献就显得分外珍贵。贾岛《题李凝幽居》中，"推"字好还是"敲"字好的佳话，王安石《泊船瓜洲》"春风又绿江南岸"在"绿""到""过""入"之间的选择，孟浩然《过故人庄》最后一联"待到重阳日，还来就菊花"，一度"就"字脱落，后人有"对"字还是"赏"字的猜测。西方也不乏其例，莎士比亚根据意大利故事创作了诗剧《罗密欧与朱丽叶》，果戈理听到一则故事：小公务员省吃俭用购置了猎枪划船去打猎，在芬兰湾丢失猎枪，以后一提及此就脸色发白。果戈理将猎枪改为上班必须穿的大衣丢失，导致悲剧性死亡，又加上荒诞的喜剧结尾，写成经典小说《外套》。这些素材的意义在于，为具体分析提供了现成的可比性。此外，鲁迅说着重在"写"，这也就是创作的实践性，旨在把读者带入创作过程。

注重文学文本的创作过程，文学文本将不是静态、不可更改的成品，而是一个生成、发展的过程。读者不是被动地接受成品，而是洞察其萌芽、生成、扬弃、排除、凝聚、衍生、建构的动态进程。世界文学史上有着许多经典的作品有待开发。列夫·托尔斯泰写《复活》前后十年，草稿、修改稿为具体分析达到唯一性提供条件。在《复活》中，聂赫留朵夫公爵到监牢去探看被他糟蹋沦为妓女、又横遭冤案的玛丝洛娃，身为陪审员的他忏悔之余要求和她结婚。最初手稿上写的是："玛丝洛娃认出了他，说：'您滚出去。'"并严词拒绝和她结婚的要求。[②]在《复活》的第五份手稿中，改成玛丝洛娃一下没有认出他来，可是高兴有衣着体面的人来看她。对聂赫留朵夫的求婚和忏悔，她答道："您说的全是蠢话……您找不到比我更好的女人吗？您最好别露出声色，给我一点钱。这儿既没有茶喝，也没有香烟，而我是不能没有烟吸的……这儿的看守长是个骗子，别白花钱，——她哈哈大笑。"两者相比，显然后者把人物从外部感觉到内心近期经验和远期深层记忆的层次立体化了。但是，这样的直接归纳是粗浅的，因为它没有涉及小说审美规范的深度。归纳法在

① 鲁迅：《且介亭杂文二集》，《鲁迅全集（第六卷）》，人民文学出版社2005年版，第321页。

② 符·日丹诺夫：《〈复活〉的创作过程》，雷成德译，内蒙古人民出版社1982年版，第22页。

此显示了它的优越性，同时也和演绎法一样不可避免地具有局限性，那就是归纳要求周延，而将文学文本感性的内涵归纳为抽象的话语符号，是不可能绝对周延的。这是人类思维和话语的局限，但是并非人类的思维和语言的宿命。自然科学理论在这方面提出把归纳法和演绎法结合起来，保持“必要的张力”。[①] 正因如此，从个案直接归纳出来的观念，要在理论的演绎中加以检验和证明。直接归纳唯一性不能不从普遍性的理论演绎中得到学术的支持。就上述列夫·托尔斯泰的修改过程而言，对规范形式作理论的考察不可或缺。

人的心灵极其丰富，没有一种文学形式能给以全面表现。因而，在数千年的审美积累中，文学分化为多种结构形态，以表现心灵的各个层次和方面。诗歌的意象乃在普遍性的概括，不管是林和靖笔下的梅花，还是辛弃疾笔下的荠菜花，不论是华兹华斯笔下的水仙，还是普希金笔下的大海，不论是艾青笔下的乞丐，还是舒婷笔下的橡树，都是没有时间、地点、条件的具体限定的普遍存在。在诗里，得到充分表现的往往是心灵的概括性，甚至是形而上方面，在爱情、友情、亲情中，人物都是心心相印的，具有某种永恒性，故从亚里士多德到华兹华斯，都以为诗与哲学最为接近。而在叙事文学和戏剧文学中，个体心灵在不同的时间、地点、条件下表现差异性则是绝对的，而且处于动态之中。情节的功能在于，第一，把人物打出常规，显示其纵向潜在的深层心态，列夫·托尔斯泰在《复活》中说“他常常变得不像他自己了，同时却又始终是他自己”。[②] 第二，不管是爱情还是友情、亲情，惺惺相惜才有个性，才有戏可看。俄国形式主义者维·什克洛夫斯基说：“美满的互相倾慕的爱情的描写，并不形成故事……故事需要的是不顺利的爱情。例如A爱B，B不爱A；而当B爱上A时，A已不爱B了……可见，形成故事不仅需要有作用，而且需要有反作用，有某种不相一致。”[③] 故在白居易的《长恨歌》中，李隆基与杨玉环的爱情不但超越空间（在天愿作比翼鸟，在地愿为连理枝），而且超越时间和生死（天长地久有时尽，此恨绵绵无绝期），而在洪升的戏剧《长生殿》中，两人的爱情则要发生情感错位，故杨玉环两次吃醋，李隆基两次后悔迎回最为精彩。《复活》的修改稿也表现了两个人特殊的错位。初稿的局限在于，玛丝洛娃对聂赫留朵夫从心灵的表层到深层只有仇恨、斩钉截铁的对立。定稿的优越在于，玛丝洛娃以妓女的眼光看待来人，在感知上已有错位。公爵真诚地求婚，她却认为这是蠢话；公爵想用钱来帮助她，并拯救自己的灵魂，她却用来买香烟。这也正显示了玛丝洛娃虽已认出聂赫留朵夫，但深层记忆并未完全被唤醒，纯情少女的记忆被表

① 参见托马斯·S·库恩：《必要的张力——科学的传统和变革论文选》，纪树立等译，福建人民出版社1981年版。

② 列夫·托尔斯泰：《复活》，汝龙译，人民文学出版社1984年版，第263页。

③ 维·什克洛夫斯基：《故事和小说的构成》，乔·艾略特等《小说的艺术》，张玲等译，社会科学文献出版社1999年版，第86页。

层的妓女职业心态封冻，从而让其深厚的痛苦显露无遗。

在此，规律的普遍性（深化心灵层次和心理错位）是用来阐明文学文本的唯一性的，并未以牺牲其独一无二性为代价，而是对文学文本的唯一性作出更加深邃的阐释。

然而，要把潜藏在水乳交融、天衣无缝的文学形象之下的矛盾揭示出来，还需借鉴现象学的“还原”方法，把文学形象“悬搁”起来。当然，与现象学不同的是，这不是为了“去蔽”，而是把未经艺术化的原生形象想象出来，分析其与审美形象的差异或矛盾。

就规范形式本身而言，它也不是某种纯粹形式，而是与内容息息相关的。因而在具体分析时，既要注重形式，也要关注内容；既要注重逻辑，也不能偏废历史。

就形式方面而言，在具体分析时可借助流派的还原和比较。规范形式是相当稳定的，难免与最活泼的内容发生冲突。因而，发生种种变异是正常的，当某种变异成为自觉或不自觉的潮流和共同追求时，就形成了流派。不同流派在美学原则上有不可忽略的差异甚至反拨。浪漫派美化环境和情感，象征派以丑为美，把徐志摩的《再别康桥》的潇洒审美和闻一多的《死水》的以丑为美混为一谈，无异于瞎子摸象。但流派仍是众多作品的共性，要达到作品的唯一性，还要从风格的还原和比较中入手。注重同一流派中不同的个人风格，尤其注重同一作家笔下不同作品不可重复的风格。如徐志摩《再别康桥》中的潇洒温情不同于《这是一个怯懦的世界》的激情。最可贵的风格并不是个人的，而是篇章的，越是独一无二、出格的，越是要成为阐释的重点。有时连统计数字都可能成为必要的手段，如在写战争的《木兰辞》中，通篇真正涉及木兰参战的只有“将军百战死，壮士十年归”。在被视作叙事诗的《孔雀东南飞》中，对话却占了压倒性优势。《醉翁亭记》中，用了21个“也”字等。这类出格的表现，很难不对普遍的形式有所冲击、突破和背离。这种背离是一种冒险，同时又可能推动规范形式的发展。

就内容方面而言，可通过母题的梳理进入具体分析。在某种意义上，任何后世杰作的主题都是对历史传统的继承和发展：李白的《将进酒》使传统的生命苦短的悲情母题变成了豪迈的“享忧”；武松打虎使得“近神”的英雄变成了“近人”；《简·爱》把英国小说传统中美人与高贵男性的爱情变成了相貌平平的女子和一个失明的男人终成眷属。其中，对母题的突破和发展是文学文本唯一性的索引。

对文学文本特殊性、唯一性的探查不是一步到位的，而是在层层具体分析中步步逼近。第一层次具体分析后得出的结论有如普列汉诺夫所说的暂时定义，后续每一层次的分析，都使其特殊内涵递增，也就是定义的严密度递增。层次越多，内涵就越多，直至最大限度地逼近文学文本。只有凭借这样系统的层次推进，才可能逼近文学文本的特殊性、唯一性，从而提高解读的有效性。

不论是反映论还是表现论，不论是话语论还是文化论，不论是俄国形式主义的陌生化还是美国新批评的悖论、反讽，都囿于单因单果的二元对立的线性哲学式思维模式，文学文本解读上的无效、低效似有难以挽回之势。西方对之无可奈何的时间已长达百年，如今我们应抓住机遇发出自己的声音，以寻求新的解决方案和道路。

西方文学理论语言中心论的困境和中国文学理论崛起的历史使命

一

20世纪八九十年代，后现代“理论”代表乔纳森·卡勒认为文学理论要解决的不是文学的问题，而是对文学本身（本质）的质疑。① 伊格尔顿在《二十世纪西方文学理论》中，直截了当地宣告文学只是特定历史时代和特定人群建构的观念，并不存在文学经典本身（itself）。他认为，文学的观念是三百年前浪漫主义兴起之时才形成的，三百年后也许莎士比亚的作品也不能算是文学，而一张咖啡馆的账单可能成为文学。② 乔纳森·卡勒出于解构主义的去学科分工界限的执念，这样说：“对某一哲学作品的最真实的哲学读解，就是把该作品当作文学，当作一种虚构的修辞学构造物，其成分和秩序是由种种文本的强制要求所决定的。反之，对文学作品的最有力的和适宜的读解，或许是把作品看成各种哲学姿态，从作品对待支持着它们的各种哲学对立的方式中抽取出涵意来。”③

这里有两个关键词，第一个是“哲学对立”，第二个是“修辞学”。这是他们的核心观念，值得仔细分析。

先看第一个：把文学形象中的对立概括为“哲学对立”。他们传统的方法就是从概念到概念的演绎，似乎顺理成章，但是联系到创作实践和阅读实践就很难令人信服。很显然“哲学对立”是抽象度很高的普遍性，而文学中的对立则是感性的、个人化的。把屈原、李白与杜甫的诗都当作哲学来读，会读出怎样的精彩来？把林黛玉和薛宝钗，诸葛亮和周瑜，

---

① 参见［美］乔纳森·卡勒：《文学理论入门》，李平译，译林出版社2008年版，第16页。

② 参见［英］伊格尔顿：《二十世纪西方文学理论》，伍晓明译，北京大学出版社2007年版，第11页。

③ ［美］理查德·罗蒂：《哲学与自然之镜》，李幼蒸译，商务印书馆1987年版，第376页。

猪八戒和孙悟空，安娜·卡列尼娜和沃伦斯基当作同样的对立，则不但文学的审美价值完全丧失，而且哲学的高度涵盖性也不复存在。何况在古典抒情诗中往往并不是单纯的对立，越是心心相印、生死不渝，越是扣人心弦。在叙事文学中，其最精彩之处，并不是人物绝对的对立，而是在盟友、情人、兄弟、朋友、君臣之间情感部分重合、部分“错位”。处在同一情感结构中，心理错位幅度越大越是惊心动魄。林黛玉和贾宝玉爱得死去活来，然而又因相互折磨而令人震撼；孔明斩马谡因挥泪而深邃。把这一切的错位当成哲学的对立来解读，只能是对小说和戏剧艺术的消解。从创作方面来看，把诗当成哲学来写，在中国古代诗歌史中有失败的记录，那就是玄言诗，《文心雕龙·明诗》总结过南朝时期的诗歌创作：“庄老告退”，抽象的哲理图解退出历史舞台；“山水方滋”，感性审美的景观取而代之。20世纪30年代，左翼文艺家奉行的“辩证唯物主义”创作方法造成了公式化、概念化的问题，短短几年就为现实主义所取代。哲学创作方法在文艺思潮史上为什么这样短命，道理并不复杂。

否定文学代之而起的乃是更普遍的、涵盖面更广的文化批评。在意识形态批判上，应该说，文化批评表现了深邃的智商，开拓了前所未有的视野，取得了划时代的成就。这一点也许在学术史上应该是不可磨灭的一章。但是，这样的成就也付了代价。

首先是对于学科分工的否定。

学科分化是学术历史的进步，分工的准则当然是对象的特殊性。固然，特殊性和普遍性对立统一、相辅相成。事物之所以不断发展就是因为内在矛盾，因为矛盾的平衡是相对的，不平衡是绝对的，矛盾主导方面决定事物的特殊性质，主导方面向相反方向转化，表现为事物性质（本质）的变化。正如索绪尔所言，意义产生于区别之中。毛泽东同志认为，只有“研究矛盾的特殊性，认识个别事物的特殊的本质，才有可能充分地认识矛盾的普遍性，充分地认识诸种事物的共同的本质”[①]。普遍性与特殊性的矛盾，处于统一体中，特殊性的内涵大于普遍性。正是因为这样，毛泽东对学科分类准则这样说：“科学研究的区分，就是根据科学对象所具有的特殊的矛盾性。因此，对某一现象所特有的领域某一种矛盾的研究，就构成某一门学科的对象。”[②]文学研究的对象，就是文学本身的特殊性；只有揭示文学的特殊性，才能延伸出文化的普遍性。

其次是哲学演绎对文学审美价值的消解。

逻辑思维具有局限性。形式逻辑形成概念判断，要求归纳的全面性，但是经验受个人和历史的局限，不可能绝对无所不包。归纳要求周延，但归纳不可能全面，对于演绎推理

① 毛泽东：《毛泽东选集（第一卷）》，人民出版社1991年版，第310页。
② 毛泽东：《毛泽东选集（第一卷）》，人民出版社1991年版，第309页。

来说，不可能有绝对周延的大前提。即使周延，进行三段论演绎，也不可能产生新知识。因为周延的大前提已经把结论包括在前提里了。如果说“(一切)文学文本都应该从哲学对立中抽象出意义”，李白的《静夜思》是文学作品，故《静夜思》应该从对立中抽象出哲学意义。这不但匪夷所思，而且其推理逻辑也不能成立。因为结论已经包含在大前提“(一切)文学文本都应该从哲学对立中抽象出意义”之中了。如果不包含，而是大多数文学文本都应该从哲学对立中抽象出意义，因为大前提不周延，则不能推出。

当然，上述这一切都在说明后现代“理论”在理论上行不通，但是，理论并不是检验真理的准则，实践才是检验真理的唯一标准。马克思在《关于费尔巴哈的提纲》中说：“人的思想是否具有客观的真理性，这并不是一个理论问题，而是一个实践问题。人应该在实践中证明自己思维的真理性，即自己思维的现实性和力量，亦即思维的此岸性。关于离开实践的思维是否现实的争论，是一个纯粹的经院哲学的问题。”①这就是说，理论不但要实践来证明，而且要付诸实践，理论的局限只能回到实践中去克服、去提升。具体来说，就是回到文学创作和文学阅读的实践中去。但是后现代“理论”追求哲学的抽象的高度，越是抽象越是具有学术价值，可是离具体文学创作实践越远。至于解读文学文本的实践更是惨败。李欧梵教授曾尖锐地提出：西方文论流派纷纭，本为解读(攻打)文本而来，结构主义、解构主义、现象学、读者反应，西方马克思主义、新批评、新历史主义、女性主义旗号纷飞，各擅其胜，不一而足，各路人马“在城堡前混战起来，各露其招，互相残杀，人仰马翻”，“待尘埃落定后，众英雄(雌)不禁大失惊，文本城堡竟然屹立无恙，理论破而城堡在”。②

当然，他们也不乏洋洋大观的文章和著作攻打文本这个“城堡”，只是攻打的结果是将他们的理论变成了反讽。米勒在《小说与重复》中所直言的“解构批评”，就是把统一的文本重新拆成分散的“碎片”或部分：“就好像一个小孩将其父亲的手表拆成一堆无法照原样再装配起来的零件”③。就连对西方前卫文论敬礼有加的学者也指出，这样的文学批评变成了“文字游戏”。事实上，他们的前卫泰斗罗兰·巴特在分析巴尔扎克的《萨拉辛》时就声称，分析的关键不在于表明一种结构(structure)的有机性，而在于按照可能演示一种构成动作(structuration)。在《声音的编织》部分，他指出：“文本虽则受着某种形式的支配，这形式却不是一体的、构筑好的和完成了的：它是碎片、是截开的块段，被中断或删除的

① 《马克思恩格斯全集(第三卷)》，人民出版社1956年版，第3—4页。

② 李欧梵：《世纪末的反思》，浙江人民出版社2000年版，第274—275页。

③ [美]希利斯·米勒：《小说与重复——英国的七部小说》，王宏图译，天津人民出版社2008年版，第6页。

网络，完全是画面无限地叠化过程（fading）的进行和交易。”[①]他将《萨拉辛》分成了561个阅读段[②]，而不能将文本的内在矛盾统一起来进行全面深化的解读。就20世纪的文学创作和阅读来说，似乎并没有产生一种把文学不当成文学的潮流。作家和读者还是把只有一次的生命奉献给文学。诺贝尔文学奖并没有改称诺贝尔哲学奖，或者诺贝尔文化奖。实践雄辩地证明，这种碎片化的分析不过是一次试错，留下歪歪斜斜的脚印，为后人提供“此路不通”的警示。

虽然如此，后现代这种理论还是在20世纪90年代席卷文学理论领域。在声势浩大的理论狂欢中，不免走向极端。最突出的表现乃是福斯特在其主编的《反审美：后现代文化论文集》中提出了“拒绝审美”。[③]托尼·本内特则如其书名“超越审美”（outside Literature）所示：“文学研究需要‘超越文学’。”[④]这不是自相矛盾吗？如果文学的性质是审美的，拒绝审美，不是自我蒙蔽吗？如果文学不存在审美，“挤掉文学的审美”，岂不是无的放矢？这样的“理论”起码在逻辑上难以成立。不承认文学的独特性，文学研究失去了对象，就不可避免地成为文学的外行。马克思曾说：“对于没有音乐感的耳朵来说，最美的音乐毫无意义，不是对象。”[⑤]要听出音乐的意义必须拥有音乐的专业素养。同样要读出文学作品的奥秘，必须尊重哪怕是有起码的文学专业的修养。拒绝研究文学的特殊规律，不是甘于永远做文学的外行吗？在这样的困境面前，难怪他们自己也有人承认“理论死了”。美国解构主义学者希利斯·米勒说得比较委婉：“文学只是多种文化象征或产品的一种”，只能“与电影、录像、电视、广告、杂志等一起进行研究”，“文学”作为一个“范畴已经日益失去了它的独特性”，文化研究“使文学似乎成了文化和多元文化许多相似记录中的一种——并不比日常穿衣、行路、做饭或缝衣有更多或更少的光辉”。[⑥]

虚化文学缘于文学缺乏一个可以定义的超越时间、空间的本质。而以文化作为前提，意味着它有一种超越时空的本质。从思想方法上则陷入悖论：一切都是相对的，而文化则是绝对的。一切固定的本质是一种形而上学，而一切都没有本质难道不是另外一种形而上学吗？

原始要终，对于文化这个理念，有必要作进一步的考察。

“文化”这个词是从西欧翻译过来的，和文学一样也是在300年以前才产生的。英国18

① [法]罗兰·巴尔特：《S/Z》，屠友祥译，上海人民出版社2000年版，第84页。

② 参见[法]罗兰·巴尔特：《S/Z》，屠友祥译，上海人民出版社2000年版，第341—381页。

③ 参见Foster, Hal, *Postmoden colture*, London: Pluto Press, 1985.

④ Bennet, Tony, *outside Literature*, London: Routdedge, 1990.

⑤ [德]马克思：《马克思1844年经济学哲学手稿》，人民出版社1985年版，第82页。

⑥ [美]J.希利斯·米勒：《“全球化”对文学研究的影响》，《重申解构主义》，郭英剑等译，中国社会科学出版社2000年版，第324—325页。

世纪工业革命带来了生产力的伟大飞跃。他们用civilization指称城市生活中科技物质的发明，如电灯、火车、自来水等。日耳曼人将civilization代之以culture。英语civilization所指的是城市物质的交流，而culture的词源乃是指田野农业，是从土地上由人的身体和精神创造出来的，后来成为欧美通用的词语。文化涉及面极其广泛，除了大自然以外，可谓是绝对意义上的包罗万象，凡是人所涉及的物质的和精神的，都可以归入文化范畴之内。外延这么广博无垠，按照他们反对形而上学的逻辑，无所不包的文化观念应该更带“形而上学”“本质主义”的性质。

以文化研究代替文学研究，在逻辑上还有一个明显的可质疑之处。固然，文化的内涵应该是人类一切生活（文学、电视、电影、服装、饮食、风俗等）的最大公约数，文学的特殊性被抽象了。既然文化研究可以超越文学的审美特性，反过来说，文学研究也可以把文化的普遍性用现象学的办法“悬置”起来。以文学独特的规律为对象，形象的生命乃是审美感性的个别性、唯一性、不可重复性，而文化价值则是普遍性。这不但抽象掉了文学的，而且也抽象掉了电视、电影甚至广告、装饰的特殊性。当然，文学中也有文化价值，但是只有在文学形象的独特性得以充分揭示的前提下才能显示出来。和文学研究一样，服装、电影、电视等的任务是研究自身的特殊规律，只有在这个基础上，才能从中概括出文化的普遍性。特别是电视、电影，其剧本乃是一剧之本。对文学作文学的研究，那就更是天经地义。对于文学理论而言，只能从文学的特殊性中才能揭示出文化，而不可能从文化的普遍定义中演绎出文学的特殊性，正等于在水果的普遍性中抽象不出苹果的特殊性。

对于西方后现代“理论”来说，还有一个不无尴尬的“正名”问题，名不正则言不顺。既然认定文化研究的优胜在于消解文学研究，可是其著作的名称却大都是《文学理论》《文学理论入门》《二十世纪西方文学理论》《“全球化”对文学研究的影响》，等等。西方理论家往往回避这样的尴尬，但是，我们为了在理论上成全其合法性，提出了“没有文学的文学理论”[①]。这种悖论，隐含着更大的逻辑危殆。如果有“没有文学的文学理论”可以违反形式逻辑的反矛盾律，循此逻辑类推，就应该有：没有历史的历史理论，没有电影的电影理论，没有广告的广告理论，甚至没有文化的文化理论，没有哲学的哲学理论。

虽然如此，“反审美”还是在20世纪90年代前后“君临天下”，倡言审美被视为落伍，更有甚者认为“审美”乃是一种“乌托邦”。[②]

否定文学的最重要的根据是文学没有稳定的定义，但是，这种定义是内涵定义。概念

---

① 参见金惠敏：《没有文学的文学理论——一种元文学或者文论“帝国化”的前景》，《文艺理论与批评》2004年第3期，第89—91页。

② 参见李青春：《在“文学”面前“理论”何为——略论近年来文学理论研究中的几个热点话题》，《河北师范大学学报》（哲学社会科学版）2022年第5期，第86—100页。

性的内涵不管有多大的不足，文学的外延却是现实的存在，这是无法回避的。后现代“理论”不得不有所反思，于是有了所谓的“后理论”的转向。这就催生了“新审美主义”。约翰·约京和西蒙·马尔帕斯主编的《新审美主义》论文集可能可以作为一种标志。其导言批判反审美主义，“经常丢失的是作为分析对象的特异性，或者准确地说，它作为审美对象的特异性”，“也许是进行一种新审美主义的时候了”。① 文集的不少作者不是从文化批评的概念出发进行演绎，而是从西方经典文本，诸如对卡夫卡和莎士比亚的作品进行了深入分析，强调审美的自主性。克里格的著作就名为“美学的复仇”，他认为，“美学可以通过揭示一种使意识形态复杂化的力量对意识形态复仇，这也是一种破坏的力量”。②

这对于流行于西方的反审美浪潮不啻当头棒喝。由于新审美主义者并不在意建构一种系统的理论，因而他们更多倾向于在反审美的政治意识形态与回归审美的复仇之间进行某种平衡，不免有所折中。克里格说，“诗歌是为了将潜意识中的意识形态推动和突出，并消除被意识形态伤害的思想模式（mind-set）以及语言模式（language set）”③。“思想模式”和“语言模式”的并列，说明新审美主义与卡勒否定审美的“理论”的“修辞学”和“哲学对立”两个关键问题息息相通，特别是语言中心论这一点上，使得后现代“理论”的领军人物卡勒在回归文学上就并不困难了：“那些常常被看作是‘理论’的东西，就‘学科’而言，其实极少是文学理论，例如它们不探讨文学作品的区别性特征及其方法论原则”；他对“文学”所作的阐述：首先是“文学是语言的突出”，其次是“文学是语言的综合”，第三是“文学是虚构”，第四是“文学是审美对象”，最后是文学是“互文（本）性”（intertexuality）或者叫“自我折射的建构”。④ 其中“文学是虚构”则近乎空话，因为绘画、音乐、舞蹈、电影也是虚构。就算“文学是审美对象”，是多种艺术的普遍性，并没有解决卡勒自己提出的“文学作品的区别性特征”的课题。

从否定文学的“理论”到后理论肯定文学，表面上一百八十度大转弯，实质上，其核心——语言修辞论一仍其旧。

正如米勒所宣称的：“当今许多人宣称：修辞性的阅读已经过时，甚至是反动的，已经不再必要或需要。面对这样的宣言，我对原文仔细阅读的方法仍然抱着一种顽固的、倔强

---

① Joughin, John J., and Simon Malpas, eds., *The New Aestheticism*, Manchester & New York: Manchester UP, 2003, p. 9-10.

② Michael P. Clark ed., *Revenge of the Aesthetics—The Place of Literature in Theory Today*, Berkeley: University of California Press, 2000, p. 11.

③ Murray Krieger, “My Travel with the Aesthetics,” in Michael P. Clark ed., *Revenge of the Aesthetics—The Place of Literature in Theory Today*, Berkeley: University of California Press, 2000, p. 230.

④ [美]乔纳森·卡勒：《当代学术入门：文学理论》，李平译，辽宁教育出版社 1998 年版，第 29—36 页。

的，甚至是对抗性的申辩。”[①]而新批评的细读囿于反讽、悖论等，局限于修辞范畴。他的细读不过就是把文本读成“碎片”。无独有偶，卡勒在否定文学时，把文学当作一种虚构的修辞学构造物，而在回归文学特殊性时，对“文学”的理解还是“文学是语言的突出”，“文学是语言的综合”。[②]语言的“修辞性”似乎以不变应万变。

不过米勒此时不得不承认文学的存在了，他改口应该把文学当作文学，不过对文学的内涵进行置换。他提出有两种“文学”：一是“第一种意义上的”（狭义的），指有着特定时间、空间的，被人为地建构起来的文学；二是“第二种意义上”（广义的），超越时间、空间的“文学”。随着信息技术的发展，狭义的文学“行将消亡”。[③]这种对文学消亡的宣判正在被文学的空前发展所证伪。信息技术高度普及，网络文学兴起，文学不但没有“消亡”的迹象，反而正风起云涌，方兴未艾。从理论上说，文学传播手段的变化和发展，不但不会淘汰文学，相反有助于其发展。口头传唱的民歌，一旦为文字所记录固定下来，更有利于加工提高，使得本为民歌的“国风”成为经典。同样，文言小说转化为说书人的现场口头讲述，转化为书面的白话小说，化粗为精，产生了《三国演义》《水浒传》那样的不朽经典。信息技术的发展使文学作品的纸质文本似有消减之势，然而并没有终结文学，相反，迅速传播的电子文本大大超过了纸质文本的阅读量。至于所谓广义的“文学”或“文学性”是超越时间、永恒的，实质上只是“新批评细读”的修辞，而修辞并不是文学的特征，而是人文科学乃至自然科学所共同的语用手段。其范围是局部的，其功能是说明抽象的理性观念，与文学的情感逻辑不同。

米勒的说法，归纳起来就是：第一，否定了（狭义的）传统文学；第二，他所肯定的广义的修辞文学，并不是文学。在思想方法上，则是从否定文学的相对主义走向了肯定“文学性的”绝对主义。尽管如此，西方理论的强势文化却有很大的迷惑性，以致论者以为他们提出了“两种文学性”：一种是形式主义的文学性观念，“旨在抗拒非文学对文学的吞并”；另一种则是后理论时代旨在借用文学性概念“倡导文学对非文学的扩张”。[④]其实这话说反了。第一，修辞先于文学，而不是文学先于修辞。从《尚书》《道德经》《论语》《孟子》等先秦诸子文献和游说之士“喻巧而理至”，“飞文敏以济辞”（《文心雕龙 · 论说》）

---

① ［美］J. 希利斯 · 米勒：《论全球化对文学研究的影响》，郭英剑编译，《当代外国文学》1998年第1期，第161页。

② 参见［美］乔纳森 · 卡勒：《当代学术入门：文学理论》，李平译，辽宁教育出版社1998年版，第29—36页。

③ 参见［美］希利斯 · 米勒：《文学死了吗》，秦立彦译，广西师范大学出版社2007年版，第7—8、21页。

④ 参见姚文放：《“文学性”问题与文学本质再认识——以两种“文学性”为例》，《中国社会科学》2006年第5期，第157—166、208—209页。

的盛况空前，陆续扩张到几乎每一种文体中。《文心雕龙》在宫廷政治性质的公文诏、策、奏、议中还特别留出一种文体叫作“表”是可以抒情的，李密的《陈情表》和诸葛亮的《出师表》等等，成了不朽的经典。并不要等到两千多年后，西方权威振臂一呼，才恍然大悟去向非文学性扩张。第二，文学史证明，非文学从来没有“吞并”过任何文学。

其实，不管是乔纳森·卡勒把“文学”“当作一种虚构的修辞学构造物”，还是米勒把文学当作“文字或其他符号的一种特殊用法”，乃至新审美主义的“语言模式”的语言决定论的线性思维，都似乎成了一种透明的罗网，让权威学者如同身处跑步机，在时间上不断前进，实际在空间上却原地踏步。就是反审美和审美的“复仇”，也都在这个罗网之中。表面说的是美学，可是并没有涉及美学的核心。美学作为感性学，其基础乃是人的心理，核心是情感。但是，从俄国形式主义到新批评前赴后继都对心理持否定态度。俄国形式主义者日尔蒙斯基说：“诗的材料不是形象，不是激情，而是词。”[①] 雅可布森说得更坚决：“诗歌性表现在哪里呢？表现在词使人感觉到词，而不是所指之对象的表示者，或者情绪的发作。”[②] 新批评派的瑞恰兹说得更加武断：“试图把美与情纳入划一的分类则是令人不堪的歪曲，现已普遍为人放弃。”[③] 事实和瑞恰兹说的相反，被摒弃的恰恰是反情感的语言中心论。20世纪初，最早提出以语言的陌生化（остранение）取代内容与形式的俄国形式主义代表人物维·什克洛夫斯基在20世纪80年代不止一次说：“我曾说过，艺术是超于情绪之外的，艺术中没有爱，艺术是纯形式，这是错误的。”[④]

这就迫使他们不得不对语言作出调整，提出了一个学术范畴“述行”（performativity，亦译作“施为”）。卡勒用“叙述的、修辞的、施行的特质”表述“文学性”[⑤]。希利斯·米勒也认为在文学作品中，述行（施为）性语言（performative language）与（非文学的）记述（constative）不同，记述是“指事物的状态，比如说‘外面在下雨’”，“是可以证实其真伪的”，而“述行”则是指“用语词来做事”，“事实不存在的，至少是除了词语之外无法实现”。“文学中的每句话，都是施为语言链条上的一部分，逐步打开在第一句话后开始的想象域。词语让读者能到达那个想象域。这些词语以不断重复、不断延伸的话语姿势，

---

① ［俄］日尔蒙斯基：《诗学的任务》，［俄］维克托·什克洛夫斯基等：《俄国形式主义文论选》，方珊等译，生活·读书·新知三联书店1989年版，第83页。

② 参见《马克思主义文艺理论研究》，编辑部编选《美学文艺学方法论（下册），文化艺术出版社1987年版，第530—531页。

③ ［英］艾·阿·瑞恰兹：《文学批评原理》，杨自伍译，百花洲文艺出版社1992年版，第7页。

④ ［苏］维·什克洛夫斯基：《散文理论》，刘宗次译，百花洲文艺出版社1997年版，“前言”，第6页。

⑤ 参见 Jonathan Culler, *The Literary in Theory*, California: Stanford University Press, 2007, p.18.

瞬间发明了同时也发现了那个世界。”[①]“述行”或者“施为”概念很新颖，也颇为玄虚。实际上为文学定位的两个关键词，即“虚构”与“想象”，似乎是经不起推敲的。

首先，非文学的虚构太多了，作为地理书的《山海经》、佛经、道藏、情报机构发出的假新闻，等等，比比皆是。其次，作为声音象征符号，不管是文学的还是科学的，本来就不可能直接诉诸对象，而是唤起经验和想象。类似“述行”语言的特殊用法，并不是文学所特有的，例如，中国历史叙述的春秋笔法，严格限于记言、记事，表面上价值中立，实际上微言大义，寓褒贬于用词之中，如果不能触发读者的想象和信赖，怎么可能“使乱臣贼子惧”？

至于说“述行”语言的特点是“不断重复”，英语修辞比之汉语修辞更忌惮重复使用同一个词。而“不断延伸”，没有省略，没有留白，可能成为流水账。事实上米勒在分析西方经典时，并没有显示出“不断延伸”。米勒在《小说与重复：七部英国小说》中分析《德伯家的苔丝》就选择了女主人公的红丝带，传教士涂写的字句，雪茄烟头的红光，房间里阳光照耀下赤热的火钳花，等等。[②]这些重复的细节跨越了好几个章节，并不是不断延伸的，完全打破了小说情节人物性格的完整性。

后现代“理论”强势地风靡华夏。理论拒绝审美，我们追随了，后理论号称恢复审美，我们又追随了，甚至米勒近年宣布：在西方没有一套理论“包括解构主义”“可以保证有效地阅读”，“我的结论是，理论与阅读之间是不相容的”。[③]我们还是不改追随之瘾。虽然，广大作家和群众并没有停止海量的文学创作和文学阅读，却眼睁睁地看着理论和实际脱轨几十年，仍然执迷于西方的理论。我们长期自甘失语的根源之一乃是误以为欧美文化是最先进的，用不着分析他们的局限性，完全忘却了学习西方文论的目的乃是“再造文明”[④]。

实际上，相对于最新的信息论、人工智能来说，他们的语言决定论是落伍的。

语言固然是人类区别于动物的最大特征。人类的思维，从概念、判断到推理大都要借助语言声音符号。但是，语言的局限是它的不精确性，越是基本的概念越是不精确，越是难以定义。什么是好、什么是坏，什么是情感，什么是思想，什么是时间，甚至连什么是一，什么是二，都不清楚。为了把语言建立在精确的基础上，英国哲学家罗素用了几百页的篇幅来证明一加一等于二。我国的禅宗讲求佛祖拈花，迦叶尊者一笑，比得上千言万语，

---

① ［美］希利斯·米勒：《文学死了吗》，秦立彦译，广西师范大学出版社2007年版，第57—58页。

② 参见［美］J. 希利斯·米勒：《小说与重复：七部英国小说》，王宏图译，天津人民出版社2008年版，第1—2页。

③ ［美］J. 希利斯·米勒：《J. 希利斯·米勒致张江的第二封信》，王敬慧译，《文学评论》2015年第4期，第8—12页。

④ 胡适在《新思潮的意义》中说过：“研究问题，引进学理，整理国故，再造文明。”原载《新青年（第七卷）》第一号。

以不立文字不落言筌为上。而中国古典诗学中的可意会而不可言传，意在言外，言有尽而意无穷，不着一字，尽得风流；还有科学家和文学家的灵感，都似乎是“不可能呈现于语言”，但并不是“不可能进入人的意识”。如今用脑神经相关理论、信息论、计算机功能等的最新发现来看，言外之意，是进入了人的意识的，而且成为一种“默知识”，成为语言交流的基础。

关于语言局限性的正面回答并不难：第一，五官接受的全部信息在大脑储存之时极度地简化了；第二，人类向大脑传送的信息和表述在速率上悬殊太大了。人类五官接受信息的速度，以每秒为单位，可以简明表述如下：

眼睛：（视觉）——每秒一千万比特（bytes）

躯体：（触觉）——每秒一百万比特

耳朵：（听觉）——每秒十万比特

鼻子：（嗅觉）——每秒一万比特

味觉：（舌头）——每秒一千比特①

仅仅是一秒钟，信息量却如此巨大，可人类的语音表达太慢了，远远赶不上所接收的信息。语音所能表达的每秒只能有几十个比特。比如读书，平均每分钟能读300字，每秒钟5个字，每个字由8个更小的单位bytes组成。故5个字相当于40个比特（bytes）。语言表达的数量与大脑接收和储存之以千百万计的信息差距太大。极其丰富的世界只能用极其贫乏的语言表达，这就是人类语言的基本困境。②但是，这只是说，不可能用简明的语言表态，而用科学的语言却是可以表达的。

英国哲学家波兰尼为此举了一个很生动的例子，如果你问骑自行车的人怎样才不会倒下，答案是“车子往哪边倾斜，就往哪边打车把”。为什么要这样？因为从物理学来说，车子朝一个方向打车把，会产生一个相反的离心力让车子保持平衡。我们可以精确地计算出车把的弯转半径应该和速度的平方成反比。但是，谁能够精确地把弯转的半径控制在速度的平方的反比呢？骑车人不过凭着躯体平衡感觉，调节而已。这种平衡的自发性，没有办法用日常语言表达出来，只能以复杂的科学的专业语言表述。波兰尼在《个人知识》中，把这种自动化的能力叫作“默知识”，把可以用日常语言表达出来的叫作“明知识”。③他提出人的认识、交流，一是靠有声语言，二是靠超越声音符号的全感官的“默知识”，简称为“默会”，“为了更全面地描述经验，语言必须不那么精确”，“只有在这一默会因素的帮助下

① ［美］王维嘉：《暗知识：机器认知如何颠覆商业和社会》，中信出版社2019年版，第22页。
② ［美］王维嘉：《暗知识：机器认知如何颠覆商业和社会》，中信出版社2019年版，第20—23页。
③ ［美］王维嘉：《暗知识：机器认知如何颠覆商业和社会》，中信出版社2019年版，第20—25页。

我们才能对经验有所谈论”。[①]

人类在所能传达的信息中，文字只占极小的比例，可能是冰山一角和整个海洋之比。大量的信息靠图片或者视频方式传达。而语言则靠“默知识”传达，用汉语来说就是心领神会，一个无声的眼神、一个笑容、一滴眼泪、一种气味，引发全息感知的“默会”，胜过千言万语。西方文论之失，把文学当作词语的陌生化，这就和人的本能性的默知识，也就是人的心理、人的情志完全脱离了。

二

波兰尼在《个人知识》中说，我会骑自行车，或在20件雨衣中，挑了我自己那一件，我不能清楚地说出原因。但并不妨碍我会骑自行车，挑选自己的雨衣。我不知道我的知识，因此也不能讲清楚这些知识的细节，但在一个“三维聚合体的局部解剖结构时，我知道并能描述它的细节。可无法描述这些细节之间的空间结构关系”。但是“在空间局部结构中，言述却没有受到这样的限制，该结构的细节是完全可知的。这里的困难完全在于这些细节随后的整合。而言述的缺陷只是因为这些整合过程，缺乏形式化的指导”。[②]

波兰尼提出的这个问题的关键是，结构—细节的整合，就是西方后理论所谓“述行”所不能回答的。因为所谓述行，也只是句子之间的关系；而文学文本不是以词或句子为单位的，而是以一整套句子建构成的有机的结构为单位的。结构的功能大于要素（句子）之和，其唤醒的默知识要大大高于不成结构的句子。

一个世纪以来，这样的问题在他们的想象之外，从反审美到新审美，总是在语言修辞中心论中无效地盘旋。实在无话可说了，后现代文论的泰斗才公然宣称，“理论与阅读是不相容的”。这无疑宣判了他们的文学理论无合法性。西方理论在文学面前徒叹奈何。对于中国文学理论来说，应当以实践真理论和辩证法分析批判其百年失语的原因，学习其最先进的理论成就（如信息论的默会），结合我国优秀的文学话语传统，建构起我们民族的新时代的文学理论的原创性理论。

当然，波兰尼感到困难的是把细节整合为结构时“缺乏形式化的指导”。这个任务，西方文论不能胜任。根源在于在方法论上，其总是从理论到理论的演绎。但文学理论应该是从文学创作和阅读实践中来的。理论并不是第一性的，文本才是第一性的。我们要有原创性，首先就应该对作品进行第一手的直接概括。只要系统解读海量的文学文本，似乎并不

---

① ［英］迈克尔·波兰尼：《个人知识——朝向后批判哲学》，徐陶译，上海人民出版社2017年版，第100页。

② ［英］迈克尔·波兰尼：《个人知识——朝向后批判哲学》，徐陶译，上海人民出版社2017年版，第104页。

难发现这种“形式化的指导”的特点是不同于科学、哲学的。

文学与科学、哲学之间的区别在于逻辑结构不同。在科学、哲学中，逻辑是理性的，必须遵循形式逻辑的同一律、反矛盾律、排中律、充足理由律，概念不得自相矛盾，辩证逻辑则要求全面性，不得绝对化。而在文学形象的整体结构中，其逻辑恰恰相反。例如，在中国古典诗歌中，思妇母题有大量的杰作，其中苏轼的词《水龙吟·次韵章质夫杨花词》堪称绝唱。一开头就是“似花还是非花”，这是违反同一律的，结尾是“细看来，不是杨花，点点是，离人泪”，这是违反排中律的。然而其精彩就精彩在整体结构两次违反逻辑造成的超常的“惊异”，如今仍能引起读者的共鸣，奥秘全在激发起默知识全方位的想象。

文学情感逻辑的特殊性还有其异于辩证逻辑。朋友送别是古典诗歌普遍的母题，如果仅仅作文化哲学分析，为诗送别则是中国古代堪以自豪的精英文化的普遍性，但是脍炙人口的杰作则贵在普遍性中显示强烈的特殊性、唯一性。王维的《送元二使安西》：“劝君更尽一杯酒，西出阳关无故人。”欢送友人安西赴任，任上当然不乏中原官员，而王维却说除了我，你一个朋友都没有了。这种绝对化，强化了惜别情深。而高适的《别董大》：“莫愁前路无知己，天下谁人不识君”，则是反向的绝对化。即使离别了我，你的朋友也遍天下。这种绝对化强烈激发读者的默知识。再如陶渊明《饮酒》之五中的“此中有真意，欲辨已忘言”，不言胜于明言。这在以意境取胜的诗中最为明显：贾岛的《寻隐者不遇》中云：“松下问童子，言师采药去。只在此山中，云深不知处。”有因无果，不了了之。没有什么修辞，更谈不上西方诗论的什么陌生化、反讽、悖论，却成为以苦吟字句为务的贾岛难得的神品。就是因为全诗“形式化”的“整合”功能，蕴含着默会。寻友不遇，没有失望、扫兴，也不追问何时可归，理解朋友作为隐者，来去自由无挂无碍。皎然的《寻陆鸿渐不遇》则相反，“叩门无犬吠，欲去问西家。报道山中去，归时每日斜。”太阳西下时，就会归来了。这一说明，默会被直接消解，意境被破坏，成为败笔。

默会的特点就是不言胜于明言，原因全在形式的整体性的非逻辑空白中。

其次，我们的古典文学理论中也有相当独创的理论资源。

康德讲审美的“非逻辑性”①；新批评的理查兹提出诗歌“逻辑的非关联性”②；布鲁克斯提出了“非逻辑性”③，说：“如果诗人忠于他的诗，他必须既非是二，亦非是一：悖论是他

① 参见[德]康德：《判断力批判》，宗白华译，商务印书馆1987年版，第39页。

② 参见[美]约翰·克罗·兰色姆：《新批评》，王腊宝、张哲译，江苏教育出版社2006年版，第8页。

③ 布鲁克斯说：“邓恩在运用‘逻辑’的地方，常常是用来证明其不合逻辑的立场。他运用逻辑的目的是要推翻一种传统的立场，或者‘证实’一种基本上不合逻辑的立场。”[美]布鲁克斯：《精致的瓮：诗歌结构研究》，郭乙瑶等译，上海人民出版社2008年版，第196页。

唯一的解决方式"[①]。新批评拘执于其悖论之类的狭隘观念，就是不能充分阐明非逻辑性为何没有导致呓语、荒谬，反而成为了诗。

我国古典诗话家在17世纪就发现了这种非逻辑的、非理性的魅力在于其与情感的关系。清代沈雄和贺裳提出了抒情的"无理而妙"说，深邃地指明无理向有情转化的条件。吴乔在《围炉诗话》中加以发挥："理岂可废乎？其无理而妙者，如'早知潮有信，嫁与弄潮儿'，但是，于理多一曲折耳。"[②]"无理而妙"，妙在"于理多一曲折"。同时代的徐增作出回答："此诗只作得一个'信'字。……要知此不是悔嫁瞿唐贾，也不是悔不嫁弄潮儿，是恨'朝朝误妾期'耳。"沈雄《柳塘词话》卷四说："词家所谓无理而入妙，非深于情者不辨"。这里无理就转化为深情。因为太期待，太爱，就变成了"恨"。并不是绝对无理，而是"于理多一曲折耳"。"曲折"就是转化，属于另外一种"理"，也是有其逻辑性的，这就是情感逻辑。正是这种情感逻辑的矛盾的极端性，超越了人们习以为常的理性逻辑，导致对想象的冲击，调动了、盘活了海量的默知识的储存。

情感逻辑异于理性逻辑，不仅存在于诗歌中，而且普遍存在于小说、戏剧中。例如关公为了义、不顾忠，华容道上，冒着军法处置的风险，放走了曹操；杜十娘、林黛玉、安娜·卡列尼娜发现爱情落空了就连生命都不要了。越是反实用理性逻辑，对心理的冲击力越大，调动默知识的能量也就越大，审美价值也就越高。

西方理论家对此之所以视而不见，乃是因为情感逻辑并不呈现于文本的表层，而在语言的表层以下的默知识之中。语言修辞中心论中，单因单果的思维是线性的。而文本并非线性的，甚至也不是平面的，而是立体的结构。

文学文本是三个层次的立体结构。文学形象的第一层次为词语（细节、意象）的时空连续性，或某种跳跃性，是一望而知的、显性的。而其感人的情志，则以"无理而妙"的逻辑隐藏于其下。在诗歌中叫作意脉，而在散文中则是文脉，是文本的精神所在，是隐性的，这还只是形象文本的第二层次。而其第三层次乃是形式。不管是表层的意象（细节）还是中层的文脉（意脉），其都受到文学形式的规范而且具有一定的弹性。第三层次则更加隐秘。歌德说："对于多数人却是一个秘密。"[③]这对执着于文化政治理性的西方文论来说，

① [美]布鲁克斯：《精致的瓮：诗歌结构研究》，郭乙瑶等译，上海人民出版社，2008年，第21页。

② [清]吴乔：《围炉诗话（卷一）》，郭绍虞编选：《清诗话续编（上）》，上海古籍出版社，1999年，第477—478页。

③ 朱光潜将这句话译为，歌德说："材料是每个人面前可以见到的，意蕴只有在实践中须和它打交道的人才能找到，而形式对于多数人却是一个秘密。"（朱光潜：《西方美学史》，人民文学出版社1979年版，第420页。）宗白华先生译为："文艺作品的题材是人人可以看见的，内容意义经过一番努力才能把握，至于形式对大多数人是一个秘密。"（宗白华：《美学漫话》，长江文艺出版社2008年版。）

就更是秘密了。殊不知不同形式调动的默知识各有不同，才是审美感染力丰富多彩之所在。

文学的真正的特殊性在于主观情感某一特征通过想象、同化了客观的对象的某一特征，成为意象，其二维结构只能是形象的胚胎，意象只有统一于形式才能构成特殊的文学形象。文学形象是情感特征与对象特殊特征与形式特征的三维结构[①]，有了形式这第三维，形象才具有了艺术生命。

不管什么语词，到了文学形象的三维结构中，都会发生变化。清代诗话家吴乔概括为“形质尽变”，他这样辨析诗与文的关系：“二者意岂有异？唯是体制辞语不同耳。意喻之米，文喻之炊而为饭，诗喻之酿而为酒；饭不变米形，酒形质尽变；啖饭则饱，可以养生，可以尽年，为人事之正道；饮酒则醉，忧者以乐，喜者以悲，有不知其所以然者。”[②]他天才地把诗与文的关系比喻为米（原料）、饭和酒的关系。这里的散文主要是“文为人事之实用，诏敕、书疏、案牍、记载、辨解，皆实用也”[③]。由于是实用文体，如米煮成饭，不改变原生材料（米）的形状，而诗是抒情的，感情使原生材料（米）“尽变米形”成了酒。不但形变了，而且质地也变了。

文学形象的三维结构，其功能不但是量的增加，而且是质的变异。文学形式是规范形式，与一般的原生形式不同，一般原生形式随生随灭，与内容不可分离，无限多样；而文学形式是有限的，在千百年的反复运用中已成为审美积淀的范式，有些（如律诗、绝句、词）甚至规格化了，可以不断重复运用，与内容是可以分离的。它不是被内容决定的，而是可以强迫内容就范的，并能够预期、衍生，甚至如席勒所言是可能“消灭”内容的。[④]文学形式成为主观情志特征和客观对象特征统一的载体，在长期的创作实践中从草创走向成熟，积淀着审美的历史的经验，成为作家在历史水平起飞的跑道。

正是因为这样，世界上可以有普遍意义上的哲学家、语言学家，而不存在抽象的作家，只有具体的小说家、诗人、散文家。作家的艺术水平在很大程度上取决于对文学形式的细微的区别的驾驭。文学形式不但是多样的，而且也有一个从草创到发展、再到衰落的历史过程。哲学化的文学理论就不可能在不同形式乃至同样的形式中演绎出文本的独特性和形式在成熟过程中的局限性，更不可能从中洞察出个人风格对普遍形式的冲击。

仅仅从理论到理论的批判是不够的，结合文本更重要，只要把它拿到文本中来，系统

---

① 参见孙绍振：《形象的三维结构和作家的内在自由》，《文学评论》1985 年第 4 期，第 10—25 页。

② [清] 王夫之等撰：《清诗话》，上海古籍出版社 1978 年版，第 27 页。类似的意思在吴乔的《围炉诗话（卷二）》中有更为详尽的说明。

③ 郭绍虞编选：《清诗话续编（上）》，上海古籍出版社 1999 年版，第 479。

④ 席勒的原话是：“艺术大师的独特艺术秘密就是在于，他要通过形式消灭素材。”（[德] 席勒：《美育书简》，徐恒醇译，中国文联出版公司 1984 年版，第 114 页。）

验证，就不难看出其语言—修辞—述行中心论脱离了情感审美，更严峻的乃是脱离了文学形式，造成了长期的从理论到理论的空转。限于篇幅，本文只能以逻辑枚举为例。

李隆基与杨玉环的故事，在白居易的《长恨歌》中体现出，爱情是生死不渝的，即使死了，成了仙，天人两隔，爱情还是专一不变的，绝对的：永恒的心心相印成就浪漫的诗意。而在宋人的小说《杨太真外传》中，杨玉环与安禄山是有染的。在清代洪昇的《长生殿》中，李隆基并不专一，杨玉环因吃梅妃和自己姐妹的醋而被遣归，李隆基两次不能忍受思念的痛苦而将其迎归。情感一再发生错位，才有戏。

就是从狭义的修辞学来看，在诗中是精彩的，到了散文中却是断裂的。陈鸿的小说《长恨歌传》中描写从安禄山起兵叛乱到唐明皇仓皇逃出长安："及安禄山引兵向阙，以讨杨氏为词。潼关不守，翠华南幸，出咸阳。"对小说来说，情节的连续性是必要的。而在《资治通鉴》这样的叙事性历史散文中，描述李隆基出逃这一天"百官朝者十无一二"，是非常狼狈的："上移仗北内。既夕，命龙武大将军陈玄礼整比六军，厚赐钱帛，选闲厩马九百余匹，外人皆莫之知。乙未，黎明，上独与贵妃姊妹、皇子、妃、主、皇孙、杨国忠、韦见素、魏方进、陈玄礼及亲近宦官、宫人出延秋门，妃、主、皇孙之外者皆委之而去。"① 这是在历史散文中，过程和细节交代清楚才成文章，可要全写到诗里去，诗情就可能被窒息了。而在《长恨歌》中，则是"渔阳鼙鼓动地来，惊破霓裳羽衣曲"。1600里的距离，六个多月的时间，鼙鼓一擂，长安就地震，杨贵妃立马就停止了舞蹈。仅两个意象在小说中是构不成情节因果的，而在诗歌中，这种因果恰恰是精彩的。"在天愿作比翼鸟，在地愿为连理枝"，说的是爱情是超越空间的；"天长地久有时尽，此恨绵绵无绝期"，说的是爱情是超越时间的。这种绝对化是超现实的，但这恰恰是古典浪漫爱情的亮点。

从语言上来说，形式和亚形式的语言规范并不在修辞，而在句法结构。

李隆基从四川回到长安宫殿："归来池苑皆依旧，太液芙蓉未央柳"。其中第二句，谈不上修辞、述行，两个并列的词组在语法上构不成句子。这样的诗句，并非罕见，如"千里莺啼绿映红，水村山郭酒旗风"，其中第二句是三个词组和一个名词。没有谓语，在语法上是不完整的，但作为诗却是很精练的。这是近体诗中才有的新句式，是诗经、楚辞、汉魏古诗乃至齐梁以来的诗歌中所没有的，表明近体诗的突破：语法句与诗句的分化，诗法高于语法，突破语法的完整。西欧诗句则绝对服从语法结构的完整，诗句不得不跨越数行（enjambment 或者 run-on lines）甚至跨越两节。而在中国古典诗歌中这种属于近体格律诗形式，由于其巨大影响，还侵入了非格律的古风歌行。这并非个别现象，而是形式化的规律，如岑参的《白雪歌送武判官归京》中亦有"中军置酒饮归客，胡琴琵琶与羌笛"。

① [北宋]司马光：《资治通鉴·唐纪三十二》，甘肃民族出版社2003年版，第3605页。

形式不但是多元的，形式和亚形式的语法也各有其特点。近体格律分为对仗句和散句，均以两个诗句为一组。到了词里，可以出现以“领字”引起的数个语法句，如苏轼的《念奴娇·赤壁怀古》中以一个“遥想”引出了“公瑾当年，小乔初嫁了，雄姿英发。羽扇纶巾，谈笑间，樯橹灰飞烟灭”，打破了近体诗散句和对仗句两句的关联，各联之间在句法和逻辑上省略连接词。

这样的三维立体形式化的结构是西方“理论”和“后理论”的哲学二维、语词一维的线性思维模式所无法抵达的。

不论是理论，还是后理论，不论是反审美还是新审美，都不约而同地视文本为现成的产品，以被动接受为务，即使接受美学、读者中心论，强调接受的主体性，文本也仍然是固定的，接受仍然是被动的。结果的单一性遮蔽了复杂的原因。正如，花是红的，美观的，很单纯。可是花为什么这样红？其涉及生物、物理、化学、光学等方面的原因却被遮蔽了。在杜牧的诗中，“霜叶红于二月花”；而在戚继光那里，“繁霜尽是心头血，洒向千峰秋叶丹”，这种在一刹那激发起来的整个生命积淀的各不相同的默知识才是诗的灵魂。

拘泥于被动接受作家创造的结果，就不可能洞察造成结果的原因。早在20世纪，海德格尔就已指出：“完全根据作品自身来描述作品的作品存在，这种做法业已证明是行不通的。”要洞察其原因，就要化被动为主动。如何化被动为主动，他正面指出：“作品的被创作存在只有在创作过程中才能为我们所把握。在这一事实的强迫下，我们不得不深入领会艺术家的活动，以便达到艺术作品的本源。”[①]西方学界，几乎没有什么人听懂了海德格尔进入“艺术家活动”的提示。可能因为作家创作的过程已经是过去式，而其成品已经把“艺术家活动”掩盖起来了。中国古典小说理论家张竹坡在评点《金瓶梅词话》时指出：作者呕心沥血，匠心独运是讲究针线细密，伏脉千里，草蛇灰线，用了曲笔、逆笔、藏笔，追求曲得无迹，逆得不觉，所谓“藏一部大书于无笔处也，此所谓笔不到而意到也”。张竹坡反复强调“看官每为作者瞒过了也”，“读者要被他瞒过去也”，“妙矣，作者又瞒过看官也”。[②]显得生活本来如此天衣无缝，都是为了不让读者看出来为上。从这个意义上说，文本是有一定封闭性的。要打破这种封闭性，他提出：看作品，“把他当事实看，便被他瞒过”，反过来，“必须把他当文章看，方不被他瞒过”。[③]要想象自己是作者，和作者对话，但是自己的水平有限。要和作者对话，问题在于如克罗齐所说：“要了解但丁，我们必须把

① ［德］马丁·海德格尔：《艺术作品的本源》，孙周兴选编，《海德格尔选集（上）》，上海三联书店1996年版，第29页。

② ［明］兰陵笑笑生：《张竹坡批评金瓶梅》，齐鲁书社1991年版，第27、26页。

③ ［明］兰陵笑笑生：《张竹坡批评金瓶梅》，齐鲁书社1991年版，第32页。

自己提升到但丁的水准。”[①]这个难度太大了。他的办法是“将他（的文章）当作自己的文章读，是矣。然又不如将他（的文章当作）自己才去经营的文章”。这就是说，先想象自己如何驾驭意象、文脉、形式，对照经典文本，发现其间的差距，这样就不难“将之曲折算出。夫而后谓之不能瞒我，方是不能瞒我也”。[②]这样就有望达到从仰望到攀登经典的高度了，张竹坡提供了战略性的方向。但是，不要说一般读者，就是专家与经典的差距也是很大的，仰望不难，攀登起来却难免可望而不可即。对于这一点，鲁迅先生提供了具体的操作方法：经典作品“全部就说明着‘应该怎样写’”。只是读者很不容易看出，也就不能领悟。因为在学习者一方面，是必须知道了“不应该那么写”，这才会明白原来“应该这么写的”。这“不应该那么写”，如何知道呢？“最好是从那同一作品的未定稿本去学习了。”[③]

这样的思路提供了可操作性。的确有大量的经典之作，特别是如托尔斯泰的作品，原稿和历次修改稿保存得比较全，就是莎士比亚的戏剧和中国的史传体小说，乃至戏剧，均有相当多的原始素材和此前的作品，可以形成对照。但是，更大量的经典特别是当代经典，基本是原创的。特别是在电脑上操作，修改的过程都在弹指之间永远消失了。

对于这样的难题，综合运用张竹坡和鲁迅的方法，在想象中将作品“还原”为原生素材，与作品加以“比较”。这就要进入作者的历史语境，参与创作的过程，设问为什么这样写，而没有那样写。

鲁迅的《祝福》，读者看到的是：祥林嫂逃到鲁镇，被抢亲，丈夫和儿子死后，又回到鲁镇。表面上是客观事情如此，实际上却是鲁迅有意“瞒过读者”的构思。要加以“还原”，作与母题的“比较”：五四时期，一般涉及婚姻、妇女的题材，都是寡妇要改嫁，封建宗族势力横加迫害，但鲁迅却没有那样写，而是让祥林嫂不愿改嫁。如果仅写祥林嫂力图改嫁而遭受迫害，则仅能表现封建礼教之夫权的无理；而让其婆婆用抢亲的手段强迫其改嫁，则能表现封建族权（儿子属于父母）与夫权冲突。按夫权不得改嫁，按族权又可用人身侵犯的手段强迫其改嫁，这不但矛盾，而且野蛮。祥林嫂改嫁后与丈夫、儿子在偏僻山区，如果是心慈手软一点，完全可以让她安分守己地在偏僻的山村里过小日子。可是鲁迅偏偏瞒过读者，让其丈夫得病死掉，儿子又被狼吃掉。瞒着读者的目的，是把祥林嫂逼回鲁镇，让她遇上一个关心她的柳妈劝说她去捐门槛为改嫁赎罪，目的就是让祥林嫂面对神权：她死后，阎王要把她锯成两半，分给两个男人。阎王不去追究强迫改嫁者的罪行，而惩罚祥林嫂，这就不仅仅是野蛮，而且是荒谬。这样的精心设计，就是为了揭露夫权不

① 朱光潜：《克罗齐哲学述评 欣慨室逻辑学哲学散论》，中华书局 2012 年版，第 34 页。
② [明] 兰陵笑笑生：《张竹坡批评金瓶梅》，齐鲁书社 1991 年版，第 32 页。
③ 鲁迅：《鲁迅全集（第六卷）》，人民文学出版社 2005 年版，第 321 页。

讲理，族权不讲理，神权也不讲理。封建礼教的逻辑就是这样野蛮而荒谬的。

鲁迅为什么没有让颇有反抗性的祥林嫂拒绝寺庙的捐门槛呢？目的是显示歧视改嫁寡妇的野蛮荒谬的偏见，不但是鲁四夫妇，而且和她同命运的人也视此为天经地义。连祥林嫂也认为自己有罪，以为捐了门槛就赎了罪，在年关祝福时，主动端福礼。鲁迅仅用了鲁四奶奶一句挺有礼貌的话“你放着吧，祥林嫂”，她就精神崩溃了，最终沦为乞丐冻馁而死。这是为了强调被侮辱被损害者自身也为这种野蛮荒谬的逻辑所麻醉。全部情节之所以要这样写，就是为了显示这个悲剧是没有凶手的。凶手就在每一个人的头脑中，是对寡妇改嫁的成见。每一个人都有责任。为什么要把它放在年关祝福的氛围中？为什么要让一个与这个悲剧毫无瓜葛的人——“我”来叙述，而且感到不可摆脱的歉疚，而整个鲁镇人都欢乐地祈求来年的幸福？这是为了表现作者对群众麻木的愚昧惯性、思想启蒙前景的某种悲观。

而在行文中，所有关键情节（祥林嫂出逃，被抢亲，丈夫和孩子死亡，捐门槛）都没有进行正面表现，而是事后由他人简单补述。这就和中国古典小说叙述故事的环环紧扣不同，开辟了事变对人物精神效果的强化（如祥林嫂反反复复说儿子死亡，引起他人厌烦嘲弄）。之所以这样写，就是为了激活海量的“默知识”，表现《狂人日记》所没有正面表现的封建礼教无声无息“吃人”的惨案。这一切是西方文论所谓的语言中心论，包括文学“是语言的突出”，“语言的综合”，“虚构的修辞学构造物”，“语言的述行”，甚至“文学是审美对象”，都无法企及的。

和作者对话，进入作者的创作过程，是很复杂、很艰难的，本文只能简单举例。全面系统概括起来，要在还原和比较中进行具体分析。笔者在《文学文本解读学》（北京大学出版社，2015年）“第十一章”至“第十六章”中，分别谈及隐性矛盾的还原、价值还原、历史语境还原、流派与风格的比较，总结起来就是在想象中进入作者创作过程与作者对话。此外，笔者在《文本细读的十重层次分析》（《文学细读》第一辑，社会科学文献出版社，2023年）中作了初步探索，正是因为深切地认识到，欣逢此百年巨变，西方文学理论霸权衰败之日，正是吾人肩负起建构中国文学理论异军崛起之时。吾人当一改疲惫追随西方文学理论之积习，自信、自强，不负再造中华文明之历史使命。

孙绍振教授《文学文本解读学》访谈录①

刘荣平（以下简称“问”）：今天的高校中文系多不正面研究文学作品，或在文学作品的教学上显得苍白无力，如大量硕博论文不直接研究文学作品，有的老师把文学课讲成历史课，我们盼望您的这本书能对这种现象带来一些改变，至少能对经典文学作品的解读带来一些改变。您在这本书写作时是否有这方面的意愿？

孙绍振（以下简称“答”）：这个问题很尖端，很复杂，很丰富，我先讲我的结论。我认为当前，我们文学理论界，存在着一种极其怪异的现象。一方面，西方文论在文学文本解读方面，公然承认“一筹莫展”，无能为力；另一方面，我们不加分析地照搬西方前卫文论，沉溺于疲惫地追踪，完全失去了民族文化的主体性。从观念到方法以西方文论为圭臬，作空泛的演绎。对文学文本的艺术，失去阐释能力，作为“文学”理论，应该是失去了存在的合法性。切实解读文学文本的呼声遍及国内，但是文学理论界，尤其是学院派，听而不闻，无动于衷，热衷于鹦鹉学舌，一味以搬运着西方前卫文论的玄虚概念为务。至今积重难返。

早在20世纪中叶，韦勒克和沃伦就在他们权威的《文学理论》中宣告：“多数学者在遇到要对文学作品作实际分析和评价时，便会陷入一种令人吃惊的、一筹莫展的境地。”②苏

---

① 《文学文本解读学》（北京大学出版社）出版后引起了很大关注，在其第五次印刷之时，《厦大中文学报》刘荣平编辑作了专访，孙绍振书面作答。原刊编者按如下：孙绍振教授的《文学文本解读学》一出版就引起了很大关注，网络上曾销售一空，目前已经第五次印刷，此书曾获福建社会科学优秀成果一等奖、教育部人文社会科学优秀成果二等奖。这些已很能说明这本书的成功。孙教授在80岁的高龄写出世界第一部文学解读学著作，真是很了不起，我刊敬表祝贺！我们知道孙教授在文学作品的解读方面付出了长期的努力，才能写出这样体大思精的著作，故本刊对孙教授进行了专访，提出若干问题，请孙教授书面作答，成《访谈录》一篇。孙教授坦露了他写作此书的一些想法，亲切而真实，生动而有趣，很值得读者参考。

② 〔美〕勒内·韦勒克、奥斯汀·沃伦著，刘象愚等译：《文学理论》，江苏教育出版社2005年版，第155—156页。

珊·朗格在《情感与形式》中开宗明义坦然宣告：她的著作“不建立趣味的标准”，也“无助于任何人建立艺术观念”，“不去教会他如何运用艺术中介去实现它”。所有文学的“准则和规律”，在她看来，“均非哲学家分内之事”，“哲学家的职责在于澄清和形成概念……给出明确的、完整的含义”①。更为怪异的是，伊格尔顿在《二十世纪西方文学理论》中，直截了当地宣告文学这个范畴，只是特定历史时代和特定人群的建构，并不存在文学经典本身（itself）。②乔纳森·卡勒干脆宣称，文学理论要解决的不是文学的问题，而是对文学本身的质疑。从20世纪50年代以来，西方文论走马灯似的更新，形势并未改观。李欧梵先生在“全球文艺理论二十一世纪论坛”的演讲中勇敢地提出：西方文论流派纷纭，本为攻打文本而来，其旗号纷飞，各擅其胜：结构主义、解构主义、现象学、读者反应，西方马克思主义、新批评、新历史主义、女性主义等等不一而足，各路人马“在城堡前混战起来，各露其招，互相残杀，人仰马翻”，“待尘埃落定后，众英雄（雌）不禁大失惊，文本城堡竟然屹立无恙，理论破而城堡在。”③

“理论破而城堡在”，就是理论已经为解读实践所证伪。但是，文学理论家们无动于衷，拒绝反思，依旧热衷于理论旗号翻新。其结果是，文学理论越是发达，越是与文学的审美阅读赏心悦目、惊心动魄的经验为敌，文学文本往往被理论弄得语言无味面目可憎。最为离谱的是，西方言论权威在面临这种世界性的难题时，不是迎难而上，而是撤退，美国解构主义著名学者，耶鲁四君子之首希利斯·米勒的文章，他在回答一位中国学者的信中说：

> 您问我是否相信有一套“系统完整的批评方法，可以为一般的文学批评提供具有普遍意义的指导”，我的回答是，在西方有很多套此类的批评方法存在，其中也包括解构主义，但是，没有一套方法能够提供“普遍意义的指导”。不存在任何理论范式可以保证你在竭力尽可能好地阅读特定文本时，帮助你有心理准备地接受你所找到的内容。因此，我的结论是，理论与阅读之间是不相容的。④

---

①〔英〕苏珊·朗格著，刘大基等译：《情感与形式》，中国社会科学出版社1986年版，第1—2页。

②〔英〕特里·伊格尔顿著，伍晓明译：《二十世纪西方文学理论》，北京大学出版社2007年版，第11页。

③ 李欧梵：《世纪末的反思》，浙江人民出版社2002年版，第274—275页。其实，李先生此言，也似有偏激之处，西方大师也有致力于经典文本分析者。德里达论乔伊斯的《尤利西斯》、卡夫卡的《在法的门前》，罗兰·巴特论《追忆似水年华》《萨拉辛》，德·曼论卢梭的《忏悔录》，米勒评《德伯家的苔丝》，布鲁姆评博尔赫斯等等，但他们微观的细读往往指向宏观的角度演绎出理论，比如德里达用两万多字的篇幅论卡夫卡仅有八百来字的《在法的门前》，解读象征寓言的同时从文类、文学与法律等宏观方面做了超验的演绎，进行后结构主义的延异书写。其主旨不在文学文本个案审美的唯一性。

④〔美〕J.希利斯·米勒：《致张江的第二封信》，《文学评论》2015年第4期。

他甚至说，对于文学文本，他们所能做的，不是作深度解读，而是像孩子把父亲的手表拿来拆开，玩弄其零件，然后无法重新组装起来。理论不能解读文本，也不能指导文学创作，说明作为“文学”的理论已经失败了，甚至他们自己也有人承认“理论死了”。有人提出狡辩，说是理论没有死，只是转入大众文化，如影视，广告、日常生活等等领域去了。①

这个回答是比较肤浅的，事实上，文化批评，在意识形态批评方面取得了很高的成就，甚至可以说，达到当代在这方面智商的尖端。但是，这与文学理论的宗旨相悖，文学理论要阐释的关键是作家与众不同的个性，文本的独特性，艺术形象的不可重复性，唯一性，而文化批评则索求一切文化现象，包括文学形象的普遍性。虽然二者不无互相重合之处，但是，其学术指向却不同的。西方文论走向文化批评，数十年来，对文学审美理论表现了无能为力，徒叹奈何。

作为“文学理论”，却否认文学，对文学解读徒叹奈何，放弃了，惨败了，说得粗野一些，认怂了，他们的理论大师撤退到文化批评领域去了。这其实说明，我们面临着一个历史的转折点：我们对西方文论已经洗耳恭听了一百年，现在他们在文学理论方面已经没有多少有价值的话值得听了。但是，令人不可思议的是，重复他们修修补补的理论，什么理论之后啊，什么新审美主义啊之类的，至今在国内仍然占据主流，处于理论制高点，掌握着绝对的话语霸权。

具有文化主体性的学者，不难看出，我们正处在一个历史的转折点上。西方文学理论正在走向衰败。历史的选择摆在我们面前，是继续盲目追随着他狂奔，完全放弃文学理论，还是拿出当仁不让的自信，在人家失语的时候，发出中国的话语，建构中国的文学理论体系，以期进行理论输出，让他们倾听我们的声音。

这并不意味着要闭关自守，拒绝西方文论，不，还是要向西方文论开放，还是要学习。不过，正如李欧梵教授所说，要学西方文论，但是不能让他“挂帅”，而是把它当作一种思路的“背景”。②

向西方文论开放，最高目的不是为了照搬，而是为了激活中国文论的创造力，对西方文论是站着读，和他们平等对话，而不是跪着读，将之当作圣经，绝对真理，言必称西方文论大师，却没有艺术感觉。

中华民族正在经历着伟大的民族复兴，有出息的学者，理所当然，应该拥有起码的民族文化自觉，民族智慧自信，站起来，昂然独立，笑看西方大师落荒而逃的文学理论领域，

① 〔美〕J. 希利斯·米勒：《小说与重复》，天津人民出版社 2008 年版，第 6 页。

② 李欧梵：《理论于我有何“用”——中国现代文学研究和理论语言》，《读书》2017 年第 6 期。

当仁不让，建构起中国式的文学理论和他们对话，甚至与他们争一日之长短。

问：您的《文学文本解读学》视野广阔，古今中外的经典文论和经典文学作品都涉及了，我们注意到，您是文艺理论批评家，但没想到您对中国古代文论和古代文学作品的理解是如此的深邃透彻，这令一些古代文学研究的专业人员都自愧不如。您对中国 17 世纪的文论予以高度肯定，您批驳国外的文学理论观点和研究方法也大多举出中国古代文学作品的解读作为例证，这是否说明西方文学理论家没有发掘出中国古代文论和作品的内涵，或者说他们未能细读或不能细读中国古代的文论和作品，才出了偏差？

答：虽然他们认为文学理论，既不能指导创作又不能阐释文学文本。但是，不可否认他们的文化批评是相当深邃的，也有相当高的学术水准，可以说在一些方面代表着当代智商的顶尖水准。但是，问题在于，他们是以放弃文学审美的解密为代价的。其实，号称文学理论的文化批评，真功夫，应该不是放弃文学，而是从文学形象中分析出文化密码来。在我看来，他们在这方面是不如我们古典文论，尤其是 17 世纪的诗论的。英国的浪漫主义到 19 世纪才正面说，诗乃是强烈感情的自然流泻（华兹华斯），而我们早在唐代司空图的《诗品》，就有二十四种风格。我们宋朝的诗话就深入到创作过程中去，到了 17 世纪就有了诗好像把米变成酒，形质俱变，散文则把米做成饭，形质不变的理论。而英国诗人雪莱到了 18 世纪，才说诗使它触及的一切变形，而没有说到变质。中国的诗论，一直是把自己当作诗的更高的内行，以诗的作者身份发言的，着重在不同版本、不同艺术加工中比较，进行品评艺术和思想的高下的。因而，我解读的原则，就是以作者的身份，以原生素材和经典成品做比较。以《木兰辞》为例。

花木兰被称为“英雄”，首先，从文本分析，并未正面写战场英勇搏斗，正面写战争的只有两句：“将军百战死，壮士十年归。”别人战死了，她回家了。当然也写了她立了战功，“策勋十二转”，只有一句，是侧面交代。可见主题不在此。文本着重渲染的，首先是为父亲年老，无兄长，无从服义务兵役而叹息，八句，这是关键，作为女性，主动代父从军。买马，四句，东南西北奔走，表现其意气昂扬。从军以后，于黄河、黑山之间，思念爹娘，又是八句。写立功而不愿为尚书郎，强调了女性胜利承担起男性的保家卫国的责任，不像男性那样立功受奖，衣锦还乡，而是平民身份归家，享受爹娘、姐姐、小弟亲情的欢聚，六句。写恢复女儿妆，可谓浓墨重彩，用了十句。“开我东阁门，坐我西阁床，脱我战时袍，著我旧时裳。当窗理云鬓，对镜帖花黄。出门看火伴，火伴皆惊忙：同行十二年，不知木兰是女郎。”表现了女性的心理精细胜于男性。中国诗歌是讲究比兴的，这里却没有比兴，几乎全是叙述。最后却来了一个复合性比喻：“雄兔脚扑朔，雌兔眼迷离。双兔傍地走，安能辨我是雄雌？”点题之句是“安能辨我是雄雌”，关键词是“我”。表现了这个女英雄的自豪。有了这样的文学分析，才可以进入文化批评。英雄，英雄，在传统观念中，英雄就是雄性的，但是，这里，却是一个女英雄，并不是男性，严格地说，应该是“英雌”。但是汉语中却没有“英雌”这样的词语。木兰诗的深邃就在对男性英雄的传统文化观念的颠覆。没有深邃的文学解读，就不可能揭示出其不同于男英雄的本质，没有这样的前提，也就不可能进入英雄话语男性霸权的揭示。又如解读《三国演义》，英雄皆为自己的信念和荣誉，视死如归，但是，其中女性皆为男性的政治斗争的道具，女性没有自己的生命。《水浒传》则女性可以造反，杀人放火，但是，一旦有了自己的爱情，就要受到残酷的惩罚。而西欧的骑士小说恰恰相反，男士忠于王朝，同时以崇拜女性为荣。

在诗歌中汉语古诗多风花雪月，汉诗以圆月为美，欧美、阿拉伯诗中，以新月为美。汉语古诗中，最高雅的是梅兰竹菊，菊花在中国诗歌中，成为高雅脱俗的典故，而在欧美，则是墓地之花，在日本则为天皇家徽，后与刀并列，成为日本民族柔韧与刚毅之象征。欧美诗以玫瑰、夜莺象征爱情，而汉语则是并蒂莲、鸳鸯，汉语诗歌多颂东风，而英语诗中，多颂西风，等等。光是说明这些，还不是文学批评，原因是文化价值在普遍性，民族的、地域的共同性等，而文学的生命则在情感的特殊性、个别性、唯一性、不可重复性。陶渊明的“采菊东篱下，悠然见南山”，被后世认为是神品。另一版本，同样写菊花，“悠然见南山”一字之差，则被苏东坡认为是“神气索然”。[①]李白、杜牧、崔道融、郑谷、李峤、罗隐等均有咏梅之诗作，但是，只有林和靖的“疏影横斜”“暗香浮动”成为脍炙人口的经典。纯粹的文化批评，是理性的、概念化的、普遍的，与文学批评属于不同范畴。当然，二者不是绝对水火不相容。关键在于，有了文学的深度解读，然后进入文化批评，二者结合起来，文化批评才可能是文学的，不这样，则是反文学的。

中国应该有一种西方没有的，既能解读文学文本，也能指导文学创作，更能作文化批评基础的文学理论，才能在这个历史的转折点上独占鳌头。

历史的使命落在了中国文论的肩头。

当然，不可否认，我们传统的文学理论有缺失，那就是缺乏逻辑的系统性，对基本概念、核心范畴缺乏内涵饱和，外延明确的界定。但是，我们也不像西欧一味把文学理论美学化、抽象化、形而上学化，脱离创作和解读经院哲学的从概念到概念的玄虚空转的传统，我们的古典理论，从宏观的《文心雕龙》《原诗》到微观的诗话、词话、小说、戏剧评点，从来就是以创作论为基础，指导创作，以深入艺术解读为务的。我们这方面的传统拥有

① ［宋］苏轼：《苏轼文集》，孔凡礼点校，中华书局1986年版，第2092页。

一千五百年以上的历史资源。其中有许多深邃的观点和精致的艺术洞见，是西方文论家想象力所不及的。但是，由于西方文论的强势霸权，我们具有鲜活生命的艺术理念长期被窒息，许多精彩的观念和方法一直被排斥在主流文学理论的体系以外。早在20世纪90年代钱中文先生就鉴于此，呼吁中国古代文论的当代转化，至今在实践中有所落实的，实绩寥寥无几。

其原因是，从理论上没有对西方文论进行批判性分析，进入20世纪，所谓西方前卫文论以俄国形式主义为代表，提出一切文学性不来自康德所说的情感，而是语词。日尔蒙斯基说得很明确："诗的材料不是形象，不是激情，而是词。"[①]雅可布森说得更坚决："诗歌性表现在哪里呢？表现在词使人感觉到词，而不是所指之对象的表示者，或者情绪的发作。"[②]他们把文学性产生仅仅归于语词的陌生化，其实一望而知是片面的，陌生和熟悉是对立的统一。这样的说法还不如俄国前辈别林斯基的"熟悉的陌生人"来得全面。拿文本来检验，其疏漏显而易见。如"二月春风似剪刀"，是陌生化，很艺术，而"二月春风似菜刀"，也是陌生化，就毫无诗意。"红杏枝头春意闹"富于诗意，李渔提出：为什么红杏枝头春意打、春意斗就不行呢？因为汉语里有火红、火热、热闹，春意闹就有了熟悉化的联想基础。但是，就是这样粗疏的理论，就成西方前卫文论所谓20世纪"语言转化"的源头。把复杂的文学现象，仅仅归结为语言，这完全是浅陋的线性思维。从语言科学来说，其性质是脱离人的，是非人的。

人的语言是诉诸听觉的声音符号，仅仅是人的全部感官眼、耳、鼻、舌、身五官的五分之一。就是以听觉而言，语言可以接受、表达的，也只是其中的一部分。听觉每秒可接收一百万比特，而语言，每秒钟只可接受40比特（bit），而一个字节（byte）由八个比特（bit）组成，合五个字。而眼睛每秒钟可以接收一千万比特，也就是十兆，皮肤可接收一兆，语言可以表达的，相对于人的丰富感知和情感来说，可谓沧海一粟。声音的分贝高于或低于听觉可以感受的，此外还有红外线，都是人不可直接感知的。其存在的效果是实在的，称为暗物质。

正是因为这样，中国人才有可以意会不可言传的说法，这些不可言传的感知，沉潜于人的潜意识之中，是沉睡着的。有时因偶然的机遇，而激发出来，如电光石火，不是通过语言、逻辑而发现了真理，这才有钱学森所说的灵感思维，禅宗才有不立文字，不诉诸语

---

① ［俄］日尔蒙斯基著，方珊等译：《〈诗学的任务〉俄国形式主义文论选》，上海三联书店1989年版，第83页。

② ［德］雅可布森：《英美文艺学方法论（下卷）》，北京文化艺术出版社1987年版，第530—531页。

言，顿悟之说。

英国学者波兰尼（1891—1976），在《个人知识》中，就提出了系统的学说，他把知识分为三个层次，第一层次，是通常可以感知，也能表达的，叫作明知识；第二层次，是可以意会不可言传的，叫默知识；第三层次，是连感知都没有的，那叫“暗知识”。这是最大量的。因而人的认识、交流，一是靠理性语言，二是靠未能形成语言的“默会”。他说：“只有在‘默会’因素的帮助下，我们才能以经验有所谈论。”[①]而西方前卫文论，把文学理论仅仅归结为语言，就是把冰山一角当成了整个冰山和海洋。

最执着文本中心的美国新批评，为了反对传统的作者中心论，将文本中心绝对化，第一，完全不讲作家生平和历史背景。其实，《孟子·万章》说：“诵其诗，读其书，不知其人，可乎？是以论其世也。”固然，有时，作者湮没无闻，只能直接解读作品，但是，更多的情况下，作者的生平时代很清晰，对之完全拒绝则是自我蒙蔽。第二，把文本解读仅仅归结为语词的“悖论”“反讽”等。这样的观念不但贫乏，而且于解读实践完全经不起检验，受到这样霸权话语影响，不但莘莘学子，而且专家，在解读经典之作的时候，往往就抓瞎了。例如在央视总台的《中国诗词大会》上，讲到杜甫的经典之作《春夜喜雨》时，主持人董卿、权威专家康震，竟然只能说“好人，好心，写好诗”。电视明星蒙曼不满这样空泛的解读，乃补充说：这种春天的好雨，如果下在北方，一位专家的家乡，则是春雨如油，如下在南方，另一位专家的家乡，则是杏花春雨江南。然而这是下在成都的，“晓看红湿处，花重锦官城”，其色彩火辣辣的，“火锅的味道都出来了”。引发一笑，却舒舒服服地把杜甫精致的情感和不朽的艺术糟蹋了。如果有起码的艺术感知能力，还结合杜甫所处的时代和经历，这样的经典是不难解读的。

好雨知时节，当春乃发生。随风潜入夜，润物细无声。

野径云俱黑，江船火独明。晓看红湿处，花重锦官城。

此诗写于上元二年（761）春，安史之乱是结束了，但是外族入侵、军阀混战更为频繁。杜甫此时在成都草堂定居，穷得叮当响，吃饭都要高适接济，连年不是水灾就是旱灾，有一年因为春旱，他还写过《说旱》，请求他掌权的朋友把牢里的犯人放了，感动老天，解除旱情。当然没有结果。而这天夜里，他感觉到春雨来了，写了《春夜喜雨》。

如果是按俄国形式主义者的不讲情感，只讲词语的陌生化，这里没有一个字是陌生化的；如果按美国新批评的反对心理分析的“悖论”“反讽”，这里都是歌颂，没有反讽，也没有悖论。但是，用中国古典《诗大序》“情动于衷”，王国维在《人间词话》从古典诗话

① 〔英〕迈克尔·波兰尼著，徐陶译：《个人知识——朝向后批判哲学识》，上海人民出版社2019年版，第101页。

中总结出来“一切景语皆情语”，就不难解读了。一般说，写春雨不外是从视觉看的，题目是“春夜喜雨”，是夜里的雨，看不见，也听不到。艺术就是克服难度，杜甫拿出艺术家的天才来，迎难而上。“随风潜入夜”，虽然看不见，但是，诗人感受到它“潜入”（偷偷地）了；“润物细无声”，虽然听不见，但是诗人感受到它在无声地滋润万物。精彩就在于情动而感，在暗夜中，诗人独自为无声无息的春雨感到欣慰。“野径云俱黑”，这是成都平原，云才会在田野上，一片漆黑，有什么美？因为越黑，雨下得越浓。“江船火独明”，以一点火光反衬，让这一片漆黑美得生动。这场春雨对于国计民生太及时了，“好雨知时节”，这句大白话的内涵在这里显得非同小可，对于国计民生，春雨如油，真是通天理近人情的好雨啊！诗人在为这个在战乱灾难中的民族默默祈祷感恩。大白话的“好雨”，情感分量就重了。

要真正读懂这首诗的伟大，不能不联系诗人的生命和历史环境。安史之乱使黎民百姓面临生死存亡的厄运，乱前有五千二百多万人口，安史之乱结束（763年）时，只剩下不到一千七百万（《唐书·代宗纪》），七年多死了三千五六百万人。每年死五百万，每天要死一万多人。并不完全是战死的，很多是饿死的。一方面是战争的破坏，另一方面，青壮年男丁被征发出征，田没有人种了。在这以前，杜甫在《兵车行》中，就写过“十五出征”“白头戍边”，青少年甚至老年，都战死在疆场，“君不闻，汉家山东二百州，千村万落生荆杞”，“纵有健妇把锄犁，禾生陇亩无东西”，以农为本的社会，田地无人耕作，饥馑就是必然的了，有时连部队的军粮都供给不上。战前京都米价一斗米二十钱到三十钱，二十个铜钱到三十个铜钱，可在已经光复了的长安，米价曾达到一千文，七年间米价涨幅达三十到五十倍。杜甫自己的孩子，就饿死两个。这实在不能不令他长歌当哭，杜甫的诗中浸透了眼泪和鲜血。而天灾，尤其是旱灾，令杜甫不能不痛心疾首，一旦有雨滋润禾苗，他就有《喜雨》的诗情了：“沧江夜来雨”“谷根小苏息”“真宰罪一雪”，这是老天在赎罪啊。而如今夜间来了看不见、听不见的绵绵春雨，诗人独自在黑暗中享受这无声无息的喜悦。题目是《春夜喜雨》，可是全诗没有一个“喜”字，喜在哪里？第一，喜在这默默的感恩和欣慰中；第二，更在尾联“晓看红湿处，花重锦官城”。色彩突然变得鲜明，色调对比如此强烈，诗人不由得眼前一亮，心情为之振，意脉猛然来了一个大转折。那花不但有湿湿的质感，而且有重重的量感。这就是昨夜看不见，听不着的春雨的效果，这一切照亮了，温暖了诗人的家国情怀。把这说成是“火锅的味道”，这样轻佻，不能不说，这是对诗圣的亵渎！

当前，文学理论正处在衰败的历史的转折关头，有出息的理论家，应该在批判西方前卫文论的基础上，以祖国的精致的诗论遗产，结合西方古典文论，攀登上新时期的智商的制高点，并在解读经典的基础上，建构起中国式的理论，和他们对话，或者说，和西方文论话语霸权争一日之长短。

钱中文先生曾提出中国古文论的现代转化，可惜至今实绩寥寥，原因除了理论上没有切实的理论清场以外，还有一个原因，乃是理论本身的局限性。无论是西方文论还是中国传统文论，都有一个缺点，那就是涵盖的文本是有限的，而得出理念却是无所不包的全称判断，特别是西方文论，明明对中国文学史一无所知，其理论却以涵盖世界的姿态出现。就算是从理论所涵盖的有限文本中抽象出来的观念，也不是文本的全部，而是部分。这是宿命的，牺牲文本丰富的感性是理念形成的必要代价。一切理念的抽象，都只是文本的某些方面，而不可能是全部。由于理论涵盖面的不完全性，因而以理念作大前提，作概念到概念的演绎，是不可能产生新知识的，即使逻辑严密，也注定有大量的遗漏。因而，演绎法必须辅之以个案文本重新归纳，以细胞形态的分析，将演绎法疏漏了的东西还原出来。

正是因为这样，我和助手孙彦君在《文学文本解读学》的写作过程中，解读了近六百篇个案经典文本。

莘莘学子把最宝贵的青春奉献给它，钻研它，结果是只获得一些玄虚的空转的概念，对于文学，对于那令读者惊心动魄的形象，完全失去了阐释能力，这是因为西方文论的浸染。有出息的理论家，最根本的任务就是要把文学文本中，可以意会的内容，从“默会”的海洋中揭示出来，从非语言，转化为语言。这个难度是很大的，为无序的、丰富的直觉用有限的声音符号作抽象的命名，要有起码的原创性。严复翻译英语中汉语中没有的概念难到“一名之立，旬月踟蹰”，解读诗歌意象群落中情感的意脉、小说情节隐性倾向，其艰难可能更加困难。严复毕竟还有英语辞书的词语内涵阐释可以依傍，而理论家面对的却是水乳交融的感性形象。

作细胞形态的彻底解读，不但能够揭示其中艺术的奥秘，而且更重要的是，能发现现有的理论狭隘。比如，我们奉为经典的“审美”，我就发现在散文分析中不够用。这里有个特别的历史纠结。中国现代散文，最初被周作人规定为“叙事和抒情”，他的文章题目是《美文》，实际上就是把散文界定为抒情审美。但是，这是很狭隘的，并不能涵盖当时散文的实际。例如鲁迅的社会文化评论文章，就不是抒情的，于是只好另立名堂，叫作“杂文”。这是全世界都没有的文体。就算散文，作为文体也至今并没有得到西方百科全书的普遍认同，只有《大英百科全书》第 11 版（Encyclopædia Britannica Eleventh Edition）把演说和书信，讽刺的、幽默的文章和随笔列入散文条目下，把它当作诗歌、传奇等艺术的想象的文学形式。

正是因为这种外延的不确定性，造成了在英语国家的大多数百科全书中，没有单独的散文条目，只有和prose有关的文体，例如：alliterative prose(押头韵的散文)，prose poem(散文诗)，nonfictional prose(非小说类/非虚构写实散文)，heroic prose(史诗散文)，polyphonic prose(自由韵律散文)。这就造成了散文的尴尬，在西欧北美的散文(prose)，并不是作为一种文体而存在，更准确地说，它是一种表现方法。

无论从中国文学史还是西方文学史看，广义的所谓“散文”，并不完全是抒情的审美的，更多经典是讲智慧独特性，讲智趣、谐趣，是很幽默的。在分析了中国千年散文的发展基础后，我得出结论，所谓散文的特性至少应该包括审美、审智、审丑三个方面，基于此，我建构了不仅是散文，而且是小说、诗歌、戏剧等的系统范畴。抒情的审美的对立面是幽默的审丑，而审智则既不审美，也不审丑，与之对立。

从这里，我确信，从哲学方法上说，要突破黑格尔的对立统一，二分法对于无限复杂的生活和文学现象是不够的，应该突破，辅之以三分法。启用老子的“道生一，一生二，二生三,三生万物”，建构我的美学核心，真善美三价错位。形象是主体、客体、形式的三维结构，形象逻辑是审美、审智、审丑。

问：有学者认为：当代中国文论话语的建设是一个古今中西处于多维时空的理论建构过程，需要克服“来源谬误”和“主体谬误”，以开放包容的心态，以“有效阐释”为目标，展开对中国经验和世界经验的理解，增强中国文论话语的阐释力(曾军《西方文论对中国经验的阐释及相关问题》)。《文学文本解读学》确实做到了“有效阐释”，对许多中外经典文学作品进行了到位的解读，说明您对中国经验和世界经验都把握得很好。我们相信您克服了一些解读者固有的“主体谬误”，您的外语很好，您是怎样克服国外文论的“来源谬误”?

答：我本来没有考虑过什么“来源谬误”，你这一提，我倒是想起了，我们长期以为，西方文论是理论来源。先是作者中心论，由于脱离文本，失效了，接着是文本中心，由于脱离了人的情感，弄成了语词文字游戏，又失效了，后来就是读者中心论，作者退出，作者死了，一切由读者说了算，无条件地多元解读，一千个读者就有一千个哈姆雷特。被毫无根据地冠之以莎士比亚的权威。好像一切胡说八道都具有合法性。中国古典诗话中早就有反对解读诗歌“穿凿”，西方文论亦有“过度阐释”之警示。李渔说，“红杏枝头春意闹”，如果可以，则红杏枝头春意“打”，春意“斗”，这不也可以说是一千个红杏之一吗，但是，这还有诗意吗？《中国诗词大会》上，王立群说，杜牧的“霜叶红于二月花”，秋天的霜打的枫叶，比春天的花还要鲜艳，明明是颂秋，王立群教授却硬要说是悲秋。这有起码的道理吗？解读的任务就是要在一千个哈姆雷特中，剔除假哈姆雷特、非哈姆雷特，分析出最哈姆雷特的哈姆雷特。这就是唯一性。

读者中心论至今仍然风行学界，原因在于，西方文论进入了一个新阶段，那就不管作者，不管作品，不管读者水平，只要理论的演绎能通，注释有据，无一字无来历，符合所谓学术规范，就是学问，这种理论中心论正甚嚣尘上。

其实，从严格的学术意义来说，这些都不是真正的来源。理论真正的来源是实践，来源于创作之实践和阅读实践，并且要回到实践中去检验。西方文论根本不是理论之源。我的第一本学术著作是《文学创作论》，20 世纪 80 年代在解放军艺术学院文学系，作为课本，得到非常高的评价，莫言多次在文章和讲话中对我表示感谢。我的总结性著作乃是《文学文本解读学》，主要是来自文本解读实践。我这本著作在福建省得了两次一等奖，在教育部得了两次二等奖。我的解读实践不仅在大陆，而且在台湾也有很大的影响，我甚至成为台湾一版高中语文课本的主编。但是，在西方前卫文论霸权肆虐的理论界，我人微言轻，即使敬重我的人，也认为这有点历史倒退的意味，是很“悲催”的。但是，我很笃定，因为我的理论是来自创作和解读实践，在源头上，那些占据着主流论坛的人搬用着西方文论，那不是源，而是流，甚至不是一手的流，而是二手翻译中来的，用的方法又是单纯的演绎，从概念到概念，越到后来，就越是退化为二流、三流，在我看来，许多文章都处在最下游。可是现在还有学人，把这种流当作源，“不识下游真面目，只缘身陷下游中”。

多少青年学者甚至是老年学者，不把大好青春奉献给文学阅读，却奉献给西方文论，即使博士毕业，当了博士导师，论文也是从空洞概念到空洞概念，是不接触文本奥秘的空转，如果允许我直率地说句心里话，这样下去，实在是慢性学术自杀。

问：《文学文本解读学》有一套属于您的话语系统，这套话语系统有继承有创新，如意象、意脉、意境、唯一性、变异、错位、猝然遇合、还原、实用价值、审美价值等。您更有兴趣运用“意脉”“唯一性”“变异”三个概念，我们十分相信这三个概念的运用必将给文学作品的解读带来空前的变化。如您所言“一切定义都是历史的过程的阶梯，而不是终结”（该书第一版第 15 页，下标页码均据第一版），“意脉”“唯一性”“变异”三个概念的内涵也不会终结，您能预判这三个概念的内涵会出现怎样的发展或演变吗？

答：你提出的问题太多，几乎涉及我整个体系，前面我已经讲了真善美、主体、客体、形式的三维结构，形象的审美、审智、审丑，这里就不去细述了。这里，只讲错位，是我的核心范畴。这还涉及从哲学方法上的突破问题。

亚里士多德逻辑学就是以同一律为核心的，A就是A，不是B。矛盾律、排中律是为同一律服务的。黑格尔则认为A和B是对立的统一，是可以相互转化的。其特点界限是很清晰的，不能相互交叉，最多是相对重合的。流行的真善美统一的说法就是重合的，善和美都从属于真，三者没有质的不同，其间只有量的差异，好像是三个同心圆，只是半径不同，康德解决了三者同质的说法，提出真善美是三种价值，但是，将三者并列，好像是三个各自独立的圆，这不够解释生活和文学形象。我认为：真善美三者有质的区别，但是也有共同之处。我提出“三者好像三个交叉的圆，存在着交叉之处”，这样的错位范畴也许是从哲学美学上第一个提出的。我想，在生活中，在文学形象中，绝对的界限，是很少的，事物、形象之间，艺术形式之间的界限不是绝对的，正如黄昏和黑夜没有绝对的界限的。如果真善美完全同一，真则遮蔽了审美的特征。正是因为这样，20世纪五六十年代对文学特征的问题纠缠不休，有人因为强调审美的特征还受了批判。如果真善美完全分裂，则可能审美完全脱离了善，变成诲淫诲盗，歪曲生活。在审美相对独立的前提下，应该和真、善相通，学术地说，是错位；形象地说，就是三个交叉的不同心的圆。

用从真善美的错位来阐释艺术的奥秘，三者拉开距离，在不完全脱离的情况下，错位的幅度越大，艺术的感染力越是强大。如果完全重合，则完全成为抽象概念图解或者劝善惩恶的说教。

将错位范畴发展到幽默喜剧，针对康德的笑是期待的失落，提出其逻辑乃是一元逻辑的失落，二元逻辑的落实。这种错位乃是喜剧和幽默的特点，再到叙事和小说和戏剧中，绝对对立的人物，可能是概念化的，敌对人物之间有相敬之处，相亲人物有相错之处，发生情感错位才动人，这就是贾宝玉和林黛玉、诸葛亮和周瑜、诸葛亮和关公等经典形象不朽的根源。在《莺莺传》中，本来没有红娘，在《西厢记》中加了一个红娘，就增加了张生、崔莺莺和红娘之间的错位，强化了戏剧性，所以恋爱的最粗浅的模式是三角。《红楼梦》中，曹雪芹让薛宝钗夹在林黛玉和贾宝玉之间，明明薛宝钗并没有争夺贾宝玉之心，却一直被林黛玉当作假想敌，最后导致林黛玉的死亡、贾宝玉的出家和薛宝钗的守活寡。这样的错位太精彩了。至于小说人物对话的心口如一，乃是特殊情况，真正动人的，乃是心口错位。20世纪80年代，我在解放军艺术学院文学系讲《文学创作论》时，讲到这一点，当时得奖作家宋学武，就用《心口错位》写了一篇小说，发表在《上海文学》上。

你说我在《文学文本解读学》中表现了建构中国学派叙事学的愿望（第46页），第九章《叙事学建构：打出常规和情感错位》已露建构雏形，基本观点是“文学是人的情感表层和人的智性的深层学问，小说中人与人的关系，就是让人的表层瓦解，深层暴露，使人与人的感情发生错位的过程”（第 299 页）。“错位”或许能成为中国学派叙事学的关键词，但是一些叙事学的著作中，很少有人把“错位”看成是叙事学的枢纽概念，是不是叙事学一如解读学一样，应从作品的海量阅读中去进行原创性建构，此或为必由之路，但是西方叙事学的发达是显见的，只是不具备中国叙事传统之精神。

你说得完全对，你是我的知音。

问：既要打开解读者自身心理的封闭性，又要打开文学文本的封闭性，解读才能有效进行（第 35 页）。这里说的是文学文本，而不是文学作品，作品通常指成品，文本也可以指半成品或草稿本、手写本等，是否可以说文本是一个更自足的结构，而作品不能说是更自足的结构，或者说作品是一个召唤结构，而文本是一个更具召唤功能的结构，所以您使用了“文本”一词。

答：我不太在乎概念，叫作文本、叫作作品，怎么下定义无所谓，反正定义都是内涵性的，由于语言作为声音符号的局限性，不可能完善，但是，不管内涵定义怎么纠缠，都不妨碍文学作品的外延的存在，唐诗宋词以及《红楼梦》《水浒传》《三国演义》《阿 Q 正传》无法定义，但却是永恒的存在，反正我工作的对象是作品中的形象。

文学形象是天衣无缝的，水乳交融的，表层是没有矛盾的，也就是封闭的。作品、读者和理论中，固然有开放的一面，但是，恰恰都有封闭的一面。而分析的对象则是矛盾或者差异，为了便于操作，必须提供差异，我提出关键在作品分析的“还原”法。这是因为作品呈现在读者面前的只是其表层的意象群落，是完全显性的，但是，诗歌的情志，小说的倾向，却并不在表层，而是在第二层次，是隐性的。而隐性的情志，又因不同形式而有不同的形态。这是更加封闭的。就《木兰辞》而言，读者凭直觉为表层之形象感动，但是，作为情志的深层，却很少能读出其为女性英雄（“英雌”）的主题，尤其是其诗全为叙述，与散文何异？奥秘存在于更深层的形式之中。这是需要讲究分析方法的，例如，将这与原本传说相比较。明邹之麟《女侠传》载：

> 木兰，陕人也。代父戍边十二年，人不知其为女。归赋戍边诗一篇。君子曰：“若木兰者，亦壮而廉矣。使载之《列女传》，缇萦、曹娥将逊之，蔡姬当低头愧汗，不敢比肩矣。”[①]

---

① ［清］陈梦雷：《古今图书集成（卷三百四十一）》，北京中华书局 1986 年版，第 50923 页。邹之麟明万历三十八年（1610）进士，南明弘光时官至都宪，博学工书画。《女侠传》：分豪侠、义侠、节侠、任侠、游侠、剑侠等六类。其中“剑侠类”有序、目而无文，云文俱见《剑侠传》。今本王世贞《剑侠传》俱载之。书中所采多为历代女子侠举之出众者，多脍炙人口。如漂母、卓文君、虞姬、绿珠、王昭君、木兰、红线、聂隐娘等。作者能注意从女子中搜集侠义之行，与传统社会观念大相径庭。

这个素材歌颂木兰，主题是“亦壮而廉”，这是很粗糙，很概念的散文。此素材又见于《凤阳府志》：

隋木兰，魏氏。亳城东魏村人。隋恭帝时，北方可汗多事，朝廷募兵，策书十二卷，且坐以名。木兰以父当往而老羸，弟妹俱稚，即市鞍马，整甲胄，请于父代戍。历十二年，身接十有八阵。树殊勋，人终不知其女子。后凯还，天子嘉其功，除尚书，不受，恳奏省覲。及还，释戎服，衣旧裳。同行者骇之，遂以事闻于朝。召赴阙，纳之宫中。曰：“臣无愧君之礼。”以死拒之。帝惊悯，赠将军，谥孝烈。昔乡人岁以四月八日致祭，盖孝烈生辰云。[①]

这个素材的主题是表现木兰代父从军，不接受尚书的封赏，更拒绝纳为宫妃，且以死相拒。将其定性为“孝烈”，很显然是很浅陋的。而《木兰辞》，则取代父从军，立功不受封赏之素材，对其为父老、无兄服役而叹息，宿营之时，对爹娘之思念，不屑尚书之封赏，宁愿归家享受姐弟、父母天伦欢乐，然后恢复女性身份，使同行男性惊讶。凡此种种，皆不惜以排比句大加渲染，民歌风格显然；而写及临战，则仅有“朔气传金柝，寒光照铁衣”，极其精练，是全诗中唯一的对仗句，接近唐诗风格。说明其形成过程中，最初是民间故事，民歌，流传多年，为多人，包括文人加工。将主题提升为女性“英雌”，保家卫国，不亚于男性，其亲情之执着则优于男性。

仅仅凭对作品形象的直觉，把无限丰富的无序的、非语言的默知识和暗知识的“默会”变成明确的语言，做出逻辑解读是极其困难的。我在长期解读中，习惯于用比较的方法，其中之一，就是用素材和形象对比，这就是“还原”，也就是设想，这个素材在没有经过艺术加工时的原生状态是什么样的，和后来的艺术形象加以比较，就有了差异和矛盾，也就有分析的操作性。当然，还原不限于此，有好些层次，有感知的，如真情和实感的矛盾；有价值的，如认识的真和情感的审美的矛盾；有形式的，如同样的题材，在诗歌里和在小说戏剧里的不同。这些我在这本著作中，都系统地展示。就是在这样做了多年以后，找到了鲁迅的论述，作为权威的论据。鲁迅这样说：

凡是已有定评的大作家，他的作品，全部就说明着“应该怎样写”。只是读者很不容易看出，也就不能领悟。因为在学习者一方面，是必须知道了“不应该那么写”，这才会明白原来“应该这么写”的。这“不应该那么写”，如何知道呢？惠列赛耶夫的《果戈理研究》第六章里，答复着这问题——“应该这么写，必须从大作家们的完成了的作品去领会。”那么，不应该那么写这一面，恐怕最好是从那同一作品的未定稿本去

① ［清］陈梦雷：《古今图书集成（卷三百四十一）》，中华书局 1986 年版，第 50923 页。

学习了。在这里，简直好像艺术家在对我们用实物教授。恰如他指着每一行，直接对我们这样说——‘你看——哪，这是应该删去的。这要缩短，这要改作，因为不自然了。在这里，还得加些渲染，使形象更加显豁些。”①

后来我又找到一个西方大师海德格尔的如下的论述：

> 作品的被创作存在只有在创作过程中才能为我们所把握。在这一事实的强迫下，我们不得不深入领会艺术家的活动，以便达到艺术作品的本源。完全根据作品自身来描述作品的作品存在，这种做法业已证明是行不通的。②

这样，我就不但有了双重权威的支持，而且进一步发展了理论，那就是解读作品不能满足于作为读者，接受作品，人家写什么，你就读什么，这样是被动的，真正的解读应该把自己当作作家，想象自己进入他的创作过程，不但看到他怎么写了，而且看出他为什么没有那样写。所以西方大师之所以无能解释作品，根本原因就是，甘心被动接受作品，和作品对话，而不是主动参与，同时和作者对话。

有了这种的操作方法，才可能把文学作品的独特的不可重复的唯一性分析出来。

问： 当今文学研究中流派研究泛滥成灾，大多是研究者据研究对象风格的趋同性追认成为流派。您认为“流派不过是唯一性的、新风格的中介”（第 34 页），这应是对流派研究者的一个提醒，是否可以说流派研究在方法论上存在根本缺陷，与其研究流派不如研究风格。

答： 文学形象是和哲学不同，哲学是二维，主观＝客观，而文学形象主客统一了，就可能变成理性的真，文学形象之所以美，是因为它有第三维，主观和客观不能直接统一，而是要经过不同形式的规范，才能成为艺术，同样的素材，例如李隆基与杨贵妃的恋爱故事，在《长恨歌》中是绝对的，超越生死的，死了还要恋爱的，情感是超越时间空间的，而在小说《杨太真外传》中，杨贵妃和安禄山是有染的，到了戏曲《长生殿》里，杨贵妃是要吃醋的，是要被赶回去，又被请回来的。这样才有戏。

在一定的时代和文化氛围之中，作家既受经典的提升，又受其约束，免不了有趋同的倾向，于是有了流派的分化。流派对于形式规范来说是求异，同为唐诗，边塞诗和山水田园诗境界迥异，在边塞诗之中，激情是趋同的，山水田园的闲情是趋同的，但是，在激情和闲情流派之中，不同作家和作品的情绪和语言是求异的，那就是风格。流派的统一和风格的多样是对立的统一。有了这样的自觉，才能分析出王维闲情中的禅宗的空灵不同于刘

---

① 文载《且界亭杂文二集》，见《鲁迅全集（第六卷）》，人民文学出版社 2003 年版，第 321 页。

② 〔德〕马丁·海德格尔：《〈艺术作品的本源〉海德格尔选集（上）》，孙周兴选编，上海三联出版社 1996 年版，第 297 页。

长卿的闲适的安宁，不如此，就是没有精致的艺术感觉。同样是浪漫主义，闻一多的激情和徐志摩的潇洒，风格是不同的。一个流派如果很多作者写出来都一个样，就要灭亡了。也许唐宋那些应试的诗，就是千篇一律，谈不上流派、风格，因而在艺术上是没有生命力的。

问：您认为："不管是意象、意脉还是意境，都以客观的事物和人物的形象出现，莫不是主观情感特征与客观对象特征的猝然遇合于规范形式之中。"（第 40 页）这种观点很新颖，而且在《文学文本解读学》中表达了多次，作家对规范形式的选择应该是认真的，主观情感特征与客观对象的特征的遇合是创作中的常态，也是经过严密构思后的"遇合"，若说是"猝然"，可能只是一种理解，"猝然"一词可否换一种说法。

答：猝然遇合，讲的是灵感，是一种形象的说法，是潜意识在起作用，换一个说法，在主观情感作用于客观对象，当然，不能忘记，要符合特殊的文学形式，这是三维结构。主观情感是主导的，决定客体的性质和形态的，还有形式规范。前面已经说了，诗是把米酿成酒，而散文则是把米做成饭。形态因形式而不同。同样是秋天，其性质由诗人的情感决定。不懂得这一点，就会陷入艺术感知的盲目，杜牧"霜叶红于二月花"把秋天的枫叶看得比春花还鲜艳，颂秋不着痕迹，以致王立群、董卿都没有看出来，还说是"悲秋"，他们肯定也读过刘禹锡的"自古逢秋悲寂寥，我言秋日胜春朝"，也许还读过李白的"我觉秋兴逸，谁云秋气悲"，但是，由于不懂得主体情感多样性和形式的多样性决定了形象的多样性，所以睁着眼睛说瞎话了。如果他们不但有情感主体的自觉，而且有形式的敏感，不难想象散文的自由度可没有那么大。如杨朔的《香山红叶》："红叶就在高山坡上，满眼都是，半黄半红的，倒还有意思。可惜叶子伤了水，红的又不透。要是红透了，太阳一照，那颜色该有多浓。"

艺术感觉，不能光讲情感价值，同时要有形式感。不识字叫作文盲，不懂情感，不懂艺术形式叫作艺盲。

你说我所说的文本结构有意象、意脉、形式规范，并充分重视形式规范的作用，否定黑格尔"内容决定形式"之说，认为形式可以征服内容，消灭内容，预期内容，强迫内容变异，衍生出新内容（第 211 页），并以白居易《长恨歌》、陈鸿《长恨歌传》、洪昇《长生殿》为例证明之，一为诗歌，一为小说，一为戏剧，各按各的写法去做，这是属于文体学的研究范围。你很系统地抓住了我的理论，我很感激，目前能够这样下功夫读我的著作的人太少了，除了吴励生和赖瑞云写了专著论述我的理论之外，你是第三个花了心血全面把握我的理论的。我很感激，你对我的质疑，是不是挑战黑格尔内容决定形式，走向了另一个极端？这是有可能的。我记得我好像在文章中提到过，从宏观视角来看，内容有能够决定形式的一面。例如三国纷争，历时近百年，用绝句、律诗的形式肯定是不成的。只能用长篇小说的形式，而李清照的悲凉，用长篇小说形式，就不如词中的小令形式适合。这一点，我可能讲得片面了，谢谢你的提醒。我想在确定了形式之后，内容就要受到形式的制约，有些部分甚至要被消灭，有些却要沿着形式的逻辑衍生。

问：您致力于对经典作品解读的唯一性的追踪，如对《水浒传》武松打虎一节中武松打虎过程中的心理变化、《红楼梦》中林黛玉、薛宝钗的不同价值观的探讨，就是十分成功的例证，有力地说明了经典作品阐释具备唯一性。“就是对同一作者的不同作品，也应致力于不可重复性，直接归纳和分析出其唯一性。”（第 49 页）有的评论家认为：作品阐释的多义性被认为是一篇作品好坏的一个重要标志，这种情况在高度浓缩复杂的中国古典诗词作品中可能存在，如李商隐《锦瑟》诗，现在说谁找到这首诗解读的唯一性，恐怕难以得到认同。您的文本解读唯一性理论，如何应对中国古典诗词复杂难解这一问题，如中国古典诗词的理解有正解、歧解、误解，各有价值，而不是只有唯一性才有价值。

答：你提到的作品的阐释，这个词是西方的阐释学 Hermeneutics，其根本性质不是文学审美的，而是从不同视角，离开了文学审美视角去看同一作品，就有不同的意义。

比如，对于《西游记》我们追求的是文学性的解读，林庚先生不同意张天翼用阶级斗争的学说来解读孙悟空，而是说孙悟空虽然造反，“却并没有杀进天空，真正搅乱天空的不是他的武力，而是他神偷的伎俩和灵巧善变的手段。无非就是这样大闹一场罢了，既丝毫没有动摇天官的统治，也没有任何政治目的，或者什么安排与计划，一路上走到哪儿就偷到哪儿……就是在做了齐天大圣以后，孙悟空也还是没有任何目的地闲逛。以致终于做了个看桃园的人，却也是自得其乐。只是如果有谁小看了他或轻视了他，那就忍不住显显手段，大闹一场。”[①] 他闹得天翻地覆，无非就是对正统的等级体制不屑一顾。在他超人乃至超神的武功中，具有相当特色的乃是偷。被宣布“犯了十恶之罪，先偷桃，后偷酒，搅乱了蟠桃大会，又窃了老君仙丹，又将御酒偷来此处享乐”后，他不但不以为耻，反以为荣，对正统的伦理道德的不屑成了他行为的前提，他的精神世界中不但没有任何礼仪的束缚，而且没有对生死的畏惧，他面临任何磨难时都是乐观的，战胜任何敌手的方式永远是轻松愉快的。这样的形象并不具备政治上造反的性质，与农民起义可谓不相干。他被压五行山下时，“所渴望的是再显身手”。他随唐僧取经，九九八十一难，不管多么严重的磨难，就是砍头、下油锅也满不在乎。胸有成竹、游刃有余是他一贯的姿态。他是一个百折不挠的

① 林庚：《西游记漫话》，北京出版社 2004 年版，第 88 页。

英雄：渴望着有机会施展本事，而越是疑难处也就越显出英雄本色，他的唯一性在于他是一个“喜剧角色”，在磨难中，他表现出天真烂漫、满不在乎的风貌。他总是乐观、快活、轻松、信心十足的，“碰见强盗，他就心中暗笑，‘造化造化，买卖上门了。’遇见妖魔便说是‘照顾老孙一场生意’，”即使取经事业面临失败之际，他都没有表现出悲观、苦闷、失意。甚至在他无法取胜、不得不借助如来观音之力之时，他还是嘻嘻哈哈。哪怕面对最可怕的劲敌，他也天真烂漫，以促狭的计谋、顽皮的姿态捉弄对方，把性命攸关的搏斗当成游戏一般的乐事。

当然不从文学性，而从阐释学角度来看，可能性是多种多样的，但是，是以牺牲文学审美为代价的。

例如，从佛教唯识宗来看《西游记》，那么唐僧就是阿赖耶识的代表，阿赖耶识的性能就是没有思维辨别的能力，故而遇到大小神佛，不辨真假，朝见各国君王不分贤否，人妖不分，善恶不辨。所以他西天取经路上事无论好坏，非由唐僧承担不可，这正是阿赖耶识作为八识之总体，亦为一切善恶业力之所寄托特点的形象体现。

沙僧，则是佛家末那识的代表，特点是执我和思量，他就执定了唐僧，与唐僧形影不离。无论是化斋还是巡山，无论是降妖还是救人，都是悟空和八戒的责任，而他只是陪伴和照顾唐僧，只负责牵马挑担，护持师父。

孙悟空，则是意识的代表，意识是无形的，不受外力约束，所以一切外力都拿他无可奈何。天兵天将都斗不过他，八风火炉烧不死他，刀砍斧剁，枪刺剑剐，都莫想伤及其身。由于意识不受外力约束，所以可做出自由的变异，大小、善丑、老少、男女，就是这样，他才能完成取经的伟大业绩。

八戒则是眼耳鼻舌身的代表，是有形可触的人物。故而变化粗鲁笨拙，能大不能小，能丑不能美。眼耳鼻舌身这五识，是人接触外界的通道，因此，八戒是师徒四人中唯一一个集贪色、贪睡和贪名利于一体的人。他的性格中带着猪人的本能的特点，对取经事业不坚定，不过他的性格憨厚，本质单纯、朴实、善良；对取经事业颇多贡献。他与孙悟空的关系，在佛学里则是眼耳鼻舌身五识与意识的关系。

阐释学的解读固然可能是多元的，但是，不可因此而背离了《西游记》作为不朽的文学经典的价值，不可因而就逃避文学解读。

问：对文学作品解读的唯一性追寻，可能因人而异，到底谁得到了唯一性的解释，是一个问题，并且不好判断。《文学文本解读学》引用了余光中《论朱自清的散文》：“作者把妻留在家里，一人出户散步赏月，但心中浮现的形象却尽是亭亭的舞女，出浴的美人。”

您认为是“道德批评”“没有读懂”（第68页）。而在我看来，余先生所说是男人在自由空间的常态，而于朱自清先生来说只是强烈一些。朱自清深受西学影响，思想超前，他喜欢“艺术美人”，而在现实中他是得不到，他要养活六个孩子，妻子没文化，他的生活的重压可想而知，所以他只能把潜意识中对“艺术美人”的渴望深深地埋在心里，但终归藏不住，只要一遇到有自由的时间空间，他的渴望就会浮现起来，并且容易幻化，所以他把荷叶看成是舞女的裙。只要浏览朱自清散文，扑面而来的是对“艺术女人”的渴望，即使家中保姆阿河，他也认为具备多种女人的美质。朱自清对“艺术女人”的渴望，构成他散文的唯一性，这是超出他人的地方。

答：对于《荷塘月色》我做过解读，主要精彩在于情感的起伏。关键在于，到同一地方，一个人散步，享受孤独的自由，什么都可以想，他可以想妖童媛女，调情的场面，欣赏那种风流的季节，可惜无福消受了。什么都可以不想，便觉得是个“自由”的人。如果妻子在场，他有这样的自由吗？不要说妻子，就是朋友俞平伯在场，也没有。他在《桨声灯影里的秦淮河》中，想点歌女来游船上来听歌，但不敢，心里很是郁闷。

这里的精彩就在我强调的意脉。清华荷塘，本来是不起眼的，白天很少人走，夜晚有些吓人，可是，一旦一个人来独自散心，便觉得自己变成另外一个人，和平时不一样。享受着独处的妙处，因而觉得月色下的荷塘特别美，这是情感（意脉）的第一次升起。但是，由此想到江南的采莲，那风流又热闹的季节，可惜无福消受了。这是一次下落。接着想到《西洲曲》，那采莲的爱情场面，正想得入神的时候，到家了，提醒他自由结束了。这是意脉的又一次下落。

情的特点就是动，是无声的、默默的起伏。

情这个动的特点，不仅仅是散文的，而且是诗歌的，特别是戏剧和小说的。

问：《文学文本解读学》认为意境的特点是“以意象群落为主体，以潜在意脉贯穿首尾，以其意在言外的含蓄构成整体性和谐”（第127页）。此论较王国维《人间词话》简单地把意境分成“有我之境”“无我之境”的做法有进展，“意境的内涵是中国古典文论（包括诗话、词话等）所没有概括完全的范畴，这就要求我们通过对文本的具体分析作原创性概括。”（第128页）据此，是否可以说大量经典文论都需要通过对文本的具体分析，再作提升与修正？

答：把文学作品划分为有我之境和无我之境，虽然是很权威的，但是，根本没有道理。因为作品是艺术创造，是人创造的，哪里可能有什么无我之境？西方也有所谓“零度写作”，其实，完全是违反基本事实的。艺术是心灵的艺术创造，怎么可能作者的情感是零度的呢？这种所谓“零度”，其实是写作的一种技巧，即在表面上不动声色。中国史家笔法，特别强调孔夫子的春秋笔法，左史记言（以《尚书》为代表），右史记事（以《春秋》为代表），一是记述口头所讲的话，二是记录人物的行动。寓褒贬，主观的倾向性不写在字面上，但就是这样的客观的实录，居然使乱贼臣子惧。为什么？寓褒贬，不是没有褒贬，而是把褒贬隐藏在字里行间。《郑伯克段于鄢》，表面上是纯粹叙事，但是，其中的有贬郑庄公的地方，明明是郑庄公，国君，却叫他“郑伯”，《谷梁传》有具体分析：“克者……能杀也，何以不言杀？见段之有徒众也……段，郑伯弟也，何以知其为弟也……段，弟也，而弗谓弟，公子也，而弗谓公子，贬之也。段失子弟之道矣。贱段而甚郑伯也……甚郑伯之处心积虑成于杀也……于鄢，远也，犹曰取之其母之怀中而杀之云尔，甚之也。”①这个“甚”字是贬义，过分的意思。既是弟，却不称为弟，既是公子，也不称为公子，是贬抑他的意思。而贬抑弟弟，也暗贬郑伯，暗示他处心积虑置弟于死地。还特别指出“于鄢”，追到那么远（距新郑很远的鄢陵之北）的地方去，好像从母亲的怀里把他拖出来杀死一样。郑伯当适可而止，不追，放掉他，这才符合亲兄弟之道。

这表面上一句客观的叙述，实录，应该是无我之境，零度写作，实际上是微言大义，作者（我）的贬抑是非常深刻的。

中国的历史写作发展到《左传》《史记》已经高度成熟，《史记》中文学性最高的是人物传记，仍然是只有对话和动作，名副其实的“实录”。对话和动作是看得见的，没有心理描写，因为是看不见的。作者的倾向也不能讲，只能隐含在叙述的字里行间。但是这毕竟是有限的，所以《左传》的作者就发明了一种办法，在叙述之后加上一个“君子曰”“书曰”，在记叙以外，讲作者的评论。《史记》发明了在传记后面加上一个“太史公曰”，进行直接的评论。历史经典的巨大成就和影响，使得中国的叙事文学大都带着史传的血脉，光从名目上看，大都是“传”和“记”。鲁迅辑录的《唐宋传奇集》都是“传”和“记”，第一卷就是：《古镜记》《补江总白猿传》《离魂记》《枕中记》《任氏传》。其他著名的如《长恨歌传》《霍小玉传》《莺莺传》《虬髯客传》，这些都是短篇小说，至于长篇也大都更带史传色彩，如《三国演义》《儒林外史》《水浒传》《隋唐演义》，写法上也大都是对话和动作，没有心理描写。直到清代《聊斋志异》还是史传体，作者的评论，在文后“异史氏曰”中。

就是不以史传为名的《红楼梦》，也基本全是对话和动作。毫无欧美文学恋爱小说中的浪漫心理描写，贾宝玉和林黛玉的吵吵闹闹贯穿全书，心里怎么想的，作者在第三十六回

① ［清］永瑢、纪昀纂修：《景印文渊阁四库全书（第145册）》，台湾商务印书馆1986年版，第549—550页。

就明说，对“宝玉心中所抱”“不可十分妄拟”①。第二十九回则坦然声明“如今只述他们外面的形容”②。五四以后引进了西方文学的心理描写，特别是司汤达尔的心理分析，作为一种补充是好事，但是，不加限制地使用，就使得五四以来的小说不如古典长篇小说精炼了。20 世纪 80 年代引进了西方的意识流，一窝蜂地赶热闹，有人形容，放一个屁都可以写上一千字。结果没有几天就无疾而终了。后来又发现了西方的“零度写作”，海明威的“电报文体”，又好像是拾到了金钥匙。如果对中国古典文学经典有深邃的、到位的解读，就不会把外国人的“零度写作”奉为金科玉律。当然就是王国维的经典的“无我之境”也是要分析的。在诗歌中，最像是“无我”的要算柳宗元的《江雪》：

千山鸟飞绝，万径人踪灭。孤舟蓑笠翁，独钓寒江雪。

在这首诗中，这个钓翁好像真是既没有寒冷的感觉，也没有孤独的感觉，完全是“无我”了。其实，这是禅宗的基本理念：不动心。《心经》所谓“无眼耳鼻舌身意，无色声香味触法，无眼界，乃至无意识界”。“心无罣碍，无罣碍故，无有恐怖，远离颠倒梦想，究竟涅槃。”涅槃就是从人生苦难中获得彻底解放，这里的我，是一种有特殊哲学的信念的我，这与庄子的“天地与我并生，万物与我为一”息息相通。大乘佛教认为，一旦证入涅槃，就会具有真正的常、乐、我、净。涅槃的体性有四种功德：恒常不变而无生灭，名之为“常”德；寂灭永安，名之为“乐”德；得大自在，是主是依，性不变易，名之为“我”德；解脱一切垢染，名之为“净”德。

这是完全解脱了红尘之累，进入理想的生命境界的“我”德，哪里是什么“无我”？

离开了文本的彻底解读，心灵往往就会被权威的所谓理论所遮蔽。

问：您提出了“经典意脉”的概念，并以杜甫《春夜喜雨》、李清照《声声慢》为例，使得读者确实看到了意脉有“经典”，如您所论，“单独孤立的意象，不足以表现情感特征，故意象往往以群落的形式出现，而情感的运动则隐于意象群落之中，此谓意脉”（第 202 页），“意脉这个观念对于打破一望而知的遮蔽很关键”（第 205 页），这些观念无疑有助于文本的解读，但对于文学创作有怎样的指导意义？

答：中国古典诗话很注重炼字、炼句，但是，比较少研究整首诗的意脉，也就是情感的流动、起伏、提升。举一个例子，杜甫的《登高》为唐诗七律之首，但是，好在哪里？宋人罗大经在《鹤林玉露》中这样评价这首诗：“杜陵诗云‘万里悲秋常作客，百年多病独登台’。万里，地之远也；悲秋，时之凄惨也；作客，羁旅也；常作客，久旅也；百年，暮

① ［清］曹雪芹：《红楼梦（上）》，俞平伯校，启功注，北京人民文学出版社 2000 年版，第 315—316 页。

② ［清］曹雪芹：《红楼梦（上）》，俞平伯校，启功注，北京人民文学出版社 2000 年版，第 386 页。

齿也；多病，衰疾也；台，高迥也；独登台，无亲朋也。十四字中有八意，而对偶又极精确。”[①]这样的评价很到位，十四字八层意思，层层加重了悲秋。这样的评价，得到很多学人的赞赏，是有道理的。但也有不很到位之处，那就是只看出在沉郁情调上的同质叠加，而忽略了全诗顿挫的转折，大开大合的起伏。这首诗，第一联，“风急天高猿啸哀，渚清沙白鸟飞回”。第二联，“无边落木萧萧下，不尽长江滚滚来”。无边的空间，到无尽的时间，承载着悲凉，气魄宏大，到了第三、第四联，就不再一味宏大下去，一下子回到自己个人的命运上来，“万里悲秋常作客，百年多病独登台”。最后一联，把个人的“潦倒”都直截了当地写了出来。浑厚深沉的宏大境界，一下子缩小了，格调也不单纯是深沉浑厚，而是有一点低沉了，给人一种“顿挫”之感。境界由大到小，由开到合，情绪也从高亢到悲抑，有微妙的跌宕。杜甫追求情感节奏的曲折变化，这种变化有时是默默的，有时却有突然的转折。杜甫说自己的风格是“沉郁顿挫”，沉郁是许多人都做得到的，而顿挫则殊为难能。

杜甫自述自己的作品“沉郁顿挫”，从这里可见一斑。这首诗的水准不仅仅是意象的叠加，更重要的是意脉的顿挫。

问：您论绝句的情感瞬间转换和论律诗的长期情绪的概括，相当精彩，对当下古典诗词创作最具指导意义，文学文本的解读对创作的推动作用不言而喻，《文学文本解读学》在文学创作上还有哪些显著的推动作用？

答：我的基本理念就是文学理论应该指导文学创作，如果不能指导，就是为创作实践证伪。解读是前提，如果解读得不三不四，则创作肯定乱七八糟。举绝句为例。古典诗话明确提出，绝句第三句或者第四句，不能和第一、第二句在情绪语气上雷同，要转折。元朝人杨载在《诗法家数》中指出：

> 绝句之法要婉曲回环，删芜就简，句绝而意不绝，多以第三句为主，而第四句发之，有实接有虚接，承接之间，开与合相关，正与反相依，顺与逆相应，一呼一应，宫商自谐。大抵起、承二句固难，然不过平直叙起为佳，从容承之为是，至如婉转变化工夫全在第三句，若于此转变得好，则第四句如顺流之舟矣。[②]

一般说第一句、第二句是陈述句，第三句或者第四句，在句法上、语气上就要有所变化。如被《历代诗话》评为唐人七绝压卷之作的《凉州词》，我们来看第三句、第四句句法上有什么变化？

葡萄美酒夜光杯，欲饮琵琶马上催。
醉卧沙场君莫笑，古来征战几人回！

---

① ［宋］罗大经著，王瑞来点校：《鹤林玉露》，中华书局1983年版，第215页。
② ［清］何文焕：《历代诗话（下）》，中华书局2006年版，第732页。

看第三句、第四句和第一句、第二句在句法上有什么变化，在语气上有什么变化？前面两句是陈述句，是肯定性质的，第三句是否定句，“醉卧沙场君莫笑”，还是肯定的吗？不是，是否定的。第四句，“古来征战几人回”，还是陈述句吗？不是。是什么语气？是感叹语气。光是一首可能是孤证，我们多看几首：

渭城朝雨浥轻尘，客舍青青柳色新。

劝君更尽一杯酒，西出阳关无故人。

（王维《送元二使安西》）

有没有变化？第三句，不是陈述句了，“劝君更尽一杯酒”，是祈使句。第四句，“西出阳关无故人”，是否定语气。

烟笼寒水月笼沙，夜泊秦淮近酒家。

商女不知亡国恨，隔江犹唱后庭花！

（杜牧《泊秦淮》）

第三句“商女不知亡国恨”，是否定句。第四句，“隔江犹唱后庭花”，是感叹句。

回乐峰前沙似雪，受降城外月如霜。

不知何处吹芦管，一夜征人尽望乡。

（李益《夜上受降城闻笛》）

第三句，“不知何处吹芦管”，是否定句。第四句，“一夜征人尽望乡”，恢复了陈述语气。

碧玉妆成一树高，万条垂下绿丝绦。

不知细叶谁裁出，二月春风似剪刀。

（贺知章《咏柳》）

很明显了吧，第三句是否定句。

京口瓜洲一水间，钟山只隔数重山。

春风又绿江南岸，明月何时照我还？

（王安石《泊船瓜洲》）

第三句，没有变化，但是第四句，变成了疑问句。

这不是偶然的，而是规律。朱自清先生在20世纪40年代作《唐诗三百首》导读的时候，说唐诗绝句第四句都有个“不”，这话很有启发。但是，不完全。因为，上面好几首并没有“不”，说明朱先生，我老师的老师，他的概括不太全面。我们的任务，是在他的基础上加以拓展、补充、修正。如果你们认为我这是狂妄的话，我要用一句老掉牙的格言来回答：吾爱吾师，吾尤爱真理。还有一条，朱先生过世的时候，才五十岁，而我已经八十多岁了。半个多世纪了，我又长他三十多岁，难道不应该比他更有一点进步吗？为了说明这一点，我举你们儿童时代就背上的古诗为例：

锄禾日当午，汗滴禾下土。

谁知盘中餐，粒粒皆辛苦。

（李绅《悯农》）

这首，严格说来，并不是绝句，齐梁以前的诗体，是不讲究平仄的，这种诗，在唐朝人看来，三四百年前，是古代了，所以叫作“古诗”，在唐朝仍然成为一体。你们看，它四句都不符合绝句的平仄交替和对仗的规律。今天不讲这个，只看第三句的句法，语气的变化：为什么是“谁知盘中餐，粒粒皆辛苦”，改成“须知盘中餐”，哪一个好？凭直觉是“谁知盘中餐”好。为什么？它是个问句。前面两句是叙述句，如果下面还是陈述句，就太单调了。第三句语气变化一下，单纯中有丰富，统一中有变化，这就是艺术的特殊规律。所以这个现象不是个别的，而是普遍的，第三句变成疑问句，是唐人最普及的技巧。

再比如“回乐峰前沙似雪，受降城外月如霜。不知何处吹芦管，一夜征人尽望乡”，把“不知何处吹芦管，一夜征人尽望乡”改成“但闻处处吹芦管，一夜征人尽望乡”哪一个更好？同样的，高适《别董大》：

千里黄云白日曛，北风吹雁雪纷纷。

莫愁前路无知己，天下谁人不识君？

改成：

莫愁前路无知己，天下有人尽识君？

类似的还可以这样比较：

不知细叶谁裁出，二月春风似剪刀。

心知细叶谁裁出，二月春风似剪刀。

不知何处吹芦管，一夜征人尽望乡。

但闻处处吹芦管，一夜征人尽望乡。

春风又绿江南岸，明月何时照我还。

春风又绿江南岸，明月及时照我还。

显然是原来的更艺术，这里有艺术形式的奥秘：为了表现情绪的起伏，一是统一中的变化，单纯的丰富；二是在句有定言的规范中富有变化。

这里还有一点是许多专家、学者忽略了的，第三、四句的疑问、感叹、否定，还造成了绝句的另一个特点，那就是绝句开头两句陈述句，大抵是相对独立的，如“碧玉妆成一树高，万条垂下绿丝绦”。为了句法的变化，就不同了：“不知细叶谁裁出？”是疑问，不能独立，必须回答：“二月春风似剪刀。”同样的，“商女不知亡国恨”，这是听的结果，你是怎么知道的？不能独立，必须告知原因：“不知何处吹芦管”，本来是可以独立的，但是“一夜征人尽望乡”，构成了因果关系，即征人望乡的原因。“劝君更饮一杯酒”，本来也是可以独立的，“西出阳关无故人”，成了更饮一杯的原因。这样的句式，在绝句和律诗中，叫作流水句。这种流水句的好处，不但在于句子间的关系有了变化，而且有利于从开头两句的景观转入情感的抒发。渭城朝雨，客舍青青，还是景观，而劝君则是抒情；葡萄美酒，琵琶马上，还是情境，“醉卧沙场君莫笑”，“古来征战几人回”，则是直接抒情。

这种技巧，在中国的古典诗人是小儿科，是起码的常识。明朝孙蕡，不知犯什么事，要被杀头了，居然写了一首五言绝句，因为写完了，就人头落地了，也就没有题名，后人称为《临刑诗》，全文如下：

鼍鼓三声急，西山日又斜。

黄泉无旅店，今夜宿谁家？

不但平仄中规中矩，而且第三句是否定，第四句是疑问。前两句是景观，后两句是直接抒情，而且第三句“黄泉无旅店”是因第四句“今夜宿谁家”，是果，属于流水句。这首诗，不单是抒情，而且还有点幽默感。

这个窍门，日本人、朝鲜人、越南人写汉诗都是懂得的。当时他们还没有自己的文字，日本官方文书都使用汉字，也有据汉字草书改造的假名，只在非官方的女性中流行。他们用汉语写中国体式的诗歌显示其高贵的身份。此后流传下来大量作品，显示他们对于绝句的内在结构，颇有领悟，但模仿的痕迹是很重的。14 世纪的中岩圆月（1300—1375）在《鞆津》中这样写：

楸梧风冷海城秋，燹火烟消灰未收。

游妓不知亡国事，声声奏曲泛兰舟。

这明显是对杜牧的“商女不知亡国恨”的直接套用，这在中国诗人，至少也要改头换面一下，叫作“脱胎换骨”。但是，能用汉字写诗，还严格遵循绝句的格律，高度文明，很出风头的。今天，我们在美国拿到博士学位的，如果能遵循轻重音交替五步抑扬或者扬抑格，写几首十四行诗，是很少的，即使有，也是凤毛麟角，就是欧美人也要刮目相看的。

20世纪八九十年代，有一个日本汉诗的作者，叫作一休，在中国青少年中很有影响。倒不是因为他的诗写得怎么样，而是因为有个动画片，叫作《聪明的一休》，收视率很高。此人原名宗纯，号一休，活跃在15世纪，是最有名的禅僧。其“外现颠狂相，内密赤子行”的形象，与中国南宋那位“酒肉穿肠过，佛祖心中留”的济公和尚如出一辙，看来是个花和尚。一休公开声称自己“淫酒淫色亦淫诗”，自号狂云子，有汉诗集为《狂云集》，集中当然也有出语端庄的，如这首《端午》：

自古屈平情岂休，众人此日醉悠悠。

忠言逆耳谁能会，只有湘江解顺流。

他们也会第三句变成疑问句。连越南“国父”胡志明，都熟练地驾驭了这种第三、四句的转折：

古诗偏爱天然美，山水烟花雪月风。

现代诗中应有铁，诗家也要会冲锋。

（胡志明《读千家诗有感》）

第三句的语气转折，说的是，现代诗人应该和古典诗人相反。有意为之，但是，我们专门研究唐诗的权威明星教授却不懂得。在《中国诗词大会》上，有位明星教授有一首开场白曰：

大江东去流日月，古韵新妍竞芬芳。

雄鸡高歌天地广，一代风流唱春晖。

既不讲平仄，又不讲情绪、句法、语气的变化，更不懂得独立句与流水句的驾驭，完全是陈词滥调的堆砌。如果他把文本解读学和文学创作论结合起来，就不会出现这样的笑话。

问：林非“真情实感”的散文理论，在今天的中学和大学课堂上仍占十分重要的位置，不过这种理论令人觉得简单贫乏，尊著《文学文本解读学》认为“并不是情愈真，感就相应愈实；相反，情愈真，则感愈虚。”（第344页）这种观点在各种文体的解读中是否通用？

答：真情实感，是常识语言，理论乃是对常识的批判，如按常识，是太阳围绕地球转，而按科学，则恰恰相反。事物带上了情感，就发生了形态和性质的变化。古典诗话家吴乔在《答万季野诗问》中早就有过天才的发现。首先，他强调了不同的形式规范，他不独立地概括诗歌语言的特点，而是在诗歌与散文的矛盾中进行分析：

又问：“诗与文之辨？”答曰：“二者意岂有异？唯是体制辞语不同耳。意喻之米，文喻之炊而为饭，诗喻之酿而为酒；饭不变米形，酒形质尽变；啖饭则饱，可以养生，可以尽年，为人事之正道；饮酒则醉，忧者以乐，喜者以悲，有不知其所以然者。”①

没有形质俱变，哪来李白的“黄河之水天上来”，哪来“黄河落天走东海，万里写入胸怀间”，哪来王实甫笔下崔莺莺的“晓来谁染霜林醉，总是离人泪”，哪来鲁迅的“枫叶如丹照嫩寒”。

对于“真情实感”，我曾经写过一篇论文《评“真情实感”论的十大错误》，发表在《江汉学刊》上。大概反响比较不错，编辑部给我发了两次稿费，后来收入了《审美、审智与审丑》，广东人民出版社出版。可惜，早就买不到了。

问：尊著《解读学》花了十章的篇幅进行文本解读的理论研究，又花了六章的篇幅运用理论进行具体分析，两者相得益彰，这种构思是特别的安排，还是随具体写作而成？

答：有三种情况，第一种，是事前有所考虑，觉得应该是相当重要的组成部分，要有厚重感，可并不知道，要写多少章，但是知道，应该是有好几章，是具有内在逻辑性的；第二种，在写作过程中，灵感来了，于是衍生出下一章；第三种，在组装成书的时候，发现原来写的文章，有些东西可以组入其中的。前后花了好几年的工夫。

问：您是演说家、雄辩家，《解读学》中也可看出这一点，滔滔雄辩，令人目不暇接，这表明您的语言相当有质感。彭玉平教授提倡要用“有温度”的语言写作学术论文（《王国维词学与学缘研究》），而尊著《解读学》的语言可以说“有热度”，您对学术论文和学术著作的语言表达有何期待？

答：我的两三种经典文本解读，不仅仅是案头的产生，还有到东南大学的演讲。由于受到欢迎，每年两次，一连讲了十几年，他们据录音做了记录，我又做了整理补充，在刊物上发表，出版了《演说经典之美》和《演说经典之魅》，皆冠以“演讲体散文”之名，其中《鲁迅作为小说家和杂文家的矛盾》和《〈红楼梦〉八大美女的死亡谱系》，还被《新华文摘》转载。《另眼看曹操》，获得福建省文艺百花奖，作为散文，得了二等奖；《演说经典之美》作为学术著作，在教育部得了三等奖。这些学术性的文章，由于是演讲体，有现场感，与听众有即时的互动，可以讲得比较率性，比较幽默，所以形成了一种风格，我把它作为一种散文的文体来追求。我举一些具体的片段来说明。

作为一种交流文体，演讲语言和学术语言有着巨大差异。我曾经这样讲到曹操：

《三国演义》，虚构了曹操（被陈宫逮捕以后）在死亡面前面大义凛然、英勇无畏、视死如归。他慷慨激昂地宣言：姓曹的世食汉禄——祖祖辈辈都吃汉朝的俸禄，拿汉

① ［清］王夫之：《清诗话》，上海古籍出版社1978年版，第27页。

朝的薪水，现在国家如此危难，不想报国，与禽兽何异啊？也就是，不这样做，就不是人了。燕雀焉知鸿鹄之志哉——你们这帮小麻雀哪里知道我天鹅的志向啊！今事不成，乃天意也——今天我行刺董卓不成，是老天不帮忙，我有死而已！用20世纪五六十年代形容英雄的话语来说，就是在死亡面前，面不改色心不跳啊。这时候的曹操就是这样一个英雄，“老子今天就死在这了，完蛋就完蛋！”（笑声）没有想到，他这一副不要命的姿态，反而把人家给感动了。感动到什么程度？这也是虚构的，（陈宫）说：“我这官也不当了！身家性命，仕途前程，都不要了，咱哥们就一起远走高飞吧。”①

讲的是一千多年以前的政治斗争，如果完全依赖古代语言，则可能导致现场听众毫无感觉。相反“拿汉朝的薪水”“就不是人了”“老天不帮忙”“面不改色心不跳”“老子今天就死在这了”“完蛋就完蛋！”“一副不要命的姿态”“咱哥们一起远走高飞吧”等，这样的语言显然不是学术语言，甚至不是书面语言，而是当代日常口语。挑选这样的语言来表现古代的事情，是因为原本的书面语言比较文雅，难以激发现场听众的反应；而口语则不然，它与当代生活和心理体验有直接的联系，因而比较鲜明，比较明快，听众的经验和记忆比较容易被迅速激发。这里，当代的话语：“面不改色心不跳”“完蛋就完蛋”“老子今天就死在这儿了”“哥们儿”，绝对是曹操当年的人士讲不出来的。这里，最主要的不是回到古代，而是带着当代的话语经验进入古代历史语境。这就分成两步，第一，先要迅速唤醒当代的感觉，然后才是形成某种对于古代观念的趣味性描述；第二，在这里，不可忽略的是，语言中带着反讽的意味。再举一个例子：

宁教我负天下人，不教天下人负我。这就是恶棍逻辑。我已经无耻了，不要脸了，我承认我不是人了，你把我当坏人，把我当禽兽好了，当狗好了。我就什么都不怕了。用某些流行的话语来说就是，我是流氓我怕谁。（听众大笑、鼓掌）②

当代口语的反复叠加，好处就是把它挟带的感情强化到淋漓尽致的程度，保证其超越了古代语境，才能把与听众的互动效果推向高潮。

讲学术问题不完全用书面语言，同时用口语，为的是缩短和听众的心理距离，创造现场一种热烈的氛围。这可能就是那位先生所讲的温度吧。我想最佳的温度，不仅是作者的，而且是听众的。学术演讲，不但要有智慧的趣味，更应该要有一定的谐趣，也就是幽默感。让我再举一个例子：

《西游记》和《水浒传》（英雄仇恨美女）有所不同，它所有的英雄，在女性面前

① 孙绍振：《演说经典之美》，福建教育出版社2017年版，第6页。
② 孙绍振：《演说经典之美》，福建教育出版社2017年版，第10页。

都是中性的，唐僧看到女孩子，不要说心动了，眼睛皮都不会跳一下的。在座的男生可能是望尘莫及吧，因为他们是和尚啊，我们却不想当和尚。孙悟空对女性也没有感觉。沙僧更是这样，我说过，他的特点是不但对女性没有感觉，就是对男性也没有感觉。（大笑声）不过唐僧是以美为善，美女一定是善良的；孙悟空相反，他的英雄性洞察力，就在于从漂亮的外表中，看出妖，看出假，看出恶来。可以说，他的美学原则是以美为假，以美为恶。你越是漂亮，我越是无情。和他相反的是猪八戒，他对美女有感觉，一看见美女，整个心就激动起来。他的美学原则，是以美为真。不管她是人是妖，只要是漂亮的，就是真正的花姑娘，像电影中的日本鬼子口中念念有词的：花姑娘的，大大的好。（大笑声）他是中国古代小说中唯一的“唯美主义者”。（大笑声）三个人，三种美学原则，在同一个对象（美女）身上，就发生冲突了。[①]

这里的幽默感来自两个方面：第一，把事情说得和原本发生语义上的歪曲、错位，如分别给《西游记》中三位主人公三种“美学原则”，而且把猪八戒说成是“唯美主义者”。这在学术论文中，是绝对不容许的；第二，来自对听众进行轻度的调侃，前面把对白骨精的印象深刻和前排的女同学相比，而且请她们不要见怪，“我对你们的印象比她还深”。又如，说在座的男生见了女性绝对不会像唐僧那样无动于衷。这些在学术论文中是不可思议的，然而在演讲中，却是交流互动的亮点。

我追求的温度，不仅仅是演讲者的，而且是听众的，二者互动，就能形成一种共同创造心领神会的温度。

我对演讲有一定研究，从古希腊到美国还到先秦诸子，再到五四，说来话长，请允许我不再饶舌吧。

① 孙绍振：《演说经典之美》，福建教育出版社 2017 年版，第 308 页。

参考文献

说明：此文献仅为论著写作过程中直接或间接引用的文献资料，相关的作品因引述过多，此处暂不罗列，文献分论文、论著两部分，顺序按照著者的姓氏字母编排。

一、论文

蔡福军：《马克思主义美学家孙绍振》，《东吴学术》2011 年第 3 期。

陈剑晖：《新散文往哪里革命》，《文艺争鸣》2005 年第 5 期。

成仿吾：《诗的防御战》，《创造周报》第一号，1923 年 5 月。

飞白：《比月亮——诗海游踪之旅》，《名作欣赏》2010 年第 10 期。

高远东：《〈荷塘月色〉：一个精神分析的文本》，《现代文学研究丛刊》2001 年第 1 期。

何其芳：《论阿 Q》，《人民日报》1956 年 10 月 16 日。

胡乔木：《人人要学会写通讯》，《解放日报》1946 年 9 月 1 日。

黄卫星：《叙事理论中的"语义方阵"新探——兼论学术界对"语义方阵"的误用》，《江西社会科学》2008 年第 11 期。

李子伟：《夸蛾氏——蚂蚁神》，《天水师范学院学报》2003 年第 6 期。

林非：《散文创作的昨日和明日》，《文学评论》1987 年第 3 期。

刘亮程：《向梦学习》，《扬子江评论》2011 年 4 月。

刘思远：《为愚公移山正名》，《语文教学通讯》2009 年第 17 期。

刘亚猛：《理论引进的修辞视角》，《外国语言文学》2007 年第 2 期。

〔美〕米彻尔著，李平译：《理论死了之后》，载文化研究网站，2004 年 7 月 26 日。

〔俄〕什克洛夫斯基：《词语的复活》，《外国文学评论》1993 年第 2 期。

孙伏园：《关于鲁迅先生》，《晨报副刊》1924 年 1 月 12 日。

孙绍振：《新诗的民族传统和外来影响》，《新文学论丛》1981 年第 1 期。

孙绍振：《形象的三维结构和作家的内在自由》，《文学评论》1985 年第 4 期。

孙绍振：《论小说的横向结构和纵向结构》，《文艺理论研究》1987 年第 1 期。

孙绍振：《论幽默逻辑的二重错位律》，《文学评论》1996 年第 4 期。

孙绍振：《论幽默逻辑》，《文艺理论研究》1998 年第 5 期。

孙绍振：《从西方文论的独白到中西文论的对话》，《文学评论》2001 年第 1 期。

孙绍振：《"真情实感论"的十大漏洞》，《江汉论坛》2010 年第 1 期。

孙绍振：《绝句：瞬间情绪的转换结构》，《文艺理论研究》2010 年第 5 期。

王统照:《纯散文》,《晨报副刊·文学旬刊》第三号，1923年6月21日。

谢氏映凤:《“西游记”的佛学阐释》,《东南学术》2007年第5期。

阎国忠:《超验之美与人的救赎》,《学术月刊》2005年第5期。

阎国忠:《中国美学缺少什么》,《学术月刊》2010年第1期。

杨明照:《水经·江水注巫峡段非郦道元作》,《文学遗产》1985年第4期。

郁达夫:《文学上的智的价值》,《现代学生》1933年第2卷第9期。

郁达夫:《历史小说论》,《创造月刊》1926年第2期。

周作人:《美文》,《晨报副刊》1921年6月8日。

朱自清:《刹那》,《春晖》第13期，1924年5月15日。

二、著述

〔美〕艾·阿·瑞恰兹著，杨自伍译:《文学批评原理》，百花洲文艺出版社1992年版。

〔美〕艾略特:《传统与个人才能》,《艾略特诗学文集》，北京国际文化出版公司1989年版。

〔美〕艾略特等:《小说的艺术》，社会科学文献出版社1999年版。

艾青:《诗论》，人民文学出版社1980年版。

巴金:《随想录(第二集)》,《探索集》，人民文学出版社1981年版。

〔英〕彼德·琼斯著，裘小龙译:《意象派诗选》，漓江出版社1986年版。

〔俄〕别林斯基著，钱锺书译:《吉尔查文作品集》,《外国理论家、作家论形象思维》，中国社会科学出版社1979年版。

苍耳:《〈陌生化理论新探〉的解释》，中国戏剧出版社2011年版。

[清]曹雪芹:《红楼梦》，人民文学出版社1982年版。

曹禺:《雷雨·序》,《曹禺经典戏剧选集》，新华出版社2010年版。

草川未雨(张秀中的化名):《中国新诗坛的昨日今日和明日》，北平海音书局1929年版。

陈伯海:《中国诗学之现代观》，上海古籍出版社2006年版。

陈伯海主编:《唐诗汇评》，浙江教育出版社1995年版。

[西晋]陈寿:《三国志》，中华书局2005年版。

陈思和:《中国现当代文学名篇十五讲》，北京大学出版社2003年版。

陈曦钟等:《〈三国演义〉会评本》，北京大学出版社 1986 年版。

陈曦钟等辑校:《〈水浒传〉会评本》，北京大学出版社 1981 年版。

陈一琴、孙绍振:《聚讼诗话词话》，上海三联书店 2012 年版。

〔日〕厨川白村:《苦闷的象征》,《鲁迅译文集（第二卷）》，人民文学出版社 1954 年版。

〔日〕川端康成著，叶谓渠译:《川端康成小说选·译文序》，人民文学出版社 1985 年版。

崔承运、刘衍编:《中国散文鉴赏文库·古代卷》，百花文艺出版社 2001 年版。

〔法〕丹纳:《艺术哲学》，人民文学出版社 1958 年版。

丁福保:《历代诗话续编》，中华书局 1983 年版。

丁福保编:《清诗话》，上海古籍出版社 1978 年版。

董衡巽:《海明威研究》，中国社会科学出版社 1985 年版。

杜衡:《望舒草·序》，复兴书局 1932 年版。

方华伟编:《岳阳楼诗文》，吉林摄影出版社 2004 年版。

冯其庸:《脂砚斋重评石头记汇校》，北京图书馆出版社 2008 年版。

〔俄〕符·日丹诺夫著，雷成德译:《〈复活〉的创作过程》，内蒙古人民出版社 1982 年版。

〔英〕福斯特著，苏炳文译:《小说面面观》，花城出版社 1984 年版。

傅成、穆俦标点:《苏轼全集（下册）》，文集卷七十，上海古籍出版社 2000 年版。

［明］高棅著，汪宗尼校订:《唐诗品汇·七言绝句叙目·第二卷》影印版，上海古籍出版社 1981 年版。

郭沫若:《沫若文集（第十一卷）》，人民文学出版社 1957 年版。

郭沫若、田汉、宗白华:《三叶集》，上海亚东图书馆 1920 年版。

郭绍虞:《中国历代文论选》，上海古籍出版社 1980 年版。

郭绍虞编选:《清诗话续编》，上海古籍出版社 1983 年版。

何其芳:《何其芳文集（第五卷）》，人民文学出版社 1982 年版。

何文焕编:《历代诗话》，中华书局 2006 年版。

〔德〕黑格尔著，朱光潜译:《美学（第一卷）》，商务印书馆 1981 年版。

〔德〕黑格尔著，贺麟译:《小逻辑》，商务印书馆 1982 年版。

洪宗礼等主编:《母语教材研究》，江苏教育出版社 2007 年版。

胡经之、张首映:《西方二十世纪文论选》，中国社会科学出版社 1989 年版。

胡适:《逼上梁山——文学革命的开始》，胡适编选:《中国新文学大系·建设理论集》，上海良友图书印刷公司 1935 年版。

胡适:《胡适日记全编》，曹伯言整理，安徽教育出版社 2001 年版。

胡适:《胡适文存（卷一)》，上海亚东图书馆 1921 年版。

胡适:《论短篇小说》，胡适编选《中国新文学大系·建设理论集》，上海良友图书印刷公司 1935 年版。

胡先骕:《胡先骕文存（上卷)》，江西高校出版社 1995 年版。

胡应麟:《诗薮》，上海古籍出版社 1979 年版。

［明］胡震亨:《唐音癸签》，周维德点校《全名诗话》第五册，齐鲁书社 2005 年版。

黄生:《一木堂诗麈（卷一)》，福建师范大学图书馆手抄本。

黄苏:《蓼园词评》。唐圭璋《词话丛编》第四册，中华书局 1986 年版。

〔美〕惠特曼著，张禹九编:《惠特曼经典散文选》，湖南文艺出版社 2000 年版。

〔俄〕季莫菲耶夫著，查良铮译:《文学原理》，平明出版社 1953 年版。

蒋孔阳:《二十世纪西方美学名著选（下)》，复旦大学出版社 1987 年版。

［明］施耐庵著，金圣叹点评，《金圣叹批评第五才子书〈水浒传〉(上卷)》，天津古籍出版社 2006 年版。

金元浦:《接受反应文论》，山东教育出版社 1998 年版。

〔德〕康德著，宗白华译:《判断力批判（上卷)》，商务印书馆 1995 年版。

〔美〕克林斯·布鲁克斯著，郭乙瑶等译:《精致的瓮》，上海人民出版社 2008 年版。

〔意〕克罗齐著，朱光潜译:《美学原理》，人民文学出版社 2012 年版。

孔凡礼:《苏轼年谱（中)》，中华书局 1998 年版。

〔德〕莱辛著，朱光潜译:《拉奥孔》，人民文学出版社 1979 年版。

赖瑞云:《混沌阅读》，福建教育出版社 2010 年版。

赖瑞云:《文本解读与语文教学新论》，北京师范大学出版社 2013 年版。

〔美〕兰色姆著，王腊宝等译:《新批评》，江苏教育出版社 2006 年版。

雷锐、宋瑞兰编著:《李敖幽默散文赏析》，漓江出版社 1993 年版。

［唐］李白:《李太白全集》，［清］王琦注，中华书局 1957 年版。

李汉秋编:《儒林外史研究资料》，上海古籍出版社 1984 年版。

李汉秋辑校:《〈儒林外史〉会校会评本》，上海古籍出版社 1984 年版。

〔美〕李欧梵:《世纪末的反思》，浙江人民出版社 2002 年版。

李庆西:《禅外禅》，人民文学出版社 2005 年版。

〔英〕李斯托威尔著，蒋孔阳译：《近代美学史述评》，安徽教育出版 2007 年版。
〔美〕理查德·罗蒂著，徐文瑞译：《偶然反讽与团结》，商务印书馆 2005 年版。
〔美〕理查德·罗蒂著，黄宗英等译：《哲学、文学和政治》，上海译文出版社 2009 年版。
〔美〕理查德·罗蒂著，李幼蒸译：《自然与哲学之镜》，商务印书馆 1987 年版。
［北魏］郦道元：《水经注（卷三十四）》，《影印文渊阁四库全书》，第 573 册。
〔俄〕列夫·托尔斯泰著，汝龙译：《复活》，人民文学出版社 1979 年版。
〔俄〕列夫·托尔斯泰著，董秋斯译：《战争与和平》第 2 册，人民文学出版社 1988 年版。
〔俄〕列宁著，列宁、斯大林著作编译局编：《哲学笔记》，人民出版社 1956 年版。
林非：《散文论》，华中师范大学出版社 1992 年版。
林庚：《西游记漫话》，北京出版社 2004 年版。
刘半农：《初期白话诗稿序》。王永生：《中国现代文论选》，贵州人民出版社 1982 年版。
刘半农：《刘半农诗选》，人民文学出版社 1958 年版。
刘纳：《嬗变》，中国社会科学出版社 1998 年版。
刘小枫选编：《德语美学文选》，华东师范大学出版社 2006 年版。
楼肇明：《第十三位使徒》，中国对外翻译公司出版社 1995 年版。
〔匈〕卢卡契：《卢卡契文学论文集》，中国社会科学出版社 1980 年版。
鲁迅：《鲁迅全集》，人民文学出版社 2005 年版。
鲁迅：《鲁迅译文全集》，人民文学出版社 1958 年版。
〔美〕罗伯特·休斯著，刘豫译：《文学结构主义》，三联书店 1988 年版。
〔法〕罗兰·巴特著，屠友祥译：《S/Z》，上海人民出版社 2000 年版。
〔德〕马克思：《1844 年经济学哲学手稿》，人民出版社 1985 年版。
〔德〕马克思：《马克思恩格斯全集（第一、二、三卷）》，人民出版社 1956—1960 年版。
《马克思主义文艺理论研究》编辑部编选：《美学文艺学方法论（下卷）》，文化艺术出版社 1987 年版。
〔荷兰〕米克·巴尔著，谭君强译：《叙述学——叙事理论导论》，中国社会科学出版社 2005 年版。
［唐］欧阳询等编修：《艺文类聚（卷九十五）》，《影印文渊阁四库全书》，第 888 册。
〔美〕皮亚杰：《发生认识论原理》，商务印书馆 1985 年版。

[宋]普济:《五灯会元(卷十七)》,中华书局1992年版。
〔俄〕普列汉诺夫:《艺术与社会生活》,人民文学出版社1962年版。
钱穆:《中国历代政治得失》,九州出版社2013年版。
钱锺书:《管锥编》,中华书局1979年版。
钱锺书:《钱锺书集·宋诗选注》,三联书店2002年版。
钱锺书:《谈艺录》,中华书局1984年版。
钱锺书:《写在人生边上》,三联书店2002年版。
〔美〕乔纳森·卡勒:《文学理论》,辽宁教育出版社1998年版。
〔美〕乔纳森·卡勒著,李平译:《文学理论入门》,译林出版社2008年版。
秦牧:《秦牧散文创作》,暨南大学出版社1990年版。
〔俄〕日尔蒙斯基等著,方珊等译:《俄国形式主义文论选》,三联书店1989年版。
〔西班牙〕塞万提斯著,杨绛译:《堂吉诃德》,人民文学出版社1988年版。
沈从文:《习作选集代序》,《沈从文选集(第五卷)》,四川人民出版社1983年版。
[清]沈德潜:《唐诗别裁集(卷十九)》,中华书局1975年版。
〔德〕叔本华著,石冲白译:《作为意志和表象的世界》,商务印书馆1997年版。
[北宋]司马光:《资治通鉴》,甘肃民族出版社1999年版。
[西汉]司马迁:《史记·萧相国世家》,中华书局1982年版。
〔俄〕什克洛夫斯基著,刘宗次译:《散文理论》,百花洲文艺出版社1994年版。
《四库全书》,传记类,总录之属,《明儒学案(卷十)》,上海人民出版社1999年版。
《四库全书》,集部,别集类,司空表圣文集,卷三,上海人民出版社1999年版。
《四库全书》,史部,正史类,三国志,蜀志,卷五,上海人民出版社1999年版。
《四库全书》,四书类,《榕村四书说》,中庸章段,上海人民出版社1999年版。
《四库全书》,易类,《读易纪闻(卷五)》,上海人民出版社1999年版。
〔美〕苏珊·朗格著,刘大基等译:《情感与形式》,中国社会科学出版社1986年版。
孙绍振:《当代中国文学的艺术探险》,福建教育出版社1998年版。
孙绍振:《论变异》,花城出版社1987年版。
孙绍振:《美的结构》,人民文学出版社1987年版。
孙绍振:《名作细读》,广西师范大学出版社2006年版。
孙绍振:《审美价值结构和情感逻辑》,华中师范大学出版社2000年版。
孙绍振:《孙绍振如是分析作品》,福建教育出版社2007年版。
孙绍振:《挑剔文坛》,福建人民出版社2001年版。

孙绍振:《文学创作论》，春风文艺出版社 1986 年版。

孙绍振:《文学创作论》，海峡文艺出版社 2004 年版。

孙绍振:《文学性讲演录》，广西师范大学出版社 2006 年版。

孙绍振:《演说经典之美》，福建教育出版社 2009 年版。

孙绍振:《幽默基本原理·附录》，广东旅游出版社 2002 年版。

孙夏玲:《肖洛霍夫的艺术世界》，社会科学文献出版社 1994 年版。

孙玉石:《中国现代解诗学的理论与实践》，北京大学出版社 2007 年版。

《唐诗鉴赏词典》，上海辞书出版社 1983 年版。

〔英〕特里·伊格尔顿著，伍晓明译:《二十世纪西方文学理论》，北京大学出版社 2007 年版。

〔英〕特里·伊格尔顿著，刘峰等译:《文学原理引论》，文化艺术出版社 1987 年版。

〔俄〕托多罗夫编，蔡鸿滨译:《俄苏形式主义文论选》，中国社会科学出版社 1989 年版。

［清］王夫之等:《清诗话》，上海古籍出版社 1978 年版。

［清］王国维:《人间词话》，上海古籍出版社 1998 年版。

王力:《汉语史稿》，中华书局 1980 年版。

王先霈:《文学文本细读讲演录》，广西师范大学出版社 2006 年版。

王一川:《文学理论讲演录》，广西师范大学出版社 2004 年版。

王永生主编:《中国现代文论选》，贵州人民出版社 1982 年版。

王钟陵主编:《二十世纪中国文学史文论选编——新诗卷》，河北教育出版社 2000 年版。

王佐良:《英国散文的流变》，商务印书馆 1994 年版。

〔英〕威廉·燕卜荪著，周邦宪等译:《蒙眬的七种类型》，中国美术学院出版社 1997 年版。

〔美〕勒内·韦勒克、奥斯汀·沃伦著，刘象愚等译:《文学理论》，江苏教育出版社 2005 年版。

吴熊和主编:《唐宋词汇评（两宋卷）》，浙江教育出版社 2004 年版。

伍蠡甫编:《西方文论选（下）》，上海译文出版社 1979 年版。

［清］徐增:《而庵说唐诗（卷十五）》，樊维纲校注，中州古籍出版社 1990 年版。

徐志摩，顾永棣编:《徐志摩诗全编》，浙江文艺出版社 1987 年版。

许学夷:《诗源辩体（卷十九）》，人民文学出版社 1987 年版。

〔法〕雅克·德里达著，赵兴国等译:《文学行动》，中国社会科学出版社 1998 年版。

〔古希腊〕亚里士多德:《诗学》，伍蠡甫主编《西方文论选》，上海译文出版社 1979 年版。

〔古希腊〕亚里士多德:《诗学·诗艺》，人民文学出版社 1984 年版。

杨匡汉、刘福春编:《中国现代诗论》上编，花城出版社 1985 年版。

杨朔:《杨朔散文选》，人民文学出版社 1978 年版。

杨哲编:《钟敬文生平、思想及著作》，河北教育出版社 1991 年版。

杨周翰编:《莎士比亚评论汇编（上)》，中国社会科学出版社 1979 年版。

姚奠中、李正民主编:《元好问全集》增订本下，山西古籍出版社 2004 年版。

叶圣陶:《文章例话》，开明书店 1937 年原版，辽宁教育出版社 2005 年 5 月重印。

〔波兰〕英伽登著，陈燕谷等译:《对文学的艺术作品的认识》，中国文联出版公司 1988 年版。

余光中:《论朱自清的散文》，见《青青边愁》，时代文艺出版社 1997 年版。

余光中:《自序》,《余光中散文选集》，时代文艺出版社 1997 年版。

俞元桂主编:《中国现代散文理论》，广西人民出版社 1984 年版。

郁达夫:《中国新文学大系散文二集·导言》，上海良友图书印刷公司 1935 年版。

袁行霈:《早发白帝城》，裴斐主编:《李白诗歌赏析集》，巴蜀书社 1988 年版。

袁行霈:《中国诗歌艺术研究》，中国社会科学出版社 2009 年版。

曾永庄、舒大刚主编:《三苏全书》，语文出版社 2001 年版。

[明]张岱:《琅嬛文集·与包严介》，岳麓书社 1985 年版。

[南宋]张侃:《张氏拙轩集（卷五)》,《影印文渊阁四库全书》，第 1181 册。

张忠纲主编:《全唐诗大辞典》，语文出版社 2000 年版。

赵毅衡:《重访新批评》，百花文艺出版社 2009 年版。

赵毅衡编选:《符号学文学论文集》，百花文艺出版社 2004 年版。

郑明娳:《现代散文现象论》，台湾大安出版社 1992 年版。

郑振铎编选:《中国新文学大系·文学论争集》，上海良友图书印刷公司 1935 年版。

周作人:《中国新文学大系散文一集·导言》，上海良友图书印刷公司 1935 年版。

朱光潜:《克罗齐哲学述评》,《朱光潜全集（第四卷)》，安徽教育出版社 1988 年版。

朱光潜:《谈美》，金城出版社 2006 年版。

朱光潜:《朱光潜美学文集（第一、二卷)》，上海文艺出版社 1981 年版。

朱立元:《当代西方文艺理论》，复旦大学出版社 2005 年版。

[明]朱熹:《诗集传》首章，中华书局上海编辑所 1958 年版。

朱一玄、刘毓忱编:《三国演义资料汇编》,南开大学出版社 2005 年版。

朱自清:《山野掇拾》,《朱自清散文选集》,百花文艺出版社 1987 年版。

宗白华:《美学与意境》,江苏文艺出版社 2008 年版。

三、英文著述

Jonathan Culler, On Deconstruction: Theory and Criticism after Structuralism, New York Cornell University Press, 2007.

Jonathan Culler, Literary Theory, A Vary Shot Introduction, Oxford University Press, 1997.

Terry Eagleton, Literary Theory: An Introduction, MA: Blackwell Publishing Ltd.2008.

Terry Eagleton, After Theory, Landon Penguin Books Ltd, 2003.

Charles W.Eliot, Famous Prefaces, The Harvard Classics.1909.

T.S.Eliot, Slected Essays, London: Faberand Faber Ltd., 1932.

Encyclopedia Britannica.

Encyclopedia Britannica, Eleventh Edition.

Nuttall Encyclopedia? Wikipedia, the free encyclopedia.